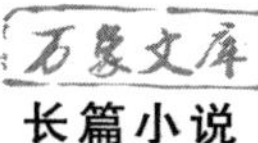

长篇小说

岗上岗下

翟焕远◎著

一个人知道自己为啥而活

就可以忍受任何一种生活

人民日报出版社

图书在版编目（CIP）数据

岗上岗下 / 翟焕远著．—北京：人民日报出版社，2018.6

ISBN 978－7－5115－5499－4

Ⅰ．①岗…　Ⅱ．①翟…　Ⅲ．①长篇小说－中国－当代
Ⅳ．①I247.5

中国版本图书馆 CIP 数据核字（2018）第 107811 号

书　　名： 岗上岗下
作　　者： 翟焕远

出 版 人： 董　伟
责任编辑： 周海燕
封面设计： 中联学林

出版发行： 人民日报出版社
社　　址： 北京金台西路 2 号
邮政编码： 100733
发行热线：（010）65369509　65369846　65363528　65369512
邮购热线：（010）65369530　65363527
编辑热线：（010）65369518
网　　址： www.peopledailypress.com
经　　销： 新华书店
印　　刷： 三河市华东印刷有限公司

开　　本： 710mm×1000mm　1/16
字　　数： 338 千字
印　　张： 20
印　　次： 2018 年 7 月第 1 版　　2018 年 7 月第 1 次印刷

书　　号： ISBN 978－7－5115－5499－4
定　　价： 58.00 元

一个人知道自己为啥而活，

就可以忍受任何一种生活。

目录

1

❀❀❀❀❀❀

在没有任何征兆的情况下，厂里突然宣布一批职工要下岗失业。

消息一出，立马在厂里掀起轩然大波，一时闹得沸沸扬扬。

鱼那么相信水，水却毫不留情把鱼给煮了。

这几天，刘立秋的眼皮一直跳个不停，左眼跳了，右眼又跳，慌得他心里像抱着一个刺猬。男左女右，他扳起手闭上眼，嘴里念念有词："左眼跳财，右眼跳灾。"让他拿捏不准，两个眼皮有时都在跳，到底是灾是祸，心里没一点底。心情一下悲怆起来。

生活就是一种永恒的沉重的努力。

52岁的刘立秋是齐州北方陶瓷厂成型车间副主任，到了这个年龄，能在四五千人的国营大企业混个一官半职，并且是个中层干部，已是相当不容易。他儿子再有一年大学研究生就要毕业，要是运气好考上国家公务员，这对孩子的整个人生将是一次巨大的飞跃。

刘立秋的感觉就像做梦一样，本来家庭和事业上顺风顺水，让他做梦也没想到，下午厂里召开中层以上干部大会时，厂长在大会上沉重宣布，企业因欠债太多，包袱太重，受经济效益下滑等诸多因素制约，将进行大规模减员增效。

世上的事，首先要有出，然后才有进。这是规矩。这两年来，企业拖欠工人工资就像女人的例假一样已成惯例。尽管工资不能按时发放，但只要按时上下班，架子不倒，早一天晚一天开工资已不是天底下头等大事。晚几天开工资，总比灯泡厂、有机化工厂、真空泵厂和耐火材料厂纷纷破了产，成千上万的产业工人一夜之间沦为下岗职工要强之万倍。刘立秋心惊肉跳的是，厂长在大会上振振有词道，从今天开始将分期分批对人员进行裁减。厂长瞪着一双圆眼，神态言语准确无误显示着答案。他知道，裁减下来的人就不让他们再来上班，转眼就成了下岗职工。都四老五十的人，下了岗还能干些啥？

刘立秋对分期分批这几个字特别敏感。人已分不出清浊，水能清者自清，浊者自浊，成了当今社会的稀罕风景。自当上成型车间副主任后，他和主任任百胜的关系一直很微妙。面和心不和。车间里有啥大事小情,任百胜时时处处像贼一样提防着他,时不时还给他一双小鞋穿穿。刘立秋心想若是成型车间有一名下岗名额,任百胜肯定会首先想到他。

这事说来话长。当初厂里根据民意,要通过民选提拔一批车间主任、副主任。刘立秋当时是烧成车间的技术员,并且老早就是车间骨干,参选烧成车间副主任是灶王爷吃糖瓜,稳把抓的事。但他嫌烧成车间一年 365 天,天天都和高温打交道,便发誓有朝一日一定跳槽到别的车间,换个工种,不仅是换个工作,关键还换个环境和活法。明知山有虎,他却一头撞南墙偏向虎山行,于是竞选成型车间副主任。

任百胜比刘立秋大五六岁,已是五十七八的人,过几年就到退休的年龄。得知刘立秋不知深浅要竞争成型车间副主任时,便托人捎话,劝他条条大路通罗马,何必非得在成型车间这棵歪脖子树上吊死。若听从劝告,往后见面还是好兄弟,和气才能生财。刘立秋心里憋着一股劲,等待着井喷的那一刻。把任百胜的话并没当回事,嘴里还不三不四道,成型车间是北方陶瓷厂的生产车间,又不是他任某人的车间,厂里也没明文规定,不让其他车间的人去竞争。是骆驼是马牵出来遛遛才见分晓。结果,刘立秋一路过关斩将,如愿当上成型车间的副主任,成了任百胜的副手。任百胜在厂里打拼大半辈子,也不是吃素的料,他一天到头鼻子不是鼻子,脸不是脸的,整天把刘立秋拴在车间,让他和工人们一样干活,从上任副主任那天起,一直不给刘立秋安排办公室。谁也没料到,他像失去温度的容器,对命运的误解竟是如此根深蒂固。

后来,刘立秋才听说,任百胜有意提拔他表弟高有强当他的副手,没想到半路上杀出个程咬金,结果坏了他的大事,气得他背后咬牙切齿,大骂刘立秋不识好歹,忒他娘的不是好东西。他仍然痴迷于他的坚持。而刘立秋虽然自信,却不能深刻相信自己。每次向任百胜汇报车间工作时,头几声他根本就没搭过腔,只是“啊啊”几声,就像刘立秋啥屁也没放一样,完全把他的存在当成空气。具体咋办没了下文,过一天再去问时,任百胜竟一脸迷茫,反而猪八戒倒打一耙,“你啥时候和俺放屁了,说了俺还能知不道?”骨子里是小市民的斤斤计较,翻脸不认人比天气变化还快。他有事直接安排车间里的班组长,俨然刘立秋是个不值一提的废物。心急吃不得热豆腐,这让刘立秋很郁闷,心里的压抑就像是一座高山。有好多次,去找任百胜交心并承认错误,而任百胜把胃口吊得很高,最终只看到任百胜那张怪异的面孔。刘立秋万万没想到,两人竟是如此尿不到一个壶里。而任百胜三天两头跑到厂长那里告刘立秋的黑状,说他工作浮皮潦草,没一点领导才能,最可气的是在车间称兄道弟拉帮结派,结果搞得一团糟。

厂长听后思想像列车一样脱了轨,勃然大怒。立即安排厂办和保卫处到车间进行明察暗访,查了半天并非似任百胜说的那么玄乎,问题也没到不可收拾的地步,反而有不少工人反映,说刘立秋这个副主任没一点官架子,整天待在车间和他们埋头苦干同甘共苦,这样的车间主任打着灯笼也难找。厂长听了调查汇报后,一时丈二和尚摸不着头脑,大惑不解:“这是唱得哪一出?到底哪是真,哪是假?”最终结果功过相抵,不了了之。

人心比人心,好比粪土比黄金。任百胜一手遮天,这些年一直把刘立秋当落水狗痛打,几次三番也没把刘立秋挤对下去,反而弄得自己似猪八戒照镜子,里外不是人,就像心胸狭窄的周瑜一样,精心算计,最后赔了夫人又折兵。

刘立秋知道,明明可以靠本事吃饭,现在偏偏要靠人际关系。这一次任百胜的机会终于来了,毫无疑问会利用这次千载难逢的机会和手中的权力,将他一脚踢出成型车间,从而将他置于死地,以解心中压抑已久的怨恨。刘立秋心里知道,这次各车间上报下岗人员名单,任百胜脱了裤放屁,根本不用多这遍手续,没和任何人商量,报谁留谁都是他一人说了算,因为刘立秋这个副主任,任百胜从来就没拿他当块咸菜,在他眼里就是一堆狗屎。

刘立秋凝神注目,思忖良久。他的眼皮跳得越来越厉害,让他心里没一点谱。本来他想到厂部甚至厂办打听一下,在第一批下岗失业人员名单中到底有没有他。但这样会有此地无银三百两之嫌。他脸色发灰,眼睛毫无光彩。思前想后,劝自己听天由命。反正是福不是祸,是祸躲不过。

悲痛难以用语言来表达。他的头一下又胀得很大,就像有人拼命往他脑袋里充气。都这个年纪的人了,万一真有一天下岗失业,到社会上还能干些啥?一时难过的他眼泪在眼里直打转,眼前变得模糊起来。

夜里,刘立秋做了一个梦,梦里被绳子勒住,气都喘不上来。在下岗人员名单中,第一名就是他刘立秋。惊得他一骨碌爬起来,大口大口喘着粗气,脸上的汗水“哗”地淌下来。惊魂未定之际,又猛然发现老婆何巧玲在被窝里一个劲抹泪。她的目光如同断线的风筝,飘忽不定。再三追问,何巧玲才哭诉道:“俺从明日开始下岗了,就成没娘的孩子!”说完,呜呜地哭起来。

这太出乎刘立秋的意料,长长地叹口气,一句话也说不出来。

2

❀❀❀❀❀❀

鸟儿的翅膀扑过天空，蓝天像大地被犁铧触动一般，留下一道并不明晰的痕迹。

何巧玲比刘立秋小四岁，已是快五十的人，再来两年就到退休的年龄。她年轻招工就业时，死活不愿去耐火厂、陶瓷厂，而是烦人托面找到一个八竿子打不着的远房亲戚。因这个远房亲戚在政府部门当点小官，并且和劳动局的领导熟头麻花，通过人家的通融把她安排到了无线电厂。就这样闷着头一干就是二十多年，再有两年就到退休年龄，谁知在这节骨眼上，在没任何征兆的情况下，企业说破产改制，一夜间就拉了倒，一想起这些简直就是天方夜谭。

突然下岗失了业，没有挣钱吃饭的饭碗，何巧玲死的心都有了。她伸出舌头将嘴巴舔了一圈，一个妇道人家，上不算老，下又不算小，厂里一下不让去上班，整天窝在家里大门不出二门不进，还能干些啥？在厂里上班时，虽说每月的工资开得越来越不及时，但每天按部就班到点就去上班，已成规律，并且是她这辈子的精神支柱。看到街上行走着忙忙碌碌的人群，起早贪黑上一天班累得腰酸背痛，但起码有种事业感和归属感，没有被社会遗弃的悲凉氛围。

正午的阳光从窗户里泻了进来，照在她的脸上。显得她的脸和手更加沧桑。现在倒好，说不上班就不上班，连个说话评理的地方都找不到。不上班，总不能让人也把嘴缝住，不吃不喝，或者喝风咽沫吧！

何巧玲一脸茫然，疑惑不解。真想出去骂大街当泼妇。啥破市场经济，啥市场经济转型，统统都是骗人的鬼话。搞市场经济，搞企业转型改制，也不能一下搞到工人的头上，既没了赖以生存的工作，又砸了张口吃饭的饭碗。简直是曹操遇蒋干，倒了一辈子大霉，这世上还有公理可言吗？

人间有定数。早在半年前，无线电厂就有传言，说企业早就资不抵债，要进行破产转型改制。尽管此事传得沸沸扬扬，说得有鼻子有眼，何巧玲却没拿当回事，打死她都不相信，好端端一个企业，总不能说拉倒一下就拉倒不行了。虽说她肚子里时刻在敲鼓，心里胡乱扑腾，但必定瘦死的骆驼比马大。在厂里风风雨雨几十年,期间有许多变故,但都有惊无险,每次都硬挺了过来,这次也肯定能化险为夷。但看到身边的其他企业,也纷纷传来要破产改制的消息,特别是刘立秋回家也说,北方陶瓷厂要进行大规模的减员增效,她才心惊肉跳起来,知道此前的传言绝非空穴来风。后来终于有一天,她所在的车间机器全部停止了转动,何巧玲这才相信,狼真的要来了。

尘土仿若往年的旧事,在一些散漫的时光里,已经四处飞扬了。而一片云彩的阴影,压低了整个大地的背景,在黄昏里如此绚烂。何巧玲和刘立秋结婚已二十多年,尽管刘立秋凭借自己的本事,竞争上车间副主任,但也没见到他脸上眉飞色舞喜悦过。她断定,虽然当上了这个副主任,当得也肯定不顺心,甚至窝窝囊囊。她知道,咬人的狗不一定汪汪直叫,汪汪叫着的狗不一定去咬人。自和刘立秋谈恋爱到结婚这么多年,她知道自己的男人心里一直有一个宏伟的目标,这个目标不仅仅是出人头地,关键还要在人面前活得扬眉吐气。为了这个目标,刘立秋时刻努力着,当他费九牛二虎之力慢慢接近这个目标时,没想到他面临的同样是深不可测的万丈深渊。

夕阳西下,燃烧着天边的云彩。那些更早年的事情,却时时像突兀伸出的探头,照耀着她的今世。何巧玲的心情越来越沉重,脑子像灌了铅。她一个人下岗失业,家里就掀去大半个角,万一刘立秋也下岗失业,这个家的天可就真塌了。塌了天的家,哪里还像个家样!想想这大半辈子,做了很多可做可不做的事。越想心里越愤愤不平,嘴里不由骂道:天底下的倒霉事咋都让俺摊上了。高中没毕业,赶上知识青年上山下乡,到农村接受贫下中农再教育,把自己彻头彻尾变成了一个农民;好不容易熬到了进城,又摊上计划生育,一对夫妻只准生一个孩子;含辛茹苦将独生子女拉扯长大了,上大学又赶上了自费;好不容易人到中年眼看到了退休年龄,做梦也没想到又碰上企业转型改制。昨天还是好端端的企业工人,一夜之间沦为下岗失业人员。

天底下的倒霉事,咋都让俺们这一代人摊上了?何巧玲思绪翻飞,似冬天窗外的雪花在飘舞。

何巧玲回忆起那些温馨的破败的生活,一下想起刘立秋早晨上班出门时,给她撂下一句沉甸甸的话。他说这话时头也没回:要是俺也下岗失了业,咱两口子半斤对八两,谁也不用笑话谁。到那时咱就将嘴缝上,饿死拉倒!

刘立秋竹筒倒豆子,直来直去。虽然说的是笑话,何巧玲听了心里却重如千钧,沉甸甸砸在她的心口上,费了好半天才喘匀这口气。

是福不是祸,是祸躲不过。何巧玲清秀的脸上有一双惊恐不安的大眼睛。突然丢了工作,就像人一下丢了魂。她躺在床上用被子蒙着头,睡得昏头昏脑。她不敢出家门,怕猛不丁遇到熟人,人家张口问咋没上班,脸上就是捂着狗皮也张不开口,说自己是下岗职工。下岗失业在她心里天生就比人家低十等,就像下岗职工不是正常人一样。

总有一条小河在心中流淌。何巧玲在厂里老实了二十多年,有时都担心树叶掉下来打破头。在厂里从不挑事更不惹事,到点匆匆上班,下了班又急急忙忙往家赶,把家看得和工作一样重要。特别是儿子小时候,连场电影都没时间去看,好像下了班不马上回家,家就飞了或者不再属于她的一样。辛辛苦苦几十年,一夜回到工作前。何巧玲越想心里越烦,心里越烦就越理不出个头绪,知道她的好日子已经结束,等待她的将是越来越坎坷艰辛的生活,是一条前无古人后无来者的艰难之路。

何巧玲睡得糊糊涂涂,也知不道时间到了几点,想起刘立秋早上扔下的那句话,知道有一些东西,被阻拦在慢性思维的院墙之外了。

3

❀❀❀❀❀❀

刘立秋的心思像夜色中的大山苍茫寥廓空寂,借着灰蒙的月光,越发冷峻,黑黝黝恍如一个巨人,随时都会倒塌下来。让他提心吊胆的事到底没变成现实。当他看到第一轮下岗失业人员名单中没有他的名字时,起初咋都不敢相信,他屏住呼吸,平心静气又从头到尾认认真真看了一遍,还是没看到他时,蹦到嗓子眼那颗狂跳不止的心,如释重负,才重新回到肚子里。

刘立秋长长地舒了一口气,所有的一切都在阳光下释放出炫目瑰丽的光芒,心里不由暗骂自己小心眼,以小人之心度君子之腹。他和车间主任任百胜虽然有过节,甚至成了他的眼中钉肉中刺。平时工作起来磕磕绊绊,大有水火不容之势,但到节骨眼上,人家并没投石问路,更没落井下石,不打不相识,风雨过后才见彩虹。

尽管没下岗失业,刘立秋面对眼前的一切,还是茫然了。风风雨雨二三十年,他们在一个厂子里或者一个车间里,还在一个大食堂里同甘共苦,下了班又住在一个生活区,可谓情同手足,一天不见,如隔三秋,见了面像电线杆子立在路边总得拉上几句,否则生活变得寡淡无味。现在他们当中好多人突然下了岗,心里就像吃饭时吃出一只苍蝇,让人恶心让人难受。

刘立秋神色疲倦,头发散乱,无精打采回到车间门口时,正好遇上已宣布下岗失业的张爱国。平时张爱国还算老实本分,一般不会轻易在众人面前发牢骚,背后也不说三道四,到上班的时候低下头就开始干活。有时上趟厕所也小步快走,生怕耽误太多的时间,好像他离开车间就没人再干活似的。有一年,他和刘立秋同时评上全厂劳动模范,又过了一年,刘立秋又评上了齐州市劳动模范。后来,刘立秋竞争上成型车间副主任,和张爱国成了低头不见抬头见的上下级关系。虽说是车间副主任,大小也算个车间领导,但车间主任任百胜大事小情,基本不和他商量,完完全全把他当成了摆设和空气,和车间里普通工人没啥两样。尽管车间里的人嘴上不说,但都知道任百胜在成型车间一手遮天,便为刘立秋鸣不平。也有人认为,狗咬狗一嘴毛,如今当领导的没几个好东西,整天指手画脚就知道动动嘴皮子,别的啥人事也不做,况且车间副主任是屁大的一个小官,干活又累不死人,领导干部不带头群众哪里还有劲头!就这样,刘立秋从竞争上副主任,一直在一线领着工人干活,折腾了半天最终也没捣鼓成脱产干部。在行使权力方面,还不如一个班组长,车间里的男男女女都在背后嘀咕,刘立秋这个车间副主任,是庙里的神像,摆设而已。

张爱国迎面碰上刘立秋,张口突然骂道:“你们当官的没一个好东西,关上门当皇帝,自尊自大。为啥下岗失业都是俺这些干活没本事的人,你们当官的却一个都不少!”

刘立秋听后心里充满了挫败感,更加愤懑不乐。一下变得张口结舌,“啊啊”了半天竟然一句话也说不出来。他的目光看上去很游离,像摇摇晃晃的风筝。知道张爱国平时像个闷嘴葫芦,看上去八竿子打不出个屁来,但兔子急了也咬人,不叫的狗张嘴咬人更凶狠。

张爱国慷慨激昂说完这些话,用眼睛瞪了刘立秋一眼,愤愤不平中竟然忍不住张口开始骂人。他的嚷嚷声立即引来不少人围观,聚在一起七嘴八舌议论纷纷。他们的感觉是怪异的、相悖的、莫明其妙的。

高有强是任百胜的表弟,谁也说不清这次下岗失业人员中竟然也有他的名字。他张了半天口,费好大的劲才说:“刘副主任啊,俺可是听说下岗失业名单中最初也有你的名字。是不是你走后门给厂长送了礼,才对你刀下留情!”

“赶水牛上山,逼到头上了。”胡岚也随和道,“出水才见两腿泥。别看平时当官的钩心斗角,但一到关键时候就官官相护。让俺们这些干活下力的人都下了岗,你们喝风咽沫俺不管,可往后的日子俺咋过,还让人活不活?”

刘立秋面红耳赤,突然有种无言的孤单。鱼流的眼泪可以在水里,而他的眼泪只能流到心里,面对群情激昂的这些人,结结巴巴一时知不道说啥好。他非常同情这些突然下岗失业,失去饭碗的兄弟姐妹,但他人微言轻,在领导面前根本没说话资格,就算说了也是嘴上抹石灰白说。特别听到高有强说当初下岗失业名单中也有他的名字时,不由哆嗦一下,这是他最担心的事。但他真的谁也没找,更没跑到厂长办公室哭哭啼啼低三下四去求情,一直听天由命。也许任百胜当初真的将他也打入黑名单,后来又良心发现,令他起死回生。面对昔日情同手足的同事,他盯着一家人无言以对,内心有千言万语,但话到嘴边却前言不搭后语:“俺……俺啥也知不道。俺也非常同……同情你们。但俺……俺也是下力干活,一直和你们同甘共苦。说白了俺连个跑腿的都不是,想帮你们也无能为力呀!”

说客不凭别的,就凭一张嘴。张爱国十分气愤,张嘴骂道:“少放没用的咸屁,事已至此,说啥都是废话。兄弟姐妹们,咱不能坐以待毙任人宰割,咱们要团结起来,到厂部找厂长讨个说法。凭啥无缘无故让咱们下岗,难道咱们在车间像骡马一样给他们下力干活还低人三等!”

没想到张爱国的话竟是如此有鼓动性,三言两语就把一家人的情绪给调动起来,群情激昂,吵吵嚷嚷,前呼后拥往厂部办公楼拥去,找领导讨个说法。

刘立秋内心的力量闪着强光,但也慢慢黯淡下来,和静水流深的生活犬牙交错结合在一起。知道此时就是摊烂泥咋也扶不上墙头,别人已宣布下岗失业,而他名正言顺还是在职人员,谁都敢找厂长评理,唯独他没这个胆量。事已至此,他也不想惹是生非。尽管心里非常同情这些一夜之间沦为下岗失业的兄弟姐妹,但眼下他也是泥菩萨过河,自身难保,自己没下岗已经烧了高香,如果不分青红皂白瞎掺和,说不定在这些下岗失业名单中又多了他的名字。

刘立秋油锅里煮豆腐,越煮越燥,不由扼腕长叹,完全没有自己的主张。他咋也想不明白,世道说变咋变得这么快,快到令人眼花缭乱,连个思想准备都没有,国家难道从此不再需要当初喊得震天响的所谓产业主人?当初工人阶级领导一切,现在下岗失业的都是这些所谓的领导者,转眼成了没娘的孩子,姥姥不疼舅舅不爱,似过街的老鼠。他这么猜疑着,有点感伤欲泪。知道身边的好多国有大企业也和北方陶瓷厂一样,在市场经济的大潮中,一个个都完了蛋。当初大批的主人成了下岗失业中的一员。回过头再想想自己,拖了初一,拖不了十五,早一天晚一天肯定也逃脱不了下岗失业的命运,如果真到了下岗失业那一天,路还在脚下吗?活路又在哪?

刘立秋的举止表情看上去有些唯诺,甚至有些卑微,但眼神里却依然透着精明。

4

❀❀❀❀❀❀

公鸡不下蛋,没米不做饭。

自宣布第一批工人下岗后,北方陶瓷厂一下子变得萧条起来。成型车间原来十几条生产线一下关了六条。烧成车间的六条隧道窑也停了四条。昔日热热闹闹人声鼎沸的热闹场面转眼成了明日黄花。刘立秋突然觉得有一条百足虫沿着他的脊梁骨在爬,从头一下麻到脚后跟。

心中总有一条小河在流淌。刘立秋站在机器前,望着空荡荡的车间心事重重。突然看到车间年轻的办事员文超朝他快步走来,边走嘴里好像还嘟囔着啥。

文超气喘吁吁来到刘立秋身边说:"刘副主任啊,任主任让你火速到他的办公室,有急事找你。"

刘立秋听后心里一阵别扭。文超可是任百胜身边的红人,好像故意喊他的职务,并且将这个"副"字喊得特别清楚,之前他可从没这样称呼过自己。

刘立秋忙问:"任主任找俺?他找俺有啥事?"

文超脸上的笑有点勉强,强装欢笑回答:"主任喊你有啥事又没和俺说,俺咋知道。去了不就清楚啦!"

刘立秋陷入一种无言的沉默中,忍不住笑了一下,笑的幅度不是很大,是那种刚一笑出声就马上收敛回去的笑。他知道自己刚才问了一句多余的废话。随后心里又琢磨,任百胜这时候突然打发人找俺肯定有急事,之前他可是从来没主动找过一次,有事觍着脸和他说上三遍,都成了耳旁风,一副划清界限,事不关己高高挂起的样子。费了半天唾沫星子,他最后若无其事又问:你刚才说啥?刘立秋只得从头再认认真真说一遍,任百胜听后"啊啊"两声,便没了下文。

这时,刘立秋不仅看到了幻觉,甚至成了幻觉中的人物。费了半天脑筋也没想明白。也许没让他下岗,任百胜喊他去等着邀功,好让刘立秋对他感恩戴德,最后像宰猪一样狠狠宰他一刀,好好出出血才解恨。

任百胜办公室的门敞着。此时他背着门站在窗前。他明知道刘立秋走了进来,但就不张嘴说话。办公室里十分安静,像世界静止了。

刘立秋憨厚地微笑着，像一块裂了嘴的石榴，他问得很小心也很认真："任主任，俺来了，你找俺啥事？"

话音刚落，任百胜猛地一下转过身，只见他脸色严肃，像纪委书记找人谈话，满面怒色注视着站在面前的刘立秋。随后抬起手指着刘立秋义正词严，斥责道："刘立秋啊刘立秋，俺真是瞎了眼，咋和你这种毫无政治觉悟的人搭班子。做梦都想不到你竟然搬起石头砸自己的脚，是个成事不足，败事有余的熊玩意。"

落花有意，流水无情。刘立秋被任百胜骂得狗血喷头，顿时目瞪口呆。他浑身上下寒气袭身，结结巴巴问："任主任你都说了些啥？俺没听明白。到底咋了？"

任百胜越说越激动，突然憋住声忍了几秒钟，用手指头指着刘立秋的鼻子，蓦地迸出两句话："要想人不知，除非己莫为。你咋了？都是你办的好事戳哄下岗职工到厂部上访。你真是个唯恐天下不乱的拌草棍子。你在前头拉屎，俺还得跟在你腚后头给你擦腚。"

欲加之罪，何患无辞。

"俺啥时候戳哄工人上访？咋成了拌草棍子？"刘立秋不明就里，心里一下来了气，"你今天要把话说明白，俺拌啥草，在哪拌的草？"

任百胜火山爆发般开始折腾，扳起手指数落道："俺早就知道你当这个副主任心里憋屈得慌，俺也知道你庙小妖风大，到了节骨眼上就兴风作浪，就给人家上眼药水。你刚才和那些下岗工人都捣鼓了些啥？是不是没让你一同下岗，心里烧包难受！"

刘立秋呆站着，像块石头。他的紧张远远多于激动，辩解道："天地良心，俺啥也没说，就是觉得他们下了岗有点可惜，对他们有点同情。"

"狐狸尾巴到底露了出来。"任百胜鼻子哼哼了几声，手里仿佛一下有了尚方宝剑，大声道，"他们下了岗有点可惜，你心里同情他们。所以就戳哄他们到厂部去上访去闹事！"

这个代价付出的毫无理由。刘立秋心头充斥着沮丧、失落和忧郁的情绪："俺真的啥话也没说，不信你买上四两线纺纺。他们要找领导讨个说法，俺也拦不住呀。"

任百胜义正词严道："你是孙悟空当齐天大圣，自封为王。俺站在窗子前看得一清二楚，你首先给他们出主意，然后鼓捣戳哄他们到厂部上访，堵厂部办公大楼。你要是不戳哄，为啥不将他们拦下？要不他们有天大的胆子，也不敢轻举妄动。越抹越黑，俺早就看出来了，你就是那个幕后老板。"

刘邦杀韩信也没这么迫切。刘立秋哭笑不得，此时跳进黄河也洗不清。他这个副主任就像个裤衩，领导放啥屁都得主动接着，叹息道："不做亏心事，不怕半夜鬼叫门。你可以派人去调查,要是俺真戳哄他们上访闹事,俺立马辞职走人。”

“这话可是你说的。”任百胜像抓住一把救命的稻草,脸上浮现出阴森,充满杀机地冷笑。

“是俺说的,是俺亲口说的。”

任百胜冷笑道:“山中无老虎,猴子称大王。你把天捅了个大窟窿,还得让俺给你堵窟窿眼。咱们骑着毛驴看唱本,走着瞧!”

原来看似暖意融融的和谐氛围,已彻底破裂。这时,电话突然响起来,任百胜用手点了点刘立秋,咬牙切齿道:“你节生生甭说话,俺就不信治不了你。”拿起电话,转眼毕恭毕敬道:“厂长,俺是任百胜。去厂部?是。刘立秋就在俺这里。他这个人是空棺材出殡,目中无人。”

刘立秋看到他眼睛里流露出可怕的轻蔑的神情,那种轻蔑多少年后记忆犹新。

5

金秋十月,阳光四处飞溅,像电焊工人操作焊枪时喷出的火花。何巧玲啥也没收获到,反而成了身价一文不值的下岗职工。

太阳离西山还有一竿子高的时候,她筋疲力尽开了家门,腿还没迈进屋门,就闻到一股刺鼻的酒味从屋里飘然而来。她有些纳闷,难道酒瓶子被猫碰倒了,按说酒在橱子里,花猫是碰不到的呀。

何巧玲的手心一直在出汗,但身上却有些冷,正当百思不解时,突然听到屋里还有动静,一个危险的念头窜进脑海:莫非家里进了贼?

何巧玲站在门口像牌坊上的雕刻一样凝重,为给自己壮胆,便大声咳嗽起来,并跺得田地“咚咚”直响。

“你这老娘们不进屋,神神道道捣鼓些啥?”

声音是从屋里传出来的,像从深巷升起的炊烟一样虚幻。何巧玲仔细一听,是刘立秋说话的动静,一颗悬在半空中的心终于放下来。两步来到客厅,看到茶几上摆着一盘齐州酥锅和一小盘猪头肉,还有一碟齐州酸咸菜。刘立秋坐在沙发上喝得醉醺醺的，看人的眼神直勾勾不转弯，说话张口结舌。

何巧玲的紧张远远多于激动，埋怨道："不年不节，不晌不午，一个人关上门喝啥闷酒？"她清楚地记得，早上出门时，刘立秋早就上班去了。他啥时候回来喝成了这样？

刘立秋两眼直勾勾盯着何巧玲，前言不搭后语道："你……你这是跑……跑哪去了，俺心里不好受，回……回到家，连……连个人影都没有。"

他的问话，一下化成一种情绪，一种精神象征，让何巧玲哑巴吃黄连，有口难言。假若要是她没下岗，早上出门上班时，迎头碰上一个金元宝。她长叹一声，无奈道："厂子破了产，俺们都成了下岗职工。车间主任串联俺们，明天一早到市政府讨个说法。让俺们不明不白下了岗，总不能连个屁都不敢放！"

何巧玲沉浸在无限感慨之中，又说："这次俺厂里的下岗职工差不多有五百人，大家一听上访讨说法心可齐了，都说只要政府部门不给一个满意的说法，或者不给重新安排工作，就天天去堵政府的大门。在市里解决不了，就准备去省里堵省政府大门，直到问题解决为止。"

刘立秋的思想像空中飘然而过的一朵浮云，遥远而虚无。目不转睛盯着何巧玲，像是盯着她赤裸的身体。心里羡慕她们企业的下岗职工敢作敢当。想想自己莫名其妙打发下了岗，在外连个屁都不敢放，躲在家里一个人喝闷酒。这才知道借酒浇愁，愁更愁。当初自以为在厂里英雄了大半辈子，到了最后连个屁都不是，这让他捂着狗皮也没脸出去见人。再瞧瞧何巧玲，她在无线电厂上班时，虽然是个小组长，但她一直也没把自己当成一个多么了不起的人物。

想想今天的事，心里实在太窝囊，这个代价付出的没一点理由。张爱国带头去厂部闹事讨个说法，这是他的事，与俺没一毛钱的关系？思前想后他没说过一句偏激和戳哄的话，更不是他们的幕后老板，鼓动一家人到厂部闹事对他有啥好处？特别是在这节骨眼上，自己都泥菩萨过河自身难保，怎能香臭不分。他心里清楚，自从竞争上这个副主任后，就成了任百胜眼中钉内中刺，像是一块心病，随后又成众矢之的。他不是诸葛亮，更不会料事如神。虽如愿以偿竞争上成型车间副主任，这才知道自己当初是多么心血来潮。当时有人劝他去哪都行，就是别去成型车间，在全厂所有车间主任中，任百胜是最不好相处的。特别是任百胜曾托人向他捎话，劝他不要八十岁老婆婆拜堂，白白浪费一对花烛。但他却把这些都当成耳旁风，最终结果落在任百胜精心设计的陷阱中，背上不仁不义，不顾全大局的黑锅。让他下岗不要紧，一定要找厂长解释清楚这件事，工人上访绝对与他无关，他更没在背后唆使他人干些见不得人的勾当。但厂长此时根本不乐意见他，更没闲工夫给他解释清楚的机会。最后只得将一肚子话，重新压实再放回肚子里。

刘立秋孤独地喝着闷酒，知不道自己要干些啥？脑袋昏昏沉沉，好像思考问题都慢了半拍甚至一拍。以至何巧玲问他话都没听清楚。他目光痴呆，望着站在面前的老婆，一时不知所云。

何巧玲大声叫起来："和尚不吃豆腐，真是怪了。你喝酒脑袋真是被驴给踢了。"

刘立秋像和影子交了朋友，十分孤单，嘴里"啊啊"着，就是不说话。

何巧玲一时有些茫然，想了好一会，苦笑道："俺问你今天咋下班这么早，是不是摊上了啥大事？还是有事提前下班回来？"

刘立秋表情痛苦，低着头，长久不语。伸出右手摸起酒瓶又哆哆嗦嗦开始往酒盅里倒酒。何巧玲一把将酒瓶夺过来，生气道："喝喝喝，就知道喝。到底出了啥事，让你喝成这样？你倒痛痛快快放个屁！"

刘立秋打掉牙齿和血吞，仰面往后一躺，山一样倒在沙发上，随后眼泪"哗"地淌满了半边脸。

打灯笼走铁路，真是见了鬼。结婚这么多年，她还从没见过刘立秋如此伤心，更没看到他流过一次眼泪。她知道，当家的此时一定遇到了难处，并且是天大的难处，心一下软和下来，安慰道："孩子他爸，葫芦藤上结南瓜，咱没见过稀奇古怪的事多着哩！有啥事说出来，千万别窝在心里。就算天大的事，俺也和你一块扛着。只要咱两口子一条心，就没过不去的火焰山。"

刘立秋伤心欲绝，声音低沉，语速缓慢，说到后来，眼角泛起一串泪花，声嘶力竭道："老婆啊，俺对不起你。俺掉进人家挖好的陷阱里，被人算计了。卸磨杀驴呀！呜呜……"

6

❀❀❀❀❀❀

刘立秋心里的感觉就像一堆被人随手扔掉的垃圾。他天天待在家里，大门不出二门不进，整天将自己灌得醉醺醺的，好像世界到了末日。

看到何巧玲每天风风火火和她们无线电厂的人去市政府上访，后来每天都带着交插，一副打持久战的样子。

世上很多事情都是用语言来改变的。刘立秋看到何巧玲乐此不疲，冷笑道："要饭的丢了棍子，狗都欺负。要是猪八戒能成为美男子，俺也带头去上访。就怕捣鼓了半天，最后狗咬尿泡一场空。与其如此，还不如在家躺着睡大觉，虽说是混日头，心里倒也清闲。"

过程永远是过程，但不是结果。以前在厂里上班时，每天雷打不动都像钟表一样准时有规律，几点起床，几点吃饭，死钉死卯。到了下班时候，麻利地向洗澡堂涌去。在澡堂里泡个热水澡，一天的疲劳顿时烟消云散。然后穿好衣服就往家走。尽管身体有些劳累，幸福还是写在脸上。一进家门，将工作服一脱，系上围裙一头钻进厨房，开始麻利地择菜洗菜。随后拿起刀在案板上一阵舞扎，三个碟子两个盘的菜已备好。谁也知不道从啥时候开始，这个以生产陶瓷出名的北方著名陶城，男人下班后第一任务就是进厨房做菜做饭。而老婆的任务是将菜买回来，开始拾掇屋子打扫卫生，其他的事就算家里油瓶倒了，也懒得去扶一把，就像铁路上的警察，各管一段一样。备好菜后，男人在屋子里若无其事转悠一圈，像港督行走在湾仔码头。然后重新回到厨房，将炒勺放在炉灶上，"嘭"地一下打开液化气，等勺子热了倒点花生油，一阵油烟腾空而起，然后再放上葱、姜、花椒，随后将备好的菜倒进勺里，勺里立马蹿起一股火苗。他一手掌勺，一手端锅，三下五除二，转眼间一个菜炒好倒进盘子。

生活在这个城市的男人和刘立秋一样，掌勺炒菜是男人们的一种荣耀，谁要不会炒上三个碟子两个盘，出去会被人瞧不起，不仅说话办事没分量，在人们的心目中更没地位。

李煜因为迷恋于作诗而丢了江山，成为阶下囚；张居正的侄子因为"不会说话"，全家遭锦衣卫屠杀。刘立秋因为同情下岗失业的工人，自己也成为下岗职工。

上班的日子虽然忙忙碌碌，但心里踏实，日子有盼头。累，但心里快乐着。面对突然的下岗，他就像没有了翅膀的鸟，永远都飞不起来。心里像压上一座泰山，压得他喘不过气来。突然在家无所事事，开始混日头，这才感悟到啥叫度日如年！

这天，何巧玲出家门不久，张爱国就来了，这是下岗在家十几天来，第一个主动登门说话的人。刘立秋百感交集，抬头看了一眼，目光浑浊而呆滞。心里的感觉就是迷途在外多日的孩子，一下看到自己的亲生父母。

命运相同的人总有许多共同语言。张爱国和刘立秋年龄相仿。他望着刘立秋的背影很陌生，就像之前从未见过面，跟自己毫无关系；有时又觉得亲近无比，仿佛就是自己的轮廓和影子。他为人正派，脾气耿直，在成型车间多年一直是生产骨干。又因为他和刘立秋脾气性格相近,两个人一直走得比较近,聚在一起能说些掏心窝的话。刘立秋竞争上成型车间副主任后,任百胜明里暗里对他进行打压排挤。张爱国看不下去,常常替他打抱不平,咬牙切齿地骂:“和地主资本家一样心黑手辣。”

鞋子大小,只有脚知道。张爱国突然来访,令刘立秋好生感动。知道他无事肯定不登三宝殿,便试探性询问:“张师傅今天来找俺有啥事?咱干了大半辈子,被扫地出门混得屌蛋精光,往后的日子可咋过呀?”

在生活的巨浪面前,友情,有时就是一堆臭狗屎。张爱国叹息道:“刘主任啊,说来是俺对不住你。是俺带头到厂部评理,跟你没半毛钱的关系。可最后你却成了替罪羊。俺知道你心里憋屈,所以俺代表下岗的兄弟姐妹来看看你。”

刘立秋心中无刀,却布满伤痕。他听后一阵感动:“这事也怪不得你们,欲加之罪,何患无辞。事情已经发生并且早已过去,还提它干啥!小心驶得万年船。再说冰冻三尺,非一日之寒。就算这次没有你们上访的事,谁能保证下次不是别人的替罪羊。”

张爱国形象与内在不大协调,使他对刘立秋失去了评判标准,忧心忡忡道:“卸磨杀驴。下一步你打算咋办?咱才五十多岁,总不能英雄了半世,后半辈子像绵羊一样在家里窝着!”

“现在到了山穷水尽的地步,”刘立秋脸色难看的像块干咸菜,说话的声音带着哭腔,也充满了怨气,“书上说伍子胥过韶关,一夜愁白了头。当初打死俺都不信,以为是演义带有夸张成分,现在俺信了,信得一塌糊涂。”

张爱国快人快语,船直不弯肠子,连忙点头称是:“男人过了五十,撒尿越来越近,读报看书越来越远。实话告诉你吧,咱厂里下岗职工让俺来问问你,其他企业的职工都组织起来到市政府或市工业局上访,要求解决问题重新安排工作。现在咱厂里的职工还在等靠观望,关键是没个牵头的人。你是厂里唯一的下岗车间主任,其他都是一线工人,你说咱们是不是也组织起来去上访?要不杨柳树上不会结包子,天上更不会往下掉馅饼。”

那声音像温柔的叹息。刘立秋二思起来,感觉说啥都不好,在厂里上访时,他已替人背了一次黑锅,现在再大规模组织起来到市政府上访,动静捣鼓的是不是有点大?他脸上皱纹密布,脸色阴沉,目光迟钝,举止行动优柔寡断。万一再秋后算账,这个黑锅会不会又让俺一个人来背?转而一想,何巧玲所在的无线电厂已连续组织多日,天天到市政府和工业局上访甚至堵大门,也没见得谁把她们咋样!

“要饭的借算盘,穷有穷打算。”看到刘立秋还在二思犹豫,张爱国鼓动道,“蜀中无大将,廖化为先锋。咱现在是下岗失业职工,是没娘的孩子,光脚的不怕穿鞋的，怕个球。”

刘立秋就像懂得一场战争，突然问：“自古华山一条路。难道咱只剩下上访这一条路可走，没了其他办法？”

张爱国还是那副百年不变的样子，心里觉得刘立秋问得有些荒唐、可笑。要是有别的办法谁还会无缘无故地下岗？要是还有一丁点儿办法，谁会吃饱撑得没事找事到政府门前丢人现眼！这么一想，他的心思一下平静下来，随后又劝道：“当年项羽攻秦是破釜沉舟，现在咱们集体上访，是蚂蚁搬泰山，下了狠心。都说天无绝人之路，可咱眼下的路在哪？咱们要养家糊口，月底钱从哪来？千万不要听厂领导的一面之词。他们张口胡咧咧无所谓，咱总不能也胡咧咧来糊弄肚子，一家人还要张嘴吃饭！”

刘立秋心里有种听君一席话的感觉，知道英雄气短，他不能再死要面子活受罪，像饥饿的婴儿一样拼命咬住奶瓶，问张爱民：“你们想咋办？俺也算一个。只要不是打砸抢，出去干违法乱纪的事，人家咋办咱就咋办。反正天已经塌了，再捅个窟窿又咋样！”

张爱国咧嘴笑笑：“疾风识劲草，日久见人心。你能参加，就像哑巴亲嘴，好的没话说了。”

7

❀❀❀❀❀❀

东山边那几根大烟囱使劲喷吐着乌黑的烟云，给齐州市上空蒙上一层浓密的黑纱。

刘立秋看来到市政府上访，是件说起来容易做起来非常难的事情，绝对不像十几天前张爱国振臂一吆喝，一家人前呼后拥到厂部那么简单。

大胆的猜想，让他感觉到一阵阵羞愧，同时又无法抑制浮想联翩的继续。

之前，他们经常路过市政府，但谁也没进去过。他们不是不想进去看看，而是进去没事，知不道进去找谁。再说市政府又不是人民公社大会堂，掏出钱买个票就能随便进去呆上半天。现在他们是下岗职工，要组织起来上访，甚至和其他单位一样堵政府大门，而不是被市领导邀请去做客或汇报请示工作。一想到堵政府大门，刘立秋心里就像抱着一只小兔，两只眼睛像金鱼一样鼓着。随便去堵政府大门，可不是一件无足轻重的小事，由谁牵头，咋组织，去多少人？还有去的路上或在上访期间发生意外咋办？这些都像一团乱麻塞满他的脑子。他的心思就像咸鱼不会在水中游弋一样。为此，他骑上自行车专门偷偷到市政府门前暗中进行观察，发现市政府门前每天人山人海，都是突然失去饭碗的下岗职工。他们打着横幅，群情激昂，不时振臂高呼口号。那架势就像一张张蓄满力量的弓。这场面让刘立秋一下想到文化大革命时期造反派和红卫兵。他既受到上访场面的影响，也感到上访混乱局面的悲哀。转而一想，要是他们没下岗，每天都有工作干，谁也不会吃饱撑得没事，跑到大庭广众之下丢人现眼。

刘立秋眼睛里栖居着阳光般的自信。水中的鱼儿不会去关心下岗失业职工没饭吃；天上的鸟儿更懒得去计较股市的涨跌。他终于横下一条心，准备去找张爱国他们商量，赶紧分头通知北方陶瓷厂的下岗职工，明天一大早也到市政府。众人拾柴火焰高，他的意思是能去的尽量都去，人越多越好，人多力量大，法不责众。他走出家门，转身锁上门时，突然看到刘立夏站在自己面前。

刘立夏是刘立秋的弟弟，比他小两岁。之前是鲁中耐火材料厂的工人，去年初突然心血来潮辞职下海经商，天天在外疯跑，他们兄弟俩已好几个月没见面了。

刘立秋兄弟姐妹共三人，他上面还有一个姐姐叫刘立春，比他大三岁。因为出生在那个特殊的年代，他们姐弟三人喝的墨水都不是很多。当年爹娘生了他们后，为起名字犯起愁来。老爷子刘鹤之小时候读过两年私塾，多少认一些字，从十几岁开始就从事陶瓷生产制造，一直到退休还是从事陶瓷行业。虽说是陶瓷行业的行家里手，但他文化程度必定不算高，会写自己的姓名，能简单地看看报纸，这和年纪差不多的同龄人比起来，已算有学问的人。找人给孩子起名，又怕欠人家的情分日后还不起，干脆关上门自己起。他苦思冥想了大半天，最后眼前一亮，觉得一年有二十四个节气，生在哪个节气就叫啥名字。女儿生在立春后第六天，就叫立春。之后三年的秋天，又有了一个儿子起名叫立秋。本来在立春之后，还生了一个女儿，但出生不到十天就夭折了。最后小儿子出生于立夏之际，故起名叫立夏。

时光像悄悄窃走人的健康一样，他们姐弟长大后，正好赶上提出“知识青年到农村去，接受贫下中农再教育”。按照国家政策，刘鹤之家必须有两个孩子到农村去。首先安排刘立春去了齐州市南部山区鲁山脚下的凤凰岭大队，成为风光一时的知识青年。两年后，刘立秋高中毕业，则被安排到齐州市陶城区西部大山里的岭西。因刘立夏年龄小，加之他姐他哥都已下乡，就可放心留在城里父母的身边。后来随着知青政策的逐步变化，就像十字街头贴出的告示，众所周知。他们终于在十一届三中全会前后，开始陆续返回城里并安排了就业。最后一批返回城里的刘立春安排到了街道办工厂。上了两年班，随着恋爱结婚生子，特别是莫名其妙生了一场病后，加上街道办工厂经济效益日薄西山，以没闲钱养活闲人为由，开始精减人员并最终将她除名。她就像穿上了一条连裆裤，错在一起也好在一起。从此她像无业游民一样成了家庭妇女。而刘立秋返城后，因男孩子力气大，招工到红极一时的齐州北方陶瓷厂，干了半年的搬运工后，随后调到烧成车间成了一名烧成工人。和哥哥姐姐相比，刘立夏似乎顺风顺水，一点弯路也没走，高中一毕业直接就业去了齐州耐火材料厂。进厂后才知道，齐州耐火材料厂历史悠久，早在1900年义和团运动前后，德国人就在此投资兴建了该厂，后来日本人在山东势力越来越大，德国人当初兴建的厂子又落入日本人之手。

一下看到多日不见的弟弟，刘立秋心里非常高兴，拉住刘立夏的胳膊就往屋里让。

刘立夏来到屋里，站在那里张嘴道："哥，你现在忙啥？是不是要出去办事？"

一句话问得刘立秋有点坐不住了，站起身来，满脸通红，随后在屋里踱来踱去，望了刘立夏一眼，二思了好半天才说："你哥现在是铁丝拴豆腐提不得。你咋样？辞职下海，挣了，还是赔了？"

刘立夏听后表情很不自然，他定定地看了刘立秋一眼："俺辞职下海是绸子揩屁股不惜代价。这一年多来，虽说没像人家那样捞得第一桶金，挣回一座金山，但多少也挣了几个小钱。关键下海经商轻松自由，不受人家的约束，不看人家的脸色，想干就干，不想干就睡大觉，活得自由自在，就像神仙一样逍遥。噢，俺听说你和嫂子都下了岗。下一步，你们打算咋办？"

刘立秋唉声叹气，回忆起那些温馨的破败的生活，感慨道："俺两口子说下岗都下了岗，没了工作就没了每月的工资。你侄子现在又上大学，方方面面都等着用钱。叫天天不应，呼地地不灵，死的心肠都有。这不俺正准备组织厂里下岗职工明日到市政府上访。你嫂子单位已连续上访好几天，到现在也没访出一点头绪。"

人之生也，与忧患俱来。这一年多刘立夏在外闯荡，多少开了一些眼界，并且见过一些世面，故作老成持重："铁棒磨成针，全靠功夫深。上访去闹点动静是必须的，但也不是水桶上安铁箍。咱身边到处都是下岗职工，到大街上一抓一大把。企业一个个完蛋拉倒了，国家肯定没财力物力，再建大批的国有工厂，来安排大街上的下岗职工再就业。"

"你说俺们该咋办？难道下了岗就不声不响在家等死？"刘立秋对弟弟的话非常不满意，但也觉得有一点点道理。此时他的自尊心在体内蛰伏了几十年，现在一点点被唤醒了，像冬眠的蛇。

刘立夏不紧不慢道："案板上砍骨头，干干脆脆。有朋友托俺，说像你这样陶瓷方面的行家里手，他们听说你下了岗，想聘请你去当技术员。"

刘立秋赶紧问："你朋友干啥企业？"

"乡镇企业。就在城南过境路边。"

刘立秋惊讶得张大了嘴巴，分明是老母鸡向黄鼠狼请教睡觉的姿势，哈哈大笑起来："甭价！捣鼓了半天敢情是个乡镇企业。俺可是国有企业的一个中层干部，虽说下了岗，但瘦死的骆驼比马大，怎么着俺也不会到乡镇企业打工。这事甭说了，你就是说破嘴皮子，俺也不去。堂堂正正国有企业的工人，岂能随随便便让那些泥腿子支使来支使去，当牛马使唤！"

"近视眼看月亮，好大的一个星。"刘立夏语调舒缓，口气中绝没有批评的声调，苦口婆心劝道，"此一时，彼一时。你现在是四大金刚腾空，悬空了八只脚。下岗成这个熊样还挑三拣四。抽空你先去看看，行就干，不行拉倒。退一万步说，实在不行，咱兄弟俩都当个体户，经商做小买卖也挺自在。现在咱可不是高粱秆做眼镜，摆副空架子的时候。"

刘立秋呆坐着像块石头，听后无言以对，喃喃道："这事你得容俺想想。就算行，也要等俺上访结束后，俺可不想在这节骨眼上，被厂里下岗的兄弟姐妹们骂俺是叛徒王连举。"

刘立夏望着哥哥，见他说出的每一个字都和他的腰一样谦恭地弯曲着，淡淡一笑："咱兄弟俩像是老太婆的脚趾头，窝囊了一辈子。不过俺觉得，眼下还是先找点事干着，总比在家坐吃山空强。再说你都是到了这步田地，就不要拽着胡子过河，谦虚过度。干干不行炒他鱿鱼就是，咱又没卖给他，活人还能被尿憋死啊！"

刘立秋低头不语，处心积虑维护着自己的面子，一不留神被弟弟撕得一干二净。

8

❀❀❀❀❀❀

家里没有钱，穷疯了。

刘立夏不得不辞职下海经商，表面看起来无忧无虑，自由自在，但在他内心深处也有着深深的疼痛。

刘立夏的老婆梁娟是一家集体企业灯泡厂的工人，因灯泡厂品种单一，加之产品质量不过硬，早在几年前就开不出工资，职工上班也是三天打鱼两天晒网。儿子刘谷雨六岁那年，梁娟下班回到家做饭时，一不留神把菜板上的菜刀弄得掉下来，正好落在她的脚上，一下扎出七八公分长的血口子。一家人手忙脚乱将她送到齐州市立第一医院进行包扎治疗。一个星期过去了伤口没愈合；两个星期过去了，伤口还是没愈合。一检查才发现她怀孕快两个月了。

刘立夏和梁娟知道他们这代人，国家政策只允许一对夫妇生一个孩子。再说他们生的第一胎又是男孩，这样说来再生第二胎比登天都难。怀上这个孩子简直太意外了！

梁娟多次哀求医生将孩子尽快打掉。但医生检查后告诉她，在伤口没完全愈合的情况下，坚决不能流产，若不然大人会有生命危险。

就这样，伤口迟迟没愈合，转眼就过去了大半年。不知不觉已怀孕八个多月。这让她犹如在沙滩上行船，进退两难！就像一瓢水泼在了地上，终于难以收拾。

刘立夏下雨背棉絮，越背越沉，托人找来一本全省计划生育条例，对此进行反复研究推敲，发现全省正在实施的计划生育条例规定，可以生育二胎的十种人中咋也不包括他们，但他们应该是最后规定的其他特殊情况的人。梁娟脚部受伤，到医院检查意外怀孕，三番五次要求流产，但伤口迟迟不能愈合，所以才久拖不决，这种情况应该百分之百属于特殊情况。

就这样，"超生二孩"刘小雪在市立第一医院出生了。孩子的意外来世，如果顺风顺水的话，那就是在搞笑！刘立夏两口子欣喜若狂，在他们身边比他们大或者比他们小的人一抓一大把，但在计划生育这条国策的红线下，儿女双全简直是天方夜谭，也有生龙凤胎的时候，但这种情况少之又少。从爸爸妈妈到爷爷奶奶、姥爷姥娘，乃至七大姑八大姨都笑逐颜开，祝贺这个孩子以这种前无古人后无来者的方式，来到这个世界上。一家人都说刘立夏两口子命好，命中注定儿女双全，将来肯定大福大贵。但谁也没想到，随着女儿的诞生，刘家从此也摊上了大事。

刘立夏的头发这些日子有些长，微微有些波浪，并且盖过了耳朵，浸到脖子里。他沾沾自喜，像个踌躇满志的年轻人。在女儿出生的第六天，他拿着医院的出生证明，兴高采烈来到派出所给女儿上户口。户籍员笑容可掬地接过出生证明和户口本，反反复复看了半天，那认真劲头就是在破获密电码。末了，对刘立夏说："你还差个材料，把材料准备齐全，再来办理吧。"

刘立夏问："差啥啊？材料都在这，户口本、出生证明。"

户籍员瞪了他一眼，没好气道："你这是二胎。二胎要有计划生育委员会批准的生育指标。没有生育指标，这孩子就是超生，按规定就不能上户口。"

多好的一件事，但偏偏在这个三岔路口上遇见了鬼。刘立夏听后顿时头皮发麻，心往下直沉，和户籍员争辩起来："怀上这个孩子纯属意外，俺们到医院去了好几次，要做人流手术，但大夫检查后怕大人有生命危险，所以一直拖着不给做。结果孩子就生下来了。"

户籍员把嘴一撇，痴笑道："你来派出所骗鬼吗？俺从没听说做流产手术有危险要死人的。是你们自已不打算流产，要把孩子生下来吧。"

刘立夏喉咙里发出咕咕的声音，没想到事情如此不招人待见，他像关进铁笼子里的猛兽，一下急红了眼："信不信由你，不信就拉倒。俺又不是大河里洗煤，闲得没事干。当时俺们真是特殊情况，要不你们到医院去调查。俺要不是特殊情况，人家医院也不会给俺开出生证明！"

"跟俺说这些没用，"户籍员秉公办事，就像包公包青天下了凡，她说，"你就是说得天花乱坠也没用。材料不齐全，你跑上一百遍也白搭，户口还是不能落。要想落户口，必须有出生指标，否则谁来俺也无能为力。"说完，将户口本和出生证明从窗口扔出来，落在刘立夏眼前。不管刘立夏咋哀求说好话，她将头扭向一边，再也不愿搭理他，不愿多看半眼。

就像一记当头棒喝，刘立夏张了张嘴，没说啥，没说啥并不等于没话可说，而是知不道如何说起。他垂头丧气从派出所出来，站在派出所门口二思了好长时间，前思后想咋也没想明白，去找谁要生育指标。想起户籍员看他的眼神，觉得自己这次是大炮打麻雀，亏本亏大了。就像黄宏、宋丹丹的小品，成了超生游击队。

一张热脸贴在人家的冷屁股上，如海啸前汪洋大海风起云涌。事情远没结束，梁娟生下女儿后脚上的伤口也慢慢开始愈合。刚出月子，灯泡厂就派人带话，说她请假在家养伤是假，在家借养伤明目张胆生孩子才是真，真是胆大包天。对这种以身试法，公然违抗国家计划生育一对夫妻只生一个孩子政策，不仅要严肃处理，还要依法开除出厂。

这是秃子头上的虱子，明摆着的事。

厂里的决定一诺千金，第二天就打发专人送来处理意见的红头文件和职工开除（除名）公职审批表。

八哥吃柿子，雷公打豆腐，专找软的欺。梁娟一下成了全厂违反计划生育政策的反面典型。文件层层上报，一直报到市计划生育委员会和工业局。最后他们又联合下文，在全市工业系统进行通报批评，说对这种公然对抗国家计划生育政策的可耻行为，要进行严厉打击和坚决从快从严处理。将其开除出厂合情、合理、合法。

隔着长江抛媚眼,没人理睬。两个月后,厂里分管计划生育的办公室副主任,领着灯泡厂所在地街道办事处计生办主任又气势汹汹堵上家门。进门二话没说,就扔在他们面前一纸“处罚决定书”,上说因他们两口子目无法纪,公然违抗国家计划生育政策,经研究决定并报市有关部门批准,对刘立夏、梁娟夫妇征收计划生育二胎社会抚养费两万元。

此时,梁娟心里有一股气从指头上爬出来,一路攀援上脊梁,身上的汗毛根根竖立如针。

梁娟心头的悲痛难以用语言来表达,听后头上如炸响了一声惊雷,哭天喊地道:“你们就是要了俺们的命,俺也拿不出两万块钱。俺又不能到银行去偷去抢!”

街道办计生主任黑着脸,像棵万年松柏那样站立着,冷笑道:“拉屎扒地瓜,两不耽误。你们都敢超生,难道就没钱?计划生育政策是一项伟大的国策,难道你们知不道,竟胆敢以身试法!”

浑身的伤痛,一肚子的委屈,梁娟哀求的声音就像挨刀的鸡:“俺当时真是特殊情况,本来没打算要这个孩子啊。”

别问为啥,有权就任性。计生办主任土地喊城隍,神乎其神,把眼一瞪斥责道:“宋江在梁山为王,那是后面有一百单八将。你们以为俺是三岁小孩子,真会找借口,假借特殊情况公然超生,都和你们这样有特殊情况去超生,计划生育政策还管屁用!你们眼睛长在屁股上,难道没看到屁股上有一腚屎!”

9

❀❀❀❀❀❀

没有青藏高原,哪来珠穆朗玛峰。

组织下岗职工到市政府上访,刘立秋忧心忡忡,他怕稍有不慎功亏一篑,最后无法收场。

一国之事要有世界的眼光。

何巧玲理直气壮对刘立秋说:“瞧你这点出息,咱都是四五十的人了,在工厂待了大半辈子,现在又不到退休的年龄,突然让咱下了岗,没工资收入,生活就没了着落。咱去找上级政府反映问题,保障咱们的合法权益,又不是去偷去抢,这是去讨个说法,维护咱自己的合法权益,你怕啥?”

何巧玲说的一本正经,就像公鸡不下蛋,没米不做饭一样。刘立秋嘴里嘟囔:“还提那些破烂国企干啥?你们已经连续上访了好几天,到底有啥结果?”

“谁说没结果,”何巧玲一下兴奋起来,眉飞色舞道,“秤砣虽小,能压千斤。起初几天是一点效果也没有,但到了第三天,工业局的一个科长来了,又过了一天工业局长亲自来了。这不今天分管工业的副市长叫啥来?好像姓李,李市长平易近人,丝毫没有责怪俺们的意思,他亲自安排人将俺厂的代表请进接待室,和俺们对了话。他说,市政府现正根据上级文件精神,制定下岗职工再就业有关政策。他还说,在共产党的领导下,工人阶级还是新中国的主人,党和政府不会对下岗职工不闻不问。反正他说的道理很深奥,俺也没全听懂,也没全记下来。”

生性耿直的刘立秋性格像石头一样坚硬,听后一下振作起来:“要是上访有效果,俺们明天也要去,并且组织好多人都去,要不黄花菜也凉了。再说过了这个村就没这个店,你们上访政府帮你们解决了问题,要是俺们厂没去上访,那些高高在上的官老爷,还以为俺厂一个下岗职工都没有。那样的话,俺们就亏大了,一直亏到姥姥舅舅家去。”

乌龟抬轿子,硬扛。刘立秋鼻子塞塞的,像患了重感冒。他和张爱国商量,赶紧下通知联络人,明天一早下岗职工全部到市政府上访,谁要是拖了后腿想坐收渔人之利,坚决不答应。

人心齐,泰山移。第二天一大早,齐州陶瓷厂的下岗职工除了几个有事出去回不来,和几个生病爬不起来的,一呼百应几乎全部到齐,他们像草原上暴雨前的蝗虫,黑压压一片。他们上访的目的朴素得像真理一样,给俺们一个吃饭的饭碗。

刘立秋之前从没见过这么大的场面,更没在黑压压的人群面前讲过话,一看来了这么多人,心里突然悲哀起来。好端端的一个企业,说拉倒就拉倒了,一夜之间让近千名工人下岗失业。冰山一角,九牛一毛。他没勇气,也没胆量在这么多人面前发表讲话,只是悄悄吩咐张爱国、高有强、胡岚他们,情绪千万不要过于激动,更不能破坏与上访无关的所有东西。上访目的就是要求政府给安排工作,给咱们一个吃饭的饭碗。

生命的价值,常常不是以它的长度,而是以它的宽度和厚度来衡量的。起初,他们围在市政府大门两侧,看着进进出出的车辆和机关工作人员,指手画脚说着风凉话。转眼时间快到十一点,从里面没走出一个人来问问,他们聚在这里干吗?看来里面的人对下岗职工上访司空见惯,把他们当成了空气。张爱国脑子一热,问刘立秋:“咱堵在这里半天了,人家根本不拿咱当块咸菜。咱来可不是看西洋景的，要不咱把大门给堵了吧。”说完，他振臂一挥，大喊一声，“来呀，把大门给老子堵上。”躲了初一，躲不了十五，他率先冲出去，结果一呼百应，转眼间一家人呼呼啦啦将大门堵得水泄不通。

就像水往低处流这 事实 样。显而易见，大门一堵，外面的来人和车辆进不来，里面的车辆和人又出不去，政府大院一下变成围城。里面的和外面的车辆一齐按喇叭，声音像海上发生了骇人的海啸。

吃猪血屙黑屎，这一招立马见到效果。就像他们之间似乎存在着一种深刻的隐喻关系一样。从大楼里慌慌张张跑出一个人，边走边嚷嚷：“干吗，你们这是干吗？有事说事，堵大门干吗？你们是哪单位的，把你们厂长叫来。”

张爱国像喊冤叫屈的人一样吼道：“俺们是齐州北方陶瓷厂的下岗职工，今天来上访是向领导反映问题，俺们要讨个说法，凭啥无缘无故让俺们下了岗。说了半天你是谁呀？你说了算能帮俺解决问题？”

来人瘦瘦的身材，戴着一副像啤酒瓶底一样厚的近视眼镜，让人一看就是识文解字的领导干部。那人不得已才亮明身份，齐州市政府办公室副主任。

单眼看老婆，一目了然。张爱国下巴抬得比眉毛还高，冷笑道：“麻子照镜子，有观点也没用。让比你官大说了算的出来和俺们对话。”

在周围喷火般的目光注视下，那人指手画脚又说，张爱国不理。再说，还是不理。最后只得悻悻地折身进了办公大楼。

以前，刘立秋不知多少次从市政府大门前路过，但粗心的他一直没细数这座办公大楼到底有几层，有多高。今天站在这里无所事事，突然有了兴趣，细细一数才发现是六层楼。这座建于六十年代的办公大楼，虽然看上去有些神秘，但已明显落伍，还不如他们陶瓷厂的办公大楼漂亮。前几年厂里效益好时，厂领导头脑一发热，拍板盖了十层办公大楼，不仅看上去气派，而且办公设施相当豪华。和眼前的市政府办公大楼比起来，简直是大巫见小巫，堂堂的市政府大楼显得相当寒酸，一点富丽堂皇的气派都没有。

刘立秋像个踌躇满志的年轻人，心里有满腹委屈无处倾诉的憋屈。突然又看到从大楼里快步走出五六个人，领头那人看上去不到五十，只见他气宇轩昂，大步流星朝他们走来。跟在他身后的还有刚才出来的那个办公室副主任。刘立秋仔细打量着，观察着走在前面的那个人，举手投足很有派头，透着一股官气，还隐隐透着威严与权力感。一看这阵势，来人一定是个大官，并且比办公室副主任大很多的官。

一行人转眼来到刘立秋他们面前。只见走在前面的那个人哈哈一笑，大声道：“工人同志们，俺知道你们是齐州北方陶瓷厂的下岗失业职工，知道因企业经济效益不好，在企业改革中使你们下了岗，失了业。纵观历史没有哪一场变革不是伴随着阵痛,没有哪一个改革先驱不是伴随着委屈和辛酸。只要精神不滑坡,办法总比困难多。下岗并不可怕,可怕的是咱们不要失去战胜困难的信心和勇气。俺现在可以明确地告诉大家,随着改革开放和市场经济的步步深入,计划经济时代将一去不复返了。你们是周文王请姜太公,都是明白人。面对大量的下岗失业职工,市政府正在制定下岗职工再就业的有关优惠政策,这些惠及民生的就业政策很快将会出台。”

张爱国像父母挂念自己的儿女一样,大声问:“说了半天,你是谁呀?不会也是出来糊弄俺老百姓的吧!”他们瞪着眼,一对对黑眼珠儿从蜘蛛网一样的皱纹中挣脱出来,直直地注视着他。

刚才出来的那个副主任连忙解释:“这是咱们齐州市政府分管工业的李怀滨李副市长。”

李怀滨穿着一件白色带花纹的T恤,外着西装,朝张爱国微微一笑:“这么说今天你们陶瓷厂下岗职工上访,你是组织者。”他的语速近乎慢条斯理,但语言链却非常坚韧。

张爱国连忙否认:“俺死狗撮不上墙头,哪有这本事,俺就是个参与者,跟在后面凑个人数。”说完,把身边的刘立秋往李怀滨面前用力一推,“他才是今天领头组织者。”

10

❀❀❀❀❀❀

刘立夏、梁娟平时不显山不露水,都是厂里的普通工人,每月只有区区几百元工资,就是砸锅卖铁也很难凑齐两万元社会抚养费。

刘立夏像孙子一样哀求计生办网开一面,恳请他们少点处罚。计生办主任把眼一瞪,斥责道:“你以为这是在农贸市场,可以讨价还价。你吃饱了吗?吃饱了就当撑得没事找事。你以为国家政策是儿戏可以朝令夕改?计划生育政策是为你们这些不遵守政策的人专门制定的。如果你不逞一时之痛快,不让你老婆怀上孩子,退一万步讲,就算一不小心怀上孩子,为啥不快刀斩乱麻马上打掉?你们自作自受,聪明反被聪明误。俺明确地告诉你们,你就是找天王老子也白搭,现在谁也救不了你。不如数交纳两万元社会抚养费,俺就不给你开生育证明。没有生育指标,你们生下来的孩子就永远落不上户口,上不了户口就是多余的人,彻头彻尾是黑人。”

刘立夏抱着木炭亲嘴,碰了一鼻子灰。好话说尽,眼看就要给人家跪下,计生办主任不为所动,不用说发善心,就连句软和话都没有。恼怒的他脖子都红了,仿佛这张脸能煮沸孝妇河里的水。他知道,再费上半天口舌,也感化不了这尊神。悲怆感再度袭来,望着城市上空那片铅色的天,使劲将涌上来的一股热潮逼了回去。

这件事就像一块千斤巨石压在刘立夏的胸口,对此他讨厌所有的人,唯独爱着自己的儿子女儿。这事也和刘立秋说了若干次,让他帮忙想办法,可最后无济于事,兄弟俩常常面对面唉声叹气。本来他们也没想非要这个孩子,但歪打正着孩子来到这个世上。他苦思苦想,要是第一胎是个女孩子,第二胎是个男孩,养儿防老,罚点款就罚点款,死活也就认了,但为一个丫头罚上好几万元,太不划算。女孩子长大了早晚要嫁人,嫁出去的闺女就是泼出去的水。再说这两万块钱确实不是一个小数目,就算求爷爷告奶奶找七大姑八大姨借来交上,下半辈子不让债务压死才怪呢!

毒蛇一样咬噬着他的心,只要天无绝人之路,等吧,打不死的吴琼花总有出头之日的那一天。他听人说,过上几年就来一次全国性的人口普查,多少交点罚款后,大部分超生孩子都能蒙混过关。

女儿一天天长大,刘立夏的烦恼像判了无期徒刑,常常有种丧家之犬的凄凉、孤独和无望。这几年,他通过不少同事朋友,甚至八竿子打不着的亲戚,让他们帮忙打听国家计生政策有没有变化,后来还真打听到一条消息,早在女儿刘小雪出生的前两年,也就是 1988 年,公安部、国家计划生育委员会联合下文,禁止将计生证明、超生罚款与户口登记捆绑在一起。刘立夏如获至宝,看了一遍又一遍,一直看到热血沸腾,心想这下女儿的户口有救了,俺看那些王八蛋还能说啥。他自以为手里有了尚方宝剑,理直气壮又去找计生主任。

计生主任像时间一样自信而有力,像看天外来的怪物一样瞪了刘立夏两眼,要把他生吞活剥了般。等刘立夏理直气壮把话说完并将材料复印件放到面前时,他皮笑肉不笑道:“你听说过癞蛤蟆想吃天鹅肉的故事吗?你看到了首都北京下发的文件,但你有没有看到省里和市里的文件?这些文件又是咋规定的?”末了,一语双关道,“你现在是豆腐煮猪血,黑白都不分明!”

刘立夏听得一头雾水,像被关进铁笼子里的猛兽。他不用说看过,就是连听说都没听说过省里、市里也有计划生育政策。这些文件是咋规定的,又规定了些啥内容?他一无所知,只得悻悻地走了。随后又烦人托面找来省里和市里的有关文件,一看傻眼了。文件上明文规定,在没有计生部门批准的情况下,随意超生二胎,必须交纳社会抚养费两万元,方可按有关规定给超生孩子申报户口。

刘立夏眼里有种绝望和悲伤的神情,不由暗自叫苦。蜈蚣吃萤火虫,他心里明白,这下拉倒了,不止一个齐州,全省都如出一辙采取将计划生育与上报户口捆绑在一起的土政策。他无法理解这样的逻辑,自己犯了错,为啥让无辜的孩子来买这个单。何况这两万元对于每个月只有几百元工资的职工家庭来说,五年不吃不喝也难凑起这个数。钱又不是土垃块,要多少就多少。他就像拆掉的破庙,一下没神了。

梁娟在区属企业上班,在没有女儿的前几年,厂里经济效益像高山上放碌碡,滑到了谷底,每个月的工资越开越少,并且从来没按时发放过。生了女儿后,因违反计生政策,厂里一气之下将她开除出厂,从此一分钱的生活费也没有,辛辛苦苦工作了二十多年,结果连下岗职工都不是,彻头彻尾成了城市无业游民。

悲痛像一口烈酒,一直烧到梁娟的心里。一想起这些,她就咬牙切齿,大骂刘立夏是个猪狗不如的熊玩意,要不是他闲得没事整夜瞎折腾胡折腾,说啥也不会生出这个孩子。没这个孩子自己也不会落到如此地步。她抱着女儿又气又爱,常常泪眼汪汪念叨:“闺女啊,你来的真不是时候。都这么大了,连次疫苗都没打过,俺上辈子造了啥孽?这又是啥世道!”她的话像巫师的咒语,恶毒又阴损。

嫁汉嫁汉,穿衣吃饭。嫁鸡随鸡,嫁狗随狗,嫁个螃蟹横着走。梁娟也知道,按照国家政策,所有婴儿都要进行免费接种疫苗,但只有在计生部门登记的新生儿,才能接到接种疫苗通知。小雪连户口都没报上,也就没有户口所在地址,当然也就接不到通知。有一次梁娟气愤不过,抱着女儿也来排队,一位穿着白大褂的大夫满面笑容和梁娟拉着家常,并询问了孩子的情况,没想到一听小雪是超生的孩子,满面带笑的脸一下凝固了,握在手里的针到底没扎进小雪的皮肤里。那只手是一种不见天日的苍白。

就像海绵里水越挤越干。梁娟心里骂:狗眼看人低,马善被人骑。做梦也没想到生了个孩子落到这步田地。难过的她咬着牙哼哼起《五音戏》三家坡:

将身来至在大街口,尊一声过往的宾朋……

11

❀❀❀❀❀❀

李怀滨像一只越过旷野的大鸟，巡察于天地之间。他说："市政府就是给老百姓办事的机构，在这里办公的人都是为人民服务的勤务员，就像从咱们老家走出去的县委书记的好榜样焦裕禄一样，都是人民群众的儿子。"

他还幽默道，"今天要是你们人少点，俺就将你们请进市政府坐坐，但是你们来的人实在是太多了，不用说坐的地方，就是站也盛不下。咱们工人师傅以前是国家的主人，今后也不会改变，你们还是国家的主人。眼下咱们虽然遇到前所未有的亚洲金融危机，但是只要咱们团结一心，就没有战胜不了的困难，就没有过不去的火焰山。"

刘立秋他们聚精会神听着，目光却怪怪的，像看一个半夜入侵的盗墓人，眼里有警惕、有怀疑，还有憎恶。见李怀滨说得实在，没一点官架子，不像有的领导官不大，喜好拿大话空话废话来蒙蔽人，有嘴说别人，没嘴说自己。便推举刘立秋、张爱国、高有强、胡岚等六七个上访的职工为代表，进一步向领导反映情况。他们被李怀滨请进市政府二楼的一个小会议室。其他人便慢慢往四周散去，将围得水泄不通的政府大门让开一条路。

能被市领导请进政府会议室，他们是大姑娘坐轿头一回。刘立秋他们来到会议室，腚还没坐好，便用眼睛开始向四处打量。心里突然多了一份炫耀，为自己能如此接近领导而沾沾自喜。虽说这是市领导办公的地方，但是座几十年前盖的老楼，里边的陈设还没他们企业的办公楼好。厂长的办公室，车间副主任这个级别的人是没资格和机会进去的，但他却去过分管生产的副厂长办公室，房间宽敞明亮不说，那豪华宽大的大沙发和老板桌，以及办公桌跟前领导坐的真皮大椅，之前更是没听说过，更别说见过。厂长们坐在大老板桌后面，目光严厉而傲慢，看着进来的每一个人，半天也不开口说话，就像在审视监狱里的犯人。打那以后，刘立秋再也不愿去办公楼，特别是领导们的办公室，去了不自在，知不道说啥，每次都拘谨地浑身起一层鸡皮疙瘩。他和其他人一样，做梦也没想到，市政府办公楼里边的条件，原来和这座老楼一样陈旧。随后他们表情严肃，坐在那里一副苦大仇深的样子。

现在机关里有一批百事不干的人,把所有的精力和智慧,都用在和老百姓周旋上,就像眼下为啥豆腐渣工程这么多,多干一个工程就多养好几窝老鼠一样。他们刚刚坐定,工作人员为每个人端来一杯热水,职业毛病看见陶瓷条件反射,就像看见自己的孩子,非要打破砂锅看到底,看看到底是那个厂生产的,要不就放心不下。刘立秋只看了一眼,就知道眼前这些茶杯是他们北方陶瓷厂生产的无光釉。这种陶瓷是他们厂1980年初研制成功并批量生产的,对外出口销往澳大利亚、东南亚十几个国家和地区。刘立秋是陶瓷方面的行家里手,他知道这种无光釉,釉面含蓄柔和,在高光下不刺眼,手感光滑平整,器皿古朴厚重,具有热稳定性好,釉面硬度高等特点。其他几个人像六月间的庙堂鸦雀无声。

就在刘立秋出神时,李怀滨已迈着稳健的大步走进来并坐在迎门的那个座位上,并热情地和他们打着招呼。按说这个位置不是领导坐的领导席,坐在那个位置上大都是工作人员或无关紧要的与会人员,领导的位置应该是里边中间那个位置。一家人的脑子里,突然发生了短路,气呼呼坐在那里,一声不吭,拿着眼睛瞪着李怀滨。

李怀滨微微一笑,谈吐稳重,不慌不忙道:"打心眼里说,俺这个分管工业的副市长,最希望所有企业生产都能如日中天蒸蒸日上,全市企业中没一名工人下岗失业。但是,这次亚洲金融危机对我国的冲击是前所未有的,它已远远超出咱们当初的预测。这已经不是咱们齐州市或者你们北方陶瓷厂,几个城市或者几个大企业所能抵御得了。咱们齐州市自古就有生产陶瓷琉璃、冶金建材、丝绸针织、机械化工等方面的优势。新中国成立后,上述行业是我国经济建设的半壁江山,为新中国的经济建设和发展做出了卓越的贡献。所以说,全市所有的产业工人都是有功之臣!"

李怀滨用眼睛扫视了大家一眼,就像婚姻关系会比同居关系,多一份庄严一样。他举重若轻,侃侃而谈,话语透出自信,透出真诚:"正因为咱们有上述方面的行业优势,所以又面临企业负担重、设备老化和转型升级等一系列矛盾和困难。特别是在改革开放和社会主义市场经济不断向前迅猛发展的前提下,必然有一大批企业职工面临下岗择业。说实话,俺真不希望全市企业中有一个人下岗失业,有一个人下岗失业后没工作。咱们国家搞改革开放和市场经济建设,其最终目的就是让大家过上比以前更好的日子。"

张爱国坐在刘立秋的左边,他用手戳了戳刘立秋的胳膊,窃窃私语道:"大道理跟咱没半毛钱的关系,听了像放屁。让他讲讲咋解决咱下岗失业,尽快给咱安排新的工作,才是当务之急。"

物以类聚，人以群分。他俩的动作自然逃不过李怀滨锐利而聪捷的眼睛，他微微一笑："有啥问题，不妨说出来。话不说，人不知嘛！"

刘立秋将信将疑，怀疑总是比相信占据上风。心里骂：这些当官的个个贼眉鼠眼，嘴里吃着蜜糖，耳朵里听着赞歌，谁还顾得上下岗职工的死活。便示意张爱国直接把话说出来，而张爱国挤眉弄眼非让刘立秋说，听到李怀滨问话后，刘立秋把语言放得很和暖，也很自卑："李市长，您刚才说的大道理，虽然俺们这些人文化水平不算太高，但也不是糊涂蛋。您还是说说现在政府有啥办法，解决俺们这些下岗职工的吃饭穿衣和工作问题吧。"

李怀滨墓碑一般镇静，满面微笑，犹如弥勒佛，一张笑脸广结善缘。他略一沉思，随后谈笑风生，机智又不失幽默："你这话问到点子上了，咱们市委市政府，已根据中央和省里一系列文件精神，紧锣密鼓地制定《下岗职工再就业的有关规定》，还有为解决下岗失业人员的生活问题，将每月领取失业金。同时，还将制定优惠政策，鼓励下岗失业职工进行大众创业，并在工商登记和税收方面，为自谋创业的人大开绿灯。"

一种发自内心的感动和激情在刘立秋的眼里燃烧，他瞪大了眼睛，听得出神入化，脱口问道："真的，假的？你可不能拿大话来糊弄俺老百姓！"

"非德之威，虽猛而人不畏；非德之明，虽察而人不服。"李怀滨依然微微一笑，脸上表情严肃，他语重心长道，"一口唾沫一个钉。刚才俺说了，俺不希望企业有下岗职工，也不希望下岗失业后职工没有工作，没有生活保障。只有你们有了稳定的工作，稳定的收入，俺们这些开着纳税人钱的人，才问心无愧！"

后面李怀滨还说了啥，似乎并不重要了，重要的是今天他来了，并且亲自出面接待，又红口白牙表了态。

12

❀❀❀❀❀❀

没了工资收入，眼看着物价一个劲往上飞涨，何巧玲觉得这日子过得越来越憋屈。于是关上门躲在家里咬牙切齿开始破口大骂，骂完又开始哭。她哭得真切，哭得悲伤，痛入骨髓掏心掏肺地疼痛。

刘立秋心里塞满了乱稻草一般的心事，心烦意乱，劝道："咱俩你来我往，都把精力用在上访上也不是个事。是不是先出去找个工作，等政府的政策出台后，兴许还能回原单位上班。"

何巧玲脸上的表情像阳光下的水汽一样，瞬间消失得无影无踪，把嘴一撇痛苦道："拉倒吧，俺看政府部门的领导是老虎挂念珠，假慈悲。就怕到了猴年马月，也没机会再回原单位上班了。人家当初像扔垃圾，让咱下岗失业回家，压根就没再让回去上班的意思。"

刘立秋大发感慨："俺敢肯定，咱们这代人是中国历史上最倒霉的一代人。"他长叹一口气，说这话的时候心灰意冷。此时他心里比谁都堵得慌，嘴里嘟囔道，"人家是大官，哪有闲工夫去管厨房垃圾，鸡毛蒜皮之类的小事。"

何巧玲定定地看着他，好像要把他身上看出一个窟窿，张口道："你回来也说，并且也是李市长亲口告诉你，政府部门正在制定下岗职工再就业优惠政策，和下岗职工失业保险金，都过去了这么多天，咋还没一点动静？领导不会放屁药药屎壳郎吧！这些当官的，半夜吃柿子，专找软的捏！"

刘立秋认真回忆起来，思想这东西像浮尘一样，一旦飘起来，就是日落风停也得等到第二天早晨才能尘埃落定。于是自言自语："俺看李市长说这话的时候挺实在，是认真的，不像编瞎话蒙人。话又说回来，大老爷坐堂，咱吆五喝六有啥用！面对数以万计的下岗职工，制定一个优惠政策，也不是三天两早晨的事。反正像咱们这样四老五十的下岗职工，绝对不是咱一家两家，沉住气慢慢等吧！"

"让咱傻乎乎等到猴年马月？"何巧玲用特异的目光瞪了刘立秋一眼，好像他就是政府部门制定优惠政策的人，文件压在他手里迟迟不往下发一样，"现在这个城市里别的找起来可能特别费劲，唯独下岗职工一抓一大把。政府部门再不出台政策，非得把人饿死不可。"

刘立秋明白，人要聪明难，有时装糊涂同样难："咱现在没一分钱的收入，时间长了家里有座金山银山也要坐吃山空。俺觉得还是先找个工作，有了工作才有吃饭的饭碗，其他的事才好说。"他说话的口气就是床底下放风筝，咋也飞不起来。

"俺看你是黄连树下吹喇叭，苦中作乐！你去哪找工作？谁家伺候好了工作让你去找？现在找工作的人比工作多好多倍，就凭你的本事能找到工作？"何巧玲仿佛像卸了气的皮球，对找工作毫无信心。

刘立秋明知眼前有一盏灯在那里，却无力奔向人生的光明。他承认工作难找，但活人不能让尿给憋死，这样干耗着，除了空气不花钱外，其他干啥都需要钱，这让他一下又犯起愁来。都五十好几的人，出去找工作挣钱养家糊口，和大海捞针差不多。但一直这样耗着也不是长久之计。儿子现在上大学，大学毕了业还要找工作,然后找女朋友再结婚。结婚就要有新房,没有大把大把的人民币往这个洞里填,一切就等于零。他心里突然有种阿斗当皇帝,软弱无能的感觉。

改变不了张三,也改变不了李四,只能改变自己。他突然想起来,前几天吃过后晌饭,像没头的苍蝇一样在沿河东西路和大街上瞎转悠,在街头巷尾空旷的地方,一夜之间就像雨后的竹笋冒出许许多多摆地摊的人,卖日用百货及针头线脑,有的地摊上摆着小山一样的图书论斤卖。更多的是两口子或者一家人,摆地摊炒菜卖啤酒。

刘立秋知道,人们凡事向下比较的时候,无非是为一个心理平衡。生活在这座城市里的男人,在炒菜做饭方面个个都有两把刷子,在一片火花、一阵油雾中,男人们手忙脚乱跃跃欲试,他们个个大显身手,招徕着南来北往的人在此练地摊,大碗喝啤酒。他仔细观察发现,这些摆地摊卖小吃的,一般都是一罐液化气,一个炉灶,四五张小方桌,到菜市场买上一些青菜萝卜、海鲜花蛤,就能开张营业。买卖小,投资就少,这让他为之一动。可又担心在烹饪方面技不如人,炒两个菜自己将就着吃可以,开门纳客众口难调,就像井里划船,前途不大。弄不好砂锅捣蒜,成了一锤子买卖。果真那样的话,那彻头彻尾是周郎妙计安天下,赔了夫人又折兵,得不偿失。还不如卖点日用百货,这些东西今天卖不了,还有明天后天。一想起这些,他又怕抹不下脸皮,觉得一个堂堂男子汉去摆地摊,比干了杀人越货的勾当还做贼心虚。心里骂自己死要面子活受罪。找工作的迫切,就像中国需要铁矿石一样,迫不及待力不从心。

先有记忆,再有认识。张爱国又来找他商量集体上访的事。听后,刘立秋异常冷静,沉思良久,想了半天才说:"上次咱是韩信攻打赵国,背水一战,人家李市长红口白牙亲自告诉咱,政府正在制定下岗职工再就业优惠政策,咱这时候再组织起来大规模上访,有点不厚道!"

张爱国看着刘立秋,把一双眼睛瞪成了牛眼,挖苦道:"真是喝墨水喝多了,成了书呆子。要不你的脑袋就是被驴踢了。忧国忧民,你以为你是县长,还是市长?上访这事,咱可不能三十年守寡老等着。蚂蚁啃骨头慢慢来肯定不行。"

话已至此,刘立秋屏住呼吸,平心静气分析道:"咱才组织起来上访时间不长,政府部门制定优惠政策,也不是一天两早晨就能制定出来。这时候就算再去上访,政策没制定出来,于事无补。再说上访这件事,费时费力,劳民伤财,又没人拿工资雇着咱,这样折腾下去,肯定白搭。"

张爱国一脸茫然,疑惑不解,好像不认识刘立秋,眼睛死死盯着他,冷冷地问:"你屁股现在到底坐在谁那边?"

"俺坐在哪边并不重要,"刘立秋天天像走在火舌上,身心无处安定,他愁眉苦脸摇摇头，无可奈何道，"实在不行，俺也去摆地摊，这时候养家糊口保命最要紧。"

张爱国听后目瞪口呆："你乱捣鼓些啥？戏台下开铺子，图啥热闹！"

13

❀❀❀❀❀❀

先生孩子后起名。

自从超生了女儿小雪，刘立夏和梁娟的生活就像烧开锅的水，一下沸腾起来。梁娟为此失去了工作，刘立夏是国营企业职工，虽说没被开除出厂，但每月却被扣除一半的工资，作为对他以身试法，公然违反计划生育这项基本国策的处罚和警告，同时也是对其他人的一种警示和教育作用。

刘立夏胆子比尿泡都大，干啥事都是一根筋。三番五次找厂领导解释，说这个孩子不是他们故意超生的，孩子能来到世上确实有些意外。领导虎着脸，根本不听他这一套，丁是丁，卯是卯，声音异常严厉地批评道："醉死不认半壶酒钱。俺们只看结果，不需要了解过程。孩子明明在这里摆着，并且开始长大。她不是超生，难道和孙悟空一样是从石头缝里蹦出来的？事情都这样了，再说过程还有意思嘛！"

抓着荷叶摸藕，追根到底，就像新媳妇下了花轿任人摆布。为此，厂领导一气之下给他调动了工作，将他从相对轻松的销售处，调到全厂劳动强度最大的矿山分厂，到井下抡锤打炮眼，放炮炸矿石。他不得不重新感受工作弥漫的悲哀，和别人干一样甚至比别人多干更多的活，到月底却只能拿别人一半的工资。心里一下子失去了平衡，就像当年曹操败走华容道一样，成为他停薪留职，下海经商的直接动因。

女儿一天天在长大，越长漂亮得像件小棉袄，但她落不下户口，就意味着将来不能上学。为这事，他和梁娟的心整天悬在半空中，上不了天，也落不了地，天天吵嘴打架，并且到计生部门去上访，有好多次竟和人家大吵大闹，仍然于事无补。人活在这个世上，就像鱼生活在水里，躲得了渔民撒下的网，却防不了钓鱼人下的饵。

一腔热血都凉透了。转眼间，女儿已到上小学的年龄，可她是"黑人"没户口，所有学校都拒绝接收她入学。上不了学小雪只能天天待在家里，看着妈妈鼻子不是鼻子，眼睛不是眼睛。她咋也弄不明白，自己咋成了这个家里的包袱和累赘？

已上初中四年级的儿子刘谷雨，这时也出现严重的青春叛逆期，不仅不用功学习，在课堂上还吊儿郎当调皮捣蛋，常常惹是生非，气得班主任把刘立夏或梁娟叫去，指着他们的鼻子大发雷霆，一次次像熊儿子一样训得他们狗血喷头。儿子已长到和刘立夏一样的身高，打不得，骂不得。两口子心里感叹，屋漏偏遇连夜雨。命运像一架三套马车，上帝抓住一根缰绳，自己抓住一根，另一根鬼都知不道抓在谁手里。

刘谷雨虽然青春叛逆，但对妹妹却好得不得了，回到家早将做作业之类的事抛到九霄云外，和妹妹没完没了玩游戏，捉迷藏。他发现妹妹一直很胆小，见到陌生人总是怯生生的，从不敢抬头跟人家说话。在外面更是如此，连抬头看人的勇气都没有。刘谷雨知道，都是那个破户口给闹腾的，才让妹妹如此自卑，并且一直不能正常上学。

刘谷雨拉着小雪的手说："妹妹，别为那个破户口生气，没它不用上学，不用做作业，自由自在不受老师的管教，像天上自由飞翔的小鸟，多好呀！"

小雪望着可亲可爱的哥哥，天真地问："哥，是不是爸爸妈妈不喜欢俺，特别讨厌俺呀？"

刘谷雨对妹妹大声道："胡说八道，爸爸妈妈一直很喜欢你。他们讨厌的人不是你，是俺。整天惹他们生气，你说他们能不讨厌俺。"

小雪只有和哥哥在一起的时候，脸上才有童真的笑，也只有和哥哥在一起玩耍的时候，才能听到她愉快的笑声。

刘谷雨从小脖子就梗梗的，像要打斗的公鸡。他一本正经对小雪说："妹妹，要不把俺的户口给你吧，俺才不稀罕那个破烂户口。没有它，哥哥就成了草原上的狼，谁也管不着自由自在！"

小雪抬起头，用哀怨的眼神看了哥哥一眼，喃喃道："你把户口给了俺，爸妈保险不高兴。他们因为喜欢你，才给你落户口，俺是个女孩子，爸妈不喜欢，到现在也没给俺落下户口，出去人家都喊俺是'小黑人'。哥，黑人是啥？俺长得一点也不黑呀！黑人就是爸妈不给落户口的小女孩？"

像刘谷雨这么大的男孩子，一般对身边的事都大大咧咧满不在乎，听了妹妹的话，心里很难受，突然有种无言的孤单，差点动了感情流出眼泪，他蹲下身子，两手摸着妹妹的脸："别胡思乱想，俺知道爸妈为你的户口的事没少吵嘴，没少操心。因为有了你，妈妈被厂里开除了；因为有了你，爸爸也在单位混不下去才下海经商。他们和俺一样都真心喜欢你爱你。"

小雪小嘴一撇,眼里流出两行泪水,边抹眼泪边说:"俺没胡思乱想,也没胡说八道,像俺这么大的孩子,人家都高高兴兴背着书包去上学。就因为他们不喜欢俺,才不给俺落户口,害得俺才不能像其他小朋友一样去上学。"说完,咧开小嘴,呜呜地哭起来。

14

❀❀❀❀❀❀

为和上大学的儿子联系方便,去年底的时候,刘立秋咬咬牙给家里装上一部电话,想想一下掏出两千五百元的初装费和座机费,心疼得一塌糊涂。尽管家里装了电话,但刘清明一个月最多往家打一次电话,每次打电话不是说没生活费催着赶紧寄钱,就是钱收到了,嘱咐下个月要早几天寄,不要每次断了顿才想起来。

老牛追兔子,有劲使不上。每次接到儿子的电话,刘立秋就像犯了啥错事,心里一直愧对儿子。有好几次,他话到嘴边,想告诉他爸妈都下岗失业了,但话到嘴边无论如何也说不出口,怕给他造成思想负担和心理压力,影响了他的学业。

夕阳倒映在孝水里,随着孝水的波纹一起轻轻颤动。以前,只要是儿子的电话,刘立秋和何巧玲争着说,说话的口气十分豪爽,嘱咐儿子千万不要疼花钱,爸妈就你一个宝贝儿子,有出息并且上了名牌大学,俺在朋友亲戚面前,脸上可有光彩啦!再说家里不差钱,挣的钱还不是都给你攒着,只要是对学习有益的事,该花就花,千万别疼得慌。

他们的家洁净、整齐,没有一点多余的东西。这天后晌,刘立秋又专门到各个街头路口的小夜市进行观察,望着远处的城市林荫道,树叶形成了鼓胀的海洋,泛起阵阵涟漪。他心事重重刚迈进家门,何巧玲劈头盖脸骂到他脸上。

何巧玲伸出手指着刘立秋的鼻子厉声道:"儿子一后晌打来两三次电话,说手里一分钱的生活费都没了,再不寄钱就喝风咽沫。你是不是老糊涂了,每月寄生活费这么大的事,咋说忘就忘了?脑子进水了,还是被驴踢了?"何巧玲说的声情并茂,甚至有点悲痛欲绝,让人听了要热泪盈眶。她的目光在长长的等待中,渐渐变得复杂起来。

刘立秋一拍脑门,仿佛看到一个闪着白光的洞口,能把黑暗宣泄出去。这才突然想起给儿子寄生活费的事，已错过了好几天。平时只要开了工资，第一件事就给儿子寄三百元，剩下的一把交给何巧玲。何巧玲接过钱，每次都不屈不挠数上好几遍，嘴里嘟囔两声，然后从中抽出十块钱，扔到刘立秋面前："馋了打酒喝。往后工资开了必须如数上交，不能私设小金库，一定把钱攒着给儿子买房娶媳妇!"

刘立秋看到何巧玲数钱沾沾自喜的样子，鼻子"哼哼"两声，脸色面无表情。笑话何巧玲是土地庙里的菩萨，没见过大香火。他一腚坐在沙发上，目不转睛开始看电视，他从不抽烟，有时别人硬塞给他一支，拿在手里左看右看上看下看，好像看的不是一支烟，而是孙悟空的金箍棒。点上猛抽一口，烟里像有辣椒粉一样，然后一个劲咳嗽起来。过上好一阵子再抽上两口，开始左顾右盼，趁人不注意，悄悄将半截烟扔在隐蔽处，怕被人看见心疼。刘立秋不抽烟，但喜欢喝一口，过个一两后晌心里就痒痒，常常几个要好的同事，从食堂打来大锅菜，将菜往中间一凑合，出去花一两块钱，买一瓶大曲或者二曲，每人倒上二两，高高举杯一碰，大喝一声"喝"，滋地一声，酒下去了大半，然后开始吃大锅菜，一家人心花怒放，美不胜收。自从下了岗，没了工资收入，就连一块多钱的二曲也喝不起了，只能到商店里打散酒喝。

王小二过年，一年不如一年。刘立秋如梦初醒，但翻遍了口袋也没找出一分钱，不由难过起来。老子英雄儿好汉，老子窝囊儿捣蛋。上了大半辈子班，最终连工作都给干丢了，让老婆孩子跟着倒霉吃苦头。越想心里越窝囊，越想越觉得自己是一个废物。

金钱不是万能的，没钱是万万不能的。他苦着脸，一筹莫展，陷入一种无言的沉默中。

女人和女人表面上往往大相径庭，实质上都一样。刘立秋知道何巧玲是刀子嘴豆腐心，说话直来直去，有时甚至不给他留一点情面。他心里的感觉比死了都难受，堂堂七尺男子汉，竟为区区几百块钱的生活费而弯了腰，不由骂自己烂泥路上拉车，越陷越深，像死狗撮不上墙头。心头不由一热，将脸转向一旁，两行辛酸的泪水一下夺眶而出。他怕被何巧玲看见难过，心里骂自己是高粱秆子挑水，关键时候担不起来。

何巧玲尽管也是一个下岗职工，却是个女人，尽管她聪慧，笑起来如春风牡丹一样暖人。其实她早将这一切看在眼里，无声地走近刘立秋，用手轻轻拍着他的肩膀，长长地叹口气。突然间，刘立秋脑子一片空白，心里一下乱了方寸，猛一转身，将何巧玲搂在怀里，失声痛哭起来。

何巧玲抹了一把泪，知道刘立秋脑袋上长瘤子，负担太重，声音呜咽道："他爸，你可是咱家的顶梁柱，俺知道好端端得让你下了岗，心里一直很憋屈，但事情到了这步田地，活人不能让尿给憋死，还得眯上眼继续往下混日子。虽说咱是五十多的人，又不到退休的年龄。咱们好歹没病没灾，有一双能干活的双手。天无绝人之路，只要咱有力气，就能干活，能干活还能养不起一张嘴！大不了咱就从头干起！”

刘立秋听了，心里感到更加委屈，抽泣声越来越大。何巧玲白了他一眼骂：“瞧瞧你这个熊样，无精打采像丢了魂。俺知道你下了岗也是被逼无奈，你是一家之主，咱总不能大年后晌喝稀饭，不过往后的日子。要是喝西北风能打饥困，咱就啥也不干！好了，明天俺给你钱，赶紧给咱儿子寄过去，他可是咱亲儿子啊！”

男人有泪不轻弹。就像历史上的那场惊涛骇浪，就在这几米之内咫尺之间。刘立秋如梦初醒，他伸手抹了一把眼泪，又用手擦了擦眼角，长长地叹息起来。他心里非常感谢此时何巧玲对他的理解和劝慰，知道此时鱼儿的眼泪可以流到水里，堂堂七尺男子汉的眼泪只能流到心里。他一下鼓足勇气，看了何巧玲一眼，说话的口气充满了感激。他说：“老婆，俺现在是针尖上落芝麻，难顶事。哭也哭了，恨也恨了，明天俺就抹下脸皮出去挣钱，到大街上卖东西养家糊口。”

何巧玲一听要到大街上去卖东西，丈二和尚摸不着头脑，不明就里问：“卖东西？你要到大街上去卖啥东西？”

“咱现在是筛子眼里夹着的米，上不来下不去。”刘立秋扳起手指一五一十向何巧玲数落道，“君子爱财，取之有道。俺这几后晌没事就到大街上瞎转悠，看到街头巷尾有好多卖东西的人。仔细一打听，才知道他们也和咱一样是下岗职工。炒菜做饭俺手艺不行，一个人也干不了。但批发一些日用百货、针头线脑啥的，却不在话下。一后晌肯定能挣个十块八块。之前俺从没做过买卖，但人家挣十块，俺挣八块也行。一个月下来差不多就够咱儿子的生活费。你刚才说的好，天无绝人之路，活人不能让尿憋死。俺也有两只能干活下力的手，再也不能这样干耗下去了，哪怕一后晌挣一块钱，也比一分不挣强得多。”

何巧玲看了刘立秋一眼，想制造点轻松气氛，鼓励道：“咱这些人吧都是死要面子活受罪。人的脸面值几个钱？挣钱保命要紧，既然你决定了，俺也要和你出生入死一块干！”

15

❀❀❀❀❀❀

水面漾起细之又细的涟漪,似在织着一匹巨大无比的丝绸。

生于忧患,死于安乐。第二天一大早,刘立秋匆匆吃了点早饭,怀揣何巧玲给他的二百块钱,来到日用百货批发市场,要批发后晌卖的日用百货和针头线脑。他知道这二百块钱虽不多,但这是他和老婆从牙缝里挤出来的,是他创业改变眼下揭不开锅的启动资金。所以,他把这钱看得比命都重要。如果没有这二百块钱,他将脚板上钉钉,寸步难行。

人被逼到绝路就是生路。

日用百货批发市场离他家四五里路,在这个城市的北部边缘靠近孝河河畔。批发市场虽不算很大,却人山人海。这些产品大都来自南方,除了浙江温州,就是广东东莞,而陶瓷却全部来自当地,并且为数不少是出自他之前所在的北方陶瓷厂。以前,厂里生产的日用陶瓷、美术陶瓷和特种陶瓷,基本都出口国外,在这种批发市场上看到的,大都是达不到质量要求的残次品。他干了大半辈子陶瓷厂,虽说不敢号称是业内的顶尖专家,但也是陶瓷界的行家里手。猛古丁看到他们厂生产的陶瓷产品,欣喜之余,更多的是五味杂陈,心里不由悲哀起来。也许这些淘汰下来的残次品,就是他上班时成型车间生产的,并且在他眼皮底下悄悄滑过。他的思想一下像一台永不停息的摄像机,漫长而又沧桑的历史风云,都储在他汩汩流淌的胶片上。

睹物思情,刘立秋悲从心起,眼不见心不烦,赶紧离开了陶瓷批发区。

知道自己从哪里来,方能找到往哪里去的方向。刘立秋对日用百货,特别是电器方面的知识略知一点点,对产品的孬好,绝对不像陶瓷产品一样,用眼睛扫一眼,就知道个八九不离十。而对电器方面的知识,彻头彻尾是个门外汉。他拿起这件看看,又顺手拿起另一件瞧瞧,看了半天还是下不了决心。知道怀里的这二百块钱,对他来说至关重要,只能挣不能赔,他已走到悬崖边,背水一战没有了退路。若不然就是捂着狗皮,也无颜面见对他寄予厚望和鼓励的老婆。

电器老板是个四十多岁的南方人,南方人普遍个头不高且瘦弱,虽说个头没刘立秋高，但能说会道。看人的眼神怪怪的，像是在打量着一个乞丐。但说起电器产品却吹得天花乱坠，看到刘立秋犹豫不决的样子，便主动和他搭讪："过了这个村就没这个店。看样子大哥也是下岗职工，来批发电子产品在夜市上卖吧？你放心，俺就是想拉住你个客户，贴着地皮的价格卖给你，以后多来关照俺的生意就行。但俺要告诉你，做买卖的人不能像城里人喜欢贪小便宜，要学会薄利多销，只有放长线才能钓到大鱼。"

刘立秋见这位老板说话实在，心情就像在热水里的温度计一样飙升，一下打消了顾虑，开始详细询问日用电器的性能及用途。老板口若悬河滔滔不绝，热情介绍了一遍，反过来又介绍一遍。刘立秋一问价格，连忙摇头，他知道身上带的钱不多，太贵了批发不了几件，货太少摆在夜市上太寒酸。再说傻子也不会在夜市掏几十块钱买地摊上的东西，就算比商场里还货真价实，人家一样认为东西是假的。眼睛不能只看在鼻尖上，啥稀罕古怪，啥便宜就进啥，哪怕卖一件只挣一毛钱，多了照样是钱，就像刚才这位老板说的，薄利多销。他以前也偶尔看看报纸，早在几年前，就从报纸上看到，温州商人做买卖，每件只有几厘钱的利润也敢往外批发。虽说他不是温州商人，但做买卖的道理是一样的。

中午吃饭的时候，刘立秋张大了嘴巴深深呼吸，力图镇静。他用自行车捣鼓回一大包小电器，大部分是一元两元的。他把袋子打开，指着里面的商品对何巧玲显摆："这件本来一块五，老板为拉住回头客户，一块二就卖给俺了。要是买卖好，回头再去批发，他说尽量再照顾。"

何巧玲听后笑笑，娇嗔地看了他一眼，知道刘立秋能迈出这一步不容易，像是开玩笑又像是鼓励的口气说："买的没卖的精。真难为你了，后晌闲着也没啥事，俺和你一块去，也好给你壮壮胆子，免得你再说俺坐井观天，见识太少。"

在这个中秋的夜晚，天黑得似乎特别早，刚吃完后晌饭，街上的路灯便争先恐后一下亮起来。刘立秋和何巧玲像勤恳的老黄牛，在怅惘的夜晚，回顾自己的前半生而无限悲哀起来，尽管他们已鼓足了十二分的勇气，但在提着东西往外走时，还是有种做贼心虚的感觉，生怕在楼下的院子里和街上碰到熟人。他们提心吊胆来到大街上时，心里的感觉就是拉琴的丢了唱本，心中完全没了谱。他们长长地嘘了一口气，好像胜利逃离了一个是非之地，故意走到离家远一点的地方，这样就不大容易碰到熟人，免得碰到难为情。

城市的后晌像无数人在诞生、降落、被埋没，如同四散的尘埃。本来是灯红酒绿，热闹得就像香港的不夜城，但这天后晌却出奇的冷静，就连路上川流不息的汽车也一下少了不少，好像提前进行了车改，车辆一下进入了休眠期。

天终于完全黑了下来，吃完后晌饭的人开始三三两两来到大街上、马路的两侧和政府门前的广场上,在散步或漫无边际地瞎溜达。刘立秋、何巧玲仿佛养精蓄锐之后首次登台亮相,选在一个人比较多的路口,将袋子里的日用百货手忙脚乱弄出来摆了一地,望着眼前的东西,又抬头望望远处,终于放心喘了一口气,期盼买东西的人一会能蜂拥而来。就在他们左等右盼,脑子里充满奇思妙想时,突然来了一个和他们年龄相仿,长得五大三粗的男人。刘立秋瞟了他一眼,马上断定这也是一个命运不济的下岗职工。那人同样推着一辆破自行车,车座上摆着一个鼓鼓囊囊的尼龙袋子,来到近前扯开嗓子有些愤怒地大声喊:"他娘的,这是从哪里冒出来的土孙,头上长眼睛目中无人,胆敢抢大爷的地盘! 也不称称自己几斤几两。"

有金子的地方盯着的人就多。

刘立秋听到来人说话不善,像茅坑里的石头又臭又硬,便用惊异的目光看着他,就像看电影电视里上海滩的地痞流氓。他刚要说话,就听何巧玲回答:"大路朝天,各走半边。俺说这位大哥,事情总该有个先来后到吧,俺在这里摆摊时没有一个人,咋抢了你的地盘? 这地方又不是你家的后花园,凭啥撵俺走给你腾地方?"

那人满脸横肉,在早已暗下来的夜色里,显得更加阴郁灰暗。他把手往空中扬了扬,霸道十足:"俺在这个地方已经摆摊一个月,你们又跑来插上一杠子? 看在都是下岗职工的份上,你们赶紧收拾起来滚蛋。告诉你们,俺可不是软柿子,随便你们捏。"

何巧玲的心情尤为悲怆,不愿火上浇油,把一个高兴的事,又弄得更加不高兴,连忙送上笑脸:"大哥啊,咱都是下岗职工,出来混口饭吃不容易,你看俺都把东西摆好了,先将就一后晌,以后俺不来这里行吧!"

山中无老虎,猴子为大王。那人将自行车一支,边走边往上撸袖子,气势汹汹骂:"少在这里放狗屁,你们非要在这棵歪脖子树上吊死,信不信俺现在就砸你们的摊子?"

出来散步和路过这里的人,一看这边有人大吵大闹,便纷纷跑过来围成一圈看热闹。

船上失火,急坏岸上人。

这时有人劝道:"人家都摆好了,这边有的是地方,你往这边稍微挪动一下就行,何必太较真,让人家拾掇起来怪麻烦的。都是下岗职工,同病相怜!"

长得五大三粗的男人瞎子坐上席,目中无人。他油盐不进,嘴里依旧不干不净骂:"老子没闲工夫和你们费唾沫星子。你们要是不主动滚蛋,把地方给俺腾出来,俺立马喊人砸你们的地摊!"

狗瘦被人踢，人穷被人欺。刘立秋心里充满了挫败感，更加愤懑不乐。人家是庙，他是和尚，只能跑了和尚，庙啥时候都长不出腿跑不了。出师不利。第一后晌摆摊就遇到这么不讲理的人，一分钱还没赚到，却生了一肚子气，但又怕事情闹大不好收拾。他们出来摆地摊是赚钱的，不是出来找气受，一番唉声叹气，便劝何巧玲："好鞋不踩臭狗屎，不能钱没挣到，却生一大肚子气回家。"他们只得将地上的东西一件件收拾起来，又到别处寻找地方。心里感叹，屋漏偏遇连夜雨，一下回到解放前。

夜色越深，远处鸣叫的鸟儿越来越少，灯影翻动更是如鬼如魅。

16

初次到路边摆摊设点卖东西，出师不利，像开水里的青蛙，由此严重挫伤了刘立秋的自尊心。虽说事情仅仅过去了十分钟，但刚才发生的事已恍若隔世。他眯起眼睛回想，好像自己也吃不准这件事的真假虚伪。

刘立秋和何巧玲像夏天中的清凉，不断唤醒心中最尖锐的感觉。他们就像夹着尾巴的狗灰溜溜又来到下一个路口。这个路口倒是没有遇到地痞流氓和无赖，但这个路口相对较为偏僻，路上的行人也相当稀少。他们手忙脚乱将东西摆放在地上，然后眼巴巴看着从路上特别是从身边经过的每一个人，期盼他们能成为今后晌开张的第一个顾客。但从这里路过的人大都行色匆匆，好像急着赶火车似的。偶尔有几个人站住脚，扭头扫上几眼，或者漫不经心弯腰拿起一件两件电器，就像鉴宝专家拿在手里左看右看，末了，二话不说放下转身走人。

人善，鬼比人恶；人恶，鬼见了也躲你走。刘立秋叹口气，人在泥水里打滚，就不要嫌脏。

何巧玲更是失望地连连摇头，最后她实在沉不住气，把脸皮用手一抹，也顾不上害臊了，扯开嗓子大喊："都来瞧都来看，出口转内销产品，便宜又实惠。走过路过，千万不要错过！"喊叫声带给她的是不踏实的心慌和不踏实的兴奋。

此时的何巧玲就像电影《林海雪原》里的杨子荣，一锹大氅前襟，"穿林海跨雪原，气冲霄汉……"她这么一喊，果然聚拢上来不少人，围成一圈拿着东西评头论足，刘立秋心里不由暗暗佩服何巧玲，心想要不是她一嗓子，一后晌兴许连个人影都没有。

就在好多人选择自己喜欢的产品时，不知从哪儿冒出几个城管队员，他们就像早上升起的太阳一样，不请自到，耀武扬威喊："把你们的工商营业执照拿出来！"

理想很丰满，现实却很骨感。

泪眼问花花不语，乱红飞过秋千去。刘立秋脑子顿时一片空白，心里有种晴天霹雳的感觉，怕鬼偏有鬼来缠。俺头一天后晌出来卖些针头线脑的破烂玩意，上哪去办工商执照？办工商执照的大门朝哪开呀？再说这大后晌，俺一没偷二没抢三没影响交通四没污染环境，俺两口子要是还有一点办法，也抹不下脸皮出来干这种破活，就算一后晌挣个块儿八毛的，才够一顿馒头钱。人要倒霉了，喝口凉水都塞牙！

城管员看他们啥证件也拿不出来，便开弓不放箭虚张声势道："无证摆摊设点，全部没收。"说完几个人便要弯腰去收拾地上的东西。

兔子急了也咬人。何巧玲压住心里的怒火，知道和这些城管吵啥事也不管用，你声音高一度，他们会比你高出八度，顿时吓得她额头上都渗出一层黄豆大的冷汗。带着哭腔哀求道："俺说大兄弟们，你们行行好饶了俺吧。俺两口子都是四五十的人，下了岗到现在也找不到一个挣钱吃饭的工作。实在没办法，才出来小打小闹摆个地摊，就为挣口饭吃。第一后晌出来，就被你们给逮住了。"能说会道讨人喜欢，在任何时代任何社会都吃香，都能混得开。

刘立秋从小就没有光脚的不怕穿鞋的胆量，眼前的这一切气得他心里直发抖，但一句话都说不出来。看到何巧玲好话说尽，就像儿子给老子赔不是，感到很寒心。最后口气悲凉道："俺两口子说下岗都下了岗，饿死俺两口子怨俺没本事。可俺还有一个上大学的儿子，明年这时候就毕业了，好不容易考上了大学，总不能因为俺们下了岗，而让儿子荒废了学业！挣几个钱还不是想给他交学费、生活费啊！"

天色渐暗，风显得很凉，寒意袭人，孝河里一片静谧，他感受到一种让人绝望的孤独和恐慌。

听刘立秋、何巧玲这么一说，几个人立马住了手，半信半疑看着他们，但都没说话。

何巧玲眼睛里满是云天的光影，赶紧又说好话："大兄弟，你们家可能命好，没有下岗职工。如果家里也有就知道，俺这些下岗职工是后娘养的，爹不疼娘不爱，一下成了社会的累赘。还有俺两口子下岗的事，到现在都不敢告诉儿子，怕他分心不用功学习。”说完，独自伤心地哭起来。

时光暗淡得如此迅捷。

几个城管员大眼瞪小眼，其中一个像领头的人说：“好了好了，你们真是下岗职工？真是第一次出来摆摊设点？”

两个陌生人之间，拉近距离最好的办法，就是除掉彼此的外衣。刘立秋疑惑了半晌：“天地良心，你们在别处也从没见过俺们啊！要不是下了岗实在没办法，谁还抹下脸皮出来干这种丢人现眼的事。”

这时，领头的那人张口道：“刘皇叔哭荆州，拿眼泪吓唬人。俺叫王东平，分管这几条马路。实话告诉你们，俺妈也是下岗职工，也经常躲在家里哭哭啼啼。好吧，看在你们是下岗职工的份上，又是第一次出来摆摊，这次就饶了你们，东西就不没收了。以后要想出来摆摊，明天赶紧去工商局办理营业执照，实在不行拿着下岗证先应付一下也行。”

刘立秋痛苦的表情似乎藏得很深，连忙对王东平说：“俺有下岗证，放在家里忘了带。你尽管放心，明天俺出来保证把证揣在怀里。”

世上西北风多，东南风少。王东平下了最后通牒：“不以规矩，难成方圆。你们也就是遇到了俺，俺这个人最大的毛病就是心软，见到穷人说啥也狠不起心来。如果今后晌你们遇到别人而不是俺，这些肯定都得没收，还得对你们进行罚款。好了，以后有啥事尽管和俺说，你们可不要把俺看成是冷血动物。”说完，扬扬手，几个人走了。

这么一闹腾，该买东西的人早没了踪影，一后晌三个多小时，卖了不到十块钱。

刘立秋有种被愚弄的感觉，越想越不安：这么捣鼓下去，也不是长久之计，一后晌辛辛苦苦卖这几个钱都不够工夫钱，最多够塞牙缝的。

何巧玲苦思苦想了半天，有个问题一直困扰着她，考虑了半天才说：“要不明天俺到齐州服装城再去批发一些衣裳，后晌一块出来卖。品种多、场面才大，不卖这些卖那些，总有自己喜欢的一件东西。”

刘立秋也是一肚子疑惑，觉得主意不错，非常支持何巧玲。

生活在别处的人，肯定过着一种截然不同的生活。

就这样，第二天何巧玲又从般阳服装城批发一些衣裳，后晌两个人一个卖衣裳，一个卖日用小商品。几天下来一算账，卖出去的还是不算多，更没有多大的效益。他们的眼神就像数钱数疲倦的出纳，不由感叹，满城都是下岗职工，谁的钱包里也没有多余的闲钱，没事就出来花钱疯狂购物。于是两口子又愁眉不展起来。目光直溜溜地，有点像从他们眼里提出的两根铁丝。

今天是爹的生日，本来说好都按时过去，况且他们已经下岗成了无业游民，时间都是自己的,不用和以前上班那样,请上半天假还得求爷爷告奶奶。谁知这天一大早,张爱国、高有强他们几个人不请自到,不容分说架着他就出了家门,最后才告诉他,厂里的下岗职工今天又组织起来,再到市政府去上访,这次是毛驴和牛顶架,豁出命来干上一场。少了谁都行,唯独不能少了你刘立秋。他们说咱不能像马谡用兵,言过其实,一定来点厉害的手段。

17

立冬后的第二天,是父亲刘鹤之 77 岁生日。

早就说好这天兄弟姐妹都回来给老爷子祝寿。特别今年七十七,更应该好好庆祝一番。其实不止今年,从刘鹤之六十岁生日开始,他的几个子女就商量,父母养生养育他们一场不容易,现在年纪一天比一天大,是应该好好孝敬他们的时候了。于是一年比一年重视,一年比一年隆重,这也成了除过年外,一家人聚在一起最快乐的时刻。在兄弟姐妹中,刘立春排行老大,所以刘立秋、刘立夏对她都非常尊重,而那时候她也以老大姐自居,事事都能跑到前头,这让刘立秋兄弟更加敬重她。

刘立春这些年一直在这个曾令她困惑的世界里并不安静地生着生命的锈。虽说也是出生在城里,下乡当过知青种过地,但在知青返城中,因为得罪了公社知青办主任,走一批没有她,过上大半年再走一批还是没有她。她的眼睛瞪得比谁都大,射出来的目光比谁都狠。眼看着返城的同伴一个个笑逐颜开,欢天喜地打道回府,做梦都期盼能早日跳出苦海,今朝终于变成了现实,高兴地眼里往外直流幸福的泪水,恨不得马上插上翅膀,一下飞离这兔子都不拉屎的穷山沟,逃离这一分钟都不想多待的是非之地。

从打听到知青政策将有重大变化那天起,那消息带给她的是不踏实的心慌和不踏实的兴奋。刘立春渴望早日返城,喉咙里都伸出一双张牙舞爪的爪子,并且时刻做好返城走人的心理准备,但让她做梦也没想到的是,在一批批知青返城的名单中,就是没有她刘立春的名字。后来她绞尽脑汁,苦思冥想也弄不明白到底为了啥?直到有人提醒她,是不是得罪了啥人,才恍然大悟。

刘立春也知不道天上哪块云彩能下雨。当年下乡当知青时,她颇有几分姿色,破衣烂衫也挡不住她的秀气和窈窕的身材,笑容总是最灿烂。无论她在哪,总能引来一片羡慕的目光。就是因为这,有一次公社知青办主任,到刘立春所在的凤凰岭大队知青点指导工作,一眼就瞟上了她。从那以后,知青办主任有事没事总爱往这跑,并且千方百计和刘立春搭讪,她一下被赞美和温暖环绕着。

起初,刘立春以为知青办主任是公社党委常委兼任知青办主任,领导平易近人关心爱护下属是情理之中的事,但她做梦也没想到,有次知青办主任又突然来了,恰巧刘立春身体不舒服请了半天假,只有她一个人在宿舍,其他的人全部下地干活去了。知青办主任戴着一幅金丝边眼镜,和蔼地就像一位年长的老教授。他眯缝着眼,色眯眯望着刘立春一个劲在笑,说出的话就像喝了蜜。正当刘立春敬佩知青办主任有文化,有领导水平时,没想到他竟然对自己开始动手动脚,说了一大堆亲啊想啊的话,信誓旦旦对刘立春保证,只要你和俺好,俺立马调你到公社知青办当宣传员。当了宣传员,就相当于成了脱产干部。刘立春当时只有二十多岁,还是一个黄花大闺女,心里不由生出一股股寒气。知道他是黄鼠狼给鸡拜年,没安好心。但人家是知青办主任,手握实权,不到万不得已轻易不能得罪,否则将暗无天日。想着想着,脑子一下乱了方寸。而此时知青办主任那只手像受到啥暗示,呜地一下站起来从背后一下抱住她,手迅疾伸进她衣服里行走如蛇。那张喷着一口蒜臭味的大嘴,使劲往她脸上贴。这突然的举动,将刘立春吓坏了,眼睛里有些惊诧的神情。长到这么大,还没有任何一个男人对她这样过,就是和自己差不多大男孩子的手都没摸过。刘立春心里怕得要死,连连哀求知青办主任放她一马,而知青办主任狞笑着更加得寸进尺,一把将她揽在怀里,像猪八戒一样伸出长长的嘴巴,硬生生往她脸上蹭,那只不安分的手像蛇一样,一下伸进她的衣服里并摸到她的私处。刘立春一下急了眼,不知从哪来的力气,拼命将知青办主任从怀里往外使劲一推,随后抡起巴掌,朝他脸上就是一巴掌,怒斥道:“臭流氓!”知青办主任一下傻在那里,脸扭得像天津大麻花。随后瞪着一双牛眼,恶狠狠盯着刘立春:“不知天高地厚的东西,俺就不信你老虎屁股摸不得!”刘立春是个黄花闺女,也是烈性女子,把贞洁看得比命都重要,弯腰抓起一个热水瓶举在手里,那样子就像现代京剧《红灯记》里的李铁梅高高举起的红灯,随时可能摔到知青办主任头上。面对这架势,知青办主任连连后退,退到门口时,他语速缓慢,近似咬牙切齿,语言链非常坚韧,恶狠狠骂:“假正经?老子不信你是不吃腥的猫!你不仁,俺也不义。咱骑着毛驴看唱本,走着瞧。”然后灰溜溜逃走了。

这事过去了好几年,刘立春差不多都忘记了。知青办主任并没有怀恨在心,处处给她小鞋穿,她还以为知青办主任后来良心发现。这事她守口如瓶,就连最好的朋友也从没张口说起过,她知道狗肉包子上不了席,越抹越黑。万没想到,事情到了关键时刻，知青办主任却如影相随，这个麻烦制造者成了她睁着眼闭着眼的梦魇。

天下之事，总是祸福相连。

刘立春是最后一批才离开知青点的知青，要不是上头有政策，要求知青全部返城就业，也许知青办主任到死也会死死摁住她不放手。这时她才知道，知青办主任心狠手辣，他说的那句骑着毛驴看唱本，绝非空穴来风，对那事他一直耿耿于怀。真正应了那句老话，君子报仇，十年不晚。

悲痛难以用语言来表达。梦是一个不知深浅的莽汉，想闯到哪里就闯到哪里。刘立春以为返城后，终于可以逃出知青办主任的魔爪，努力把自己弄得更像一个城里人，兴高采烈到企业报到时，才知道自己分配到一个很不起眼的街道办工厂。后来一打听，发现在所有返城就业的知青中，就她一个人安排的工作最差劲。而当年的知青办主任回到城里，摇身一变成了劳动局的一名科长。后来有人说，刘立春捡了个芝麻，丢了个西瓜，贪小失大，男女间的那点破事，说大就大，说小啥也不是。

刘立春咬牙切齿，大骂这条阴沟里的毒蛇，害得她一辈子一事无成。

街道办企业，大都是些老弱病残之人，加起来不到十个人，三天打鱼两天晒网，一个月最多上半个月的班，工资连生活费都不够，她欲哭无泪，恨得咬牙切齿，大骂当官的没一个好东西，看上去人模狗样，其实都是一肚子坏下水。他们就是挤牛奶，也不应该连牛一块挤死！后来她和大她四五岁的赵成玉恋爱结婚生子，休完产假回去上班时，随着旧城改造，她所在的街道工厂像空气一样消失得无影无踪，她也就像泰坦尼克号夜撞冰山，船毁人亡。

尽管她到街道办找了好多次，但一无所获，从此成了这个城市的无业游民。回首往事，忍不住泪水盈睫，百感交集。

往事像一堆乱麻堵在刘立春的心口。虽时过境迁，她还是久久难以释怀。想起来总是大倒苦水，人啊，倒霉的时候喝口凉水都能呛死，放个屁都砸脚后跟。都说窦娥冤屈，俺哪一点比她差。就是说上三天三夜也说不完，人家的冤屈谁见了，俺的冤屈明明白白摆在桌面上。怪不得人家都说洪洞县里没有一个好人！

话说这天刘立春和赵成玉早早回到娘家，一家人说好要给爹过生日祝寿。左等刘立秋、刘立夏他们两家人没来，右等还是不见人影。刘立春像冰柱一样冷，又像个公主一样傲气十足，她不住地抬头看天，看墙上那块老掉牙的挂钟，嘴里像刮风一样想起啥说啥："都几点了，他们一个个还不见人影。他们工作再忙，地球离了他们也不能不转了。"

赵成玉带着几分忧郁，几分茫然安慰她："早一会晚一回都没啥。不就聚在一起吃个饭，给老爷子祝寿嘛，只要老爷子高兴就行！"

一个舞台,只能有一个主角。刘立春白了赵成玉一眼,噜嘟着嘴没再说啥。

18

❀❀❀❀❀❀

人生如同站在一条看不见的传送带上,不是前进,就是摔倒,别无选择。

眼看到了晌午吃饭的时候,还不见刘立秋、刘立夏两家人的踪影。刘立春早就等得不耐烦而心急火燎起来。自从她下乡返城,特别是丢了工作后,就没过上一天舒心的日子。从此她不再老鼠钻进书箱里,咬文嚼字当淑女,看见谁都苦大仇深的样子,好像上辈子谁都亏欠她。当爹当娘的没本事,到了儿女这一辈,又要跟着他们受罪,而刘立春尤为如此,爹娘亏欠她的实在太多太多了。刘立春也不是一盏省油的灯,知道这个社会上,特别是在机关干部当中,有些人是墨鱼肚肠、河豚肝,又黑又毒。于是便到处喊冤叫屈,但做梦也没想到,她一门心思举报的当初知青办主任,不仅没丢掉乌纱帽,反而在一年后又提拔成了副局长。她这才知道,女人再扬眉吐气,最终也逃脱不了在男人嘴里嚼来嚼去的命运。她哑巴吃黄连,有苦只好憋在心里。终于知道自己终归和别人不一样,眼睛背后藏着阴险狡诈和毒辣。

衣服没有贵的,只有对的。刘立春丢了工作,在家里恨不得把天骂塌,把世界骂没,把自己骂进棺材。孩子小时,她在家看孩子。后来孩子长大了,她又慢慢变成了家庭妇女。当初年纪轻轻在家闲着没事干,觉得这样在家待着,不受人家指手画脚管教自由自在。可日子一长,心理又不平衡起来。想工作想得都有点内分泌失调。花一分钱都得伸手向赵成玉要,而赵成玉每次都像打发要饭的,只给她十块钱,最多给她三十五十。这些钱不是给她的零花钱,而是一个星期的生活费。她强忍着疼痛,脸上因痛苦而扭曲变了形。她咽了一口气,那声音像盛夏时节的滚雷轰隆隆、咕咚咚,此起彼伏。

后来,刘立春觉得这样下去是盲人剥蒜瞎扯皮,便主动出去想找工作,但她的精神已大不如从前,很多时候心不在焉,而且总是在不经意间,流露出某种无法挽回的颓丧。起初,她在离家不远的一家不大不小的饭店里,给人家刷盘洗碗,每月三百块钱的工资,每天还管两顿饭,上午十点上班,后晌要到九点以后才下班。虽说刷盘洗碗不是啥好工作,但刘立春认为上班晚,又管两顿饭,细算一下也省下不少饭钱,于是一口应允下来。从此早饭也不在家吃,等到上班后在饭店和中午饭一块吃,这样又省下一顿饭钱,她伸出手算了算,挺值。脸上不由露出欣慰的笑意,转而脸色又沉了下去。女人,特别是结了婚的女人,对生活、对家庭警觉得像猎犬。

整天洗盘端碗,夏天倒不觉得水凉,一到冬天凉水刺骨,刷盘刷碗便彻骨寒心。有一次她嫌水太凉,便往水中倒了一壶热水,恰巧被老板娘看到了,她像老电影里的女特务一样贼眉鼠眼,心疼得一塌糊涂,指桑骂槐,说梦里看牡丹,想得美。烧开水是让来饭店吃饭的客人喝的,不是用来捣鼓盘碗闹着玩的,用凉水洗盘洗碗还能洗死人呀!

最毒不过妇人心。刘立春越想越气,没过几天借故辞职不干了。她心里嘟囔着骂,此处不养娘,自有养娘处。原来她又找到一处服装店,人家急着找个站门头的女人,于是她们一拍即合,虽说每月工资只有四百元,中午后晌都不管饭,但在店里当服务员,风刮不着雨淋不着,不仅能两班倒,还能多劳多得,根据销售情况拿提成。

天空中有一束飘动的极光,像一条彩带横跨天际,不断变幻色彩,上下飞舞跳动。

每个月都能挣几百块钱,刘立春手里一下活泛起来,不再把一分钱当成月亮。心里有种马群里的骆驼,高人一等的感觉。开了工资就去买相中的衣裳,对赵成玉也不再像之前那样言听计从百依百顺。从起初的跟在腚上问,到现在的指手画脚。后来孩子上了大学,就更自由了,在赵成玉面前一下由在野党变成了执政党,成了说一不二的当权派。

猪毛擀不了毡,老实人当不了官。赵成玉是齐州制酸厂的一名工程师,起初谁也没想到,这个创建于1947年解放战争隆隆炮声中的军工企业,一夜之间也会破产。失势的凤凰不如鸡。刘立春笑话他:“俺还以为就俺命不好,捣鼓了半天你也和俺一样的熊命。乌鸦飞到猪腚上,谁也不用笑话谁。”说完,泰然自若,好像她是钦差大臣。

赵成玉下岗时正好五十六岁。企业破产的头一年,厂领导曾找过他,和他商量按特殊工种让他提前退休。当初,他并没把企业想象的那么糟,更没想到将来有一天会破产,只是知道企业效益大不如从前,工资开得越来越不及时,除了拖欠还是拖欠。他知道自己是工程师,是企业的技术人员,谁下岗他也不会下岗,于是断然拒绝按特殊工种提前退休的主意,每天仍然按部就班上下班。他心里有本小九九,要是提前退了休,每月将少开好几百块钱的工资。再说半途退休在家,天天看刘立春的那张老脸，光生气也能气死。和人家一样退休再找点别的工作吧，对其他行业又一窍不通。一步错步步错，赵成玉大意失荆州。刚转过年头不久，企业突然宣布破产，让他欲哭无泪。整天躲在家里无所事事。他目光迟滞，脸色灰暗，像中国版的阿甘。他在家急得上墙爬屋，有心出去找个工作，可找了半天因他专业太强，好多企业都用不着，有家乡镇企业倒有心想利用他，但又没钱上生产设备，于是双方不欢而散。

在工厂里干了大半辈子，中途突然下岗失业，自己这尊佛竟然不知属于哪座庙。于是在家里长吁短叹，一身本领空无一用。他有些不甘心，无奈地耸耸肩，摊摊手。后来实在没办法时，突然看到交警大队招部分协管员，"4050"下岗职工优先，冥冥之中这才看到一丝希望，最终有了一份协管员工作。协管工作就是站在路口举起小黄旗，引导行人遵守交通法规，这种工作对他来说并不是啥难事。

孝悌忠信礼义廉耻。早就说好今天都来给老爷子过生日，现在都晌午了还不见个人影。他们就那么忙，地球离了他们就真不转啦？刘立春不由怒从心中生，对爹娘诉苦道："你们这两个儿子，是鲁智深出家，毫无牵挂，一个人不孝顺也就罢了，另一个也跟着学。生日这么大的事到现在也不回来，太不像话。"她的脑子像发生了短路，气鼓鼓坐在那里，再也不愿多吭一声。

刘鹤之安慰道："不急不急，他们都有工作，整天忙，早来一会晚来一会一样。如果他们实在来不了，咱就先吃。"

刘老太太犹如弥勒佛，一张笑脸广结佛缘。虽说她年过七十五，但耳不聋眼不花，遇事特别明事理，走过来搭话道："你爹又不是啥大人物，不就是过个生日嘛，今年他们没空来，咱就明年过。再说你和他大姑夫来了，就挺好。"

刘立春自高自傲，是个特别爱挑剔的人，长得跟电影《我们俩》中的那个刁蛮的老太太差不多，她满脸不高兴，脸一下拉得好长，阴得能拧出一把水来，怒目圆睁，眼睛红得像兔子："娘啊，打小就护着你这两个儿子。不来就不来，但他们也应该放个屁。俺爹都这么大年纪，还能过多少生日？这么大的事，他们都不拿当回事，真是大年后晌喝稀饭，不像过年的样子。"

刘鹤之抬头看看墙上的挂钟，时针已指向晌午十二点四十。他轻轻叹息一声，随后说："要不你们先去炒菜，他们要来的话应该马上就到了。别等他们来了再炒菜，只要他们一到咱就热热闹闹开始吃饭。"

刘立春像一炷香点燃袅袅而起的那股烟，听了更加生气："生容易，活容易，生活不容易。本来说好俺买生日蛋糕，他大舅非说他买。你看看蛋糕不仅没买来，连个人影都不见。没有蛋糕，这生日咋过？"

刘老太太往厨房里走时，转过身子说："没那个蛋糕一样过生日，就和大年后晌不吃那只兔子照样过年一样。”说完，独自一人哈哈大笑起来。

刘立春像一张僵死的面具上却有一双尚未干涸的眼睛，嘴里嘟囔道：“一个个的脑子像被驴踢了。本来俺是走娘家当客的，没想到娘家人，人前一面人后一面，一个个都躲起来不见人影。平时他们说得比唱得都好听，害得俺亲自下厨房伺候他们。早知他们这样，俺还来干啥！”她说话的口气就像是龙虎山张天师镇妖瓶中放出来的妖魔鬼怪，一旦放出来，谁也无法控制。

19

光脚的不怕穿鞋的。一家人不容刘立秋细说，死拉硬拽将他拉入上访的队伍中。

外面的世界那么大，出了门才知道自己两眼乌黑，该往哪走心里一点谱都没有。在上访路上和站在市政府大门前，刘立秋感到一阵阵脸红，若要前行就必须离开你现在停留的地方。上次上访时，副市长李怀滨态度诚恳，言之凿凿红口白牙答应他们，市委市政府正在根据国家政策，制定下岗职工再就业若干优惠政策。制定一个政策牵扯方方面面，费时费力，在政策没出台之前，他们又来上访，心里突然有种做贼心虚的感觉，他怕领导出门接访，特别是李怀滨接访时一眼认出他，这样会觉得十分难堪。后来听说李怀滨带领市有关部门到南方考察并招商引资去了，那颗七上八下的心才慢慢平静下来，要不然他真没勇气面对人家。他不想给人家留下刁民的印象，觉得他这个人是个难剃的头。

市政府门前一片焦黄，空气浮着焦煳味，绿地上的青草让城市有了一种青灰之气。面对天天上访的人群，可能领导真的外出开会、调研，或者招商引资不在家，出来接访的档次大大降低，不仅没一个市领导出面，连政府办公室的人也躲在里面不肯露面。后来出来三个人，说是市信访局专门接待群众上访诉求，有啥事有啥话尽管对他们说。之后他们会根据上访所反映的问题，汇总后报告给市领导。

骑马的不一定是王子，可能是唐僧；带翅膀的不一定是天使，可能是鸟人。

百善孝为先。今天是老爷子刘鹤之七十七岁生日，刘立秋王八肚里插鸡毛，归心似箭。他知道，这种大规模上访虽是无奈之举，但也能制造出一定的声势和影响，在一定意义上能促成问题的解决。人生不像做菜，把所有的用料都备齐了才下锅。今天的确是个特殊的日子，平时他可以早一点晚一点露面，但今天如果不露面的话，往小处说老人会不高兴、伤心，老人过生日儿子连个人影都见不到；往大处说会给左邻右舍留下不孝顺老人的坏印象。他又是家里男孩子中的老大，老大没起到带头示范作用，将在一家人面前抬不起头，于是他叫苦不迭。

信访局接访的人中，有一位四十多岁的女人，一看就是今天接访的头儿，是局长，还是科长，她没说，别人也没介绍，反正看上去像个官。她说话像徐小凤一样的女中音，低缓、深沉，像历尽沧桑后的追述。她让人登记上访单位和电话联系方式，其他的都在夸夸其谈，先和他们谈国家的大政方针，政府所面临的困难及所采取的措施，别的再无一点实际内容，这让上访的人很失望。

他们一个个眯着双眼，审视着眼前的一切，神情有一种痴迷，知道眼下这些当官的整天拿着虚话、空话、套话、官话来忽悠老百姓。不知不觉已到中午下班吃饭的时间，刘立秋蹙着眉头，静思了好一会，终于沉不住气，对信访人员说："大道理俺懂，但今天俺们来不是听你们讲道理，而是向你们反映俺们的问题。俺们这些人现在是飞机上吊螃蟹，四处没着落。今天你就回答俺一件事，啥时候给俺们解决工作和生活困难。别的说上一火车也没啥用。再说上次俺们上访时，李怀滨副市长信誓旦旦对俺们说，政府对下岗职工的优惠政策马上就要出台。时间过去快一个月，政策咋还没出台，是等到猴年马月，还是在这里糊弄俺老百姓？"

信访中另一个长得跟猴子一样精明的年轻人，张嘴从国家政策讲到亚洲金融危机，从金融危机又讲到国有企业改革，从国有企业改革又扯到当前改革中的阵痛，最终结果必然导致一批企业职工面临下岗失业。所以必须要勇敢面对，市场经济规律是不以人的意志为转移的，想方设法再创业才是唯一的出路。

信访人员绕来绕去，绕了半天又绕回了原地。他们恨铁不成钢的口气，好像要让国足一下变成世界强队，夜总会里所有的小姐都是清一色的处女一样。

有多大的心机，就有多大的城府。刘立秋知道今天领导不在家，在家的都是说了不算也不敢拍板的人，这样下去没有一点结果。再说就算领导在家躲在办公室里不出来，就像老鼠躲在龙潭虎穴，再好的猫对他也没一点办法。领导不露面，上访的目的就没完全达到，现在又到下班的时候，再这样耗下去一无所获。看到一家人各怀心事，一直沉默无言，于是他也借坡下驴，理直气壮对信访人员大声吆喝："回去告诉你们领导，领导啥时候回来俺们再来。反正俺们反映的问题一天不解决，俺们就一天不放弃。跟你们说这些也是嘴上抹石灰，白说！"

沉默一会儿，上访人群又围在一起商量了半天，你说东，他说西，七嘴八舌头，最后也没拿出一个统一的意见,只得打道回府,说日久天长,改日再议。

刘立秋看到人散了,这才松下一口气,这让他心里很愉快,也很有成就感。抬头看天,天也低下头看了他一眼,相对默默无言。尽管市政府门前这条瑞金路上,不时有出租车驶过,但他现在把一分钱也当成月亮,坐出租花上几十块钱比割他身上的肉都心疼。他连忙跑到公交车站坐上公交车,赶紧往老爷子家赶。紧赶慢赶回去已是下午两点多钟,一家人早就吃完饭,走了。人是有着本能欲望的动物,更应该是有着理性大写的人。刘鹤之看了儿子一眼,脸上有些怒色:“你和你弟弟立夏大半天也不见个人影,你们要是忙就不用来嘛!”

刘老太太心疼儿子,瞪了刘鹤之一眼,斥责道:“真是老糊涂,儿子们忙里忙外都是为了工作,他们有空来你长一岁,没空来你就不长一岁?”

刘鹤之张了张嘴,一时竟不知说啥好。他已是七十七岁的老人,这些日子越来越容易忘事,拿在手里的东西,一转身就不记得放那儿,急得团团转。

刘立秋面露难色,连忙向老人解释:“都是做儿子的不对,耽误了给您祝寿,真是天大的罪过。是儿子没出息,不孝顺。”

老太太哈哈一笑:“没事没事,俺知道你们都忙,又不是没事故意不来。今年过生日没时间,等明年有空了咱再热热闹闹过。”

刘立秋面对爹娘无地自容,他不想让老人为他和何巧玲下岗的事操心,更不想让老人知道,因为他们都下了岗,家庭遇到前所未有的困难。爹娘和天下父母一样,都希望自己的儿子出人头地,能混得人模狗样。

刘立秋连饭也没吃,默默坐了一会,便回家去了。

20

✻✻✻✻✻✻

刘立夏天天像走在火舌上,身心都无处安定。要不然打死也不会办停薪留职。没想到一年后,他所在的齐州耐火材料厂也出现了大批下岗职工,正常上班的人都失去了工作岗位,像他这样打入另册的人,要想不下岗简直比登天都难。

起初,他是小炉匠的家什,竟是些破铜烂铁,所以他铆足劲想挣大钱,更想比人家混得人模狗样,以便在同事和朋友中出人头地。在一次饭局中,他认识了一个老板，席间该人夸夸其谈，说现在最挣钱的行当就是倒腾煤炭，小打小闹一年下来最少也能赚个几十万元，就是挣个百儿八十万，也不是神话传说。于是他的热血沸腾起来。

刘立夏心里琢磨，这辈子就是吃了没钱的大亏，手里要是有钱，也不至于为两万元的罚款，女儿的户口到现在也迟迟落不下。要是手里有了钱，一甩手将那两万元罚款，狠狠摔在计生办主任的脸上，让他知道老子敢生就不在乎两万元的破钱。

明知前方有一盏灯在那里，但总是无力奔向前面的光明。想想这辈子一事无成，因为没有钱，孩子都十岁了还落不下户口，没有户口就上不了学，完完全全和社会脱了节，彻头彻尾成了社会多余的黑人。

人想聪明难，但装糊涂同样难。就因为超生了女儿小雪，梁娟被厂里开除，一家四口人眼巴巴指望他埋头苦干，却只能开半个月的工资。没钱的日子比啥都憋屈。当初疯狂的肉体之欢，荡涤着梁娟今日太多的咬牙切齿和势不两立的怨恨。梁娟的怨恨铺天盖地，啥话不难听不骂啥，啥话不噎得你喘不上气不骂啥。弄得刘立夏跟这个家庭像是八代的仇人似的，真正死的心肠都有。当初他把自己置之死地而后生的想法，脱离企业的管束，为得是有朝一日能鲤鱼跳过龙门。

那人夸夸其谈大谈特谈倒腾煤炭如何如何挣钱。他的话字字如珠玑般滚动在刘立夏的耳边，让他听见了露珠闪光的声音，听见了风中花开的笑语，心里止不住掀起一阵阵欣喜和激动。

刘立夏一下动了心思，仿佛看到一摞摞人民币在向他微笑着招手致意。他连忙端起酒走过去，像孙子一样跟在人家腚上敬酒，千方百计打听倒腾煤炭的妙方良药。倒腾煤炭的人看上去倒像个实在人，他大手一挥，财大气粗，说话唾沫星子四溅，向刘立夏显摆："倒腾煤炭无非具备两个条件，一是资金，二是销路。煤炭是买肉的切豆腐，根本不在话下，你们没到山西那面去看一看，那里到处都是煤炭，说是煤山煤海，一点都不夸张。价格不仅便宜，而且煤质特别好。在山西好多人挖一夜煤就能成百万富翁，一夜暴富根本不是神话。"

一种发自内心的感动和激情在刘立夏的眼里燃烧，他热血沸腾，好像自己就是那个挖一夜煤成了百万富翁的那个人，司马请诸葛甘拜下风。他迫不及待地问："俺要是也倒腾煤炭，得投资多少钱？一年下来能挣多少？"

那人连考虑的时间都没有，张口道："一年挣个百儿八十万是起重机吊鸡毛，不费吹灰之力。要想做大买卖长着一双老鼠眼，只看一寸远绝对不行。没有百儿八十万的启动资金，小打小闹根本挣不了大钱。"

刘立夏一听投资这么多钱，一下傻了眼，百儿八十万不用说见过，连听都没听过,就是要了他的小命,也拿不出这么多钱来。

那人用特异的目光看了刘立夏一眼,指点迷津道:"舍不得孩子套不住狼,舍不得媳妇引不来色狼。做买卖的人都是从第一次开始,慢慢积累就成了金山银山。难道你没听说一夜暴富?他们起初也都是从借款,甚至贷款起步,结果一下挣了座金山银山。如果你家里有座金山银山,还用得着起早贪黑风餐露宿做买卖?"

刘立夏有着超凡入圣的敏感和知觉力,一听心里顿时凉了半截,不用说这么多钱,就是一千块钱从家里也拿不出来。以前每月他那点工资,没到开工资的时候就千头万绪指望着。一家人吃饭指望它,一家人穿衣指望它,儿子上学的学费更是指望它。

那人像见过大世面的人,面对鲜血可以不动容,面对惊涛可以不变色。他进一步开导刘立夏,做买卖有风险是真的,但没风险也挣不了大钱,就像舍不得孩子套不住狼一样。

刘立夏把欣喜和激动全部埋在心底,不想让任何人掌控,他咬咬牙下定决心,一定要混出个人样来,便硬着头皮一条路走到黑。使出吃奶的劲,连借加贷凑合了三十万元,为确保万无一失,还把房产证、土地证偷偷抵押给了人家。他贷款借款倒腾煤炭的事,压根就没敢对梁娟透露半个字。要是梁娟知道了还不像孙悟空大闹天宫一样,不用说挣钱,连钱的影子也看不到,黄花菜就凉了。刘立夏的野性像一头美洲豹子,又像山猫,似乎根本不存在任何对手。

刘立夏跟在人家腚上,像骑在别人身上一样身不由己。他双手使劲捂着那个破牛皮包,来到山西一看,果如那人所言,到处都是煤矿,路上一眼望不到头都是拉煤炭的车,不由心花怒放起来。

那天天气虽然不是前所未有的好,但也阳光灿烂,完全是三月烟花下扬州的美好季节。找到煤炭老板,人家张口一报价,吓得刘立夏一个趔趄。这个价格在齐州差不多贴着地皮了。做梦也没想到,这里煤炭价格竟然这么便宜,便宜的令人无法相信。这个价格运回去,翻两三番绝对没任何问题。于是迫不及待和老板签订了供货合同。中午的时候,煤老板正好手头没啥大事,请刘立夏到镇上最好的饭店撮了一顿。他亲切地拍着刘立夏的肩膀谈笑风生:"老弟呀,你可以打听打听,俺给你这个价格在方圆百里之内,绝对独一无二。多个朋友多条路,多个仇家多堵墙。买卖讲究诚信,今天能给你这个价格,一是看在朋友的份上,二是想结交你这个朋友。"

刘立夏听后两眼放出异彩,好像一下年轻了十岁。

最后煤炭老板告诉他,现在啥都不缺就缺火车皮,如果你能搞到火车皮,明天全部给你发货。要是搞不到,只能排队慢慢等。

说来的不一定能来,说不来的不一定不来。计划跟不上电话,电话跟不上变化。等了两天,还是没车皮,刘立夏实在沉不住气了,知道明天是老爷子生日,说好回去一块给老人祝寿,万一回不去,老人肯定不高兴,便让煤老板联系一辆载重五十吨的大货车,拉上一车就往回赶。剩下的近期装火车皮运到指定的火车站。

刘立夏犹如不断喷发的天然气,始终燃烧着熊熊火焰。谁知人算不如天算,路上一眼望不到头,到处都是拉煤的汽车,每走一步都遇到严重堵车,到了第二天下午五点,车都没开出山西地界。

21

刘鹤之生日过后,一早一晚天气变得越来越有寒意。夜晚,寒风从城外的旷野吹过来,是种赤身裸体般寒冷。

这个季节天黑得比较早,太阳一落下城西不远处的西山头,天空就变得模糊起来。楼下的地上铺展着一层淡淡的灯光。

刘立秋、何巧玲早早吃上几口饭,带上日用百货和批发来的便宜衣裳,就到南京路与鲁山路交汇处去摆地摊,苦等来买东西的人。这时,他们脸色浮现出一丝不易察觉的苦笑,看得出他们很忧郁。

齐州市是新中国成立后第三年才设立的地级市,下辖的县都以工业生产见长,随着市一级党委政府机构的设置,原来的县都被改称为区,到了 1985 年,又从齐州市的北边和南边分别划入三个县,使全市人口一下突破了六百万大关。齐州市真正突飞猛进的大发展,是 1961 年市委市政府从五十公里以外的陶城搬迁后。之前,齐州党政群机关全部在陶城。陶城区虽然工业基础雄厚,但三面环山,一条孝水穿城而过,往北流淌数县后汇入小清河。新官上任三把火。据说当时的市委书记上任后,看到市委市政府在狭长的山区及孝水两旁,很难有大的发展前途,于是往北跑了五十多公里实地考察,最终选址确实将市委市政府搬迁到北部平原开阔地带。这里不仅有胶济铁路,还有四通八达的公路,交通优势得天独厚,将来肯定有大的发展前途。市委书记身上透着古怪的常人难以企及的绝顶聪明，还有一种绝妙的处变不惊淡然无畏的态度。他在常委会上一拍板，齐州市委市政府搬迁铁板钉钉。因他的思想太超前，据说“文革”期间已调到西南某省任职的他，又被揪回齐州进行轮番批斗，主要罪状就是市委市政府搬迁后，修了几十米宽的道路浪费了很多土地，没有那么多的汽车，修那么宽的道路干啥？

在一张白纸上画画，画起来更加随心所欲，也更加精彩。以齐州火车站为中心，往北为中心路，随后又修了三条马路，为图省劲，便将其叫一马路、二马路、三马路。后来随着市委市政府及各大部门全部搬迁到此后，城市规模开始膨胀，将三条马路周边八个生产大队的土地全部征为国有。所修的道路也有了新的名字，东西走向的路最终组成“中华人民共和国”，而南北走向的则全部用革命圣地命名，依次是延安路、井冈山路、瑞金路、遵义路、韶山路等，城郊道路则用鲁山路、五阳山路、牛山路、原山路、四宝山路来命名。市委市政府，还有人大、政协都坐满在延安路上。

据说“文化大革命”时期，红卫兵小将想把路重新命名，最终城里的道路一条也没敢改动，只是把郊区的道路改成红旗路、革命路。“文革”结束后，郊区所有路名又恢复了原名。

夜晚的孝水波光闪烁，仿佛比白天更明亮更干净。河流是众多生灵的栖息地，也是个独立的生命体，而不仅仅是水。

夜晚的路灯刚亮起来的时候，刘立秋、何巧玲已麻利地将日用百货摆在公路边的路牙石上。他们将绳子拴在两棵树之间，衣裳用钩子一撑挂在绳子上。这个时候路上和行人寥寥无几，何巧玲硬着头皮，不住声不住气开始吆喝。尽管停下脚步和弯腰拿起衣裳仔细端详的人不算很少，但真正掏钱的却寥寥无几。何巧玲实在沉不住气，便嘟囔起来，嘴里骂：“唉，是俺瞎了眼，还是买东西的人眼睁不开，一后晌愣是开不了张。天无绝人之路，难道老天爷后晌也瞎了眼，要往绝路上逼俺？”

刘立秋一脸迷茫，烦恼像无期徒刑。他知道自己天生不是做买卖的料，人家卖东西一转眼就卖一把钱，到了他这里却死活卖不动。他心事重重，但表面上却没事一般站在那里，脑子里塞满了杂七杂八的记忆，漫不经心看着远处，既不高兴，也没忧伤，仿若置身世界之外。

不知不觉时间过去三个小时，随着夜色的加深，路上的行人更加稀少，天气也变得寒冷起来。

眼下下岗职工多如牛毛，钱越来越难挣，而物价一天一个价，往上涨得吓人。

自从第一次摆摊和城管队员王东平认识后，每后晌只要是他带领城管队员路过这里，总是停下脚步和他们拉上几句，问一后晌能卖多少钱？啥东西最为抢手？

刘立秋心里漆黑一团，连叹息的力气都没有。王东平的问话犹如气锤打桩，一下下结实无比，全砸在他的痛处。两口子愁眉不展，连连叹气。王东平鼓励他们，干啥头三脚都难踢，踢好了能踢出个万元户，万一踢不好就将自己弄成了穷光蛋。他围着挂在绳子上的衣裳转悠了一圈，像行家里手给他们指点迷津："你们别乌龟垫床脚，硬撑了。这些衣裳老气横秋，只能适合年纪大的老人，但老人手里大都没有钱，没钱他们就不来买。如果你们进一些时尚的，适合年轻人穿的服装，说不定买的人比现在要多。"末了，他长长地叹息道，"以后你们再卖东西不能猪蹄子不放盐，光是淡脚。看到一后晌你们一件也卖不出去，俺都替你们急眼。一后晌再怎么着，也得挣个工夫钱！像你们这样做买卖，是小孩子喝烧酒，够呛。"

何巧玲觉得王东平说的有道理，他年轻懂得年轻人的心理，便虚心向他请教："你觉得俺去进啥好卖？贵的俺手里可没本钱啊！"

王东平在一旁冷眼旁观，像只老谋深算的狼。他琢磨了一会，才说："你们门缝里看大街，目光太窄。信心比货币比黄金更重要。俺觉得你们可以进些牛仔裤方面的服装，街上的青年男女都喜欢穿这玩意。俺不敢说供不应求，但起码比你们现在这样要强之百倍。"

英雄末路，少了用武之地。刘立秋站在一旁，表情痛苦，低着头，长久不语。他也觉得眼前这个小伙子虽然年轻，但非常稳重，不像是胡说八道，特别是他说的那句"一后晌总该挣个工夫钱"，对他震动很大，不由对王东平刮目相看。

岁月里盛满了生活的艰难，日子的辛酸，命运的悲苦和这辈子一成不变的无奈与尴尬。

王东平的话也让何巧玲很受用，她早就希望能有个明白人过来指点一下，听了他的话，心里立即敞亮起来，只是担心手里没本钱，这些都没卖出去，再进服装又要占用资金。思前想后，就是手里没钱，只要卖得动，死钱才能变成活钱。

河流总是走在人类的前头，并且越走越远，它有自己的思想，流动是它的天性。夜晚的天气变得越来越冷，冻得刘立秋不由打了一个冷颤，知道再这样一后晌一后晌熬下去，别人可以用生命去等待，但他却觉得自己是在地狱里活命，难见天日。下个月儿子的生活费从哪来？他突然想起刘立夏曾和他说过，有家乡镇企业想聘请他去当技术员，当时想都没多想便一口回绝了。

22

刘立夏自以为路子硬得一定能撞倒墙。他押运一车煤炭回到齐州时，爹的生日早就过去了好几天，对此心里很是过意不去，并且难过了好几天。从他眉眼里，笑容里，从咧开的嘴角里，透出来的完全和之前不一样的精气神。尽管他手里没几个钱，还是买上一包东西，亲自登门向老人赔罪。

他到山西往齐州倒腾煤炭的事，一直憋在心里，没敢对任何人说。他想所有的煤炭一到，挣到大把大把的钞票后，再给大家一个惊喜。木棍钉在墙上，大小也算个橛。他要彻彻底底打个漂亮的翻身仗，从此再也不和人民币成为势不两立的敌人。

刘立夏手里像捧着一个暖暖的小太阳，心里一直有本小九九，盘算着只要将煤炭全部卖出去，当务之急第一件大事，就是赶紧将两万元罚款如数交上，把女儿的户口马上办利索，让女儿和人家的孩子一样，高高兴兴背着书包去上学，再也不能让女儿是被人厌弃的“黑人”。

这两年，刘立夏心中一直有个梦，这个梦也是他硬着头皮，咬着牙沿着一条路走到黑的根本所在。他要扬眉吐气，他要挣大钱，再也不能寄人篱下活在别人的白眼中。他要让瞧不起他的人知道，刘立夏也是一条顶天立地的汉子，他活得并不比别人窝囊。他可以原谅不了解他的人，但永远不原谅瞧不起他的人。

刘鹤之生日那天，本来梁娟说好去参加的，但被林珊叫去参加一个投资理财讲座。听完讲座正好十二点钟，林珊又死拉硬拽去逛商场。梁娟知道女人一旦逛起商场就不要命，今天是公公的生日，不去祝寿于情于理都说不过去，特别是刘立夏又出发在外，她不去会让人笑话，被人戳脊梁骨。林珊听后哈哈一笑：“背着八面找九面，就是没见过世面。老人的生日年年都过，一年不过不会就少长一岁。”

梁娟用哀怨的眼神看了她一眼，好像有些不情愿，但也没坚决反对，半推半就跟在林珊的腚后钻进商场的大门。不知不觉逛了三个小时，她们这才像午夜的幽灵，恹恹地在商场快餐店吃了一份炒面。临分手时，林珊还特别叮嘱，今天的投资理财讲座是咱后半生命运的转折点，一定要认真对待。梁娟望着来来往往匆匆行走的人流，脸上的表情有点希望，有点茫然，也有点颓丧。

女儿小雪都是十岁的大孩子，没有户口就不能去上学。早上出门时，说好让她在家等着，中午一块参加爷爷的寿筵，但左等不回去，右等还是不回去，认为妈妈在骗她，不想带她去，便躲在家里委屈的眼泪簌簌流了下来。

刘立夏像是要从梦里发现旧日的痕迹，回来知道事情的原委后，无奈地摇头叹息。

因进入冬季供暖季节，他亲自押运回来的五十吨煤炭，没费吹灰之力就卖给了陶城供热公司。往回走时，觉得应该找找关系，要不人家肯定不会要他的煤炭。没想到，啥关系也没找，一下子就出了手，回到家扳起手指算了又算，除去煤炭的价格和运费，每吨能挣差不多一百元。如果三千吨都销售出去，那就是一个天文数目。有了第一桶金，就有了咸鱼翻身的本钱，有了本钱他就能变得财大气粗。

刘立夏数着钱，感叹时间就是温水，泡着泡着便舒坦无比。心里不由沾沾自喜，梦想自己不是万元户，而是十万元户。心里的感觉从现在开始，他已经是一个穿皮鞋的人，不再和以前一样，是个赤脚汉。这时突然听到有人来敲门，他大喊着小雪，看看门外头的人是谁，是不是梁娟出去听讲座又忘了带钥匙。要不一年到头，没有几次有人主动来敲门。

小雪打开门一看，敲门的是刘立秋，便大声道："爸，是俺大爷来了。"

小雪除了喜欢哥哥外，还喜欢爷爷奶奶，大娘大爷，因姑姑刘立春天天板着脸，对谁都难露出笑脸，总是苦大仇深，所以小雪比较惧怕这个姑姑。

刘立秋伸手一把没抱起小雪，眼睛里闪烁着疲惫的光："看来大爷老了，都抱不动小雪。俺这个侄女又长了不少。"说完，欢天喜地笑了起来。

刘立夏知道哥哥无事不登三宝殿，一年到头难得亲自登门一次，便起身迎上去问："哥，今天太阳从西边出来了，哪阵风把你给吹来？有事嘛，有事尽管吩咐俺！"

刘立秋突然有种欲望在心里升腾，知道亲兄弟间不用太多的客套，但他还是鼓足好大的勇气，喃喃道："事情是这样的，俺和你嫂子都下了岗，到现在也没找到一个合适的工作，只能每天后晌到公路边摆摊卖小商品和衣裳。忙活一后晌，有时连个工夫钱都挣不回来。俺想，俺想……"

刘立夏就像一位老中医没有摸清病人的脉搏一样，瞪着一双眼睛望着刘立秋："哥，你有啥事，不用和俺兜圈子，竹筒倒豆子，直来直去有啥话就说出来。"

刘立秋虽然自信，但却不能深刻地相信自己，他目光迟滞，脸色灰暗，叹了好几口气，方才鼓足勇气道："俺记得上次你跟俺说，你有个朋友是乡镇企业的老板，想聘请俺去当技术员，不知人家现在还要人不？"说完这话，他就像一条上岸的鱼一样难堪、惊恐。

“打虎亲兄弟，上阵父子兵。”刘立夏听后沉思一会，好像在认真思考刘立秋的话，过了好一会，他才爽快道，“这事好办，俺马上给你问问。你在陶瓷行业是行家里手，乡镇企业最缺这方面的人才。俺觉得这事应该八九不离十，准能成。”

刘立秋看到弟弟一口应允下来，心里揣着的那块石头顿时一下落在地上，关切地问起他最近生意的情况，是不是也像自己一样喝口凉水都塞牙。

刘立夏哈哈一笑，脸上一下浮现出很神秘地神情：“哥呀，俺这辈子是半夜过独木桥，步步都小心。这次不瞒你说，俺可能要咸鱼翻身，发大财啦。”

刘立秋以为弟弟又在说梦话，对他的话走出十里路听，吹得人都站不稳。反正他说出来的话，一家人都犹豫过、怀疑过，但冷静下来认真思考后，还是有些不靠谱，于是忙问：“你说啥？俺没听明白。”

刘立夏仍然痴迷于他的坚持，便一五一十将房产，甚至老婆孩子的身家性命都抵押上，筹钱到山西倒腾煤炭的事说出来。末了他特别强调，这事千万不能让家里的母老虎知道，就她那个熊脾气，知道俺在外面借钱、抵押房产，把自己逼上绝路挣大钱，不和俺拼了命才怪哩！

刘立秋惊讶地瞪大眼睛，两手一摊，无可奈何道：“这么大的事，你也忒大胆了！山高路远，万一肉包子打狗，有去无回，咋办？”

刘立夏鼻翅快速翕动着，最后微微一笑：“你们尽管把心放到肚子里去，保证万无一失。俺都考察好了，这次稳挣不赔，拉回一吨煤炭能挣一百块钱哩！”

他的话，好像啥问题和困难到了他这里，都能用微笑去化解掉。

23

人穷志短，马瘦毛长。

刘立秋以前对命运的误解根深蒂固，自从下岗失业后，他不再像之前那样，只要一提起乡镇企业，脸上就露出鄙视的神情，常常以国有企业财大气粗而自居。他从根子上就瞧不起那些穿老棉腰裤的泥腿子，也能人五人六捣鼓出合格的陶瓷产品来。总觉得他们是阴沟里的泥鳅，最终翻不起啥风浪。但随着改革开放和市场经济步步深入,身边的国有企业一个个都趴下完了蛋,而当初在夹缝里并不被人看好的乡镇企业却异军突起,一个个不仅没有死亡,而且生命力比国有企业还要强大若干倍。

刘立秋坐下来,想说啥,却啥也说不出来。脸憋得通红,手脚无所适从,坐在那里半天也憋不出一句话来。

虽说瘦死的骆驼比马大,但下岗失业后工作一直没着落,生活到了贫困潦倒的地步,当务之急是挣钱养家糊口,而不是挑三拣四,像狗一样不分香臭。

看到哥突然有了一百八十度的大转弯,戏台上打架,刘立夏一时不知是真是假,感到既惊讶又不可思议。骆驼大马大值钱,人大了一文不值。他怕问好了刘立秋一时心血来潮再反悔,于是有些不放心,再次问道:"这次你可要仔细想好,想不好干脆别去问。免得求爷爷求奶奶问好,你却不想去,让俺下不了台,面子上也过不去。反正乡镇企业不和咱国有企业一样,有一套严格的企业管理和用人制度,他们大都是脑袋一热,拍板意气用事。"

刘立秋神色有些忧郁,心里突然有种不舒服,有种怪怪的感觉,感叹道:"好汉不提当年勇。这一页在俺心里早就翻了过去。从现在开始要另抹桌子另上菜,人都混到这步田地,还能挑拣个啥?只要能挣钱养家糊口,别的事都好说。"

刘立夏高兴地一拍手:"这就好,俺抹下脸皮好好央求人家,谁让你是俺亲哥哪!这次你可要把世界地图吞到肚子里,胸怀全球。"

当天后晌,刘立夏兴高采烈跑到刘立秋家,心情激动道:"哥呀,这次俺可是老母鸡下蛋,尽了最大的力量。那事总算成了,人家起初死活不同意要你,说人不能在一棵歪脖子树上吊死。他们早就物色了其他人选,并且技术员过几天就去上班。俺是硬着头皮好话说尽,人家才网开一面,答应让你去上班的。"

刘立秋差点千恩万谢,他梦想着有朝一日,上帝一觉醒来突然良心发现,重新赐予他一个大显身手的机会,便有些不好意思,看着刘立夏的脸:"哥的事难为你了。都怪当时俺鼠目寸光,做梦娶媳妇,心里光想着好事。结果把自己弄得人不是人,鬼不是鬼的。"

刘立夏连忙劝道:"哥呀,你可千万别多想,别乱想,你的事就是弟弟俺的事,谁怨咱们是一母同胞的亲兄弟。东吴招亲,吃亏只有一次。好了,明天一早,你就去找俺的朋友莫非莫老板。他答应每月给你八百块工资。"

刘立秋惊呼:"八百块?"

"哥,八百块不算少了,要不是看在咱是亲兄弟的面子上,人家最多给六百块。"

像初夏凉爽的风吹过来,刘立秋感到一种从来未有过的神清气爽,连忙回答:

“俺不是嫌少，是觉得人家一下给这些工资，确实不算少。”他突然感到心里泛起一丝温暖甜润的涟漪，随即鼻子一酸，眼里涌起一股潮湿。

刘立夏一下放下心来：“不管工资多少，好歹有个工作先干着。等度过眼前这一关，再想别的门道，别的办法。”

第二天一大早，尽管刘立秋已相当克制，但心里还是有点不愤，一种被廉价处理草草打发的不愤。他让何巧玲特意给他找出一身干净的，以前只是过年过节，或者参加重要场合才穿的西装。穿好后站在镜子前像一个特别爱漂亮的女人一样，仔细端详了一遍又一遍。心里琢磨，第一天去新企业上班，给人家的第一印象非常重要。想到这，他又犹豫起来，扎上领带还是不戴领带？戴上领带，人显得特别精神，但又怕人家说他酸气，是驴屎蛋子外面光。经过激烈的思想斗争，最后决定还是戴上领带，毕竟他曾是国有大企业的车间副主任，啥时候都不能和那些衣冠不整的乡下老百姓混为一体。瘦死的骆驼比马大，再咋着，他们也不是一个档次的人。

刘立秋面部表情充满了孩子般的好奇，洋溢着一种久违的快乐。他走出家门，兴冲冲骑上永久牌自行车一路往南，来到南外环找到这家乡镇企业时，看在土里土气的厂门口挂着“齐州市环球陶瓷厂”大牌子时，心里一阵好笑，这家乡镇企业都没北方陶瓷厂十分之一，但牌子却很唬人。慢慢走进厂区往四下一看，车间都是简陋的平房，这和之前的企业比起来简直不可同日而语，厂里最好的建筑就是那座二层办公小楼，这座小楼还是单面办公室，一层有六七个房间。看后心里一阵酸楚，万万没想到干了大半辈子的国有企业，到头来却沦落到这般下场，屈身于一个名不见经传的乡镇企业，难道这就是人们常说的因果报应，风水轮流转？

阳光透过衣裳，直接照射到人的心灵深处，融化抚平了一个又一个的褶皱。

尽管是座二层小楼，因办公室不算太多，加之老板的办公室门口挂着“总经理”牌子，几乎没费啥劲就找到了。

刘立秋截住野马一样肆意奔跑的思绪，敲门时显得很谨慎。推门进去看到一个五大三粗的人仰身倚在高大的沙发椅背，双腿则放在宽大豪华的办公桌上，正眉飞色舞打着电话。刘立秋心里琢磨，这块头这架势，肯定是老板莫非无疑。只见该人四十开外，肥头大耳，一看就是近几年城郊那种一夜暴富的土豪。不由感叹，人，这一生，活着是多么的偶然和吊诡，曾经显赫的却寂寂无闻，曾经落寞的又与日争辉。

莫非耷拉着眼皮，无动于衷，看到突然冒出来的不速之客，才将桌子上的双脚慢慢放到办公桌下面，望着进来的陌生人，打电话的口气还是财大气粗，目中无人，毫无顾忌。

刘立秋拿眼往办公室四下一瞧，发现办公室里弄得像一块杂乱不堪的菜园子。他知道，这些暴发户，大多年龄不算太大，文化水平也不高，说话更是没逻辑性，在他们眼里天大的事也能伸手抓下来敢说，花起钱更是如流水。人啊，有钱的人把钱看成粪土，没钱的人却把一分钱当成月亮。

在辉煌的时候，刘立秋也显不出异样的高兴，仿佛对成就感有天然的免疫力。

莫非打完电话，懒洋洋活动一下双腿，瞪着一双警惕的眼睛，目光在刘立秋身上扫来扫去，最后猜测道："你就是刘立秋刘工程师吧？没想到国有企业赫赫有名的工程师，也到俺这不起眼的小企业，并且往后天天在一个锅里摸勺子，成了一家人。"说完，独自"哈哈"大笑起来。

刘立秋赶紧走上前握住莫非的手，客气道："往后还请莫总多关照。"

莫非大叫一声，"好，好。"抬手拍了几下手掌，那掌声单调而微弱，在他的办公室里显得有些阴森森的。

24

刘立夏嘴里吃着蜜糖，耳朵听着赞歌，在家天天做着发财梦。没事的时候就和小雪一起玩。他觉得这辈子最对不起的人，不是生他养他的父母，也不是天天和他睡在一起吃在一起的老婆，而是女儿小雪。女儿的眼睛经常天真地看着他，如同葵花向着太阳。这让他无地自如，心犹如针扎一般疼。

和小雪一般大的孩子，早就欢天喜地在教室里听老师讲课学习。除了学语文、数学，还有体育。回到家更是一刻不停做作业，而在父母和爷爷奶奶面前，骄傲得像个小皇帝。而女儿却从来没有这样的优势，天天像大人一样板着脸，一副生活无着闷闷不乐的样子。

手心手背都是肉。刘立夏看在眼里，疼在心上，都是因为自己没本事，才使女儿落得这般下场。有时他也想不明白，实行一胎政策，万一将来孩子有个三长两短，做父母的可咋办？再说超生二胎也不是只有他刘立夏一个人。人家超生罚款钱从哪来？为啥人家说超生就超生，最终户口都能落下，唯独他们家上不了天，也落不了地，被挂在半空里，无人管无人问，活蹦乱跳一个孩子竟然成了没户口的

"黑人"。

刘立夏咋也想不出个子丑寅卯,越想心里越心烦意乱。他的热血一下沸腾起来,像蚂蚁在血管里跑步比赛。特别是看到这些日子,梁娟天天被人拉着去听投资理财讲座,心里的气更是不打一处来,骂梁娟这个熊娘们,越来越不着调。

闲下来的时候,刘立夏像只鼹鼠一样,把细长的耳朵紧紧贴在门缝上,一改往日闷头闷脑的样子,翻出儿子之前学过的课本,一本正经教女儿识字、写字和算术。他不能让女儿这样白白熬下去,长大成了睁眼瞎。女儿六岁那年,正赶上国家对人口普查。于是他千方百计找人打听,国家每隔几年都会进行人口普查,赶上人口普查时,就能对黑户口进行大赦,刘立夏做梦都盼盼着,女儿能赶上人口普查这趟晚班车。可因以前和那个计生主任搞得关系相当僵,到了势不两立,不交上罚款人家死活不同意报,结果又错过了这次千载难逢的绝佳机会。

为这事,刘立夏和梁娟领着小雪到计生委大闹了好几次,越闹关系弄得越僵,后来一看到他们来,人家就像老鼠躲猫一样赶紧往外跑。刘立夏老鼠掉在面缸里,干瞪白眼,这才真正明白胳膊真的扭不过大腿,早知今日,何必当初。分明是自己挖好坑,然后又乐呵呵往里跳。自己生点气,受点罪无所谓,关键女儿一天比一天大,受伤害最大的还是她。

刘立夏张口骂:"这些混蛋以为自己是法海,就用雷峰塔把俺镇住。其实你们根本就不是啥法海,俺当然也不是那个白素贞。"

而梁娟整天像泼妇骂大街一样骂来骂去。骂完自己生一肚子气,最终事情还是那样,愁得他们没有一点办法,两口子除了相互指责,就是在家怄气,谁也不理谁。

刘立夏脸上荡漾着平静的笑意,在家除了陪女儿玩两天,心里却一直挂挂着煤炭的事,差不多每天都跑到火车站去打听,拉他煤炭的车皮到了没,并不厌其烦跟在人家腚后头和人家套近乎,问车皮到底啥时候才能到。火车站工作人员起初劝他,只要人家发了车皮,总有一天会到的,回家耐心等待。后来,他再来跟在腚上问,人家爱答不理,要么就训斥道:"你的车皮又没跑来告诉俺到哪了,俺咋知道啥时候到?你问俺,俺问谁?"

配了苦药水,好讨辣价钱。每次他都精神十足跑到火车站,然后垂头丧气回到家。他抬头看了一眼弥漫着尘埃的灰色天空,自己劝自己,越是在关键的时候,越是要耐心等待。有时候还要拿出时间和生命的一半,去耐心等待。

不知不觉已过去二十多天,热力公司的煤炭价格一天一个价,这让刘立夏更加眼红耳热,就像热锅上的蚂蚁,坐卧不安,比孙猴子坐殿还不安分。

这天中午,他敏捷得像羚羊一样跳跃着,百般无聊打开那块已看了十几年双喜牌电视机，女儿嚷着要看《唐老鸭与米老鼠》，就在女儿胡乱选频道时，他突然听到电视里的一句话，说山西有个煤矿发生瓦斯爆炸。听后，他的头“嗡”地就变大了，不顾女儿的哭叫，连忙返回那个频道。此时电视画面正在播放矿难发生后，当地政府正在全力组织救援的镜头。

看着看着，如同兜头一瓢凉水。他一下紧张起来，像一条被惊吓的小狗。发生矿难的煤矿听起来好熟悉，好像亲眼见过，又像是在做梦。仔细想了好长时间，立马惊出一身冷汗，随后一下瘫倒在沙发上，脸上面无血色，像被人从泥地里推到天堂，现在连泥地都没回去，而是直接下了地狱。他终于弄明白，发生矿难的这个煤矿，就是他押上身家性命倾家荡产倒腾煤炭的那个煤矿。自己在家天天做着发财的黄粱大梦，但梦来梦去，就是没梦到煤矿竟然发生这天大的事情。

这一切，就像病毒一样迅速扩散而来，真是要了刘立夏的贼命。他知不道在发生矿难前，老板红口白牙给他的煤炭发出来没有？现在到了半路上，还是压根就没装车。他一下死的心肠都有了。

他像一条缺氧的鱼，试图跳出水面，严重的窒息使他思维有些混乱。女儿一看非常害怕，哭着说：“爸爸，你咋了？以后俺再也不和你抢电视啦。”

刘立夏像个植物人只剩下一口气，有气无力抬起手，拍拍女儿的头，好半晌才说：“爸爸不是生你的气，爸爸从来也没生过宝贝女儿的气。爸爸好无能，咋能生你的气！”他的身体像再度遇到寒流一样，开始颤抖起来，又说，“你妈回来就跟她说，爸爸有急事要到外地待几天，就说俺有重要事情去办。”

纸补裤裆，越补越烂。刘立夏脸变得惨白，眼睛却血红，几乎要喷出火来。他随便拿上一件衣裳，提起挂在门后墙上的破皮包，头也不回出了家门。走到大街上，抬头看了看暗蓝色的天空，突然感到很像是下岗职工忧愁和忧伤的眼睛。

25

❋❋❋❋❋❋

根据市政府的统一安排，分管工业的副市长李怀滨专门负责召集劳动、经委、计委和有关国有大中型企业负责人，专门开会研究下岗职工的生活费及再就业问题。

与会者个个表情严肃，目光冷峻。

李怀滨看到与会人员全部到齐后，用眼睛扫视了一下会场，然后开始讲话。他说："君子之过，如日月之蚀，社会的温度，是由弱者的冷暖来标记，而非由强者的欢呼决定。一个负责任的政府，首先关注的是困难群体的生存和发展问题，平衡社会各个阶层的诉求，让弱者保暖润心，形成政府和民众的良性关系，这也是和谐社会的要义。咱们齐州市在全省各地市中，历来以工业基础雄厚而著称。以前这种强大的优势，非常明显。但随着改革开放和市场经济的步步深入，之前的优势已成为制约咱们经济发展的瓶颈，在数以万计的下岗职工中，大部分是'4050'人员。由于出生的年代和社会环境，他们受教育的程度低，技术单一，接受新生事物的能力相对较慢。他们所拥有的技能，随着技术进步、产品升级换代，越来越难以适应社会化大生产的需求。今天将大家召集在一起，就是专门研究探讨如何设身处地，解决'4050'的问题。"他说得如同国家领导人做政府工作报告一样，慷慨激昂。

会场上一片寂静。静得能彼此听到对方的呼吸声。与会人员你看我，我看你，谁也不主动张口说话。随后，他们一个个低下头，仿佛在思考着啥。

在领导面前主动献计献策，像个谋略家，智多星似的，盖了领导的风光，是官场上的一个大忌。

"心者，天地万物之主也！"李怀滨看了大家一眼，语重心长道，"今天咱们坐在这里开的是诸葛亮会，而不是哑巴会。同志们，真正的铁饭碗不是永不失业，而是永远拥有养活自己的能力。真正的安稳道路不是最多人走的那条，也不是最少人走的那条，而是最适合自己走的那条路。自国有企业改制浪潮掀起后，这几年全国已有数千万的职工或下岗或失业，并且大都沦为社会的最底层和生活最贫苦的弱势群体。在这个弱势群体中，他们的境遇最为悲惨。俺曾听到一对夫妻双双下岗后，一下没了工资收入，为上大学孩子每月三百元钱的生活费难为的抱头痛哭。在这些下岗失业人群里，他们的父母们也都是些没有经济保障，需要他们尽心尽力尽孝顺的责任。他们的孩子们都到了读初中、高中或上大学的年龄，有的已面临找工作，这些都需要很大的开支，这些都需要他们尽更大的责任。他们现在所面临的困难，完全应该得到政府、社会的扶持和关心。下岗职工再就业问题，必须解决。有些事情捂得了今天，谁能保证明天不出事！希望社会能以另一种方式关注和帮助弱势群体，而不是等到事情无法收拾时，采取以暴制暴的方法！"

与会人员认真听着李怀滨的讲话，一家人都知道当前面对大批下岗职工这块烫手的山芋，谁也不愿伸手接招，躲都躲不起，谁还乐意找麻烦，千万别打不着皮狐惹腚臊。

孙明天是齐州市经贸委主任，多年的官宦生涯养成了处变不惊的习惯。他现在最头痛的就是下岗职工问题，以至到了谈虎色变之地步。这事弄不好就是在香炉前打喷嚏，扑一鼻子灰不说，还猪八戒照镜子里外不是人。他知道自己没这个本事，经贸委也没这个能力安置大量的下岗职工再就业。随着企业改制的步步深入，必将还有大量的企业职工面临下岗失业。天天面对一拨又一拨上访堵门的下岗职工，弄得他整天害头痛。这些上访的下岗职工个个都是癞蛤蟆垫床脚，鼓了一肚子气。

尽管李怀滨说得头头是道，但孙明天对下岗职工再就业并不抱有太大的幻想和希望。他是市经贸委主任，分管着市属企业一大摊子事情。看到李怀滨的目光一直盯着他不放，知道自己当哑巴肯定蒙混过不了关，便咳嗽了两声，不紧不慢道："刚才李市长说得忒好了，分析得头头是道且入木三分。俺作为市经贸委主任有深切的体会，咱们现在面对的不是几个企业，也不是几十个上百个下岗职工，而是几十个企业和成千上万的下岗职工，咋扶持，咋救助，拿啥救助？这可不是一件轻而易举的事。所以俺个人以为，这事一定要稳妥、慎重，要把事情办好，而不是办砸，从而引起更大的波动。"

开这样的会，一家人的情绪和积极性都不高涨，发言说话甚至都把握不好调，过河时连块石头也摸不着。

一个有信仰的人，一定要有怜惜同情之心。

会议开到最后，也没形成一个完整的结论。最后，李怀滨在总结讲话时，意味深长道："早熟的果子长不大，拔苗助长易夭折。在座的各位都是主管部门的主要领导，如果咱们像一棵大树的根部都烂透了，已摇摇欲坠，树冠上会有更多疯狂啃咬的虫豸，那就不得了了。总而言之，咱们要根据中央和省里的指示精神，尽快拿出工作方案，保证下岗职工基本生活保障，尽快建立起完善的养老、失业、医疗保险体系。不能一味拍卖土地作为发展 GDP 的资源，要下大力气发展咱们的民族制造业和民族工业。扫帚不到，灰尘照例不会自己跑掉，事情更不会自己慢慢变好。"

26

❀❀❀❀❀❀

看得见的无权管，有权管的看不见。

刘立秋在走投无路的情况下，就像被赶上树的鸭子来到齐州环球陶瓷厂当技术员，这对老板莫非来说，就像天下掉下一块大馅饼，让他欣喜若狂。

有钱能使鬼推磨。莫非早就打听到，刘立秋在北方陶瓷厂是烧成和成型方面的行家里手，并且是这家国有大企业的成型车间副主任，让这样的技术骨干下岗，真是厂里的领导瞎了眼，所以他通过关系找到刘立夏，让他说服动员刘立秋到环球陶瓷厂屈就。环球陶瓷厂和北方陶瓷厂这样的国有大企业比起来，绝对名不见经传，就像小巫见大巫，他们之间几乎没啥可比性，有百十号工人，在乡镇企业中算规模比较大的。莫非脸上挂着明星般迷人的笑容，虽然是企业老板，但他从来没系统学习过陶瓷方面的专业知识，对陶瓷生产流程两眼乌黑，伸手就抓瞎。起初，他在乡经委给领导开车，因他在领导面前能说会道且八面玲珑，从而慢慢引起领导的关注，随后将他委派到乡上的重点企业陶瓷厂任副厂长。

起初，莫非还能积极配合厂长的工作，后来便在领导面前给厂长打小报告，说他是屁股上擦香油，不值一闻，不务正业，心思根本不用在生产经营和管理上，整天吃喝嫖赌五毒俱全，并在厂里一手遮天，搞一言堂，弄得企业职工怨声载道。乡领导听后勃然大怒，不问青红皂白，将厂长喊到镇上劈头盖脸熊了一顿。领导就像风靡一时的棋牌游戏《三国杀》，出招接招，见招拆招。看到厂长从镇上回来垂头丧气，莫非知道目的达到了，心里有说不出的高兴，没有了权力就等于一只老虎丢掉了牙齿和爪子，或者说孔雀掉光了美丽的羽毛。莫非有在镇上工作的经历，又在大部分领导面前混了个脸熟，慢慢在厂长面前变得强势起来，由当初的服从一下变为和厂长分庭抗礼，公开叫板，公开对抗。厂长是个土生土长农村中那种司空见惯的实在人、老实人，莫名其妙挨了领导一顿熊，心里憋屈得死去活来，前思后想就是弄不明白，心里一下萌生撂挑子的想法，此举正中莫非的下怀，除了重要的事情和账目必须过问一下外，其他的事情统统交给了莫非。

莫非从来就不是一盏省油的灯。他像一只蜘蛛，一直在编织自己的关系网。

看到时机渐渐成熟,便对厂长进行逼宫。厂长讲话没人听,说话没人理,彻头彻尾成了光杆司令。后来乡里觉得厂长这个人水平和能力都不行,便将他调到有名无实的乡农机站,能言善辩的莫非顺理成章当上梦寐以求的环球陶瓷厂厂长。

齐州是江北地区有名的陶瓷琉璃基地,国有企业不仅有五六千人的北方陶瓷厂,还有两三千职工的建筑陶瓷厂、美术陶瓷厂、特种陶瓷厂、工业陶瓷厂,以及城市四周多如牛毛的乡镇及村办陶瓷厂。要想在强手林立的同行业竞争中求生存、求发展,没有专业技术人才,就很难在激烈的市场竞争中占有一席之地。

莫非当上厂长后,像所罗门一样坐在他的财富王国之中。后来才彻底明白厂里的真实生产状况,只能小打小闹生产老百姓家里常用的日用陶瓷。这么多年来,一直在非常低端的产品中打转转。除了生产大白碗、平盘、汤匙,除此以外,其他高端陶瓷产品根本生产不了。

人总是贪婪,总想拥有更多。新官上任三把火,莫非态度十分坚决下了死命令,一定要让环球陶瓷厂生产经营蒸蒸日上,当着乡上领导的面信誓旦旦立下军令状,但最终生产的陶瓷产品还是不合格,出现了大量的残次品。莫非这才知道,癞蛤蟆想吃天鹅肉是多么的艰难,明白没有专业技术人才,让企业上规模上档次就像痴人说梦。于是他绞尽脑汁开始挖掘国有企业的技术人才。本来他认为这是和尚头上的虱子,一抓一大把,没想到,人家一听是乡镇企业把头摇得像拨浪鼓,死活不肯来,说道不同不相为谋。

不打扮得像流氓,就有打扮得像流氓的人主动找上门。莫非文化程度不高,当年因家里穷,兄弟姐妹多,不用说上学,每天能吃个半饱就不孬,哪里还有闲钱供他上学。上了两年初中毕业回家,在生产队里跟着父老乡亲开始修理地球。因他人长得乖巧,村里买了一台十二马力拖拉机,他爹得到消息,买上两包点心和两瓶大曲,亲自到大队书记家送礼,结果莫非成了村里两名拖拉机手之一。后来乡经委找个司机,他又歪打正着被调到乡上给领导开吉普车。虽说如今他成了乡办企业的厂长,但他并不懂企业管理和业务。刘备请诸葛亮还三顾茅庐,他才一请刘立秋就主动送上门,真是诸葛亮当军师名副其实。他一下乐坏了,从大皮沙发上蹦起来,激动地伸出能摘下天上云彩的手,赶紧握着刘立秋的手语无伦次道:"刘工程师,不……不,是刘主任,你的大名如雷贯耳,在齐州陶瓷界无人不知无人不晓。俺对你更是仰慕已久。今天你能屈尊俺这乡镇小厂,是俺这辈子烧了高香。从今以后,不,从现在开始咱就是一根绳子上的两个蚂蚱。你就是环球陶瓷厂的厂长助理兼工程师。你要嫌官小,这好办,过些日子俺就任命你为环球陶瓷厂的副厂长兼工程师。你是俺厂里求之不得的人才,工资待遇别人七百,你八百,比人家高出一百,算是对你的最高奖赏。"随后,他又煞有介事开始介绍这几年企业如何在夹缝中，绝处逢生求生存，和下一步发展的美好蓝图。

刘立秋一听莫非说得实在，他的话勇敢而执着，真诚而热烈，把工作和待遇说得清清楚楚，连忙点头应允："厂长不厂长的俺不稀罕，但你要保证每月按时给俺开工资，俺儿子现在上大学等着用钱哩！"

李逵穿针，粗中有细。莫非连忙回答："这个你尽管把心放到肚子里，只要企业没完蛋，保证你永远下不了岗失不了业，就保证月底一天不拖给你开工资。当然，如果你有急着用钱的时候，俺可以让财务借给你，到月底再从工资里扣除就是。"

唐僧之所以能取到真经，那是因为有观音菩萨和孙悟空保护着。随后，莫非拉着刘立秋，到成型车间和烧成车间转悠了一圈。不知不觉已到吃晌午饭的时候，莫非心里像平白无故拾到个大宝贝一样高兴，非要给刘立秋接风洗尘，来到城边最好的饭店。

莫非是这里的常客，一招手，过来一位身材高挑，穿着开衩很高的旗袍小姐立马迎了上来，赶紧给他们倒酒，妩媚的眼睛盯着莫非的脸在微笑。他伸手端起酒杯，学着拿破仑的腔调，慷慨激昂道："感情深，一口闷；感情浅，舔一舔。来，为刘工程师的到来，干杯！"

27

❀❀❀❀❀❀

火烧到额头，迫在眉睫。

齐州火车站为德式风格，古朴典雅。清光绪二十五年，也就是 1899 年 8 月，德国人投资兴办胶济铁路，由青岛向西修筑。至清光绪三十年元月一日通车至济南，齐州在两市之间，加之这里有重要的陶瓷、煤炭、建材资源，当然是德国人重点掠夺的目标之一。

刘立夏心急如焚跑到火车站，排了半天的队也没买到去山西的车票。火烧眉毛，他耷拉着一张冬瓜脸："没有去山西太原的，到河北石家庄也行！"

售票员查了半天，冷冰冰回答："坐票没有，只有站票。不要拉倒，下一位。"

刘立夏像个刽子手一样恶狠狠瞪着售票员，焦虑和绝望的心情让他几乎窒息。他咬咬牙，有站票也比下步走快得多，连忙说："要，俺要啊，谁说不要了，来一张。"

水至清则无鱼，人至察则无徒。刘立夏接过火车票，转身挤出排队的长龙。这才突然想起来，原来铁路部门已进入春运高峰期，难怪买票的人山人海。来到售票厅外面的广场上，仔细一看离开车时间差不多还有三个小时，他一时拿不定主意，是回家，还是像史书上那个古人一样，在这里守株待兔？此时刘立夏心乱如麻，心里怕得死去活来，从看到新闻的那一刻，就一直挂挂着，担心着。真要是那个煤矿出了事，就是死上八遍也不够本钱。

他咋也搞不明白，人要倒霉了，放个屁都砸脚后跟。天底下所有倒霉的事，咋都让他摊上了。超生的女儿要罚款，因交不起罚款，女儿的户口至今都没着落；老婆因此被单位开除公职，他自己更是倒了八辈子大霉，厂里为此一下将他打入另类。他知道自己这辈子是枣核子解板，八面都不是那块料。

刮风下雨溅一身泥。刘立夏在火车站广场等得心烦意乱坐卧不安，像丢了魂一样不时站起身来，在人群中走来走去，感觉自己渺小得像一张随时被风吹起来的口香糖纸。如果真像电视里说的那个煤矿出了事，他可是拿着全家人的身家性命做抵押，全家人也跟着他一起完蛋。

火车站广场上的人，特别是候车室里挤得像沙丁鱼罐头一样，连转身换个姿势都难。也知不道过了多长时间，反正度日如年，感觉比一个世纪还要漫长。想来想去也知不道咋去面对这一切。

傍晚时分，他走在车站路灯的阴影处，像是走着夜路的刺客或小偷。终于熬到进站上车时，他成了第一个赶火车的人，随着密密麻麻的人群，他像鱼一样拥进站台上，随着火车进站，一家人山呼海啸般疯狂地向车厢拥去，你呼他叫，鬼哭狼嚎，像乌鸦窝里捣了一棍子。刘立夏似拧紧发条的闹钟，憋得足足的。他没像其他赶火车的人那样，携带着行李箱或尼龙袋子，手里只提着一个破皮包，挤火车比谁都灵活，没用太多的力气，就像一条出溜滑的泥鳅挤进了车厢。他望着窗外的站台，心潮起伏。

火车从齐州车站开动时，车厢里已搞得满满当当，连个落脚的地方都找不到。刘立夏的心像用线缠住了一样。以前在厂里上班时，出差的机会几乎没有，他不明白每天坐火车的人咋就这么多？心里突然生出一种感想，好像坐火车的人在家吃饱撑得没事干，专门出来凑热闹一样。火车载着水泄不通的一车人，跑起来慢得像老牛拉破车，也像蜗牛赛跑，一路慢腾腾往西，然后经过省城济南又掉头往北德州方向，尔后又往西北方向的石家庄驶去。

刘立夏终于静下心来，很深沉很安静想着自己的前世今生。不知不觉已是后半夜,上火车的人有增无减,就连座位底下都是铺着报纸睡觉的人。此时刘立夏人困马乏,他非常期盼身边座位上的人,能像当年雷锋一样有一颗高尚伟大的爱心,将座位毫不犹豫让给他,让他静养一下站麻的双腿和那颗痛苦不堪的心。环顾四周,所有的人都昏昏欲睡,他才知道雷锋在几十年前就不在人世了,尽管每年都象征性学他一下,但三月里来,四月里就走了,况且现在已到了年底。

像从牛身上一根根往下拔毛,刘立夏的眼皮沉得像被胶粘住了一样,咋也睁不开眼。不知迷糊了多长时间,也知不道火车到了哪里。火车紧急制动时,身子一晃悠,随后一个趔趄,才猛然从睡梦中惊醒。他用手揉揉眼,似王八钻火坑,又憋气又窝火,感觉两眼根本睁不开,困得像刚从非洲沙漠回来,好几年没睡觉一样,恨不得倒头睡个三天两早晨。他长长叹口气,抬头看看手表,时间已是凌晨。他知道离石家庄越来越近,离他去的山西也就越来越近。离得越近,心就越紧张,便努力劝自己,是福不是祸,是祸躲不过,天塌下来有地接着。他又想,在这一火车的人中,也许只有他一个人像丧家之犬,是个身无分文的穷光蛋。心里突然产生一种强烈的悲哀,觉得自己都不如扛着尼龙袋子进城打工的农民。

刘立夏王八肚里插鸡毛,归心似箭。他心潮起伏,痛苦万分。一只手捏着另一只手在思考,像个思想家。随后心灵就像在炼狱中受到煎熬一样,惶惶不可终日。凌晨后在火车上他再也没犯迷糊,连打盹的意思都没有。一直想着自己的心事,像从清凉的马棚里出来的任性孩子,久久伫立在那里。

车到石家庄火车站已快中午了,本来他想出站再买去山西太原的车票,下车时向乘务员一打听,人家告诉他,一会有列从北京去太原的列车,如果出去买票可能来不及,不如上车补票,这样就节省很多时间。他的目光一下移到车站的远方,就像奴隶主终于放下手中的鞭子。

能节省时间正中刘立夏之意。果然不到十分钟,从北京方向风驰电掣开来一列车,徐徐开进车站。车停稳,他看到下车的没几个人,上车的人除了他也没多少。他挤上拥挤的列车后,连个补票的列车员都找不到。刘立夏便侧身打听补票在哪里。列车上人本来就多,刘立夏又不安分嚷嚷着要补票,气得身边一位满脸横肉的男人大声骂:“豆腐渣上船,是啥烂货。补票补票,补他娘的啥票?人家都不要,你有钱没处花呀!”

有着丧家之犬的凄凉、孤独的刘立夏这才安稳下来,心想不要拉倒。全当给自己省下一顿饭钱。看来老天爷也不光去眷顾有钱的人,穷人他也没忘记。就这样,一直到太原站也没人让他补票。走出火车站,心里一阵轻松,觉得赚了天大的便宜般。这是他这辈子第一次碰到免费的午餐,心里像赚了个大元宝,一下将这几天心中的苦恼和痛苦,统统抛到太原火车站的广场上。

像是要去梦里发现旧日的痕印。他又从太原火车站倒了两次公交车,直到大后晌也没到他要去的煤矿。在一家小旅馆迷糊了半夜,第二天一大早,又连忙往那个煤矿赶去。中午时分到达时,发现到处都是抢险救灾的人。找人一打听,才知道他交钱后的第四天,煤矿就发生了瓦斯爆炸事故。老板看事不妙,便一直瞒着不报,直到事发一个多星期,看到纸里再也包不住火,煤矿老板像只油滑的耗子,携款逃之夭夭,至今下落不明。

苍蝇不钻无缝的蛋。刘立夏哆嗦着嘴唇,泪流满面,一下瘫在地上,咬牙切齿骂:“铁石心肠的混蛋,眼睁睁把孤苦伶仃的俺推到绝路上!”

随后,他口吐白沫,昏迷不醒。

28

莫非对陶瓷行业的专业知识和生产流程,基本上一问三不知,二问六不答。刘备之所以能成气候,那是有诸葛亮在腚后头支招。刘立秋的到来让他欣喜若狂。虽说他是个粗人,但也多少明白一些生产经营方面的道理,企业要想在激烈地市场竞争中站稳脚跟,企业要想发展壮大生产规模,必须有专业技术人才,没有这方面的专业人才,企业发展、生产经营,只能小打小闹跟在人家腚后头赚几个小钱。人家国有企业为啥像参天大树,关键就是人家有众多的专业技术人才。现在国有企业面临着破产倒闭,大批专业技术人才将失去饭碗,这可是挖掘人才千载难逢的绝好机遇,一定要多挖几个像刘立秋这样的人,好钢一定用在刀刃上,况且现在钢实在太少。用人家的技术为企业服务,说到底最终还是为他一个人服务。

做人要学会走捷径。

莫非越想越觉得自己是个赢家,可以不费吹灰之力将大批专业技术人才揽入怀中,他仿佛看到个光辉灿烂的前途,就在眼前。

这天,莫非像处于丛林野兽的原始状态,突然心血来潮,说箩筐里选瓜,越选越差。要刘立秋给全厂的管理人员,特别是技术人员,讲一讲陶瓷生产的前世今秋。他笑呵呵道:“磨刀不误砍柴工。”

刘立秋的祖上在陶城一直吃陶瓷琉璃这碗饭,到他这代,起码有三百多年的历史。尽管高中毕业下乡当了知青，空隙之余，也总爱抱着一本书，没完没了地看。返城就业后，安排到国有大企业齐州北方陶瓷厂。工作后的刘立秋自知专业技术水平有很大的差距，便报考了齐州市广播电视大学陶瓷专业，通过三年的系统学习，使自己从当初只懂一些皮毛，成为专业技术过硬的紧缺人才，由助理工程师晋升为工程师，再后来又竞聘成型车间副主任。

来到环球陶瓷厂虽然只有短短的几天时间，但他已全面了解了这家乡镇企业技术是豆腐店的东西，不堪一击。产品单一，专业技术奇缺，生产设备陈旧老化，产品更是在低端水平上徘徊，只能销售到乡下，根本登不了大雅之堂。

未成名的莫非希望借刘立秋这块招牌炒作自己，已成名的刘立秋也想借莫非这块招牌抬高自己的身价。刘立秋也觉得完全有讲一讲的必要，只有让全厂管理人员、技术人员都提高专业技术水平，才能研制生产出高端的陶瓷产品，才能在激烈地市场竞争中立于不败之地。

在刘立秋看来，那些藏着无数历史的陶瓷文化，与北京故宫里的瓶瓶罐罐一样，蕴含着丰富的历史和悠久的文化。

刘立秋走到讲台前，眼睛里栖居着阳光般的自信，好像让鲜花也多了几分艳几分鲜，让天空也多了几分蓝。其实也不是正儿八经的讲台，就是在会议室前放了一张桌子，十几个人坐在下面而已。他咳嗽了两声，随后又咳嗽了两声，但并没吐出痰来。咳嗽只是为给自己壮壮胆，免得说话时紧张，以前他在北方陶瓷厂时，只要厂里或车间开会，厂长或车间主任也郑重其事咳嗽两声，这才人五人六，一本正经开始讲话。每次他都在台下和其他工人嘀咕：没病没灾咳嗽啥，又不是一口痰卡在喉咙里，咳不出来会被噎死。后来这才明白，领导讲话有时也没啥底气，咳嗽几声是给自己提神壮胆打气。他走过去仿佛进入了另一个时代。

刘立秋抬头用眼睛扫视了一下坐在对面的人，发现莫非也一本正经坐在一把椅子上，手里端着高级磁化杯，若无其事喝着茶。刘立秋心里明白，听课的这些人是抹布上绣花，底子太差。他一下收回目光，慷慨激昂道："齐州陶瓷历史悠久且源远流长。据考证，早在新石器晚期，咱们齐州的先民们就在这片热土上，开始制作陶器，到了唐宋代，瓷器生产即著称于世。产品不仅有各种白釉、青釉、黑釉及各式雕塑品，而且还有驰名中外的'雨点釉''茶叶末釉'。在瓷器生产中还运用剔花、划花、手绘、绞胎作装饰。到了明清时代，齐州已逐步发展成为中国江北地区陶瓷生产和销售中心，其生产能力和水平，与江西景德镇的陶瓷平分半壁江山。"

有钱能使鬼推磨。莫非像一位带着几分欣喜和渴望的观众，怀里仿佛抱着一件珍品。他端起茶杯喝口茶，大声喊道："刘工程师啊，这些离咱忒远，说了也白搭,咱也记不住,就说说现代的吧!"

刘立秋答应一声,接着说:"到鸦片战争以后,随着外国资本主义国家的入侵,致使咱们齐州的大批规模不算大,特别是家庭手工业作坊纷纷破产。部分资本雄厚的窑主和官僚资本却畸形发展起来,出现了官办窑厂和资本家兴办的手工作坊。1905 年,也就是清光绪三十一年,山东省工业商公司委托一王姓古董商,在齐州陶城下河段设立工艺传习所,专门研究陶瓷生产,半沿土法,半沿新法,恢复了唐宋时期的茶叶末釉,并对白釉陶瓷的着色、烤花、彩绘以及仿古瓷的研究改良,起到了良好的促进作用。1931 年,山东省实业厅又在陶城资建'山东省模范窑业厂',尽废土法,改用新法,采用机器生产,以当地原料制造透明瓷器。所制日用瓷、卫生瓷、电陶品种达 40 余个。这个时期民营窑厂有 130 多家,窑炉 160 座。'九一八'事变后,因东三省的销售渠道断绝,华北销路滞涩,窑炉锐减到 90 座,且生产断断续续,难以为继。到抗日战争和解放战争时期,除了几家窑厂苦撑残业,只生产大白碗、盆外,其他陶瓷则完全停产。"

刘立秋讲得勇敢而执着,真诚而热烈,他目光往下一扫,看到一家人津津有味耐心听着,有的还在笔记本上随手记录着,就连莫非也瞪着眼睛聚精会神望着他,微笑着并不时点头称赞,那样子生怕漏掉一句话。还有的像张飞穿针,大眼瞪小眼。他知道人的良知在于热爱着自己的事业,便继续道:"解放后,咱们齐州的陶瓷生产,在瓷质、釉色、造型、装饰等方面,成功地走出一条创新之路。产品不仅品种多,而且质量高,既有普通的日用瓷、工业陶瓷、卫生陶瓷、建筑陶瓷,又有化工陶瓷、美术陶瓷、园林陶瓷,还有电瓷及各种特种陶瓷等。乳白瓷、象牙瓷、齐玉瓷、宝石瓷、齐翠瓷都是创新的日用陶瓷。用雨点釉、茶叶末釉、兰钧、虎皮等名贵色釉制造的美术陶瓷和刻瓷、雕瓷、彩陶绘画等,既闪耀着齐州陶瓷优良传统的光彩,又呈现出现代工艺技术的优良成果。"

像拨云见日一样,眼前金星闪烁,刹那间,底下的人似乎突然间大彻大悟。

29

❊❊❊❊❊❊

刘立夏像是蝴蝶效应中的一翅扑扇,转眼间掉进了万丈深渊。在他眼里山西的煤老板简直就是残忍的恶魔，喝人血的奸商，是地痞流氓的缩影，是人人喊打的过街老鼠，更是毁掉万丈高楼的烈性炸药。

他知道这辈子彻底完蛋了，不仅是他自己，而是全家人都跟着他完了蛋。他痛不欲生，真想一头撞死在山西，要不捂着狗皮也无颜面见江东父老。

大地发出镜子般的光芒。

刘立夏失魂落魄，几乎没费多大力气就找到矿难救援指挥部，扑通一声跪在人家面前痛哭流涕，诉说自己压上身家性命来购煤的事，做梦也没想到钱交给矿老板，还没拉煤就摊上矿难，咋啥倒霉的事都让俺摊上了。

救援指挥部的人脸拉得像张驴脸，让他赶紧起来，并训斥道："现在是人命关天的时候，谁有闲工夫在这听你胡咧咧。去那边登个记，等救援任务完成，煤炭生产恢复了正常再处理你的事。"他的话既简洁又准确，语速却出奇的快。

他像突然被最重量级的拳击手猛地击中头部，感觉天昏地暗，似乎天也旋地也转。

寒风吹得刘立夏像农田里的庄稼芽一样往上直蹿。他抹了几把眼泪，听说下面还埋着二十多个工人，至今生死不明。他的事和工人的性命比起来，根本不值得别人搭理。赖在指挥部不走，人家肯定没有好脸色，说不定一抹脸皮，像痛打落水狗一样将他轰出来。他的事在人家眼里根本算不上个事，而对他自己来说则是天大的事。心里不由泛起一种煎熬般地难受，张口骂："这个煤老板忒不是个玩意，不仅昧着良心挣钱，还草菅人命，比旧社会的地主资本家都歹毒可恶。"他惊讶地看到，自己变成了一头被烧着尾巴的野牛，横冲直撞。

他像热锅上的蚂蚁，急得团团转。眼前到处都是忙忙碌碌的救援人员，和拉着警笛的警车，还有医院的救护车，好像这个世界在他们眼里，除了救援别的事在他们眼里都无关紧要一样。

人都有背运倒灶的时候，但谁也没有像他刘立夏一样倒了八辈子霉。他心里明白，此时就像黑白红之道，道道不能得罪，跟汉奸维持会长没啥两样。在这里待着已毫无用处，人家不会因为他的事而停止救援，转过身来专门处理他这点陈谷子烂芝麻的小事。他的事情在人家眼里，简直就是一件不值一提非常非常小的一件小事，根本搭不起人家的眼皮。打掉牙齿和血吞，刘立夏感觉自己是上天无路，入地无门，真正走进人生的死胡同。

吃了后晌饭赶路，越走越黑。他垂头丧气，坐车往回走时，头发蓬松，衣衫褴褛，就像生下来就没洗过脸，更没洗过澡，浑身上下又脏又臭，看人的眼睛蔫蔫的，像精神病人，几天工夫一下老了十岁。他一路上稀里糊涂，不吃不喝也不睡，整个人像霜打的茄子，焉儿巴叽。回到家，倒在床上三天三夜昏迷不醒。

当他终于醒来时，身上还发着高烧，看到梁娟和女儿小雪惊慌失措站在床前，只听老婆说："你爸爸醒了，醒了。"

"噢，爸爸醒了。"

天下之事，每每祸福相连。看到刘立夏呆若木鸡的神情，梁娟心里非常着急，问："夜来家里来了好几个人，说你借他们的钱已到期。看到你昏迷不醒，他们说过两天再来。你到底借钱在外面捣鼓了些啥事？"

小雪趴在刘立夏的耳朵边，小声道："爸爸，你知不道那些人可凶了，吓得俺躲在墙角都不敢动弹。"

刘立夏躺在床上，睁着眼睛呆呆地看着天花板，内心无比惶惑。他哑巴吃黄连，一辈子再也不想碰上白骨精和蜘蛛精。他将眼一闭，两行泪水像断线的珠子，从脸上流到腮上。

种田的农民是没有欢歌笑语的，而下岗失业职工欢声笑语是发生在昨天。

椅子底下着火，烧着屁股燎着心。梁娟不依不饶，非要打破砂锅问到底，她大声喊："刘立夏啊刘立夏，你开口放个屁，到底借谁的钱？借钱又干了啥？你不会借钱在外面赌博看媳妇吧？"

刘立夏长叹一声，自以为很多秘密都知不道，其实人家早就心知肚明。他喃喃道："俺哪能借钱赌博看媳妇！别说手上没钱，就是有钱也不会去赌博，看媳妇。"

梁娟嬉笑怒骂，尖酸刻薄："没有金刚钻，别揽瓷器活。就你这个熊样，哪有人家孙悟空的本事，放在太白金星的炼丹炉里千锤百炼。没事人家能找上门，说的有鼻子有眼要讨债？"

"别问了，别逼俺行不行？"

房价越来越高，好男人越来越少。梁娟两手抱头，突然呜呜地哭起来。她哭得悲伤，哭得真切，掏心掏肺地疼痛，边哭边数落："刘立夏啊刘立夏，摸着你的良心窝想一想，自从俺梁娟嫁给你，过上一天松欢的日子没？因为你的瞎捣鼓胡捣鼓，硬是把俺好端端的工作给捣鼓没了。孩子长到这么大，连个户口都落不下。当时你有本事瞎捣鼓，咋没本事给孩子落户口？跟着你快二十年了，活的人不像人，鬼不像鬼。你现在竟然又长了新本事，背着俺在外面借钱。今天你要不说出借钱干啥，俺就死在你面前。"

小雪摇着刘立夏的胳膊，边哭边说："爸爸，你快说呀，你和妈妈别吵了，俺害怕！"

刘立夏似霜打麻叶蔫蔫的，欲说无语。他忍受着超过普通人耐受极限十倍百倍的压力和委屈，百口难辩，抬起手一拳打在自己的脑门上，骂道："都怨俺鬼迷心穷,都怨俺有眼无珠,俺这辈子就是个成事不足败事有余的窝囊废。”

“你借那么多钱都干了些啥事?”梁娟不依不饶。

刘立夏长吁短叹,突然抬起头,睁着一双充满泪水的眼睛虎视眈眈盯着梁娟,自己相信自己有啥用,别人说啥比自己说的重要百倍千倍。张了半天嘴却无法开口向梁娟说出实情,本来他想捞到第一桶金后,给梁娟给一家人一个惊喜,万万没想到好端端的梦想,就这样无情地破灭了,让他亏得一塌糊涂,一直亏到姥姥舅舅家门上,最终一下跌进十八层地狱的最底层。他只得结结巴巴向梁娟说:“俺向人家借了一大笔钱,作为从山西往咱这里倒腾煤炭的本钱。谁知道钱交给人家,煤矿却发生了瓦斯爆炸。老板看事不好,携款潜逃了。要不是发生那该死的瓦斯爆炸,咱现在说不定就是万元户,甚至是十万元户!”

男人没本事又不老实,就是废物。梁娟气得浑身直打哆嗦,咬牙切齿骂:“放你娘的臭狗屁。做梦娶媳妇,整天做你的黄粱美梦!这日子没法过了,说不定往后你都敢卖老婆孩子!”

刘立夏像勤奋的老黄牛,但他的失败和痛苦正像传染病一样在他周身蔓延。在怅惘的夜晚,回顾自己的半生无比悲哀。不由莫名感叹,三大战役一场场打下来,也没一个人死得比俺还惨!

30

寒风把何巧玲干净而清爽的头发吹乱了。

她在路边的路牙石上卖衣裳并没想象的那么好,但和刚开始相比已有不小的起色。刚开始那会,好几后晌竟然一件衣裳也卖不出去,而现在,每后晌都能卖个三件两件的,最多时能卖到五六件,回家扳起手指一算账,除了本钱挣了二十多块,这让她渴望的心理,犹如久旱逢甘霖。

后晌卖衣裳时,那个当城管叫王东平的人,只要转悠到这里,总是停下脚步,像个见过世面的行家里手,对她指点迷津。有一次,王东平问何巧玲:“这些日子咋不见你老公的影子?是不是挣不到钱,失去了信心?”

何巧玲告诉王东平,刘立秋天生就不是做买卖的料,站一后晌一件东西卖不出去，就沉不住气了，这才托人找关系，去了一个乡镇企业当生产厂长和工程师。

王东平的面部表情像个孩子般充满了好奇，脸上洋溢着一种快乐。一听刘立秋到乡镇企业当了生产厂长很是惊讶："你老公看上去不善言谈，但他真有本事。东方不亮西方亮，是金子总有发光的时候。苦日子终于熬到了头，好日子也在前面向你们招手。"

何巧玲笑笑，一板一言一字一句道："大兄弟，你真会说话，俺两口子啥本事也没有，人到中年又遇上企业效益不好而下岗失业。俺们就想找个安稳工作，挣钱多少都不重要，重要的是每月都有稳定的收入。再说俺那口子也没啥本事，就是在人家手下打工，挣个养家糊口的工资。"

王东平的脸上刹那间绽开了无比和蔼的神情，张嘴笑了笑，他还要到别处检查，便"啊啊"两声，提腿走远了。

就在何巧玲转身招揽顾客时，突然听到有人叫她的名字。这个城市里的熟人不算少，但知道她在公路边路牙石上卖东西的却不多。转身一看，才发现是大姑姐刘立春。她啥时候突然冒出来，并且站在自己的身后？

何巧玲赶紧张嘴喊："姐姐，你咋找到这里的呀！"

刘立春听了眼珠子像手电筒的灯泡那样忽闪了好几下，她穿着件大棉袄，脖子上围了一条红色的针织围巾。她淡然一笑，鼻子哼了一下，张嘴道："前几天后晌，你姐夫骑自行车从这里路过，看到你在这里卖衣裳。回家和俺一说，打死俺都不信，俺还骂他准是认差了人。他听了一下急了眼，说俺虽一把年纪，但还没到老眼昏花的时候，能随便说瞎话！你不信可以去看看。这不，今后晌在家里也没啥大事，吃完饭就溜达着来了。"

何巧玲安静地看着她，神情很安详，苦笑道："俺和你兄弟都下岗失了业，一下没了经济来源，你侄子上大学又要吃又要喝，还要交学费。俺不出来多少挣点可咋办？"

"这大冷的后晌，真是难为了你。"刘立春心生怜悯，突然对何巧玲关心起来，随后话语一转，"咱爹咱娘那里你们都很长时间不去了吧？今天俺又去给他们拾掇了一圈，擦完地又擦桌子，再打扫卫生。你说咱爹咱娘，年龄也不是很大，在家里除了做点吃的喝的，别的啥事也没有。俺出来买菜，每次都给他们留下一份。他们在家没事，打扫一下屋里的卫生，又不是没时间，脏得要命了也不管，来个人都插不下脚。家里乱得像个死孩子窝，每次俺去都得拾掇上半天。"

想不到貌似冷血动物的她，冷不丁也能冒出一丝温情来。何巧玲听完知不道说啥好，只得附和道："姐姐你受累了。这些日子一直忙，没空去爹娘那里。你弟弟也是天不亮就从家里走人，大后晌才下班回家，两头都不见明。"

这时，半个月亮早从东山顶爬上来。刘立春脸色有些不高兴，头像树上的果实摇晃起来，她用大姑姐姐的口吻教育道："弟妹呀，不是俺纯心说你，人都有上年纪的时候，孝敬父母人家不会笑话，你们俩再忙，连孝敬爹娘的时间都没有？依俺看，你们也不是忙得掉不过腚来，而是你们压根就不想去！"

刘立春说话对谁都不留情面，啥话抓过来直接说到别人脸上，就像木匠一锛总是砍到了墨线。何巧玲笑笑回答："姐姐批评地对，今后俺一定多注意。这几天就抽空去看看老人家。对了，这件羽绒服质量挺不错，你试一下要是合适就拿去穿吧！"

不占点便宜就觉得吃了亏。刘立春伸手一把抓过来，翻过来翻过去看了好几遍，然后脱下大棉袄穿在身上，最后皮笑肉不笑道："姐姐俺就不客套了，这件俺穿上正好合适。"说完连价钱都没问，拿着衣裳，转身走了。

何巧玲唉声叹气，像田舍翁小家子气一样那种舍不得，心说忙活好几后晌，也挣不回这件衣裳钱。

31

❀❀❀❀❀❀

刘立秋的到来无疑给莫非打了一针强心剂。他在厂里转悠了一圈，就知道这家乡镇企业生产能力和水平，这比他想象的还要差若干倍，一下就像英雄末路没了用武之地。这和原来他在国有企业比起来，简直无法同日而语。他怎么都弄不明白，这样一家毫无含金量的乡镇小厂，竟然养活了一百多人，并且还能在夹缝中生存下来。

刘立秋有些无奈，摇摇头，长叹一声。

莫非冷眼观察，像一只老谋深算的狼。他哈哈一笑，对刘立秋说："刘工程师是不是觉得不可思议？这个世界就是这么怪，俺们这些泥腿子办的乡镇企业，抗市场冲击能力硬是比国有企业还强，你们国有企业一个个破了产，完了蛋，而俺们却平安无事。尽管你们国有大企业不缺技术，不缺人才，但最后为啥都完了蛋？这个问题值得沉思。完了蛋好呀，要不俺咋能得到你这个大宝贝。"说完，又是一阵哈哈大笑。此刻刘立秋在他眼里绝对是稀罕物。

刘立秋心里很难过，他没有理由，也找不出理由来反驳莫非的谬论，尽管莫非说得有些夸张，但仔细想想也不全是放狗屁。事情明摆在那里，说上一千遍也改变不了铁板钉钉的事实。

莫非当上厂长后，成了土皇帝一个，谁也不敢惹，除了在上级领导面前毕恭毕敬外，又恢复了往日飞扬跋扈指手画脚的毛病，让人一看就是一夜暴富的土豪，但他却在刘立秋面前表现出难得的谦虚和恭维。他说："刘工程师啊，俺之所以乐意高薪聘请你来，就是让你能捣鼓出几个能打开市场，并且占领市场的拳头产品。你也知道俺是门外汉，对陶瓷研制和生产是飞机上钓鱼差远了。俺两眼乌黑不要紧，就像三国里的刘备刘皇叔，既没千里走单骑，也没草船借箭、火烧赤壁，更没六出祁山七擒孟获，但所有这些还不都是给他干的！书生赶牛，慢慢来可不行。你现在有多大的本事，就使出多大的本事，把吃奶的劲用上最好。俺保证一百二十个支持你。只要你能让环球陶瓷厂生产出新产品，你就是第一大功臣，到时俺对你将大大的重奖。"

刘立秋看了莫非一眼，在他的微笑里有岁月的深度，斩钉截铁像燃烧的火种一样热烈："俺要感谢莫厂长在俺人生最困难的时候，收留了俺，并且给俺一个大显身手的舞台。这几天俺一直在琢磨，咱们要通过对产品转型升级，实现扭亏为盈为目标，可尝试生产齐玉瓷。这种陶瓷是以长石为主要原料，釉料采用熔块釉和生物多糖悬浮剂，烧成为瓷烧，釉烧两次新工艺。这种齐玉瓷的特点是晶莹如玉、滋润柔和、新颖别致，可与美国生产的同类产品相媲美，市场前景相当不错。"

莫非听了竟然一下动了感情，有些哽咽，就像当年刘备那样舒缓了一下自己的情绪，清清嗓子，还用手擦了一下眼睛，这才张嘴道："你这话可说到俺心坎上去了。你真是环球陶瓷厂的大救星，俺莫非这辈子能碰上你，不仅是上辈子的造化，更是俺事业上的贵人。你现在就甩开膀子，给俺大干快上，等生产出合格的产品，俺把镇上和区乡镇企业局的领导都统统请来，让领导们给你披红戴花，对你大张旗鼓进行奖励。"他像迷航已久的水手，突然看到一线生存的陆岸，兴奋地大呼大叫起来。

刘立秋看到激动地没有人形的莫非，语气诚恳道："莫厂长啊，新产品咱是一定要研发生产的，但成型设备、隧道窑烧成都要随之改造。要不然就像地瓜面一样，再有本事也蒸不出白面馒头来。"

"有路大家行车，有水大家行船。舍不得孩子套不住狼。"莫非眼睛转了两圈，他一直觉得自己的未来就像风筝，理所当然要飞得很高飞得更远，"这次咱砂锅捣蒜，也是被逼上了梁山。你马上拿出一个改造方案和预算报告，俺红口白牙，一句话坚决支持你。"

刘立秋脸上充满了疲惫，但眼睛却很明亮，淡然一笑：“俺就知道莫厂长有魄力，是大手笔，说话办事雷厉风行。非常之境必须采用非常之手段，否则就会坐以待毙。俺这几天早就想好了，成型设备和隧道窑设备，没有二三十万资金根本玩不转。”

莫非脸色苍白，像刚看完惊悚片，根本说不出一句话，好半天才喃喃道：“多少？你再说一遍。”

刘立秋冷静、克制、简短，永远说得不比别人多，他扳起手指一板一眼数算道：“生产高档齐玉瓷，从模具到成型再到烧成，必须要有先进的生产工艺和流程。老马拉破车，将就、凑合、维持现状，只能闭门造车。”

莫非一脸惊讶，站在那一步也挪不动，好像地也动山也摇，眼前一片模糊，叹息道：“钱又不是土垃块，大风也刮不来。你一张嘴就好几十万元，俺上哪给你弄去？”

刘立秋淡淡一笑，看上去像狮子一样悠闲，甚至有点漫不经心和懒散，口气十分平静：“莫厂长，你可不要只看见鱼喝水，看不见鱼尿尿。你前期投入大，后面才能产出高。生产经营和做买卖一样，有投入才有产出，天下哪有不投入只产出的道理！”

“可是，可是……你说的这个数目也忒大了，都吓了俺一跳。这么多钱你就是杀了俺，恐怕也没办法给你弄来。”莫非喉咙里出现窒息般的疼痛，愁眉不展。他的口气中流露出不悦之色，嘴里嘟囔着，“俺还以为最多三万两万就够了，哪想到是笔巨款。你真是狮子大开口！”

犹豫中，莫非还是加快了行动的步伐。

32

❀❀❀❀❀❀

像苍蝇叮肉般追着刘立夏不放。

果然又过了两天，四五个人气势汹汹又找上门来。

刘立夏看着白纸黑字的抵押合同，一脚踩在桥眼里上下两难，他瞪了半天眼竟然一个字也说不出来，他现在就像一个输得一干二净的赌徒。

一个留着长头发，梳着辫子满脸横肉的男人一看就像个混蛋，他神色阴郁、冷漠，身上有股深藏不露的杀气，恶狠狠对刘立夏说："欠债还钱，天经地义。你是让俺们亲自动手，还是你自己乖乖地卷铺盖滚蛋？要不现在还钱更好！"

万万没想到，今天这王八蛋口气硬得像他二大爷。刘立夏从山西回来后，时光也没给他带来多大变化，浑身像抽了筋，躺在床上饭菜不思。以前还一直认为自己是条翻江倒海的赤龙，现在看看自己连条长虫都不是。外面的世界令他绝望，那里充满虚伪的陷阱，人的思想以及诺言统统都是放狗屁。他知不道这个世界上还有没有比自己更倒霉更窝囊的人，反正知道自己这辈子就这么拉了倒，连街上扛着尼龙袋子进城找工作的农民工都不如。想着想着，他无力垂下头，一副听天由命的样子。

魔鬼是上帝的锉刀。梁娟到现在也没弄明白，刘立夏到底唱的哪一出，跳起来指着来人破口大骂："你们算啥玩意，光天化日之下蹿入民宅明抢豪夺。告诉你们，老娘虽不是梁山上的母夜叉孙二娘，但也不是吓着长大的。要房子没有，要命你们敢要就拿去吧！"

狼行千里吃肉，狗走千里吃屎。满脸横肉的男人冷笑一声，骂道："别他娘的给脸不要脸，想踩着鼻子上脸，也不撒泡尿照照自己长得那个熊样。有本事他娘的捅了马蜂窝，又不让马蜂蜇到，这才是江湖高手风范。好男不和女斗，俺这里有你男人的签字画押，当初谁也没逼着他去借钱，是他可怜兮兮找上门连哭带央告，俺老板看他可怜，才大发善心借钱给他。不信，你问问他！"

梁娟一时间不明就里，不知所措。异常恼怒地转过身，像是刘立夏将一把刀子插在她的脖子上，一双眼睛瞪成了牛眼，厉声责问："刘立夏，你张口放个屁，到底是不是这样？你要说不出理由来，俺就跟你拼了。"

刘立夏面目皱得如同千层饼，滴溜头耷拉角唉声叹气，就像世界末日来临。只见他两手抱头，手使劲抓着头发，像个哑巴一声不吭。

梁娟像撞上鬼般跳起来，一步蹿上前拳头雨点般打到刘立夏的头上和身上，声嘶力竭骂："嫁汉嫁汉，穿衣吃饭。你和人家狗嘶猫咬都捣鼓了些啥事！你都一把年纪的人，办事咋还这么不靠谱不着调。"言辞中充溢着强烈的怒火气息。

小雪吓得"哇哇"大哭起来，嘴里嚷着："爸妈，你们别打了，俺害怕。"

男人靠得住，母猪能上树。梁娟捂着脸，像剁了尾巴的母狼大嚎大叫："刘立夏呀刘立夏，你要还是站着撒尿的大男人，就张口放个屁。你脑子进了水，还是被驴踢了？背着俺在外面胡作非为，没想到你是乌龟爬泥潭，越爬越深。你有啥本事啥能耐，胆子比猪尿泡还大，竟敢在外面借高利贷，真是昏了头。"骂完，跑进房间收拾起一包衣裳，出来拉着小雪就走，走到门口时扔下一句冷冰冰的话："狗肉包子上不了大席。这日子没法过了，离婚！”她的声音像绝唱一样凄凉。

刚才还是又哭又闹的场面，转眼间一下变得寂静无比，就像啥事也没发生一样。

王八咬住了杨贵妃，见了皇帝也不松口。满脸横肉的男人带着一种厌恶的腔调嚷嚷道：“刘立夏啊，早知今日，何必当初。你可别怪俺六亲不认，怨你当初不该头脑发热签下生死合同。没有金刚钻，别他娘的揽瓷器活。你敢造次胡来，老子就砍下你的一条腿当拐棍使。”

刘立夏瘫靠在沙发上长吁短叹，突然感到一种深深的无助与悲哀，心里有种恍如隔世的茫然：“大哥呀，你行行好，大人有大量，再宽限俺几天，让俺想想办法行不？”

满脸横肉的男人听了哈哈大笑，眼睛里有一种阴谋得逞后的狡黠和轻松，痴笑道：“想想办法？你已到了山穷水尽地步，还能想啥好办法？告诉你，你现在是身无分文的穷光蛋，你要能想出办法来，除非老天爷下凡站在你肩膀上。”

要想吃到鱼，就得安心做钓鱼的猫。刘立夏声音很低，像蚊蝇，摇头叹气：“事出有因，谁他娘的长着前后眼。俺把钱交上签了合同，没想到两天后煤矿发生了瓦斯爆炸。那个千刀万剐的煤矿老板携款潜逃，要不俺咋到了这步田地！”

满脸横肉的男人看人的眼神像看一堆狗屎，冷笑道：“你跟俺放这些狗屁啥用都没有。不用说煤矿爆炸，就是地球爆炸了，欠债还钱天经地义。”说完，他一招手，其他几个人一哄而上，不容分说就将刘立夏往门外拖。

刘立夏终于明白，自己钻进一个无期徒刑的套子里。他声音十分凄凉，再次哀求：“大哥，是大爷，你们发发善心，再宽限俺几天。做人做事可不能这么绝！”

那男人就像一头恼怒的野兽，仿佛咂摸出火药味，嗅出一股挑衅的气息，气急败坏破口大骂：“滚他娘的蛋，你再多说一句话，老子今天就把你嘴废了，从此让你当哑巴。”

刘立夏脸上凝固着一种愧疚之情，就这样被扫地出门，垂头丧气走在大街上时才发现，自己连件衣裳都没带出来，真正成了身无分文的穷光蛋。他不放过俺，肯定也有人不放过他。世界如此之大，但现在却没他一丁点安身之处。混了大半辈子竟然成了屌蛋精光的流浪汉。要是李白知道他的悲惨遭遇，准会难过地从棺材里爬出来大哭不止。

夫妻就是拴在一条绳子上的两个蚂蚱，她那里失去了平安，他这里也消停不下来。刘立夏越想越觉得自己窝囊，越想越觉得这个社会对他太不公道，越想越觉得前途渺茫，就像一只苍蝇飞到玻璃上，前途一片光明，但就是没有一丁点儿出路。

往事如耳边风,旋而悠悠远去。

望着大街上匆匆行走的人流和公路上的车水马龙,感到心底深处辐射出一束束的冷意,不由打了个冷颤,世上的人千千万万,但到走投无路可以指望和投靠时,却没有一个。于是不禁仰天长叹,都说天无绝人之路,俺的路到底在哪?

33

❀❀❀❀❀❀

夕阳完全被骆驼一样的山峦吞没了。

梁娟拉着小雪赌气跑回娘家。走出家门的瞬间,竟然感觉自己像出笼的鸟儿一般。说是回娘家,其实她娘早就死了。娘在四年前得一场重病,在医院里抢救并治疗了两个多月,钱花出了不少,但人却没抢救回来。娘临咽气的头一天,断断续续对守在身边的梁娟,和梁娟的妹妹梁梅,还有梁娟的弟弟梁东说:"不听老人言,吃亏在眼前。早就跟你们说,俺这种病救不了,最后落个人财两空,俺死了也闭不上眼!"

爹过了年就七十七了,他看到梁娟领着外孙女气呼呼进了家门,脸上阴得能拧出一把水来,心里陡地升起一股酸楚,知道闺女准是又和女婿吵了嘴打了架,以前也是这样,吵了嘴打了架拔腿就往回跑,住上三天两早晨,消了气才回去。这两个人大半辈子一直这样,你钢我强,针尖对麦芒。他想起这些年艰难的生活,不由像唐太宗一样感叹起来。

爹叫梁有财,虽说起了个好听的名字,但一辈子却穷得叮当响,孩子小的时候,家里吃了上顿没下顿,眼看到揭不开锅的地步。虽然他已七十多岁,但身体还算不孬,老伴活着时,他身体比现在还要好些。老伴去世后,对他的打击很大,整天孤苦伶仃一个人,自己不动手做饭,连口热乎饭都吃不上。好歹这个城市的男人都有两把刷子,下了班系上围裙一头扎进厨房,手忙脚乱像变戏法一样,一会工夫就能弄出几个可口的菜来,像炒肉片、炝皮肚,还有烩菜,平时家里又不缺酥锅,每个菜都搭配得有红有绿有黑有青,又好看又好吃。

梁有财年轻时也喜欢下厨,每次一脸虔诚,在儿女们面前总想大显身手。后来儿女们一个个都长大,结婚的结婚,嫁人的嫁人,但只要他们回来,特别像过年过节这样隆重的节日，梁有财像一刻都不能缺席生活那样，郑重其事都要下厨房炒上四菜一汤。特别像现在这样进入了冬季，眼看就要过年了，更得做上一大盆酥锅，等着儿女们回来时盛上一盘。他像理解自己所经历的无数时刻那样，知道大闺女这几年日子过得不顺心，外孙女出生后，连工作也给弄没了，孩子马上就十岁，连个户口都没落下，这不仅仅是女儿女婿的心病，当然也是他当姥爷的心病。有时他和女儿、儿子，甚至孙子们唠叨："人过七十古来稀。过了年俺就七十有七，俗话说，七十三，八十四，阎王不叫自己去，看来一时半会俺还死不了。要是俺死了，留下户口就给外孙女吧！"一家人听后心里有些辛酸，沉默不语。梁有财这些平淡的话，就像是春天西湖的雨雾，知不道它啥时间来，更知不道啥时间会离去。说完，他咧嘴笑笑，然后啥话也不说。

这次看到梁娟突然上门，从脸上看出来肯定又生了大气，他张张嘴，知不道问啥好。他怕和以前一样，得到的唯一回答就是一声深沉的叹息。

小雪跑到梁有财面前，喊了声姥爷，然后依偎在他怀里，忽闪着两只大眼睛，不说话。

梁有财面目皱得如同千层饼，脸上努力堆出积雪一样的笑容，最后实在沉不住气，便弯下身子问小雪："你爸爸妈妈是不是又吵了架？"

小雪使劲点点头，随后又莫名其妙摇摇头。

梁有财的脸上突然露出少有的难过和不安，又问："到底吵了，还是没吵？你一会摇头，一会点头，把姥爷都弄糊涂啦。"

这时，梁娟意志消沉，脸色憔悴，从房间里一步迈出来，一提起刘立夏就恨得牙痒痒，伸手抹了一把眼泪，又伸手抹了一把鼻涕，随后开胸放喉，大放悲声："一条臭鱼弄得满屋腥。爹啊，你就别问了。他是麻布袋做龙袍，根本不是那块料，这日子俺实在没法过了，俺要和那个熊玩意离婚。从此他走他的阳关道，俺过俺的独木桥。"

儿女大了不由爹娘。梁有财知道费力不讨好，但还是劝："不要说气话。你以为离婚就那么容易？两个孩子都这么大了，要是真离了婚他们咋办？你想让他们成为没娘的孩子！"

"爹，你又知不道咋回事，刘立夏就是个混蛋！"梁娟一句话一把泪，痛不欲生，那双眼睛幽黑、哀怨、闪烁不定，刘立夏的身影像条阴森的廊柱，压得她呼吸困难。

梁有财顾左右而言其他："咋回事也不能离婚，你以为离婚是啥好事？嫁鸡随鸡，嫁狗随狗，嫁个猴子满山走。想想你们都四十好几的人，还耍小孩子脾气！"

在梁娟的记忆里，刘立夏就像一个永远长不大的孩子，只有盲目的计划和妄想，但从没成功的行动，她声音沙哑地吼起来："爹，这次俺非跟他离婚不可，这日子实在没法过了。那个家被刘立夏这个败家子败坏没了。”

“到底咋回事?”

梁娟有种被愚弄的感觉,越想越恨。刘立夏的表现,使她淡下去的烦恼,又千丝万缕般翻涌上来,企盼与幻想,又小鸟一样探出巢穴:“放着好好的买卖他不做,背着俺借了一屁股高利贷到山西倒腾煤。钱交给人家,没想到煤矿摊上了大事,发生瓦斯爆炸,老板看事不好卷着钱跑得没影没踪。现在不仅赔掉了腚,还将俺家的房子给搭上了。”她一把鼻涕一把泪哭诉着,顺势把鼻涕抹在沙发上。

梁有财竹筒倒豆子,脸上充满了担忧,嘴里一个劲急叨:“这孩子真是昏了头。这可咋好,这可咋好呀?”

梁娟心里有说不清道不明的委屈,还有女人的娇嗔,她的声音就像农贸市场里的农妇,悲伤的泪水顷刻间夺眶而出,大声骂:“这个熊玩意干正事不着调,不干正事从不走调。这次俺非和这个混蛋离婚不可。”

34

❀❀❀❀❀❀

时光剥蚀了人们所有的记忆,也抚平了艰苦劳作的创伤,年年呼啸而过的春风秋雨,吹散了一代又一代日出而作,日落而休的单调和机械。

经过二十多天的技术改造和转型升级,齐州市环球陶瓷厂生产线和烧成隧道窑已基本达到投产要求。这时已进入 2008 年底,再来一个多月就要过年了。

刘立秋做事干净利落,望着改造后的生产线不说话,眼睛里露着欣喜。

比刘立秋更喜不自禁的当然是莫非。虽然面临严峻的经济困难,他仍以政治家的勇气和战略家的远见,东借西凑筹集十几万元,只要这条生产线一投产,让人眼馋的人民币就会自己送上门来,到时不是挣十几万元、几十万元,而是挣成千上百万,从此他就是腰缠万贯的大企业家,到时像丘吉尔一样,握着烟斗吞烟吐雾。莫非一高兴,马上任命刘立秋为生产厂长,并拍着他的肩膀信誓旦旦夸下海口:“投产后,只要一见到效益,俺就重重地奖赏于你。你可是咱环球陶瓷厂的有功之臣!”

让富人忘记骄傲,让穷人忘却仇恨。刘立秋“嘿嘿”一笑,知道莫非此时是猫爪子伸到鱼缸里，想大捞一把，便开玩笑道：“只要莫厂长乐意奖赏俺，俺对钱当然也没仇和恨。”

莫非像算命的瞎子抬起头，翻翻眼皮，双手一拍：“天上一个星，地上一个钉，一口唾沫一个坑。俺莫某向来说话算话。你要不相信，俺现在就给你立下字据。”

刘立秋的思维像闪电一样敏感，连忙摆手：“莫厂长一言九鼎，俺一百二十个相信。”

莫非眼里的光亮犀利而残酷，像只骄傲的公鸡抬起头，随后张嘴“哈哈”大笑起来。

刘立秋随之也跟着哈哈大笑。

冬天，太阳落山早，天黑得也快。

他们之间没隔着山，也没隔着海，所以用不着隔山隔海地费心揣摩。本来厂里有客户来，临下班的时候，乡里的领导又打来电话，说马上就要过年了，让厂里给乡里的机关干部每人弄一份年货，今后晌再安排一顿饭，乡里的领导忙活了一年，在一起吃顿饭顺便乐和乐和，算是对一年工作的一个总结。

莫非一听乡里的主要领导都要来，眼睛突然深邃起来，好像要把自己的身体和灵魂都吸进去，刹那间脸上绽开无比和蔼兴奋神情。他当然不会错过巴结领导的绝佳机会，他眼睛柔和地看着刘立秋，有意让他去陪同客户，自己去专心陪同领导，而刘立秋说家里有急事，实在脱不开身。莫非只得让销售科长陪，随后无奈地摇摇头。

其实刘立秋家里也没啥事，更没他说的啥大事。他一听陪同客户喝酒吃饭，心里就犯怵。之前，莫非点名让他陪了好几次，他才知道这些客户个个不是省油的灯，较起劲来一杯酒一口喝到肚子里，并且连喝三杯，照样面不改色心不跳。喝到兴奋时便大喊大叫：“感情浅，舔一舔；感情深，一口闷。”“为了不伤感情，俺喝；为了不伤俺身体，你喝！”

客户就是企业的上帝，人家大老远地跑来和企业做买卖，给企业送钱，不尽地主之谊成何体统。于是每个人都虎视眈眈，赤膊上阵，喝得热火朝天。每次喝完酒，都给刘立秋留下一抹不堪回首的哀痛，在不经意的追忆中让人重新想起。刘立秋喝半斤酒啥事也没有，但一到酒场上往往就控制不住，喝着喝着就喝多了。两杯下去再喝第三杯、第四杯，有时回到家醉得不省人事。而人家客户还非要去唱歌跳舞，或者再到公路边练摊，跟没喝酒一样开怀畅饮。从此，只要一听陪同客户喝酒，刘立秋就谎称家里有事，开始打退堂鼓，下班后赶紧往家里溜。

刘立秋下岗失业后，一下掉在走投无路的困境里。整天奔波于城市的红尘之中，在污浊的空气里苦苦挣扎，并在欲望的张扬中，承受着身心的毒害。所以他把眼前的这份工作看得比命都重要。有了工作，才能养家糊口，才能每月按时给上大学的儿子寄去生活费。要是没了工作，他觉得自己连狗屎都不是。他已经原地踏步了一个回合，再原地踏步一回，基本上不可能再有啥指望了。

刘立秋像笼子里的鸡扑棱了几下翅膀，骑上自行车头也不回，顺着灯光明亮的马路就往家里赶。再过三个红绿灯就要到了家，就在他等红绿灯时，远远看见张爱国也骑着自行车通过红绿灯，他先是挥手，然后又喊了两声，张爱国却没听到，随后一下消失在人流中。已经有二十多天没见张爱国他们。他刚到环球陶瓷厂上班不久，张爱国、高有强曾找过他一次，不用问就知道又要组织人去上访。那次他双手捧着头，仿佛头重得随时要从颈脖上坠落下来。最后他说啥也没答应随他们一块去上访。后来他们又来找过他一次，还是为上访的事，他仍然没答应，说自己现在给人家打工，端人家的饭碗就要受人家的约束，不好请假。张爱国听后很生气，差点指头点着他的鼻子破口大骂，最后冷冷道："太平天国有内讧，这个社会更有内讧，甚至有过之而无不及。你是给人家打工吗？你是人家高薪聘请的技术人才，你现在跳了高枝，有了工作，并且又委任你是生产厂长，所以翻脸才比翻书都快，连一同下岗失业的难兄难弟们都翻脸不认。你忒不是个东西。"现在知不道他们咋样，还在上访？上访有啥眉目？他觉得心情突然紧张起来，有些鬼鬼祟祟，像是做了件绝对不能让人看见伤天害理的事一样。

灯光将树影挥洒了一地，微风摇着树叶发出"沙沙"的声音，仿佛是轻柔的水絮语。刘立秋想了一路，心里也不安了一路，咋也无法释怀，总觉得对不起那些同生死共患难，那些一起被厂里撵着下了岗的兄弟姐妹。心里突然有种背叛革命阵营逃兵的感觉，就像《红灯记》里的叛徒王连举，不仅被人唾骂，更被千夫所指。他看见不远处，有一片巨型的塔吊像伸长脖子的长颈鹿，面朝深灰色的天空。

人性总是喜欢暗暗与自己密切相关联的人进行攀比。他无可奈何，先是摇摇头，随后又长长地叹息，腿像蜡一下化了，身子一软几乎跌倒。当时急于找工作，没和他们一同上访，是生活把他逼向了绝境，就和当年的林冲被逼无奈才上梁山泊沦为草寇。

回到家时，刘立秋看到何巧玲正在做饭，并且炒了两个菜，还是一个西红柿鸡蛋汤。他有点不相信自己的眼睛，今日不年不节，做这么多菜可是大半年来破天荒地头一遭。之前，炒一个菜就不孬，有时没菜只得馒头就咸菜，应付一顿算一顿。刘立秋纳闷，难道今日真的是啥节日不成？

何巧玲的脸上挂着微笑，看他的时候眼神笑眯眯，说："傻站着干啥，赶快洗手准备吃饭呀。对了，你要想喝酒就喝上一杯！"

刘立秋没有足够的耐心，去忍受这种暧昧的态度。他把一个崭新的手提包挂在墙上。这个手提包不是他花钱买的，是在环球陶瓷厂上班后，莫非看到他提着个破提包，像上门收电费的小老头，特意安排办公室主任到福门桥百货大楼，买回这个手提包让他使用。莫非开玩笑道："这才像厂里引进的人才，更像个生产厂长的派头。"

刘立秋心里有些纳闷，平时这时候，何巧玲早就匆匆扒拉上几口饭，推着自行车上批发来的衣物，到马路边去摆地摊，今天到现在还无动于衷，莫非她忘记了时间？他尴尬地咳嗽了两声，无奈地垂下头。

这时，何巧玲又一步从厨房里迈出来，像让客人一样，将刘立秋拉到座位上，口气严肃但掩饰不了脸上的喜悦，两排睫毛蝴蝶一样闪动着："当家的，告诉你一个特大喜讯，咱们以前上访下岗再就业一事，现在终于有了眉目，市里已制定下岗再就业政策，咱们可以每月按时领取失业保险金。"说完，脸上像秋天开放的菊花，在她的微笑里，有着岁月的深度和厚度。

刘立秋除了感到意外，多多少少还感到有点惊喜，甚至还有一丝感动。他认真听着，仔细思索了好一会，才张口问："真的，假的？你再说一遍，这种事你可不能糊弄俺。"此时，他突然觉得，何巧玲的背影很好看，就像在电视电影里看到的一个漂亮女人。但转而一想，觉得这个社会上的人特别喜欢小道消息，传播小道消息，听风就是雨，说雨就电闪雷鸣。

而何巧玲抿着嘴，脸上笑得像朵花。

35

❀❀❀❀❀❀

齐州市人民政府关于实施《失业保险条例》有关问题的通知，已下发到全市有关部门。这个石破天惊的消息，把刘立秋的心给撑破了。

刘立秋心跳得一座楼上的人都能听得见。他急于想知道《失业保险条例》的详细内容，但又知不道文件到底在哪个有关部门放着。这个有关部门就像水中看月，雾中看花一样，让人摸不着头绪。他知道困难时期人人为吃饭，文革当中人人都造反，改革开放后无以计数的下岗职工都在拼命想挣大钱。

好歹后晌看电视《齐州新闻》时，那个女播音员尽管努力字正腔圆说着普通话，但还是从她嘴里冒出飘着酱油味的当地腔调。播完市领导一天的重要活动新闻后，下面这条新闻一下吸引了刘立秋的眼神，他目不转睛盯着电视屏幕，嘴里大喊何巧玲，喊了好几声，才猛然想起来她早到公路边摆地摊去了。他苦笑着摇摇头，心头飞快掠过一丝愧意。

播音员面部有些呆板，脸上更多的是一本正经。而刘立秋眼里锥子一般变成了花朵，舒然绽放。

播音员播放道：

齐州市人民政府关于实施《失业保险条例》有关问题的通知，各区县人民政府、市政府各部门、各大企业、各高等院校：

根据国务院《失业保险条例》和省政府关于实施《失业保险条例》有关问题的通知精神，结合我市实际，现就有关问题通知如下。

一、凡我市行政区域内的城镇企业、集体企业、国有大中型企业，根据条例规定，劳资双方解除劳动合同后，用人单位应根据条例规定及时将本单位失业人员的人事档案，缴费纪录、解除或终止劳动关系证明，报当地失业保险经办机构。因单位原因造成未能及时送达的，由单位出具情况说明一并报失业保险经办机构备案。参保单位与职工解除或终止劳动合同，同时欠缴失业保险的，应在转移失业人员档案前补齐失业保险。

刘立秋把眼睛瞪得跟灯笼一样，屏住呼吸，怀抱希望，大有深山古刹诵经般玄秘。一字一句听得相当认真，好像连播音员的呼吸声都听到了。他听得很急迫，听着自己鼻子里的气流如狂风一样流动。

播音员字正腔圆，话语一泻千里："二、失业人员应在终止或解除劳动合同之日起六十日内，到受理其失业保险业务的经办机构申领失业保险金。失业人员申领失业保险金应该填写《失业保险金申领表》，并出示下列证明材料，本人身份证明、所在单位出具的终止或者解除劳动合同的证明、失业登记及求职证明，劳动保障部门规定的其他材料。"

刘立秋心急火燎，就像橙子一样光鲜，心里突然有种枯木逢春，化大凶为大吉的感觉。他想一下知道最后的结果，好像前面的这些条款都是废话，与他无关一样。现在迫切需要最终结果，过程对他并不重要。反而觉得播音员说了半天，基本是信口开河废话连篇，稍沾点边的也是隔靴搔痒。

播音员一板一眼，像小学生朗诵课文，声音冷淡的就像跟没有性欲的女人在床上做爱一样。她继续一本正经念道:“办法明确规定,失业人员领取失业保险金的期限,按照用人单位和失业人员本人,共同履行失业保险缴费义务的累计缴费年限确定,累计缴费年限满一年不足两年的,领取三个月失业保险金;累计缴费年限满两年不足三年的,领取六个月失业保险金;累计缴费年限满三年不足四年的,领取九个月失业保险金;累计缴费年限满四年不足五年的,领取十二个月失业保险金;累计缴费年限满五年不足十年的,领取十八个月失业保险金;累计缴费年限满十年以上的,领取二十四个月失业保险金。”

这一连串的枯燥数字,就像在玩弄数字游戏,刘立秋听得心烦意乱,这种感觉让他内心猛然变得有些空,如同秋天的蓝天白云一样空。随后是说不清道不明的难过和压抑,在季节的变化中得到释放。

他掐指一算,自己参加工作已快三十年,领取两年的失业保险金是灶王爷吃糖瓜稳把抓的事。这么说来,当时他们集体上访时,李怀滨告诉他们市里正在根据上头文件精神,制定适合本市情况的下岗失业优惠政策,不是空穴来风糊弄老百姓。这一回,下岗职工终于不再是姥姥不疼,舅舅不爱像没娘的孩子。生活终于有了保障,看来当初的上访是有效果,并且起了很大作用,并不是吃饱撑得没事找不自在。

谁家的孩子谁抱着。刘立秋表情庄重地像个王子,有种前所未有的开心,心里一下敞亮起来,并莫名其妙有种倒上一杯酒,想祝贺一下的冲动。他眼波一闪,心头漾起层层涟漪。要是早点知道市里出台这个关乎自己,和成千上万下岗失业人员命运的文件,吃后晌饭时,说啥也要倒上一杯酒,一边喝着小酒,一边看电视里重要新闻,是多么惬意的事情。他心里一下激动起来,顺着这一思路一层层剥蒜似分析起来。

刘立秋还是一如既往地自信,他微笑着,像早春忽然看到一朵刚刚开放的花。看完新闻,激动得他在家再也待不下去,他要把这个特大利好消息,去告诉在马路边呆了大半后晌的何巧玲。这些日子,她一直冒着严寒在公路边摆摊卖衣裳,是多么不容易。

刘立秋情绪一下平静下来,身上顿时轻松了许多,好像一直笼罩着身体那团迷雾,突然散开了。走到楼下,一阵寒风袭来,他不由将脖子使劲往棉袄里缩了缩,长长吐出一口热气。跐着脚站在楼头的小广场上,望着城市的灯红酒绿,一下有点羡慕人家洋房洋车,吃香喝辣的心理。

36

❀❀❀❀❀❀

一个像暴发户一样红红火火的城市，突然之间有好几万人成为下岗失业人员，使这个城市一夜之间变得冷冷清清。

三百六十行，千不该万不该，不该干倒腾煤炭这一行；世上道路千万条，条条大路通罗马，而自己偏偏走上了那条绝路。

人类处心积虑的算计与人类本来就是互为因果。

刘立夏提起来就恨得牙痒痒，像受伤的狼一样嗷嗷直叫，他懊悔得死去活来，心中突然泛起一种从未有过的辛酸。他知道世上没有卖后悔药的，假若真有，现在是身无分文的穷光蛋，也掏不出一分钱去买。

在寒风瑟瑟中，刘立夏意志消沉，脸色憔悴，像没头的苍蝇沿着公路漫无目标瞎转悠。直到深夜路上行人和车辆越来越稀少时，他还是知不道自己该去哪里？心里不由骂：世界如此之大，却没一处容身之地，哪怕有个狗窝！

刘立夏越想越难过，越想心里越觉得憋屈窝囊。突然想起鲁迅的一句话，所谓的悲剧，就是把美好的东西毁灭给人看。

平时觉得自己人五人六有不少本事，但到紧要关头却总是掉链子，并且将这个家和一家人的性命都搭上了。假若他不心血来潮停薪留职，假若他停薪留职后去干点力所能及的事，别昏了头砸锅卖铁到山西倒腾煤炭，那么他和老婆孩子起码还有一处容身之地。

现在，他屌蛋精光，蚂蚁背田螺，假充大头鬼。他现在比痴迷于赌博场所的赌徒输得还要一干二净。万万没想到，压垮骆驼竟是一根不起眼的稻草。

刘立夏愤怒得想吼，着急得想飞，难过得想哭。不知不觉他的人生已走向穷途末路，好像看见通向地宫的大门正在向他徐徐打开。秦琼为啥卖马，伍子胥过韶关为啥一夜愁白头，有一线希望，历史上的大英雄也不会和眼前的他一个熊样，走投无路。

他曾用充满挫败感的语调询问原因？这个世界太不公平，为啥有的人家富得流油，吃香喝辣整天衣食无忧；而像他这样天天像上帝一样思考问题的人，苦苦挣扎到最后，却还是屌蛋精光一无所有，活得人不像人鬼不像鬼，成了漂泊街头的流浪汉。他也和其他平民百姓一样，每天都充满亲自腐败一把的幻想。

人生最晦暗的时光，如同一张大网，铺天盖地笼罩着他。刘立夏在寒冷的西北风里，低着头边走边想，不知不觉竟然来到父母住的那座破旧的楼房前，抬头望了望二楼东户，尽管远处的路灯射来微弱的亮光，但里面还是漆黑一团。深更半夜，父母早就睡了。他们历来天黑便熄灯睡觉，不仅仅是为节省几分钱的电钱，还因为他们年纪大了，有早睡早起的习惯。

伤痛让人清醒。

来到父母的门前，情不自禁举起手想敲门，手却停在半空里，就像一座浮雕一动不动停滞在那里。狼狈的步态，让他意识到自己的年龄不算小了。梁娟的表述和情感是那样真实和自然留在他脑海里，她一气之下领着小雪跑出家门，她们在哪里，现在又咋样？还有后天就是星期六，儿子放学回家咋办？好端端一个家硬是被他踢蹬没了。儿子能接受得了？会咋看待他这个当爸爸的？想来想去一无所知。

梁娟当时急疯了，打着骂着、掐着拧着、哭着喊着，最后领着小雪摔门而去。想起她一门心思陷在泪水里，哭得很委屈更伤心，后脖颈一梗一梗的，他就后悔地死去活来。现在一家人都没了安身之地，就算她不打算离婚，一家人的日子也不能过到马路上。这辈子他最对不住的人不光是女儿，还有梁娟。因为超生二胎，人家硬是把她原本好好的工作给撸了，撵回家成了家庭主妇。本来她心里就一直憋着一股气，这下更成了引爆那桶炸药的导火线。换位思考，如果他处在梁娟的位置，肯定也接受不了这致命的打击。

刘立夏右脑是水左脑是面粉，不动就罢了，一动全成了糨糊。他站在门外长吁短叹，好像要把肚子里的所有憋屈全都吐出来。主帅无能，累死三军；家长无能，坑苦一家人。他想得最多不是过眼烟云般的成功与辉煌，而是怎样才能更长久。

于是不由咬牙切齿大骂那个丧尽天良，携款逃跑的黑心煤老板。最可恶是在他逃跑之前，把所有的合同和账目全部付之一炬，留给人们的是一桩无头案。刘立夏勤奋地如精卫衔石填海，万万没想到却落个这般下场。他咬牙切齿，心里骂：混蛋，千刀万剐的混蛋。坑人害人绝对不得好死。要是能亲手逮住他，就把他五马分尸，以解心头之恨。要不是他的煤矿发生瓦斯爆炸，他要不携款潜逃，也不至于害得自己妻离子散，到了家破人亡的可悲境地。

人总是习惯于对往事的回忆，来打发漫长无聊的日子，翻洗那些深藏在内心的秘密。如今时光褪去了往日所有的韶华，曾经无论怎样的富有，也都在弹指之间成了过往云烟。

刘立夏越想越生气，头上不由升起一股冲天的怒火，以至忘记了在楼梯上的寒冷。不知过了多长时间，竟然坐在楼梯上迷迷糊糊睡着了。

刘鹤之有早起的习惯，他早早起床不是为出门晨练，而是睡了一后晌觉，在家觉得闷得慌，要到楼下透透气。他打开门突然发现门口坐着一个人，顿时吓了一跳。仔细一看才看清是自己的小儿子，不由糊涂起来。之前，他很少回来，有时半月二十天都见不到个人影。他啥时候跑来坐到门口的楼梯上？大冷的天咋不开门进屋？他清楚地记得配了三把钥匙，三个孩子每人都给了他们一把！

刘鹤之感到事情的突兀和奇怪，心就像手机调到振动上，抖颤个不停，连忙伸手晃了晃儿子："立夏，立夏啊，你咋坐在这里，啥时候来的，咋不开门进屋呀？是不是又和你媳妇吵嘴打了架？"

刘立夏哆嗦着嘴唇，看见刘鹤之突然泪流满面，他很心疼，疼得他有话在心里说不出来。

37

❀❀❀❀❀❀

刘立夏从山西回来，晃晃悠悠在这座城市里，像一根秋千上吊着一个发晕的老妇，又气又急又恨大病一场。本来身体还没恢复过来，加上在楼梯坐了大半后晌，一下冻得感了冒。他躺在床上，悲伤、无奈、绝望。

刘鹤之走起路来还和年轻人一样利索，他知不道儿子到底发生了啥事，问了半天一个字也没问出来，让他很纳闷。他这个小儿子尽管不是闷嘴葫芦，但也不是炮仗一样的熊脾气一点就炸。虽说这么多年和媳妇没有三天一小吵，七天一大吵，但自从生下孙女后，到现在户口也没落下，为这事儿子儿媳妇没少受难为，不用说心里比谁都憋屈。当爹的韧性，饱含着面对现实生活的坦然，面对朴素生活的真诚，面对美好未来的辛苦。

刘立夏蛇口大开，本想吃头大象，最后连只老鼠也没吃到嘴里。他吃药后，盖着两床被子还嫌冻得慌。刘鹤之又赶紧把自己盖的被子抱来压在儿子身上。看到刘立夏发着高烧，睡得昏天黑地一塌糊涂，便对老伴说："这孩子心里肯定有啥事，俺问了半天一个字也没问出来，真是急煞个人。”

刘老太太望了儿子一眼，表情里有一种探求，也有一种疑问，更多的是母亲的疼爱。她走到儿子床前给他掖了掖被子，心疼道：“为咱这个孙女，儿媳妇被厂里开除了，每月又扣咱儿子半个月的工资。他辞职下海后，也知不道干得咋样？好歹回来说不上两句话转身就走。这孩子的命不好，也是在黄连水里泡大的。”

刘鹤之的嘴唇一直翕动着，像随时要说话的样子，他张了张嘴想说啥，却又无从说起，随后一声叹息。

刘老太太嘟囔道：“穷人和富人都是一家人。让他睡吧，出出汗兴许会好些。等他醒了，俺给他做碗荷包鸡蛋面，多放些胡椒，热乎乎喝下去，病就会好一大半。”

刘鹤之恨铁不成钢，说：“俺看立夏的病不是感冒发烧这点小事，他的病在心里，是心病。俺就搞不懂，为啥好端端的企业一个个都给弄垮了，说不行一夜之间都拉了倒，害得咱儿子、儿媳妇，还有女婿都成了下岗职工，原本手里的铁饭碗变得一文不值，他们的日子过得都不舒坦。还有立夏这孩子，就算当年他不停薪留职，最后也逃脱不了下岗失业的命运，不用说超生二胎，就是一个不生，照样下岗。朝里有人好当官，都怨咱老一辈没啥本事，孩子们一个个才混今天这般光景。”

刘老太太听后心越跳越高，眼看就要跳到喉咙里，扭头神秘兮兮对刘鹤之说：“前两天俺听人家说，立夏借了不少钱，到关老爷的老家往咱这里倒腾煤。听说儿子把钱给了人家，几天后煤矿出了事故。老板卷着铺盖跑得没影没踪。这下可把咱儿子给坑惨了。”她的声音像是炉中的炭火，渐渐化为灰烬。

“有这事？俺咋一点都知不道。”刘鹤之瞪了刘老太太一眼，心里如茅草般一下长满了，声音严厉道，“听风就是雨。你这是听谁说的？咱儿子哪来那么多钱？这事俺死活不信！人啊可以是被指责的对象，可以是被嘲笑的对象，也同样可以成为被嫉妒的对象，被暗中羡慕的对象。”

刘老太太长叹一声：“好事不出门，坏事传千里。无风不起浪，要不人家咋不说是咱大儿子立秋。”

正说着，突然听到有人敲门，同时还伴有喊叫声。

刘鹤之赶紧起身去开门，一看门外站着的竟然是孙女小雪。他用惊异的目光看着孙女：“小雪，你咋一个人？你妈没来？”

小雪怯生生张嘴喊爷爷，然后跑进屋里，边跑边说：“是姥爷送俺来的。”

“你姥爷呢？”

“走了。”

刘鹤之说：“咋走了？到了家门口也不进来坐坐，说说话。”

小雪回答:“姥爷说家里有事,走了。”

刘鹤之又问:“你妈去哪了?咋没和你一块来?”

小雪瞪着一双大眼睛,抬头看着爷爷,认真回答:“妈妈今天一大早坐火车去了很远的地方。她走时让姥爷把俺送到爷爷家。”

刘鹤之听后很惊讶,支支吾吾了半天才说:“你说啥?你妈妈坐火车去了很远的地方,她去干啥,和谁去的?”

小雪摇摇头,随后又点点头回答:“和小姨一块去的,别的俺知不道。”

刘老太太一看孙女来了,高兴地不得了,蹲下身子将小雪一把揽进怀里:“俺要好好看看小雪又长了没?你在姥爷家吃饭没,没吃奶奶给你做。”

小雪抬头看着奶奶的脸:“俺不饿,今早晨在姥爷家吃的油条和豆腐脑。”

刘老太太又问:“你妈去那么远的地方干啥?她没说啥时候回来?”

小雪使劲摇摇头,表示知不道。随后又说:“前几天俺家里来了好多坏蛋,把俺爸爸妈妈,还有俺都撵出来。妈妈说往后俺就没家了,小雪就跟着爷爷奶奶过。”

刘鹤之和刘老太太听后一时无语,嘴里念叨:是鸟都得归林,这可咋办呀?

38

❀❀❀❀❀❀

每个人都有人生出彩的机会。

刘立秋从没像现在这样兴奋过,就像打了鸡血,喜得他一脖子冰糖化成水,像一炉子热火将他点燃点醒了。

他知道自己最困难的时期已经成为过去,虽说现在一个名不见经传的乡镇企业上班,这和当年国有大型企业比起来,简直不可同日而语,但就是这家不起眼的乡镇小厂,在他走投无路的时候向他伸出橄榄枝,给了他施展十八般武艺的平台。特别是市政府又出台下岗职工失业保险金的有关政策,这更是对他这个已有近三十年工龄的老职工雪中送炭。他越想越高兴,心里像喝了蜜。这双喜临门的好事,令他欣喜若狂。

有多大的鏊子就摊多大的煎饼。

按照当初的打算，齐州市环球陶瓷厂在春节前，必须生产出升级换代的齐玉瓷新产品，由于技术改造异常顺利，生产出第一批合格的齐玉瓷，比计划整整提前了半个月。

搞新产品开发，就和农民种地一样，你伺候好了，就给你长脸，伺候不好，就给你丢脸。

当今这个社会就是一个暴富的时代。莫非拿着晶莹夺目的新产品爱不释手，嘴里一个劲嚷："老子现在是鸟枪换炮，再也不是泥腿子一个，再也不用小打小闹。俺就不信，凭着这么好的瓷器，换不回白花花的真金白银。"

为热烈祝贺齐州市环球陶瓷厂历史性生产出高档陶瓷，莫非拉上刘立秋来到齐州市最豪华的酒店，并请来乡里的主要领导和乡镇企业局的局长们，好酒好菜弄上一桌，要好好祝贺一番。

刘立秋像钱塘江的大潮，一下成了弄潮儿。

莫非像少女崇拜英雄一样看着刘立秋，发自肺腑道："刘工啊刘老兄，你可是为俺环球陶瓷厂的发展立下了汗马功劳。你刘立秋的名字将在环球陶瓷厂的发展历史上，写下浓墨重彩的一笔，具有里程碑式重要意义。虽说俺是个大老粗，但也不是瞎子看书，观点不明的人，你简直就是俺莫非这辈子的贵人。"

刘立秋紧紧抓住手里拥有的那点快乐，哈哈一笑："莫厂长言重了，俺就是个干活的，干了力所能及的事。几个月前，要不是你大仁大义收留俺，也许现在俺还流浪街头而身无公文。滴水之恩当涌泉相报！"

莫非心里的感觉就是万里长征胜利到达了延安，两手抱拳："大恩不言谢。你当初能屈尊俺这不起眼的小厂，说明咱上辈子有缘分，将来等厂里效益好了，俺一定重重奖赏你。凡是为厂里做出贡献的人，俺这辈子都忘不了他，更不会让你们吃亏。像你这样为厂里做出重大贡献的专业人才，俺更是不能亏待。"

刘立秋禁不住甜蜜而苦涩地抿起嘴角。这时，乡里和乡镇企业局的领导都陆续到了，当他们看到环球陶瓷厂如今也能生产高档陶瓷，并且市场前景广阔时，一个个脸上情不自禁露出赞赏和惊奇，纷纷称赞："环球鸟枪换炮，终于有了自己'呱呱'叫的拳头产品。"

乡党委书记显示出超过平常人的聪慧、坚毅和永不退缩，当仁不让一腚坐在主陪位置，乡长则坐在副主陪位置上，莫非只能当三陪。主、副宾则是乡镇企业局的正副局长。乡党委书记望了刘立秋一眼："老刘啊，俺听你们莫厂长多次说起你，夸你为咱乡镇企业的发展立下汗马功劳。没有你就像书上说的那样，中国的改革开放还知不道在黑暗中再摸索多少年。咱乡镇企业为啥发展这么缓慢，生产不出拳头产品？关键问题一没先进设备，二缺少像你这样优秀科技专业人才。这下俺放心了，你们可以再大胆地放手一搏。俺早就说过，与权力结缘，投资的回报率何止百倍千倍。来来来，别站在那里，快找个地方坐下！”他的话尽管说得很轻淡，但他心里还是被触动了。

刘立秋在企业待久了，多少和社会有些脱节，他没有喝杯茶就能把事情搞定的本事。之前他根本没机会和官场上的人打交道，对官场上的这一套根本不懂，也不大适应，要不是莫非死拉硬拽，他宁愿在厂里吃大锅菜，也不愿出来参加这种插不上言的场合。他心里突然有种和耶稣一样被钉上十字架的感觉。整个场合，一家人兴高采烈，除了喝酒就是说些黄段子，他一句话都插不上，就像大花篮提水，有力气使不上。进行到一半时，他悄悄溜出来，心里明白参加这种有他不多，没他也不少不伦不类的场合，除了开头人家跟你客套两句，往后就成了空气。他觉得自己像条在黑暗中爬行的蚯蚓一样盲目，一样惶恐。在这热烈地喝酒氛围中，如坐针毡。

刘立秋眼睛里充满了智慧的光芒，像受过良好的教育，他心里还一直挂挂着另外一件事，这件事对他至关重要。夜来后晌，看《齐州新闻》时，看到要对下岗职工制定失业保险金政策，但知不道啥时候才能得以落实。所以。他看完新闻后，在寒冷的北风中，赶紧跑去和何巧玲原原本本说了三遍，并一再叮嘱她，今天啥也别干，就是天上掉刀子也要找人打听清楚，千万不能两眼乌黑，啥事也知不道，成了睁眼瞎。

一想到这些事情毫无进展，他就觉得尽管有一桌子美味佳肴，但味同嚼蜡。此时他没心思再回去喝酒，屋里喝酒的气氛尽管很浓，对他已没丝毫诱惑，并且与他毫不相干。人家在里面喝酒都有资本，他们除了政府官员，就是企业老板，而自己却是个怀才不遇的下岗职工，和人家的身份比起来是那么格格不入。他就像一个有幸逃出炼狱的灵魂一样，来到大街上坐上公交车，然后有点失望地咂咂嘴唇，他要马上回家问问何巧玲，要不心里的那件事咋也放不下。

39

❀❀❀❀❀❀

齐州是历史古都，在久远的传说和追忆中，并没给何巧玲留下一星半点的墨迹,遥远的古都,如今的都市,斑驳着一轮冷月下的月影,街头漫散着树叶,用尽了一片萧瑟的橘黄摇曳着无言的沧桑。

本来何巧玲定于今天到泺口服装城批发衣裳,以前批发来的那些已卖得差不多了,特别是进入腊月后,离年关越近,销售服装就越好。

远的是历史和时空,近的是精神和心灵。过年对老百姓来说,是一年三百六十五天中最重视最为隆重的节日,手头哪怕再没钱的人,也千方百计给大人孩子买一身过年的新衣裳。到大商场和服装专卖店价格又太贵,一般人根本买不起,更不用说是没工资收入的下岗职工。而在夜市的地摊上就完全不同,三十二十就能买上一件,而且样式看上去和大商场、服装专卖店没啥两样。夜市的地摊,对生活在城市里的穷人来说,无疑是他们别无选择的唯一福音。

何巧玲素面朝天,打扮得朴实无华,心中充满了复杂的情感,因生活所迫,已慢慢适应了夜市摆地摊的工作,尽管在寒冷的夜晚,一后晌有时卖不出几件衣裳,但这样没人管着也挺自由,挣多挣少都是自己的,想想除了干这个,自己也没啥特长,别的还能干得了啥?

何巧玲一对眼珠像一对青蛙,从她深井似的眼里一下蹦了出来。早就听说,市政府要出台针对下岗职工生活困难方面的相关文件,但只是听说,谁也没见到红头文件。夜来后晌刘立秋在电视里亲自看见,激动得一后晌翻过来想,翻过去还是想,越想越睡不着觉,眼睛里盈盈转动着泪光,嘴角却有一丝微笑。联想到刚下岗那一阵子,一家人突然铁了心,不再像以前那样一盘散沙,谁也不服从谁管理,万众一心拧成一股绳,一门心思组织起来向上头反映问题,要求市政府切实从下岗职工的角度来解决他们的下岗失业问题。因为下岗将成千上万的人逼上了梁山,逼上梁山的下岗职工,便集体组织起来大规模上访,大有把政府逼上梁山的味道。众人拾柴火焰高。看到这一次又一次的逼宫,不仅有了效果,而且是意想不到的效果。

何巧玲两眼发直躺在床上,心力交瘁。她一夜基本没合眼,一大早起来匆匆洗了把脸,就出门找以前在一个厂子里的姐妹们,这是下岗大半年来,听到最好的一个消息,也是她心情最好的一天,盼盼着这一天就像小时候盼年那样焦急。

何巧玲她们一上班就来到失业登记处,几乎没费啥力气就办好失业登记证,因厂里早将她们的劳动关系转移到失业保险处。

何巧玲很久没这样愉快了,她头脑中固有的程序一直在压抑着她固有的情感。虽说顺利办理了失业登记证,从下个月起就可以在两年内按时领取失业金,但心里沉重的就像一块千斤巨石,她鲜红的嘴唇飞速地翕动着,辛辛苦苦工作了二十多年,突然有种被人扫地出门草草被打发的感觉,心里像受了天大的委屈,泪水“哗”地一下淌出来。

她从营业厅往外走时，看到一个干部模样的中年男人，向围在他身边的人说：“下岗失业人员应按规定及时到当地失业保险经办机构办理失业登记手续。因单位原因造成超过期限未办理失业登记的，可凭原工作单位出具的证明，办理失业登记。”他的话听起来是天衣无缝的好光景，一种叫人潮沸腾，血液偾张的情绪，但何巧玲心里还是认为，当官的和以前没啥两样，只是滚动无边的闷雷，让人可望而不可即，是干打雷不下雨。

中年男人瓶子不大，盛得酱油却不少，他嘴里滔滔不绝，两手还像演员那样手舞足蹈，上下左右不住地摇摆着。他继续侃侃而谈：“按规定，失业人员失业前所在单位，应将失业人员的名单自终止或者解除劳动合同之日起，七日内报受理其失业保险业务经办机构备案，并按要求提供终止或解除劳动合同证明，参加失业保险和缴费情况证明等有关材料。”

何巧玲已办理好失业登记证，她毫不犹豫抬腿就往外走，就像当年江姐要走向刑场那样义无反顾。她没心情再听这些无聊的解释，头也不回走出大厅。

起初听到领取两年失业保险金的喜悦心情，早已荡然无存。她知道领完这两年失业保险金后，就彻底和原来赖以自豪的政府没有一毛钱的关系，到那时就真正成了没人搭理的没娘孩子。

何巧玲感到自己的脑袋里像灌满了水泥，至今还没凝固。本来她和以前的姐妹们约好，办完失业登记手续后，再一起去逛街，虽说钱包里没几个钱，但逛街也不是为买东西，过过眼瘾也是一件幸福无比的事，反正又不是将东西看进眼里扒不出来。但从失业登记处往外走时，她突然改变了主意，咋也没心情去逛街，非要回家不可。

回到家里的时候已经晌午，何巧玲满脸没打算吃饭的模样，她坐在沙发上想了半天，吃点啥，想来想去竟然没有一点胃口，便倒在床上盖上被子睡了觉。在阴暗的天气里，她觉得整栋楼越发显得像一座灰蒙蒙脏兮兮的废弃古堡。不知过了多久，迷迷糊糊感觉身边有个人影在晃动，顿时吓了她一跳，睁开眼一骨碌爬起来，这才看清不知啥时候刘立秋回来了。她长长出了一口气，埋怨道：“你像鬼一样啥时候回来的，可把俺吓死啦！”

刘立秋不安地望着她，很抱歉地笑着：“俺又不是小偷，更不是流氓，你怕啥。噢，你去办理失业登记顺利吧！”

何巧玲心情不好的时候，任何一句话都能使她脸上的云彩下起雨来，叹息道：“顺利是顺利，俺咋突然觉得从今往后一下成了没娘的孩子！”

刘立秋问：“咋这么想？”

何巧玲的脸色一直很凝重，忧心忡忡："往后咱这些下岗职工，就真是没娘的孩子，谁还会有闲工夫搭理呀！"

刘立秋不笑的时候看起来很苍白，而且出人意料地消瘦："你这人有病，并且病得不轻。咋没人搭理你，俺和咱儿子就搭理你，一直到死都搭理你！"

那声音仿佛是天国忽然开了一个窗子，女神在那里歌唱！

40

❋❋❋❋❋❋

下午，刘立秋本来要回环球陶瓷厂上班，但他却突然改变了主意，一把抓起户口本和身份证，就往失业登记大厅走。走在路上他还想，失业登记早晚需要办理，但夜长梦多，万一政策突然发生变化，没登记的人就吃了哑巴亏。他脑海里莫名想起一句话：先下手为强，后下手遭殃！

在这之前，在黑夜与孤独的双重挤压下，简直令人窒息，而自从看到这一线光明后，局面彻底改观了。他抬头看天，只见云彩压得低厚深沉，仿佛一举手就能拽着云彩的角。

失业登记大厅在井冈山路，离他住的地方不算远，中间只隔着三条马路，他骑着自行车如果没红绿灯，十几分钟就能到达。没想到路上比他想象的还要顺利，一路畅通无阻，很快就到了失业登记大厅。

锁好自行车来到大厅时，刘立秋黄铜一样苍老的脸面上有着铜锈一样瘢垢，看到大厅里拥挤的人群把这里变成了一个热闹汹涌的旋涡。一时搞不明白齐州北方陶瓷厂到底在哪个窗口集中登记办理。他电线杆子般立在原地，瞪大眼睛在寻找，同时也借此让自己定定神。随后长叹一声，心里莫名涌起一股惆怅，怪不得何巧玲登记回家后心情如此不好，此情此景怎能不让人伤感！

他像一个充满爱国理想又充满抱负的年轻革命家一样，迈着沉稳的脚步走着。三打听两打听，才找到专门登记北方陶瓷厂的窗口。后来听人说，因北方陶瓷厂下岗失业职工特别多，劳动部门为此专门设立一个窗口，避免一个窗口登记多个部门容易出错。

刘立秋的心跟天上的云彩一样飘飘忽忽离开地面。他看到窗口前有上百人在排队，便悄悄站在队伍的末尾，不住地用眼睛扫视着周围的情况，然后才将头深深低下去，眼睛紧盯着前边那个人的脚后跟和自己的脚尖。

如今，时光褪去了往日所有的韶华，以前曾经怎样的辉煌，弹指间都成过往烟云。他若有所思若有所悟，突然有人在他背后猛拍了一巴掌，吓得他浑身一哆嗦。拿眼一看，这才发现不知啥时候张爱国已站在他身后。

张爱国耷拉着眼皮，一副无动于衷的样子，用鼻子哼了一声，埋怨道："哪阵风把你这个家伙也吹来了？当初让你一块去上访，你却成了缩头乌龟。现在有好处了，你比兔子跑得都快。人和鸟一样，翅膀一硬就想飞，有点好处更是挤破头。"

刘立秋看出张爱国小题大做的心态，心里多少有些不悦，"嘿嘿"两声才说："瞎猫碰上死老鼠。你别哪壶不开提哪壶。当初上访时俺可是一次也没落下，都是冲锋在前，撤退在后，就像黄继光第一个冲上去堵枪眼。后来俺没去是情况特殊，生活所迫。这个你应该哑巴吃饺子，心中有数！"

"十个聪明人不一定斗过一个傻子，因为这个傻子非常规行事。"张爱国瞪了刘立秋一眼，一语双关道，"后来俺知道为你儿子的生活费，难为得你上蹿下跳，俺才理解了你，也原谅了你。人啊都有难过的坎，但只要咬咬牙也就挺过去。你现在不就挺过去了嘛！"

刘立秋憨憨地笑着，像是认真听张爱国说话，又像是无动于衷："爱国啊，下岗后你没找点别的啥事干？"

张爱国工作的欢乐好像和他隔着一层玻璃，看上去离他很近，但又很远，嘴里感叹："找了何止一个，高不成低不就。有好几个单位只干了几天，然后就没再去上班。现在交警大队和保安公司，专门招聘咱这些"4050"的下岗职工。到了这个年纪，男的只能干保安，女的只好当保洁。但想想整天站在大路口，万一碰到熟人和亲戚，脸往哪搁呀。"他的话语里有许多伤感的、愤怒的和痛苦的情感。

他接着又问："听说你现在环球陶瓷厂要风有风要雨有雨，就像张飞吃豆芽小菜一碟。既然你有这本事，咋不组织起咱厂下岗的兄弟姐妹们一块干呀！"

刘立秋听后一时知不道说啥好，好像在熙熙攘攘的人群里，常常会有无边的孤寂，看着来来往往络绎不绝的人群，不由百味袭口。这时已慢慢挪到窗口，他将户口本、身份证恭恭敬敬递进去，屏住呼吸垂手而立在窗口前，就像等待圣旨。他的脸上涌起农民式的狡黠、冷静、理性、诙谐和机智。

里边办理失业登记的是位三十多岁的年轻女人，只见她梳的头发整整齐齐，将一大把的头发像捆住的麦子绑在脑袋的后面，头一转，头发随之一甩，就像京戏里的演员甩起的长袖，煞是好看。她在里边麻利地翻动着一大本花名册，找一遍又从头再找一遍，眉头突然皱起来像年迈老太婆的脸，问："你是刘立秋？"

刘立秋站在那里，目光虚虚的，盯着人家看了一眼，半天才敢张口说话："是是，俺就是刘立秋。"

"没有刘立秋。"

"俺确实就是刘立秋，咋会没有呢！"

"俺是说登记册上没刘立秋这个名字。没下岗，来凑啥热闹。"

刘立秋听罢默不作声，眉宇间结着一个硕大的愁字。心里突然有种独在异乡为异客的生分与苦涩。想了半天也没弄明白到底是咋回事，便央求道："俺确实是叫刘立秋，麻烦你再仔细找找。俺和他们一块下的岗，不信你问他们！"

那女人看上去长得很温柔，但说话却很凶，就像吃了枪药："捣啥乱？俺是根据你们北方陶瓷厂报上来的花名册，又不是凭空捏造。俺现在再告诉你一遍，没刘立秋这个名字。"说完，随手将户口本、身份证一下扔出来。

眼前的一切，让刘立秋的心比月宫里的寒月还要冷。

让孤单去对抗悲哀。张爱国一本正经装得像领导干部在体察民情一样，帮刘立秋仔细分析起来："是不是厂里往上报表时，把你忘了，成了漏网之鱼。"

刘立秋身上像挨了一刀，心情突然像雾气弥漫的天气迷茫起来，那张脸一下变成一块石头，长吁短叹："一步不顺，步步不顺。俺和你们一块下岗失业，咋会没俺的名字？人要倒霉了，放个屁都能砸破脚后跟。人不可欺，天不可欺呀！"

好像把秘密捂在人们找不到的角落里。神圣的天堂在他的意识里，总是那么遥远那么虚幻。他转过身，一声不响默默离开，从他面部表情上，可以看出这种沉默的愤怒。

41

富人富日子，穷人穷打算。刘立夏曾经梦牵魂绕的城市，现在像个睡着觉的纵欲者，静悄悄地卧在那里一动不动。

他无处安身，只得暂时住在爹娘家里。爹娘的房子也不宽敞，只有两居室，是这个城市中比较早的老楼房。刘立夏和女儿一来，室内显得更加狭小、拥挤，再多一个人都落不下脚。

在这落寞的巷子里，仿佛有一星半点陈年老醋的气味，在伤感地飘逸。从山西回来后，他火气攻心，身体一直没恢复过来，加上这次因房屋抵押被扫地出门后，心里更是窝着一口气，躺在床上茶不思饭不想，这些日子发生的一切，像放电影一样在他脑海里历历闪现。正是自己的自以为是，才将好端端一个家折腾地七零八落，身边好多其貌不扬的人，和自己比起来并没三头六臂，但人家却一个个成了暴发户，唯独自己还是一文不值的穷光蛋。在电影里，特别是在电视新闻里，看见那些当官的脸上总是挂着灿烂的微笑，心里便恨得眼前阵阵发黑，恨不得冲上前劈头盖脸往死里抽他们一顿才解恨。

刘鹤之两口子看到儿子沦落到这步光景，比用刀子割他们身上的肉都难受，一天到晚长吁短叹，感叹不听老人言，吃亏在眼前。现在当着儿子的面，说啥都不好，只能把难过压在肚子里。

转眼到了周末，是住校的儿子刘谷雨回家的日子，要是儿子知道现在连个家都没了，咋看他这个当爸爸的？

刘立夏对比现在的日子，觉得自己的生命已经提前被榨干，就像一张薄薄的纸片，一阵风就能吹得无影无踪，他想了半天也没想出一点办法，像他这样的殉情残局，就是观音菩萨安排孙悟空来，看了也唉声叹气。周郎妙计安天下，赔了夫人又折兵。那场毁灭性的灾难，让他留存在记忆底片的清明澄净成为一道废墟，被意外的裹挟进跌宕吊诡的命运过山车中。

来父母家已好几天，但他一次也没出门，主要出门没脸见人，要是捂上一张狗皮能遮百丑的话，他也不去在乎。年关临近，儿子马上就要期末考试放寒假。放假回来在哪安身？刘立夏越想越烦恼，越想心里的气就不打一处来。

人活着就是为了含辛茹苦。以前的那个家无论如何是回不去了，那个家现在已经不属于他们，那个家已成为他痛苦的记忆和无法割舍的疼痛。

人承受的压力一部分来自外部，但更大的压力是他们把外部的压力内化了。刘立夏看到儿子放学的时间快到了，便领小雪来到街头等他。

临出门，刘老太太问："你的病还没好利索，出去干啥？"

刘立夏转身苦笑一下，脸上有着与年龄不相符的激动，随后眼里涌出一层泪水："娘啊，你孙子谷雨快放学了，俺到街头去等他。万一他放学回到那个家，和人家打起来咋办。舍命吃河豚值不得！必定他还是个没长大的孩子。俺得提前和他说道一下，要不肯定接受不了。"

小雪抬起头，看着老太太："奶奶，俺和爸爸一块去接哥哥放学回家。"

刘老太太长叹息起来："去吧，外面冷，要多穿点衣裳。"

刘立夏很孤独，而比孤独本身更可怕的是周遭那些异样的白眼，他领着女儿走出家门，很快来到大街上。走出家门的那一刻，心里就想，打不死的吴琼花卧薪尝胆，总有出头换日的一天。他使劲往下低低头，知道自己从小到大就很自卑，唯恐人家认出并指着他的脊梁骨品头论足，说他是癞蛤蟆想吃天鹅肉，知不道天高地厚。

生活举步维艰的刘立夏，像是一根移动的木棍，他一路走一路想，心里不由酸酸的，突然觉得自己像个摔跤手，被人摔倒又扔到了台下。但他并不着急马上爬起来，索性趴在地上让自己安静一会。躺在地上看着天上的流云，听着耳边的风声，回想自己的一招一式，探究着更深一层的道理。随后又感到现在比走在大街上的任何一个人，都低人三等，于是难过地恨不得找条地缝钻进去。

他们刚到街头站下没五分钟，就远远看见儿子骑着自行车向他们冲来，转眼到了眼前。

小雪看到站在面前的哥哥马上快乐起来，她快活地喊："哥，俺和爸爸在这里等你放学。俺上车你带着俺行不?"

刘谷雨一把将小雪抱上自行车："好，好。哥带你回家。"随后又说，"今天太阳咋从西边出来了，俺从小学到初中再到高中，就没见过爸爸接过、送过一次，就没记得去开一次家长会，更没记得在街头等过俺一次。这次太阳真的从西边出来啦!"

刘立夏听后心里像打翻了五味瓶，酸甜苦辣一齐往上涌，最后苦笑一下："都是爸爸不好，俺现在是闪电神流鼻涕，越大越邋遢。总觉得自己比谁都忙，比谁都英雄。其时俺啥也不是，就是一个没用的大草包大笨蛋。"

刘谷雨大惑不解，茄子炒胡瓜，不分青红皂白，忙问妹妹："咱爸今天咋了，这可不是之前他的行事风格啊!"

小雪看看爸爸，又转眼看看哥哥，瞪着两只水汪汪的大眼睛，啥也没说。

刘立夏心情突然像雾气弥漫的天气一样迷茫起来，他轻轻咳嗽一声，鼓足勇气道："儿子，有件事爸爸一直没敢和你说。俺一直想挣大钱，好让你们出人头地，生活更加幸福。但事与愿违，都怪爸爸无能，是个没用的大草包，不仅钱没挣到，还把咱这个家也折腾没了。"

刘谷雨看着刘立夏，就像在雾霾中不知东西南北："爸，你刚才说啥?好像在捉迷藏，把俺都弄糊涂了。"

"儿子，还有闺女小雪，"刘立夏鼓足勇气，头却往下使劲低了一下，牛踩烂泥路越踩越糟糕，感觉自己就是狗肉包子上不了席，"爸对不起你们，买卖没做成却赔了血本，最终连身家性命也给搭上。以前的那个家，现在咱再也回不去啦!"

刘谷雨像头愤怒的狮子，喊叫声像集结号："你说啥?那个家不是咱的，还能是谁的？爸，你都多大年纪了，办事还这么不着调，你咋这么没用呀！”小孩子的心都是玻璃做的，看上去再硬，骨子里也是脆弱的。

刘立夏一下待在那里，阴差一步，阳差一步，干啥都一事无成！他错过了一个季节，一个循序渐进的成长季节。

42

追求幸福的某种意义就是追求痛苦和折磨。

刘立秋回家和何巧玲一说下岗登记人员中没他的名字时，何巧玲听后哈哈大笑起来，笑得两眼都是眼泪。她慌忙用手往左一擦，又往右一擦，随后又用双手同时擦了一把。不到五十的她笑起来，脸上已经有了一丝接近慈祥的神情：“刘立秋啊刘立秋，你可真会开玩笑找乐子，你以为你是谁？下岗职工花名册中没你，那在岗职工名单中有你呀？你都下岗多长时间，还以为自己是厂里的职工啊！你没下岗，厂子里给你开过半毛钱的工资？你开玩笑的水平没想到差到这步田地，简直是个弱智。”

刘立秋就像卤水点豆腐一样，脑袋突然被激活了，他脸上的表情瞬间温文变成了狰狞：“都火烧眉毛了，俺哪有心情在这里和你开玩笑。俺去登记时，人家找了好几遍，真的没找到俺的名字。”

何巧玲脸色凝重：“真的，假的？你可千万别吓唬俺。”

“千真万确，真的没找到俺的名字。”刘立秋严肃得像庙里的雕像，随后有一种怪异的感觉，像一把刀子扎进他的心里，“俺就纳了闷，为啥下岗职工名单中会没俺的名字？是不是把俺忘了，还是有人故意捣蛋做了手脚？”

刘立秋像是在问何巧玲，又像是自言自语，他的话让何巧玲如堕五里雾中。她仿佛再次看到了对美好事物的摧残，对人性良知的泯灭，心里的感觉像两个哑巴吵嘴不知谁是谁非，开玩笑道：“切，会有这种事，看来你在厂里实在是微乎其微，竟然到了忽略不计的地步。本来以为你是个顶天立地的男子汉，原来啥也不是。”

刘立秋瞪了何巧玲两眼，悲痛难以用语言表达，愤愤道：“现在都火烧眉毛了，你还幸灾乐祸。俺就是在厂里再没本事,但也是一个活蹦乱跳的大活人,不至于到忽略不计的地步。”他的感觉就像克林顿在希拉里的床上和在莱温斯基的床上差距是如此巨大。

何巧玲看着皱着眉头愁眉不展的刘立秋,声音像雨一样来自天空:“要么是无意中把你给遗忘了,要么就是有人故意做手脚。这事一定要查个水落石出,你抽空赶紧去厂里一趟,一问啥都明白。实在不行就来个拦轿喊冤,俺就不信喊不出个青天大老爷。”

刘立秋嘟囔道:“也只好死马当活马医。这事想想俺心里就窝火。”

何巧玲眼神有种忍不住地兴奋和好奇,就像刚下蛋的母鸡,张嘴“咯咯”叫起来:“虽说一个人失业金不到二百块钱,但两年下来就是四五千。你不要,国家也不欠你个人情。在政策允许范围内,咱要理所当然合情合理。”

一边是家人的执着和焦虑,一边是内心的彷徨和生活的疲惫。冰冻的记忆被一次次焐热起来。何巧玲话锋一转,接着又说:“你弟弟立夏的事,你听说了吧?”

刘立秋耷拉着眼皮,摸着鼻子瓮声瓮气道:“早就听说了,做梦也没想到事情弄到这步田地。当初俺还劝他,人心无足蛇吞象,一口千万别想吃成个胖子。但他就是不听俺的劝告,脖子一梗,说俺死脑筋,思想不开放,永远跟不上社会发展的需要,有钱不挣,那就是傻子。”

“厕所里吃瓜子,香臭不分。”何巧玲完全同意刘立秋的话,“买卖不好做,大买卖特别是挣钱的买卖更难做。俺后晌在公路边卖点衣裳,人多了脑筋都不转弯,更别说是做好几十万元的大买卖。”

何巧玲说这话的时候,有些怪异,一种沉甸甸的怪异,仿佛秤砣砸在松软的稻草上。随后她又说:“他现在掉在冰窟窿里,家也没了,梁娟又跟人家去了广西。你这两天抽空赶紧过去看看,难时给人一口,胜似富时帮人一斗。你们是亲兄弟,你是当哥的,这个时候你不能不管不问。人要是没了亲情,就没了人情味。”她激动得端着杯子的手都哆嗦起来,极力压抑着自己的情绪,努力不让眼泪流出来凑热闹。

喜鹊叫好,乌鸦叫祸。

刘立秋低着头,拍着胸口,把藏在心里的愧疚从咳嗽的缝隙里全部释放出来:“俺这个弟弟和俺一样,也够倒霉的,在一些事上还不如俺,时运比俺更不济。特别是超生了二胎后,倒霉事一个接着一个,先是梁娟被开除出厂,后是孩子的户口至今落不下,再后就是立夏调动了工作岗位,每月还要扣除一半的工资。随后他又停薪留职,不惜血本倾家荡产,甚至把老婆孩子都抵押上倒腾煤炭,结果又血本无归。现在又被债主扫地出门,想想俺都替他愁得慌,往后的日子可咋过呀!”他突然感觉到，身体里已长满了皱纹，脑子是那么恍惚、迷惘、虚弱，好像对这个世界一无所知。

何巧玲也叹息起来，随后劝道：“你也别看戏流泪，替古人担忧。落毛的凤凰不如鸡，人就是这样，有福享不了，但没受不了的罪。车到山前必有路，再说也没有过不去的火焰山。”

刘立秋连叹息的力气都没了，像一炷香点燃后袅袅而起的那股烟，低头想了想，不说话；低头又想了想，感觉到脑壳里像灌满水似的，随后掠过何巧玲的身子，看到她身后的墙，墙上有幅陈旧的年画。他一时记不清，这幅喜庆的年画是哪一年挂上去的，现在看上去的确有些陈旧了。

人总是这样，在历史的惯性中生活着，却无法知道历史曾有的细节！

43

❀❀❀❀❀❀

曾经沧海难为水。

刘立春已好长时间没回娘家了，特别是刘立夏一家人又搬过来住，她就更不愿意回来。

人性最广阔的黑暗就藏在贫穷里。

也许马上就要过年的缘故，这天她无可奈何还是回来了。在这间屋里看看，又到另一间伸头瞧瞧，不像要坐下的架势，也不像急着要走的样子。让她把棉袄脱下来吃了饭再走，她好像没听见似的爱答不理，好半天才说：“屋里这么冷，脱下棉袄感冒了咋办？”

小雪是个令人喜欢的小女孩，她跑到刘立春面前，歪着头一双黑眼睛扑朔迷离地瞅着她，喊了好几声“姑姑”，刘立春还是爱答不理，就像当年慈禧太后趾高气扬高高在上。

就像理解自己所经历的无数时刻，当爹当娘的都知道他们这个闺女，自从下乡开始到参加工作，一直磕磕绊绊不顺畅，这么大一个活人最终连个工作单位都没有，于是心里感到特别对不起她，好像女儿的不顺利是他们当老子一手造成的，一辈子都亏欠她一样。

刘立春郎当着脸，有巴尔扎克笔下高老头一样的脾气，花一点钱就十分生气。就像这个世界上的人，这辈子，还有上辈子都做了对不起她的事，这辈子要加倍偿还一样。她用很不友好的目光，瞪着刘立夏："他二舅啊，按说俺是嫁出去的闺女泼出去的水，对家里的事少管不问，但俺必定是当姐姐的，总不能把话憋在心里。马上就要过年了，你们一家人还准备在咱爹咱娘这过呀？还是咋的。你看看，这巴掌大的房子，你们一家人又住进来，来个人连个落脚的地方都没有。要说你从小也不是很笨，但就是没把心思放到正道上。没有金刚钻别揽瓷器活，谁不想挣大钱，谁不想一口吃成个大胖子，但要看有没有这个本事，干啥事都要称称自己几斤几两，要知道林子大了啥鸟都会有！"

刘立春的话，像对荒凉的一种猛烈反抗，句句戳在刘立夏的伤口上，他一下僵在那里，额头上青筋暴起，姐姐的话让他无地自容，恨不得跑到房间里钻到床底下。刘立夏知道姐姐从小到大伶牙俐齿，对啥事都得理不饶人。他似陷入困境中的大象，每挪动一步都显得特别笨拙。他低下头想了半天才喃喃道："姐啊，你是看着俺长大的，俺吃几碗干饭你还知不道？这次俺是打肿脸充胖子倾家荡产想挣大钱。但俺的目的很清楚的，还不是一辈子差钱，穷怕了嘛！谁知道俺竟然这么倒霉，人要是有前后眼的话，打死俺也不敢往这枪口上撞。"

刘立春的眼睛变得越来越挑剔，像个失眠的老人在无奈中踱步，就像孵蛋的母鸡用叫声和脸色表达心中的不满，厉声道："老鼠不嘴馋，不会吃那个东西。你都快四老五十的人，又不是三岁小孩，你是没长脑子，还是长了个猪脑子，钱就那么容易挣，人家又不是傻瓜，等着只让你去挣钱。你兄弟俩要是有这么大的本事，咋不好好孝顺孝顺咱爹咱娘。他们可都是七老八十的人，你看看住的不像住的，吃的不像吃的。他们都是这个年龄的人，还能活几年？"她说话的架势如同农妇在招呼自己院子里的鸡狗鹅鸭！

这些日子，刘立夏像只鹭鸶鸟那样低垂着脑袋，将满腔心事压得很低，以便再次抬头的时候，可以获得生存下去的勇气。他心中一直憋着一股气没处发泄，这股气在他心里早就熊熊燃烧，想找个地方发泄一番，听到姐姐刘立春专揭他的伤疤，并且揭得血肉模糊，他再也控制不住自己，终于爆发了，一下变得油盐不进。打人别打脸，揭人不揭短。她倒好，哪句话不伤人不说哪句，哪壶不开专门提哪壶，这还是心目中那个姐姐吗？俺这几年混得灰头土脸，在孝敬爹娘方面的确没尽到责任，但都是爹娘生爹娘养，别人又尽了啥心，出了啥力？你是老大姐，这些年你摸着良心窝想想比俺又好到哪？

刘立春持续绷着脸察看四周，就像一个操劳过度的年轻人，一看弟弟可怕而愤怒的面孔，心里不由胆怯起来，生怕气急败坏的他六亲不认，万一他动起粗来，可就吃了天大的哑巴亏，小孩子的鸡鸡来日方长，她连忙哎哟两声：“不行了，俺更年期的毛病又犯了。一犯就把握不住，俺就想跳楼。”

刘鹤之赶紧出来打圆场：“俺和你娘年龄都不算太老，生活方面完全能自理。你们三个都是从俺们身上掉下来的肉，下岗失业拖家带口不容易。家家有本难念的经，要怪就怪俺和你娘没本事。”

小雪几乎没过一天快乐的童年时光，似乎这个世界上的快乐不属于她。她一把抱住刘立春的腿，抬头看着她的脸：“姑姑，你别和爸爸一般见识，俺们都不和他生气。”

刘老太太无声无音，用漆黑的眼珠冷冷地盯着几近癫狂的女儿和儿子，插话道：“你们见了面有话不好好说，有屁也不好好放。虽说俺和你爹是七老八十的人，现在身体没病没灾，只要你们过好了，俺心里比啥都欢喜，比给俺啥心里都滋。”

刘立春梦里不知身是客，叹息不会抽烟的还不让人闻闻烟味：“俺也没多说啥，你们看看他那个熊样，好像一口要把俺吞下去才解恨！说你是为了你好，换成人家，就是拿钱雇着也懒得多说半句。良药苦口，忠言逆耳。你爱听不听，不听就当俺吃饱撑得没事，放个臭屁拉倒。”

刘鹤之爽朗地挥挥手，一副指挥千军万马的派头，连忙打圆场：“你这孩子真是，你姐姐说你几句怕啥，她还会害你，看着你大睁着眼往火坑里跳！换成人家，把话烂在肚子里也不会多说半句。”

困惑像水垢，加厚了刘立夏心灵的外壳，他憋住一口气，张张嘴，最终想了半天，啥话也没说出来，但在心里却憋屈得一塌糊涂。

44

❀❀❀❀❀❀

有些事情真的讲不清，宽容的时候很宽容，刻薄的时候又相当刻薄，许多根深蒂固的东西像轮船靠岸时抛下的锚。

因为下岗失业人员登记表中没刘立秋的名字，急得他像个停不来的陀螺团团乱转，不得不返回上了二十多年班的北方陶瓷厂。

仅仅过去半年多的时间，又踏进这座能倒背如流的厂区时，才发现这里已物是人非，昔日干干净净的厂区，如今破败不堪，到处都是荒芜的杂草和地上被风吹得哗哗啦啦作响的树叶。刘立秋心里一颤，难过地差点掉下眼泪，此时就算天上的神仙下凡来拯救，也回天乏力，望洋兴叹。

刘立秋表情真诚，眼神柔和，来到厂部办公楼劳资科，办公室除了一名值班的中年妇女外，再无他人。起初她像木偶一样纹丝不动，后来才告诉刘立秋，因厂里今年没签下多少订货单，厂部办公大楼和车间的工人，已大部提前放假回家准备过年。

阳光总是充满了橘红色的味道，以至让人家常常忘了季节。以前都在一个厂，对这个中年妇女似曾相识，但仅限于眼熟，叫不出人家姓甚名谁，于是他眼里霎时充满了期待。

还是中年妇女认出了刘立秋，她说她是劳资科长，姓高。她还说，早就听说刘立秋带领北方陶瓷厂的下岗职工，到市政府三番五次堵门上访，这事在厂里影响忒大，就连厂长都知道，尽管他是厂长，也鞭长莫及，现在一点好办法也没有。

刘立秋表情严肃庄重，说话的神情像是久违的亲人："不是三番五次，俺就去两三次，以后再也没去。俺要设法重新找工作挣钱养家糊口，上访又不能当饭吃。"

高科长笑吟吟地看着他，像少女注视着英雄："听说市长都亲自接见了你们，将你们请进会客室和你们对话，答应尽快出台政策，帮助你们解决下岗失业后的生活问题。刘立秋，你在厂那会不显山不露水，现在咋一下成了千军易得，一将难求的英雄好汉啊！"

刘立秋憨厚地笑笑，禁不住甜蜜而苦涩地抿起嘴唇，他的感觉就是春天里隐隐约约飘过来的热气："高科长啊，那些听风就是雨的胡说八道，你千万别信以为真。俺就是一名下岗失业职工，现在连饭都吃不上，哪里还有别的本事。噢，俺今天来想查一下，俺都下岗半年多了，昨天去失业登记处登记，查了半天也没俺的名字。是不是厂里把俺的名字漏掉没给上报呀！"

话题由远而近，渐渐被拉开，那些早就淡忘的岁月，像暗室里新洗的照片，景物一点点浮现出来，直到清晰可见。

高科长听后，马上将登记表搬出来，放在办公桌上一页一页仔细查起来，从第一页翻到最后一页，没看到刘立秋的名字。又从后往前仔细看了一遍，还是没刘立秋的名字。高科长嘴里嘟囔着："怪了，咋会没你的名字？是不是你们成型车间没往上报？"

刘立秋心里突然有种独在异乡为异客的生分和苦涩，脑子一片空白，浑身忍不住有些颤抖，他压抑住自己的情绪，强作镇定。

制度是死的，人是活的。

高科长不安地望着刘立秋，很抱歉地笑着，她的眼里充满了没有含金量的同情，低头想了好一会，才说："要是你们成型车间没往上报，劳资科肯定不会将你的名字漏掉，俺们的工作一贯是认真的。"

高科长的话让刘立秋内心更加凄楚，他张了张嘴，欲言又止。

高科长看着刘立秋的眼睛，脸上现出无能为力的表情，最后她让刘立秋再到成型车间去问问，问题一定出在他们那里，车间里不往上报，劳资科也无法登记上册。末了，高科长还说："听说你现在环球陶瓷厂当上副厂长，并且是高薪聘请，是金子总会发光的。不过俺好像听说，这次下岗失业登记只登记下岗失业后，一直没找到工作的，像你这种重新再就业并且是高薪聘请的人，知不道包括不包括，符合不符合国家政策？"

刘立秋的痛感像台风一样涌来，心里憋屈得更加难受，看整个世界的眼光好像也变得不太一样。听到这难以置信的消息，犹如五雷轰顶，一下坠入万丈深渊。难道下岗失业后都在家里等死，才算符合国家下岗失业政策？俺要养家糊口，一个大活人又不能把嘴缝上，不吃不喝坐在家里死等上头的文件，就像历史上的那个古人守株待兔。他很失望，像泄了气的皮球，一下失魂落魄。走到门口时，无力地回过头说："啥厂长不厂长的，说白了俺就在人家那里干临时工。说是高薪，其实比一般工人也就多挣个百儿八十的。"

刘立秋心里感到一种寒凉与无奈，朝高科长点点头，啥也没再说，将满脸的痛苦藏在脸皮后面，转身走了。他来到成型车间办公室时，车间主任任百胜不在，只有办事员文超坐在那里无所事事。

文超看到刘立秋一步走进来，心里顿时明白了八九分，一下猜出刘立秋来的目的。他的脸很热，像通了电，左顾右盼结结巴巴道："刘……刘主任，你咋来了？好……好久不见，你可好啊！"

刘立秋的心头被山雨欲来的浓雾所笼罩，他竹筒倒豆子，直接把话挑明："文超啊，俺这次来的目的不用说，你也应该明白。为啥俺都下岗半年多了，而下岗失业人员名单中却没俺刘立秋的名字？你们到底倒弄得啥鬼，想要干啥？"他的心情就像中国需要大量的铁矿石一样，非常迫切但又有些力不从心。

文超连忙解释："刘……刘主任，俺就是一个办事员，领导咋决定的俺说了也不算。任主任那个脾气你是知道的，他能听俺这个跑腿卖命说的话，你可千万别怪罪于俺。"

刘立秋突然有种痉挛的痛，问："到底咋回事？"

文超的脸红得像熟透的桃子，涨得艳红起来，他拿眼往外看看没人，像是一种安抚，也像是一种同情，转过身神秘兮兮道："任主任压住不让报，他说你带头上访，现在又是环球陶瓷厂副厂长，已经不符合下岗失业的条件。俺早就看透了，咱厂就现在的光景，俺早一天晚一天迟早难逃下岗失业的命运。以后你在外面发达干出了名堂，俺就投奔你跟着你混。"最后他故作神秘，声音小得像蚊子叫，"你名字没出现在下岗失业名单一事，可千万别对外人说是俺告诉你的，要不俺就吃不了兜着走。"

刘立秋好像猜到文超要说啥，脸上顿时变得红一块白一块，他用手拍拍文超的肩膀，感叹马王爷到底长着三只眼，转身往外走时，他差点晕倒，闭着眼睛迷迷糊糊，好像悬在一只风筝上往天上飞。

45

❀❀❀❀❀❀

刘立秋的心情像是在众目睽睽之下掉进水缸里的老鼠。他到底没再去找任百胜。怒气冲冲的他本来想找任百胜问个明白，到底为啥与自己处处过不去，并且苦苦相逼。

跑了和尚跑不了庙。他的感觉就像《西游记》里的妖怪，有来头有本事有关系的都被天上的领导接走了，而没来头没关系的，则统统被孙悟空的金箍棒给打死了。反正都住在一个宿舍区，低头不见抬头见，躲了初一躲不过十五，实在见不到就早晨一大早，或者吃了后晌饭到他家里像古人守株待兔死等，鬼都不信他连家都不回。

蚂蚁爬扫帚，条条是大路。

环球陶瓷厂因技术和设备进行升级换代，产品质量和档次都有了质的提高，投放市场后供不应求，不仅有好多家大宾馆饭店登门订了不少贷，还签单出口到东南亚几个国家和地区。这下把莫非高兴地忘乎所以。

莫非突然觉得自己有种财大气粗身价倍增的感觉，这是他要把环球陶瓷厂做大做强的第一步。迈出成功的一步，也为他成为知名企业家创造了必要条件，来年换届选举市人大代表时，他就多了一份资本。

莫非的时间多得用不完，他翘着二郎腿，若无其事在沙发上手舞足蹈。随后望着源源不断出炉的齐玉陶瓷，喜不自禁，有了这些拳头产品，他就有了讨价还价的本钱，别人就会对他高山仰止。他一高兴，就想约上几个朋友，每人搂着一个漂亮小姐潇洒一回。有时喝上几盅，在酒场上发号施令的感觉特别爽，他特别喜欢在众目睽睽之下这种感觉，就像沸水溅出锅。

就在他准备离开办公室时，突然看到刘立秋垂头丧气无精打采走了进来。

莫非最近对刘立秋非常尊重，一种发自内心的感动和激情，在他眼里燃烧。特别是通过技术改造，生产出高档陶瓷产品后，他对刘立秋的尊重程度超过了对亲爹亲娘。他连忙起身，眼睛闪烁着一种让人感到温暖又凄凉的光芒，将刘立秋恭让到沙发上，热情道："刘工啊，你这是咋了？生产出高档陶瓷产品应该高兴才是！你啊，是俺这辈子的贵人。你看看咱厂的新产品，现在供不应求，产品销路比原来料想的好出若干倍，这一切都是你的功劳。马上就要过年了，俺早给你准备了个红包，拿回家去买点过年的年货，算是厂里对你研发高档新产品的奖赏。"说完，拉开抽屉，从里面拿出一个红包放在刘立秋面前。

刘立秋像做科研一样认真对待这件事，正为下岗失业登记的事闷闷不乐，看到莫非将红包放在自己面前，连句客气话都没说，伸手就将红包抓在手里，打开一看里面只有二百块钱。他看了看并没说话，但脸色已把他想说的话都表达出来。这钱是厂里过年的福利，还是因他带头生产出高档齐玉陶瓷的重奖？他清清楚楚记得莫非当时信誓旦旦夸下海口，要对他进行重奖，难道这二百块钱就是对他的所谓重奖？就连下岗失业保险金每月还一二百呢！

刘立秋想来想去也想没明白，带着几分忧伤、几分茫然问："莫厂长，这钱是咋回事？俺没听明白。"

莫非像个恶作剧调皮的孩子，突然哈哈大笑起来："你是咱陶瓷厂有功之臣，这钱是对你的奖赏。俺这个人虽然识字不多，但也不是四六不通的混蛋。俺办事历来奖罚分明，有功劳就奖赏，犯了错误就狠狠处罚，这一点小葱伴豆腐，一清二白。"

莫非雷声大雨点小。刘立秋张口结舌，他的软弱就像下雨天玻璃上向下流的水，"啊啊"了半天才说："莫厂长啊，俺清清楚楚记得当初开发和改造生产线时，你红口白牙对俺夸下海口，一旦生产出新产品并打开市场销路，你就对俺进行重奖。难道这二百块钱就是对俺所谓的重奖？"

笑声始于他也止于他。莫非的脸色由晴变阴，像犯人放风一样，背着手在屋里来回踱步转圈，脸拉得足有半尺长，一下变成了驴脸，异常生气道："刘工啊，你说这些俺就不爱听了。众人拾柴火焰高，你一个人尽管有匹夫之勇，又能成啥气候？人和鸟一样千万别翅膀一硬就想飞。想当初，在你走投无路时，是俺大仁大义收留于你，并且给了你比别人更高的工资。话又说回来，你就算浑身是铁又能打几个钉？俺要不是砸锅卖铁千方百计筹集资金，你改造啥，还是能生产啥？人心不足蛇吞象，人要懂得知恩图报，不能猪八戒倒打一耙！”

莫非恨不得刀尖上刮铁，说得理直气壮，他瞥了刘立秋一眼，掩住内心的蔑视，抿了抿嘴，啥也没再说，那眼神就像看大街上一堆狗屎。

刘立秋把脸仰起来，为的不让眼窝里的泪水掉下来。这时候任何人的话都不可信，最可信的只有自己的眼睛。面对莫非的咄咄逼人，他无言以对。莫非是这家企业的老板，他可以翻手为云，覆手为雨。手里拿着二百块钱，不由哆嗦起来，说话的声音充满了颤声，一字一句道："莫厂长，俺在技术改造和生产高档齐玉陶瓷上没少操心，但这二百块钱也忒少了，总不能像打发要饭的一样。你也知道，俺下岗失业后，家里一直需要钱。"

灯不挑不亮，话不说不明。莫非这一生气非同小可，他气急败坏就像自己在众目睽睽之下被活埋了一样："刘工啊，你不用吓唬耗子，因为你不是猫。不管咋说俺对你还算客气，换了别人俺早他娘的打发他滚了蛋。也不撒泡尿照照，你有啥资格在这里和老子讨价还价？这里又不是自由贸易市场上那些卖青菜萝卜的。"

别人的怜悯，博不来美好的未来。刘立秋从莫非的眼神里感觉到明显的幸灾乐祸。如此商痞，实乃反复无常，投机钻营的宵小之徒。

刘立秋脸色铁青，像块石头一样静默无语，恨不得找条地缝钻进去。有些事不起眼，惊鸿一瞥。他把手里的钱放在茶几上，仰天长叹，然后转身往外走时，他的心脏突然抽搐起来，那是因为他内心深处的孤独感而产生的恐惧。

46

❀❀❀❀❀❀

大年三十后晌的时候，天空突然纷纷扬扬飘起了雪花。远处楼房的窗户都亮着昏暗的灯光，像黑夜里齐州大地上闪动的眼睛。

刘立秋清清楚楚记得，这是今年冬天下得第三场雪，前两场雪好像一场大一些，另一场地上只有薄薄的一层，太阳出来很快就融化了。

大年三十这天下午不到三点，刘立秋和何巧玲，还有上大学放寒假回家过年的儿子，早早就来到刘鹤之家。这是多少年来形成的习惯，别的时候可以随便来，唯独过年的时候，他们一家人，还有刘立夏一家人，都欢天喜地来到父母家聚在一起熬夜包水饺过大年，边喝酒边看春晚，其乐融融。今年刘立夏一家人早就住在这里，自然不用专程跑来。说是一家人，其实就刘立夏和小雪两个人。梁娟早在一个多月以前跟人去了广西，既没地址，也没电话，人间蒸发了一样，从此和家里一下失去了联系。儿子刘谷雨放了寒假不愿见刘立夏，便住在姥爷家。要不他们爷俩一见面，非吵个昏天黑地不可。此时，刘立夏头发乱蓬蓬的，满腮胡子拉碴，额头上也平添了三四道深深的皱纹。

有些事不仅裸露着刘立秋现在的心境，更是对往事的沉淀。本来刘鹤之和刘立秋早在七八年前，就喊刘立春，让她和赵成玉一家人过来一块过年，但刘立春死活不同意，说齐州的风俗习惯是嫁出去的闺女泼出去的水，回娘家过年算咋回事，好像婆家不拿她当人或者没人了一样，所以她每年都是大年初二才回娘家。大年初二，刘立秋、刘立夏兄弟俩，也要各自和老婆孩子一道走丈母娘家。

时逢佳节倍思亲。刘立夏的心里突然泛起莫名的怨，这怨还没沉淀下去，委屈一下又泛了上来。他的眼睛一下湿润了，一种发自根本的愧疚和悲伤同时涌上心头。

后晌一家人聚在一起吃团圆饭的时候，何巧玲问刘立夏："他二叔啊，听说他二婶去了广西，这大过年的咋也不回来？她在那边干吗？去那么远的地方，要是有个好歹，连个帮忙说话的都没有。"

幸福都是自己创造的。刘立夏张张嘴"啊啊"了好几声，也知不道说啥好，误解虽然美丽，但却荒唐透顶。两杯酒下肚，他一把鼻涕一把泪，要把一肚子的苦水往外吐。只知道梁娟去了广西，但她在那里干啥却一无所知。自他倒腾煤炭血本无归，并且将那个好端端的家折腾没了后，梁娟气急败坏回到娘家，随后连个屁也没放，又从娘家去了广西。临走时只是捎信，说这次死活要离婚，结果一个多月过去了，连个鬼的影子也没见到。听嫂子问他话，他想了又想才说："俺也知不道她在那到底干啥？去了这么长时间，连个音信都没有。都怪俺当初鬼迷心窍，要不是倾家荡产倒腾那该死的煤炭，也不会落到有家难回的下场。"一步错，步步错。他说话的时候，就像吓破胆的兔子连老窝都不敢回了，刹那间的错误，让他后悔了一辈子。

"人无千日好，花无百日红。"何巧玲劝道，"吃一堑长一智。当时你想挣大钱养家糊口的初衷也没错。谁也没前后眼，谁也不想摊上这我种大事。要是摊上倒霉的肯定不是你一个人。”

刘立秋感到喉咙里哽了一下，但还是尽量装得若无其事，他接过话茬：“你嫂子说的对，其实你也别怪罪他二婶，这事摊到谁的头上，都和她一样无法接受，说不定比他二婶闹腾得还厉害。”

刘立夏像一段枯去的木头，想要抽出嫩芽来简直比登天还难，他张嘴刚想说话，就听侄子刘清明说：“有人说这是最好的时代，也是最坏的时代。二叔，俺爸俺妈虽说得都没错，但这是事后诸葛亮思维。这大半年，俺到了南方好几个省进行社会调查，特别是在广西，传销活动相当活跃，他们打着资本运作模式，说成是美国西部开发的关键、日本当年快速崛起的法宝，中国参与大国竞争的利器，都是从资本运作模式开始的。”

何巧玲张口问儿子：“啥叫传销啊？”

刘立夏的脸色在白色灯光的映照下，显得很僵硬，开始变得比任何时候都更加焦虑和烦躁，连忙问：“你快说说，啥是传销？”

刘清明身高一米八五以上，在大学里特别是参加社会调查后见多识广，有着丰富的知识和阅历。听到长辈们的问话，他颇有临危不乱的架势，不慌不忙解释道：“所谓的传销组织，就是打着推广某种新产品的旗号，靠人拉人的办法，许多人被以观光旅游、项目考察、做生意谈项目，将人骗去，以求所谓的共同致富。”

他的声音不高却很有穿透力。一家人屏住呼吸，听得聚精会神，欲望一下比慈禧太后还要强烈得多，就连爷爷、奶奶和小雪都竖起耳朵，生怕漏掉一句话、一个字。

刘清明像教室里朗诵赞美诗那样，继续着自己的表述：“传销组织骗人的伎俩，他们把传销活动说成是一项秘密的国家战略工程，模式由国务院副总理花巨资从美国引起，有资本运作、纯资本项目、连锁经营、1040 阳光工程等。如果参与，首先要投资入股，接下来要寻求三个合作伙伴，也就是发展三名下线。你的三个下线同样要掏钱入股，然后他们每人再发展三名下线。一变三，三变九，九变二十七。你成老总后，一年内便可以拿到上千万的巨额资金。拿到钱后，就可以退出，再把当老板的机会留给后来人。有的时候吧，真理再向前多迈半步就成了谬误啦！”

刘立夏听后眨眨眼，眼神里充满了兴奋：“有钱大家都挣，好事呀！”

刘清明作为一种安抚，也作为一种保证，笑笑回答：“二叔，看起来很美丽的东西，内表不一定是健康的。为此，国家对这种传销组织是不允许的，一直采取打击的手段，取缔这种非法传销组织。”说到这，他话锋一转问刘立夏，“二叔，俺二婶是不是也到广西参加了这种传销组织？”

刘清明的问话像一根针杵在刘立夏的心里，他眸子里深藏着诗人才会有的忧伤，额头上泛出亮光，脸色立马变得苍白，结巴了半天才回答：“这……这，俺哪知道。你二婶现在看见俺眼圈都发红，就像看见杀人不眨眼的日本鬼子。”说完，他的脸色突然变得惨白，拿酒杯的手哆嗦了一下，嘴唇也随之开始发抖，再也说不出一句话。

何巧玲半夜吃黄连，暗暗叫苦，大声责怪儿子：“你这个熊孩子，没大没小，咋这么和你二叔说话。”

这时，外面已礼花满天，一阵紧似一阵的鞭炮声、霓虹灯更是将城市的夜空剪成五彩斑斓的世界。

刘立夏看着窗外，心中充满了伤心欲绝的感觉。

47

❀❀❀❀❀❀

齐州环球陶瓷厂过年时，除了生产车间特别是烧成车间必须留下值班的人员外，其他的人则全部放假回家过大年，并定于大年初六上班。因为过年，莫非特意安排人到南山镇凤凰岭村拉来一车大白菜，每个职工分了二三十斤。

初六上班这天，全厂干部职工全部如数返回，唯独少了刘立秋。

莫非脸上很难看，下巴上生长着密密匝匝生机勃勃的胡子，瞪了办公室主任一眼：“还不赶紧去问问！”

好多人都没去过刘立秋的家，当然知不道他住在哪，办公室主任只是知道他家的电话。打过去一问，正好刘立秋在家，并且是他本人亲自接的电话。他在电话里十分平静地告诉办公室主任：“年前放假时，俺向莫厂长辞职，他也同意了呀！”

此事事关重大，办公室主任不敢怠慢，屁颠屁颠赶紧向莫非汇报。

莫非听后“啪”地一拍桌子，他显然没料到事情会是这样。他阴沉着脸，脸色发黑，手里摸着手机，炫耀地在手里晃了晃，好像制服刘立秋的人就躲藏在手机里面,只要他一声令下,里面的人就会从天而降。他又问了一遍:“他……他真是这么说的?”

办公室主任如实相告:“刘立秋说年前放假时,他跟你说好过了年就不来厂里上班,你亲自点头答应了他。”

莫非张口结舌,喃喃了半天也没说出一句话,显然他对刘立秋的突然离职,没有充分的思想准备。他脑子像放电影一样努力想了想,没想起来有这回事;又努力想了想,还是没想起有这回事。他突然坠入一种强烈到要把自己从里到外炸开来的想法。年前放假那天,刘立秋是来找过他,请求把工资结清。他没多想张口就答应了,知道刘立秋下岗失业后,过年家里需要钱。刘立秋转身往外走时,又回过头来对他说:“感谢莫厂长这些日子对俺的照顾,过年后俺就不来上班了!”他早把几天前奖励刘立秋二百块钱的事忘得一干二净,摆摆手:“行,行啊。过年你就不用来了,俺安排别人替你顶班。”刘立秋走到门口时,再次折回身说:“感谢莫厂长在俺最困难的时候收留俺,这一点俺一辈子都牢记在心。”

当时莫非感觉到刘立秋怪怪的,有着丧家之犬的凄凉、孤独和无望,神秘兮兮让他一时很难适应,便扬扬手:“刘工啊,俺这个人识字不多没文化你也知道,和大老粗差不多,以后有用得着俺莫某的地方,尽管开口说话,多个朋友多条路,多个冤家多堵墙。”他望着走出门口刘立秋的背影,心里嘟囔:莫名其妙,搞得像生离死别一样。

有本事的人都不靠嗓门说话。早知今日,何必当初。当初应该压住刘立秋几个月的工资当抓手,现在悔之晚矣。莫非终于明白过来,懊悔的他死去活来,他心情此时说热就热得像烧红的烙铁,说冷就冷得像三九天的冰块。

办公桌上摆着水果和香烟,茶杯里的水往上冒着热气,仿佛在等着莫非去喝。他的思想像回放的电影,回想着当时刘立秋的一举一动一言一行,直到现在他才彻底明白刘立秋当时说那些话的真实意思。他闭上眼睛,心里充满的愤怒。原来他一再要求结清工资,为的就是过年后不再来上班,这分明是向他逼宫。莫非骂自己是猪脑子,当时竟然没转过弯来,总以为刘立秋走投无路,到了山穷水尽之地步,只能心甘情愿在他这棵歪脖子树上吊死,要不他寸步难行。万没想到,竟然先下手为强,这让他很是措手不及。

这事血一样涌动在莫非的身体里,咋挤都挤不走,咋恨都无法舍弃。他心醉神迷地体味着自己的感觉,当时根本没往辞职上面想,总以为刘立秋过年时不想回厂里值班,老婆孩子热炕头,在家热热闹闹过个年而已,要不也绝不会痛痛快快就答应将他的工资全部结清,谁知道刘立秋最终和他捣鼓了这么一出。越想越觉得自己这次失算，越想心里越懊悔。他的脸上顿时像红烧了一样，感叹自己不仅无心成金，无意间还造成了毁灭。

戏台上喝彩，自吹自擂。莫非醉死不认半壶酒钱，思想像一朵云彩在天际里奔跑，把眼一瞪，抬手用力拍了一下桌子，大声道："俺就不信死了张屠户，一家人吃带毛猪。现在咱已经能生产高档齐玉陶瓷，并且在市场上站稳了脚跟，现在他自己辞职不干，反倒比俺过河拆桥开除他好之万倍。告诉生产车间主任，关键时候一定把眼给俺瞪起来，谁要是这时候掉链子，可别怪老子翻脸不认人。"他说这话的时候，双手叉腰，像个大人物那样居高临下俯视着。

一连数天平安无事，不知不觉间莫非从自信、自负走向狂妄，张口大骂："刘立秋啊刘立秋，这时候你想拿捏俺一把，真是瞎了你的狗眼。还是那句话死了张屠户，俺不能吃带毛猪。你有千条妙计，俺有一定之规。俺早就安排人将你的技术弄到手，并且已转化为生产力。你早干吗去了，早知今日，何必当初。你自己甩手不干也好，远走高飞也罢，对俺没半毛钱的关系，而你还自我感觉良好，拉倒吧！"

生活有时候就是一出没有编排的戏剧。就在莫非沉湎于陶醉之时，烧成车间主任风风火火一步从外面闯进来。尽管早已开春，但外面还是春寒料峭，他跑得脸皮都渗出汗水，伸手抹了一把，张口气喘道："厂长啊，大事不好了，从夜后晌开始，烧出来的陶瓷出现了大量残次品，俺们研究了一后晌，也找不出毛病到底出在哪个环节。"

莫非获知此事，十分震怒，像温水煮青蛙一样，他问自己的记忆，记忆一片空白。知道此事非同小可，提腿马上和烧成车间主任往烧成车间跑，边跑边问："问题到底出在哪？咋就检查不出来，真是一群饭桶。"

说话间，他们来到烧成车间，莫非脸阴得能拧出一把水来，望着出窑的陶瓷，就像人们在春天和初夏的希望里，感受到晚秋和残冬的绝望一样，他立马急红了眼，心疼得一塌糊涂，手足无措狂喊："赶紧给俺查明原因，刘立秋手把手教了你们好几个月，就是猪脑子狗脑子也早就学会了，你们一个个手比脚都笨。实在不行，赶紧去请刘立秋再出山呀！"

他后悔当初对刘立秋咋不像刚娶回家的娇妻一样百般呵护着。关键时刻刘立秋还是有两把刷子，后悔和恼怒像黑暗在他心里弥漫，在这黑暗中艰难地吞咽着，呼吸着。

48

❀❀❀❀❀❀

再过几个月刘清明就要研究生毕业了,面临着找工作的巨大压力。

刘立秋搓着双手,一脸不忍,劝刘清明上帝给你开启一扇窗,就会给你关上另一扇门。毕业后一定报考政府机关的公务员,只有考上公务员,以后的生活才能衣食无忧。若不然像俺和你妈这样,到企业当个小工人有啥出息,老了不仅没了工作,更没了保障,企业到啥时候都不是铁饭碗,市场经济瞬息万变,企业总一天都要跨,企业一完蛋,又得走你爸妈的老路,又得和你爸妈一样落个下岗失业的下场。

刘清明就像一刻都不能缺席的生活一样,他打小就很听话,大多数时候对刘立秋的话都言听计从,他很认真地听着爸爸把话说完,才点点头。这一年来,他知不道家里真实情况,暑期放假后,他和同学去了南方几个省搞社会调查,直到寒假回家,才知道爸妈双双下了岗,难过的他掉下了眼泪。

世界是圆的,山不转水转。刘清明在外面上大学,又通过社会调查,见多识广。他不仅给刘立秋讲市场经济规律,还不厌其烦讲了资本运作和企业改制后,所面临的一系列问题和挑战,当然也有千载难逢的机遇。

这些新名词,就像尘土一样别无选择。刘立秋以前从电视里听过若干次,也从报纸上不止一次读过,但总觉得这些生僻的词语离他十万八千里,说起来更是抽象。现在听儿子这么一解释,心里不由豁然开朗起来。

种种美好像花儿一般绽开,静静地、绚丽地在刘清明的心中开放。他鼓励刘立秋:“爸,你们厂破产转制也许是件好事,更是你的一次机遇。最大的秘密就是最大的难度。你想想看,你有技术,又有烧成、成型方面的丰富经验,假若你要挑头承包一个分厂,或者两个分厂,既能发挥出你的一技之长,又能安排大批下岗失业人员实现再就业。再说国家又有自主创业方面的优惠政策,这是在做一件功在千秋的大好事!自己当老板,总比给人家打工心里要爽得多。大凡成功的人不是赢在起点,而是赢在转折点。”

“你这孩子咋大白天说起梦话。”刘立秋瞪了儿子一眼,像个乐于工作的匠人,也像个精于算计的老农民，“这是一件说起来容易，做起来非常难的事情。虽说俺是有一身技术，但办企业需要大量的资金，咱现在身无分文，资金从哪来？去偷还是抢银行？这可不是小孩子玩家家，也不是万儿八千能解决的问题。要承包必须先交上承包费，然后再花大把人民币去买设备和原材料，然后才能到成型和烧成这个环节，最后才能推向市场。难哪，难！这事真像你说的那么简单，承包上八遍也轮不到俺。”

刘清明笑笑，继续鼓励：“大树底下长不成大树，出水才见两腿泥。只要你有信心，钱应该不成问题，俺有个同学的爸爸是大老板，可以让他投资入股，到时候挣了钱按股份分红就是。另外，咱还可以抵押厂房设备，从银行里贷款！”

何巧玲插嘴道：“清明啊，你觉得你爸承包企业能行？咱可千万别蚂蚁搬磨盘，干枉费心机的事。”

刘清明俨然黄袍加身，信心十足：“妈，猪八戒不行，沙和尚不行，可孙悟空行！俺觉得这是一次千载难逢的机遇和挑战。要是俺爸敢挑头承包，将来前途肯定无量。错过这个千载难逢的机遇，过了这个村就再也没这个店。励志成功大师韦恩·戴尔博士在《心诚则灵》一书中写道，停止抱怨，你就能在众多的竞争者中脱颖而出。不要做一只鸭子，要做一只雄鹰，鸭子只会‘嘎嘎’抱怨，而雄鹰则在芸芸众生中奋起高飞。现在最时尚的说法是，没有永远的敌人，也没永远的朋友，只有永远的利益。”

刘立秋脸上定定的，仿佛要养精蓄锐之后才登台亮相，但他的沉稳，将会永远去扮演龟兔赛跑中起跑转慢的角色。他没说同意，也没说不同意，只是一直保持着沉默。

何巧玲也劝道：“天不灭曹。他爸，俺觉得清明说得挺有道理。你还是认真想一想！”

刘立秋挠挠头，把握不定，再不愿像卖大白菜一样贱卖自己了。随后又叹息起来：“想也白搭，俺吃几碗你们还知不道？话又说回来，像承包工厂这么大的事，也不是你想承包就能承包的事。你二叔倒腾煤炭，不仅一分钱也没赚到，还差点将命搭上。承包企业这种事就像赌博，运气好了挣个盆满钵满，运气不好就和你二叔一个熊样。俺觉得这种冒险的事，还是不干为好，找个轻松点的工作，能挣个生活费养家糊口就不孬了。退一万步讲，就算能承包下来，真金白银往里扔，割谁的肉不心疼！”

何巧玲目不转睛看着他，好像在审视着一个完全陌生的人：“拉倒吧，咱光脚的不怕他穿鞋的。当初你到环球陶瓷厂帮助他们改造生产线，研制高档陶瓷产品，那个姓莫的厂长红口白牙说产品研制生产出来后，对你进行重奖，结果老佛爷张嘴一口价，扔给你二百块钱。蚂蚁啃碾盘，嘴上说得漂亮，但最出却捣鼓这么一出，像打发要饭的一样糊弄人，分明是羞辱你。你说说这种人你跟他干一辈子有啥出息。再说你的本事还不如他！”

刘立秋怔怔地看着他们，脸上充满了惊异和尴尬。麦子都没种上，还在这里张口闭口要吃馍馍。

儿子的话给他留下最多的是思绪的空间。刘清明接着又说：“俺妈说的有道理。你年前上班的乡镇小厂，厂长两眼乌黑，啥都不懂，却能把厂子经营下去，为啥？”他像是问父母，又像是问自己。不等别人回答，马上又说道，“现在好多城市都在建上千米的摩天大楼，但又怎能说金字塔从此就没有了意义！他就是一直在利用像爸你这样的技术人才。你想想看，如果你不去他们厂上班，厂里一时半会能进行生产线改造，能生产出高档陶瓷产品，能迅速占领市场并能带来可观的效益？答案明显摆在这里。你有技术，又有人脉，如果你能挑头承包，保险一呼百应，大家都干老本行，轻车熟路。”

刘立秋眼睛依然定定的，神色看上去严峻而虔诚

这时，突然听到敲门声，何巧玲开门一看不认识，便问：“你找谁？”

来人怯怯地问：“是刘立秋，刘厂长家吧！”

何巧玲立马明白了八九分，眼里有了绝望和忧伤的神情，没好气道：“是刘立秋家，但不是刘厂长家，这里从来就没啥厂长不厂长的。你找他有啥事？”

那人脸上浮出一个恍惚的微笑：“俺是环球陶瓷厂的办公室主任，正好有点技术上的事，想找刘厂长回去帮帮忙。报酬的事好说，莫厂长说工资比以前翻倍，重奖的事回去马上兑现。”

何巧玲脑袋像炸了一样，有种被愚弄的感觉，越想越恨：“做啥黄粱美梦？你们想用就用，不想用一脚就踢开，卸磨杀驴也没你们这么快。”她说这话的时候，脸上的皱纹铁丝般绷得很紧，没有一丝松动。

刘立秋听到说话声，马上走到门口，一看站在门外的办公室主任，便问：“你咋找到家里来了？年前俺和莫厂长说好，过完年就不去上班，他同意了呀！”

办公室主任像一朵云彩在天际里奔跑，一肚子疑惑和焦虑：“刘厂长啊，事情是这样的，过年后生产的陶瓷都是残次品。莫厂长非常着急，想请你出山救救于水火之中的环球陶瓷厂。”他的话显得出人意料的软弱，有一种无奈和落寞的伤感味道。

刘立秋不是怜悯也不是报恩，心像被两条巨蟒死死缠住了般，忙问：“你快说说，咋会出现大量的残次品？是不是烧成温度不够，或者烧成时间太长，再者……”事情好像一下变得遥远而模糊，根本不在他的视野和触角之内。

何巧玲像笼罩在一层淡淡的雾霭当中，显得更加沉闷："再者啥？活该！咱就是在家等杨柳树结包子，也不再回去和白眼狼打交道。"说完，怀拉了刘立秋一把，"呼"地将门关上，转身将刘立秋硬拉到屋里，骂道："狗肚子里存不住二两酱油，你长点记性好不好，和这种人打交道，你不多长个心眼，说不定人家把你卖了，你还乐呵呵帮着数钱。说不定啥时候，你又会被人家算计，回过头再狠狠咬你一口。"

周瑜打黄盖，都是为曹阿满。人这辈子就像在雾里行走，有时候豁然开朗，有时候却雾里看花。

49

❀❀❀❀❀❀

菜里没盐淡如水，人没精神赛过鬼。

过完年，刘立夏仍然无所事事，两腮和嘴边布满了黑黑的一片胡须。他整天待在父母家里借酒浇愁，吃起饭来头也不抬，眼睛紧盯着盘子里的菜和饭，像有深仇大恨一样。

刘鹤之早年读过两年私塾，在他们这个年龄段算是个文化人。退休前在陶瓷厂也是数得着的骨干工程师，让他最遗憾到底没能评上陶瓷艺术大师。因为从新中国成立到公私合营，再到后来的国有企业，几十年都没评选陶瓷琉璃艺术大师，在厂里能混到工程师这个级别就相当不孬。他就像理解自己所经历的无数苦恼那样，理解刘立夏。起初，他也一腚坐下倒上酒陪儿子喝一杯，后来一看刘立夏越来越不着调，看后常常唉声叹气。

刘立夏像刻意导演了一样，年前从山西回来就一蹶不振，倒腾煤炭这件事成了他如影相随，睁着眼闭着眼的梦魇，躺在家里像是世界到了穷途末日。之前，在人家面前吹三吆四，装得像个很有钱的大老板，出手也很大方，后来一想自己的所作所为无非是打肿脸充胖子。现在他浑身上下身无分文，彻头彻尾成了穷光蛋。他没钱出去买酒，就喝父亲家里的存酒，逮住啥喝啥，孬好从来不嫌弃，只要是酒就行。两杯酒到肚子里后，说起话来舌头都觉得有些短。

生活有时候也像一出没有编排的戏剧。刘鹤之老两口看在眼里，也疼在心上，知道儿子这尊佛，却知不道属于哪座庙。虽然他们近在咫尺，可儿子的所作所为，一下觉得他们之间离得很遥远，犹如相隔万水千山。之前有亲戚来，特别是女婿赵成玉来，像过年过生日之类的节日，总是买上两瓶稍微好一点的酒，当然两个儿子来也从不空着手，一样买上两瓶好酒。刘鹤之每天吃饭前都喜欢喝上一壶，尽管每天喝二两，但也没很大的酒瘾，不像有的人只要闻见酒味就抬不动腿。他把这些酒都藏在床底下，心情高兴或遇到重大节日，特别是家里来了贵客，狠狠心钻到床底下才拿出一瓶好酒，嘴里还不住的显摆，这是谁谁谁买来孝敬俺的，一直舍不得喝。然后倒上酒，端起酒杯和人家碰一下，"嗞"地一声，一口酒下到肚子里，心满意足。

现在小儿子刘立夏住在家里，整天不思进取，吃起饭像饿死鬼投胎，天天躲在家里喝酒，悲凉难以用语言来表达。吃过早晨饭，还不到晌午，又倒上一大杯酒开始喝。下午太阳刚偏西，又琢磨着开始往酒杯里倒酒……

家里之前的那点存货日渐稀少，刘鹤之看了有话在心里憋不住，但又说不出口，心疼得一塌糊涂，常常骂刘立夏是个不长出息的酒晕子，活到这么大年纪，竟然像死狗一样撮不上墙头。想着想着，身上竟然起了一层鸡皮疙瘩。

刘立夏整天唱酒，喝完酒就开始耍酒疯，看人的眼神直勾勾的半天也没反应，傻子一般，像是一张僵死的面具上有一双尚未干涸的眼睛。刘鹤之有话不敢说到儿子头上，便让孙女小雪说他、劝他，让他少喝点酒，喝多了不仅伤身，还伤透一家人的心。

小雪很听话，也很懂事，她就像一颗埋在沃土里的种子，只待春暖破土。她拉着刘立夏的手："爸爸，你少喝酒，要不你带俺去公园玩吧！"

刘立夏看上去是一片隔山隔水的恍惚，眼睛直勾勾看着女儿，抬起手比画了半天，吞吞吐吐道："去哪玩？公园有啥好玩的，人山人海的多没意思，还不如待在家里喝点酒好受。酒是个好东西，爸爸喝了它，就忘了一身的烦恼。"

小雪站在刘立夏身边哀求道："爸爸，你别喝了，行不？"

当老子的对子女都一样，手心手背都是肉。刘鹤之感到一阵阵的寒气从脚底蛇一样往上爬，批评刘立夏："你有儿有女有家有业，都四十好几的人，为了孩子你也应该少喝酒，把心思放到正道上，才是为人处事的根本。"

刘立夏一事无成却自我感觉良好，脾气像一盆烧得正旺的火，根本听不进任何劝告，嘴里酒气熏天，指着刘鹤之结结巴巴："你……你是俺爹，俺……俺早就知道你一直嫌俺没本事。吃你喝你的……心疼。但……但俺就是一头死猪，死猪……是不怕开水烫的。"

刘鹤之脑袋像炸了一样，走到他跟前，眼睛里闪现着愤怒和果断的光芒，指着刘立夏骂："孽障，俺咋生了你这个不长出息的兔崽子。有多大的荷叶就包多大的粽子。你不孝顺也就罢了,但你也不能拿话来气俺。”说完他剧烈地咳嗽起来,随后上来夺儿子手里的酒杯,刘立夏伸手一怀拉,刘鹤之一个趔趄。身体摇摇晃晃好几下,最后一下摔在地上。

小雪连忙跑上前去扶刘鹤之,嘴里喊道:“爷爷,你咋了?你快起来啊!”

刘立夏两眼迷糊,神志像彻底发泄了欲望的嫖客一样绵软坐在那里,张口结舌:“这是咋了?刚才……还好好的,咋……咋一下就张倒啦?”

刘老太太跑过来用手狠狠戳了刘立夏的脑门一下,生气道:“你真是俺的祖宗,整天就知道喝喝,满脑子除了喝酒,就没别的一点正事?你打算喝一辈子,往后啥事也不干?”

刘老太太一看刘鹤之口吐白沫,四肢发凉,知道大事不好,连忙给刘立春、刘立秋打电话,然后打120将刘鹤之送到市立第一医院。检查结果让一家人大吃一惊,脑梗塞。医生嘟囔道:“后果严重者将引发半身不遂。”

病来如山倒,病去如抽丝。

刘立春本能地变成一只好斗的公鸡,总是抑制不住自己的攻击倾向,专揭其短,无所不至。这回她终于逮住充分的理由,像撞见鬼一样跳起来,对刘立夏横眉冷对,说话的声音像周扒皮,数落道:“屎壳郎爬到花朵上,自以为有多美。你想活活把咱爹气死,房子就归你了是不是?你一个大男人知不道害羞,他可是生咱养咱的亲爹啊!你不孝顺也罢,你在外面咋折腾都行,但不能跑到家里和爹娘作对,在他们面前充啥英雄好汉。这下好了,你把爹气成这样,你有的是钱,医药费就让你一个人出。”她的话像苹果掉在地上撒泼打滚。尽管声音不算大,但很压抑,咬牙切齿。

刘立夏低着头,声泪俱下:“姐啊,俺错了,俺是个混蛋。”他发出的声音像一声比一声低沉的叹息,这一声声叹息的含义极为复杂,后悔只是其中的一个层次,他像只刺猬缩成一团,任由别人指责、怒骂。

这时,刘立秋和何巧玲也走到刘立夏跟前,心里仿佛有千万只蚂蚁在蠕爬着,用眼睛狠狠瞪着刘立夏。

刘立秋赶紧掏出身上带来的五百块钱,说:“俺家里也没太多的积蓄,赶紧去交住院费吧!”

刘立春像刽子手一样,恶狠狠瞪了刘立夏一眼,话毫无阻拦飘出嘴:“这点钱还不够塞牙缝的,得了这种病根本没有治愈的可能,花钱就像填无底洞。”

刘立夏沉默着,耳边依旧是刘立春混沌的倾诉声,一种无法排除的空虚,在他心底慢慢滋生出来。伸出手,“啪”地一拳打在自己脑门上,骂道:“俺是个不孝子孙,是个混蛋!”

50

❀❀❀❀❀❀

只有轮回，没有止境。旧年的绿已经完结，新年的绿正在源源生发。

刘立秋要回厂承包几个车间搞经营的事，起初厂里是不同意的，特别遭到原成型车间主任任百胜的强烈反对。但后来发现，除了刘立秋根本没其他人有这个胆量，关键是拿不出巨额承包费来承包，一家人都知道此时的陶瓷行业就像一个深不见底的泥潭，万一涉足进去，弄不好会越陷越深，最后恐怕将本钱和小命也给搭进去。

知不道明天会发生啥事，所以每天都处在危机之中。

北方陶瓷厂宣布破产后，资产清理小组处理善后事宜时，特别制定一条制度，在同等价格、同等条件下，本厂下岗职工可优先承包原单位的车间和设备，并尽最大可能优先安排本厂下岗职工，以便让他们重新上岗就业。

从之生也，与忧患俱来。承包启事张贴出去后，观望者云集，蠢蠢欲动者也不算少，但到紧要关头，一个个都成了缩头乌龟。只有刘立秋像个运动员一样选择了复出，站出来态度坚决，表示要进行承包。

人心似海。任百胜知道后，跳出来千方百计进行阻挠。他有些沮丧地望着厂领导："与其承包给刘立秋，还不如将地皮连同厂房一股脑卖给房地产商，让人家开发商品房不仅能卖个好价钱，还省心省力。咱们可不能好了疮疤忘了疼，当初刘立秋可是带头上访闹事的头号元凶。"

中国当今的问题是十九世纪的问题和二十世纪问题的集结。尽管任百胜的话像乍起的秋风趺趺撞撞，但还是有好多人觉得这个主意不孬，卖给房地产商不失为当前一步好棋，兴许能多挣一部分钱。但后来又分析了一下，将厂房全部卖给开发商，开发成商品房无异于砂锅倒蒜，成了一锤子买卖，大批的下岗失业人员将无法安置，失业人员就不了业，就无法完成上级政府交给他们再就业指标，万一再引发大规模集体上访，领导怪罪下来，一家人可就吃不了兜着走。最后权衡再三，决定将北厂区的成型、烧成、特型和火车专用线对外进行承包，南厂区的办公综合服务区，包括办公楼、电影院、医院、学校、幼儿园，还有服务公司、食堂等，和房地产商讨价还价，只要价格合适，就让他们进行房地产开发，领导认为这可是一本万利的大好事。

要想练就一副绝顶超脱的本领，就不要被负面的东西所左右。就这样，刘立秋在没竞争对手的情况下，毫无悬念将北厂区的车间全部承包下来。两年后，他又倾其所有将全部资产买下来，这是后话，按下不表。

生活品质一般的生活，打磨腐蚀了多少人的温存爱意，今天却意外泛起和美的涟漪。

承包合同签订后，刘立秋本想签五年，但在儿子的鼓动下，狠狠心签了二十年。后来，他平下心仔细想了想，竟然不明白当初哪来这么大的胆量，当初这块烫手的山芋好多人躲都躲不及，唯独他大睁着眼傻儿巴叽敢往里跳。要不这片厂区没人承包，肯定又被开发商开发成一大片商品楼，乐呵呵等着收银子发大财。

卧龙总有飞的那一天。刘立秋签订合同后，心里既有发了不义之财的喜悦，又有吃了哑巴亏的委屈，但更多的是肩膀上的压力和心中的惆怅。他知道自己已逼上梁山，没有一点退路，不管前面是鲜花，还是地雷阵，哪怕是万丈深渊，也只能义无反顾往前走下去。同时一种胜利者的感觉像泰山一样涌上心头。

任百胜看到刘立秋如愿以偿承包到手，就像生米煮成了熟饭，脸上的警惕，一下又转化成汹涌的愤怒，感觉自己的命运从此成为风中之蚀。

刘立秋在厂里上班时，对成型和烧成车间都非常熟悉，包括那面墙上有电闸和开关，心里都一目了然。而现在呈现在他面前的物是人非，破败、荒芜、冷清，百废待兴。他首先想到了张爱国、高有强等一大批昔日一同下岗失业的工友们，之前曾和他们一同在车间并肩研制、生产陶瓷产品，后来像被扫地出门一样一同下岗失了业，于是他们集体到市政府上访堵大门。这一切仿佛很遥远，又恍如昨日；既感到很亲切，又感到很陌生。他清楚地记得张爱国曾对他说，如果你敢挑头办厂子，俺们都乐意跟着你闯荡。他把眼睛瞪得像灯泡，让他一下有了从痛苦深渊爬出来的可能。想到这，刘立秋心里一下鼓起了信心。

一花不是春，独雁难成行。

刘立秋风度翩翩，得益于岁月的磨砺，他首先找到张爱国、高有强等十几个人商量下一步对策，大家听到他的生产计划后，信心十足，纷纷鼓励家有千口，主事一人，要他迈开步子，甩开膀子大干一番。他们说，俺早就盼盼着你能站出来挑头干，再这样长期失业下去，连要饭都找不到门，老婆孩子更是养活不起。每月领取的失业金，也只够买馒头打酱油。再说领满两年后，这个钱没了，不找个工作干，总不能将嘴缝上不吃不喝。

一家人的笑脸和激情像开水一样，烫得刘立秋的心既温暖又难过。

人心齐,泰山移。刘立秋一下鼓起巨大的信心,随后他又到银行跑贷款,前前后后跑了十几趟却没一点结果,眼看着日子一天天耗下去,他心急如焚,情急之下突然想到副市长李怀滨。想来想去觉得李怀滨是个替老百姓说话的好干部。当时上访,他在接待室亲口说,往后若是有用得着的地方,直接来找他就是。只要是有利于齐州市的经济发展,都可以来找他。

衙门的事历来是大鱼吃小鱼,小鱼吃虾米。社会如此险恶,你要内心强大。现在官场上的人,好多人都喜欢说大话、空话、费话,咋糊弄人就咋说。萍水相逢未必不亲,同胞兄弟未必念情。事已至此,也只好死马当作活马医。

第二天一大早,刘立秋像个懂规矩的孩子有糖吃一样,鼓足勇气来到市政府,守株待兔一直守在市政府大门口,盼盼着李怀滨的出现。说来也巧,就在他站在大门口苦等死等时,突然听到一个熟悉的说话声音从不远处传来。真是踏破铁鞋无觅处,李怀滨正和别人说着话,大步流星向市政府大门走来。

天地有正气,杂赋流形;下则为河岳,下则为日星。李怀滨有晨练的习惯,早上基本不用专车接送,都是步行来上班。走到刘立秋跟前时,发现他正笑容可掬望着自己在笑,便问:“你这个同志要找谁?难道在等我?”

刘立秋处于丛林野兽的原始状态,做梦也没想到李怀滨这样平易近人,竟然主动和他说话,于是连忙走上前说:“俺是北方陶瓷厂下岗职工刘立秋,半年之前俺曾带人来堵大门上访过。”

李怀滨“啊啊”了两声,他的权力,他的地位,使他成为一个掌握着别人命运的人,他脑子飞快一想:“噢,对对,有印象。你好像是叫刘什么秋,在厂里因替下岗职工鸣不平说了句公道话,而让你下岗失了业。还为上大学的儿子每月几百元的生活费难为得抱头痛哭。”随后,又问道,“一大早你跑到这里干啥?是不是找俺有事?”

刘立秋明白,做人要学会走捷径。他脸色苍白,略显憔悴,背好像也微微有点驼,目光幽幽的,一激动便把承包北方陶瓷厂厂房,准备恢复生产和安排下岗职工再创业的事,一股脑像放连环炮般说了出来。最后像是发出邀请:“俺还想厂里投产后,生产出合格的陶瓷新产品时,请李市长去给俺剪彩呢!”

凡事有因必有果,有果必有因。或许是冥冥中有天意。没想到李怀滨竟然一口答应下来,并对他贷款恢复生产的事大加赞赏,答应贷款的事一定尽最大努力去协调。

刘立秋感动得差点掉下眼泪,心里突然有了一份炫耀,为自己曾经如此接近领导而沾沾自喜,连声道:“谢谢李市长,感谢你还惦记着俺们下岗失业职工。”

李怀滨仿佛看透了他的心思,用手亲切地拍拍刘立秋的肩膀,笑笑道:“人而无信，不知其可也。刚才俺说了，只要是有利于齐州市经济发展的事，俺这个当副市长的责无旁贷。”

刘立秋高兴地差点忘记尊卑，声音里透出一股十足的精气神。

51

齐州的阳光细细的、暖暖的，还夹着点和风。

有了李怀滨的支持，刘立秋从银行贷款似乎变得特别顺利，人家特意派专人来厂里进行专门考察，贷款的事仿佛已铁板钉钉或八九不离十。他一直忘不了李怀滨说的那句话，党的政策要在群众实践中经得起考验。

又过了两天，银行打来电话，让刘立秋尽快到银行去办理贷款手续。刘立秋听后激动地张了好几下嘴巴，但啥话也没说出来。脸上的表情如潮水般涌上来，随后又如潮水般退下去。

他突然觉得天上一下升起九九八十一个太阳，照得地上没一丝阴影。他急急火火来到银行信贷部。出面接待他的是一位副行长。这位行长看上去很年轻，最多四十出头，戴着一副金丝边眼镜，愈发显得他文质彬彬和卓有才华。他的办公室整洁、干净，地板上，桌子上纤尘不染，玻璃像没有一样透明，一盆栀子花和一盆君子兰正在盛开，散发着浓郁的香味。

这位行长像说书人一样自我介绍道：“俺叫马明，是这家银行分管信贷的行长。本来你是不完全符合贷款条件的，但上头领导打来电话，要俺们无论如何也要想想办法，支持你们下岗失业人员再创业，特别是对“4050”人员要加倍扶持。所以俺们派人到你单位对你承包的企业进行实地考察，觉得虽不完全具备大额贷款的条件，但又对你们投产后的陶瓷产品，进行综合市场分析，决定对你提出的贷款申请予以支持。为保险起见，你申请的五百万元贷款，只能贷给你二百万。”

鞋子大小只有脚知道。刘立秋“啊”了一声，把一个巨大的惊讶生生掐在喉咙里，瞬间感到一种无边无际的孤独和虚无：“俺分明要贷五百万，你们却拦腰往下猛砍，只给二百万。俺在贷款报告中说得相当清楚，只要款到位，俺们就能快速投入生产，俺们研制生产的陶瓷，投入市场后将占有很高的市场份额，保证提前将贷款如数归还。只贷给这点钱，根本解决不了实际问题！”

马明用手扶了一下眼镜，脸上的笑容像蒲公英一样漫无边际，平心静气道：“刘厂长啊，请你换位思考，也理解俺们银行的难处。有些事你也知道，朝阳集团就是通过上头领导的关系，从银行贷了上亿的款，企业通过这些钱盖起了办公楼和楼房，但到还款的时候，连利息都还不上。你想想，数亿元的款，那可不是一笔小数目，为这事差点害得俺们银行倒闭关了门。前车之鉴，俺们不得不提高警惕，说啥也不能再掉进同一条河里淹死两次。”

刘立秋身子抖得如风中的树叶，像永远不会泯灭的星星，叹息道：“马行长，俺刘立秋之所以要承包破产企业进行创业，就是不想看到那么多和俺一样下岗失业的职工，在家无所事事，使生活失去了保障。俺就不信，只要脚踏实地一门心思好好干，企业说啥也不会破了产。”

再大的烙饼也大不过烙它的锅。马明两手一摊，像个封建卫道士一样保守，无奈中摇摇头：“请你也理解俺们银行的难处，银行就是座金山银山，但也不能睁着一双大眼，把钱往无底洞里填呀！”他的话东一鳞，西一爪，没头没脑。

热脸贴在冷屁股上，刘立秋急得像热锅上的蚂蚁，脸上的皱纹像水波一样扩散。他实在想不出啥好办法来说服马明。他将眼睛看向窗外的天空，随后长长叹息起来，言辞恳切道：“这样吧马行长，今后晌俺做东请你吃个饭，边吃边好好聊聊，要是你觉得行，就按俺的贷款申请执行；要是实在不行，就按银行的决定办。”

不以规矩，不成方圆。马明笑笑：“这样不好吧，饭就免了，咱们有事说事。”

拿得起放得下，方为英雄。刘立秋此时像个无助的孩子，只能打肿脸充胖子，口气财大气粗：“俺虽说也是个下岗职工，但请你大行长吃顿饭的钱还是有的。马行长千万不要推辞，到时一定赏光！”

马明有着鹰一样锐利的眼神和狗一样敏感的嗅觉，推辞一番，便爽快地答应下来：“恭敬不如从命，那就勉为其难吧。”

人生精彩又简洁，像一幅幅速写画。后晌，刘立秋特意安排在齐州市最好的饭店天上人间大酒店，出入这家酒店的人，大都是在本地有头有脸的头面人物，不仅接待标准高，还能洗浴按摩等等一条龙服务。

马明似一刻都不能缺乏生活那样，果然守信用，下班后准时来到预定的房间。不过来的不是他一个人，还带来信贷科的正副科长，还有三名身材高挑、打扮入时的妙龄女郎，而刘立秋带来了张爱国，让他在酒席上倒酒倒水忙活一下。

入座后，马明面带微笑，不卑不亢道：“刘老板啊，今后晌这酒你说咋喝？”

成熟的稻子总有弯腰的时候，刘立秋一愣，心想还能咋喝，倒在杯里一口一口往嘴里喝呗，但话到嘴边却变成：“今后晌这酒咋喝，马行长您说了算。”

马明双手一拍，像橘子树上结满了果实，大声道："好，刘老板痛快，看来也是个爽快人。这样吧，你先干一杯表示你的诚意如何？"

刘立秋知道有多大的荷叶就包多大的粽子，听后他一下糊涂了，还没敬客人自己先喝一杯算咋回事？他心里揣着热切的情感，却又彼此看着对方的脸色。马明已把话挑明并且撂在这，不喝他肯定不同意，但他还是客气一番，端起酒杯道："还是俺先敬马行长吧，要不会被人家笑话俺不懂人活。"见马明一个劲直摇头，便说："那俺先干为敬。"说完，一大杯酒一饮而尽。

就像去刻意导演一般，马明望着刘立秋哈哈大笑，惊呼起来："刘老板海量，果然是个爽快之人。"他一挥手，喊过一个长得并不十分漂亮，但却打扮时髦，有几分妩媚之气的女服务员，她腹部高高耸起，正用挑逗的眼神看着马明。随后走过来给刘立秋倒满酒，然后端在手里，娇滴滴道："刘老板，俺也先敬你一杯。"说完，一扬脖子一杯酒底朝了天。

刘立秋脸上一下流露出对眼前的一切感到不真实的惶惑，喝也不是，不喝也不是。一看马明反客为主，先敬自己，一下有种受宠若惊的感觉，赶紧端起酒杯也一饮而尽，一杯酒下去呛得他龇牙咧嘴直捂腮帮子。两杯下肚，刘立秋头脑晕晕乎乎。这时，又听信贷科长说："刘老板啊，俺也来敬你一杯。"没等刘立秋反应过来，一杯酒底朝了天。刘立秋不敢怠慢，深深地叹口气，定定情绪也一饮而尽。三杯酒下肚，连口菜也没顾上吃。这时他肚子里已开始翻江倒海，但他依然强打精神，强装笑脸，面带微笑看着每一个人。这时，信贷科副科长也站起来说话："刘老板，行长和科长都敬了酒，这下该轮到俺敬你。"说完，一杯酒又是底朝天。

刘立秋知道请神容易送神难，事情已到这步田地，一炷香烧不到，事情就会前功尽弃。他站起来二话不说，慌忙喝干杯中酒。

几杯酒下肚，刘立秋喝得迷迷糊糊，但也不能怕肚子疼就不生孩子。他脑子里还是塞满贷款的事，问："马行长啊，贷……贷款的事……"

马明端起酒杯，一挥手："酒杯一端，政策放宽；称兄道弟，可以破例。"

刘立秋一听喜上心来："俺敬马行长一杯。"

马明那双阴鸷的眼睛，时刻盯着刘立秋那张白得发绿的苦瓜脸："不急，不急。刘老板啊，为表示你贷款的诚意，你喝一杯，俺就给你增加五十万，如何？"

刘立秋一下愣住了，张着嘴，不说话。马明鼻子一哼道："没有戏，你拿啥展示你的艺术你的才干？没有戏，你就成不了名角。"

"好，好啊。马行长可要说话算话！"刘立秋抬手抓过两只酒杯倒满酒，端起来一饮而尽，"马行长，你看好了，五十万。"说完又端起另一杯，又喝干了，"一百万，加前面的二百万，三百万。"说完，一下趴在桌子上。

张爱国犹豫着，内心极其反感：“马行长，俺刘老板不能再喝了，要不俺替他喝。”

马明眉毛一扬，斥责道：“你算老几，滚一边去。”随后，用手拍拍刘立秋的肩膀：“刘老板啊，从现在开始，你再喝一杯，俺就多贷给你一百万。想不想要啊？”

人生真是悲苦。像是打了一场怪升级的游戏，刘立秋不知从哪窜出一股劲，抬起头让服务员倒满酒，说：“马……马行长，你……你要说话算……算话，喝下这杯就是四百万了，再……再倒上一杯……”

人总是贪婪，总是想拥有太多。马明的脸上是密密麻麻的喜悦和疯狂过后的满足。

52

❀❀❀❀❀❀

像坐了一次惊心动魄的过山车一样。这场酒让刘立秋大醉三天不省人事。要不是张爱国送他回家，晕头转向的他，根本分不清东西南北，找不到回家的路。

事后想起这件事，心里怕得要命，他竟知不道当时哪来这股邪劲，眼都不眨一下，就像赤膊上阵背水一战的士兵，抱着必死的决心开赴疆场。

阳光斜射进来，房间里像是过度曝光的底片。何巧玲看到刘立秋醉成一摊烂泥，心里怕得要命。她两手捂着脸颊，两片嘴唇抖得如风中的树叶。万一喝出个毛病来，真是造孽啊！她在家既要伺候刘立秋，还要到医院去给公公送饭，忙得她焦头烂额，顾了头顾不了腚。

刘立秋吐得一塌糊涂，吐完倒头就睡，鼾声如雷。不用说吃饭，就是喝口水，转眼就吐出来。

何巧玲找来好几条毛巾，在脸盆里洗好拧干放在刘立秋的额头上。她嘴里一个劲嘟囔：哪里的毒蛇都咬人。老天爷啊，谁让你出去逞强，喝成这个熊样，简直命都不要了。你要有个三长两短，这个家可咋办？还有躺在医院病床上你的亲爹咋办！打肿脸充胖子，知不道天高地厚，大不了这个厂子咱不承包拉倒，总不能为这点破事连命搭上！

担心如同一座大山铺天盖地压过来。何巧玲看到刘立秋迷迷糊糊睡着了，赶紧做好饭往医院跑。来到病房时刘立春恰巧也刚到，两句话没说完，就见护士进来高声喊："32 床刘鹤之，谁是你的家属？让他们赶紧到住院部交押金，要不就停药了。"

刘立春绷着脸，说话的声音很生硬："夜来不是刚交了一千块钱，一天的工夫就没了呀？你们这是用药，还是吃钱？"

护士眼皮都没抬，冷冷回答："用的啥药账单上都明明白白写着，瞪起眼自己看。病人还是这种状态，你们多交点，免得天天跟在你们腚上要。"

刘立春自高自傲，话毫无阻拦从嘴里飘出来："行了行了，俺交钱就是。说那么多废话有啥用！"

护士白了刘立春一眼，转身气呼呼走了。

何巧玲不冷落，也没过多的热情，无缘无故突然感到比死了还要难受的空虚。家里几乎没一分钱了，为承包北方陶瓷厂，他们已经砸锅卖铁，已经债台高筑。为了贷款，刘立秋喝得到现在都不懂人事。一说到钱，她就条件反射，心里就开始打鼓，随后一脸愁容。

刘立春的嘴跟刮风似的，总爱鸡蛋里挑骨头，在任何时候都乐意抢夺话语权，是个彻头彻尾的语言霸权主义者。她说的话就像木匠，总是一锛砍到墨，总是盛气凌人从不转弯抹角，她说："弟妹啊，人家跟在腚上要钱，你说咋办？俺嫁出去的闺女泼出去的水。再说俺一直没工作，你姐夫也下了岗，现在十字路口举小旗当临时工的协警，每月工资满打满算除去养老保险、医疗保险才刚刚六百块，也就够买馒头打酱油的，这么多年家里也没一分钱积蓄。老二立夏吧，是个拉完屎屁股都擦不干净，偷瓜连青熟都分不清的人。年前倒腾煤想发大财，结果财没发上，赔的连裤子都提不上。整天躲在家里喝酒，喝得醉生梦死耍酒疯。要不是他不长出息，能把咱爹气成这样，凭啥别人弄得满裤子屎，非得让咱们替他来擦！话又说回来，立夏现在连住的地方都没了，饭也吃不上，只要不去偷银行他哪来一分钱？立秋是家里的长子，长子就是家里的老大。瘦死的骆驼比马大，你们现在又是承包企业，又是从银行贷款，从牙缝里弄出一丁点，就够咱爹的住院费。弟妹啊，俺这个人说话直来直去，你可别嫉恨俺。"

嘴大并不意味着无脑。刘立春绕来绕去，声音像从远古传来，听起来像是禽流感患者。把自己和刘立夏摘脱得干干净净，却把皮球直接踢到刘立秋怀里。她觉得此时就像一颗被狂风吹得摇摇晃晃的小树。

何巧玲早就看出刘立春小题大做的心思，心里十分不悦："他大姑说的忒对了，立秋是男孩子中的老大不假，老大就该有老大的样子。俺家是承包了企业，也准备从银行贷款，为了贷款，刘立秋被银行的人灌得到现在还躺在家里不省人事，而钱的影子啥样谁也没见到。再说孝敬爹娘也没说只有男孩子才能孝敬，女孩子就可以撒手不管。男孩女孩都是十月怀胎，哪个孩子都是爹娘生，爹娘养，都是爹娘一把屎一把尿拉扯长大，孝敬父母都有责任和义务。再说家里的真正老大应该是你才对，而不是刘立秋。你们咋做俺不管，俺也管不着，但俺和刘立秋一定有一份心尽一份力。”她说这话的时候，身体里慢慢注入一种迟钝的快感。

人有了隔阂，咋看对方都不顺眼。何巧玲将刘立春说得哑口无言，她的眼神飘忽得像风，像风中的柳絮，知道这个大姑姐姐平时得理不饶人，就像一个怨妇，在家里家外从来就不是一盏省油的灯。年前到夜市上拿走一件衣裳，不用说给钱，连句客气话都没有，好像这个社会所有人都亏欠她的，唯独她不亏欠别人。她的怨气理所当然，别人对她付出天经地义。

刘立春像挨了外星人的导弹，突然感到焦灼不安无依无靠。她已经习惯别人对她的包容，根本没想到何巧玲也会来这么一出。她张了好几下嘴，气得一句话也说不出来，瞪了何巧玲一眼，心里骂：今天太阳从西边出来了，不叫的狗张嘴也咬人。以前无论说啥，她这个弟妹都很随和很迁就，从不往她嘴里塞蚂蚱，今天却火气十足一反常态，真是三十年河东，三十年河西。还没成企业大老板，说话口气就大得吓人，要是真成了大老板还吃人不成？事已至此，谁也不想再撕破脸皮，刘立春抬起腚气呼呼甩下一句话：“俺要不是这个该死的老大，一辈子也不会这么倒霉。”

这时，她眼睛里全是眼白，几乎看不见黑眼珠，话还没说完，身子就开始哆嗦。使劲瞪了何巧玲一眼，拔腿悻悻地走了。

53

❀❀❀❀❀❀

下午的阳光薄薄的如同一层尘埃般的颗粒，洒落在窗外的西墙上。

马明说话算话还真是个爷们，虽说在酒场上说的话是酒话，但他到底没食言。仅过了一天，就打来电话，让刘立秋赶快去银行签订贷款合同。

刘立秋醉得不省人事，嘴里还往外吐黄水，酒仍然在肚子里翻江倒海的厮杀，将他的肠和胃一段一段在绞断。此时楼下的汽车像受到惊吓的动物在惊恐地鸣叫。何巧玲像天底下所有女人一样，独自黯然感伤，默默哭泣。

电话是张爱国接的，他不敢怠慢，张口气喘跑来告诉刘立秋，可叫了半天还是昏迷不醒。张爱国看在眼里，急在心上，嘴里嘟哝道："这个贷款简直是用命换来的。万一有个三长两短，这个代价也忒大。"他的心情像秋天的草蜷缩起来。

刘立秋两眼发直，躺在床上，心力交瘁。

气得何巧玲牙根都疼，真想冲上去狠狠地踹他一脚，埋怨道："这个刘立秋真是个亡命徒，以前他可从来没这样喝，好像身子不是他的，而是别人。"

张爱国目光躲躲闪闪，说话闪烁其词，也跟着叹息起来，替刘立秋抱打不平："现在的领导不查都是孔繁森，一查都变成王宝森。当时你不在场知不道，那场面可吓人了。他们银行的人，一个个轮番和立秋一个人喝，不喝就不贷给款，一喝就是一大杯。一后晌俺就跟吃了屎似的。"

何巧玲在焦虑、忐忑不安中仔细听着刘立秋的呼吸，心里充满了悲伤和愤懑，埋怨道："你咋不拦挡一下。他们坐不掏钱的车，吃不掏钱的饭，喝不掏钱的酒。人家人多势众，一个人咋能喝过他们？"

张爱国意志消沉，脸色憔悴，心里充满了委屈，喃喃道："见庙就得拜佛，少拜一个出门就会绊倒。俺说话狗屁不顶，根本拦不住。那个行长呲起燎牙像要把俺吃了似的。俺想替立秋几杯，但人家根本不同意，说喝了也是白喝，还得重新倒满。不求人办事都是熟人，一求人办事就成了素不相识的生人。怪不得有人说，这是最好的时代，也是最孬的时代！"

何巧玲的牙关开始抖动起来，显得无望又无奈，她用极其复杂的目光看了刘立秋一眼，眼里立马滚出两行泪水。昨天她和刘立春在医院不欢而散，回到家翻箱倒柜也没找出几个钱，有心出门去借，但想了一圈，身边都是清一色下岗职工失业职工，谁家都拖家带口、日子过得都巴巴结结，哪有闲钱放在家里用不着。刘立春气呼呼地走了，她回家到底能拿多少钱还是个未知数，说不定一气之下两三天再也不露面，也有可能。刘立夏眼下是铁丝拴豆腐，根本不能提。算来算去千斤重担还是压在她肩膀上，最终实在没办法，才跑回娘家让哥哥和弟弟凑了一千块钱，然后马不停蹄跑到医院交上，这才松了一口气。

何巧玲看到刘立秋醉得还是昏迷不醒，仔细琢磨一下，不寒而栗。急得像热锅上的蚂蚁，心神不定。他又不醒，这可咋办？

张爱国内心灼热，理想如同风筝在天空飘扬，劝道："别着急，着急也没啥用。等吧，等立秋醒来一切就好了。再说银行的人就认立秋，别人去签字白搭。哎，世上最难吃的是屎，最难求的是人啊！"

何巧玲尽量让自己的语气变得柔情起来，声音里有诚挚的感觉："怨到无可怨，恨到无可恨又能咋样。现在厂里有多少人上班？他们的情绪咋样？"

张爱国听后"啊"了一声，这才不慌不忙回答："目前厂里还没投产，只是在做投产前的准备工作，投产后大约需要二百多人吧！"

"二百多人？"何巧玲脸上没一丝笑容，眼里却充满了深深的疲倦，心里的惊讶曲曲折折浮到舌头上，"当时俺在丝绸厂上班时，全厂干部职工加起来不过五六百人。对了，立秋有没有说，企业叫啥名字？总不能也叫北方陶瓷厂吧！"

张爱国笑笑回答："准备叫齐州市振华陶瓷有限公司。振是振兴的振，华是中华的华，意思是振兴中华陶瓷。这个名字起得很响亮，一家人听了都说好。"

何巧玲像一头孤独的骆驼，在漫漫沙漠里无助地蜷缩着身子，仿佛是自言自语，又像是位思想家苦思冥想，她的下巴一直在轻轻地颤动着，像是努力克制着一场瞬间涌起的咳嗽，过了好一会才说："振华陶瓷有限公司？这个名字起得是不孬，以前他回家咋一次也没跟俺提起过！他这个人也没啥大毛病，就是嘴巴上了一把锁，回家啥事都不说一个字。就说他和银行的人喝酒这件事，你要不说，俺一丁点儿都知不道，没想到在紧要关头，他连命都不要，喝酒往死里喝。"

张爱国目光忧伤地看着她，似乎有千言万语要说，却又无从说起，憋屈了好一会才张口道："当时那种情况就算神仙在也没好办法，换上谁都那样。关键是现在咱有求于人家，人家是大爷，根本不听咱的话。"

"他这个人看上去傻儿八叽像缺心眼，但在关键时候堵枪眼比谁跑得都快。"何巧玲像祥林嫂一样唠叨着，持之以恒地期盼着，感到前面像是一个貌似深邃的山洞，只要踏上一只脚便会跌入无边无底的十八层地狱。

张爱国脸上浮现出一丝微笑，好像快乐不是浮在他脸上，而是长在身体某个隐秘部位："这话你说到点子上了。以前俺和立秋在成型车间时，虽说他是车间副主任，俺是他手下一个工段长，但他从不摆谱拿架子，和底下车间里的人打成一片。厂里莫名其妙让他下岗，俺们一家人都知道他是替别人背了黑锅。现在大家一听立秋承包了厂子，都乐意回来跟着他干。人心所向，不能总让老实人吃亏。"

志合者，不以山海为远。何巧玲心里很感动，眼含热泪，目光炽热："立秋能有你们这帮兄弟姐妹，也是他这辈子的福分。"

张爱国听后脸羞得像孙猴子的屁股一样红，张张嘴想说啥，但最后啥也没说出来。

54

❀❀❀❀❀❀

坎坷与苦难把人磨砺得坚韧而豁达。

刘立秋到银行签字办理贷款手续时，已是银行打来电话的第三天。这天他起来时浑身软弱无力，被人抽了筋般，像熊一样笨拙地在寒风中游动。两腿无力也就罢了，头昏脑涨，眼前金星乱蹿，就像刚到十八层地狱走了一圈，刚返回阳世。

路未畅，桥未通。走到银行门口时，刘立秋抬头看到银行大楼在绿树草坪鲜花的烘托下，显得苍老悠然尊贵。他双手扶着墙感觉像刚从西藏高原回到内地，大口大口喘着气，似笼罩在一层淡淡的雾霾中，显得更加沉闷。他定定神，提腿迈进银行大厅的旋转门。

马明出来上卫生间时，在走廊里正好迎面碰上刘立秋，前几天那场酒，如同四散的尘埃，他连忙将刘立秋让进办公室，并亲自倒上一杯茶水端到刘立秋跟前。

马明拍拍刘立秋的肩膀，脸上浮现出和蔼的表情，语重心长道："刘老板啊，喝酒玩的就是心跳。看上去你其貌不扬像个闷嘴葫芦，没想到在酒场上却是顶天立地的爷们。海量啊，真是海量！以前吧，也遇到不少像你一样的情况，好多人一激动，喝下两杯后就钻到桌子底下。过几天又屁颠屁颠跑到俺这死缠烂磨，最后实在没办法，还是想办法把款贷给他们。像你这么实在这么认真，真是不多见。"马明说这话时，带着问号也带着兴奋。

生性耿直办事认真的刘立秋，性格像石头一样坚硬，他一脸痛苦状，连忙回答："马行长，俺一直在企业上班，根本没见过啥世面。你就是给俺冬瓜大的胆子，也不敢拿你的话当耳旁风。前几天喝酒，俺那是舍命陪君子，结果酒量不行出了大丑。一醉就是几天几夜。现在一说酒，俺心里就反胃，就想把五脏六腑一块吐出来。"

拥有相似的面孔，丝毫都不陌生，马明啧啧惊叹着："刘老板真是海量，俺现在是独眼龙看书，对你侧目而看。没想到你这么实在，你这个朋友俺交定了。俺看中的就是你这个实在劲。"说完，不紧不慢迈着八字步走到办公桌前坐下，随手从桌上抓起一包软装中华烟抽出一支，另一只手里的打火机"叭"地一声，蹿出一股火苗，将烟点着，开始吐烟圈。随后，他沉默地像口深不见底的老井。

没有声音，没有回答，一切都静悄悄的。

刘立秋等得心急如焚，一想起事情才刚有点眉目，就算面前有一桌子佳肴美味也如同嚼蜡。但他又不敢贸然插话，怕九十九拜都拜了，最后不能坏在这一哆嗦上，千万别再生出其他祸端。要是那样的话，那场酒白喝了不说，自己遭的罪也白搭上。听着马明的呼吸让他诚惶诚恐，像田野里的羊看到狼的亲近。他咳嗽的时候，手抖得厉害，止也止不住。

马明慢腾腾抽完一支烟，脸上终于收敛了张扬和放肆，开口道："刘老板啊，按你的贷款条件根本不具备贷这么多款的要求，因为你的企业到现在也没开工生产，没有产品就没利润。贷这么多款给你，银行是有巨大风险的。俺心里一直担心，夜里想起这事俺都睡不着觉。但是你我上头的领导都发话了，要对你再创业大开绿灯。俺们也只能按照领导的最高指示办事，尽最大努力满足你的要求。当然，你这个人也是个实在人，更是个有能力的人。日久天长，俺也担心你会和人家一样，结果不光把钱吃瘦了，还吃出一脸皱纹。再说那后晌，你喝酒的豪爽劲，也实实在在感动了俺，并亲口答应你的贷款要求。君子一言，驷马难追。今天咱就签字盖章，履行诺言。"

刘立秋阴暗的命运，和眼前的一切都结合在一起，包括他的思想和感情，都毫无保留渗透在一起。他听得提心吊胆，怕马明翻手为云，覆手为雨，在合同没签订，钱没到手的情况下，一切事情随时都可能发生变化，这种事情听说过不止一两次，都是眼看着事情就要成功，却又一波三折，煮熟的鸭子还是让它飞了。最后听到马明信誓旦旦说如数贷款并履行诺言时，一颗高悬的心终于放下来，激动得恨不得长出根尾巴来摇。他头也不疼，脑袋也不再胀，身子突然变得好受起来。他知道那场酒没白喝，自己遭的这场罪也没白搭上。

人啊，总是先观望然后再等待。他知道自己没本事喝杯茶就能把事搞成，赶紧抬起腚，快步走到马明办公桌前，像是要握手表示感谢，又像是向人家鞠躬。反正激动地他那个狼狈样都无法形容，说话的动静充满了颤声："马行长啊马行长，你是俺这辈子的贵人，更是俺们振华陶瓷有限公司的贵人。有了你和银行的支持，俺们振华陶瓷有限公司保证认真履行贷款合同，保证贷款期限内，连本带利一分不落还给你们。"

山南之竹，不操自直。斩而为箭，射而则达。马明听了脸绷得很紧，没一丝破绽，口气硬得像公路边的路牙石，他说话的口气不紧不慢，像一万年太久，只争朝夕一样："俺把丑话说在前头，只要合同一签，就像签下生死状，到时候白纸黑字谁也无法抵赖。如果你要还不上贷款，俺就让法院查封你的公司，变卖你的财产，到时你可不要怪罪俺翻脸六亲不认不讲情面。”马明的话似宽阔的田野里生存着像风一样放荡的灵魂。

刘立秋赶紧献上笑脸：“请马行长一百二十个放心，现在你帮俺厂子渡过了难关，俺和厂子里的那些下岗职工会感激你一辈子，啥时候都忘不了你的大恩大德。到时俺就是砸锅卖铁，保证一分不少把钱还给你。”他的话好像是对庙里的菩萨，不能少了香火，不能只拜观音，不拜圣贤，见庙烧香，见佛磕头，心诚则灵。

马明微微一笑：“一言为定。”

刘立秋使劲点点头。

马明终于下定决心，语气坚定道：“签合同。”

刘立秋还是使劲点点头，激动得一句话也说不出来。

55

❀❀❀❀❀❀

西山边那几根大烟囱使劲喷吐着浓黑的烟云，使落日的西天蒙上一层浓密的黑纱。

刘立夏事事不顺，躲在家里借酒浇愁，喝完酒开始耍酒疯，他就像一只从里往外烂的苹果，只留外头一层皮勉强还是好的。把爹气得住进医院后，这几天他痛定思痛，觉得自己很不像个爷们，就像死狗撮不上墙头一样，成了人见人烦的窝囊废。

他的心压抑地如同黑夜一样，任何动静都会让他不适应。想想自己窝窝囊囊不成功的人生，心烦意乱。想了半天也想不明白，自己这些年究竟都干了些啥？羊肉没吃成还沾了一身膻，就像许多男人一样，事业上虽然不成功，但后头却撅了尾巴，前头翘了鸡巴，自毁了自己的锦绣前程。

刘立夏在家里像只避猫的老鼠畏畏缩缩，感觉就是在大街上被人扒光了衣裳羞耻恐惧。梁娟到广西已三四个月，年前没捎回一句话，年后仍然没她任何消息，在外简直成了空气。她在那里到底做啥，混得咋样，一无所知。儿子也和自己反目成仇，现在连家都不回。刘立秋神情恍惚，像是在梦中游荡。想了半天，才知道儿子为啥不愿意回来见他，关键现在没有家，一个没家的人，儿子也肯定找不到家，更找不到回家的路。女儿小雪倒是天天在身边，但她一天天在长大，到现在连户口都没落下，眼看十岁了还是上不了学，看到她忽闪忽闪地大眼睛，心像被人扭住了一般，内疚得一塌糊涂。

他站在窗前，一阵风吹来，楼下那几棵高大挺拔白杨树的叶子嗦嗦作响，树下的影子也随之在嗦嗦晃动。想想好端端的一个家，现在一家人却天各一方，到了妻离子散之地步。刘立夏知道，这一切都是他一手造成的。鹿死其茸，虎死其皮。想当初，要是没超生小雪的话，他的家庭肯定也不比别人差多少。就算有了小雪，他不心血来潮停薪留职，打肿脸充胖子非要下海经商，特别是头脑发热，偏听偏信认为倒腾煤能发大财，他的家庭也不会折腾到如此地步。好像眼前的这个世界只有他一个人在战斗，就像唐吉诃德。就因为自己觉得是个人物，才做出那么多荒唐的事情来。以至把老爷子气成脑溢血住进了医院。万一引出其他事端，他就是跳进黄河也洗不干净。想到医院探望一下，又怕再惹老爷子生气，只得躲在家里钻牛角而无能为力。

就在刘立夏眼睛长在尾巴上，只看天不看地，觉得他的人生已走进人生的死胡同，活着除了丢人现眼外，其他再没丝毫可用之处时，厂里突然来了通知，让他明天一早到厂里去一趟。他一下愣在那里，眼睛更加迷蒙。完全被通知的事给绕进去了，云里雾里脸上的肌肉既紧张又扭曲。想了半天，也没想明白让自己去的理由。这些日子，他就像被人遗忘了一样，啥事也没人愿意和他说一声。今天太阳真是从西边出来了，还让他专门回到厂里一趟，说有事要和他说。

刘立夏无精打采，心像一个口干舌燥的搬运工去喝工夫茶。现在自己混得还不如大街上收破烂的人，至今也没混出个人样来，就是捂着狗皮，也没脸回去再见江东父老。但总躲在家里无所事事，也不是长久之计。便在小雪的催促下，做贼心虚般回到厂里。

来到厂门口时间尚早，便到卖早点的摊子上要了两个灌汤包和一碗油粉。他伸手抓起一个灌汤包，狠狠咬了一大口，现时肥油顺着手腕流下来。他快速伸出舌头去舔，这一切就跟街头要饭的毫无两样。

赤脚的不怕穿鞋的。来到厂里一看，来的人还真不少。刘立夏很纳闷，不知咋回事，心一下忐忑起来。他最怕人家问现在外面混得咋样，最好一家人把他当成空气才好。看到一家人叽叽喳喳交头接耳议论纷纷，心里实在沉不住气，便找到之前在一个车间上班的同事，问今天让咱们回厂到底有啥事？

那人白了他一眼，大惑不解，反问刘立夏："锅里的水都烧开了，鱼儿竟然还没感觉到？真是孤陋寡闻，这些年你把心思都放哪去啦？"

那人说的没头没脑，刘立夏听得一头雾水，只得像只虾米般蜷紧了身体。他心里本来就觉得低人三等，在人家面前表现得更像个做错事的孩子，一时有些不知所措。他根本不敢和人家理论，像做了贼怕人家揭他伤疤，只好“啊啊”了两声：“俺不大明白才问你，要是知道了谁有闲工夫问这些破事。”

那人脸上一下痛苦起来，声音像温柔的叹息：“咱厂也塌天了，今天让咱们来，是宣布企业破产的事。你说咱都四五十的人，企业破了产，咱就得下岗失业，就成了没娘的孩子，往后的日子可咋过呀！”

刘立夏嬉皮笑脸，听后一下变成俺是流氓俺怕谁的派头。这个社会变化之快就像疯狗，逼迫人们只能展开无限的想象力。他听后倒没太多的震惊，厂里存在与否对他来说好像没太多的关联，当初要不是私自调动他的工作，并且每个月扣除他一半的工资，他也不会轻易停薪留职，从而让他走上一条不归之路。他这么一想，倒觉得企业破产活该，只有企业破了产，才能解除他的心头之恨。反正企业对他来说已没太多的吸引力，在自己生活和工作最困难的时候，企业不仅没向他抛出橄榄枝，反而一脚将他踢进了万丈深渊。他大张着手臂，像十字架上的耶稣，心里不由念叨起来：“你们无情，老子也无义。赶快破产拉倒吧，谁让你们把事情都做绝，多行不义必自毙。”他的这些话不是一句普通的气话，而是积郁已久毒誓般的话语。生活中的他和工作中的他，隔着时间的河流互相注视。他辞职下海，以为找到了金钥匙，多次碰壁后才知道，这哪里是金钥匙，分明就是紧箍咒，是幽冥中看不见的一张血盆大口，随时能让他生不如死的恶毒咒语。

事已至此，没必要再前怕狼后怕虎。刘立夏斜着眼睛像是国民党军统特务往周围瞟了一眼，如释重负。多少天来的郁闷得到极大释放，就像突然搬开压在他心头上的一座大山。他低着头，轻易不再和任何人主动搭讪。看到别人投过来的目光，像要把他看穿，不由心里一阵胆寒，期盼这次会议赶紧结束。他如坐针毡，不想多待一分钟。

刘立夏神态十分镇定，嘴角甚至泛起一丝嘲讽的笑意。做梦也没想到，这次将他们召集在一起商量企业破产后，关于赔偿的问题。这在某种程度上成了他暗夜行路时，遥远但隐约可见的火把，尽管一时无法直接给他照明，起码让精神为之一振。他一听有赔偿，这才静下心听得聚精会神。

厂长完全没了往日趾高气扬的派头，精神不振。他说：“根据企业破产法规，企业破产后将对企业职工进行破产补偿。补偿数额将根据参加工作的工龄长短，参加工作时间长的补偿多，参加工作短的补偿少。工龄不足一年的，将不在补偿范围之内。现在企业已根据国家法律规定，在企业破产前进行综合评估和公示，公示结束后，进入补偿程序。”厂长的语气和表情，好像都惊讶于对市场经济的深仇大恨。

背后谁不说人，谁又不被人说。刘立夏幸灾乐祸，反正他有的是时间，他要学女娲补天。厂长讲完话，他使劲拍巴掌，热烈欢迎并祝贺企业早日破产。只有企业破了产，他就和别人一样，同是天涯沦落人，都处在同一条起跑线上，谁也不用笑话谁。

忍耐让一个人的目光和思维变得深不可测。刘立夏像一尊黑色的雕塑守在天堂门口，他心里最关心的还有一件事：企业破产后，能得到多少补偿，手里有了大把人民币，才是解脱目前困境的唯一办法，才能活得理直气壮。

他的这种咒语仿佛是从潘多拉盒子里放出来的，具有无限衍生能力。

56

❀❀❀❀❀❀

这个社会就这样，人在江湖必须适应市场变幻，人情冷暖，金钱万能的氛围，还要学会投机取巧、唯利是图和逢场作戏。

银行的贷款第五天才到位，刘立秋对刚刚成立的齐州市振华陶瓷有限公司的成型车间、烧成车间进行全面技术改造。虽说当时的北方陶瓷厂在江北地区首屈一指，并且在高档陶瓷方面也远胜景德镇陶瓷一筹，因为景德镇主要生产艺术陶瓷。但最近这些年，企业经济效益一路走下坡路，以至大批一线工人被迫下岗失业。厂里无暇顾及也根本拿不出资金，对高科技陶瓷产品进行研发，以及对生产线进行技术改造和升级。设备一旦闲置下来，很快就成为一堆废铁，而烧成车间的窑炉，因年久失修，有的破损，有的倒塌，不进行彻底维修改造，根本不可能投入生产。

刘立秋的目光里闪烁着隐隐地倦怠与茫然，他对人员进行分工安排，张爱国负责成型车间，高有强则负责烧成车间。

刘立秋镇定果敢的语气，让人一下意识到他的伟大和不屈。他语重心长对他们说："头三脚难踢。这三脚能不能踢好，就像千斤重担压在俺肩上，同时也压在你们肩上。咱们既然承包厂子带领下岗职工再创业，咱就要有创业的样子，把命豁上也要把头三脚踢出点名堂来，踢不好枉费了一家人对咱们的殷切希望。咱们一定要像三英斗吕布那样，齐心协力。"

"瞎子走路，不分昼夜。"张爱国表态道，"干成型，俺轻车熟路，保证再过三天，最多五天就能开车生产。一家人心里早就憋了一口气，就像刚才你说的，就是豁出命也要把工作做好。现在又不是国有企业大呼隆，吃大锅饭的时候，大家都非常珍惜这次重新上岗再就业的机会。”

高有强不善言谈，也附和道：“对对，烧成车间是产品是否合格的重要一关，也是最后一关，俺保证不出一点差错。”

刘立秋像海洋公园里竖起身子顶球的海豚，看看张爱国，又将目光转向高有强，口气坚定：“小心驶得万年船。咱们要一荣则荣，一损则损。现在咱已被逼上梁山，就像离弦的箭，出膛的子弹，没有一点退路。咱可不能遇见一条小河流，就让自己翻了船。”他说这些话的时候，语速缓慢温文，里面还多少有那么一点点的机智幽默。

说完，三人不约而同将手放在一起，六目相视，跃跃欲试。他们的笑声里有种真诚惜福的感慨！

刘立秋在车间转悠了一圈，然后精神抖擞回到办公室。之前，这间屋子是任百胜当成型车间主任时的办公室。睹物思情，往事历历在目。

古人总是在历史的长河中，不经意间为后人留下一些端倪。当时他竞争上岗来到烧成车间上任副主任后，任百胜不让人给他安排办公室，眼里根本就没他这个副主任。有时班组长都知道车间里的大事小情，而他却像个聋子，啥事也知不道。好多事情都被任百胜捂得严严实实，在他的眼里，自己就是车间一名普通工人而已。想想当初任百胜眼里放光的那个贪婪劲，回想起来不寒而栗。

三十年河东，三十年河西。时间刚刚过去不到一两年，事情却有了翻天覆地之变化，当初叱咤风云的，现在却落寞无寂；当初落寞无寂的人，却一下被推到了前台。

刘立秋尽管谈笑风生，但声音里还是有一丝苦涩，他苦笑着摇摇头，突然想起一句话，风水轮流传。这一切就像佛教讲究因果报应一样。他仿佛隐约看到任百胜的背影，感觉到他身上依然有一股寒气。

一雷天下响，处处皆知。一下被推到前台，并且成了这场戏的主角，刘立秋知道穿新鞋走老路，又会重新走进人生的死胡同，企业要想有大的发展，必须进行革新。他突然想起莫非的环球陶瓷厂，这个名不见经传的乡镇小厂，只能小打小闹生产普通日用陶瓷，企业不死不活，奄奄一息维持生命。后来他来到这个厂后，主张技术和产品改造，帮助环球陶瓷厂研发并生产出无光釉陶瓷系列，从而在市场上一炮打响，就靠这个系列产品，给莫非带来源源不断的经济效益。当初，莫非红口白牙信誓旦旦夸下海口：只要研发出新产品，在市场站稳脚跟后，就对他进行重奖。但谁也没想到，莫非所谓重奖只是区区二百块钱。一泡尿憋不住屙在裤裆时,哪里还有啥尊严。当时他家里急需用钱,没有钱,家里将面临无米下锅的困境。想想,他也知不道自己当时哪来的勇气,连眼皮也没眨,愤然提出辞职。

刚才飘在天上的那几片像棉絮一样的云彩,不知被风吹到哪里去了。钱损失了尚可重新积蓄,历史机遇的错过却永远难以弥补。现在东借西贷终于有了自己的企业,研发新产品成了企业赖以生存下去的当务之急。

刘立秋黑红的脸上浮现出浓浓的喜悦,他在办公室里走来走去,认真思考着,仔细琢磨着。突然想起北方陶瓷厂曾生产过两批雨点釉,又名油滴釉,系天目釉的一种。原产于齐州陶城,始于宋代。因漆黑的釉面上星布着斑点而得名。这种釉是我国传统名釉之一,此釉源于宋代,清朝时达到鼎盛时期。后来因为八国联军进犯中国,特别是山东先后又被德国和日本殖民掠夺与破坏,雨点釉瓷器的生产技术一度失传多年。为保护和传承雨点釉这一传统工艺,刘立秋思考着怎样将前辈陶瓷传人,对雨点釉瓷器技术进行发掘和生产。他知道,直到20世纪70年代,北方陶瓷厂生产的雨点釉双龙瓶,还出口美国、日本和欧洲,享誉海外。

当年,刘立秋从最基本的注浆开始,刻苦学习陶瓷制品各个工序制作技术,掌握陶瓷原材料的选材、造型设计、半成品制作和产品的烧制等工艺技术。在父亲的影响和鼓励下,他从喜爱上升到痴迷于雨点釉的开发研究,他要从父辈们手中接过雨点釉的研究烧制事业,立志挖掘齐州文化遗产,将雨点釉这一奇特的传统工艺发扬光大。

几年后,刘立秋在全面掌握了原材料、坯体制作、釉料配制及窑炉由燃煤改燃气后的烧成技术,烧制出底色纯正、晶点均匀的雨点釉作品。他吸收传统工艺之精华,大胆尝试,巧妙地把现代理念注入古老的陶瓷工艺中,生产的瓶、罐、坛、盘、壶、碗等十余个系列上百个品种,都体现出一种浑朴、清新、淡远的神韵。

雨点釉的器型端庄凝重、古朴典雅,漆黑的釉面上满布银色的斑点,釉底乌黑亚亮,釉面平整,银色星点饱满均匀,晶体闪亮发光,酷似雨点坠入静静的水面。若盛入茶水则斑点像金星般熠熠生辉,注入清水或白酒则银星闪烁晶莹夺目。细观雨点釉作品,给人以“漆夜无云满天星”的美妙意境。其制作技艺达到较高水平,被国内外收藏家视为珍品。其作品获得国家级大赛金奖,被国内外宾客称之为“中国之奇,陶瓷之谜”,这是后话。

当时北方陶瓷厂试生产了两批,虽效果不孬,但一直没达到最理想的境界,再后来不知啥原因,再也没投入生产。

好驴只认一盘磨。刘立秋学的是陶瓷专业,又在陶瓷厂上班,家里自然有不少的陶瓷制品。他的脸平润而洁净,和眼睛一样露出少有的理想主义色彩。他知道雨点釉制品,釉面漆黑油亮,布满金属光泽的雪花形小星点,星点大如豆,小如米，分布均匀，酷似夜晚高空之群星。雨点釉器皿盛入茶水时，星点呈金黄色；盛入清水时，星点又呈银色。映日视之晶莹夺目。

这样的产品投入市场会咋样？刘立秋自言自语。他的目光里有着困惑与辨认，紧接着便是惶恐。

57

是鸟儿总得归林。

刘立夏天天盼盼着厂里早点破产关门，好拿到他日思夜想的补偿金。他掐指一算，都过去一个多星期了，厂子里还没一点动静，不由心焦起来。遗憾如同他脊梁上一根很细很细的筋，时不时抽搐一下，隐隐生出些疼痛来。

这几天他等得心急如焚，玉皇大帝听政作息的地方不叫乾清宫，叫凌霄宝殿；王母娘娘统领的后宫也不叫坤宁宫而叫瑶台。他有心到厂里去打听打听，又怕人家说他存心不良，骂他黄鼠狼给鸡拜年没安好心。坐在家里死等吧，又等不来一丝一毫的信息，整天等得心烦意乱，好像过了今天，明天再破产补偿就没他的份，或者就不是钱了。

刘立夏在家无所事事，就像打入后宫被冷落已久的嫔妃。他伸手摸摸口袋里连支烟都没有，便走到外面想买包烟抽。自喝酒气得老爷子生病住院后，这些日子他一直没敢再喝，一想起酒，立马觉得有千万只眼睛在瞪着他，浑身就不自在起来。酒能成事，同样酒也能败事。

他低着头无精打采在街上瞎转悠，觉得自己犹如注入时间里的黑洞，悻悻之情溢于言表。他抬头无意中向远处眺望时，突然看到一个满脸横肉的汉子朝他大步流星走来。他心里一惊，知道碰到这个丧门星黑煞神准没好事，肯定又是来找他要钱讨命的，心里一惊，便把头使劲往下低，眼看就要夹到腚沟里。他心里吓得直哆嗦，就像冬天穿着一个背心走在大街上，突然遇到一阵刺骨的寒风一样。他猛然转身想溜，没想到刚跑出两步，就被那个黑煞神蹿上来一把抓住，然后大声骂：“他娘的，看见俺跑啥？俺又不是麻虎，还能生吞活剥了他不成。这两天俺一直在街上找你，你躲到那个老鼠窟窿里去啦？”

刘立夏点头如捣蒜,不由抱头痛哭,鼻涕流了一地,捶胸顿足:"大哥,不……不不,是大爷,俺身上真的身无分文,房子也给了你们,现在俺屌蛋精光,你们再这样苦苦相逼,俺真的就没活路了,要不你们把俺这条小命拿去吧!"

"他奶奶的,你这条小命才值几个钱。真是小泥鳅掀不起大风浪,俺这次找你就是把房子还给你。另外再和你商量个事,你这样整天游手好闲,还不如跟着老子干,到时俺不会亏待你。"黑脸大汉长着一张苦大仇深的脸庞,恶狠狠瞪着刘立夏说道。

与其这样,还不如让一条蛇来缠着。打死刘立夏也不敢相信,天底下会有这等好事,天上掉下一个馅饼正好砸到他的头上。他以为自己的耳朵出了毛病,十之八九听差了,他弯下身子将屁股撅得很高,就像用屁股跟太阳,月亮对话一般问:"大哥啊,你刚才说啥?房子咋啦?你想让俺跟着你干,可俺这个人从小要本事没本事,要口才没口才,就像死狗一样撮不上墙头。"

黑脸大汉不耐烦起来:"你耳朵准是塞上了驴毛!你欠俺的钱,有人替你还上了。没想到你小子在关键时刻,竟然遇到贵人相助。"

天生的黑猪洗不白。刘立夏呆呆地站在那里,像个忧郁的思想家。他知道自己的身份,所以常常不敢轻易忘掉:"你说有人替俺还上了欠款?"

他以为自己听差了,素不相识谁能平白无故替他还上这么大一大笔欠款。在他认识的人中没一个人是大款,也没一个出手大大方方的。他也根本没求过谁替他还款,关键是求人家也不会答应。顿时惊讶的他如一口没煮熟的硬饭,噎得上气不接下气。

满脸横肉的黑脸大汉,看着他隐含着悲情的眼神,好像动了恻隐之心,训斥道:"不信拉倒,老子没闲工夫和你磨牙费唾沫星子。以后跟着老子干吧,还是那句话,俺不会亏待你。你小子回去要好好想想!"说完,从怀里掏出一串钥匙扔在刘立夏面前,趾高气扬,转自走远了。

唐僧到西天取经,那是有孙猴子保护着。刘立夏简直不敢相信这是真的。他一把抓起钥匙左看右看,最后肯定是他家房门上的钥匙无疑时,这才知道自己不是大白天做梦,而是还活在现实生活中。

刘立夏欣喜若狂,忽然有了故人久别重逢的感觉。他一路小跑回家,将手里的钥匙迫不及待伸进了锁眼里,"叭"地一声门开了。走进屋里的瞬间,他的眼睛一下潮湿起来,在灯光下,眼泪让他的目光渐渐明亮起来。随后,他心里像打翻了五味瓶,酸甜苦辣一齐涌上心头。

前些日子,他无所事事看《齐州晚报》时,好像看到一篇文章说,世上最美妙的音乐享受,莫过于在午间醒来,静听妻子儿女在身旁之轻轻均匀的鼾声。是谁和他的感情就像李白和汪伦的感情一样深厚？在他上天无路，入地无门的时候大仁大义伸出援助之手？在所有认识的人中，仔仔细细像过电影梳理了一遍又一遍，但想来想去没一个人这时候肯为他擦腚，于是一下又害起头疼来。他到底也没想起这是从哪里冒出来的贵人，在关键时刻救他于水火之中。

这天的天气前所未有的好，阳光灿烂，风和日丽。他的心突然像冬天的蜡梅，在毫无绿意的过渡下，就爆发出绚丽的生机。

刘立夏知道，他又可以名正眼顺回到自己家中，可以将小雪接回来，可以将儿子接回来，让他放学后，再也不用往姥爷家跑。当然还有梁娟，她也不用因为没房子要和他离婚，并赌气去了广西。

他越想越觉得自己是个堂堂七尺男人，对不起老婆孩子，更对不起生他养老他年迈的父母。他心中无刀，却早已布满了伤痕。于是悲从心起，趴在桌子上像被人砍去尾巴的大灰狼，呜呜地哭起来。

也知不道过了多长时间，他抬起头时，天已经黑了。星星像好奇的人眨着眼睛，天空也显得很薄很淡，空气里渐渐弥漫着白色的潮气。吃过后晌饭，刘立秋、何巧玲来了，并且给他带来一桶花生油、一袋子面粉，还有一些蔬菜。

刘立夏看到哥哥和嫂子，到底抵抗不了他的温馨喜悦，抵抗不了他久违的生机勃勃的美妙，竟对他们说："今天俺就纳了闷，在大街上碰到赶出俺家门的那个债主，你们猜咋了？他说有人替俺把欠他的钱都还上了。俺想了半天也没想起来，到底替俺还款的人是谁？平白无故他为啥要替俺还账。俺还以为这个世界处处对俺不公，好人都死绝了呢！"他说这些话的时候，无奈、羞愧和惊喜之情溢于言表。

刘立秋早就窥视到刘立夏内心深处的矛盾，令他无比辛酸。他看了刘立夏几眼，没说话。何巧玲接过话茬道："先不说还款的事，下一步你打算咋办？就这样一直混下去？俺看啊，你还是赶紧到广西找到他二婶，向她赔礼道歉，把她找回来好好过日子。话又说回来，你摊上这大事，亲兄弟还能不伸手帮你一把，要不咋叫砸断骨头连着筋！"

刘立秋感叹一声，心里突然涌起一种难以言表的悲伤："你嫂子说的对，你年纪也不算小了，有儿有女快奔五的人，还这样毛毛躁躁不稳重。你惹下这么大的祸端，谁看了心里也不好受。这事怪不得他二婶，要怪就怪你心血来潮考虑不周。快把他二婶找回来，一家人好好过日子。再也不能这样意志消沉，应该打起精神，找个工作挣钱安安稳稳过日子才是。"

空中翻跟头，终究要落地。刘立夏张了半天嘴，疼痛像一只捉摸不定游走在他血液里的虫子，他咋把亲哥哥忘记了，但他从哪来这么多钱替自己还账？他从银行贷款不是一直没贷下来吗？越想越觉得对不起一家人，喃喃道：“俺知道，这全是俺的错，但当时的初衷也是为这个家，俺就是想多挣点钱。”说到这他稍微停顿一下，“广西那么远，梁娟音讯皆无，俺去了那里两眼乌黑，到哪去找呀？”

何巧玲安慰道：“找到了和尚就找到了庙。过去的事就别提了，日子过以后的，不是过从前的。”说完，掏出一千块钱塞到刘立夏手里，叮嘱他赶快将梁娟找回来，这样四分五裂各奔东西哪像个家样。

窗外的月亮像突然开启的台灯一样，在头顶上出现，没有灿烂，也没有光芒。

刘立夏望着手里的钱，感动地不知说啥好：“这……这……”

58

正午的阳光穿过针细的枝叶，碎出一地金黄。

齐州市振华陶瓷有限公司“雨点釉”生产线正式投产暨振华陶瓷有限公司成立剪彩仪式，在鞭炮齐鸣和锣鼓喧天中隆重举行。

李怀滨副市长特意赶来参加成立仪式，并为其剪彩。他的眼睛如深夜里的两盏灯，照得刘立秋心里一亮一亮浑身火热生辉。

在一片热烈的掌声中，李怀滨发表热情洋溢的讲话，铿锵有力道：“同志们，今天是个可喜可贺的日子，也是一个令人欣喜的日子，齐州市振华陶瓷有限公司暨‘雨点釉’生产线投产在这里隆重举行，俺代表齐州市人民政府对振华陶瓷有限公司的成立暨‘雨点釉’生产线正式投产，表示热烈的祝贺。”

李怀滨目光炯炯，用眼光扫视了一下黑压压的人群，继续道：“天上永远都不会掉馅饼。自去年亚洲金融危急发生以来，咱们的国有企业、集体企业，遭受了前所未有的沉重打击，致使一大批国有企业、集体企业因设备老化、产品单一、技术含量低等因素的制约，出现了资不抵债，使成千上万的企业职工一夜之间，沦为下岗失业人员。受国际国内大环境的影响，齐州市作为全省重要的工业城市，面临的就业形势十分严峻。面对经济增长速度放缓，劳动岗位大幅度减少、失业率上升、就业困难等一系列因素，从中央到省委省政府，再到市委市政府提出并制定促进下岗失业人员自主创业，实现再就业。”李怀滨的表述和情感是那样的真实和自然。

与会人员屏住呼吸，聚精会神听着李怀滨的讲话，生怕漏掉一句话，哪怕一个字。

李怀滨轻轻咳嗽一声，继续道："俗话说，修身、齐家、治国、平天下。北方陶瓷厂曾经是齐州市的国营大企业，同样也是全省的国营大厂，生产的陶瓷产品不仅出口到几十个国家和地区，还被作为国礼走进了中南海、钓鱼台和人民大会堂。新松恨不高千尺，恶竹就须斩万竿。就是这个有着悠久的历史和灿烂辉煌的企业，却在市场经济的大潮中，没能经受住市场风浪的巨大冲击，被迫停产，令人痛心啊！"

己所不欲，勿施于人。李怀滨说到最后这两句话时，声音有些呜咽和悲切，与会人员也摇头感叹，有的人眼里甚至含着泪花，必定在厂里工作了二三十年，对厂子就像对自己的家一样有着太多的感情和缘分。

"每个人都有人生出彩的机会，现在我们高兴地看到，在刘立秋的带领下，振华陶瓷有限公司今天挂牌成立了。其成立是我市经济发展一个新的增长点，其最大的好处是安排几百名下岗失业人员实现再就业。这对经济发展和社会稳定，有积极的重要作用。成功的人，不一定赢在起点，而是赢在命运的转折点。"

李怀滨讲完话后，脸上瞬间荡起万水千山，在刘立秋的带领下，又到成型车间、烧成车间，"雨点釉"生产线等现场察看了一圈，才握手告别而去。但他的音容笑貌不时在刘立秋的脑海里闪现，阳光、平等、真实。就领导的青睐和发展潜力，振华陶瓷有限公司已渐露一骑绝尘之势。

刘立秋沉浸在无限感慨之中，起初他没打算搞剪彩仪式，觉得夹着尾巴做狗最好。但张爱国、高有强却反复劝他，说这是件大好事，又不是偷鸡摸狗的勾当。再说大街上一个小门头房开业，都鞭炮齐鸣，一家人赶来祝贺，况且咱是好几百人再就业这样的大事，相当于做一次没花钱的活广告。刘立秋犟不过他们，仔细琢磨他们的想法，也没啥不妥之处，便答应下来。但在请啥领导的范围上，却犯起愁来。他认识领导，但领导都不认识他。

张爱国说："你是聪明一世糊涂一时，找李怀滨李市长啊，他可是你这辈子的贵人。再说咱是积极响应政府号召，安排下岗职工再创业，李市长一定会来。"

刘立秋像一尾鳞片昏暗失去光彩的鱼，举棋不定，脸上的表情很淡："有钱的把事做好，没钱的把人做好。李市长是市领导，领导日理万机，哪顾得上咱这鸡毛蒜皮的小事。白搭，说了肯定也是白搭！"

高有强也插话道："白搭不白搭，去请了再说。他能来，最好，那是你面子大；不来，咱也没啥丢人现眼的。"

刘立秋听后一下抬起头，内心仿佛受到巨大感染和鼓舞。听出他们二人的话，不是溜须拍马，而是真实的依赖和寄托。于是硬着头皮拿着请柬，亲自跑到市政府邀请李怀滨，希望领导在百忙中，抽出富贵时间参加剪彩仪式。

他在市政府等了很长时间，值班人员告诉他李市长很忙，出去开会不知啥时候能回来，有啥事可以和办公室说，等李市长回来向他汇报。

刘立秋听后，突然觉得他的生命晃悠悠就像飘浮在空中的风筝。知道自己那点事再大，和市政府的大事比起来也是鸡毛蒜皮的小事，根本搭不起人家的眼皮，回来也不会向领导汇报，便坐在那里一声不吭，就像史书上的那个古人一样守株待兔。死等的办法有时还真管用，到底把李怀滨等回来了。他慌里慌张的神情，像乌云掠过太阳一样消散了。

精明的政治家总是把算盘打得噼里啪啦响。李怀滨看着手里的请柬一下犯起难来，但仔细听完刘立秋的话后，脸上现出亲切的微笑，语重心长道："市委市政府在去年底，就制定了市领导参加有关活动的规定，其中一条就是严禁领导干部参加庆典、开业、剪彩仪式等。但你这个活动和其他活动有本质的区别，这个区别在于面对严峻的就业形势，你却奋发有为，带领一大批下岗职工再创业，并且一下安排好几百名下岗失业人员实现了再就业，了不起，这是一个了不起壮举！简单的事情重复做，你就是专家；重复的事情用心做，你就是赢家。这个活动到时俺一定参加，在目前形势下，面对新的经济增长点不仅要积极宣传，还要大力弘扬这种带领下岗职工再创业的顽强精神。"

一种从未有过的温馨和芳香，一种从未有过的柔软和期盼油然而生。刘立秋心头那块大石头，一下落在地上，如释重负。他的脸上呈现出一种挥之不去的幸福和快乐。回到公司，他又邀请了包括银行行长马明在内的金融、税务、工商、质检等部门的领导。他知道，每一尊神拜不到，往后进出庙门都要绊得人仰马翻。

59

开往广西南宁的列车上，人满为患。

感情一旦被激发，便会永远存在。刘立夏怀揣三千元到广西南宁寻找梁娟，找到她就算跪在地上，无论如何也要将她带回山东好好过日子。

这两天，刘立夏心里有种走了狗屎运的感觉。他的目光隐而不露，嘴角挂着一丝意味深长地微笑，就像蒙娜丽莎。他不仅重新回到向往已久的那个家，重新成为家里的主人。还有一件做梦都让他偷笑半天的大好事，他所在在的耐火材料厂宣布破产后，按照工龄和职务等方面综合考核，一下拿到五万六千元的补偿，激动得他拿着钱差点从楼上跳下去。

厂领导对他说，本来这钱最少要扣除一半，然后将罚款上交。现在企业破产树倒猢狲散，好和不如好散，多个朋友多条路，多个冤家多堵墙。所以睁一眼闭一眼，来个顺水人情，企业都没了，再去得罪人犯不着。厂领导的话里有一种难得的体恤和理解。

刘立夏脸上挂着三亚阳光般的笑容，赶紧说了一火车好话，并说大恩不言谢，要选个黄道吉日好好请领导喝上一壶，以感谢领导手下留情，没有赶尽杀绝的大恩大德。

拿到钱后，他终于有了一个心系之，情牵之美好心灵的向往之地。赶紧跑到医院给爹预付三千元住院费，又拿出三万元还给刘立秋，说剩下的以后有了钱再慢慢还。他绞尽脑汁回想着，在戏文里有没有贫民的孩子高中三甲？

经过两天两夜漫长的长途跋涉，火车终于在南宁车站停下来。走出站口的瞬间，他一下迷失了方向，有种晕头转向的感觉。

刘立夏站在那里突然有种恍如隔世的茫然，脑子一片空白，一下没了主意。天地苍苍，去哪里找？他的思绪跨越时空与生死，延绵不绝，纷至沓来。心里明白在这盎然的笑意中，包含着太多的内容。去东还是去西，去南还是往北？他看到好多从山东来的人，在并不宽绰的广场上进行简单沟通后，彼此会意一笑，好像他们来到南宁，就像回到山东老家一样习惯。

刘立夏在火车上认识一个叫李辉的老乡，听他说，几年前就来南宁闯荡，专门在这从事纯资本运作。这次回山东老家一下给爹娘留下几十万元，让他们盖一处二层小别墅。他对刘立夏说："挣了钱要懂得报恩，不能光自己花天酒地，忘了父母养育之恩牲畜不如。"

刘立夏听了浑身抖得像芦苇，觉得李辉说话特别实在，打心眼里对他很敬佩，觉得李辉不像有的人挣了几个臭钱，便趾高气扬六亲不认。患得患失，让刘立夏心里突然很空虚。

李辉问刘立夏大老远跑到广西干吗，是不是也想在这发展？如果愿意，他在这个城市里有很多的人脉关系，可以为老乡铺路搭桥。

看上去刘立夏是隔山隔水的恍惚。他如实相告，说因为自己太任性，借了高利贷到山西倒腾煤炭，没想到交上钱签订协议后，煤矿却发生瓦斯爆炸。煤老板看事不好，携款潜逃，至今下落不明。为此还不上借款，人家便将他一家人轰出家门，将房子抵了债。老婆一气之下跟人跑来广西。大半年音讯皆无，也知不道在这边是死是活。一想起这些，刘立夏的心像被人给剜走了一块，身子轻得踩不住路。他说："俺这次来广西，无论如何也要找到她，带她回家好好过日子。"说到这，刘立夏心中突然涌起一种难以言表的悲伤。

李辉像是挤着眼睛诉说一些听不懂的秘密，劝刘立夏："别太死心眼。你想想看，你们回到家咋生活，又咋去赚钱？没有钱你们一家人喝西北风还是咽唾沫？总而言之，挣钱才是硬道理。再说你现在两手空空屌蛋精光，就算找到你老婆，她能心甘情愿跟你回山东老家受穷？你年纪也不小了，办事咋还这样异想天开。"

刘立夏的脸上没有一丝笑容，眼神里却充满深深地疲倦，他的希望像花一样在心里开着，满世界都是清新的。不得不承认李辉确实说得有些道理。

项庄舞剑，意在沛公，李辉趁热打铁："老乡见老乡，两眼泪汪汪。咱能在数千里之外相识，说明咱们特别有缘分。走吧，俺请你喝茶聊会天，反正坐这么长时间火车累得够呛，喝点茶正好休息一下。"

刘立夏手里像捧着一个暖暖的小太阳，推辞一下便跟在李辉的腚后，来到火车站不远处的一家咖啡厅。李辉边喝茶边说，尽管他不是齐州人，但对齐州还是特别有感情。因为在齐州他有不少亲戚，更有不少大学同学，之前他多次去过。特别是齐州生产的陶瓷琉璃，最令人叫绝是齐州的烹饪美食，就像四四席、酥锅和水饺，吃了总也忘不掉。他还说之前也在一家国企工作，没想到企业效益蒸了窝窝蒸豆皮，一年不如一年，于是成了单位最早那批下岗职工。当时他还不到四十。在没办法的情况下，便跟人出来闯荡。后经朋友介绍来到广西从事纯资本运作。他最后有些神秘地告诉刘立夏，他目前所从事的事业，是一项秘密的国家级战略工程项目。

李辉说得很神密，刘立夏听的云里雾里，就像眼前天花乱坠。惊奇是人天性的一种流露，两人就这样东一句西一句漫无边际闲聊着。

李辉健壮得像头牛，快乐得像条狗。他趁热打铁，继续开导刘立夏："刘大哥啊，俺看你也是实在人，看在老乡的份上才多说你几句，你混到这个份上，难道还想一条路走到黑？与其如此还不如跟着俺拼个鱼死网破。当今这个社会，如果没本事，又没大把的人民币，谁还把你当人看。你要是没有钱，你老婆就是死在广西，也不会乐意跟你回去受穷，你说对不对！"

血缘加理想，那是人类的一切。刘立夏被李辉说得心服口服，巴不得让全世界的人都知道他是一个真正的男人。二思了一会，才问："你说俺都这个年纪了，在这里两眼乌黑,人生地不熟,一个人都不认识,还能干些啥?"

李辉笑笑道:"尺有所短,寸有所长。俺刚才不是告诉你,俺在这里有很多的人脉,亲不亲故乡人。出门在外,老乡不帮老乡那还叫啥老乡,还不让人笑掉人牙!"

刘立夏听后神情麻木,步履蹒跚:"你想介绍俺干啥?只要挣钱俺就干。"

李辉神情淡定:"那当然,你跟着俺只要扑下身子,不出一年保证你能挣到大钱,到时不是百万富翁才怪呢!"

刘立夏心里很兴奋,额角和手心,渗出细细一层汗:"只要不是搞传销,俺就干。"

60

✽✽✽✽✽✽

飘着白云的南国天空湛蓝,把人的眼睛洗得明净清澈,把人的笑声染得清脆明亮,让四肢的舞蹈奔放舒展,让人的心灵飞翔自由欢畅。

刘立夏和李辉聊得很投机,由此对他产生很好的感觉。让他在一种亲切的情感中生出一种未然敬意。

李辉说先找个地方住下,挣钱的事不用愁。刘立夏跟着李辉七转八拐,来到一个有些陈旧的小区,一口气爬上六楼,就像有人知道他们要来一样,门早就打开在等着。

空气中有层淡淡的雾气,风也越来越闷热。

刘立夏初次来到离家这么远的地方,陌生的地方总能给人带来新鲜感。谁知一进去,门马上被人反锁上,屋里七八个人蜂拥而上,热情地与他问好聊天。他一一做了回答,拿眼往四处一瞧,屋里几乎没啥家具,所有的窗户都贴上了花纸,外面的东西啥都看不见。他知道,外面的人也肯定看不见里面,心里的感觉不像是普通老百姓家。观察完,他突然觉得有些不对劲,转身就往门口走。还没走出两步,就被人团团围住。

世上从没无缘无故的爱,从萍水相逢到掏心掏肝,肯定要付出代价。

李辉一反常态,就像上满了发条的钟表,一下处于极度兴奋状态中,口气严厉道："老兄啊，俺带你来这里可是让你挣大钱的。请把你的身份证、银行卡，还有钱包都交出来！"

刘立夏心里紧张得像抱着一只刺猬，牙齿开始抖动起来，显得无助又无奈，声音像断线的珠子："咋了，还有没有王法，青天化日之下你们还敢明抢啊？你说带俺来挣钱，难道你们就是这样挣钱不成！"

李辉说话的口气非常平静，那双眼睛如同狼眼绿莹莹地生光："交出身上的身份证、银行卡和钱包，是咱们这一行的规矩，不信问问他们是不是这样？"

大家用眼睛望着刘立夏，争相点头。

刘立夏脸色黑得像锅底，凝神注目，思忖良久，强词夺理道："俺从山东老家来这是找俺老婆的，这些你知道，求求你高抬贵手，放俺一马。"

李辉淡淡一笑说："爱因斯坦曾经说过，一切人类和平合作的基础，首先是要相互信任。今天进了这个门就由不得你，等你挣了大钱，别说去找你老婆，你就是再娶个黄花大闺女当老婆，俺也完全支持你。"说完一挥手，几个人一哄而上像要生吞活剥了一般，开始动手动脚。

刘立夏被人一下逼进一个不起眼的墙角里，脸色似被霜打了，相当难看。他知道大势已去，如果再这样顽抗到底，这阵势绝对没他好果子吃，好汉不吃眼前亏，只得乖乖交出身份证、银行卡和钱包，然后怒气冲冲问李辉："今天你就是让俺去死，也应该让俺死个明白。你们是不是电视里、报纸上说的传销？这可是非法的、要命的呀！"他仰天长叹，将一天的星斗震得纷纷跌落下来，心底立马涌起一股凄凉。

"俺们现在从事的事业是一项秘密的国家战略工程，"李辉像做报告一样，慷慨激昂一语道破其中的玄机，"首先，俺们也反复强调坚决反对传销。你也知道报纸电视对纯资本运作，已有不少的负面报道。但是你知不道的是，所有这些负面报道，都是国家有关部门有意安排的，是一种宏观调控的手段，目的是既要有人来广西，又不要一窝蜂来的人太多、太杂、太乱。全国各地的人都铺天盖地拥来绝对不行，人太多了不好管理不说，社会就乱了套！所以，政府经常搞一些负面报道，把胆小的、低素质的、没有魂力的人吓跑，机会留给聪明的人，笨蛋是赚不了大钱的。只有聪明人才是社会上的佼佼者。这也是国家为西部开发选拔人才的机制。"

刘立夏呆坐着，像块石头，心似刀割一样疼，仿佛感觉到这是一个石破天惊的震颤，长吁短叹："你们把俺的钱都没收了，俺吃啥喝啥？总不能喝风咽沫不食人间烟火吧！"

李辉站在那一直默默地挺立着，脸上挂着细微的笑："放弃金钱的人，金钱也会放弃他。这个你就放心吧,保证让你有吃有喝饿不死你。万一饿死了俺们可不想给你收尸。”说完,他瞪了刘立夏一眼,“不要觉得你有孙悟空大闹天宫的本事,干这个屈不了你的才,其实他们在老家时个个并不比你差。他们有银行职员、医院的大夫、大公司的销售人员、开卡车的司机,还有在政府文化部门工作的事业单位机关干部。”说着,他用手一指一个看上去四十多岁的圆脸盘,留着大背头的中年男人,那人像美国人一样摊摊手,无奈加无所谓看着刘立夏,接着又说:“他叫王锋,是俺表哥,不仅是文化馆的机关干部,还是非常有名气的书法家。他写上一后晌字,就能挣个万儿八千元。如果是画画,不管是山水画,还是风景画,一出手就是好几万元,但他不稀罕,非要跟俺到这里施展才华,实现人生的抱负。不信你问问,是不是俺在这里胡说八道。”

刘立夏一个人呆呆地坐在那里,淡淡的忧伤在心里不时涌动,他清楚地看到那个留着大背头,穿着洋装西服那个叫王锋的人频频朝他点头。

李辉沉默着,脸上的表情漠然,慢慢走近他,用手轻轻拍着他的肩膀说:“老乡啊,既来之,则安之。挣到钱才是硬道理,别的都是胡扯淡。宋江为啥能占梁山为王,后面还不是站着一百单八将嘛!”

就像孙悟空跳不出如来佛的手心一样,刘立夏六神无主,皮笑肉不笑的脸上,还是不由露出微微困惑的表情,张了张嘴也知不道说啥好,只是似是而非点点头,随后又无可奈何摇摇头。

李辉最后又说:“勇士只死一回,懦夫却死无数次。每个人都有人生出彩的机会。王锋放着舒适的工作环境,不在家清闲养老,而是义无反顾毅然决然来到这里,要实现他人生的最大价值。舍得,舍得,有舍才有得。还是那句话,勇士只死一回,懦夫却死无数次。放弃金钱的人,金钱也必然放弃他。”

61

❀❀❀❀❀❀

天空中若有若无的一层白,衬得蔚蓝的天空特别干净高远。

振华陶瓷有限公司在最短的时间内,生产出“雨点釉”陶瓷。望着下线的“雨点釉”,刘立秋心情很沉稳、很从容,也很理直气壮,脸上的微笑像五月里的阳光那般和煦。他将产品拿在手里仔细端详,釉面漆黑油亮,布满金属光泽的雪花形小星点,有的星点大如豆,有的则小如米,大小分布均匀,酷似夜晚天空中星罗棋布的繁星。

刘立秋终于松了一口气,就像湖面上的风,呼吸着暖和的阳光。只要他在厂里,不是到成型车间,就是到烧成车间转悠一圈。然后回到办公室开始琢磨厂里的事。他想说啥,但声音却被欢喜哽咽在喉咙里。

水泡千年松,风吹万年杉。

以前在北方陶瓷厂上班时,一切都是在计划经济条件下按部就班生产,企业最红火的时候,全厂所有生产车间都要三班倒,生产多少陶瓷,立马就卖出多少,一年到头供不应求,来要货的采购员排着队住在招待所里,天天装满大货车的陶瓷运往大江南北长城内外。北方陶瓷厂在全国是数一数二的国有大型陶瓷企业,有着良好的信誉,好多单位和家庭都以使用北方陶瓷厂生产的各类陶瓷产品而引以为豪。北方陶瓷厂由此成为全省乃至全国都有重要影响的国有大企业,工资不仅没拖欠一天,每月还按时发放奖金,这让其他企业职工眼红耳热,甚至羡慕嫉妒恨。时光围绕着它,像一声声喑哑地冷笑。

之前的企业,刘立秋觉得贪天之功,比虚荣心更令人所不齿。谁也记不清企业从哪一天,或者从啥时候开始走下坡路。最后滑到资不抵债,不得不破产拉倒之地步。此时的国有企业就像一个盲人,苦苦等待着一只手的牵引。在刘立秋看来,最主要的就是企业管理出了问题。当初厂里有一大批科研人员,完全有能力研制科技含量更高的产品,改变产品单一,竞争力不强的困局。设备老化可以通过技术改造,使老设备换发勃勃生机。企业负担重完全可以在减员增效、节能降耗、增收节支这些方面,想办法做文章。

口号喊得震天响,用一种假象掩盖另一种假象,就像每年都大张旗鼓学雷锋,其结果都是三月里来四月里走,一阵风过去一切如旧。他没能力也没办法,改变那强烈而又混沌的世界,就像不能用山洪来发电一样。

刘立秋认真思考着,绝对不能让振华陶瓷有限公司穿上新鞋,走北方陶瓷厂的老路。他不想让他的努力,像一只只奋力打出的拳头,每一拳都打在虚空里。他举债办起这家公司,除了从个人那里的借款,就是从银行里的贷款,他没资格,也没本钱玩花拳绣腿。他双眼明亮,闪烁着睿智的光彩。他肩上有一副沉甸甸的千斤重担,二百多名下岗失业职工,为了有活干、有饭吃、有衣穿,把前途和命运都交到他的手上。想到这,他的心狂野地跳起来,跳得满世界都能听得到。

北方陶瓷厂前身是1915年,也就是民国五年山东省实业厅在齐州资建的“省模范窑业厂”,尽废土法,改用新法,采用机器生产,以当地原料制造透明瓷器,模范窑业厂生产日用瓷、卫生瓷、电瓷等品种达四十余个。“九一八”事变后，因东三省的销售渠道断绝，华北销路滞涩，使模范窑业厂生产断断续续。“七七”事变后，日本侵略者沿胶济铁路一路西进，很快占领了齐州，开始对齐州的资源进行破坏性掠夺，不仅是陶瓷产品，还有煤炭、建材、耐火材料、机电等，同样在苦苦支撑残业。而陶瓷行业只能生产普通的碗、盘和盆，其他高档瓷则完全停产。

刘立秋的心事像涓涓的溪流，漫漫汇聚成汹涌的波浪。他在环球陶瓷厂上班的那些日子，曾给全厂的管理、技术人员讲到过这些，也帮助环球陶瓷厂上马生产齐玉陶瓷产品，其产量大增、销路大开，由此让莫非捞到第一桶金。后来因为奖金的事，他一气之下愤然辞职。当时下岗失业的困境刀一样刻在他记忆里，任凭岁月的流水在上面冲刷也不会模糊。再后来听说他们生产质量出现严重问题，尽管莫非也曾派人登门请教，但被何巧玲给轰了回去。他知道戏演过了就不好收场。当时他曾设想，假若莫非再次派人来，就像当年刘备那样有三顾茅庐的诚心，尽管他不是诸葛亮，也不能和当年的诸葛亮相提并论，但他一定会抛弃前嫌，对环球陶瓷厂指点迷津。

人，不能弃人于患难中。莫非文化水平不高，根本不懂企业生产和管理，但他整天耷拉着眼皮，心不在焉，不懂得礼贤下士，对专业技术人员要相敬如宾，整个做派就是发号施令的土皇帝，并且朝令夕改，说了不算，算了不说。

内心无恶则无苦。一想起这件事，刘立秋心里就浮起一种愧疚感，不管咋说在自己最困难，生活走向绝路的时候，是莫非向他抛出橄榄枝，给了他梦寐以求的工作，使他终于度过人生中那段最苦涩的艰难岁月。就像巴黎公社的革命故事吸引着每一个有良知的中国人，但巴黎和会的内容直到今天说起来，还在伤着有良知中国人的心。

滴水之恩，当涌泉相报。想想自己当时像鱼一样漂流在水上，突然意识到自己的迷茫和错误。不管咋说，他不应该和莫非斤斤计较，必定乡镇企业和国营大企业比起来，无论是管理制度还是财务制度都有着十万八千里的差距，不可能像国企那样，从上到下都有一套完整而严明的规章制度。而莫非则不同，他没文化，也不大懂企业经营管理，两眼乌黑彻头彻尾是农村里那种乡村能人。假若他受过良好的教育，说不定是一位敢想敢干，事业有成的企业家。

刘立秋每天都会看到火红的颜色弥漫了西山那边辽阔的天际，有时自言自语道：也知不道莫非的环球陶瓷厂最近生产经营咋样？同行如仇家，环球陶瓷厂的存在对振华陶瓷有限公司构不成多大威胁，相反最多只是一个共同发展的企业伙伴而已；而振华陶瓷有限公司的成立，对环球陶瓷厂而言，无疑是个致命的竞争对手。

风像梦中鞭子，永远在路上抽打，抽打着自己的影子。刘立秋心里琢磨，要是莫非真为环球陶瓷厂的发展而求上门来，这次说啥也要帮他一把，必定市场这块大蛋糕，不能一个企业，或者只有几个企业来共享，没竞争的市场，死水一潭。要是能和环球陶瓷厂达成合作经营的协定，说不定是件和美的幸事。

羚羊短暂的睡眠以后，醒来第一件事就是开始奔跑；海豚睡觉时要睁一只眼闭一只眼；长颈鹿每天只睡眠两个小时。一只睡眠的鸟为啥不会从树枝上掉下来，因为它睡得越沉，爪子就会把树枝抓得越紧。

想到这，刘立秋发出一声低沉的叹息，这一声叹息的含义极为复杂、惊讶。

62

就像孔融让梨，曹冲称象，司马光砸缸一样，一些早已陨落的生命穿越悠悠的历史，依然朝气冲天活在人们的话语里心目中。

这天早上刚上班，张爱国兴冲冲跑到办公室对刘立秋说："你猜夜来后晌俺遇到谁啦?"

一句话问是刘立秋不知如何回答，一个城市里生活着好几十万人，碰到谁都有可能，唯独他俩没碰到。猜了半天，也没猜对，无奈中摇摇头。

张爱国的思想像雨后树林里的蘑菇一样冒出来："你再使劲想想，这个人不仅你认识，而且……"说到这，话语戛然而止。

刘立秋哼了一声，敷衍搪塞道："俺认识的人虽说没你多，但也不比你少。碰到一个熟人有啥大惊小怪。"

张爱国叹了口气，目光忧伤地看着他，似乎有千言万语要说，却又无从说起，憋了好一会才说："你这个人真没劲，整天就知道钻进车间和图纸上，一点情调也没有。"

"千斤重担压在肩膀上，哪有闲工夫和你磨牙。"刘立秋抬起头往成型车间的方向看了一眼，漫不经心道，"想说就说，不想说就烂在你肚子里拉倒，你就是碰到赵本山、宋祖英，俺也不感兴趣。"

张爱国像是吹灭生命之火般，有种莫名的凄凉感，哀叹道："俺就知道你现在除了工作,啥事也不放在心上。夜来后晌俺碰到这个人一说你准感兴趣。你若听了还无动于衷,就当俺放了一个不响的狗屁。"

刘立秋如老鼠一样毫无目标四下蹿动:"快说,幸啥关子。"

张爱国一本正经道:"俺碰到你以前的老上司,也是让你下岗,并不给你填报下岗失业人员花名册的那个人。"

"任百胜?"

张爱国的下巴轻轻地颤动着,像在努力克制着一场瞬间的咳嗽:"你猜夜来后晌俺碰到他时在干啥?"

"干啥?"

张爱国又是一声感叹:"他在黑灯瞎火的菜市场上捡菜叶。"

刘立秋听后啥也没说,好像在享受这种沉闷。目光从窗户里掠过城市的上空,看着远方。他说不清是年龄使人变得脆弱了,还是阅历使人更懂得感情。

张爱国看上去不像故弄玄虚,更不像胡说八道,他说的很认真,表情也很悲切,又说:"千真万确。俺要是胡说八道就不得好死。真是恶有恶报,善有善报,不是不报,时候未到。"

刘立秋沉浸在无限感慨之中,想了好一会,一时表情有些茫然,苦笑道:"谁让你发如此毒誓,就算你胡说瞎说,就当放屁拉桌子遮羞。你说是任百胜?他咋混得这么惨,做梦也没想到他混到这步田地。俺觉得这一切真的像是做梦,就像《红楼梦》里的那句话,假作真时真亦假,真作假时假亦真。"

"其实这些年你只知其一,不知其二。"张爱国扳起手指一五一十说道,"当年你竞争成型车间副主任时,任百胜对你咋样?铁丝拴豆腐提不得。全车间的人基本都知道,唯独你自己还蒙在鼓里。他当时想提拔他表弟高有强当这个副主任,而你却像程咬金半路上杀了出来。你破坏了人家的好事,能有你好果子吃?第一批下岗失业人员名单中,本来没你的名字,是他跑到厂长那里说你带领俺们这些下岗职工闹事,并鼓动俺们到厂部上访讨说法。厂长一气之下才让你也下了岗。办理下岗失业登记手续时,也没你的名字,是他让车间办事员文超不给你登记,说你到环球陶瓷厂已经实现了再就业。结果聪明反被聪明误。"

刘立秋认真听着,像个思想家皱着眉头苦思冥想,继而沉吟着,突然动了恻隐之心。其实这些事他早就知道,只是不相信任百胜会坏到这种程度,不由"啊"了一声,把一个巨大的惊讶生生掐在喉咙里。

张爱国继续说:"咱那个破烂国企破产后,这个老乌龟没了权力,就等于一只老虎丢掉了牙齿和爪子。知道这些年在厂里作恶太多,整天躲在家里不出屋门。他老婆你也见过,外表看上去通情达理,处处维护任百胜的颜面,是个明白事理的贤妻良母,可一回到家立马就换成另外一个人,横眉冷对,像是苦大仇深的杨白劳,俨然就是一只母老虎,典型的泼妇性质。任百胜在她面前唯唯诺诺,而不是像他的名字一样百战百胜,彻头彻尾就是一只病猫。他的胃口和骆驼一样强壮,经得起冷热生熟的多面夹击。据说当年他和一女工搞破鞋被老婆摁在床上,老婆要闹到厂里,并摆出和他拼命的架势。他自知理亏,跪在老婆面前苦苦哀求,求她高抬贵手放他一马。从此在老婆面前百依百顺,下班回家像伺候慈禧老佛爷一样,鞍前马后无微不至,就是后晌的洗脚水也得给她兑好,热了不行,凉了更不行,不凉不热才伸进脚,洗完还得准备好擦脚布。要不他老婆睡觉就不洗脚。”说完,一个人哈哈大笑起来,笑得满嘴都是牙。

张爱国越说越感慨,无奈地摇摇头,好像他亲眼看见任百胜给他老婆洗脚一样。他接着又说:“他老婆虽然退了休,但每月只有二百多元退休金,咱的企业破了产,任百胜又不到退休的年龄,在家无所事事,就像当初咱们下岗时一个熊样,他纵有天大的本事,也是床底下放风筝起不来。他们有一个子从齐州职业学院毕业快两年,他的工作都弄丢了,更不用说给儿子找工作。于是一家人就闷在家里相互瞪眼。老婆的退休金和他下岗失业金,刚够维持一家人买馒头打酱油。每到吃饭前,老婆就唠叨,不停地抱怨他没本事,把好好一个家过成像街上要饭的叫花子。本来日子过得相当巴结,但一家人还都抽烟。你是知道的齐州好多女人抽烟,任百胜老婆之前一天抽一盒,现在一天三盒烟还抽不到天亮。面对这一切,任百胜沉默不语,低下头默默地吃饭。有一次,他放下馒头和咸菜,垂头丧气走到阳台,要不是儿子发现他有异常,可能早从阳台上两眼一眯,纵身跳下去。后来咱厂好多工人,都亲眼看到他大后晌黑灯瞎火到菜市场捡大白菜帮子。”

刘立秋像个思想家皱着眉头,眼睛里露出惊讶的目光:“真的,假的?俺咋知不道!想想以前俺也有做得不好的地方。其实,任百胜也不是坏到头上长疮脚下流脓的地步。要不咱抽空去看看他,顺便接济他一下。”

“任百胜这辈子的性格,就是猪八戒啃猪蹄,自己吃自己。”好像冥冥之中的天意,别无选择,张爱国感叹道,“你这个人最大的毛病就是太善良,你不要好了疮疤忘了疼。有句话说得好,忘记了过去,就意味着背叛。”

室外的阳光很灿烂,有两只喜鹊在不远处那几棵杨柳树上“喳喳”叫个不停。刘立秋扑哧一笑,一拳打到张爱国的肩膀:“人活在世上不能铁石心肠。俺就不信,他还把怜悯心也拿来炫耀。”

63

❀❀❀❀❀❀

刘立夏住下后从第二天开始，和屋里的其他十几个人开始培训。那感觉那氛围，好像让鲜花也多也几分艳，让天空也多了几分蓝。

前几天都是以李辉讲课为主，到了第四天，突然来个年龄最多四十多岁的男人。这人穿着笔挺的西服，梳着油光锃亮的大背头，那派头看上去就像个领导。果然不出刘立夏所料，这人竟是李辉的上级叫张冉。别看李辉平时在他们面前耀武扬威趾高气扬，但在张冉面前却点头哈腰，就像地方上的小领导，认真对待前来视察指导工作的中央首长一样，他笑吟吟站在大家对面，对下面的人挥手致意。

刘立夏做事死板的就是铁板一块，知不道张冉在这个组织里的官到底有多大，当然知不道今天他突然造访，有啥目的和意图。只是觉得他突然到来，肯定超乎平常。心里忍不住发出一声轻轻地叹息。

李辉像崇拜电影明星一样崇拜着张冉，他拍了两下手掌，声音洪亮道："各位家人们，今天有幸把张总请来，就一个目的，让张总给咱们讲讲资本运作和国家政策的延续性。张总日理万机，是咱们所从事这项事业的老总，对资本运作、纯资本运作有着丰富的经验。他在百忙能亲临咱们中间，机会非常难得，请大家认真听讲，把张总的好经验，好做法学到手，将来和张总一样做事业有成的大老总。"说完，带头鼓起掌，一家人看后也赶紧跟着拍手。

张冉像神仙在空中漫步，用手往后理理头发，泰然自若。他脸上的皱纹漾开去，柔柔的，像外面南国明媚的晨光，充满了怜惜与爱意。他就像中央领导人到基层视察，面对沿途群众的欢呼和暴风骤雨般的掌声气定神闲。他抬起双手轻轻摇晃了几下，脸上始终荡漾着自信的微笑，就像一个投怀送抱放荡轻浮的女人。

他说："鱼不去关心物价涨跌，鸟儿也无心股票的牛市和熊市。今天能和这么多志同道合的家人们探讨资本运作，是件非常幸福的事情。你们当中有初来乍到的，有的则来了一些日子，有的来自山东，有的来自四川、河南，还有的来自东三省。咱也不用藏着掖着，俺想问大家一个问题，你们大老远跑来聚焦到南国这个美丽的城市来干吗？跟着乞丐去要饭，跟着富翁赚百万。俺可以肯定的是你们绝对不是在家闲着没事，跑到这里看西洋景，更不是吃饱撑得没事，聚在一起打扑克、下象棋。俗话说，量小非君子，无毒不丈夫。咱们不远千里聚在这个地方，就是为实现一个宏伟的目标，这个目标像一个很大很大的金蛋，就挂在咱们头顶上，有能力有作为的人，肯定都希望这个金蛋能准确无误砸在自己头顶上。而长着一双老鼠眼，只看眼前一寸远的人，永远都望洋兴叹，吃苦受穷那是活该。”那声音就像冬天原野饿了的冬狼发出的吼声。

张冉说到这稍微停顿一下，目光炯炯看了大家一眼，又神乎其神道：“你们对国家政策了解多少？有好多人甚至一点都不了解。一个人要想成为内方外圆的圣人，可不是一蹴而就的事情。所以俺在这里实事求是的告诉大家，国家对资本运作项目的真正态度是宏观调控、微观支持。咋个支持法？你们走在南宁市的大街上，观察到的各种现象和各种细节就能领悟到，南宁市五象广场上的每一个图案、每一处装饰、每一个阶梯，都是销售合法性的有力实证。例如三道台阶数相加正好是二十九，有二十九个人就可以成功上平台之意。最上头的五个台阶，地面有三个平面代表三个阶段，代表连锁销售模式为五级三阶段。还有广西人民大会堂后面放有一口鼎，这口鼎为啥要放在后门而不是正门？这里有非常深奥的寓意，代表着国家在背后强有力支持。”

张冉像是从牛身上一根一根往下拔毛，慷慨激昂，有理有据，大家顿时瞪大了眼睛，那些模糊突然刀锋似的清晰起来。原来五象广场和广西人民大会堂后面的鼎，竟然有如此深厚的奥秘和涵义，真是不听知不道，听了吓一跳。

刘立夏像是一位带着几分欣喜和渴望的观众，脸色渐渐有了明媚的阳光。他一下感觉到这是一种石破天惊的震颤。他脸上缺少一种含苞欲放的姿态，心里一直挂挂着一件事，就像张冉说的绝对不是吃饱撑得没事，从山东大老远跑来广西看西洋景，他也没准备在这里发财。他跑到广西的目的是为了把老婆找到，然后带她回去好好过日子，从此给她当牛做马都行。他再也不敢折腾下去，也没资本再去折腾。当初要不是心血来潮，也不会折腾的屌蛋净光妻离子散。一下火车就被李辉甜言蜜语骗到这，心里一下有种度日如年的感觉。他如坐针毡，心里始终如履薄冰如临深渊。梁娟来到广西和家里失去了联系，他来到这里也和家里失去了联系，知不道老爷子病好出院了没，更让他挂心的是小雪和儿子刘谷雨。

刘立夏有一张比例失控的脸，有着被拉长与延伸的线条。这不是因果报应，不过是同一种意识形态所内含的必然逻辑。他脑子正在走神，开始浮想联翩时，又听到张冉声音洪亮道：“纯资本运作项目，是 1998 年国家领导人去美国考察时引进我国的先进方法。国家对这种反传统的经济运行模式，是非常肯定并大力支持的，于是把这项目放在广西南宁，这主要是配合国家中西部开发战略工程的实施。但是由于我国到目前为止,还没用立法的形式将此确定下来,所以暂时也很谨慎,采取表面打击暗地支持的办法。就像报纸和电视里的负面报道,都是国家刻意安排的,这是一种宏观调控的手段。不然的话,天南地北的外地人都汇集在南宁,花高价租房子,整天吃饭、聚会、唱歌,就是不工作,当地政府咋可能不知道。你们好好想想吧!"

像是发现了昨日的痕印,刘立夏想起来了,他来的第二天,李辉像在屋子里炮制祖传秘药一样,然后人模狗样给他们讲课,几乎和张冉说的一模一样,唯一不同的就是换了个人,上次是从李辉嘴里说出来的,这次又从他的上司张冉嘴里重复了一遍。

这件事早已成为他心中抹不去的记忆。他就像吸毒一样,明知有害却停不下来。欲望如蚂蚁如蚯蚓如酒蛆,从千孔百洞肠胃里蠕爬出来,以至他们的每一根指头,每一个筋骨都发出响亮的震颤。

64

刘立秋下班回家的时候,街上的路灯早就像城市的眼睛一样亮了起来。空气中有一层淡淡的雾气,风也越刮越大。

他在沙发上呆坐着,像块石头,脸上的皱纹像水波一样扩展。他长长地舒了两口气,才起身走进厨房端出何巧玲为他做好的晚饭。每天这个时候,何巧玲早就给他做好饭,大多数情况炒一个菜,不是炒肉片,就是菜花炒肉,有时豆芽炒豆腐皮,或者来个炝皮肚,偶尔也来个西红柿炒鸡蛋。

有一次何巧玲跟他开玩笑:"你现在是好几百人的大老板,以后是不是三个碟子两个碗好好伺候伺候?"

刘立秋正襟危坐,端庄肃穆,他仿佛一下看到一个温柔安静,甚至带点羞怯神情和举止的何巧玲,听后嘿嘿一笑:"有俺这样的老板吗? 整天夹着一个破皮包,像上门收电费的临时工。"

何巧玲歪着头,一双黑眼睛扑朔迷离瞅着他,知道他为厂子的事没白没黑操碎了心,于是一下心疼起来,劝道:"说一千道一万,身体永远是第一位,只有身体好了，以后干啥才有本钱。”

刘立秋站起来，一副满不在乎的神情，像在做他手底下职工们思想工作一样：“吃不穷穿不穷，算计不到就受穷。咱现在债务压身，七八百万借款和贷款，还有好几百张要吃饭的嘴，想想俺心里就有山一样的压力，每时每刻不用心，就有可能毁于一旦。一想起这些，俺就睡不好一个安稳觉。”在他恍惚而忧伤的思绪里，仿佛隐隐听到了些啥。

何巧玲听后没说话，一直用忧郁哀怨的眼光看着他。

现在早已进入初夏季节，何巧玲每天后晌还是一如既往到公路边路牙石上，像着了魔一样摆摊设点卖衣裳。白天有时去济南，有时也到临沂，最远的一次竟然跟着人家去了河北辛集。她不仅天天后晌出去卖衣裳，白天闲下来的时候还天天研究衣裳。这和当初她第一次卖衣裳，都是一些老气横秋的服装时，已大不相同。只要太阳一落山，除了刮风下雨下雪，她带上服装精神抖擞就像战士开赴前线一样，义无反顾。看到客户的笑，永远与别人的笑不一样，她的目光满含爱意。

窗外灯光灿烂，室内光线暗淡。刘立秋理解何巧玲在夜市上卖衣裳的艰辛，有时一后晌卖不出一两件，买衣裳的人像收破烂那样，狠命往下砍价，恨不得白送还要欠他们一个人情才如心愿。刘立秋多次劝何巧玲从今往后就别再出去卖衣裳，费半天的劲，却只够买馒头的钱。何巧玲总是笑笑回答：“你现在的公司刚起步，咱又借了那么多钱，在家里哪能坐得住！挣一分总比赔一分要强，就算每天挣个买馒头的钱，你下班回家起码也饿不着，俺心里才踏实。”就这样，何巧玲依然每天准时出去摆地摊，偶尔一后晌因下雨或者刮风没去，心里空落落六神无主。

像是睡在看不见的时光里，刘立秋犟不过何巧玲，只得听之任之，而他则将大部分精力用在振华陶瓷有限公司的生产经营上。

刘立秋坐在餐桌旁，像时光悄悄窃走人的健康一样，回放的电影一幕幕清晰地在脑海里闪现。他不仅想到了何巧玲后晌卖衣裳的事，也想到老爷子至今还在医院治疗，一直没出院回家，再想回到从前的样子，根本是不可能的事。人都是脆弱的，经历了大风大雨后，谁也不敢肯定自己始终坚如磐石，任何风风雨雨都拿自己无可奈何。他又想到了刘立夏，知不道他去广西找到梁娟没？去了一个多月，一点信息也没有，好歹去电话亭往家里打个电话，报个平安也行。真没见过他这样不着调的兄弟，做事大手大脚心血来潮，根本不计后果，去了这么多天，知不道一家人都挂挂着，是好是孬，总该有个回音才是！

刘立秋像棵千年松柏那样站立着，脑子浮想联翩。这时，电话突然急促地响起来。一听是儿子打来的。

刘清明声音浑厚甜美：“爸，再有一个多月，俺就毕业回家了，俺想在青岛发展，但一想到你搞这么大的一个企业，也需要人手帮忙，所以啊俺决定，等毕了业就回去和你一起干。是骡子是马总该牵出来遛遛。”

刘立秋脸上涌起一朵浮云，心里既高兴又忐忑不安，“啊啊”了半天也知不道如何回答儿子，最后只是说：“你能回来帮俺当然是好事，但俺和你妈更希望你能考上公务员。只有考上了国家公务员，才能给俺和你妈争口气，往后你才出人头地。有了一个永远也砸不烂的铁饭碗，俺在外人面前就能抬起头，活着才扬眉吐气。”

刘清明在电话里若无其事，哈哈大笑道：“外面的世界再精彩，也比不上家里那盏温暖的灯让俺心安；远方的风景再迷人，也敌不过亲人的笑脸让俺更痴迷。其实去年底的时候俺就报名考了国家公务员，好几百人甚至上千人竞争一个岗位，想想就害头疼，粥少僧多，幸运的毕竟是少数人。俺虽说最后也进入了面试，但最后还是被淘汰下来。”

刘立秋的眼睛里栖居着阳光般的自信，仿佛瞬间的亲情一下被激活了，鼓励道：“儿子，千万不要灰心，只要你心中有目标，爸相信你就一定能够实现这一目标。爸在企业工作了大半辈子，在企业干点事真是太难啦，屁大一点事，也要到处求爷爷告奶奶，一炷香烧不到，人家就拿捏你，害得你上天无路，入路远门。”

“爸，瞧你说的，有这么严重吗？”刘清明心灵在幸福和失落之间摇晃，“俺们一块毕业的好多同学，都不想在考公务员这一棵树上吊死，都想找个舒适的工作，来实现自己的人生抱负。”

刘立秋说不过儿子，面对此情，一种不安潜伏于心，左思右想不得其解，像是押上没有回程的列车。他努力保持平稳的心态，又劝刘清明：“你们大学生都是理想主义，没走出校门和刚迈出校门，思想太理想化。门难进，事难办，脸难看，这个三岁小孩都知道。你们上了这么多年学能知不道？你们啊只有踏入社会的大门，碰得头破血流，才知道这个社会的不公道和险恶。俺活了大半辈子，过的桥比你们走的路都多，吃的盐比你们吃的饭都多。”

刘清明在电话那头好像昂首挺胸，高视阔步，红润的脸上放射出奇异的亮光，随后哈哈大笑起来：“爸，瞧你都说了些啥，好像这个社会到处都是龙潭虎穴一样。再说不入虎穴，焉得虎子。尽管这个社会是个大染缸，但也有出淤泥而不染的啊。”

刘立秋有点坐不住了，站了起来，满脸通红，在屋里踱来踱去，嘴里骂：“这个熊孩子，是不是喝了迷魂汤，办事这么不着调。不听老人言，吃亏在眼前。一撞南墙不回头，不撞得头破血流，你就知不道太岁头上动土的恶果！”

平时，他慈祥的眼角眉梢的横纹，渐渐变成了竖纹。

65

❀❀❀❀❀❀

何巧玲从夜市收摊回到家,已是后晌十点多钟。累得她腰酸背痛,一句话也不想说,一步路也不想多走。镜子里看见自己那张非常憔悴的脸,还有眼角下那片明显的皱纹,心里涌起一丝丝难过。

看到刘立秋郎当着脸不高兴,也懒得去搭理他,倒是刘立秋沉不住气,气呼呼诉苦道:“你那个宝贝儿子刚才来电话,你猜他研究生毕业后想干啥?”

这个问题也一直困扰着何巧玲,她转过身子,眼睛瞪着刘立秋,嘟囔道:“俺那个宝贝儿子不是你儿子?他惹着你那根筋?让你威风扫地。他想干啥又没和俺说,俺咋知道。”

得意时不要太得意,失意时也不要太失意。刘立秋长长地叹息起来,声音悲切:“刚才他来电话,说不想再考公务员,要回来到公司里跟着俺干。你说说企业有啥好干的,就像咱俩干了大半辈子,说下岗就下岗,连个基本生活保障都没有。信念和信仰对于一个人来说是有差别的,只有考上机关公务员,坐在办公室里风刮不着,雨淋不着,求你办事的人就像孙子围着你转,那才是人上之人。”

何巧玲眼里遮掩不住的是渴望:“孩子的事俺管不了,这孩子从小就和你一样一根筋,主意正着呢!认准的事八头牛也拉不回头。再说让他考公务员,要好好和他说,只有他想通了,才不会应付公事。要不然牛不喝水强摁头,保险考不出好成绩。”

刘立秋有种被愚弄的感觉,越想越生气,嘴里嘟囔道:“也是一头犟驴。这些年咱勒紧裤腰带供他上大学,为的就是将来能有点出息。企业干来干去有啥奔头,俺这些年干企业干得都草鸡了。”

何巧玲瞪了刘立秋一眼没搭腔,他的话让她绝望无比,还没领会啥意思,痛感就隐隐约约冒出来,伸出右手开始在后腰上有节奏地拍打,突然想起《红楼梦》里那句话,女人都是水做的。

刘立秋眼睛盯着何巧玲,迟缓了半晌,才问:“最近夜市行情咋样?俺三番五次和你说,不行趁早别干了,一后晌挣个十块八块的还不够工夫钱,免得累得你整天喊腰疼。"

何巧玲鼻子哼哼了两声，眼神停在那里一动不动，像某个物体投下的影子，她望了刘立秋一眼："站着说话不腰疼。你以为俺愿意黑天半夜在大公路上吆喝呀？还不是为了你，为了这个家！俺出去一后晌挣十块钱，一个月下来就是三百，一年下来就是三四千块。整天窝在家里不出去挣几个钱，俺心里总是不踏实。再说你的振华陶瓷有限公司才刚起步，挣钱不挣钱还是两码事。俺卖衣裳虽然挣得不多，但起码够买馒头咸菜的钱。"

"想想俺心里也发愁。"刘立秋心中的悲伤像一口烈酒，一直烧到他的心里，他的头发和眼神很迷乱，烟一般，仿佛随时都会消失，"咱肩上现在压着那么多的债务，不仅还银行的钱，还要按时给好几百名职工开工资、买养老保险，还有国税、地税、工商、质检等好多部门，一窝蜂天天跑到公司要交这税那费。那家都不敢得罪，都得当神供着。要不然人家就处处拿捏你，给你小鞋穿。总而言之，干企业真的忒难了。哪座庙里的神都要拜，少烧一炷香都出不了庙门。"

何巧玲知道刘立秋创业不容易，头三脚难踢，但也不能怕肚子疼就不生孩子。她想安慰一下刘立秋，但一时又找不到合适的言语，只好默默低下头，心事重重想着家里家外，这一大摊子家长里短。

刘立秋本来像个思想家，在以往的每个工作岗位上都有新的思想萌芽破土而出，并希望这个萌芽能长成参天大树。沉默了一会，他又说："这两天厂里很忙，俺也没到医院看看老爷子，知不道好点没？你抽空就勤跑去看看，替俺多尽点孝心。"他的话像被关入铁笼子的猛兽。

何巧玲撇撇嘴道："这还用你说，每天俺都做好饭送去，听医生说，恢复得还算可以，但恢复到以前那样是不可能了。到了这个年纪，别留下后遗症得了半身不遂就烧了高香。"

"半身不遂？"刘立秋的脑子一片空白，身子好像一下失去了知觉。

何巧玲脸上掠过一阵煌然加迷惑的表情："俺只是听医生私下那么一说，要是恢复得好啥事也没有，这还不是你家上辈子积下的阴德。要不明天你下班后到医院替老太太，一个老人长期在医院照顾病人，身体也会吃不消。你是老大，他二叔不在家又指望不上，这个时候谁也代替不了你。"

她条分缕析，一句一顿，像个远行者一步一步执着地走向既定的目标。刘立秋频频点头称是，觉得何巧玲说得很对也很有道理，便答应下来。说明天下班回家吃完饭就去医院照顾老爷子，让老太太回家好好睡一后晌觉。随后，他又像想起啥事一样，神情显得庄严肃穆，说话的声音严厉生硬："你说他二叔这个人忒不像话，都四十好几快五十的人，整天还像长不大的孩子一样不着调，去了广西这么多天，连个电话都不往家里打。家里不仅有生病的爹，还有他两个孩子也不管不问。他到底在那面咋样？人找到没有，啥时候回来？真是急煞个人。”

何巧玲的思想像个熟烂的苹果从树上掉下摔成了浆水，溅了一地，接过话茬道：“俺让小雪来咱家住几天，这孩子说啥也不来，这些日子一直住在她姥爷家里。对了，俺听说广西那边传销特别能挣大钱，一年能挣好几百万，他们是不是在那里挣大钱不想回来呀？”

“天上不会掉馅饼，杨柳树上啥时候也不会结包子。”刘立秋仿佛听到自己的心在叹息，随后变成一种呻吟。他口气突然变得严厉起来，“打死俺也不相信天底下会有一夜暴富的事。就算有也不会平白无故砸到咱这种人头顶上。”

何巧玲刚才那种心不在焉，恍恍惚惚的神情早已荡然无存，冷笑道：“看你咬牙切齿的样，像杨白劳欠债不还，这个社会啥事都不稀罕，说不定真有一天天上会往下掉馅饼，杨柳树上开始结包子。”她的话像瓷片一样锋利。

刘立秋听了，一下陷入一种无言的沉默中，张张嘴，啥也没说出口，但十分生气，抬起腚到卫生间洗脚去了。

66

❀❀❀❀❀❀

浪漫、崇高的目标悬在这间屋子的上空。

刘立夏隐约预感到自己已掉入传销陷阱。

从第一天开始，每天进行洗脑式培训，天刚亮就起来唱励志歌，吃饭的时候一律吃大锅饭，后晌睡觉全部睡地铺，上厕所也要两个人结伴。尽管大家互不认识，像有着前世的约定，感觉既熟悉又陌生。

刘立夏勤奋得像个泥瓦匠，千里迢迢来到广西，为的是将老婆梁娟找到并带回家，好好开始过日子，老婆不仅没找到，自己反而失去了人身自由，这让他心里十分懊恼。心里多次骂自己缺心眼，傻儿巴叽人家说啥就听啥。山西倒腾煤已让他倾家荡产，这次来广西还不扎耳朵眼，还像没大脑一样相信人家，这个世上还有好人吗？

手心手背都是肉,他最不放心的是家里的两个孩子。梁娟来到广西就和家里断了联系,他来广西是找人的,人没找到,自己也和家里失联,这算咋回事呀?世界上所有倒霉事,咋都让他一个人摊上了。他的心情像一个输得屌蛋精光的赌徒,两眼泛着绿光,连嚎叫的勇气都没有。

这些年,日子调皮地变幻着晨曦晚霞,夏日冬阳,朝霞夕岚,风波雨润,霜痕雪迹。因为到山西倒腾的事,已让梁娟和儿子,不,是认识他的所有人,对他毫无所思,甚至产生强烈的隔阂。特别是老婆和儿子,已对他产生深深地误解。老婆赌气出走,儿子至今不愿见到他,并且连爸爸也懒得喊;还有女儿小雪,从出生到现在就没摊上一件好事,想想心里一直觉得愧疚于她。现在将她一个人扔在家里不管不问,心里的愧疚自然又增加了一层。

刘立夏就像群众演员,临时凑上个角色,这几天他的心情特别不好,突然变得毫无所思,一无所求,每天早晨唱励志歌,吃大锅饭后,在培训中,他精力非常不集中,并且常常走神,一节培训课下来,脑子里还是空空荡荡,一句话也没记住。

刘立夏坐在那里啥也不说,可怜兮兮的样子。对纯资本运作像是风干的老鱼片,又硬又失去了原来的新鲜味道。他的所作所为被一个人看得清清楚楚。这个人就是留着大背头,颇有艺术家气质的书法家王锋。

眼睛看到更多的是假象,假象往往蒙蔽了真理。王锋在机关待久了,加上他又有艺术天赋,写字时非常善于动脑子,观察起人来细致入微且入木三分,分析一个人的思想八九不离十。他早就看出端倪,这趟浑水不但浑浊,而且深不可测。谁踩上不湿裤裆也湿裤腿脚。刘立夏上培训课的时候,精力常常不集中,看到王锋拿着笔记本认真地记录着。刘立夏好生纳闷,他到底有啥好东西可记,并且记得一丝不苟。看上去他脸上的神情既黯然也倔强,仿佛在苦苦等待最后的时刻,又仿佛一切听天由命。

刘立夏不由暗暗佩服在如此情况下,他还能平心静气。刘立夏甚至天真地想,王锋肯定脑子进水了,要不就是被驴给踢了。要是自己有一份稳定的机关工作,就是打死也不会神使鬼差跑到这该死的地方受这份洋罪,整天坐在办公室里喝喝茶、看看报、炒炒股、聊聊天,甚至打打牌,每天参加一个场合,吃香喝辣,有酒有肉伺候着,还不用自己掏一分钱,这种日子就是神仙看了也眼馋。刘立夏不由感叹,林子大了啥鸟都有。

窗帘没拉严实,光亮如一条细长的瀑布。下午又上培训课的时候,刘立夏的心像浇透了凉水,一下变得又冷又硬。他有意坐在王锋的身后,想看看他没完没了到底在捣鼓些啥?有啥警世名言值得他这般认真。难道王锋没和自己一样,坐在这里像坐在鏊子上，下面烧着熊熊的大火。

刘立夏心跳地就像第一次作案的小偷，看到王锋下午依然记得很认真，便伸长脖子想看个究竟。这一看不要紧，看完心里不由大吃一惊，心跳就像滑了牙的螺丝，团团转。

原来，王锋在本子上画的都是人物速描，每个人物都画得很夸张、抽象，就像动画片米老鼠与唐老鸭。原来他也像一头孤独的骆驼，在漫漫沙漠里无助地蜷缩。

刘立夏看罢，脸上浮现出一丝笑意，而眼神里却充满了深深的倦意。原来这家伙在捣鼓这些乌七八糟的东西，看上去一本正经，实际上和自己一样，心不在焉。他一下分不清这是上苍的礼物，还是这个世界的陷阱。

在这间屋子里，严禁两个人私下谈彼此的家庭和以前的工作，就连上厕所也要有人陪同。刘立夏想抽机会和王锋好好拉拉，看他到底是啥人，瞧他那精明劲不像脑子进水，更不像被广饶毛驴踢了脑袋，放着好好的机关不去上班，却跑到这里受这份洋罪。

刘立夏心里突然涌起万箭穿心的疼痛，痛在心里、骨头里，乃至血液里。他举手报告说，要和王锋一块上厕所，没想到王锋竟没反对，一口答应下来："一泡尿憋得早就撑不住了。"

李辉的脸阴郁着如同黑云低垂的天空，他的存在就像一座大山，瞪了他们一眼，有点不高兴："这才刚上课十分钟，你俩的尿就憋不住，上课前干啥去了，不能提前把尿尿了准备利索。"

得到允许后，他们两个进了卫生间。刘立夏突兀而神秘地问："俺一直好纳闷，你脑子进了水，还是被驴给踢了，放着好好的机关工作不做，跑到这鬼地方来干啥？"

王锋哼了一声，反问道："你从咱山东老家大老远跑来又为的啥？"

这话问得像热爱法国红酒的人，红酒的趣味在哪里一样，让刘立夏一下沉浸在痛苦的回忆中，喃喃道："俺这次来广西是来找俺老婆的，没想到一下火车就被李辉骗到这里。左眼跳财，右眼跳灾。怪不得那些天俺的眼皮一直跳个不停，原来一直没好事啊！"

王锋也纳闷起来："找老婆？找啥老婆？难道你老婆也跑到广西来啦？"

"对呀，年前就和俺小姨子一块来了，至今也没她们的一点消息。家里不放心，才让俺跑到这赶紧找回去。没想到来到这里，就和老乌龟爬泥潭一样越爬越深。"

刘立夏时而诉苦，时而骂娘，仿佛全世界都欠他的，并且欠大发了，最后忍不住问:“你不会也是来找老婆的吧?”

“原来如此。”命运相同的人,总是有许多共同语言。王锋表情严肃,脸上露出一丝痛苦状,“本来俺休假在家有事,却被表哥李辉约俺到广西旅游。一到南宁俺就和你一样失去了自由,到现在和单位连个招呼也没打,长时间不上班,非把俺除名不可。但又走不出这个屋子,所以到现在一点辙也没有。”

刘立夏唏嘘一声,心犹如十五只吊桶打水,七上八下的,脸上现出同情:“原来这样啊,人人都有本难忘的经。”

王锋的脸一下变得煞白:“俺在这一天也待不下去,要想办法赶紧逃出去,回山东老家才是万全之策。”

就像夜幕无边,天降黑暗一样,刘立夏一筹莫展,无奈中摇摇头:“咱现在是乌龟在门槛上,进退都要跌一跤。”

67

❀❀❀❀❀❀

天下最快乐的人是疯子。

尽管刘立春在家闲着无所事事,但她已好几天没去医院看望住院的爹。

她在家每天打扫完卫生,已是上午十点钟。这儿的女人,都有一个雷打不动的习惯,无论上班再忙,还是在家啥事也没有,每天打扫家里的卫生就像墙上的钟表,准确无误。无论是谁家里,都拾掇的明光锃亮,地上掉根头发也看得一清二楚。要是家里两三天不收拾打扫,会被左邻右舍笑掉大牙,讽刺这家人家,家里除了差个死老鼠,别的啥都不缺,进去个人能埋半截身子。

刘立春脾气像硫黄脑袋沾水就着,这么多年过去了,也没遇到过几件称心如意的事,她常常脸青面黑,气鼓肚胀,像刚和谁吵过一样。无论在家里,还是走在孝河两边的大街上,看见啥事都不顺眼,都爱在背后阴阳怪气说些风凉话。觉得好多事故意出来和她作对,越看越不得劲,越看越生气,张嘴就开始骂娘,骂完心里多少找回一些平衡,然后心无二事,就当啥事也没发生。

这两天,刘立春内心深处,隐隐约约有种过去从未有过的担忧,其实她在家也没啥大事,但就是躲在家里不愿去医院,天塌了有娘家两个弟弟扛着,嫁出去的闺女就是泼出去的水,懒得去管也在情理之中。反正在家里打小也没啥好事摊到她头上。之前是这样,之后也是如此。这两个弟弟太不叫人省心,本事大的就像孙悟空,差点腾云驾雾一去十万八千里,家里出了这么大的事,一个埋头捣鼓自己承包的工厂,家里倒了油瓶也惊动不了他的心肝肺;另一个更是如此,家里的一切好像与他没一毛钱的关系。就像没有金刚钻揽不了瓷器活,就是有了金刚钻也不敢去揽瓷器活一样。

刘立春内疚的心理一直困扰她,让她吃不好,更睡不好,一闭上眼就开始做噩梦。随后长叹一声,自言自语道:今晌午无论如何也要去趟医院,去看看躺在病床上的爹。去时买上一个馄饨,面子上的事该办还是得办,要不然会让人笑话说闲话。

窗外的风,透过窗户的缝隙吹进来,凉飕飕的。就在她准备出门时,赵成玉却下班回来了。

到了这个年龄的人,男人要么在单位大门口当保安,要么在马路上当协管,女的只能出去干保洁。

平时,赵成玉早晨六点半就出门上班,半年前从《齐州晚报》看到交警大队招聘交通协管员的消息后,便去报了名。招聘条件说得很清楚,“4050”下岗职工优先报名,优先录用。虽说每月扣去包括养老保险、医疗保险在内的“五险一金”剩下只有六七百块钱,但在求职异常困难的情况下,能有这样一份稳定的工作和收入,已相当不易,这也解了没工作的燃眉之急。政府这种雪中送炭的做法,让他心存感激。

赵成玉的脸上总是挂着微笑,看人的时候笑眯眯的,好像啥主见也没有。他去报名时,来的人并不算多,好多下岗失业人员,还没从下岗失业的怪圈中转过弯来,还在家里不住的抱怨,甚至组织起来到政府部门上访,要求重新安排工作。结果,赵成玉各项条件都符合招聘要求,没费吹灰之力就被录用,随后参加交警队组织的为期十天的培训和学习,穿上交警队专门发的协管员制服,手拿一面小旗便在十字路口走马上任。他们的职责专门指挥、说服不遵守交通规则上班一族和年纪大的老年人。

尽管风带着马路上的飞尘钻进他的鼻孔,但他还是尽职尽责,严肃地就像一位私塾先生。上班也很人性化,这是他最为满意的一点。早晨六点半出门,站到九点就可以下班回家休息。中午十一点再上班,两点后再下班回家,下午四点半再上班,站在后晌六点,便完成了一天的任务,就可以回家吃饭睡觉。第二天依然和前一天一样,周而复始。

赵成玉也不比别人多出两块骨头，第一天站在离家不远处世纪路口时，无论咋掩饰，他的脸上都有一双惊恐的眼睛，使劲往下低低头，没有一丝勇气看过往行人的脸，生怕人家认出他而丢人现眼。他以前在工厂时是工程师，当协管不需要工程师资格论证，需要的是他这个人拿着小旗，勇敢地站在路口，六亲不认纠正违反交通规则的人，特别是早上那些匆匆上班而满不在乎闯红绿灯的人。

赵成玉从不嬉皮笑脸而是板板正正，像刚修整过的农田。久而久之，也就慢慢习惯了，不再觉得站在路口上有多么丢人现眼，反正啥工作都是人干的，况且协管工作是正儿八经签合同招聘的，和以前工厂里的工程师比起来，不需要去动太多的脑筋，机械、呆板的就像每天升在天空的太阳。

刘立春很瞧不起赵成玉，就像有时瞧不起自己一样，她出门往外走时，看到赵成玉满脸不高兴，这和以往的他简直判若两人。

刘立春的声音轻飘飘的，好像是从很远的地方飘过来："瞧瞧你这张脸，阴得能拧出一把水来。咋了，出门碰到吊死鬼，还是遇到了丧门星?"

赵成玉的手一下僵硬起来，仿佛害怕神秘之处卧着一条吐信子的毒蛇。他是文化人，又在工厂里当过工程师，举止言谈非常文雅，不逼急了眼轻易不跟任何人发脾气，有时别人对他发脾气，甚至出言不逊张嘴骂娘，他咧咧嘴苦笑一下，无奈地摇摇头，啥也不说。等人家消了气，风平浪静下来，他才若无其事和人家笑笑，说你刚才咋了，像要吃人。他多次劝自己，君子不和牛生气，和牛马去生气，他也成了动物。对别人是这样，对刘立春更是如此。尽管好多人痴笑他活得窝囊，他也感叹，好汉无好妻，好妻无好汉。

男人在女人面前没本事就是废物。刘立春说话的口气和她的眼神一样僵硬。赵成玉两手一摊，有种深深的失落，还夹带着一丝惆怅，一脸无辜。纵有千言万语却也无从说起。

刘立春的眼光嶙峋、犀利，仿佛一下能钻透人的骨头。她最不喜欢有屁夹在腚里不往外放，特别像赵成玉这样十竿子打不出一个屁来的男人。别人已气炸了肺，而他还像木头一样无动于衷。气急败坏的刘立春从没一声叹息就拉倒，而是打破砂锅问到底："有话就说，有屁快放。整天把屁憋在腚里，能当饭吃，还是能当钱花。真是急煞个人!"

68

❀❀❀❀❀❀

圆中有规，方中有矩，正己者才能正人。

在齐州，像刘立秋这样出身陶瓷世家的人比比皆是，就和其他人一样，也时常仰望星空心怀天下。

振华陶瓷有限公司投入生产后，因产品质量过硬，加之又研发出新产品，很快在市场上站稳了脚跟。就在一家人沾沾自喜之际，问题一个个接二连三而来。

首先找上门是质量技术监督局的人。一位科长模样的青年男子，带领两名下属，气势汹汹来到公司，质问企业投产后，产品为啥不主动到质量技术监督部门抽检，没有经过质量监督部门出具的产品质量合格证，在市场上私自销售就是一种严重的违法行为。

刘立秋就像现在的病人到医院看病，都知不道自己得了啥病，他好话说尽，但那位科长就是不买账，急得刘立秋像热锅上的蚂蚁，一下感觉到了山穷水尽的地步，他求爷爷告奶奶，就差点给那位科长跪下。

那位科长温水煮青蛙，看火候差不多了，知道刘立秋此时已是他手中任意玩弄的羔羊，不卑不亢道："咱掰开饽饽细说馅。俺虽然同情你，但俺不是梁山上的宋江，你更不是黑旋风李逵。根据国家法律法规，产品出厂一定要经过质量技术监督部门的质量抽查，完全达到国家质量标准后，才能出厂销售。若不然你的产品出现质量问题，那就是俺们质量技术监督部门的失职，好歹你生产的是陶瓷产品，要是生产的食品大量投放市场，万一有质量问题，那可是人命关天的大事！"

说到这，他稍微停了一下，用锐利的目光扫视了一下刘立秋，冷冷一笑："你猜俺还要说啥？"

刘立秋心里骂：俺又不是算命的，你想说啥俺咋知道。

科长不慌不忙道："俺们也理解你们下岗职工再创业不容易，但话又说回来，谁也没有凌驾法律之上的特权。从今往后，你们振华陶瓷有限公司生产的每一批产品，都必须保证按时送到质检局抽检。否则，你们任何的销售都是一种违法行为。俺们会根据有关法律条文，对你们的行为进行严厉处罚。今天俺姑且先放你们一马，但处罚是免不了的，这次就对你们罚款一万元，算是给你们振华陶瓷有限公司目中无人的行为敲敲警钟。”

疖子就长在自己身上，刘立秋一听要罚款一万元，嘴巴紧紧闭着，一声不吭，严肃得像个烈士。心里不停地骂着。冷在心里，热在面上。过了好一会，他才辩解道：“俺这个小企业刚刚开始起步，资金相当困难，恳请你们手下留情，以后俺加倍注意，保证按你们的要求办事。就是罚个三千两千，俺一时半会也拿不出来呀！”

科长眉毛一扬，像时间一样自信而有力，瞪着一双大眼睛：“这已经是对你们最大的照顾，只是象征性进行罚款，若不然就是罚你们十万八万也在法律允许范围之中。你可不要把俺的好心当成驴肝肺。”

暗处滋生蚊蝇。刘立秋像头被束缚住手脚的猛兽，叫苦不迭。一个劲哭穷，大倒办企业不容易的苦水，脸上那痛苦的表情像是千古奇冤。

科长不耐烦挥挥手，口气严厉道：“好了好了，就没见过你这样的企业家，铁公鸡一毛不拔，真是林子大了啥鸟都有。好像你产品质量不抽检还有理一样。你说咋办？”

刘立秋看历史书时，看到汉朝的萧何曾向刘邦表明自己绝对不会造反，于是假装贪污。贪官们不会造反，因为他们热爱贪污。听到科长的问话，赶紧张口拍马屁：“难时一口，强过平时帮一斗。你们都是国家机关干部，过的桥肯定比俺走的路都多，像俺这样不起眼的小人物，根本搭不起你们的定盘星。多个朋友多条路，只要你们帮俺度过眼前的难关，日久见人心，俺刘立秋绝对不是狼心狗肺的白眼狼。”

科长有一双毒眼，眨巴了几下，叹息道：“你面对的又不是野心家，阴谋家，干啥一副忍辱负重的模样。俺和人打了一二十年的交道，就没碰上一个和你一样油嘴滑舌，不务正业的企业家。这样吧，俺好人做到底，送佛到西天，照顾你一下，罚款六千总该行了吧！”

水大漫不过船。刘立秋觉得自己像鼻涕一样掉在地上，双手合十，像虔诚的教徒，连忙答应道：“五千吧，今天俺就是砸锅卖铁一定给你们凑齐五千块钱。你们是企业的贵人，俺一定牢记在心。这样吧，不打不相识，天快晌午了，俺略备薄酒，领导们一定赏光，吃了饭再走。”

科长的脸沉静得像冰雪覆盖的田野，见刘立秋说得实在，挥挥手满口答应下来说：“刘老板说的对，不打不相识。俺看你是个实在人，俺就乐意和实在人打交道。好，既然盛情相邀，俺们恭敬不如从命。”

酒足饭饱以后，科长脸上挂着明星般的笑容，命人拿着五千元罚款扬长而去。

刘立秋望着他们远去的背影，也懒得再去感叹。官场之上，就是这么吊诡，谁也知不道日后天上哪块云彩能下雨。

上午送走质监局的人，下午银行的人在马明的带领下，也赶上门催他马上归还贷款。

刘立秋脸上有一种深深的失落和惆怅，掐指一算道：“俺贷的款每月都按时归还本金和利息，一天也没拖欠啊！”

马明的脸色很忧郁，不紧不慢道：“刘老板真会开玩笑，你是按时归还本息，但是万一到了期限，你们公司还不上咋办？当初好多人贷款时牙咬得吱吱响，信誓旦旦保证，到了还款日期一分不少足额还上。但真正到还款的时候，企业要么倒闭，要么资不抵债。在这方面银行有太多的教训，最后好多贷款都成了呆账、死账，银行一分钱都追不回来。”

刘立秋长吁短叹：“马行长啊，你可千万别跟那些没出息的人比，你可是胸怀大志的人，要比就和那些大人物比，这样将来你才更有前途。你说的那是人家，不是俺刘立秋，俺说话算话，保证一口唾沫一个吭，到时一分不少还给你。你仔细看看俺像坑蒙拐骗的那种人？”

“人心隔肚皮。”马明哀叹道，“你是不是那种人又没写在脸上，谁都说不是那种人，但最后好多人都成了那种人。”

刘立秋此时像暴风雪中的小鸟，无奈又无助：“马行长，俺的企业现在刚刚起步，并且到了研制和生产新产品的关键时期，此时你逼俺还贷，这分明就是杀鸡取卵，在俺头上架上了一把刀。不是俺现在不还款，而是不能抽刀断水呀！”

马明像背诵化学元素周期表那样自述起来：“刘老板，当初你为贷款的事和俺喝酒，当时俺佩服你为人豪爽实在，正是看中你这一点，银行才大胆将钱贷给你。人要懂得知恩图报，千万不能卸磨杀驴，把俺和银行给坑了。”

刘立秋听了无言以对。

马明摇头晃脑又说了一通，那意思他们一个是天上的白云，一个是地上的污泥，根本不可同日而语。

69

❀❀❀❀❀❀

刘立夏把手背在身后，显得老成持重，自上次他和王锋在卫生间搭上腔以后，两人整天心事重重，根本无心上课听讲。无奈看管太严，加上他们一走进这屋子，身份证、钱包、银行卡等所有证件，统统都收缴上去，说是为了便于管理。

这时他们才明白，追求金钱、追求幸福的某种意义，就是追求痛苦和折磨，就像欣赏美景，第一天是感叹，第二天是向往，第三天就是平静。

由于他们身无分文，就算让他们走出这间房子，出去后也干瞪着两眼没法子，除非他俩再来一次长征。于是他们又怨恨自己就像猪脑子，太容易相信别人，上当一回，就是这一回也要了他们的小鸡命。

经过这些天的学习和交流，他们犹豫过、怀疑过，但就是没有冷静下来认真思考过。李辉拿出一本《新时代的见证》，让刘立夏和王锋进一步学习，说你们把这本书看明白了，才能八仙过海，各显神通。

刘立夏神情疲倦，头发散乱，打小他就对书本不大感冒，加之身在曹营心在汉，对看书学习的事根本静不下心。而王锋却漫不经心将书拿在手里翻，这本书竟然印有“中国特许经济出版社”。王锋上过大学，加上又在文化部门工作，对图书出版之类的事，多少也了解一些，这家出版社毫无疑问是假的，中国大陆不可能存在“中国特许”这样的出版社，尽管社会上有很多特权部门和特许单位。

王锋的目光看上去像摇摇晃晃的风筝，看了一会不由冷笑起来，嘟囔空中来风，子虚乌有。在这本书中，里面有大量正规出版物的内容，在这些专业性很强的文章中，跟报纸、电视里传销组织所使用的一整套理论与说法，把“资本运作模式”，说成是美国西部开发的关键，日本崛起的法宝，更是中国参与大国竞争的利器。

刘立夏浑身冰冷，这种冷与气候季节温度无关，是从心底透出的那种冷。他知不道王锋笑啥，气呼呼白瞪了他一眼，挖苦道：“你还有心笑，没心没肺。”

“一个有天分的人，能把吃饭穿衣这样的小事都变成修行。”王锋漫不经心回答，“人生就像开飞机，飞高飞低无所谓，关键落地要稳当。《新时代的见证》为咱构建这么美好的世界观,咱没有现代经济意识,没有孙悟空火眼金睛的分辨能力,这本书才教咱咋学,然后咋去做,难道不可喜可贺!"

刘立夏愁眉苦脸,他的手不知所措哆嗦着,心里懊悔地死去活来:"俺现在是蚂蚁爬到热锅上,火烧火燎哪有闲工夫像你一样看着蚂蚁爬树,梦想着发大财。"他心里清楚把老爷子气得可能至今还躺在医院里,而儿子和女儿在家也眼巴巴盼望着他能早点找到梁娟,和她一块回去一家人好好过日子。而他刚到南宁就捣鼓了这么一出,连个影子都没找到,却被整天关在这里身不由己。要是再这么下去,非把他急疯不可。于是他再次看到某些人,对美好事物的摧残和对人性良知的泯灭。不来知不道,来了吓一跳。关在屋子里的这些人,大都是通过人拉人的方式,以旅游观光、项目考察、做生意等被人骗来广西。有许多人是父亲叫来儿子,女儿喊来娘,娘又叫来娘家门上的亲戚,以求"共同致富发大财"。听说还有银行职工、医院护士、汽车司机,更多的是机关退休干部,相约来到广西,每天的工作就是接待新朋友,喝茶聊天,沉浸在南方亚热带舒适悠游的空气中。看看自己却失魂落魄,就像一个输得屌蛋精光的败家子,心里不由骂:五十年代的人献的是真心,六十年代献的是忠心,七十年代献红心,八九十年代图的是人的良心,而现在的人又在做些啥?

下午讲课时,灰尘纷纷扬扬飘起来,就像纪录片或电影里原子弹的爆炸的镜头。李辉所介绍的内容,所使用的语言和那本书上的内容一模一样。后面则辅之以图书、视频、央视新闻、互联网资料,形式丰富多彩。这一切重新赋予这群梦想挣大钱的人以欲望,困惑和忧虑,以及神话般的力量。

经过将近两个小时的演说,李辉讲课喊出来的声音像要挨刀的鸡。刘立夏听后扑哧一下笑起来。李辉终于进入最后的主题,他眉飞色舞道:"俺早就告诉过大家,咱们现在所从事的事业,是一项秘密的国家战略工程,这一点前面已多次和大家讲过,这一模式是由国务院某位副总理花巨资从美国引进,是为了适应我国西部大开发的战略需要。"

欲望能使人膨胀。李辉说到这,语气一下加重起来:"有人喜欢孙悟空,有人喜欢猪八戒,口味重的喜欢牛魔王。这种资本运作的操作模式如下,首先本人要投资入股。按照三千三百元一股的标准,第一位投资者一次性要申购二十一股,也就是六万九千三百元。另外还要缴纳五百元作为管理费。这样算下来一共要投资六万九千八百元。"

李辉越说越兴奋,讲话内容充满了深山古刹诵经般的玄秘。而刘立夏听了头皮却阵阵发麻,在这一夜暴富的诱惑面前,他一点也不感兴趣。

"道不同,不相为谋。"李辉依然大声道,"黑格尔曾说过,玫瑰灿烂绽放的瞬间,并不逊色于高山的永恒。投资入股的第二个月,组织上会自动返还你一万九千元,作为入股奖励,也可以叫开工资。这么算下来,你实际投入的资金只有五万零八百元。接下来,你要寻找三位合作伙伴,也就是你的下线,你的下线同样要投资六万九千八百元,第二个月奖励和你当初一样,而他们每人也需要发展三个下线。你本人加上三个下线加上九个下下线,你的团队就是十三名成员。也就是一变三,三变九,九变二十七。同样伴随着一套有效的晋升机制,你就变成了老总。一年内就可以拿到上千万的巨额财富。拿到钱之后,你必须退出来,把当老总挣大钱的机会继续留给后来的人。从资金流的角度看,原理并不复杂,你交上六万九千八百元,分给你的上线、上上线、上上上线。堤内损失堤外补,而你再赚你的下线、下下线们的钱。这就是国家宏观调控、微观支持的纯资本运作项目。"

刘立夏嘴里嘟囔:"羊毛从来出在羊身上,这才是亘古不变的真理。"

李辉一番高谈阔论就像卡夫卡的每一个句子,骨刺一样卡在时间的喉咙里,让人难以消化。

70

❀❀❀❀❀❀

有嘴说别人,无嘴说自己。

刘立春生了赵成玉一肚子气,就在她转身往门外走时,赵成玉突然像哑巴般张嘴说话,向刘立春诉苦道:"今天俺真是倒了大霉,每天早晨俺都像电线杆子一样,老老实实在十字路口上班值勤,劝说阻拦那些不遵守交通规则的行人。以前俺是那么做的,现在还和以前一样尽职尽责。万万没想到,今天早上一位中年妇女骑着电动车,带一个五六岁的孩子不管不顾闯红灯,俺举起小旗制止她,要她注意交通安全,不要乱闯红灯,万一出了事咋办?不为自己想也该为孩子想想。没想到她听后像泼妇骂大街一样,对俺破口大骂。骂俺是妖怪腚上插鸡毛,没见过俺这样的鸟。结果引来一群上班的人来围观,好像俺做了见不得人的勾当,弄得俺恨不得找条地缝钻进去。"

刘立春听后一下站住脚,像只失语的蛤蟆,肚子一鼓一鼓喘息着,过了好一会才说:“她闯红灯还有理?她骂你啥,都咋骂的?你这个木头疙瘩,咋不上去撕烂她的臭嘴。”

说她一句,她有十句等着。赵成玉哀叹起来:“瞧你都说了些啥,俺是在上班值勤,又不是站在公路边闲得没事看西洋景,或者在路边没事专门找碴打仗。再说好男不和女斗,她骂两句出出气,以后不再继续闯红灯,目的也就达到了。再说就算她多骂两句,俺身上又不会少块肉。”

“死狗撮不上墙头,撮上墙头也是只死狗。”刘立春心里的感觉就是歪嘴骆驼卖了个驴价钱,吃了嘴上的大亏,张嘴骂道,“你这辈子到死就是这个熊样,也不会长一点人出息。这辈子就没见你挺起腰杆,堂堂正正做回男人。俺打小也没见过像你这样窝囊的熊人,被人家劈头盖脸骂了一顿,还乐呵呵不当回事,以后你就夹着尾巴做狗吧!”

精细的收钱,糊涂的管账。赵成玉自己劝自己:“多一事不如少一事,俺天天在路口值勤,要是和行人打起来,成何体统?交警队不把俺开除了才怪呢!”

脚上的泡都是自己走出来的,怨谁都不行。刘立春无言以对,气急败坏甩出一句话:“简直不着调,不靠谱。天生你就是个窝囊废,乐意当骂材,活该!”骂完,悻悻地走出了家门。

刘立春对命运的误解根深蒂固,在往医院的路上,越想越生气,嫌弃赵成玉活了大半辈子,到现在也没活出个人样。要不然也不会被人家骂得狗血喷头,最后连个屁都不敢放。在馄饨铺里买馄饨时,让人家放一些香菜,她说了两遍,服务员只顾招呼进来的其他顾客,一直没空搭理她。她心中的火气“噌”地一下又蹿上来,张口大嚷:“你耳朵塞上驴毛,还是听不懂人话?俺又不是吃饱撑得没事,出来花钱买气受。”

卤水点豆腐,一物降一物。服务员一看刘立春满脸横肉,知道不是个善茬,连忙过来大姨长大姨短赔礼道歉。

刘立春走出家门时心情就不好,加上刚才又生了一肚子气,一听人家大姨长大姨短叫,便如鲠在喉,厉声道:“俺有那么老嘛?”说完,提起保温桶,气呼呼走出了店门。她边走边想,今天这是咋了,平白无故一下生了两次气。她也知道自己这辈子就是改不了脾气急的毛病,是自己心眼太小爱找气生,还是事情处处和她过不去?她突然感到一种莫名其妙的孤独与凄凉。

当刘立春来到医院病房时,时间差不多到了十一点半。看到何巧玲已将饭菜送来,并且爹正在吃着,心中不由涌起一股醋意,甚至是莫名的嫉妒,心里的感觉就是狗拿耗子。就像一只蛮不讲理的小手,在她脑子里胡乱搅过,把他的神经搅得乱七八糟。她没话找话道:“巧玲啊,要是一家人都像你和他大舅一样,咱爹也不会生那么大的气住院遭这个罪。俺就纳了闷，都是一个娘生一个娘养，做人处事的差距咋就这么大呢！”

何巧玲听了笑得很温柔，知道本来很正常的事，藏着掖着倒像心里有鬼似的，马上回答：“他大姑，咱爹生病住院，多亏你一趟又一趟往医院跑照顾着，都说闺女是爹娘的小棉袄，看来这话一点不假。夜来后晌，立秋还和俺说，这段时间他事情太多，照顾不上爹，心里很不好受，说多亏了你跑前跑后。”

人，信哄不信唵。刘立春听了心里一下产生一种骄傲自满的情绪，觉得今天何巧玲特别会说话，并且每句话都能说到她心里，脸上一下露出皮笑肉不笑的神情：“都是一家人没必要说两家话。俺知道他大舅是干大事业的人，厂里忙走不开，有他这句话俺就是累死也知足。不过有些善心发不得，有福气得留着。话又说回来，都是做儿女的，没有远近之分。他小舅倒好，把咱爹气成这样，拍拍屁股去了南方，现在连个人影都不见，更不用说床前床后尽孝心。人家两口子有本事揪着自己的头发上天，俺早就看出来了，他小舅两口子都不是省油的灯。”

“人啊都有难处的时候。”何巧玲试图开导刘立春，但一时又无从说起，没立即赞同，也没坚决反对，知道惹人容易为人难，沉吟片刻才说，“家家有本难念的经。他二叔这些年也不容易，这次他到广西找他二婶，人生地不熟，谁知道费上吃奶的劲，最后找不回来可咋办？替他想想心里都发愁，他这辈子也够倒霉的，好像啥倒霉的事都和他有缘。还有小雪和他哥哥这两个孩子，爹娘都不在身边，也够可怜的，身边没个亲人，想撒娇都找不到个人。”

刘立春的目光还是那样淡淡的，懒洋洋的，脱口道：“该，活该。有多大的鏊子就摊多大的煎饼。他打小就知不道天高地厚，不像他大舅为人处事实实在在，从不看人拿咸菜碟，要不然也不会办起这么一个陶瓷厂。你们往后的日子可是越过越滋润，就像开花的芝麻一节比一节高，不像俺们日子越过越巴结。”

刮风下雨溅一身泥。何巧玲不好再说啥，知道以前刘立春总喜欢高处填土，低处掘坑。现在看到他们家办起了工厂，绝对不会再和以前那样，说话时嘴里就多一个看大门的。看到刘鹤之吃完饭待在这里也没别的事，便对刘立春道：“他大姑，俺回家还有事，要是医院里有啥事，别忘了给俺打电话。”

刘立春将何巧玲送到门口，长长地吐出一口气，像是读到一个女人惨淡的心声：“你尽管去忙，这里有俺呢！”望着何巧玲的背影，她突然觉得很陌生，就像以前从未见过，跟自己毫无关系；有时又觉得亲近无比，仿佛她就是自己的轮廓。

71

❀❀❀❀❀❀

齐州之所以能成为中国江北地区最大的陶瓷琉璃生产基地，是因为有无数个像刘立秋、张爱国这样陶瓷世家出生的人一直在从事陶瓷琉璃行业，这也是齐州陶塑琉璃能驰名中外的根本所在。

但凡有底气的人，必从容。刘立秋对陶瓷琉璃的爱，就像经典的诗歌那样华丽而忧伤。企业要想在激烈地市场竞争中，永远立于不败之地，就要不断研制开发新的高端产品。一个企业如果产品单一，没有源源不断的新产品问世，那么这家企业就走进了死胡同。他的振华陶瓷有限公司成立时间不长，研发新产品力度还不够，这一下成为制约他大显身手的瓶颈。

他所做的一切，好像是为了一个信仰，而放弃了另一个信仰。其实他早就打算在生产高档陶瓷的基础上，还必须使企业上规模上档次，再生产琉璃新产品。在齐州，琉璃生产已有好几百年的历史。就拿花球来说，1907 年初秋，北京鸿兴永料货庄将一只瑞士产花球带到了齐州，由制鼻烟壶坯的张工匠和他儿子经过数百次的仿制，竟大获成功，送到北京试销，销路大开。于是取名“成花球”，这是齐州花球第一代产品。后来在此基础上不断改进，又研制成功“扎瓣”工艺，由单一的平面花发展到立体花。不久，又以石膏预制动物形态，创造出了鸟石、猫石、蝴蝶石等花色，外形有鼓墩、四方、六方等样式。这和新中国成立后六七十年代，研制生产的各种花瓶，像燕鱼花插、滴水燕鱼瓶等，都达到了很高的艺术成就。

人就像一根芦苇，大自然中最脆弱的东西，但这是一根能思想的芦苇。受爹刘鹤之的影响，刘立秋一如既往地自信，从小对陶瓷琉璃情有独钟。后来又在电大陶瓷专业经过三年系统学习，基本掌握了陶瓷专业的系统理论和知识，特别是在北方陶瓷厂经过二三十多年滚打摸爬，名副其实成为陶瓷行业的行家里手。

干企业不怕吃着碗里看着锅里。刘立秋表情凝重，就像一个王子，他要甩开膀子大干一场。

谁都不能为你的前途命运提供担保，就如教会不能为每个人的信仰提供担保一样。在生产陶瓷的基础上，再陆续生产琉璃新产品，就像生产花球。花球的制作方法有两种,一种是制排花球,将预制好的各式花梃裁成小段,排在铁托盘内成各种图案备用,成型时以铁丝顶端粘一团底料,趁尚未溶化放在铁托盘上将花梃嵌入,用搓板将花梃挤匀,外套以溶化的水晶料在药碗中滚动使之圆正,再入炉中加热见光,后用葫芦钳将花球和铁线分离,最后退温。另一种是制作扎瓣花球,在铁线顶端熔化的底料上,粘一块色料入火熔化铺匀,用铁片、铁丝制成花瓣或草叶的形状,按花、叶的生长规律扎底料内,用葫芦钳将其根部收拢,打去多余之料,再将底料从铁线上卸下,倒转,粘住花、叶的根部,外罩以熔化的水晶料,用药碗成型,卸下退温。

刘立秋像着了迷有一种欲望在心里升腾,他对琉璃产品念念不忘,以至张爱国进来向他汇报,最近因受市场影响,原材料不断往上涨价,可能要影响到产品核算成本和销售成本时,他都无动于衷。

他的紧张远远多于激动。一个优秀的企业家能做到眼观六路,耳听八方并不是件容易的事,受方方面面制约姑且不说,个人的经营意识和经营头脑也至关重要。

捕风者,来无影,去无踪。刘立秋像从梦中刚刚醒来,坐在那里像个疲倦而呆滞的乞丐。望着站在面前的张爱国大惑不解:“你找俺有啥事?有事咋不早说,像根电线杆子站在这干啥?”

张爱国心中只有感叹,感叹他的严谨,也感叹他的痴迷和呆板,又把刚才说的话重复了一遍,刘立秋这才明白过来是咋回事,叹息道:“企业就是唐僧肉,谁都想张嘴咬一口。但这也是没办法的事,咱们只能咬咬牙渡过这一个个难关。”

张爱国鼻翼微酸,赶紧低下头,双手在大腿外侧的裤子上揉搓,似乎里面长了啥要命的东西:“咱们搞企业为啥在发展中遇到这么多的难题,还不是因为上面的婆婆妈妈太多。老婆多了不做饭,母鸡多了不下蛋,千年铁律谁也破解不了。咱见到的领导大多不管事,管事的领导一个也见不着。”

刘立秋听后若有所思点点头,看了张爱国一眼,又将目光转向窗外的天空。他从窗户里隐约看到天空中,有一大片云彩在缓缓移动,就像裹着小脚的老太婆,走了半天也没走出多远。他心里明白,目前陶瓷行业的利润十分有限,因而必须下大力气扩大生产规模和产品档次。此时已逼上梁山,就像给马裹上了绳索。自古华山一条路,只有负重远行,别无选择。

张爱国知道,此一时彼一时,这些日子刘立秋的压力忒大了,每天都有人气势汹汹找上门,说出一大堆理由,每条理由都能让企业死上一百回。每次遇到这种情况,就像童养媳在婆婆面前那样低三下四,好话说尽,人家才勉强答应放一马,但最后的罚款无论如何是少不了的。高高兴兴拿着罚款,再到饭店撮上一顿,然后才抹抹嘴巴,心满意足打道回府。一想到这些,张爱国都替刘立秋犯愁,但开弓没有回头箭。

刘立秋脸上露出憨厚而略带腼腆的笑,突然张口问:“你觉得振华陶瓷有限公司能和之前的国企一样,生产琉璃制品吗?”

“提那些破烂国企干啥!”一句话问得张爱国一愣一愣,想了好一会才憋出这句话,低头二思了半天,慢慢道,“自古陶瓷琉璃不分家,你中有俺,俺中有你。咋了,难道你还要想上琉璃生产线?”

查找问题的关键取决于发现问题。刘立秋若有所思,最后使劲点点头。

72

在这个社会上,一般人是没有资格产生看法的,有的只能是想法。刘立秋想了想,知不道自己是前者还是后者。他认准的事情从不拖泥带水,历来雷厉风行,提腿来到财务科问主管会计账上有多少钱。

主管会计是位戴着金丝边眼镜四十多岁的中年妇女,她的微笑像一汪水挂在脸上。之前,她在北方陶瓷厂上班时职务财务处副处长,是齐州财会学校毕业的高才生,毕业后分配到北方陶瓷厂财务科,从会计一步步干起,十几年后提拔为财务科副科长。后来,财务科升格为财务处,她又名正眼顺成了财务处副处长。一家人都知道,财务处长最多还有半年就到退休年龄,处长的位子十之八九要落在她头上。谁知人算不如天算,做梦也没想到,这时企业经济效益每况愈下,仿佛一夜之间滑到资不抵债,到了破产拍卖的边缘。好端端的一个现实,竟成南柯一梦。她也成了“4050”下岗大军中的一员。下岗后的痛苦经历,像只拔毛的鸡,每个汗毛孔都生痛生痛。

到了这个年龄,无论是男人还是女人,一下没了工作,一时半会根本找不到北,也和其他下岗失业的人一样,整天躲在家里大门不出,二门不入,浑浑噩噩混日头。

太阳像火球一样烧烤着大地,尘土飞扬的厂区只有他孤零零的身影。刘立秋承包并成立齐州振华陶瓷有限公司后,企业要健康发展,必须有一套完整而严谨的企业管理制度，当然也包括账目分明的财务制度。刘立秋首先想到了她，一个单位最忌讳也最容易沾惹嫌疑的，可能就是七姑八姨的裙带关系。虽然他们在北方陶瓷厂时打交道不多，甚至一年之中见面说上几句话的机会都没有，但却从口口相传中了解到彼此的个人情况。刘立秋早就听说她对工作极其负责，并且为人处事随和，在全厂上下有着良好的口碑。于是便和刘备一样三顾茅庐，几次三番请她出山，刘立秋的盛情一下感动了她，才答应到振华陶瓷有限公司做主管会计。

主管会计看到刘立秋一步走进来，问账上还有多少钱款时，她打开抽屉，慢慢将账本拿出来，不慌不忙翻了几页："账上的钱，都在这里。"

刘立秋拿过账本表情庄重严肃，就像一个县长。他只匆匆看了一眼，脱口道："现款这么少？"说完，好像感到有一股寒意，从背上一点点冒出来，起初是冷汗，慢慢地又结成一粒粒冰珠，直渗到体内。

主管会计用手扶了一下眼镜，慢条斯理道："这几个月咱们的陶瓷销路供不应求，但有好几家客户却一直拖着没付货款。现在已到月底，马上就要开工资。账上的钱俺算了一下，开出工资后所剩无几。"

刘立秋用手摸了摸头，欲言又止。他一下感到头有点发昏发胀，浑身地血液似乎都燃烧起来，每一个细胞都在瞬间激活了，亢奋得要死。

主管会计看出刘立秋心里有事，但又不好多问，脸上流露出茫然不知所措之神情。最后实在沉不住气，才张口道："刘经理是不是有急事，急着用钱？"

刘立秋长长地吸了一口气，心里突然泛起一种从未有过的辛酸："这些天俺一直在琢磨，企业如是不上规模上档次，数年如一日只生产一种或几种单一的产品，势必会被市场淘汰，好多职工又要面临第二次下岗失业。俺在想，新上一条琉璃生产线。这样东方不亮西方亮，将来市场万一有点风吹草动，咱就不会一下逼到悬崖边，没了退路。"

主管会计身材高挑，天生丽质，脸上的表情很生动，笑起来特别灿烂迷人，不笑的时候又很矜持。她和钱打了半辈子交道，无论遇到啥事情，脸上表现出来的仍然是临危不乱，哪怕是看到一大堆钱，脸上依然是漠然的神情，没有大惊，也没有大喜。听完刘立秋的话，脸上一下涌起难得的欣喜："刘经理真是大智慧，对市场和生产经营很有一套办法，真是振华陶瓷有限公司之大幸啊！"她眼里那种遮掩不住的渴望，刘立秋视而不见。

主管会计说到这稍微一停，接着又说："既然刘经理有这个打算，产品又有广泛的市场，那就干吧！不知上这套生产线要投资多少钱？"

刘立秋伸出四个手指："四十多万。"

"投这么多呀？"主管会计脸上有些惊讶。

刘立秋心里那种前所未有的开心，他一直往前走，大踏步义无反顾地走。他二思了一会道："舍不得孩子套不住狼。没有投入哪有产出！可马下就到月底开工资的时候，投资上琉璃生产线的事，暂且往后拖一下吧！"

过程永远是过程，终究不是结果。主管会计低头思索了一会道："俺寻思着实在不行，将开工资的日期往后拖一下。"

在刘立秋心里，不给职工按时开工资，就像随便吐痰、随地大小便被人讨厌痛恨。他头有点晕，心中有股气开始往上翻，他把手一挥，态度十分坚决："开工资的事一天也不能往后拖。职工们辛辛苦苦工作了一个月，到月底拿不到工资，挫伤他们的工作积极性不说，他们都拖家带口，每月都眼巴巴指望开了工资养家糊口。领不到工资，他们一个个家庭吃啥喝啥，杨柳树上又不结包子，天上更不会往下掉馅饼。"

主管会计点头同意刘立秋的观点，嘴上却说："投资扩大生产规模，上新的生产线是为明天能开到更多的工资。只要和职工们说明白，相信他们能明白这个道理。"

刘立秋仿佛重归深处，内心有被水洗一样的感觉，看了主管会计一眼，语重心长道："前两年，俺下岗穷得连西北风都喝不上，俺不能让干活的职工，和俺当年那样吃了上顿，下顿却知不道在哪里。还是那句话，工资一天也不能往后拖。咱从今天定下一条制度，往后的生产经营中，第一要保证按时给职工发放工资。投资上生产线的事，俺再想别的办法，首先让销售人员赶紧将人家欠咱的货款追回来。另外再扩大市场覆盖面，虽说好酒不怕巷子深，但市场竞争越来越激烈，并且日趋白热化。咱不主动去扩大市场，就会被张三李四王二麻子们去占领，最终将咱们挤垮。"说完，转身往门外走。

主管会计望着刘立秋的背影，心里生出一丝兴奋，自言自语道："之前这个人在厂里的时候，不显山不露水，没想到还是个有大智慧的人！"

73

❀❀❀❀❀❀

南国都市的上空，被高楼大厦锉割得像锯齿。

刘立夏在这里如坐针毡，一天也待不下去。他知道李辉就像挤海绵里的水，挤不干净绝对不会轻易松口放人。几次三番想要回自己的身份证，都被李辉一口拒绝。夜深人静时，他想趁别人睡觉偷偷溜出来跑掉，但门上的锁上了双保险，有一次他正在开门，不小心弄出了动静，一下被人发现，换来严厉地指责和痛骂，并被李辉扇了两记耳光。

整天待在像一尊巨大的钢铁水泥怪兽的屋子里，憋屈得要命，一天到晚除了灌输纯资本运作，接下来还是纯资本运作。这让刘立夏更加坐卧不安，像忧郁症患者，更像误闯进城的乡下农民和被锁链拴着脖子的狗。他知道逃跑没有一丁点儿希望，便开始绝食以示抗争。开始是断断续续的呻吟，后来变成声嘶力竭的哀号。

李辉起初还假惺惺劝他："人是铁饭是钢，一顿不吃饿得慌。你不吃也行，俺要看看你能撑几天，只要饿不死，就休想走出这间屋子。"

刘立夏剑走偏锋，总是走向极端。第一天躺在地铺上不吃不喝，也不起来听课，像个闭关的和尚把自己关在那里。李辉用眼睛狠狠瞪了他两眼，便不再搭理他。

到了第二天，刘立夏还是躺在地铺上不吃不喝，也不起来听课，像戴着铁马甲被取胆的黑熊奄奄一息。大小便也不起来上卫生间，而是把屎拉在裤子里。别人看了都用手捂着鼻子，离他远远的就像躲避瘟神。

李辉气急败坏，抬脚朝他腚上狠狠踢了两下骂："不成气的玩意，像头猪拉屎不觉。不怕你装死，就怕你不死。"一挥手上来几个人，对刘立夏一顿暴打。

李辉目光犀利地打量着他，打量的时间比说话的时间还要长。看刘立夏的眼神像看大街上的一堆臭狗屎，不屑道："不要给脸不要脸，要想走可以，你必须给俺喊来三个下线；否则你就是死，也要死在这间屋子里。"

刘立夏躺在地铺上思绪万千，一种无法排解的空虚从心底慢慢滋生出来。儿行千里母担忧。当他走在像蹉跎岁月一样漫长的人生之路上时，周围有脚步的回响，就像是偷情的女人男人行走在寂静的山谷中。他不远千里跑到这里，是想把老婆找回去，家里还有上学的儿子和没落下户口的闺女，更有被他气得生病住院的爹，如果现在死了算啥？连个屁都不是，只能在异地他乡多了一名孤魂野鬼。想着想着不由泪流满面，痛恨不已。就像被逼到偏安一隅的小朝廷，心里有说不出的憋屈与苍凉。

几次苦头吃下来，在冥冥面前，刘立夏开始不再反抗，俯首帖耳，对李辉的话言听计从，假装已经融入了这个团队。李辉和其他几个人对他也渐渐放松了警惕，但他的内心却要崩溃了。

王锋了解刘立夏来广西的初衷后，对他的家庭及经商方面的遭遇十分同情，便悄悄劝他："这样硬碰硬肯定逃不出他们的手掌，要静下心来寻找逃走的机会。若不然事情只能适得其反。"

刘立夏心里充满了挫败感，更加愤懑不乐："这里像个狼窝，能有啥机会？妈的，有本事到美国华尔街和雷曼兄弟面对面！"

王锋依然耐心劝道："有句话叫啥来着？天无绝人之路！只要留心和耐心等待，机会总会有的。"

刘立夏抱怨："经济越发达，人越黑；楼房盖得越高，人心越黑。现在咱就像共产党八路军，在日本鬼子宪兵司令部监狱里，就算到了猴年马月也不会有机会。"

王锋像位土里土气的乡村老教师，依旧不慌不忙劝道："沉住气，机会总会有的。好汉不吃眼前亏，咱仔细合计一下，千万别跟他们硬碰硬。"

刘立夏眼中乏精悍之气，面上无果决之容。仔细想了一会，觉得王锋说的确实有道理。到底是喝过墨水的人，考虑事情全面周全。此时王锋就是彻底救他于生活浊流中最后的那根稻草。但知不道啥时候才能有这机会？这个机会就像苍蝇飞到玻璃上，只看到光明，却没丝毫出路。

他们俩在得失之间一步步精心算计着、试探着、退缩着。

过了好一会，王锋突然问他："以前你得过啥病没？"

刘立夏把眼一瞪："俺从小健壮的像头牛，啥病也没得。要得病你去得，并且是不治之症。"

王锋听了并没生气，只是嘿嘿一笑："天下之事，每每祸福相连。瞧你这个熊样，猴急猴急满嘴喷大粪。人吃五谷杂粮，哪有不生病的，除非庙里的神像。"

刘立夏知道王锋这样问并没啥坏心，他脸上皱纹密布，脸色阴沉，目光迟钝，举止行动优柔寡断。他也知不道天上哪块云彩能下雨。仔细想想王锋说的话确实合情合理，虽然话不算多，却恰到好处，便说："当然得过病，今年过完年就感冒了，一连好多天流鼻涕，还咳嗽了十几天。这是这些年来俺感冒最厉害的一次。"

王锋摆摆手："感冒发烧流鼻涕不算病，得病就得谈虎色变的病。列宁说过，在狼群里要学会狼叫才行。"

刘立夏大惑不解，嘟囔起来："谈虎色变？这算啥病？列宁还说过在狼群里要学狼叫？"

王锋指手画脚，一副大权在握舍我其谁的感觉："你就说你有乙肝病。"

刘立夏这辈子最崇拜的人是《三国演义》里的诸葛亮，他皱着眉头，语气很冲："俺没乙肝病，你才有病，并且病得不轻。"在他看来，这个恶毒的主意比一朵鲜花插在牛粪上还下贱一万倍。

王锋瞪了刘立夏一眼:“戏演的是灵魂,是神韵。不信拉倒,你就在屋子里待着,把牢房坐穿。”

刘立夏哀叹,男人没本事等于是废物:“俺这个人打小就贱,是个倒霉蛋,常常把好的事弄巧成拙。你让俺得这种病,到底啥意思?”

“乙肝传染!”

刘立夏听后高兴地差点蹦起来,就像一个牧民在别人的土地上放牧着自己的羊群:“俺真是榆木疙瘩脑袋,好像明白你的良苦用心啦!”

王锋嘘了一声:“咱现在是惺惺相惜同病相怜,别得意忘形太早,小心驶得万年船,到时咱俩配合好,一块逃出这个魔窟。”

刘立夏别无所思,一无所求,一下琢磨出王锋心里的潜台词,高兴地点点头,完全赞同王锋的意见。他来广西已经两个多月,到现在啥事也没干成,反而成了笼中鸟,监狱中的囚徒。兴奋过后,悲又从心起。

夜里,王锋突然大嚷起来:“快来看呀,刘立夏这个熊玩意这是咋啦?”

一家人慌忙从地铺上爬起来,像看野兽配对围上来看热闹。只见刘立夏口吐白沫,呼吸急促,脸色变形,脸像一页被风雨剥蚀枯白的纸,胳膊和腿上到处都是小红点,红点上还往外渗着血。一家人顿时惊呆了。

李辉拨拉开人群上前一看,惊呼道:“这是咋了,昨天还好好的?”

王锋大发感慨:“这几天俺看他就不和正常人一样,现在才知道这个混蛋有病!”

李辉忙问:“啥病?”

王锋惊窘之下强装笑脸,脸上痛不欲生的样子:“乙肝。从他身上的红点可以看出,这个混蛋有乙肝病。这种病传染!”

一家人听后立马像鸟兽一样四散而去,一个个躲得远远的,身上顿时起了一层鸡皮疙瘩。

李辉悻悻之态,溢于言表,二思了半晌才说:“俺就奇了怪,咋会是这种病。乙肝俺知道是传染的,以前咋没看出他有这种病?”

王锋哀叹道:“谁的病也没写在脸上!”

李辉脸上的表情像爬陡坡一样吃力,一时手足无措:“这咋办,要是传染了咋办?要不把这个混蛋拖出去!”

74

❀❀❀❀❀❀

俗话说，贵人行而风雨动。

为加大清欠贷款力度，刘立秋专门成立了由十几人组成的清欠队伍，队长由张爱国担任。用刘立秋的话来说，经过大海捞针般的搜寻和沙里淘金般的挑选，张爱国终于在强手如林竞争中脱颖而出。

善于经营的人不自夸。刘立秋语重心长对张爱国说："咱们的销售货款迟迟要不上来，已严重制约企业的正常发展，咱们的琉璃生产线为啥一直没上马，还不是咱口袋里没钱！以前的贷款还没还上，再从银行贷款肯定比登天都难。所以啊，你们清欠队伍能不能顺利完成清欠任务，将客户欠咱的钱一分不少要回来，将关系到公司的生死存亡。俺不是为难你们，俺也知道每家企业都有三角债，不管你们采取啥办法，软磨硬使也好，胡搅蛮缠也罢，不管是白猫黑猫，只要顺顺利利把钱要回来就是好猫。"那意思是命运像刀一样，在冥冥中要杀开一条红色的，温暖的回家之路。

张爱国仿佛听到身体深处冰块撞击的声响，吞吞吐吐道："俺以前干啥你是知道的，和成型车间打了半辈子交道。对销售和清欠一窍不通，万一完不成你交给的清欠任务，还让俺活不活！"

"万事开头难。"热情不懂得遮掩，刘立秋鼓励道，"第一次干一个陌生的行当，都是大姑娘坐轿头一回，就像刚参加工作俺进了烧成车间，你去了成型车间一样，时间久了，再笨的媳妇也能熬成婆。"

张爱国听后"啊啊"了两声，依然有畏难情绪："俺自己吃几碗干饭心里有数，俺可没有骑着自行车上月球的本事。要是误了你的大事，俺可担当不起。咱把丑话说在前头，不管结果如何，只要俺尽心尽力，到时候你可不能埋怨俺没本事。"

刘立秋那食不甘味的游离表情和守口如瓶的忍耐，终于得以释放，他满口答应下来："那是肯定的。每个企业都有自己的难处，但也不能长久地拖欠人家的货款不还呀！俺相信，只要你们方式方法对头，再加上今后长期的合作关系，不如数将货款给咱，他们自己心里也觉得不好意思。反正这事比登天简单多了。咱一不偷，二不抢，清欠名正言顺天经地义，再说你想登天俺连个梯子也给你找不到。”

窗外稀疏的树叶零星挂在枝头，在阳光的照射下，散落下斑驳的光影。过了一会刘立秋又说：“还有一件事，俺儿子大学毕业了，要在实践中历练一下。俺的意思现在的大学生理想天花乱坠，根本知不道社会有多复杂。这次你带他出去参加清欠，让他开拓一下眼界，见识见识社会并不是他想象的那么单纯那么简单。他还没真正踏入社会，对人与事的认识还有许多缺陷和认识，显得特别天真幼稚，也不接地气。”

原来，刘清明是个踌躇满志的年轻人，从学校回来好几天了，一直想找点事干，但刘立秋就是没答应，现在公司成立清欠队伍，让他跟着大家出去看看现在的社会多复杂，办企业到底有多难，在学校时理想高于天，但现实却比地狱还要深。

刘立秋像熟悉自己身上的器官一样熟悉自己的儿子，最后感叹：“俺一心想让他在大学里好好学习，将来考个公务员，这才是旱涝保收的铁饭碗。谁知年初在学校报考公务员名落孙山后，说啥也不愿再考了，死心塌地要回来在公司里跟着俺干。你瞧瞧这点出息！”

张爱国惊呼道：“你儿子回来啦？你应该感激他才对，当初如果没他的鼓励和支持，你能成立振华陶瓷有限公司？三百六十行，行行出状元。现在你是东家，他就是少东家，将来他接你班自然就是新东家，你在家喝茶看报遛狗打拳，日子过得滋滋润润，除了享福还是享福！”

刘立秋没好气瞪了他一眼：“看一个人，不仅要看他日常的工作能力，更要看他防患未然的能力。俺的意思是让他出去看看办企业的难处，回来让他好好复习准备再考公务员。和咱一样在企业干一辈子，能有多大的出息，就像阴沟里的蛤蟆能见多大的天。”

张爱国心里似乎满怀惆怅和悲伤，从此他们便天各一方，嘟囔道：“伊丽莎白女王不宣布退位，查尔斯王子永远是王储！”

就这样，张爱国带领刘清明和其他清欠人员，按照预定分工，像当年华北敌后的八路军化整为零，分赴各地讨要欠款。

刘立秋心里清楚，听话的牛需要鞭子打，不听话的牛更离不开鞭子。清欠队伍出去清欠，肯定不会一帆风顺，但去了总比不去强，要回多少算多少。

这时，高有强气喘吁吁进来说：“刘总经理啊，俺想跟你说件事，知不道有没有时间听？”

刘立秋摆摆手，瞪了他一眼生气道：“啥总经理不总经理，又不是外人喊俺名字亲切不生分。神神道道的有啥事？”

高有强勤奋得像个泥瓦匠，憨厚地笑笑：“人家都喊你总经理，喊你名字好像俺最烧包逞能一样，还是喊你刘总吧，有个人托俺向你捎句话，知不道你乐意不乐意听？”

“有话就说，有屁就放。”

高有强突兀而神秘道：“俗话说远亲不如近邻，近邻不如对门。给你捎话的可是你之前的仇家。”

刘立秋不耐烦起来：“放屁！俺刘立秋一辈子为人处事虽不完美，但走得直行得正，何有仇家之说。到底咋回事，少卖关子。”

高有强惊恐的眼睛突然像手电筒一样放出光亮，如同两个铃铛在他头上晃悠，二思了一下说：“以前咱厂里成型车间主任任百胜，也就是俺那个表哥。他可是没少诬陷操活你。说你鼓动下岗职工上访，然后逼迫你下岗，并且不将你列入下岗失业职工名单往上报。”

回忆往事，感慨良多。人到了这个年龄，都以为一个问题只能有一个标准答案。他就像饥饿的人一下有了胃口，充满好奇心，迫不及待追问：“是他？他找俺有啥事？让你捎啥话给俺？”问完，他一下滞在那里，半天才从僵滞中醒过来。

高有强一五一十道：“他说这辈子最对不住的人就是你。厂子破产后，他一度在家消沉，日子又过回三年自然灾害时期。后来，他跟着人家去融资，结果老板携款潜逃。他现在穷得连西北风都喝不上。说你大人不计小人过，能不能在公司给他或他儿子安排点事做，死后在九泉之下，也感激你的大恩大德。”

刘立秋从未有过这副神情，目光中充满了愧疚、怜惜、关爱和深深的忧虑，不由感叹：“俺这辈子注定成不了圣人，但也不会去当魔鬼。前些日子张爱国还跟俺说，任百胜一家人日子过得相当巴结，后晌到菜市场捡白菜帮子，俺想抽空登门去看望一下，事情一多又把这事给耽误了。之前的事都过去这么长时间，冤冤相报何时了！”

他说这话的时候神情激昂，像喝了鸡血。

75

❀❀❀❀❀❀

张爱国清欠队伍软磨兼施，早上天刚放亮，就在人家楼下等着，上了班又追在单位领导的腚后头好话说尽，就差给人家跪在地上。

经理的话相当生硬傲慢，就像当年黄世仁在杨白劳面前一样，爱答不理："俺知道欠着你们公司的货款，但是人家也欠着俺的货款不给呀，相互拖欠三角债俺也没一点法子。过些日子如果人家把拖欠俺的货款给了，俺自然一分不少打到你们公司的账号上。"

张爱国是个实在人，之前一直在厂里当工人，对外面的事情知之甚少，人家三言五语打发的他哑口无言。他在心里暗暗骂自己，猪八戒咋死的？还不是笨死的。

刘清明刚离开大学校门，初生牛犊不怕虎，嬉皮笑脸围着经理转，把一筐筐的好话使劲往他脑袋上扣："中国改革开放和市场经济差不多快三十年了，随着市场转型和大批下岗职工的涌现，这对我国的经济运行提出了严峻地挑战。所谓的企业你欠我，我欠你，相互拖欠的三角债，就是市场经济过程中的怪胎。尽管国家采取一系列政策，坚决清理企业间相互拖欠的三角债，但在具体运用中却非常不尽如人意。市场经济的最终目的，就是建立起企业相互信任，相互支持、守信用、合作共赢的命运共同体。俺们振华陶瓷有限公司自建厂以来，就努力打造重质量、守信用的现代新型企业，并承诺对所有合作企业不拖欠一分钱。振华陶瓷有限公司成立时间不长，虽然底子薄，但俺们能做到的事情，想必你们财大气粗的企业更不在话下。企业间建立良好的信用关系，就是优化我国市场经济进程的良好基础。"

刘清明身材挺拔，像一棵孤芳自赏的白杨树。他的一席话仿佛是血管里流着的白开水，灼化了经理，不由对刘清明刮目相看，连连惊呼，你小了年纪不大，竟能把中国的市场经济分析得头头是道，并且句句切中要害，简直不敢相信这些话竟是出自一个涉世不深的青年之口，不由赞叹："都说嘴上无毛，办事不牢，今天俺算开眼界了。但话又说回来，中国的市场太大了，就算你们一家企业重合同守信用，又能改变了啥？到头来还不是老实人吃亏。"

刘清明和经理的目光对视，好像目光里一下清澈了许多，他又进一步分析道："此言差矣。从老祖宗那里开始，咱们就倡导忠厚传家远，诗书继世长，还说老实人常在。现在经济发展到了现代文明社会，一下子却把咱们几千年的传统文化弄颠倒了。要始终相信不久的将来，任何一个企业的发展离开了诚信，将寸步难行。"

经理是个老油条，一看就是坐得住龙墩的人，不卑不亢："好，说得好。理论上的东西俺说不过你，说上半天也是纸上谈兵。还是那句话，现在俺真没钱，等有了钱会一分不少打到你们公司的账号上。"

刘清明并不气馁:“做人得从小处做起,积小成才能有大成。就算一时半会你不给俺们公司打欠款,振华陶瓷有限公司也不会因此而垮掉。但是你们却失去了一个诚实守信用的市场合作伙伴,绝对得不偿失。孰重孰轻,不用俺说你们也会明白。”

天下乃天下人的天下,而不是某个人的天下。经理脸色凝重起来,心里像揣着头小鹿跳个不停,随后又慢慢镇静下来,望着刘清明点头称赞:“后生可畏!俺这个公司就差像你这样有市场经济眼光的后生。好吧,俺也不想失去你们这个合作伙伴,这几天俺想想办法,就是砸锅卖铁也要把欠你们的货款一分不少打过去。”

刘清明的笑脸极其灿烂,把气氛调节得融洽自在。

张爱国在一旁一直傻站着,听着刘清明和经理你来我往,刀枪舌箭,但就是插不上言。一听经理答应马上解决欠款问题,伸手抓住经理的手,像摇纺车一样摇来摇去:“谢谢,忒谢谢你了。以后你们公司需要啥产品,俺们千方百计一定满足你们的要求。”

魅力不在年龄。经理笑而不答,仿佛瞬间的良知和亲情一下唤醒了,望着刘清明频频点头微笑。

初战告捷,让刘清明倍受鼓舞。

张爱国像张飞吃豆腐,大眼瞪小眼问刘清明哪来这般勇气,他哈哈一笑道:“以不变应万变是最稳妥的办法。既然咱冒充了猫,还哭老鼠有屁用。”

在家的刘立秋听到这个如从天降的天籁之音,兴奋地一跃而起,心里的笑比脸上的笑更加暧昧,自言自语道:“不战而屈人之兵,善之善者也。没想到这小子还真有两把刷子,看来这些年的心血没白费,这些年的学也没白上。他要是把这心思都用到考公务员上,再难的题也能考中。要是考上公务员,这辈子俺就烧了高香,多年的心血也没白费。”他的动作轻得如同在清理一件举世无双的先秦宫瓷。

那经理果然一诺千金,两天后真的将欠款一分不少打到公司的账号上,一下解了刘立秋的燃眉之急。随后琉璃生产线也开始紧锣密鼓上马,工程建设在计划中有条不紊进行。

这天,刘立秋安排完一天的工作,突然有了一点清闲时间,想起前几天高有强替任百胜捎来的话,心里一下沉重起来。当初在成型车间当副主任,也就是给任百胜当副手时,任百胜的确不够爷们,在工作中处处给他小鞋穿,还处心积虑想方设法污蔑他陷害他,一个劲往他头顶上扣屎盆子,确实让他背了不少黑锅,弄得他灰溜溜的,就和猪八戒照镜子一样,里外不是人。

三十年河东,三十年河西。生活在当今社会里,就像是在城市与城市间穿行,不知啥时候要给人们增添许多的艰难和困苦。万没想到当初不可一世目中无人的任百胜，混到了这步田地。难道这就是人们常说的那句话，多行不义必自毙！

人家既然能伸出橄榄枝，咱自然也不含糊。冤家宜解不宜结。事已至此，并且过去了好几年，一切的不实之词都成明日黄花。得饶人处且饶人。

刘立秋来到车间时，把脚步放得很轻，脸上表情肃穆，像是走进了烈士陵园。他找到高有强："这几天俺一直忙，差点把你说的事给忘了。你觉得咋安排任百胜父子合适？没个正经工作，整天待在家里混日头也不是长法！"

高有强反问道："你是老总，当然你说了算。你想咋安排就咋安排。俺没意见。"

刘立秋思索了一会，任百胜和自己疙疙瘩瘩这些年，心中难免不存芥蒂。兵书上说，熟谙"善用兵者隐其形"的用兵之道，要懂得在政治上如何掩蔽自己。想到这，他摇头笑笑："任百胜当了大半辈子车间主任，让他到一线当工人肯定不合适，要不在后勤岗位上给他安排个差使。至于他儿子嘛，对了，他儿子学的啥专业？"

高有强皱着眉头苦思冥想，最后摇头："这个俺也知不道，反正俺听说这个孩子很懒，伸手不想动弹，坐吃清穿惯了，整天待在家里和父母作对。俺看把这孩子安排进厂，将来不大好管，可别成了祸害。"

刘立秋听后笑笑，斩钉截铁道："现在又不是吃大锅饭大呼隆的时候，企业都改型转制了，哪里也不养活闲人。天上掉馅饼的时代一去不复返。"

说完，想起家乡五音戏《甘露寺》里的那个唱段：

劝千岁杀字休出口……

76

❀❀❀❀❀❀❀

众人听了，都用手捂住鼻子往后靠，谁都不愿意往前出手抬刘立夏。

这时，王锋又惊呼道："俺的胳膊这是咋了？是不是被这个丧门星传染啦？"

众人拿眼一看，只见王锋的胳膊和腿上也有很多小红点，并且好多红点上在往外淌着血。

李辉一下懵了，好像把老鼠逼进了风箱。他手足无措，觉得此事有些异常，有些不按常理出牌。

王锋泪眼模糊，说话的声音充满了凄凉，踢了刘立夏一脚："这个丧门星咋不早说他有乙肝，把俺也传染了，往后可咋办？赶快把这个丧尽天良的混蛋弄出去，要不把一家人都传染了，咱们可就统统完了蛋。"

李辉以一种莫名其妙的神情看了他一眼，王锋的话他并没完全相信，心里一下提高了警惕。他早就知道乙肝，但知不道发作时到底是啥症状。王锋添油加醋这么一说，让他六神无主，更加相信刘立夏确实是乙肝患者。他知道这个家伙是个榨不出油水的穷光蛋，让他在这里多待一天，就多增加传染的可能性。

就在李辉举棋不定时，王锋哭丧脸："大家要是怕传染都不乐意弄他，俺就把他拖出去，反正俺已经被他传染了。"

李辉像父母挂念自己的儿女一样眨眨眼，突然大叫一声："停！"

刘立夏、王锋的心一下跳到嗓子眼，心想难道让李辉看出啥破绽，被他识破了他们的计谋？

慌乱中，李辉像算命的瞎子似的抬起头，翻了翻眼皮，掏出手机边说边走，在房间里开始打电话。他把门关得严丝合缝，到底在里面给谁打电话，又在电话里说了些啥，把耳朵竖起来，最终还是一句也没听到。

大约过了十几分钟，李辉才从房间里走出来，愠着脸，眼睛不眨定定瞪着刘立夏和王锋，然后一扬手将身份证扔在他们面前，冷冷地骂："滚，快滚，滚得越远越好，车已在楼下等着你们这两个扫帚星。"说完一挥手，上来两个人将他们的眼睛用黑布蒙上，前头一个后头一个将他们领下楼。

正如李辉所讲，楼下果然停着一辆已发动起来的黑色面包车，将他们拥上车七转八拐，也知不道转了几条街和多少路口，直到走了很长时间才停下来。打开车门就像装卸工卸垃圾，将他们一脚踢下车，然后扬长而去。

天地之间黑如墨染。刘立夏、王锋将头上的黑布解下来，两眼朦胧，一时啥也看不清楚。这时，月亮摇摇晃晃从云层里探出头，荷包蛋一样粘在天上的云彩间。过了好一会才看清，这个地方十分偏僻，远处稀稀落落有几盏路灯发着并不强烈的光，身边除了阴森森亚热带树林，还有那半轮残月挂在不远处的树梢上。

终于逃出了魔窟，他俩欣喜若狂，有种枯木逢春，化大凶为大吉的感觉，紧紧拥抱在一起热泪盈眶。借着暗淡的月光，他们看见彼此一脸的困惑。期间的暴力、危险、凄厉、悲惨和让人心酸的滋味，不由想起《悲惨世界》里的小珂赛特，一下揪疼了刘立夏的心。

原来，他们也说不清乙肝到底是啥症状，但说别的病肯定难以蒙混过关，谁都知道乙肝传染，说起乙肝都会退避三舍敬畏三分，但苦于不懂医学，一时半会也找不到其他办法。这天，细心的刘立夏心事重重低头犯愁时，突然发现墙角处有一枚锈迹斑斑的大头针，他如获至宝，马上将其藏了起来。夜深的时候，用大头针在胳膊、腿上和身上多个部位，用针扎起许许多多红点，好多红点上都开始往外淌血，制造出病症发作的假象，以蒙蔽李辉，借机逃出去。

秀才人情半张纸。两人在广西举目无亲，身无分文，又是深更半夜，虽然成功逃出那间屋子，却知不道下一步该咋办？

王锋眼里的目光犀利而残酷，直直地注视着刘立夏："咱得赶紧离开这个鬼地方，万一被他们发现有诈，再杀个回马枪，咱可就死无葬身之地！"

刘立夏一脸愁容，他的等待、守候、无助、惊慌和抱憾终生的遗恨，都在他说的话里："俺来这里是想把老婆找回去，好好过日子。没想到老婆没找到，却把自己弄成了这个熊样。这里咱没亲朋好友，身上又身无分文，总不能像红军长征那样，要着饭用两脚走回山东老家呀！"

他们苦思冥想，一筹莫展。真是应了那句老话，后晌想出千条妙计，醒来依然卖豆腐。

夜晚的河水波光闪烁，仿佛比白天更加明亮更加干净。王锋突然惊呼道："有困难，找 110 找警察呀！"

身无分文的穷光蛋，连只狗都懒得搭理你。刘立夏也想不出别的办法，只得同意王锋的意见，于是二人沿着公路开始找派出所。

他们被李辉扔在十分偏僻的地方，加上人生地不熟，寻找派出所就像大海捞针。顺着公路一路往城里的方向找下去，也知不道走了多少路口，穿越了多少条马路，依然没有派出所的影子，想打 110，可路边连个电话亭都没有。他们从彼此的脸上，品尝到啥叫深度的失望。

传销网点和洗头房、私人诊所、黑网吧，还有隐蔽很深的小赌场，这些城市暗无天日的私处，像毒瘤一样，膨胀、旺盛。走着走着，东方的天空已露出鱼肚白，公路上也渐渐有了出行的汽车和行人。经多方打听，终于找到一处派出所。他们想报警讨回自己的钱财，并恳请派出所出警端掉这个坑人的传销窝点。

值班民警皱了皱眉头，睁着两只小兽一样的眼睛，一眨不眨，像要把他们吸进眼睛里。他打一个哈欠，脸上现出疲惫状态，问："这个窝点在哪里？里面是啥情况，有多少人？"

值班民警说的是南方话，刘立夏、王锋听不懂。而他们说的山东话，民警也听不懂。他们都不会说普通话，急得一个个抓耳挠腮胡乱比画。问了好多遍，才明白警察的意思。里面的情况他们非常清楚，不用动脑子就能说得一清二楚，但到底在哪条道,在哪个小区却一无所知。

值班民警又打了一个哈欠,随后皱着眉头看着刘立夏、王锋,沉吟半晌,方才诚恳地说:“你们一定要把里面的情况讲清楚,要不就不大好办。你们山东人啊,现在来南宁搞传销的人忒多了。有的大学生为筹集传销资金,竟向家人谎报自己被人绑了架,让家人赶快把钱打过来,要不然人家就要撕票。简直是五花八门,荒唐至极。”

刘立夏脑子一片空白,像失去了知觉。他越想越难过,便将自己筹资到山西运输煤炭被坑,老婆被人骗到广西搞传销,自己不远千里来找老婆又被人蒙骗的事,一股脑说出来,说完坐在地上难过地“呜呜”哭起来。

值班民警口气突然变得严厉起来:“哭也解决不了问题,你们山东咋有那么多人跑到广西南宁来,真的相信天上能掉馅饼啊!昨天你们山东来的两个姐妹,年前被人骗来搞传销,发现被骗后誓死不从,结果和你们一样被关起来洗脑。前些天被人打得不轻,才和你们一样被抛出来。”

如果是命中注定,躲是躲不过的。刘立夏听后两腿发软,怯怯地问了一句:“警察同志,她们也是俺山东来的呀?能不能告诉俺她们叫啥名字?”

值班民警看了刘立夏一眼:“昨天下午已将她们送到民政救助站。叫啥名字……需要查一下。”说完,翻开一本登记册看了一眼说:“这对姐妹一个叫梁娟,一个叫梁梅。”

踏破铁鞋无觅处,真是无巧不成书。刘立夏扑通一下跪在民警面前,苦涩之中藏着许多曲里拐弯,许多说不出口的怨气,哭喊道:“这是真的吗?梁娟就是俺要找的人,她是俺老婆。谢天谢地,她们现在哪里?在哪呀?”那一瞬,他浑身上下松懈了,突然瘫痪在地上。

一个人如果把自己的心跳都传给了别人,可以想象他紧张、激动成了啥样子。

77

❀❀❀❀❀❀

冤家宜解不宜结。任百胜做梦也没想到,刘立秋没有执念于憎恨,而是选择了宽容。他不仅亲自登门看望了他,还安排他到振华陶瓷有限公司后勤工作岗位上班。如此大仁大义，让任百胜感激涕零。

东边日出西边雨，道是无情却有情。想想当初千方百计刁难人家，甚至指着人家的鼻子拍桌子骂娘，现在人家主动上门来修好，迈出这一步是多么的不容易。

任百胜懊悔不已，看到站在面前的刘立秋，羞愧地恨不得找条地缝钻进去。他一把握住刘立秋的手，张了半天嘴，也知不道说啥，深深地低下头，过了好一会才结结巴巴道："立……立秋，俺……俺他娘的不是人。俺……俺这辈子最对不住的人就是你。当初俺真是昏了头，狗咬吕洞宾不识真人啊！"

真正的人生故事不会发生在这仓促的缝隙中。刘立秋脸上充满了微笑，神情泰然自若："过去的事就让它过去吧，还提干嘛！如果你不嫌弃俺厂子小，咱就一同再创业吧！"

仅仅一年的工夫，任百胜的头发由乌黑利落到双鬓染上风霜，岁月已将他打磨得日渐苍老，他眼光混沌，头发凌乱，就像一棵被风暴摧残枯萎的老树。

任百胜不胜感激："俺早就听说你的振华陶瓷有限公司搞得有声有色，好多从北方陶瓷厂下岗失业的职工都在你公司里大展身手。想想以前俺那样对待你，俺就是捂着狗皮也没脸上班见人。"

刘立秋哈哈一笑，脸上瞬间荡起万水千山，他不仅把任百胜安排进厂上班，还将以前成型车间的办事员文超安排在公司办公室。因他的文字水平不错，公司正好需要一个文字水平过硬的人。刘立秋征求任百胜意见，也让他儿子到公司上班时，任百胜听后头摇得像拨浪鼓，一口拒绝："俺这个熊孩子，打小就不听话，干啥都不行，属顺毛驴的，一句话说不着，就和你翻脸六亲不认。他根本下不了这个力。算了，甭管他。"

刘立秋给任百胜安排的工作不算累，主要负责后勤方面的事，相对比较清闲，每天有人来领啥，登记清楚就行。

路可以绕过去，心中的欲望和私念咋也绕不过去。起初，任百胜对刘立秋给他安排的工作相当满意，特别是他亲自登门邀请，一下给足了面子。感动得他差点掉下眼泪，时间一长，慢慢有了自己的看法，对每一位来领取物品的人就像一只老母鸡躲在一边咕咕自语："你们在这里上班舒心吗？"

来人感叹一声："不舒心又能咋样？以前好好的厂子说没就没了，辛辛苦苦干了大半辈子，一夜之间沦为下岗失业职工，能在人家这里挣点工资养家糊口就不孬啦！"

有嘴说别人，没嘴说自己。任百胜仿佛从这片言只语中，听出弦外之音，鼓动道："这个世界真让人不明白，俺好不容易在国有大厂混到车间主任，眼看就到退休的年龄，你说招谁惹谁了，他们连个屁也没放，就让一个好端端的企业破了产，让咱失魂落魄都成了没娘的孩子。原来国有企业有那么大的家底,转眼成了个人的财产,这和旧社会资本家剥削工人有啥区别!真是山不转水转,水不转人转啊!”

这天高有强路过后勤仓库门口时,被任百胜喊住:“有强老弟,你现在可是刘总面前的大红人,今天咋有空出来转悠?”

高有强现在不喜欢巴结别人,也不喜欢别人巴结他。收住脚步,关切地问:“表哥啊,你现在后勤岗位上工作的咋样?你的事人家立秋没少操心,要不是他,咱现在肯定都没工作,还是在家当无业游民。”

“你使船转舵够快的呀!”任百胜像个刽子手严肃地看着他,鼻子轻轻哼了一声,“想当初,俺可是国有大厂的车间主任,手下有好几百人。那个见了俺不毕恭毕敬。谁能想捣鼓了半天,竟然落到这步田地。最终人家可怜咱,来给人家打工混口饭吃。这世道说变咋变得这么快!”

高有强眼睛死死地盯着任百胜,像在看一个天外来物,听出他话里有话,并且还有一肚子牢骚,便试探问:“表哥你这是咋了?是不是在这里上班不称心?”

任百胜像家里珍藏着的那瓶陈年老酒,年头越长,越感觉回味无穷,他晃动着粗壮的身子:“有强啊,俺是狗窝里存不住肉火烧。当初在北方陶瓷厂的时候,你是成型车间的工段长,还是先进生产者和劳动模范。当时俺是车间主任,俺要是不点头,能你当上工段长,能成为先进生产者和劳动模范?亲不亲砸断骨头连着筋。当初俺就很看好你,咱又是姑表亲,觉得你人虽然老实,将来肯定有大的发展前途,要不是企业破了产,说不定俺退了休,车间主任的位子就是你的。还有现在的刘立秋刘总,这事你是知道的,他不过是俺手下的副职和助手罢了,当时俺根本就没拿他当块咸菜。做梦咱也知不道,三十年河东,三十年河西,一夜之间人家跳了高枝,成了振华陶瓷有限公司的老板。你说说这个世界,真他娘的让人越来越看不明白。”

高有强的心情就像让一个汗流浃背的搬运工,去喝工夫茶一样,听后觉得任百胜说的话有点过分。他脑子一闪,飘出一个念头,这个念头立马让他心慌起来。想批评任百胜几句,劝他面对现实放平心态,但碍于情面,觉得他是自己的表哥,又是以前的老领导,年纪又比自己大五六岁,实在抹不下脸皮。一时让他举棋不定,不知说啥好。

说故事的人最怕对牛弹琴。任百胜看了高有强一眼:“有强啊,落花有意,流水无情。以前咱在北方陶瓷厂时,那是响当当的国有企业,是令人眼红的国企职工,走到哪都让人眼红耳热,肃然起敬。那时咱上班工作,为的是建设社会主义现代化,挣得工资都是共产党的钱。你看看现在,企业成了个人的私有财产,赏给你几个算几个，这和旧社会资本家剥削工人有啥两样。俺琢磨着，这一切都像兔子尾巴长不了，更是秋后的蚂蚱蹦跶不了几天。”

高有强一时陷入无言的沉默中，立在那里，脸上有惊愕、有疑惑，也有失落。他张了张嘴，最终啥也没说出来。

任百胜脸上浮起一丝得意扬扬的微笑，脸上的肌肉一下堆在一起。他的话表面上是不动声色，内里却是掷地有声的金箭。他心里突然有种顺利嫁祸于人之后，如释重负的感觉，关键时候得有个董存瑞，得有个敢于举起炸药包的人。

78

派出所不远处的十字路口，红灯傻傻地亮着，好半天也不眨眼。

上班后，值班民警把刘立夏、王锋的情况向派出所所长专门进行了汇报。派出所所长点头同意将他们两人尽快送到民政局救助站，并指示民警马上和救助站联系。

曾经沧海难为水。刘立夏知道梁娟已被送到救助站后，恨不得长出一双翅膀飞到救助站和梁娟相会。这些日子以来，他失去了太多，也付出了太多，不由百感交集，眼泪止不住又流了下来。

值班民警很快返回对他俩说：“你们两个人情况也实在特殊，俺们已和救助站联系好，一会就将你们送过去。心急吃不得热豆腐，有啥事到了那边再说。”

刘立夏、王锋可怜巴巴的眼神，露出贪婪的痴相，听了千恩万谢。刘立夏的思想就像一只老虎，一旦放出笼子就很难再关进去。恨不得跪下给人家磕三个响头，一肚子的话竟然有种无从说起的感觉。以前，他和警察打交道不多，远远看见穿警服的人，心里竟有一种莫名的恐惧感。在异地他乡人生最艰难的时刻，竟然首先想到了警察，也许此时只有警察才能救他们于水火，才能解他们的燃眉之急。和人家素昧平生，没想到人家尽职尽责，还帮他办了自己无法办到的事，将他老婆也找到了。真是不幸之中的万幸。

只要生活还在继续，就会遇到一些陌生或者熟悉的面孔。在去救助站的路上，刘立夏身子缩在车的一角，像只老鼠不吱一声。他知不道见到梁娟后第一句话该说啥。要不是他自作主张私自借钱到山西倒腾煤炭想发大财,结果一分钱也没挣着,还被人家堵上门逼着还钱,梁娟一气之下才跟着人家跑到这里。转眼都半年多了,她在这里吃了多少苦,受了多少罪?猛不丁见了面,她会搭理自己吗?一串串的问题像一团乱棉花,塞满了他的脑海。不管咋说,自己有错在先,就算梁娟打他骂他,甚至不搭理他,都是自作自受,只能唉声吞气,只要能顺顺利利将她接回老家就行。想着想着,他眼里一下充满了绝望而忧伤的神情。

也知不道过了多长时间,也数不清过了多少马路,穿越过一片片森林般高楼大厦后,汽车终于停了下来。

值班民警回头对他们说:“救助站到了。”

找到了庙就能找到和尚。刘立夏、王锋下车一看,在一座建筑年代久远的二层楼前,果然挂着救助站的牌子。他心里知道回老家终于有了希望。

阳光照在他那张棱角分明的脸上,但却驱不散他眉宇间隐含的不安与愤怒。值班民警和救助站的工作人员办好手续后,对他们二人说:“你们回老家的事由救助站安排。另外再提醒你们一句,南宁也不是挣钱者的天堂,国家也从没把纯资本运作的项目放在这里。谎言就像美丽的肥皂泡,总会破灭的。你们年纪也都不算小了,做事要多动脑子,天上啥时候也不会往下掉馅饼!”

有家的人缺的是泪,没家的人缺的是心。刘立夏、王锋连忙点头答应,一个劲表示感谢。民警听后摆摆手,钻进车里一溜烟走远了。

救助站规定对每一位救助的人进行详细登记,然后根据情况购买火车票,安排返回原籍。

刘立夏不修边幅,蓬头垢面,像刚从土里刨出来,与大街上那些脏兮兮要饭的乞丐几乎没啥两样。他边登记边问:“同志,夜来后晌派出所送来的梁娟、梁梅她们现在哪?能让俺见一面?”

“你和她们啥关系?”

刘立夏那张虚胖憔悴的脸,在朦胧的房间里浮荡,如实回答:“梁娟是俺老婆,梁梅是俺小姨子,就是俺老婆的妹妹。她们都是被人骗到这里进行所谓的纯资本运作。结果一来到这里就和家里人失去了联系。俺在家不放心,坐火车来找,结果一下火车又被骗子骗去搞资本运作,整天把俺关在屋子里,简直和坐监狱没啥两样,没有一点人身自由。”此时他可怜的就像拳击台上,被打得晕头转向蹩脚的拳击手。

“噢,原来是这样。梁娟被人打得不轻,现在卫生室进行包扎治疗。这两天买好火车票就准备将她们迁返原籍。”

就像一个走夜路的人,前方渐行渐远的光比身后渐行渐远的亮,更能支撑起走下去的勇气。刘立夏扔下笔,表现出强烈的欲望,慌里慌张问:“卫生室在哪?俺要去见俺老婆。”

救助站不算大,找卫生室比他们找派出所时省劲多了,只打听一个人就找到了。当他推开卫生室的门时,并没看到朝思暮想的老婆,一问才知道在隔壁打针。顿时五味杂陈,突然觉得没有脸面去见梁娟,特别是自己现在这个熊样,身上一分钱都没有,此时梁娟看到他肯定除了失望就是绝望。而他更是觉得捂着狗皮也无法见人。

人不能再次掉进同一条河流里。刘立夏站在门口悔恨交加痛不欲生。就在他拿不定主意进还是不进时,房门突然被打开,从房间里低头走出一个人来,一下撞在刘立夏的怀里,那人连忙道歉,说对不起。刘立夏一看大喜过望,尽管撞他的人低着头,但他还是认了出来。声音沙哑喊起来:“梁娟,你就是梁娟!”

这么离奇的事情,只有在梦中才会出现。梁娟一下懵了,竟然没认出刘立夏,小声问:“你是谁?咋知道俺的名字?”

刘立夏浑身哆嗦,半是哀号半是羞愧瞅了她一眼,声音依旧沙哑:“俺是你男人立夏啊,你让俺找得好苦啊!”

梁娟抬起头仔细一瞧,眼前这个胡子拉碴的男人真的就是刘立夏,她的心就像天津大麻花一样拧得慌,抬起手一拳打在刘立夏的胸膛上,神情失常般破口大骂:“你这个死鬼,死到哪去了?咋才来啊,俺还以为死在这里,这辈子成了孤魂野鬼!”她一边哭,手一边在颤抖着。

意识到生命是脆弱的,人才学会了善良。刘立夏一把将梁娟揽入怀中,边哭边责骂自己:“都是俺混蛋,不着调不靠谱,要不也不会让你落到这步田地。俺不是人,俺对不起你!”

79

❀❀❀❀❀❀

刘立夏、梁娟、梁梅、王锋他们几个人像垃圾一样,又重新进入到人们的视野里。从救助站遣返回老家后,心情尤为悲怆,感觉就像做梦。虽说终于逃离了苦海,但身心却受到极大的伤害和摧残。回到家,歇了十几天依旧疲惫不堪,好像在非洲沙漠里一直在进行长途跋涉，突然回到家终于可以放心地喘一口气。

当初，梁娟像战场上的战俘，垂着头，红着脸，忍辱负重。年前赌气离家来广西南宁时，对刘立夏恨得牙根都疼，她不明白有儿有女，一把年纪的刘立夏像着了魔，不计后果开始折腾，由此把一家人的生活逼到悬崖边上。要不是他一意孤行在刀尖上跳舞，虽说日子过得紧紧巴巴，但总还像户人家过日子。做梦也没想到他鬼迷心窍，竟然背着一家人捣鼓了那么一出，不仅把自己的前途葬送了，还把一家人也给搭上。

有钱男子汉，没钱汉子难。当时人家赶上家门逼着刘立夏还账，她脑子一片空白，身子一下失去了知觉，又冰又沉，像塞满了生铁，一气之下领着女儿回到娘家。她抱头痛哭，鼻涕流了一地，捶胸顿足说不想活了。随后咬牙切齿发毒誓，要和刘立夏这个混蛋离婚。

梁宝财是个普通的退休工人，在工厂里上了一辈子班，大的场面没见过，但做人的道理还是懂得，加上他为人忠厚老实，对女儿梁娟好言相劝。但正在气头上的她根本听不进半句话，脑子里塞满了炸药包般的怒火，恨不得刘立夏马上从眼前消失去爬大烟囱，从此眼不见心不烦。在她疲惫的脸上，表情生硬，眼神冷漠，甚至是麻木。

梁娟的心像针扎一样难受。她几乎拿死逼迫刘立夏说出事情的真相。她在娘家住了两天，心浮气躁，肚子里那股烈火无处发泄。妹妹梁梅知道姐夫到山西倒腾煤炭赔得一塌糊涂时，气得牙根也痒痒起来，便回家劝姐姐。恰巧梁梅的同事林珊从企业下岗失业在家，便找到梁梅说她找到了一条挣大钱的捷径，人家现在都挣大发了。

梁梅听了心里一下涌起淡淡的惆怅，她的耳朵“嗡嗡”直响，像有一万只苍蝇在飞，便问林珊人家到底咋个挣钱法。现在全国都和齐州一样，铺天盖地都是下岗失业职工，挣钱比挣命都难。天底下不可能有天上往下掉馅饼这等好事，除非杨柳树上开始结包子。林珊声音甜美，话语里很有鼓动性，便一五一十告诉梁梅，说她的大姑姐姐去年下了岗，被人喊着去了广西南宁，从事资本运作，半年下来已挣了很多很多的钱，穿衣必穿名牌，用得更是名牌，出手相当大方，这和以前的她处处想占别人的小便宜，完全判若两人。最后林珊像变色龙一样来回变换着颜色，鼓动道：“她喊了俺好几回，俺一直嫌山高路远，那里连个亲戚都没有，一直没敢答应。现在咱都下岗失业，在家待着没事受洋罪，三十女人一朵花，四十女人豆腐渣。你想想，咱都四十多的人，到了咱这个年龄，想再找个工作比登天还难。要是咱们结伴一块去，干上一两年，挣个几十万甚至几百万回来，下半辈子就是啥也不干，一样有吃有喝，有玩有乐。俺一想起这些，比大风刮来一堆钱都喜人。”

梁梅显得那么孤单，像一条隐藏在地下的小虫子。她仿佛一下听到自己的心跳，心在叹息，随后又变成一种呻吟。耳听为虚，眼见为实。起初她也拿捏不准，到那么远的地方去，一听就吓人。但听林珊说得有鼻子有眼，就像天花乱坠，不由心动起来。特别是最后几句话，说得她心浮神荡。起初脸上那副冰冷的表情，眼神像刀子一样，立马换成了笑脸。如果真像林珊说的那样拼死拼活干上一两年，能挣个几十万，甚至几百万元，后半辈子啥也不用再犯愁。梁梅一动心，就来劝梁娟，她劝姐姐的眼神变得像钞票一样美丽起来。梁娟此时有家不能回，正好又在气头上，只要有人指路，前面就是万丈深渊刀山火海也敢冲敢闯。姐妹俩面对面，脸色绯红，嘴唇翕动着，四目相望，一拍即合。愿意跟着林珊到广西闯荡一番，就算没挣到大钱，就当出去旅游观光散散心疯玩了一回。

梁娟被一种莫名的烦恼困扰着，坐在开往南宁的列车上，心里劝自己，不管遇到啥情况，一定要保持安详，安详才会幸福。因为不是客运高峰期，火车有很多座位没人坐，她们坐累了，就躺下睡。睡够了就起来说话打扑克，火车上有说有笑，就是一个流动的大家庭。那时还没动车，更没高铁，就是有她们钱包里没几个钱也坐不起。这趟车从青岛发车，途经河南、安徽、江苏、江西、湖南等好几个省份，历时四十多个小时才能到达广西南宁。一下火车，她们就被美丽的南方都市风情所吸引，沉醉在幸福的向往中。当她们走出车站口，发现林珊的大姑姐姐，精神十足举着接山东林珊的牌子泰山矗立一样站在出站口。老乡见老乡，两眼泪汪汪。看到她们走出站口的那份惊喜，仿佛是失散多年的故交老友突然重逢。她们是女人，又都是四十多岁的女人，特别有共同语言，说话完全说到一块。一会工夫，转眼她们就像亲姐妹一样熟悉起来，说说笑笑，由此招来周围众人投来羡慕的目光。

而梁娟首先看到不远处路边的烧烤店，烟气挟着刺鼻的气味飘散着。一张张小桌子前坐满了人，一片欲望蒸腾的景象。而不远处的大酒店、写字楼上的霓虹灯，火红一片。

林珊的大姑姐姐叫金晓燕，下岗前是齐州市毛巾厂的职工。齐州毛巾厂是全市最早的破产企业，她也就成了最早的那批下岗职工。金晓燕在厂里时是全厂的文艺骨干，并且是活跃分子，干啥都活泼开朗放得开。下岗失业后，巨大的落差让她精神一度十分失落，她的性格又决定不能这样落寞下去，于是成为最早组队南下广西南宁搞资本运作项目的那批人之一。如今她已混到老总的位置。看到林珊、梁娟她们的到来，说话的神情和口气就像久别的亲人。

梁娟一行人来到广西南宁后，思想单纯得就像一只只会唱歌的小鸟，南方都市坚硬的不锈钢般的气质和弥漫的奢华风格，催逼着她们渴望的心。她们丝毫没怀疑过，将来能失去人身自由，只是天真地认为就像大型商场里的白领，进进出出跑跑送送就能挣大钱。她们被金晓燕安排在一个小区的六楼，这是一个比较破旧的小区，楼房大都是六层，这和不远处现代化的高楼大厦比起来，简直有些格格不入。

在陌生的地方和陌生的环境里，总能给人带来新鲜感。上楼时，梁娟和林珊商量，好好睡上一觉，明天起来咱去逛街，顺便到超市买些生活日用品。

金晓燕初次和梁娟、梁梅见面相谈甚欢，每个人的脸上都有含苞欲放的花朵。非常客气将她们领进屋，让她们做梦也没想到，从她们一踏进这个房门的那一刻起，一下失去了人身自由，大半年再也没迈出这个门半步。从此她们成了宅女，外面到底发生了些啥事，一无所知。

80

❀❀❀❀❀❀

厂内路旁，车间外到处都是粗大挺拔的法桐，以及白杨树和槐树，它们昂首而立，或虬枝盘曲，透出一种饱经风霜而坚韧不拔的力量。

振华陶瓷有限公司琉璃生产线建设异常顺利，很快建成池炉三座，坩埚炉三座，成型退温炉八座，机电动力设备一百台套，生产流水线一条，还有氧气站、煤气站。计量测试、自动控制、化验等技术手段基本达到并满足生产需要。年产琉璃工艺美术品将达三百万件。

投产在望，刘立秋异常欣慰，振华陶瓷有限公司已像火炬一般存在着。他心里十分清楚，在市场竞争如此激烈的今天，他的陶瓷生产线和琉璃生产线可以相互弥补不足，这样不仅克服了品种单一，还大大抵御抗市场风险的能力，为公司的长足发展找到另一个经济增长点。

内心无恶则无苦。这几年，刘立秋养成一个习惯，没事的时候不喜欢坐在办公室里喝茶看报，提腿就到下面的车间里转悠，从成型车间到烧成车间，又从烧成车间悄悄出现在琉璃生产车间。然后又不声不响去了料场或仓库。大多数的时候，他背着双手穿行在隆隆地机器声中，和在一线上班的员工点点头，咧嘴笑一笑，然后就走远了。有时看到员工们操作不规范，就手把手进行示范纠正，直到操作规范为止。知道的他是公司的老总,不知道或者不认识他的人,十之八九认为他是车间里的一名老职工。

这个世界从来不是计划可以得来的,但是你又不能毫无计划。

刘立秋信心就像太阳一样,充满光明和希望。他到车间转悠,并不是不放心下面的人不专心干活,而是早就养成这样的习惯。习惯成自然。他在车间转悠时,遇到问题可以随时解决,免得让人家跑到办公室找他。到车间里转悠,还有一个最大的好处,就是第一时间能掌握第一手资料,从而让工作有的放矢游刃有余。

这天中午刚吃饭不久,一辆黑色的轿车开进振华陶瓷有限公司,随后从车上下来一个气宇昂然的中年男人,径直朝刘立秋的办公室走去。看到有人找刘立秋,文超赶紧起身迎上去。一看不由大吃一惊:这人太眼熟了,好像在哪见过,并且见过不止一次!脑瓜子十分灵活的文超恍然大悟,他喜欢看新闻,不仅看央视新闻,也几乎一次不落看齐州新闻。他断定,眼前的这位不速之客就是齐州市委常委、常务副市长李怀滨。他一下愣在那里,定定地看着李怀滨,就像看到一个久别重逢的亲人。

厚德稽古,宏才伟量。李怀滨是市里的主要领导,在没有提前打招呼,在没任何人的陪同下,突然前来造访,相比有大事!

文超由于过度紧张,历来伶牙俐齿的他,一下变得结结巴巴语无伦次起来:“李……李市长,您咋……来了?”

李怀滨语调平和礼貌,极富吸引力:“你认识俺?咋,不欢迎呀!”

文超望着李怀滨不住的傻笑,张了半天嘴,也没说出一句话。

李怀滨哈哈大笑,拍着文超的肩膀:“俺有事路过这里,顺便到你们公司看一下。你们刘总在吗?”

文超张口结舌:“刘……刘总,去……去车间转悠……俺马上把他喊……喊回来。”

春天在每个人的心中,李怀滨仿佛突发奇想,听后微微一笑:“那你也领俺到车间转悠一下,遇到你们老板正好。”

李怀滨很和蔼,没有一点架子,不像有的人尽管官不大,却咄咄逼人,架子大的就像古时候钦差大臣,在老百姓面前趾高气扬。但文超仍然紧张地要死,他这辈子从没和这么大的领导单独相处过,更没和政府部门领导打交道的经验。他知不道今天李怀滨突然从天而降是福还是祸,怀里一直抱着一只小兔,心扑通地眼看要从嘴里跳出来。都说县官好见,小鬼难缠,看来一点不假。

文超没带李怀滨去成型车间,也没去烧成车间,而是直接去了琉璃生产线车间。尽管这条生产线还没投产，但刘立秋却对这条生产线寄予厚望。这些日子他最挂心，跑得最多的就是这条生产线，念念不忘就像梦中的情人。

果然不出文超所料，远远就看见刘立秋在生产设备前仔细查看着，就像一座雕像站在那里一动不动。

文超像在寒冬中坚持了很久很久的孩子，突然看到了母亲，内心无比温暖，热血一下沸腾起来。他张嘴刚要喊，却被李怀滨制止了，示意先不要惊动刘立秋，也许他正在思考着企业加快发展的宏伟蓝图。

李怀滨的目光紧紧盯着文超，看到他从痴迷状态中缓过神来，才问："你们振华陶瓷有限公司现在有多少职工？"

文超天真地笑着，像阳光下的向日葵，他如实回答："现在有一百九十六人，过几天琉璃生产线正式投产后，还要再招工一百人左右。"

"这些员工都是些啥人？有下岗职工吗？"

"俺公司里百分之九十五以上都是以前的下岗职工，尤其是'4050'的居多。"

语言也有苍白的时候，在特定场合，沉默胜过一切语言。李怀滨口无言而意无穷，随后又问："为啥这个年龄段的人多？"

"因为到了这个年龄，再就业的难度越来越大，好多企业都将这个年龄段的人拒之门外。而俺们刘总却不这样认为，说要给他们创造一个工作的机会和吃饭的饭碗。"

"你们的工资收入咋样？每月开工资是否及时？"

文超眼前顿觉光芒四射，英气逼人，仿佛一个前世的预言家在路边为他埋下一张纸条："现在的振华陶瓷有限公司实行多劳多得制度，工资收入完全和任务挂钩，收入比在国企时翻了一番。至于工资发放，刘老板要求第一要保工资，必须按时发放到每一名职工手中。上几个月，本来要投资上这条生产线，但又到开工资的时候，结果先开了工资。后来公司专门组织成立了企业清欠队伍，加大清欠三角债力度，资金回笼后才开始上马这条生产线。"

李怀滨像白求恩大夫一样，微笑着点点头，听后"啊啊"了两声，表示赞许，他意味深长道："辱之于他如尘埃难掩珠玉之光，如浮云难遮丽日之辉。"

这时，文超实在沉不住气，张嘴朝刘立秋喊道："刘总，李市长看你来了。"

李怀滨笑吟吟地站在原地，朝刘立秋挥挥手，像福尔摩斯那样眯缝着眼，远远地看着他。

81

❀❀❀❀❀❀

齐州飘着白云的湛蓝天空,把人的眼睛洗得明净澄澈,把人的笑声染得清脆明亮,四肢的舞蹈奔放舒展,心灵的飞翔自由欢畅。

李怀滨常常告诫身边的工作人员,不要把自己看得太重要,仿佛是救国救民圣人似的,只有扑下身踏踏实实为老百姓办点实事,才是为官之根本。他跟谁也没打招呼,突然就出现在振华陶瓷有限公司。

他是副市长时就分管全市工业生产,正是齐州的工业从高峰快速往低谷滑坡的时候,一大批国有企业、集体企业纷纷破产,大街上到处都是失去工作岗位,没有饭碗的下岗职工,天天组织起来到市政府上访堵大门。作为分管工业的副市长,好多事都需要他出面处理或接访。也就是在那个时候认识了带头上访的刘立秋,并且给他留下很深的印象。

前有车,后有辙。李怀滨还记得,刘立秋那张过度暴露在阳光里的脸,红里透着黑,像一枚熟透的果子。他下岗失业后,为上大学儿子每月三百元的生活费,愁得两口子抱头痛哭。后来他承包北方陶瓷厂部分车间并成立振华陶瓷有限公司时,为银行贷款的事,曾诚惶诚恐一大早到市政府苦苦等候他。从那时起,他就觉得刘立秋这个人身上有一点让人怦然心动的东西,同时在他身上还有一种无穷的智慧和韧性。

往事历历在目,好像就发生在昨天。恍然一算已是两年有余。当年憔悴不堪的刘立秋,如今将振华陶瓷有限公司经营的如日中天,不仅产品质量过硬,而且还有良好的经营意识和诚信。特别是在企业生产经营中,优先安排下岗失业职工,不仅为政府担了责,分了忧,还让一大批下岗失业职工,从此有了稳定的工作岗位和工资收入。重要的是他身上有那么多很轻易就能打动人的丰富特征!

刘立秋老远一看真的是李怀滨市长,激动得一时不知说啥好,用手一个劲摸着头皮,似有千言万语,但却无从说起。

他连忙伸出像老树皮一样粗糙坚硬的手,拉着李怀滨忙不迭口道:"李市长啊李市长,是哪阵风把你吹来了!当年要不是你的大力支持,就没今天的振华陶瓷有限公司。你不仅仅是俺刘立秋的贵人，也是振华陶瓷有限公司的贵人，你对俺的大力支持，俺这辈子没齿难忘啊！”说完这话，心里突然有种律师对当事人说，俺懂法律的感觉。

李怀滨有哲学家一样的风范和优雅的外交家形象，他忍不住哈哈大笑起来，轻描淡写道：“身行不言，教导天下。刘经理啊，真没想到仅仅一两年的时间，你的振华陶瓷有限公司已发展到如此规模，你不仅为国家创造了大量的税收，还安排了一大批下岗失业人员，让他们实现再就业，从这一点上来说，你为政府担了责分了忧。俺要代表市委市政府，对你突出的创业成绩和精神，表示祝贺和感谢啊！”

刘立秋心里有远方，才有辽阔的想象，听后激动地连连摇头：“其实俺吃几碗干饭大家都知道。俺就是小水沟里的泥鳅，根本成不了气候，也翻不起多大的风浪。只是做了自己力所能及的一点小事而已。”

“唯有牡丹真国色，花开时节动京城。”李怀滨微微一笑，语重心长道，“一个领导干部千万不要让鲜花掌声淹没了群众的意见，不要让成绩数字掩盖了存在的问题，不要让太平盛事麻痹了忧患意识。当初你身无分文，从两手空空开始创业，安排二百多名下岗失业职工实现了再就业，一年为国家创造税收好几百万元。如果全市有一百个，甚至一千个像你这样勇于创业，敢于创业，敢于担当的企业家，振兴齐州经济就不是一句空话。”

说到这，李怀滨停顿了一会，用眼神注视着刘立秋几秒钟，犀利的目光让刘立秋心跳加速。他继续说：“桃李不言，下自成蹊。人心有秤，公道归来。一个时代的弄潮儿应该站在历史的云端。今天下午三点俺有个会，正好路过这里顺便进来看看你和振华陶瓷有限公司。这一年来，俺在市里经常听到有关你和振华陶瓷有限公司的事，每次听到心里都特别欣慰，知道你早就憋足一股子劲，一定会干出一些名堂来。当一天和尚撞一天钟的思想，万万要不得。”

刘立秋满脸是笑，他的笑不是傲慢而是喜悦。

李怀滨表情严肃，神态自若：“坐在车里转一转，隔着玻璃看一看，回到城里谈一谈，这种思想和做法害人不浅。今天上午，市委常委会刚刚做出一个决定，准备组织全市有关部门和企业的领导，到几个创业事迹突出的单位去参观学习，观摩交流。同时还要把他们艰苦创业的事迹挖掘宣传，对优先安排下岗失业人员再就业的单位进行隆重表彰。所以，俺首先想到了你和你的振华陶瓷有限公司，准备把你这里确定为参观学习观摩单位之一。到时你要向与会人员做好创业介绍。巡回参观学习后，还要评选出全市十大创业能手，不仅在大会发言做典型介绍，市政府还准备对十佳企业给予必要的资金扶持。你觉得咋样？”

刘立秋一返往日的拘谨和忧郁，双目放出从未有过有光彩。猛然听到李怀滨征求他的意见，一时受宠若惊，张了半天嘴也知不道说啥好。这么多年来，他讲话的水平和口才一直提高不上来，心里把一二三想得好好的，但一张嘴说话的时候，特别是当着领导的面，心里一紧张，脑子就成了一锅粥。他骂自己是茶壶里煮水饺，有也倒不出来。他知道这种紧张不仅仅代表着没见过世面，还体现出文化水平确实不算高。他的思绪跨越了时空与生死，延绵不绝，因为他知道，在这盎然的笑意中，包含了太多的内容。之前，他在北方陶瓷厂时，虽说下岗失业前是成型车间的副主任，在企业，这个副主任实际上就是跑腿下力的差使，比班组长工段长强不了多少。特别又遇到强势的任百胜当车间主任，根本没他说话的份，只能靠边站当听众。车间开会，一般都是任百胜先向他们传达厂领导的指示精神，然后班组长工段长开始汇报，最后任百胜总结，安排今后的工作并提出要求。往往轮到他说话时，会也就开得差不多，就像大年后响的兔子，有他过年，没他也一样过年。在任百胜看来，副主任就是一个闲职，完全是一个多余的废人。

李怀滨的眼睛老成持重，如同海南万宁石梅湾的海，蔚蓝透明，水波荡漾。现在他早就不是之前的副市长，而是市委常委、常务副市长。今天他不请自到，足见他对振华陶瓷有限公司的重视和厚爱。人家这么大的领导没有一点架子，亲自跑到公司了解情况，征求意见，让刘立秋好生感动。民说官话，官说民话，喃喃道："这事忒好了，俺举双手双脚赞成。其实俺还有很多事情没做好，要拿出时间和心血去好好干。俺没时间和精力像有的老板，不是在办公室暧昧，就是在酒桌上陶醉。要是不把工作干好，俺就觉得对不住自己的良心。"

82

勇士只死一回，懦夫却死无数次。

刘立秋是个很容易接受新生事物的人，眼里充满了期待，本来他还琢磨，选个黄道吉日琉璃生产线正式点火投入生产，现在万事俱备，况且全市下岗职工再创业现场会召开在即，第一站就到振华陶瓷有限公司，这让刘立秋心里有种迫切感。

起初他打算，让参加现场会的领导和有关人员参观陶瓷生产车间就行了，但后来又一想，这样的现场会不是天天都有的，这是近年来全市组织规模最大，参加人数最多的一次。陶瓷生产不用任何宣传，已是窗户框里吹喇叭名声在外。而即将投产的琉璃生产线却鲜为人知，如果琉璃生产线在现场会召开之前能顺利投产的话，各级领导到现场转悠一圈，这就是活广告，比花钱在报纸、电视里做广告合算多了。

要做加法、乘法，而非减法、除法。振华陶瓷有限公司这几年已是窗户框里吹喇叭，各路新闻单位的记者们就像苍蝇逐臭般，从四面八方纷纷赶上门要求做广告，或者要给刘立秋写报告文学，称赞他是下岗职工心贴心的企业家，更是大众创业的能手或明星。这些统统被刘立秋婉拒，说企业刚刚起步，还有很长的路要走，现在不大适合大规模宣传，发展才是硬道理。要是不发展或者发展慢了，也就失去了竞争力，更没宣传的价值。

这天从省城大摇大摆来了两个人，说是中央媒体驻省城记者站的记者，他们多次接到群众举报，说振华陶瓷有限公司不仅存在偷税漏税问题，还大量排放没有处理过的污水，从而对周围的环境造成严重的污染。记者见多识广，沉着自信，像镰刀碰到石头那样碰到了刘立秋的神经。

刘立秋一时有些茫然，想了好一会心里不由一阵紧张，头皮开始阵阵发麻。以前也见过好多记者，也和他们打过不少交道，但像这次真刀真枪还是第一次。说心里话，偷税漏税他敢拍着良心窝打保票，绝对不可能存在偷税这种行为，再说国税地税的人，眼睛瞪得比牛眼都大，每月都像审贼一样，恨不得将账本看出一个窟窿。你就是想偷税，税务征管部门也不会给你创造这个机会，根本没偷税漏税的可能。但说到排放污水，确实无法抵赖，不光振华陶瓷有限公司排放污水，周围的、上游下游的医院、化工厂、制酸厂、小钢铁厂，还是小煤窑，哪家不往河里排放污水。尽管上头三令五申要求各企业要加大环境整治力度和排污标准，但上一条排污生产线，没有几百万元根本不可能投产运营。一家知一家，和尚不知道士家。工人按时开工资都困难，哪里还有闲钱上马环境治理生产设备。

刘立秋表情痛苦，低下头，长久不语。之前他总是以万能的笑脸广结善缘，算是礼多人不怪。这次却碰上了硬茬，一张嘴就掐住他的软肋，急得他似猴子摘桃一样，好话说尽，但记者却不为所动不依不饶。在没办法的情况下，他试探性询问："难道就没折中的办法？"

记者这职业，好奇等于敬业。他们不亢不卑道："俺们是中央级新闻媒体，在全国绝对有权威性。报社领导非常重视群众举报的问题，所以才安排俺们进行采访，然后文章在报纸上公开报道。刘老板你可要想清楚了，文章在报纸上一发表是啥后果？只要在报纸上一曝光，你的企业就死定了。你的合作伙伴合作关系还会和你合作，你的客户还敢买你的产品？"

一连串的问题，问得刘立秋脸色煞白，一时脸上有种做贼心虚的感觉。他张嘴"啊啊"了半天，也没说出个一二三来。因过于紧张，蔫蔫地像缴械投降的俘虏，脸色越变越难看。

记者见多识广，像风靡一时的棋牌游戏《三国杀》一样，见招拆招，出招接招。他们看了刘立秋一眼，鼻子轻轻哼一声，又步步紧逼道："最好的曝光材料威力相当于一颗原子弹。报社领导接到群众举报后，特意安排俺们前来进行采访报道。领导安排的工作你也知道，俺们也没别的好办法。完成采访任务，是俺们新闻记者的职责所在。要不然回去无法交差啊！"

刘立秋直视着记者，一时间气氛有些尴尬，一下把他逼到了墙角里。做梦也没想到，记者的嘴像皇帝的金口，咬着一步不让，并且步步紧逼。他眨了几下眼，还是一句话也说不出来，脸上现出一副无从说起的惆怅。

记者不动声色冷笑一下，脸上越平静，表示事情越重大。随后指点迷津道："看来刘老板也是个实在人，是个务实的企业家。俺们也不想太为难你，要不咱变换一条思路，你也能保全公司的名声，俺们回去也能交差，算是完成了任务！"

刘立秋像一粒缺乏温度与水分和种子，越来越干枯下去。

记者内心的国度气势恢宏，堪比春秋诸侯纵横的霸气与辽阔，循序渐进道："领导让俺们来调查，写稿件曝光，俺们总不能两手空空回去。你在报纸做一个版的广告，俺们回去也好跟领导汇报，说偷税漏税、污水排放都是不实之词。这样报纸既宣传了你们振华陶瓷有限公司，还提高了你们公司的知名度和美誉度，俺们回去也好向报社交差，这可是一箭双雕的最好办法。"

刘立秋始终摆脱不了一种欲说还休的感觉，像只羸弱的蚂蚁，踽踽独行。他不是那种宁为玉碎，不为瓦全的人，一时知不道回答行还是不行，就像被架在火上烤一样难受。最后才问："要是在报纸上做一个版广告，需要多少钱？"

记者冷静地回答："看在你是实诚人的份上，照顾你一下，一个整版十万元！要是不打折的话，一个版面起码十五万元。"

这些年来办企业的人就像个裤衩，上头放啥屁都得主动接着。刘立秋听后异常震惊地看着记者，心里骂：一个版面十万元？抢银行啊！简直比抢银行来钱都容易，真是坑人坑到家了。他声音低沉，语速缓慢，想到这他眼角眨起星星泪花，哀求道："俺是民营企业，成立只有一两年的时间，这里的工人又都是下岗职工。十万也忒多了，你们就是要了俺命，也实在拿不出这么多！"

记者掷地有声道："己所不欲，勿施于人。你们企业老板个个都是哭穷的老祖宗，抠得像铁公鸡一毛不拔。出去挥霍时几万、几十万眼都不眨一下。"随后又问，"那你想给多少？"

"三万！"外面的世界令刘立秋绝望，那里充满了虚伪的陷阱，人的思想及诺言都是假的。

“打发要饭的呀，俺们可是中央级媒体。”记者摆出呼朋唤友的做派，震怒道，“刘老板真是比妖精都精，比发明电灯的爱迪生都聪明绝顶。这个价就是你们地市级的媒体也做不下来。这样吧，看在你是老实人、实在人，带领下岗职工再就业的面子上，六万元。一个子也不能再少，要不咱就公事公办。”

刘立秋默默地收拾着一地心碎，沉浸在无限感慨之中，不由焦躁地走来走去，那感觉就是有人在他的心上剜了一刀，咬咬牙伸出五个手指头：“五万！”

记者无奈地摇摇头：“你这是往外挤牙膏啊！俺们走南闯北就从没遇到你这号人，五万就五万，不能把大把的时间都用在和你磨牙上。”

刘立秋突然觉得脑门一凉，像一条蛇蹿过。盯着记者的背影，目光里不仅有委屈，更多的是愤怒。他心里突然感到记者是标准骚乱企业的正规军，不是偷偷窥视别人，而是千方百计打听人家的隐私，从而在人家的伤口上撒把盐。往后再看到报纸，心里一下有种苦涩，随后心疼地遍地找牙。

刘立秋抿着嘴，茫然地望着远方，这次他想让生产线投产后，也能让领导们来参观一下，比拿冤枉钱做广告好之万倍，无本且万利。

他像一只迷途的羔羊惶惶无措，一时无语，突然觉得心里有种断裂感。他伸出手算计一下，知道离现场会没几天时间了。

83

❀❀❀❀❀❀

这个世界不是缺少潜力，而是缺少发现潜力的眼睛，如同千里马常在，伯乐不常有一样。

振华陶瓷有限公司琉璃生产线，采用重油炉并用隧道式退温炉代替灰锅退温，这比之前一直采用的土圆炉，发生了颠覆性变化。

知了的叫声从马路边那些叶子宽大的白杨树、柳树、法桐树上紧一阵慢一阵传下来。

齐州市下岗职工再创业现场观摩会如期举行。原计划齐州市委副书记、市长要亲自参加这次现场会，后因省里召开全省经济运行调度会，要求各地市的市长们不得缺席，会上将各地的实际情况，原原本本如实汇报上来，以便省里制定新的措施，进一步促进全省经济安全、平稳运行。

穷在大街无人问，富在深山有远亲。

市长到省里参加重要会议，无缘这次现场会。这次会议的组织和领导工作，责无旁贷就落在常务副市长李怀滨的肩上。参加这次现场会的不仅有市直有关部门的主要负责人，区县分管经济工作的区县长，区县经济部门的一把手，还有省市各大企业、区县属企业的厂长经理及全市下岗职工再创业带头人。

坐而言，不如起而行。在现场会确定和召开之前，李怀滨听取市直经济部门负责人大量的汇报，还多次到各区县调研了解基层情况。与此同时，他还先后深入到现场观摩的企业进行实地考察，以保观摩会万无一失，达到教育人、鼓舞人、激励人的目的，从而在全市迅速掀起鼓励下岗职工再创业的新高潮。他把钱学森的一句话当成至理名言：对不了解的事，不要轻易否定！

现场观摩会第一站就是振华陶瓷有限公司。前一天，刘立秋安排文超做了两条二十米长的横幅，上书："热烈欢迎全市下岗职工再就业现场观摩会的各级领导亲临振华陶瓷有限公司指导工作"，一条挂在大门口，另一条挂在琉璃生产车间。

生活就是一种永恒的沉重的努力。

人要衣装，佛要金装。为不辜负领导对振华陶瓷有限公司寄予的厚望，刘立秋像一颗埋在沃土里的种子，只待春暖破土。他在前一天分别召开车间主任会议和成型车间、烧成车间、琉璃车间职工大会。他说："上级领导拿咱当块咸菜，第一站就到咱振华陶瓷有限公司，可见领导对咱们的重视程度，就像酒席上让客人吃鱼眼，对咱那是高看了一眼。咱们基本上都是下岗职工，和人家相比一个天上，咱就是在地上。但和至今没工作的下岗失业人员相比，咱手里有一份工作又算是幸运的。所以，咱们就像逼上梁山的一百单八将，没有一点退路，只有努力干好本职工作，才能避免第二次下岗。"

祥和之音在民声。刘立秋的话没有惊天动地的豪言壮语，每句话朴实的像和家人拉家常。但在全公司管理人员和一线职工之间，却深受鼓舞，并引起强烈共鸣。一个人，能够十几年，几十年如一日，永远保持一种纯朴的本性，这才是最令人敬重的。

他们知道手里的这份工作来之不易，没有理由和借口希望公司倒闭，自己再次沦为下岗职工。就这样，全公司上下铆足一股劲，要把振华陶瓷有限公司最好的一面，展现给参加现场观摩会的领导和与会人员。

刘立秋的感觉像做梦一样，第一次经历这么大规模的会议。之前，他在北方陶瓷厂当成型车间副主任时，因是国有大企业，上面的领导和兄弟企业的厂长主任们，三天两头到厂里参观学习，并且每年都有好多次大型会议在厂里召开。尽管来的领导不少，参观学习的团队一个接着一个，但选上八遍也轮不到刘立秋这种名不见经传的小人物出席陪同，他只能远远地看着领导，而人家却根本知不道他的存在。这次市里把这么重要的会议，放在才成立刚刚几年的振华陶瓷有限公司，是大姑娘坐轿头一回。刘立秋听后像拿到了藏宝图一样兴奋，似一只闷头猫捉到了一只好老鼠。

刘立秋这两年的头发由乌黑利落到双鬓染上风霜，不到九点他就站在公司大门口，等候前来参加现场观摩会的各级领导。早在前天上午，他就接到市政府办公厅打来的电话，说领导们九点准时到达厂里，要他们务必提前做好接待准备工作。最后嘱咐，要确保现场会万无一失，不得有任何差错。

每个人看问题的方式不一样，感受当然也就不一样。他站在大门口忐忑不安，焦虑中在门口走来走去。这时城管局也派来十几个人维持秩序，其中一个看上去有些眼熟，想了好半天，才猛然想起，当初摆地摊时认识的那个叫王东平的城管员。三十年河东，三十年河西。想想几年前自己失魂落魄那个熊样，谁能想到和今天的他联系在一起。想到这，苦笑着摇摇头，脸上的表情很无奈。

春天来了花要开，世间也没啥能够阻挡她们生命花枝的绽放。这时抬头突然看到远处一个车队向这里驶来，前面还有公安局的两辆警车开道。警灯闪烁，转眼间车队就来到公司门口。刘立秋看到，车刚停稳领导们一个个开始下车。李怀滨并没坐小车，而是微笑着从一辆大面包车上健步走了下来。下车后，一家人自觉排好队，像要冲锋陷阵的士兵，只要一声令下，他们就奋不顾身往前冲。

李怀滨首先向与会人员介绍了刘立秋，然后又说："权利就是责任，责任就是担当。现在咱们先参观，然后听刘总汇报，讲讲他下岗失业后再创业的事迹。"

没有任何人去刻意导演，刘立秋引导李怀滨走在最前面，其他人员根据自己的级别，走在该走的位置中。刘立秋引领参观队伍首先来到陶瓷成型车间，然后又到烧成车间、包装车间，最后才来到琉璃生产流水车间。每到一处，他都不厌其烦向李怀滨和其他领导滔滔不绝介绍有关生产，及下岗职工再就业的问题。

世间的花朵有千万种颜色，可花圃里往往都是园丁们喜欢的颜色。在琉璃生产车间，刘立秋又重点做了介绍，他好像也受到大家情绪的感染，不像平时那样沉着淡定，情绪十分高昂，讲话铿锵有力，句句都讲到点子上："内画是琉璃工艺品中的一种。目前，振华陶瓷有限公司生产的内画产品，多为中高档，比如《梁山一百单八将》《洛阳兴殿图》《群仙祝寿》《十八学士登瀛洲》《百子图》等等，这些内画创作，两面精细蕴藉，众多人物形态各异，栩栩如生。作品用笔之工细，技巧之娴熟，艺术之精湛都超过了前人。不仅驰名中外，还充分体现了咱们齐州内画工艺的特点，与北京、河北衡水的内画比起来，有过之而无不及。"

84

❀❀❀❀❀❀

地无界，心无边；世间风云变幻，上帝看了也眼花缭乱。

一气之下，梁娟从冰天雪地的齐鲁大地，满怀希望来到四季如春的南方都市，才知道祖国之辽阔，连一年四季的季节都不一样，这里不用和老家那样穿棉袄棉裤，这里和老家的春天一样，穿件背心衬衣就行，真是喜煞个人。这里的空气很潮湿，天边波诡云谲，是风雨欲来的架势。

没来时，听人家说得天花乱坠。来了却发现这里也不是没钱人挣钱的天堂。要是单单为了刘立夏，她就是累死、饿死在这里也心甘情愿。她再也不想见到刘立夏那个熊玩意，知道他这辈子折腾来折腾去就是那个熊样，最后还是个穷光蛋。指望他挣大钱比咸鱼翻身还要难上一百倍。

梁娟急得像热锅上的蚂蚁，更像猴子摘桃。她最不放心就是儿子和女儿。每次想起他们，心里便充满了内疚，眼泪不由“哗哗”往下淌。而想起刘立夏时，脊背上顿生凉意，不由倒吸一口冷气。都说儿女是娘的连心肉，在家时，儿子、女儿让她生气后，恨不得将他们一个个送到荒无人烟的地方，从此眼不见心不烦。突然离家来到这么遥远的地方，心里才知道，啥事都能放得下，并且以后再也不去想都乐意，唯独放心不下自己生自己养的儿女们。知不道有多少次，好不容易合上眼昏睡过去，迷迷糊糊之中确有千军万马在脑海里奔腾。

就像电一样尽管看不见，但却实实在在存在着。她心里一下涌起母性的温柔，暖暖地直涌到胸口。儿子已上高中，家里出了这么大的事，好端端一个家被刘立夏踢蹬的七零八落，会对儿子造成啥影响可想而知，会对他的爹娘有啥看法，会不会也恨得咬牙切齿？特别是小雪，来到这个世界上简直就是一个悲剧。怀上她完完全全是个意外，生下她更是最大的错误。都说能生就能养，可生下她后，家里从此就没再过上一天安稳日子，就像海绵里的水越挤越干。都快十岁的孩子，到现在连户口也没落下。人家的孩子高高兴兴背着书包去上学，唯独小雪被学校拒之门外，成了这个世界上的“黑人”。一想起这事，她心里别扭的就像窝藏着一个逃犯，女儿的存在好像给这个社会带来极大的危害。夜里睡觉，一闭眼就看到小雪在她面前,瞪着一双水汪汪的大眼睛,天真地看着她,像撒娇的样子,又像淘气的样子,更是闷闷不乐满含泪水的样子。梁娟的心像被人使劲揪住,拼命往外掏那样难受。常常在睡梦中被惊醒。这时,她感觉自己的心满得要从喉咙里蹦了出来,头胀得像要爆炸的定时炸弹。

就像京戏里的那个唱段:娘生儿连心肉,儿行千里母担忧。儿想娘亲难叩首,娘想儿时泪双流,眼见得红日坠落在西山头,叫一声解差把店投。

刚到南宁时,梁娟还准备和妹妹梁梅,以及一块到南宁来的林珊抽空出去逛逛南方的大商场,尽管身上钱不多,也不会买太多的东西,但女人的天性就是没事不愿在家待着,除了逛街就往商场跑,好像她们不去逛,街上就没人,商场就关了门一样。自从进了这个门,她们的身份证、钱包,都统统上交,由专人进行保管。这让她们一下失去了人身自由。她的思绪变成了蜘蛛侠、超人或者变形金刚。

梁娟心里纳闷,是种不见天日的苍白。挣钱应该去工厂,或者商场,甚至街上的商店,整天关在屋子里洗脑式地培训,吃饭是大锅饭,每天唱励志歌,后晌睡觉时一家人挤在一起睡地铺。她知道以后的日子,说多了,没用!

梁娟、梁梅的眼前一片明亮,像月光照在冰面上。她们一听将要从事的项目,是国务院副总理访问美国时,花巨资引进的,心里的那个高兴劲就甭提了。一下感觉到,她们的命真好,这次终于可以挣上大钱,彻底摆脱钱包里没钱的窘迫。那感觉一会像皇帝,一会又像奴才。

一屋子人气氛强烈,充满了暴富的渴望,无数的梦想翅膀在诡秘地飞旋。尽管一家人来自不同的地方,之前彼此都不熟悉,但她们都没心神不宁,而是高度亢奋。

金晓燕会心地微笑,把她一双妩媚的眸子,弯成了两道明灿灿的月牙儿。她讲课时特别提到,国家对这种反传统的经济运行模式是支持的、肯定的,但是由于国家在这方面还没立法,所以又很谨慎,采取表面打击,暗地支持。又怕全国各地的人都蜂拥而来,于是又暗示新闻单位,适当搞一些负面报道,把胆小的,素质不高的人吓跑,就像大海淘沙,让最聪明的人进来,这也是国家为西部大开发选拔人才的机制。总而言之,国家对咱们所从事的这项纯资本运作项目,是宏观调控,微观支持。她讲课时的表现,就像宣传伟人轶事那样津津有味。

"成功的人不是赢在起点,而是赢在转折点。"金晓燕脸上霎时泛起娇羞的神态,让一家人心荡神驰,她异常神秘地对大家说,"纯资本运作是国家政策,而且是一个秘密政策,外面的人根本知不道,只有来到南宁亲自感受,才能领悟到其中的玄机。"人到中年的金晓燕,白衬衫黑短裙,人长得很洋气,说话张口是半标准的普通话。

梁娟如醉如痴，就像利箭一样冲进未知的领域，顿时一下忘掉心中的烦恼和忧虑，心里的感觉就像压在五行山下的孙悟空，终于等来唐僧救他出山一样。她现在都四十好几，眼看奔五的人，无论当年上中小学，还是后来的就业参加工作，从来就没感受到像今天这样，一下能从事国家一项秘密工程，并且让她从此拔掉穷根的致富工程。自从生了女儿，家里一下成了一文不值的穷光蛋，在人家眼里他们胜过十恶不做的日本鬼子，不仅开除她的公职，计生部门更是如临大敌，一次次赶上门处以重罚，结果捣鼓得她像钻进风箱里的老鼠处处受气，活得人不像人，鬼不像鬼。万万没想到风水轮流转，老天爷也有睁开眼的时候，从现在开始，她可以堂堂正正和正常人一样，正大光明从事这项崇高的事业。她眼睛里晶莹闪亮，仿佛噙着泪水。

简单的事情重复做。梁娟就像病人对医生的高度依赖般，越想越高兴，好比因祸得福。那些烦恼和多年来心中的不痛快，统统滚了蛋。

85

被雨水冲洗过的城市，空气中弥漫着甜丝丝的味道。道路两旁的法桐树叶上凝结着晶莹的水滴，像挂满散碎和珍珠。

全市下岗职工再创业现场观摩会的领导们，对振华陶瓷有限公司组织下岗职工艰苦创业的精神，给予极高的评价，在第二天召开的总结大会上，振华陶瓷有限公司被评为全市下岗职工再创业先进示范单位，刘立秋也被评为全市下岗职工再创业先进个人，大红花和获奖证书，是李怀滨亲自给他戴上并颁发的。

这次会议不仅非常隆重，而且在社会上引起强烈反响。刘立秋手里捏着一把汗，但表面上却若无其事。让他做梦也没想到，他和他的振华陶瓷有限公司实实在在火了一把，喜悦心情自不必说。

时间不长，振华陶瓷有限公司又被市里列为扶持发展重点单位，可以在研发新产品及贷款方面，享受诸多优惠政策，一时让振华陶瓷有限公司风光无限。好多职工看到公司能有今天的发展，并且取得前所未有的好成绩，特别是得到市政府及有关部门的高度评价时，面对如此喜人的事情，不禁流下激动得泪水。张爱国、高有强更是喊着要喝一壶,好好祝贺振华陶瓷有限公司所取得的优异成绩。

这个世界上有两种人,一种是聪明的人,一种是傻瓜。聪明绝顶的人,从不认为自己高人一等;而傻瓜则从不认为自己就比任何人傻!

这天快下班的时候,任百胜无所事事,转悠到成型车间时,正好碰上高有强从车间里往外走,二人差点撞个满怀。

任百胜大有呼朋唤友的做派:“有强啊,你现在可是车间主任大忙人,你年纪也不算小了,咋还这样毛毛躁躁?你这是要到哪去?”

高有强遇事没大主张,看着任百胜,心里有种敬畏感,之前任百胜在北方陶瓷厂当成型车间主任时,不仅是他表弟,也是他的手下。高有强大半辈子勤勤恳恳,就知道低下头干活。比高有强技术好的工人有的是,但任百胜却推荐高有强当上市级劳动模范。从那开始,高有强始终对任百胜充满了感激,发誓这辈子一定好好报答任百胜的恩情。因为评上劳模后,他的工资就往上长了一级,虽说长一级工资只有十几块钱,但一年下来就是上百元,一辈子下来就是一个莫大的数字。因此,高有强想开了工资请任百胜撮一顿,表示感谢,但最后不知何故,任百胜没去。第二天一上班,任百胜对他说,吃饭不吃饭不是主要的事,要紧的咱是亲戚,肥水不流外人田。后来,高有强才知道,他爹买上东西亲自到任百胜家,说高有强这孩子从小就老实,从小就一根筋,姑婊亲砸断骨头连着筋,往后要多对他偏看一眼。所以高有强才有当上劳动模范的机会。

一直以来高有强说话条理性比较差,说着说着就容易把这事说成另一件事,或者把一件事说成两件事,又把两件事说成一件事。看似张冠李戴,实则条理不清满嘴胡说八道。那时,他还是在车间下死力的普通工人,别的又没啥本事,只好埋头苦干。做梦也没想到,他也能咸鱼翻身当上劳动模范。从此他对任百胜感恩戴德。好多人说任百胜这个人为人处事,是彻头彻尾的混蛋,高有强也这么认为过。但从他对自己的厚爱来看,也有他好的一面,并不是头上长疮,脚下流脓混蛋一个。那时的任百胜内心的国度气势恢宏,堪比春秋诸侯纵横的霸气与辽阔。

现在虽说他是车间主任,但总觉得在任百胜面前抬不起头挺不起腰杆,就像上辈子亏欠他天大的人情一样。所以,任百胜下岗在家想到振华来找个工作,他马上答应并找到刘立秋,替任百胜求情,知道任百胜之前做了不少对不起刘立秋的事。

这次和任百胜撞了个满怀,高有强知道任百胜找他肯定有事,要不他会待在后勤仓库办公室里睡大觉,也不会出来瞎转悠。他赶紧问:“表哥,你到成型车间来,想必找俺有事吧?”

任百胜站在那里故作若无其事,过了好一会才长叹一口气,然后语速缓慢,态度十分坚定地说:“有强啊,你现在是越来越聪明,这说明当年俺评你当劳动模范,没看走眼。你现在和当年比起来,可是要风得风,要雨有雨啊!”

高有强听出任百胜话里有话,像迷途的羔羊惶惶无措,便问:“表哥老主任,俺还有急事找立秋老总汇报,你有啥事就赶紧说吧!”

任百胜像是把头埋在沙子里的鸵鸟,二思了一下才说:“也没啥大事,就是振华陶瓷有限公司现在是窗户框里吹喇叭,名声在外。你看那天的阵式,好像当年咱们北方陶瓷厂又回来了。可惜啊可惜,不是当年的北方陶瓷厂,而是现在的振华陶瓷有限公司。”

高有强不知任百胜葫芦里卖的啥药:“表哥啊,你葫芦里到底卖的啥药快说呀!”

“这个嘛,也没啥。俺可以原谅俺看不起的人,但俺绝对不会原谅看不起俺的人。”任百胜吞吞吐吐,像是要说的样子,又像根本不想说,也没啥话要说。他说半句留半句,真是急煞个人。过了好一会才说,“有强啊,这几天你没听到职工们有啥反应?他们在背后又议论了些啥事?”

高有强像个中学生,声音怯怯地:“咋了?”

任百胜像唐吉诃德一样活在奇思妙想的幻梦中,表现出的是持续的敏感,一本正经道:“这几天有好多人找俺诉苦,诉说他们心中的看法和不快。你猜他们都说了些啥?以前咱在北方陶瓷厂上班时,那是给共产党,给社会主义干的活,做出的贡献是为了国家,那时咱们是工厂的主人。可现在不同了,人家刘立秋有本事,伸手能抓到天上的星星。咱们一家人累死累活都是给刘立秋一个人干的。这和以前的资本家剥削工人有啥两样!捣鼓了半天,这个世道又回到了新中国成立前,钱都进了个人的腰包。你说说,他们的心理能平衡、心里能服气嘛!”

高有强像只羸弱的蚂蚁,望着远处鳞次栉比的楼群,楼宇巍峨而朦胧,像海市蜃楼的幻影,他一时无语。上次他路过后勤仓库时,任百胜喊住他,已发了一通牢骚,今天又来找他说这事,让他心里非常为难。一面是昔日的老上级加老哥,一面是当今对他赋予重任的新东家。他不能剃头的挑子一头热,便问任百胜:“表哥,这种事你见多识广,你说咋办?”

任百胜像赤条条来去无牵挂的梁山好汉,叹息道:“无风不起浪。骂领导的人自己做了领导同样被人骂。这事俺觉得要从长计议,咱既不能被人牵着鼻子走,又不能操之过急乱了方寸,小不忍则乱大谋。要知道,只有群众的眼睛才是雪亮的。”

高有强面对任百胜的笑脸,心里开始发毛,他知道这奸笑的后面一定藏匿着啥阴谋!

86

❀❀❀❀❀❀

阳光和路面的反光刺进刘立秋的眼里，刺得眼泪差点流下来。路面上闪动着的光像一面乌黑耀眼的镜子，走在镜面上的人和汽车，就像虚幻的影子。

为琉璃生产线，特别是全市下岗职工再创业现场观摩会，刘立秋常常双眼微闭，兴奋之情溢于言表。

当琉璃生产线顺利投产，随后全市下岗职工再创业会议顺利举行，由此得到各级领导及其他与会人员的高度赞扬。刘立秋终于放心地松了一口气。这一圈下来，忙得他连睡觉的时间都没有，累得像扒了一层皮。他的脸上看上去红红的，暖暖的，像喝了好多白酒，带着那种懒洋洋的表情。闭上眼，心里感到太累了，意识好像渐渐恍惚起来。

上善若水，心善则安。

筋疲力尽的他回到家，发现何巧玲和儿子都不在家。天快黑了，以往这个时候，他一回到家，饭菜都准备好了，只等他回来倒上一杯酒，拿起筷子就行。今天他们去哪啦？

城市的文明和奢华，原来可以消除人的疲惫和人心的孤独！这两年来，随着公司的买卖越来越红火，刘立秋早就不想让何巧玲再去摆地摊，和她开玩笑道：“最困难的时期咱已经熬过去，想想当时走投无路的狼狈相，真是死的心肠都有。好歹天无绝人之路，打不死的吴琼花就有出头之日的那一天。现在俺从嘴里省一省，就有你去摆地摊的钱，你当好这个家就行，是该在家好好享几天清福的时候。”

何巧玲听了顿时惊呼一声，嘴巴张得像一朵怒放的喇叭花，五彩缤纷如雨后的彩虹：“其实俺早就不想再去摆地摊，但想想欠了那么多债，家里又有那么多用钱之处，不干咋行！”

刘立秋看着她那张慢慢有了岁月痕迹的脸，心里有些莫名的触动。知道何巧玲为这个家操碎了心，特别是他的振华陶瓷有限公司刚刚有了起色，她不想拖他的后腿，更不想坐吃山空。最后刘立秋只好迁就她的心愿，想干就出去摆摊，不想干就在家待着。反正她每天挣得那几个钱都不够塞牙缝，只要乐意，心里喜欢，想干啥都行。

就这样，何巧玲一直坚持每天后晌，到公路边路牙石上摆地摊，虽说每天挣不多，但在她眼里，日久天长，积少成多，慢慢也会积成一座金山。

灯光洒在刘立秋的身上，一下点燃了他无限的遐想。随后又无奈摇摇头，苦笑一下，脸上的表情庄重而严肃。

国无德不兴，人无德不立。他像任何一位父亲那样在期待的目光里，想起儿子刘清明。没想到这小子真有两下子，不仅现代经济学知识丰富，而且能言善辩，把人理论得闭口无言而心服口服，以前还真是门缝里看人，把他给看扁了。

天下老子都希望自己的儿子能聪明绝顶。以前总是把他当成永远长不大的孩子，转眼间，他已不是牙牙学语的小孩子，不是背着书包活蹦乱跳的小学童，也不是为高考整夜点灯熬油发奋苦读的应届高中生，现在已是大学研究生毕业走向社会的大学生。虽说社会阅历社交能力，还有不少缺憾之处，但在上大学这些年经过系统学习专业知识，是他走向社会走向成功的最大资本。

旧年的绿已经完结，新年的绿正在源源生发。上次，打发儿子跟着张爱国他们出去讨债，本想让他知道干企业有多么不容易，上头有多少婆婆管着，就像孙悟空头上戴的紧箍咒，哪一座庙里的神烧不到香，出门时都要绊个趔趄。还有企业间相互拖欠的三角债，更是苦不堪言让企业害头疼。企业没有流动资金和新产品研发经费，就像年迈的老人供血不足，摇摇欲坠一下就到了生命的边缘。可清明这小子巧舌如簧，硬是将拖欠的债务一分不少给要回来，从而一下解了振华陶瓷有限公司的燃眉之急，琉璃生产车间得以顺利上马投产。刘立秋不由对儿子刮目相看。也许这就是人们常说的青出于蓝而胜于蓝！

事情好像遥远而模糊，根本不在他的视野和触觉之内，不由思绪万千，大发感慨。这时，何巧玲和儿子刘清明说着话，一下进了家门。

刘立秋望着何巧玲那双湿红而浑浊的眼睛，心里隐隐感到一丝不安："你们去哪了，也不在家做饭？俺还以为你又去摆地摊了哩！"

何巧玲的心倏地一沉，好像要沉到一个深不见底的深渊，没等她开口，儿子抢先回答："爸，今天下午俺爷爷又到医院复查。把爷爷送回家后，本来奶奶让俺们吃了饭再回来，俺妈想到你一个人在家，骑上车就赶紧往回赶。"

刘立秋眼睛盯着儿子，口气跟他的眼神一样僵硬："你爷爷今天又去自查了？俺咋知不道。你们咋没给俺打电话？复查的结果咋样？"

何巧玲的目光疑惑地盯着刘立秋，他也疑惑地盯着何巧玲："你是天底下的大忙人，俺是想给你打电话，但地球离了你不转咋办！你啊，现在除了陶瓷琉璃，别的啥事在你眼里都没有。你从来就不去关心爹娘，你都知不道他们现在越来越容易忘事，拿在手里的东西，一转身就知不道放哪了，急得团团转，结果东西还是在手里拿着。”

刘立秋连忙问：“老爷子复查的结果到底咋样？医生有没有说，能恢复到生病前的状态？”

刘清明回答：“医生说这种病一定要加强锻炼，但要恢复到原来的状态，难度很大，甚至不可能。”

何巧玲心里的感觉就是一只常年患病的河虾，突然间长出了一只巨大的蟹爪：“你还关心老人啊，俺以为家里的啥事也惊动不了你的心肝肺，就像不食人间烟火的冷血动物。”

“骂得好，骂得好啊！”刘立秋笑呵呵看着何巧玲，尽管她说得很轻淡，但他还是有了点触动，好像有一股清冽的香气游丝一样，钻进了鼻孔。他歪着头诡秘地一笑，“俺知道为振华陶瓷有限公司，别的事俺付出的很少，包括老爷子住院期间，也没尽到一个做儿子应尽的义务，这事想起来俺心里就过不去。”

何巧玲寻衅的目光死死地盯着他：“自古忠孝难两全。你现在是有名的企业家，是下岗职工再创业的典型。你不用脸红，更不用亏心。”

刘立秋无言以对，一下哑在那里，像马儿严肃地咀嚼着草料，好半天才说：“好了好了，废话少说，赶紧做饭，饿得俺肚子都叫了好几回。”

理论了半天，把整条大街塞得很神秘。刘清明来到刘立秋面前：“如果没有你，世界将不再是世界，大海也会变成小溪。爸，咱再说第二件事，俺要准备结婚了。”

刘立秋惊愕地看着儿子，想说点啥，但是啥也没说出来。

87

无利不起早。

金晓燕走来走去，走路的姿势像在抒情，她精彩的论述，让梁娟姐妹听得如醉如痴，特别是讲到纯资本运作，不仅是美国西部开发的关键，日本崛起的法宝，还是中国参与大国竞争的利器时，不由大发感慨，怪不得听从国外回来的人说，外国的月亮都比咱们中国的圆。于是对她的着迷,像对上帝一样崇拜得五体投地。

月亮跟着太阳走。梁娟用极其崇拜的眼神看着金晓燕,像士兵服从命令,忍不住抿嘴笑起来,那笑没有一点声音,暗暗发誓般。这次无论如何也要扬眉吐气,好好像人一样活一回。将来她腰缠万贯回到故土时,让刘立夏那个熊玩意睁开他的狗眼看看,老娘前半辈子活得窝窝囊囊,后半辈子一定要改朝换代,谁说女人年纪大了不中用,谁再说她不中用,就撕烂他们的臭嘴。就因为超生了女儿交不起罚款,至今都落不下户口,到了上学的年龄也上不了学,在人家眼里就是一文不值的废物。将来她在这挣个儿白力,回到齐州时,当面将罚款摔在计生办主任的脸上。

想着想着,她发现眼里竟然流露出孩童般依恋的神情,心不禁一颤。

三十年河东,三十年河西。让那个死板地就像钢铁一块的计生办主任瞧瞧,老娘也不是吃素的,不是不报,而是时机未到。

金晓燕一张白净的鹅蛋脸,两只明亮的眸子透着聪敏和机灵,她在讲课时像呵护婴儿一样,反复叮嘱:“国家对资本运作项目的真正态度是‘宏观调控,微观支持’,咋个支持法?你要通过在南宁城大街上观察到的各种现象和好多细节去感悟。南宁五象广场上每一个图案,每一处装饰,每一个阶梯,都是南宁传销合法性的有力佐证。例如三道台阶数相加正好二十九阶,有二十九个人就可以成功上平台之意。最上头为五个台阶,地面有三个平面代表三个阶段,代表连锁销售模式为五级三阶制。”

不是曹操喜欢在睡梦中杀人,怕是被杀的人还在睡梦中。梁娟初来乍到,根本就没去过五象广场,听金晓燕说的五象广场神乎其神,向往的她心里长满张牙舞爪的爪子,恨不得一下跑到五象广场去看个究竟。她像猫一样眯着眼睛笑起来,眼角充满了妩媚,像春天路边的花朵摇晃着。

就像苏伊士运河,在单调的沙漠中把地中海与红海贯通起来一样,在接下来的日子,还是反反复复讲授差不多的内容,有时也从外面请来比金晓燕级别更高的人来讲一下,但更多的时候是金本人在反复讲。

当今的社会,就像现在的女孩外表虽单纯,但内里复杂而非常物质。梁娟在前半个月听得相当认真,一直到春节前,还是认真对待。但到了春节过年的那天,听到外面的鞭炮像炸雷此起彼伏,一浪盖过一浪涌进屋里。闲下来的时候,她突然心里发慌,不知不觉将手塞进嘴里,不声不响咬起指甲。她的思绪一下飞回了老家,看到儿子和女儿他们聪明活泼的样子,当然还有他们孤单忧郁的神情。想起以往过年时一家人其乐融融聚在一起举杯畅饮,幸福的笑声就像春风荡漾。而现在一家人却四分五裂,天南海北天各一方,心里的孤单就像泰山压顶朝她铺天盖地压过来。特别是想起儿子和女儿时，又挂念他们能不能吃上一碗饺子，能不能吃上一口热乎饭？时逢佳节倍思亲，不由泪流满面。她明白去想一个人的时候，有时比傻子还要傻好多倍！

像是从蚊子腿上找肉吃，日久天长，面对千篇一律枯燥的讲课内容，简直是阎王爷贴告示，鬼话连篇，慢慢地她就像一件破旧的衣裳毫无生机。特别是过年期间，她又来了好事，身上连块卫生纸都没有，钱包和身份证，从一迈进这个屋门起，就统统收了上去，说要统一保管。她想要回钱包出去买些卫生纸回来，却遭到金晓燕的呵斥。让她的自尊心受到极大伤害。往后上课时，她高涨的情绪从此一落千丈，心情一下变得像废墟，她突然觉得自己没理由，当龟兔赛跑中睡觉的那只兔子。

后来，金晓燕逼着她们发展下线，她动员说将亲戚朋友、兄弟姐妹，甚至七姑八姨都可以喊来，人多力量大，众人拾柴火焰高。她的话就像白开水平淡无味。

慢慢地梁娟厌烦了天天除了上课就是上课，吃饭时一家人围在一起吃大锅饭，睡觉在一个地铺上挤在一起，整天像埋进沙子里鸵鸟，出去逛逛街买点东西比登天还难！

她的内心几乎要崩溃，悲哀缠缠绵绵没完没了在她心里响起来。尽管金晓燕吹得天花乱坠，但仔细想想就像天上不会掉馅饼，这是说起来容易做起来非常难的一件事。不用说她没那么多亲戚，就是有他们手里也没几个闲钱。而自己更是身无分文，要是有的话也不至于小雪到现在也没落下户口。一下让她投上差不多七万元，这简直就是要她的命。就是出去偷出去抢银行，也偷不来这么多钱。回家砸锅卖铁更是凑不起这个钱。因为那个家被刘立夏折腾精光，家都没了，哪里还有值钱的东西。

狗急了跳墙，人急了发狂。梁娟的感觉就像做梦，私下和梁梅商量，这是个是非之地，千万不能久留。一定要想办法逃出去，然后回家。她小声说话的声音，像海啸淹没了一个女人的感伤和发自内心的疼痛。

梁娟心情尤为悲怆，无论咋哭闹，金晓燕死活不开口放行。反而招来好几次拳打脚踢。后来她躺在地铺上不吃不喝闹绝食，金晓燕仍无动于衷，反而斥责她："放着阳关路不走，非得走独木桥。"

世界上没有任何办法和理由阻挡一个人要回家的脚步。几个月的抗争，并没争来一丝自由，她缩在墙角，像一只被猫发现的耗子。后来上课的时候，她像得了精神上的艾滋病，她们姐妹俩不是两个人对骂，就是厮打在一起。后晌睡觉时也不消停，常常别人睡得正香时，她们姐妹又像泼妇那样开始大吵大闹，弄得金晓燕和其他人不胜其烦，像躲瘟神一样躲得她们远远的，于是一家人怨声载道。

金晓燕心里充满了挫败感，更加愤懑不乐。她的思想像一块石头，从天上看不见摸不着，却躲也躲不过的地方扔下来。终于忍受不了梁娟姐妹俩没白没黑无休无止的瞎折腾，尽管三番五次对她们进行毒打，但好了伤疤忘了疼，过上几天还是死猪不怕开水烫。后来金晓燕怕闹出人命来。一气之下，在一个漆黑的夜晚，将她们塞进一辆面包车，拉到城郊野外一个十分偏僻的地方扔下来。后来她们也想不出别的好办法，便找到派出所，又被送到救助站，在救助站里无巧不成书碰到了刘立夏。

梁娟悲喜交加，像坐了一次惊心动魄的过山车，挥起拳头雨点般打在刘立夏的身上，抵挡不了爱如潮水涌来时的心痛与迷惘，张口骂："死鬼，你死到哪里去了？咋现在才来。俺还以为死在这里再也见不到你。"

这份苦涩与幸福变得那么揪心，在沉默中满腔的委屈和莫名的怨一股脑溢出来，说不清道不明的委屈和怨恨，溢出来都变成了眼泪。

88

❀❀❀❀❀❀

刘立夏、梁娟历尽磨难，终于回到了齐州。在这大半年的时间里，没挣到一分钱不说，眼看要把他们逼疯了。他们的身体和精神，都遭受到极大的伤害和摧残，就像一条死去肚子翻白的鱼。在家睡了整整一个星期，浑身还是乏力，就像被人抽了筋般。

刘立夏历尽千辛万苦和挫折，终于把梁娟找了回来，但梁娟对他还是爱答不理，甚至懒得多看他一眼，更懒得和他说一句话。这让刘立夏像臭水沟里的泥鳅，咋折腾也洗刷不干净。

仅仅大半年的工夫，岁月已将梁娟的脸打磨得十分衰老，皮肤松弛，眼光混沌，眼角下坠，头发凌乱，完全是被风暴摧残枯萎的一棵老树。她在广西南宁受尽了非人的折磨，心里一直有股气没发泄出来。当初要不是刘立夏打肿脸充胖子，她也不会被逼得走投无路而投奔了梁山。没死在南宁，是因为上辈子烧下的高香和积下的阴德。想想当初稀里糊涂跟人去了广西，莫名其妙开始纯资本运作项目,最后一腔热血变成竹篮打水和狗咬尿泡。要不是刘立夏捣鼓了那么一出,拉下一腚饥荒,最后连房子都抵押上,就像输红眼的赌徒,血本无归而被扫地出门,她也不至于走到这一步。唐僧师徒到西天取经,历尽九九八十一难,但人家最后孬好都修成了正果,成了金刚不坏之身。而自己遭受那么多的折磨和挫折,要是个屁的话还臭一阵,而她最终连个屁都不是。

刘立夏自知理亏,脸像遭了电击一样黑,在梁娟面前低三下四,说话先看看梁娟的脸色,要是看到她脸上不舒坦,连说话的勇气都没有,长长叹息一声,责备自己鼠目寸光,是个彻头彻尾成事不足,败事有余的窝囊废。于是不由打个莫名的冷颤,接着是一片燥热。

树叶在蝉鸣中发亮,傍晚的暮色被万家灯火点燃,归家的鸽群飞过之后,天空分外辽阔与空旷。

刘立夏去广西南宁终于把梁娟找回来以后,刘立秋打发何巧玲赶紧过来看看,对他们进行一番安慰,让他们好好休息,啥时候天也不会塌下来。就算真塌了天,也有高个子顶着。

直到他们在家歇了一个多星期,刘立秋才和何巧玲登门看望。

梁娟虚弱不堪,一股浑浊的哀怨从半睁着眼里流淌出来。望着大伯哥和嫂子悲痛欲绝,脸色难看的像块干咸菜,吼天骂地道:“你们说说刘立夏都捣鼓了些啥事?他整天狗嘶猫咬知不道天高地厚,进庙烧香敬到一回真菩萨吗?他老虎吃天,谁见有人一口能吃成个胖子?忒不自量力,把好端端一个家踢蹬地七零八落,眼看到家破人亡的地步!”

刘立秋安慰道:“欲要忠先要孝,欲肃政风先严家风。立夏有些事确实办得不着调,不靠谱。那么大的事情脑袋一热,就心血来潮。总该放个屁和家里人商量一下。结果一头撞南墙,碰得头破血流后,才知道自己几斤几两。现在事情都过去了,再提它啥事也解决不了。俺和你嫂子今后晌来,一是来看望你们,看看你们以后有啥打算?二是如果你们不嫌弃,就到振华陶瓷有限公司上班吧。反正俺那里也需要人手。还有小雪户口和上学的事,咱也得抓紧时间解决,孩子现在一天比一天大,总不能拖着猴年马月,一直拖到她要嫁人找婆家的时候!”

梁娟听了不说话,泪流了一脸,只见她眉目紧锁,双眉底下一双善良的眼睛里,露出阴沉忧郁的神情。

像随地吐痰一样,绝大多数中国人还依然保持着这样的习惯。刘立夏像丢了魂,干瘦的脸上带着一股异样的苦笑,因为笑不由衷,整张脸都走了形,给人一种龇牙咧嘴的感觉,他叹息道:“房子的事要不是大哥你们拿钱给要回来,兴许人家早就倒手卖了好几遍。在这件事上，俺已非常对不住你们，更对不住这个家。俺到振华陶瓷有限公司能干啥？俺学的是耐火材料，对陶瓷琉璃一窍不通啊！”

何巧玲劝他：“那么大的一个公司，方方面面都需要人手，总有一个适合你的工作岗位。”这话说出口，连她自己都觉得说的语重心长。

“还是算了吧，俺去只能给你们添麻烦。”刘立夏依旧恍恍惚惚，一副不土不商，不城不乡，万事不挂心的样子，“多一个岗位就多一个人的开支，也就多了一份负担。你们已经帮了俺那么大的忙，就不再给你们添麻烦。放心吧，条条大路通罗马，只要饿不死地里的蚯蚓，就饿不死俺刘立夏。”

重压之下只有懦夫。刘立秋看了刘立夏一眼，感叹牛不喝水不能硬摁头：“你打小就这么犟，脑子应该多转悠转悠，别一根筋死心眼好不。打虎亲兄弟，上阵父子兵。难道振华陶瓷有限公司还多你一个人不成！”

梁娟眼泪似断线的珠子般往下掉，脊背上顿生寒意，不由倒吸一口凉气，哽咽道：“大哥，别搭理这个熊玩意。拿他当人，硬是往驴市里钻。离了他地球又不是不转！人家都是头上碰个疙瘩就赶紧回头，而他撞得头破血流，还傻乎乎硬是不回头。”

何巧玲又苦口婆心劝：“他二叔，听人劝吃饱饭。人就算再有本事，也不能揪着自己的头发上天。要不这样，你先在你哥的公司里干着，要是干得不顺心，或者有了更适合你的好工作，你再走也行呀！”

路可以绕过去，心中的伤口咋也绕不过去。人越是没本事，虚荣心就越特别强。给点颜色，能的刘立夏就能自己开染坊，他说话的声音平淡的就像小河里的流水：“你们别劝了，俺主意已定，再劝也没用。俺已经找到一份工作，过几天就去上班。”

刘立秋就像温暖的火光，需要耗掉空气里的水分和氧气。知道刘立夏打小就是一头犟驴，决定的事八头牛也拉不回头。他不想去振华陶瓷有限公司上班，可能有他自身的考虑和想法。反正牛不喝水硬摁下头它还是不会喝水。

梁娟的心揪成一个结，气不打一处来，狠狠瞪了刘立夏一眼，锋利地似剪刀，眼神中那里还有狗屁倒灶的感情：“这个熊玩意不信人搭理，他爱干啥就干啥，全当眼里没这个废物。”

面对眼前的一切，刘立夏咬咬牙，把嘴里的话压在了舌头下面。

89

❀❀❀❀❀❀

过了几个月，刘清明结婚的事一下提到议事日程上来了。

“百里不同风，十里不同俗。礼多不伤人，这事就按祖宗流传下来的老风俗办差不了！只要俺还有一口气，清明的婚礼就按齐州老风俗办。”说到这，刘鹤之可能是过于激动，端着泥壶，嘴唇抖得喝不进嘴，好不容易喝进去一口，又呛着了，止不住咳嗽起来，咳得惊天动地，脸上的皱纹也挤到一起，那神情既可怜又悲怆。一家人立马将心提到嗓子眼。

出院后的刘鹤之越来越黑瘦，虽说没之前那么腿脚利索，但也超出医生的想象。他像埋在锅灶里烘过一样，老头子过了生日就八十了，他有两个儿子，每个儿子都给他生了一个孙子，这让心里十分满足。

时光抽丝剥茧般抽尽了刘鹤之的所有光华，剩下的只有衰败，像深冬季节野草一样青春不再，曾经笔挺的脊背，像竹篮的提手，弓得极有弧度。当初，他曾经朝思暮想，暗地里偷偷盯着儿媳妇一天天大起来的肚子，就像深更半夜只身一人在乱坟岗子里，猛不丁蹿出一条大灰狼一样，整天盼盼着尽快能生出个带把的孙子来！

孙子终于有了，他大喜过望，搬出老皇历，一遍又一遍数算着生辰八字，因出生的清明节，便亲自起名清明。意思是将来清清明明做个伟男子、伟丈夫，成就一番伟大的事业。现在他的心头肉刘清明终于要结婚了，他更是盼星星盼月亮般，希望能早日四世同堂。

蔚蓝的天空无云，一群大雁自南天往北徐徐飞过。刘立秋一只手捏在另一只手上在思考，像个思想家。继而望了刘鹤之一眼，那劲头是有时间挣钱没时间花钱似的。最后从嘴里吐出一句话：“爹啊，现在都啥年代了，再按齐州老风俗办喜事，人家会笑掉大牙的。还是按新风俗，又省事又热闹。”

刘鹤之捋了捋下巴上的羊角胡子，摆摆手，制止了刘立秋：“不可不可。凡是老祖宗流传下来的大都是精华中的精华，新鲜的现代的东西要接受，老的传统也应该传承，要不然咋叫一方水土养育一方人呐！这些年俺的退休金，加上逢年过节和过生日也攒下了几个钱，如果你没钱办，俺就像当年你结婚一样，给俺孙子办婚礼，反正钱这个东西生不带来，死不带去。”

刘立秋鼻子一哼，像个认真的小学生，心想，俺刘立秋现在要是没几个钱，身边有钱的人恐怕早就死绝了，咋说俺也是个企业老板。况且又不是当年下岗失业那阵子，眼下就是拿出一百万来，眼睛都不会眨一下，在齐州这巴掌大地方，谁有几个钱，谁吃几碗干饭，一家人都一清二楚。到啥山头唱啥歌，到了啥时候算啥账。他的企业现在生产高档陶瓷和琉璃产品，这两个产品都是陶城近百年来的主导产品，在国内甚至在国际市场上都占有一席之地，只是这几年市场竞争越来越白热化，份额已大不如从前而已。他苦心经营企业这几年，理所当然成是齐州地区私营陶琉企业中数一数二的大老板，职工达三百余人，是让人眼红耳热的企业家。他的身价早就达到数千万元，有人说他是亿万富翁，他不高兴，说俺的腰还没那么粗。在他的企业没几个吃闲饭的，就算政府部门的领导塞进一个半个的关系，也根本不是自己的亲骨肉，顶多是沾点亲带点故，是七大姑八大姨八竿子也打不着的人。没有一个领导乐意将自己的亲生孩子，送到民营企业这种鬼地方吃苦受罪，一个个都削尖了脑袋，拼命往机关事业单位里钻。

刘立秋很给力，他坐下来，想说啥却没说出来，其实他为人还算低调，但低调不等于没有腔调。他不差钱，也不怕花钱，怕的是麻烦。他知道，齐州老的婚姻风俗非常讲究，首先是提亲，也叫说媒，由男方拜托媒人说媳妇，当然也有女方拜托媒人说婆家的，这叫倒提媒，这种倒提媒的事，有，但不是很多。媒人受托之后，往返于男女两家串通撮合。为了慎重起见，除相互打听对方的为人处事家庭状况外，有的还要请算命先生卜卦，看看双方婚姻是否犯命。若是犯命，家里有座金山也白搭。如果属相合适，还要再通过串门子、走亲戚，甚至赶集赶庙会等五花八门的方式来相亲，直到双方没大的分歧为止。接下来是就亲也叫定亲，定亲的时间一般会选择双月双日，如二月二，六月六，这些日子选择的最多。定亲的时候必须有两个媒人，并且两个媒人还必须是男的。男方写好柬，媒人受托带上“柬”和男方送给女方的衣料、首饰、化妆品之类的彩礼和聘金，用一对大红包袱包好送给女方。女方用烟、茶、糖果招待媒人，留下全部的聘礼、聘金，然后拿上女方致男方的柬子回到男方家，男方家此时早就准备好酒宴，以示酬谢。

刘立秋神色有些忧伤，心里突然有种不舒服怪怪的感觉，只见老爷子赵鹤之用手又敲打着桌子，目光异常严厉地看着他，口气不仅严厉，而且不容置疑：“你下哪门子神？有话就说，有屁就放。没事就赶紧回去准备，时间不是多得用不完，满打满算还有一个多月。”

刘立秋还是百年不变的样子,有些于心不甘,无奈地耸耸肩,摊摊手,几乎用乞求的眼神看着刘鹤之:“您老人家能不能容俺几天,和您儿媳妇还有您孙子商量商量,再决定也不迟呀!”

得病后的刘鹤之,和之前的脾气有了很大的变化,有时候动不动就爱发脾气,说话也不再平心静气。他正襟危坐,端庄肃穆,一撞南墙不回头,越说越激动,突然憋住声,忍了几秒钟,蓦地崩出几句话:“商量个屁。俺结婚时,你爷爷跟俺商量了吗?你结婚时,俺跟你商量了吗?”

刘立秋笑笑,啥也没说,一直沉默着,好像在享受这种沉默一样。

刘鹤之激动的胡须也颤抖起来,又说:“俺和你娘结婚时,就是按齐州老风俗办得,俺孙子的婚礼也不能例外。这个就不要犟了,没商量的余地。”

刘立秋听着像阿拉伯之夜里这样荒诞的往事,没立即赞同,也没坚决反对,而是慢条斯理道:“齐州人结婚,现在没几个按老风俗的,都是新式的结婚方式。如果再按老一套,人家会认为咱们是烧包逞能,会让人笑掉大牙。再说俺是搞企业的,耽误时间久了,会影响企业生意。”

刘鹤之认准了事情,啥都听不进,并且一言九鼎,他有点不耐烦:“行了行了,天底下你最忙。你就这一个儿子,你没时间,俺有。你不想给俺大孙子办,俺办。”

刘立秋的反应就像牛反对拉犁,马反对拉车一样无济于事。他望着窗外心潮起伏,想再劝劝老爷子别一条道走到黑,话还没出口,就听刘鹤之又惊天动地咳嗽起来。刘立秋知道,此时说啥也白搭了,胳膊无论如何也扭不过大腿。离清明结婚只有一个多月,毕竟像老爷子所言,时间不是多得用不完,但一碗水还没泼到地上,只要没泼到地上,就没铁板钉钉。

刘立秋抬起头从窗户往外看时发现,夕阳完全被骆驼一样的西山吞没了。

90

❀❀❀❀❀❀

陶城是齐州市的一个区,城不大,但悠久,战略位置自古以来十分重要。一条孝河将这座古老的山城一分为二,孝河两岸的沿河路,成了这座城市的南北交通大道,又因东西南三面环山,从高处鸟瞰就像一个聚宝盆。以前最繁华的地方除了福门桥、西冶街、大街，就是税务街和火车站。现在停靠陶城的火车越来越少，加之公交车站也搬离别处，本来还算繁华的地方突然变得冷冷清清，就像前些年国有大中型企业争先恐后破了产一样。特别是到了后晌，街上偶尔有三两个行人也是急匆匆像赶火车，好像回家晚了就找不到家门。

刘立秋双手叉腰，眯着双眼，透视着眼前的高楼大厦车水马龙，神情有一种痴迷但没有陶醉。公司下午来了个重要客户，谈完正事后，他想提腿回家，但一想人家从省外大老远跑来，又是重要客户，说啥也不能有大老板应付小客户的优势心理，再忙也该陪人家吃顿饭。其实现在企业都改制了，吃吃喝喝也不算个啥事，因为你吃得用得都是自己的，谁也没理由强烈地反对这种吃喝，就算把钱扔在大路上，那是自己愿意，反正又损失不着别人的。这个社会，吃吃喝喝名正言顺礼尚往来，不吃不喝就是不近人情，不食人间烟火，若不然人家一郎当脸，说不定就和你掰了，这个社会你想要原子弹，人家能得也能造出来，相对陶瓷琉璃还不是小菜一碟。对这种大客户，刘立秋不敢有丝毫的懈怠，马上让办公室安排在齐州最有特色的四合院，陪着客人去吃正宗的四四席。

席间，刘立秋条分缕析，一句一顿，像个远行者一步步执着地走向既定目标。每上一道菜，他在极富想象力氛围中，添枝加叶说得天花乱坠，直逗得客户心花怒放中，一愣一愣恨不得将盘子一块吞进肚子里才过瘾，伸出大拇指连声称赞："齐州菜，好，实在是好。俺从娘肚子里出来还真没吃过这么合口的饭菜。"随后又拍着刘立秋的肩膀，说话特别投机："刘总啊，世上的好东西，都在你们齐州了，但好东西靠守是守不住的，现在连银行都有人敢抢，所以你们一定得多提防点。俺就在你公司多住些日子，将齐州的好东西学得差不多了，再走也不迟！"

刘立秋脸上带着从战场上下来时的英雄表情，抽出纸巾沾了沾嘴角，微笑了一下点点头，神情很安详："吃了齐州饭，围着天下转。要想吃好饭，围着齐州转。随便你学，俺告诉你即使你在这住上一年半载，学到的不过是些皮毛而已，一切都在这。"他用手指指脑袋，随后又说，"按齐州的风俗，俺首先要敬你三杯，然后再给你长三杯。"

客户也不再闷头闷脑，刘立秋那虔诚的举止赢得了他的好感，连连摆手回答："不可不可，六杯酒下去就醉成烂泥了。酒可以少喝，菜不可以少吃。酒可是醉人的，但菜无论如何也醉不了人，哈哈……"

客户一笑，刘立秋也笑。刘立秋一笑，其他的陪同人员也跟着笑。那场面比难忘今宵还难忘。笑罢，客户这家伙自恃能盛点酒，端起面前斟满的一大杯酒，一口就喝下去半杯，让一桌子人对他肃然起敬，他身上那股子豪爽劲，一看就是久走江湖之做派。

刘立秋敬酒、讲话，那种自如自信，绝对是一种成功人士的派头在里面。这顿饭吃得时间有点长，累得刘立秋有点坐不住。时间长是因为在座的每一位都向客人敬酒，少了哪一步都短了礼，所以说好客山东人，不如说好客齐州人。齐州菜是鲁菜的发祥地，当然能代表鲁菜，齐州人当然也能代表山东人，因为齐州是山东一组成分子，若干个这样的分子就组成一个地域辽阔，经济富裕的齐鲁之邦。齐州人自古以来就非常讲究，走在街上的任何一个男人，别看其貌不扬，但只要一走进厨房个个身手不凡，三下五除二转眼之间就做好三个碟子两个碗的菜，放在桌上香喷喷让人垂涎三尺。齐州人不光讲究，对流传下来的风俗习惯和礼节大都耳熟能详，礼节之多规格之高，在鲁中地区独占鳌头，就是在整个山东也屈指可数。而齐州的媳妇，也个个精明能干，家里拾掇得一尘不染，在外更是一把好手。在齐州，男人不会炒菜，女人不会拾掇家庭，就像女人不会生孩子一样丢人现眼，这样的人在家里不仅没地位，走在大街上也会被人戳脊梁骨。

刘立秋虽说是身份不菲的大老板，但他知道金钱除了能让人过上富裕日子，同样也能使人变得俗不可耐，所以回到家，他常常扒下衣服，系上围裙来到厨房小露一手，现在他做的菜不仅味道正宗，而且色香味俱佳。有时一时兴起，拉上外地来的客人，就像美国总统在自己庄园里招待外国政要一样，给予最高的礼遇，但这绝不是说凡到公司的人都能得到这种礼遇，这要看刘立秋的时间和心情。凡是请到家里的客人，刘立秋都按齐州风俗按部就班，上第一道菜必定是鱼肚海参，最后一道眯着眼也知道是鱼，有时是海鱼，有时也是坝鱼，但更多时候是本地养殖的虹鳟鱼。将鱼吃得差不多时，再端到厨房砸个鱼汤，这砸鱼汤在全国也是独一无二。每上一个大件菜，刘立秋都谈笑风生，机智又不失幽默地敬客人一杯酒。随后又跑到厨房没三分钟又笑嘻嘻端上一个炒肉片，放在桌子上再敬客人一杯酒。

客人吃得津津有味，但被酒灌得头脑开始涨大，连连摆手："不能再喝了，再喝就醉啦。"

刘立秋举重若轻侃侃而谈，话语中透着自信透着真诚，回答："酒逢知己千杯少，你是俺最重要的客人，按俺们的风俗和礼节还要再敬你一杯，然后再陪你一块喝。每上一个大件菜，都是要敬酒的，这是俺们老祖宗传下来的规矩，谁都不能破坏。"

客人不明就里，左一杯右一杯，拉着刘立秋的手，就像梁山伯拉着祝英台一样难舍难分，嘴里不住地嚷："刘老板实在，够朋友。"说着说着，趴到桌子上打起了呼噜。

这天后晌，刘立秋陪客人吃完饭，坐在车里顺着沿河东路往家里走，车外天上的星星像好奇的外星人眨着眼睛，天空也显得很薄很淡，空气里渐渐弥漫着白色的潮气。这些天好像有一堆乱麻一直堵在他心口。这时他突然想起一件事，刘清明结婚后不到一个月就是老爷子刘鹤之八十大寿。在齐州，八十岁就算高寿，生日不仅要过，而且要隆重热烈。他这么一想，突然觉得老爷子一口咬定要按齐州风俗办婚礼，会不会也要求他的生日时也要按齐州风俗给他过生日？

刘立秋脸色有点苍白，略显憔悴，背微微有点驮起来，目光幽幽的。他这么一想，心里咋也无法释怀，这事非同小可，一定要和姐姐弟弟提前商量一下，免得老爷子自己提出来，让做晚辈的被动或者措手不及，而被人戳脊梁骨，骂他有了几个臭钱，就成了不肖子孙和吝啬鬼。

刘清明是刘立秋的儿子，结婚这样的大事，他可以在老爷子面前据理力争，甚至可以当面不顾及他人的颜面而拍板，但老爷子八十大寿，自己无论如何也做不了主，尽管他是身价不菲的大老板，但那是在外面，在家里一样要夹着尾巴，既要顺从了老爷子，又要听从姐姐和弟弟的意见，若不然费力不讨好，好心做成驴肝肺。

刘立春再过几年也六十了，她一辈子没见过大世面。前两年刘立秋给她找了关系一次性补齐十五年的保险费，给她办了退休手续，每月有了七八百元的退休工资。而刘立夏就更不用说了，三番五次让他到公司来上班，但他就是死活不从，也知不道他在外面能挣仨瓜还是俩枣。当初，刘立秋也曾想让姐夫赵成玉到公司上班，但他听了却一改往日闷头闷脑的样子，头摇得像拨浪鼓，说啥也不同意，生怕为了几个小钱兄弟们撕了狗皮，到那时兄弟不是兄弟，爷们不是爷们。刘立秋没想那么多，劝他打虎亲兄弟，上阵父子兵。但赵成玉还是不同意，说俺到山穷水尽时，必定来投奔你。刘立秋听后也没好办法，天要下雨娘要改嫁，由他们去吧。啥时在外碰得头破血流时，他们再回来还是两手接着，总而言之大门永远对他们敞着！

他开始琢磨，扫帚不到灰尘照样不会自己跑掉，事情更不会自己慢慢变好。清明结婚和老爷子八十大寿的事，要把姐姐弟弟喊在一起，坐下来仔细合计合计，若不然，被动的不是别人，而是他刘立秋。

91

❀❀❀❀❀❀

当初的梦想就像城市的房价，追也追不上。

本来给刘清明办婚礼，刘立秋早就有自己的打算，但半路上却杀出个程咬金来，老爷子死活要按齐州老风俗办婚礼，让刘立秋的主意面临烟消云散，但他的主意如同一群被困在肚子里的老鼠，不时兴风作浪。他讨厌齐州婚礼的烦琐和面面俱到的点点滴滴，他希望用新式的婚礼方式，随便找家婚庆公司让他们出面张罗，就可以当甩手掌柜，既省心也不费力气，这样做隆重而不烦琐，热烈而不陈旧。但就是这样的婚礼，老爷子却死活不同意，并且一意孤行，非要按老风俗办，真是站着说话不腰疼。刘立秋坐着站着走着躺着，满脑子都是刘清明结婚这件事，当然也包括老爷子八十大寿的事。

转眼刘清明都二十八了，都说这个年龄是个尴尬的年龄，说成熟吧，不及而主；说苦涩吧，青年已近尾声。但刘清明却不这样，他在青岛读是正儿八经的大学，是正儿八经凭本事考进去的。读研究生这几年，他不像来自大江南北长城内外，不是大老板的公子千金富二代，就是官二代、星二代。起初，刘立秋依然打算让儿子考公务员，只有考上了公务员才能出人头地。刘立秋嘟囔：去不了北京，留在青岛总行吧，反正到哪都得往外掏钱买房。刘立秋知道，和刘清明一般大的同龄人，大都娶妻生子，甚至事业有成，但刘清明在他眼里就是一个孩子，咋看都没大人的意思，咋看都是长不大的孩子。高中毕业考上大学，到了大三后听说他开始谈恋爱，谈一个吹一个。这在刘立秋眼里，简直就是十足的花花公子，但拿他却没一点办法，气得他像个哲学家感慨万端，在背后大骂混蛋，是扶不上墙头的阿斗。

刘立秋一骂，何巧玲耷拉着和自己一样的苦瓜脸，开始数落起来："老子英雄儿好汉，老子反动儿混蛋。孩子谈恋爱咋了，学校里都没禁止，你着哪门子急。"

刘立秋对儿子爱是恨铁不成钢，但刘清明从小到大就是一家人的命根子，儿子永远对，再差也优秀。别人受点委屈刘鹤之充耳不闻，而一旦刘清明受半点委屈，他就郎当下脸不高兴，好像他也受到天大的委屈一样。

刘立秋拿捏不准儿子的婚礼是按老爷子说的按齐州老风俗办，还是用新式的方法来办，便和何巧玲商量，何巧玲对此并不领情，听后心不在焉，做菜时不是忘了放盐，就是恨不得连盐业公司也放进去，现在对家里正儿八经的大事从来就懒得去操心，她脸上有着让刘立秋看不懂的表情，不咸不淡道："这是你们老爷们的事，俺一个妇道人家哪知道这些！"

刘立秋的脸上现出一丝不易察觉的苦笑，看得出他很郁闷。

何巧玲现在时刻关心身体是否缺钙，脂肪是否过剩，其他的事都懒得去管，在何巧玲这没得到明确的答复，他使劲瞪了她一眼，脸上明显充满了不快："这不是跟你商量嘛，不拿你当回事吧，你整天唧唧咕咕觉得自己是个人物。拿你当回事了，你又头发长见识短。哎，猪毛擀不了毡，女人当不了家。"

这几年，刘立秋的企业做大了，何巧玲也养成了一个习惯，无论刘立秋说啥她都点头，哪怕说一堆狗屎是香的，她也说味道不是很臭。偶尔，刘立秋一本正经和她商量点正事，她脑子一下就空白了，想来想去等于刘立秋啥事也没说。她想，就算她有好的主意，刘立秋不一定能听得进去，听得进去也不一定按她的主意做，与其费力不讨好，还不如两耳不管窗外事，少操那个闲心，就少生一份闲气。

刘立秋举着手机二思了半天，想着人这一辈子就像在雾中行走，有时豁然开朗，有时又雾里看花。从去年底，刘立秋专门给儿子安排一个差使，公司清欠办主任。想让儿子借此机会好好磨炼一下，以便将来能接他的班。他考虑来考虑去，最终还是拨通刘清明的手机。

刘立秋咳嗽了一声，知道人要聪明难，有时要装糊涂同样难。电话通了，他稳定了一下情绪，然后用老子对儿子居高临下的口气，一本正经说："你在青岛办的事咋样？顺利吗？"

刘清明回答："还行吧。"

刘立秋叹了口气，目光忧伤地看着远方，似有万般话要说，一时又无从说起，憋了好一会才说："你准备啥时候回来？婚礼咋安排？请啥客人？"

刘清明一听像一条刚出茧的蚕蛹，扑哧一下笑起来："爸，这些好像都是你该考虑的事。你问俺，俺问谁？"

刘立秋说了半天等于啥也没说，便骂了句混蛋。

刘清明嘻嘻一笑道："爸，你现在是大老板，要注意自己的身份，骂人是件很掉身价的事。"

刘立秋仿佛看到一个闪着白光的洞口，期盼着能把心里的黑暗泄出来，对儿子的做派有点喜欢，但嘴上却不能表现出来，要不然还不烧得儿子浑身难受。于是说话没了刚才居高临下的口气，一下软和下来："行了行了，小兔崽子，跟老子说话没大没小成何体统。俺马上订下齐州最好的饭店，预订五十桌咋样。”

“这么多？”

刘立秋回答：“这个不用你操心，还有……”说到这，他的口气一下变得有气没力，仿佛不是父子俩在对话，而是和客户之间的寒暄。

刘清明知道，爸爸肯定后面还有话要说，于是瞪起眼睛，伸长耳朵，催促道：“有事快说，你儿媳妇还等着俺有事呢！”

刘立秋狠狠心，张口道：“我琢磨着你们的婚礼，咱们还是用现代的礼仪公司，让他们给张罗吧。”

刘清明道：“无所谓，俺听您的。”

刘立秋一听心里一阵窃喜，拿眼向窗外一扫，若有若无的一层云，衬得蔚蓝的天空特别干净高远。到底是自己的亲生儿子，了解老子的心理：“既然你同意用现在的婚礼结婚，现在你就给你爷爷打个电话，劝劝他。”

刘清明不解：“爷爷咋了？”

刘立秋把手机移向耳边凝神贯注：“你打个电话告诉你爷爷，说你不同意用齐州老风俗举办婚礼。你结完婚不到一个月，就是你爷爷八十大寿，到那时候再按老风俗好好庆祝一番。”

刘清明内心很轻盈，美好的遐想已经在云蒸霞蔚，便问：“齐州老风俗是啥？”

刘立秋如数家珍，一层层剥蒜似说下去：“很烦琐很复杂，大吹大擂，花轿、乐队、仪仗一个不能少。新郎要坐花轿到新娘家迎亲，还要带着红袄、红毡，若不然，女方就不发人。新娘上轿要蒙红巾盖头，脚不能踏地，由父辈或者兄长抱入轿内。起轿后，行人一路上吆三喝四说的都是吉利话，直到新郎家门前落轿。新郎家还要故意将大门关闭，让新娘坐在花轿里等时辰，这叫顿性子。结婚时还要在大门顶上放一对红砖，两双筷子和艾香，意在避除凶邪。时辰到，新郎才持香出来迎亲，接着鸣放鞭炮。大门槛上跨放用红纸裱糊的马鞍子一个，新郎前头引导，新娘由俩媳妇架着大步跨过马鞍子，这叫过门。院中摆香案也叫天地桌，夫妻焚香叩拜，这叫拜天地。然后才能入洞房、坐时辰、吃挂面、登糕上床。再以前，还时兴半夜抢媳妇过门。总之很复杂很烦琐。”

清明听后心花怒放，像注射了鸡血，不由一阵兴奋，连声道：“没想到齐州还有这么好的婚俗。爷爷意思是？”

刘立秋回答：“你爷爷的意见，让你按齐州老风俗结婚。”

刘清明的心突然像冬天的蜡梅，毫无绿意的过渡就爆发出绚丽的生机，欣喜若狂：“还是爷爷疼俺，知道当孙子的心思，就按爷爷说的办。”

刘立秋喉咙里发出咕咕的声音，惊讶地张大了嘴巴，手不知所措哆嗦着，仿佛还没弄明白是咋回事，就成了局外人。这分明是引狼入室！张口刚骂了一句混蛋，刘清明那边早就挂了电话。刘立秋无奈地耸耸肩，好像龙虎山张天师镇妖瓶中放出来的妖魔，一旦放出来，真就无法控制了。

92

为振兴齐州市工业经济的迅猛发展，迅速培植新的经济增长点，市政府决定组织下岗职工再创业先进事迹报告团，巡回到到市有关部门，特别是省市属、区县属企业进行巡回报告。因振华陶瓷有限公司在下岗职工再创业和安排下岗职工再就业方面，取得可喜的成绩，由此引起市领导，特别是李怀滨的关注，他便推荐刘立秋作为报告团成员，要把他的事迹好好挖掘进行宣传。

刘立秋接到市政府办公厅电话后，诚惶诚恐，但心里的感觉像春风吹进心里又柔又暖。以前，他根本没参加这样那样的会议，更没在众目睽睽之下做过啥所谓的报告，他心里的感觉像空无一物，又包罗万象。

孝水流向了远方，如同流逝的时光，如同云絮中缭绕的炊烟。

振华陶瓷有限公司琉璃生产车间投产后，产品在市场上很快就打开了销路，一度出现供不应求，订单似雪花般纷纷飞来。让刘立秋的信心像彩旗一样高高飘扬起来。

大道至简，有权有钱不可任性。刘立秋现在还有个计划，就是准备生产仿古陶瓷。比如唐三彩陶器。唐代三彩陶器，通常简称唐三彩，它是一种低温釉陶器，用白色黏土作胎，用含有铜、铁、钴、锰等元素的矿物作釉料的着色剂，在釉里加入很多的炼铅熔渣和铅灰作助熔剂，经过八百度的温度烧制而成。釉色呈常绿、浅绿、翠绿、蓝、白、黄、赭、褐等多种色彩，人们俗称为“唐三彩”，其实就是一种多彩陶器。在三彩器物中，有的只具备上述几种彩色中的一种颜色，人们称其单彩或一彩；带两种颜色的，称其为二彩，带有三种以上颜色的则称为三彩。

一片云彩的阴影，压低了整个大地的背景，在黄昏时更是如此绚烂。刘立秋觉得身上的血像锅里的开水一样沸腾起来。他研究后发现，唐代盛行的三彩釉陶器，主要见于作随葬的明器。唐代盛行厚葬，并且有明文见于唐代典章。唐三彩陶器曾经多次颁发给不同等级的官员，死后随葬相应数量的明器。唐三彩陶器有可能是适应这种厚葬风而兴起的，并在不太长的时期内有了很大的发展。

尽管振华陶瓷有限公司已窗户柩里吹喇叭名声在外，特别是在全市下岗职工再创业现场观摩会，他们的创业经历和创业成绩，已被广泛认可，在一片感叹声中，刘立秋没有对此沾沾自喜，而是居安思危。他想到振华陶瓷有限公司的明天，甚至更远的经济发展，这些在他脑海里已构成一个更加美好的发展蓝图。

一个有责任心的企业家不能对自己事业以外的世界漠不关心。齐州陶瓷和江西景德镇陶瓷一样，在全国享有很高的知名度和美誉度。而在市场经济和改革开放的大潮中，就像卡丁车前后左右相撞，几乎寸步难行。随着大批国有陶瓷企业的破产倒闭，齐州的陶瓷在最近几年，一直没大的发展，研发陶瓷新产品更是举步维艰，而没破产的企业，几十年来一直生产单一的传统陶瓷。因产品品种过于单调，设计不新颖，所占市场份额迅速递减。当年所生产的陶瓷是人民大会堂和中南海首选产品，已是明日黄花。和景德镇一样齐名的陶瓷之都，越来越格格不入。想到这，他像从噩梦中惊醒惶恐地张着嘴。

刘立秋出生于陶瓷琉璃世家，祖祖辈辈都鼓捣生产经营陶瓷琉璃。在新中国成立后的五六十年代，刘家曾有好几个人被评为中国和省里的陶瓷艺术大师和琉璃艺术大师。而他总觉得自己像跳蚤虱子一样渺小。他的脸上平平的，眼圈周围有一圈淡淡的黑晕，鼻子不由一酸。

怎样才能更好地传承中国陶瓷琉璃的文化精髓，刘立秋觉得既然已经成立振华陶瓷有限公司，并且得到上级领导和有关部门的大力支持，振华陶瓷有限公司要强抓历史机遇，要甩开膀子大刀阔斧轰轰烈烈干一场。

刘立秋知道“海上丝绸之路”，在历史上是中国重要的对外贸易通道。早在唐代以前，这条“海上丝绸之路”就已经通往世界各地，包括非洲大陆。明代初期郑和七次下西洋，当时中国的航海实力已远超世界其他国家。在明中期以前，海上贸易的主要方式是朝贡贸易，从明嘉靖年开始“海上丝绸之路”一直延续了300年，是古代中国与海外贸易的繁荣时期。中外贸易的主要商品是茶叶、丝绸和瓷器，其中瓷器不仅传播了中华文化，还承载着海外各国的历史文化。

17世纪，新航道的开辟打开西方与中国全面贸易的新阶段，也是荷兰与中国贸易的世纪，瓷器贸易量巨大。大量中国陶瓷、丝绸、漆器、茶叶等货物受到欧洲各阶层的追捧，欧洲大陆刮起猛烈的“中国风”，荷兰著名画家伦勃朗曾大量收藏中国瓷器。西方国家推崇中华文明，瓷器贸易基本上以克拉克瓷和中国纹饰的瓷器为主，荷兰东印度公司也会在其中加入如郁金香等欧洲纹饰。

那些更早年的事情，时时像突兀伸出的探头，照耀着他的今世。刘立秋像个职业理发师一丝不苟，静下心仔细想了想，认为当初全国最大的陶瓷厂——齐州北方陶瓷厂，为啥发展了只有短短的几十年，就在市场经济和改革开放的第一轮波涛中，外表看似强大的企业，一夜之间就土崩瓦解宣布破产，一个重要的原因不仅仅是冗员众多，包袱太重，关键是没及时研发能主导市场发展的新产品，几年甚至十几年，一直生产日用陶瓷，被市场无情淘汰，是历史的必然规律，对此，谁都回天乏力。

窗外的天空不知啥时候变换了颜色。乌蓝乌蓝的，看上去那些闪亮的色块，断断续续延伸至遥远的地方。人在逆境中，更能发奋图强，也更能将自己置之死地而后生。但在顺风顺水的环境里，胜利往往冲昏人的头脑，认为天王老子第一，自己屈居第二有点吃亏。刘立秋想起自己下岗失业后，在人生中最困难时期，无奈之下迈进齐州市环球陶瓷厂的大门。这个名不见经传的乡镇小厂，靠生产普通得不能再普通的日用陶瓷，竟然能奇迹般活下来。后来他帮助这家乡镇企业研发出新的骨质齐玉日用陶瓷后，不仅市场份额大增，而且还带来可观的经济效益。厂长莫非口口声声要对他进行重奖，在当时贫困潦倒的情况下，他最需要的就是人民币。做梦也没想到莫非的重奖，竟然只有区区二百块钱。后来他仔细想了想，当时的处境，就像大街上的孩子，不能随便抱起一个就回家。想想自己这些年做了很多可做可不做的事情，心里又莫名的悔恨起来。

往事悠悠，悠悠往事。

酒越存越香，情愈久愈浓。刘立秋想到这无奈地摇摇头。他虽然自信，但却不能深刻地相信自己。当初假若莫非对他真的进行重奖，哪怕这个重奖只有千儿八百的话，他也会死心塌地效力于环球陶瓷厂。若是那样的话，就永远没有了今天的振华陶瓷有限公司和今天所有的一切。也许有些东西就会被阻挡在惯性思维院墙之外了。

尘土仿若往年的旧事，在一些散漫的时光里，已经四散飞扬。一切都是命中注定，一切都是自然规律，一切都是水到渠成。刘立秋觉得应该好好感谢的人首先是莫非，若不然到现在他依然是个在外的打工仔，每月依然挣着七八百块钱的工资。难道是莫非把自己逼上了梁山，从而成就了这番事业？

人越是在困难的时候，越要使头脑保持冷静。刘立秋随后想到马上要召开的下岗职工再创业事迹巡回报告团，他知不道报告材料咋整理，便将张爱国、文超喊来，让他们出主意并商量尽快将材料整理出来，然后上报市政府办公厅。

刘立秋叮嘱，一定要实事求是，不要弄得全是水分夸大其词。一句推心置腹的话,有时胜过千万个难以兑现的承诺。他痴迷于他的坚持,说自己没口若悬河的口才,千万别弄巧成拙。人家领导干部和有些厂长经理,张口夸夸其谈滔滔不绝,那才是人才。而自己照本宣科念下来就烧了高香,要是即兴发言,肯定是捡个芝麻丢个西瓜,不仅没重点,也没头绪和层次,那就更是光着腚推磨,转着圈子丢人现眼。

93

❀❀❀❀❀❀

看阳光总比看乌云舒服,社会进步需要阳光,就像庄稼需要阳光生机勃勃一样。

张爱国风风火火闯进刘立秋办公室,人还没站稳,张口迫不及地待问:"立秋啊,不不不,是刘总,瞧俺这张臭嘴开口就没大没小。你现在是公司的老总,是俺们的老板,也是全市企业界名人,再直呼其名成何体统。你找俺有啥事,只要不是让俺再出去清欠,别的啥事上刀山下火海都行。"

他们都是炮筒子脾气,办事直来直去,不像高有强磨磨叽叽瞻前顾后。

刘立秋嘿嘿一笑,漫不经心道:"咱们谁跟谁呀,撒尿和泥的交情,叫啥都一样。有的人叫阿猫阿狗,活得照样自在快乐!"

说到这,他稍微停顿一下,突然像国王一样开始行使权力。他说:"人参要新,阿胶要沉。咱们言归正传,刚才俺接到市政府办公厅的电话,说市里要成立下岗职工再创业先进事迹报告团,指名道姓让俺参加。不过俺吃几碗干饭你们也知道,要是让俺弄个陶瓷琉璃啥的,兴许还能拿得上台面。但这个报告团不是技术讲座,俺又不能在台上光讲咱下岗职工的难处,咋研制开发陶瓷琉璃产品。这样讲,下面的人肯定会打盹。市政府办公厅的意思,让咱先弄个有正能量的演讲稿报上去。你和文超赶紧商量一下,看咋弄出来合适。当一天和尚撞一天钟,只要你们不把俺吹上了天,别让俺在台上丢人现眼就行。"刘立秋仿佛看透了张爱国的心思,走过去用手亲切地拍拍他的肩膀。

"忒好了,没谁都行,但唯独就是不能差了你。"张爱国听后十分高兴,仿佛是自言自语,又仿佛是对刘立秋说,"这事是哑巴拾黄金,心里有说不出的高兴。先进事迹报告团就是说事迹，你的经历就是最生动的事迹材料。莫名其妙成为下岗职工，到摆地摊，再到乡镇企业打工，最后到现在的振华陶瓷有限公司，曲折、生动又感人。好好整理一下，肯定感动地听众一个劲抹泪。不过俺肚子里那点墨水，也就是说说，让俺动笔可就是赶着鸭子上架。对了，这事非得文超不可，这小子是大学生，有一肚子墨水，动笔杆子是他的强项。”

刘立秋微微一笑，此时酷似一个热水瓶，摸上去外面冷冰冰的，里面却热气腾腾。他气定神闲道：“半径有多长，圆才能画多大。事迹材料一定实事求是，千万不要捕风捉影，把俺写成不食人间烟火的怪物，那样不但起不到好的作用，还会让人在背后指着脊梁骨骂娘。”

文超对刘立秋的着迷，像对上帝一样崇拜得五体投地：“请老板放心，俺一定把好这个度，一定实事求是，绝对不掺一点虚假成分。”

要修心，修行，要控制自己，不控制自己的情绪，住在天堂里也没用。

刘立秋轻松地吸了一口气，摆摆手：“言必行，行必果。争取尽快拿出初稿，千万别因为咱而拖了报告团的后腿。要不让人觉得拿咱当人，而咱却硬往驴市里钻。”

文超答应着出去了。

张爱国走到门口又折身返回来，二思了一会张口道：“在世俗的生活里，好多人连自己都迷失了，但他们却醉死不认半壶酒钱，根本不承认这种迷失。有件事俺知不道向你说好，还是不说好？”

“有话就说，有屁快放，磨磨蹭蹭像个老娘们。”

张爱国内心深处隐隐约约有种过去从未有过的担忧：“最近俺发现任百胜有点反常，你不计前嫌好心好意让他到公司上班，并且在公司给他安排最轻松的工作，他不感恩图报也就罢了，还……还背后……”

刘立秋问：“背后咋了？快说呀，真是急煞个人。他不会把屎拉到裤子里，让别人帮他擦吧！”

张爱国叹息道：“门关得再严，屋里也会有老鼠。这个人以前在北方陶瓷厂当成型车间主任的时候，就这么任性，当面说好话，背后下毒手。看见别人高兴，他心里就难受。总该知道你是咋下岗的吧？现在你安排他进公司上班，其实就是可怜他同情他，这些他根本感觉不到，反而在背后兴风作浪煽风点火拉帮结派。还是那句话，害人之心不可有，防人之心不可无啊！”

刘立秋态度十分坚决：“画虎不成反类犬。少胡说八道，你咋也学会背后和女人一样嚼舌头根子，任百胜是有一身的臭毛病，俺还知不道？他就是思想一时转不过弯，发点牢骚不用大惊小怪。”

张爱国又认真劝道："你这个人到啥时候都太善良。还是刚才说的那句话，害人之心不可有，防人之心不可无。当初他是车间主任，你是副主任，他拿你当副主任对待？拿你当块咸菜？他这个人就这个德性，总喜欢太岁头上动土。"

刘立秋微笑着摇摇头，啥也没再说。他知道尚未发展到必须干戈相见的地步，自然不能轻易有所动作。

张爱国继续劝道："疾风识劲草，烈火现真情。他下岗后，家里穷得后晌黑灯瞎火，只能到菜市场上捡烂白菜帮子。这个俺好像跟你说过。诸事都是有因果的，善因结出善果，恶因导致恶果。他想来公司上班，但又没脸和你说，只能让高有强那个傻乎乎的熊玩意向你求情。上了班就好好干嘛，看到你把公司搞得红红火火，特别是市里下岗职工再创业观摩会召开后，他心理更加不平衡，私下鼓动职工，还有高有强那个没大脑的熊玩意出来闹事，而高有强唯唯诺诺，在他面前连个屁都不敢放。还是那句话，害人之心不可有，防人之心不可无。你要有思想准备，要是他真鼓动别人闹出一些乱子来，你可就措手不及啦！"说完，他怒不可遏，扬起手在空中做着奇怪的动作。

刘立秋沉浸在无限感慨之中："竟然有这种事？他们还想阴沟里翻船呀！闹腾来闹腾去对他们有啥好处，还想第二次下岗失业？内心无恶则无苦！"

张爱国又随和道："路遥知马力，日久见人心。无风不起浪，你早点有些思想准备，免得到时候他们真的闹出啥乱子，将无法收拾。"

刘立秋若有所思，生命都是轮回的，谁也不能轻视任何弱小的生灵。

94

自从老爷子刘鹤之提出按齐州老风俗老礼节给刘清明办婚礼后，刘立秋的神色一直有点儿迷惘，他自然不敢将老爷子那天的话当成耳旁风，老爷子认准的事八头牛也拉不回来，只能当圣旨一样对待，回家和何巧玲商量了半天，不仅没商量出任何结果，她还阴阳怪气让自己生了一肚子气。

按说刘清明也老大不小了，又是现代青年，接受新生事物的能力，起码应该比他爷爷强之百倍，但做梦也没想到，他一听按齐州老风俗办婚礼，竟然一蹦三丈高，这在刘立秋的眼里简直就是吃差了药，一个鸡毛孩子懂个屁，却跟在大人腚后瞎起哄，这个社会越来越令人琢磨不透了，最令刘立秋难以接受的是，刘清明还振振有词道："古老的东西都是民族的精华，精华的东西应该传承，应该发扬光大。"

刘立秋想儿子结婚的事，想得心里都发慌，舌头也磨出了老茧，硬是没得到一个人的支持，并且成了孤家寡人，他的心空落落的，就像风筝飘在天上，他把这个春天繁花似锦般的问题，又寄托在姐姐刘立春和弟弟刘立夏身上，希望能在他们那里得到支持。

虽说在一家人眼里，他如一棵参天大树般拔地而起，但在自己人面前，架子再大也不能轻易显摆。他找到刘立春把意思一说，她听后没立即表态，失魂落魄般在屋里走了好几个来回，从头到脚都是苦苦思考像个善拿大主意的人。她的举止表情看上去有些唯诺，甚至有些卑微，但眼神里却透着一丝精明。刘立秋耐心等待着，刘立春没说话。她不说话，刘立秋就得不到自己想要的东西，便耐着性子等，等来等去实在沉不住气了，有点不耐烦起来："你张嘴表个态不就行了，走来走去让俺多眼晕？"

刘立春听了，站在屋中央，眼睛里很无辜的样子："俺一个家庭妇女头发长见识短，能有啥好主意。还是你们兄弟俩商量去吧！"

刘立秋感到喉咙里哽了一下，但尽量还是装得若无其事，他长叹一声，发现姐姐的形象与内在的不协调，让他失去对她的评判标准。他理解不了这样的所作所为，更理解不了刘立春事不关己高高挂起的泰然，他不仅感到了陌生，甚至也感到了害怕。于是脸上的不快一下充盈起来，他掏出手机给刘立夏打电话，打了半天也没人接，刘立秋心里装着事，脸上自然有着急的样子。又重新拨了一遍，这次终于接了。

刘立秋一本正经道："老二啊，俺是你老大。"

对方回答："俺不是你老二，俺是你老二的朋友，他在俺这里玩，上厕所撒尿去了。"

刘立秋苦笑一下，好像喝醉了酒的高粱穗子，被风一吹，开始摇摇晃晃："他回来后，让他马上接电话。"

随后电话里传来一阵喊叫，"立夏，刘立夏，还没拉完呀？一个自称是你老大的人找你。"

过了好一会也没动静，刘立秋估计此时刘立夏肯定蹲着马步，在厕所像没事的人一样消遣时光。刘立秋有的是时间，便耐着性子等下去。

终于等到刘立夏接起电话，有气无力道："谁啊？你是哪个老大，找俺干吗？有啥事快说话。"

刘立秋尽量把语气放得轻柔一点，叹息道："老二啊，俺是你哥立秋。清明再过一个月就要结婚了，有些事俺想和你的商量商量。"他便一五一十用新风俗好，还是老风俗好的事说了一遍，希望能得到他的支持意见。

刘立秋尽力克制自己，尽量心平气和。刘立夏听后也没立即表态。刘立秋想，是不是刘立夏也和姐姐一样，瞪着一双大眼在屋里走来走去？骨子里露着小市民的斤斤计较，然后再来个徐庶进曹营，一句话不说，一个主意也不拿？正琢磨着，刘立夏发话了："哥啊，你又不差钱。你辛辛苦苦挣钱干啥用？不就是为生活好一点或者多给子女留下点财富嘛！再说金子不贴在脸上，还能贴在腚上？老头子乐意用老风俗办婚礼，加上清明也喜欢凑热闹，不就成了吗，还商量啥，啥都是个形式。"

刘立秋脸上的表情有些怪异，他早就把他和儿子的关系看成是农民和土地的关系，最怕的就是勤劳耕耘后，最终却一无所获。现在他彻底成了孤家寡人。假若他硬撑着不按老头子说得用齐州老风俗办婚礼，很可能出现鸡飞狗跳的被动局面，而他也成了不肖子孙的反面典型。他在无奈中叹着气，心里感叹，他改变不了老头子，也改变不了何巧玲和儿子，唯一的办法只有改变自己，再说大腿用不着去和胳膊较劲。他不愿火上浇油，把一个高兴的事，弄得一家人都不高兴，此时忍气吞声并不丢人现眼。只要不怕烦琐，俺刘立秋有的是时间，有的是钱财和耐心，跟你们玩到底。

用啥样的方式来办婚礼，别人可以随便站着说说，指手画脚一番当甩手掌柜就行了，但接下来大量的工作就是刘立秋一个人来做。结婚时间已定，礼节和套路必须按部就班，眼下当务之急就是马上成立结婚操办委员会，将结婚时的每一个细节进行量化细化，让大总负总责，其他每个环节再落实到人，包括账房、礼仪、敬酒、婚庆主持等等。一个人可能一辈子结好几次婚，但以后的每一次都没第一次重要。前些年，齐州相亲时见面礼最少六千元，有钱的人家啥也不说干脆一万元，而没钱的人家却为一千块钱而发愁。到了订婚时以前是男方给女方一万零一，意为万里挑一；后来成了三万一千八，意思是三家一起发；现在成了十万一，意为万里挑选一明珠。齐州人结婚的风俗，一旦进入到谈婚论嫁的时候，女方就开始准备嫁妆，包括圆方、被褥、衣服之类，男方则紧锣密鼓整修房屋，制备家具、缝做被褥、包办酒席和娶亲时其他应备之物，在所缝制的被子四角要放棉籽少许，意为辈辈有子。结婚时间确定后，男方还要托媒人到女方家要媳妇。女方将嫁女的生辰八字用大红纸写好，这叫命贴，由媒人带给男方。男方再请人据年命贴选择吉日良辰，同时查出结婚时的若干事宜、忌讳等事，用大红纸一式两份写好，叫作看日子或者查日子，随后再烦媒人送到女方家，叫送日子。同时送钱一宗，叫作盒子钱，女方用其一部分置办嫁妆，留一部分让嫁女压柜子，叫作子孙钱。

烦恼像无期徒刑，一想到这些，刘立秋突然感到焦灼不安无以傍依。按老的婚礼结婚，就要按老的风俗婚礼中每一个环节来走，若不然画虎不成反类犬，就出尽了洋相，让人捂着腚笑掉大牙，会成为人们茶后饭余的笑谈。

刘立秋的心情急迫。他觉得现在的婚庆公司多的和街上的洗头房差不多，但没一家懂得如何将传统的齐州老婚礼，办得原汁原味。要想办得别具一格，必须聘请熟悉齐州风土人情，对齐州传统风俗了如指掌的当地人，好歹这种人在齐州大街上比比皆是，就是在他的公司内部也大有人在。在齐州，老刘家虽不能和老赵家、老孙家、老高家、老王家、老蒋家相提并论，人家那是响当当的名门望族，有一个当阁老的孙廷铨和“可怜一曲长生殿，断送功名到白头”的翰林赵执信，而其他几家也都了得，祖上官至尚书者不止一个两个，让这些家族风光了好几百年。老刘家虽说不是望族，但也不是默默无闻的无名小辈，祖上虽没人做到尚书之类的大官，但在地方上也是小有名气，在陶瓷琉璃方面绝对有屈指可数的艺术名家。几百年流传下来的风俗就放在这，搬过来套上按老的齐州风俗办婚礼，对他们来说也不是啥难事，办就办得正宗办得地道，坚决不能新旧结合不土不洋，看起来热热闹闹，实则没一点含金量。

有多大的心机，就有多大的城府。刘立秋办事雷厉风行，说办啥事，只要想好了，就一竿子到底从不拖泥带水。现在他的家庭条件和经济实力，好得曾让那些同行包括同学、同事羡慕得痛哭失声。这晚，他将族里的族长、长辈和兄弟，特别是大总委员会的成员，请到饭店，专门安排了三桌，一是商量婚事，二是品菜。

95

❀❀❀❀❀❀

历史像一站站向前的列车。

刘立夏干啥事都一根筋，他一口谢绝刘立秋安排他到振华陶瓷有限公司上班的事。刘立秋动之以情，晓之以理的说教，在他面前如同对牛弹琴。

这几年他喝口凉水都塞牙，放个屁也砸脚后跟。他何尝不想找个安稳的工作，但想来想去就是捂着狗皮也没脸去哥的公司上班。要是让人知道老板的弟弟是个败家子,他在公司里将永远抬不起头。人家会背后指着他的脊梁骨笑掉大牙。

他呆坐在棺材一样的房间里,感到很压抑、孤独和恐惧,像山一样向他压来。人都有自尊心,他和刘立秋是亲兄弟,作为大哥,人家窗户柩里吹喇叭名声在外,把公司干得有声有色,并且如日中天。而当弟弟的他却混得人不人,鬼不鬼的,甚至到了吃了上顿,下顿知不道在哪的地步。巨大的差距形成巨大的落差,让他的心理一下处在墙倒众人推的地步。鱼的眼泪可以流在水里,而他这些年坎坎坷坷,眼泪只能流到心里。就是人家常说的,打掉牙齿和血吞。他多么渴望自己就是暴风雨中的海燕,在天空中高傲地飞翔。

十有九人堪白眼,百无一用是书生。这么多年一直在苦苦奋斗,但用上吃奶的劲头,最后还是撞得头破血流,就像把活鱼摔死再卖一样。他心里好生纳闷,别人干啥都挣钱,而他自己干啥都碰壁,并且碰得头破血流,心里的感觉就是成了上帝的弃儿。人可以像猪一样生活,但永远不能像猪那样快乐。夜里想了千条妙计,白天醒来还是卖豆腐。他劝自己,人总是要犯错误的,否则正确的道路上一定人满为患。

河边湿了鞋,不如索性洗个澡。刘立夏呆呆地傻站着,像服装店里摆放的假人。他之所以拒绝刘立秋让他进公司,还有一个原因,是以前的一个朋友力邀他到公司上班。

起初,刘立夏神色有些忧郁,心里突然有种不舒服怪怪的感觉,他在电话里说了好几遍,但接完电话,脑子还是空空的啥也没有。说不清他将要去的这家公司到底从事啥行业。反正朋友信誓旦旦告诉他,只要肯努力,挣钱像流水。

一听能挣很多钱,刘立夏脸上的表情有些怪异,随后眼睛一下放出了亮光,仿佛一下看到鲜花盛开的大地,看到白云翻飞,感觉自己一身轻松。他太需要钱了,他的家更需要钱。要是有了钱,小雪的户口早就解决;要是有钱的话,梁娟也不会跟着人家跑到广西南宁,他也不用千里迢迢到南宁去找梁娟,从而陷入传销的陷阱,差点将命留在了南宁。他脑子里像作曲家一样充满各种奇思妙想,声音和色彩都在奔腾。

穷人要上天,只能靠动迁。刘立夏的心情是沉重的、复杂的、纠结的,就像陷入了迷魂阵。要不是陷入迷魂阵,他也不会像没头的苍蝇一样瞎飞乱撞,以至撞得头破血流,血本无归。

刘立夏像喝醉了酒,身上每一块肉都在发热都在颤动。他信心百倍豪情万丈找到这家公司时,一看才知道,公司在高档写字楼里租下整整半层办公用房,并且装饰得富丽堂皇,明眼人一看就是大手笔,大气魄,是干事创业的急先锋。他的思绪一下像脱轨的飞船。

庙里的佛像有慈眉善目的，也金刚怒目，这家公司老板林强是以前刘立夏生意场上的朋友，做梦也没想到只有一年多的时间，人家已脱胎换骨，由当初的丑小鸭，一步登天成了今天的金凤凰。不是在办公室暧昧，就是在酒场上陶醉。而自己则一个人从早到晚，浮游在鳞次栉比的建筑丛山密林中，却一事无成。和人家一比，自己连大街上要饭的都不如。刘立夏心里感到无比的自卑。

四十五六岁的林强，中等偏上的个头，精装得像个石墩，他从大老板桌后面热情地站起来，满面春风向刘立夏伸出一双有力的大手，爽朗地大声道："刘兄啊，一年多不见，别来无恙，你可想死俺呀！"

刘立夏愣愣地看着林强好久，方才如梦初醒，像看到一位久别重逢的亲人。

林强随后又向刘立夏详细介绍公司当前的现状和长远发展规划。林强脸上的表情非常舒坦，他最后说："咱们这家公司叫齐州联合投资有限公司，马上还要成立齐州市生态农业股份有限公司。投资公司的主要服务对象，是企事业单位和大专院校的中老年人。这些中老年人一般都有不菲的养老金，对股票相关知识了解甚少，投资经验又不足，将钱放在银行，特别是放在家里就成了死钱。所以咱们要想方设法，千方百计让他们像蛇一样进行自我更新，让他们手里的钱像流水一样转动起来。生态农业开发公司顾名思义，就是投资农业项目。站得更高，方能尿得更远。现在的蔬菜和粮食作物，都被种地的农民喷撒大量的农药，城里人却傻乎乎买来上了餐桌。吃了带有大量农药的蔬菜和粮食，将是啥样的严重后果？穿别人的鞋走自己的路，让他打的去找吧！所以啊，公司在下面的县里一下承包的一万亩粮田，合同签署时间长达五十年。咱就在这一万亩土地上，种植有机无公害宣晒蔬菜和不打农药的粮食。入股后的市民，每周按时免费供应无公害蔬菜和粮食。总而言之，这两个项目市场前景非常广阔，操作性相当强。量的积累达到一定程度就会实现质的飞跃。"

神仙也有眨眼的时候，偏偏都让刘立夏赶上了。这些年他一直在风雨里行走，虽说不是在大风大浪里奋力搏击，但也是在激流险滩中经历过生与死。他告诫自己，这次无论如何也要把眼睛擦亮，把眼使劲瞪大，假若以前上当受骗之类的事再次发生，他将没丝毫能力去担当。

听后，刘立夏一下被笑容充斥，眼睛几乎眯成一条缝，眼里流露出可望而不可即的目光。此时，他怀里就像抱着一只小兔，蹦蹦跳个不停，他思考着、分析着、琢磨着。看到林强充满信心的脸，表现出是雄心大志般的壮志凌云。刘立夏认为，林强这么大一个公司，不像是在骗人，特别是豪华气派的办公场所，怎可能是装出来的？没有金刚钻，绝对不敢招揽瓷器活，看来眼前这个林强和当年的那个林强，简直是另换了一个人。人家为啥都能一夜暴富?

劝诫别人的方法不仅仅是说教,还要善于沟通。林强看到刘立夏有些犹豫不决,豪爽地笑起来,话半天才出口:“干咱们这一行,要修心、修行,更要控制自己,不控制自己的情绪,住在天堂里也白搭。尽管公司成立只有一年多的时间,但已得到上级领导和有关部门的高度认可和肯定。公司正在高速发展时期,需要大批德才兼备、有能力、有素质的人加盟。将来的目标是成为全市最大、最强、最守信用的投资公司和生态农业有限公司。”最后,林强还说刘立夏是个有心事的人,看人时没有眼睛,因为他眼睛里空空如也。

一朝被蛇咬,十年怕井绳。刘立夏寻思了一会,内心突然狂喜起来,充满渴望的愿望,一下鼓足勇气喃喃道:“只要林总不嫌弃,俺今后在公司里一定尽心尽力。”

96

❀❀❀❀❀❀

齐州到青岛说起很远,听起来更远。一百多年前,德国人千方百计建设了胶济铁路,随后又修通到陶城的支线。现在想想也不足为奇,因为齐州的陶瓷琉璃、建材化工、机电泵业,特别是煤炭水泥,他们早就虎视眈眈,他们在齐州不仅投资建起了发电厂、耐火材料厂,还吞并了当地大量的陶瓷厂,更是对当地的煤炭资源进行疯狂掠夺。在随后的日子里,第一次世界大战后,日本又在此盘踞了几十年,直到抗战胜利。

自从有了四通八达的高速公路,早上八点从齐州出发,到青岛也误不了吃中午饭,反正交通便利的如同串门走亲戚。婚礼一天天临近,刘清明总以为自己比别人高出百倍至少十倍,家里有老爸撑着,他这个甩手二掌柜当的十分轻松,甚至啥心都不用操。他本来想在婚礼前两三天回齐州,但家里的老爸急得像热锅上的蚂蚁,一天好几个电话像逼死一样让他早点回来,说还有千头万绪的事情等着他去做。除了清欠,他早就习惯了当二掌柜,干啥都漫不经心:“还早着哪,急啥!”刘清明不急,可刘立秋急,气得他连续骂了好几个混蛋,刘清明这才感到事情紧迫,答应和新娘子宋洁马上起身回齐州,进入婚礼的准备状态。

出生在青岛海滨城市的宋洁身材高挑，大眼睛，宽宽的双眼皮，浓黑的睫毛，若再清瘦一点活脱脱就是章子怡的亲妹妹。但咋看都有韩国女人味。刘清明原来处得女朋友大都是齐州人，但齐州男人大都不愿娶陶城女人当老婆，因为陶城结婚礼仪太烦琐，所以大部分家长，特别是男孩子都乐意跑到外地找媳妇，远处的和尚会念经。当时刘鹤之却这么认为，出生在一个地方又生长在一个地方的人，风俗习惯还有工作习惯大同小异，过日子不是玩家家，日久天长容易相处，但真正到谈婚论嫁时，就成了两条道上跑的汽车，女方就开始提条件和要求，不是说男孩子家里没钱太穷，就是说整天吊儿郎当没个好工作，长不了肯定没大出息，将闺女嫁给这样的人一生一世都没出头之日。吹了再谈，谈来谈去最后还是一个结局。刘立秋气急败坏，当着老婆何巧玲的面破口大骂："这分明就是养了个情种。"让人没想到的是，读研后他竟然从青岛带回来一个靓丽的女孩，就像牛郎和织女，大有相见恨晚之意。

宋洁穿一袭月白色的裙装，长发很随意地垂在两肩，衬托的她腰肢纤巧脸若桃花。其实宋洁的祖上也不是纯正的青岛人，只是从她爸开始才在这座海滨城市落了脚，并慢慢扎下了根。她爸是学医的，工作后思想有些不安分，从鲁西南辞职当人才引进来到青岛，于是在青岛一下有了落脚之地。宋洁在爸爸的影响下也学了医，现在二十五六到了老大不小的年龄。去年，刘清明第一次带宋洁回齐州时，意思是要父母参谋一下，当然显摆的成分更多一些。刘立秋看后话不多，但让人能感觉到他脸上的宁馨，内心的轻盈和对这门亲事的那份淡定。因为在这之前，刘立秋、何巧玲都见过宋洁的照片，心里喜欢得不得了，心里骂：小兔崽子，总算眼睛没长到后脑勺上，这事办得还算漂亮。

第一次到齐州这座声誉中外的城市时，宋洁按捺不住兴奋的情绪，看着窗外的美丽风景和叫不出口的地名，一刻也不停地评头论足，就像早晨喳喳叫个不停的小麻雀。看到宋洁情绪高昂，刘清明仿佛也受到了感染，心里高兴地比喝了蜜还甜。宋洁问啥，他就回答啥，一问一答像对口相声。问到他也搞不明白或把握不准的事时，他就绞尽脑汁来满足她的好奇心。

突然，宋洁脸上挂着三亚阳光般灿烂的微笑，指着窗外大呼小叫起来："你们齐州的地名真特别，刚才看见一个叫白搭镇，这个地方又叫俺的。"

刘清明眯缝着眼，认真地开着车，好像在享受窗外闪亮的阳光。他听后嘿嘿一笑，随后摆摆手："看清了再说出口也不迟，不然会被人笑掉大牙。"

宋洁的心情像长期饥饿的人享受到储备粮食的快乐一样，嘴上不屑道："切，汉字虽认不全，但人身上二百零六块骨头在哪一个部位，还没有不清楚的。"

刘清明说："你别醉死不认半壶酒钱，错就是错，对就是对，狡辩更丢人现眼。"

宋洁的脸一下红透了，像个西红柿。随后露出甜美的笑容，笑中充满绝对的干净与青春。

刘清明指着窗外，一板一眼道：“你刚才说的是白搭吧？你要睁大眼看清楚，那不是白搭，是白塔，塔是土字旁，不是提手旁。还有你说的俺的，也念错了，是掩的。掩是提手旁，不是单人旁，的在这里念地，地主的地，土地的地。不信你仔细看看。”

宋洁迎着他的目光，一双猫眼半合着，只留两排睫毛蝴蝶一样闪动，但她还是看清楚了，的确是掩，而不是俺。闹了个大红脸的她，脸一直红到脖子根。不知不觉将手塞进嘴里，咬起了指甲。

离结婚还有几天时间，他们回来了。他们携手回齐州，为的是要走上婚姻的神圣殿堂，走进新婚燕尔。

刘清明沉浸在自己的往事中，对身边其他的事情无动于衷。得知爷爷决定按齐州传统的婚礼，给他操办婚事时，大喜过望，但同时心里又充满一丝忧虑，担心宋洁不会同意，所以他准备一百二十条的理由，准备像董存瑞舍身炸碉堡一样，必须将她拿下来。那天宋洁穿着件艳黄的体恤，一条白牛仔裤，这套搭配在她身上看着非常非常舒服、干净、明亮，并且朝气蓬勃。令他没想到的是，宋洁望着他，眼波里写满了天书，继而一蹦三丈高，双手拍得震天响：“太好了，太刺激了。”

刘清明道：“齐州传统婚礼，特别烦琐，特别复杂，要做好吃苦受罪的准备。”

宋洁脸上写下不屑，哼了一声：“那是结婚还是受罪？难道比傣族、白族，还有苗族的婚俗还复杂？俺到西双版纳时还专门用他们的风俗玩了一把，当了回新娘哩！”说完，甜蜜地把头歪到一边，仿佛在向刘清明显摆和挑战。

刘清明听后笑而不答，好半天才说：“齐州传统的婚礼和传统的礼节，和少数民族比起来有过之而无不及，到时候你就知道了。”随后又说，“齐州人对传统婚礼的一举一动，要求相当苛刻，且礼节烦琐，一般人弄来弄去就晕头转向，不知东西南北。还有以前齐州人还喜欢半夜娶亲过门，名曰抢媳妇，你要不要体验一下？”

宋洁密密的眼睫低垂，盖住了眼睑，被刘清明说得云里雾里，一时没了主意：“呀，真的这么复杂呀？”

刘清明在宋洁面前渴望自己就是暴风骤雨中的海燕，在天空中高傲地飞翔，挥挥手道：“这叫明知山有虎，偏向虎山行。”

97

❀❀❀❀❀❀

太阳挂在东边浑浊的天空里,像个烤煳的玉米饼。

刘立夏对投资和生态农业开发这些事两眼乌黑,以前从没接触这方面的业务和知识,心里的感觉就像有十八只爪子在挠痒着。

在陌生的环境里,总能给人带来新鲜感。看到公司办公室内,犹如农村集贸市场上赶集的人,从四面八方一下子涌了过来,让他眼前为之一振。林强也曾是下岗失业职工,之前在齐州有机化工厂上班。在工厂时,看见谁都面带微笑,颔首称是,大多数的时候连句话都不敢说,就像土地爷般。虽说他在厂里和社会上的朋友当中,有着不错的人际关系,从他身上几乎也挑不出啥大的毛病来,即使这样,还是没逃脱下岗失业的命运,因齐州有机化工厂是全市宣布破产最早的市属企业之一,所有的人一夜之间全部失去了饭碗。还听他说过,人的本事就像女人怀孕,时间越久,才让人看出来肚子里越有东西。

林强下岗失业后,在一次朋友聚会中认识了刘立夏,那时刘立夏已停薪留职,在外做些针头线脑的小本生意,虽说挣不了大钱,但挣的钱还是够养家糊口的。后来林强又开始做化工材料方面的买卖,于是二人慢慢接触多起来,虽说没好到穿一条裤子都嫌肥的地步,但他们过段时间就聚一聚,有来有往,必定做买卖的人都信奉多个朋友多条路,多个仇家多堵墙。

刘立夏被一种莫名的烦恼困扰着,想了半天也弄不明白,感到这件事有些突兀与奇怪。林强像变戏法一样,一夜之间变成腰缠万贯的大老板,难道天上掉下来的黄金,一下子全砸着他林强的头上?

有多大的荷叶就包多大的粽子。几天下来,刘立夏对公司的业务还是榆木疙瘩脑袋,依然一窍不通。于是又感叹人家以前也是分文不值的穷光蛋,现在一顿饭、一头牛,屁股底下一座楼。而自己花一分钱心疼得像割身上肉。林强让人单独开导刘立夏,因脑袋空空,啥也听明白。当时好像听明白了,但一转身又忘得一干二净。林强摇头叹气,目不转睛盯着他,神色凝重,又亲自来开导,费了半天唾沫星子,还是木头脑袋,对牛弹琴,气得林强指头指着刘立夏的鼻子训斥道:“都是一母所生,你哥是琉璃脑袋八面光,头脑灵活的像猴子,怪不得人家成了大老板。而你还是穷光蛋,脑袋笨得像石头,半天都转不过弯,人模狗样混了大半辈子还是屌蛋精光。”

刘立夏脸朝下,像一只鸵鸟恨不得将头埋在沙堆里。

林强有着鹰一样锐利的眼神和狗一样敏感的嗅觉,对刘立夏一下失去了信心,但又不想放弃这块肥肉,他像恶意攻击者那样思考,叫来一个叫任志的年轻人,安排他专门负责开导刘立夏。要他多下点力气,拿出耐心来开导,因为这个人笨得出奇。将来人家吃肉,他能啃点骨头,算他命好。俺不能眼睁睁看着他这样笨死,那样俺也闭不上眼睛。

任志长得五大三粗,二十六七岁的年纪,身上的肌肉疙瘩像铁一样坚硬。他是林强专门招来做安全保卫的,说白了就是他的私人保镖。

刘立夏像一条消失在深水中的鱼,看了任志一眼,像遇见鬼似打个寒噤,身上不由起了一层鸡皮疙瘩。他突然想起《水浒传》一百单八将中的那个叫杨志的人,就是押送生辰纲的那个黑脸大汉。眼前的这个任志和他脑子里的那个水浒好汉杨志,竟然联系在一起,并且他们的名字当中都有一个字志。

这个社会骑自行车的人骂坐小轿车的,坐小轿车的又张口骂骑自行车的人。

任志将刘立夏喊到另一间办公室,眼睛里透出一束光亮,狠狠地瞪了刘立夏一眼,脸上充满了讥讽。任志既不让刘立夏坐,也不给他倒杯水,两个人站在屋子当中,像小学生犯了错误被罚站一样,好半天谁也不说话,就像喜欢这种沉默,在享受这种沉默似的。又像两个哑巴站在一起,看谁更能沉住气。

刘立夏一下被震住了,以装糊涂掩盖内心的惊异。他像一朵云彩在天际里奔跑,首先开口说话:“兄弟,俺年纪大,接触的新生事物少,理解慢,不过你放心,俺就是只笨鸟,所以俺开始先飞,绝对不会拖你们的后腿。”

任志就像理解自己所经历的过去那些无数时刻一样,在慢慢理解刘立夏。他冷酷和傲慢的脸上,绽出一丝笑容,眼睛盯着刘立夏,不紧不慢道:“俺看你是整天用膝盖思考问题,笨蛋俺见过,但像你这样笨的笨蛋,谁也没见过。多么简单的道理,你咋就是不懂,你的脑袋小时候没被驴踢吧?当年马克思都说,有一个共产主义的幽灵在欧洲游荡。这个幽灵当年能在欧洲游荡,现在为啥不能在咱身边游荡。俺跟你说白了,就是出去动员人家将包里的钱投到咱这里。这里到时返本还利,每月给他们高高的利息,这和银行比起来,他们给客户的利息还不够塞牙缝的。现在是市场经济和改革开放的年代,企业几乎全部破产重组,谁能保证银行不会破产?银行破了产,客户存在那里的钱将血本无归。”

就像一刻也不能缺席的生活,刘立夏目光沉静,眼角堆满鱼尾纹,他认真听着,深奥的东西他听不懂,也理解不透,经任志这么一点拨,不由豁然开朗,好像所有的谜团一下子全都解开。这么多年来,他和钱的关系就像土地和农民的关系,最让他担心的勤劳耕耘后,却一无所获。

任志又说:“现在的人还有几个是纯洁的,不是在骗人,就是被人骗。老板要不是看在你哥刘立秋的面子,早就开除你八遍了。你总该知道搂草打兔子吧!”

刘立夏心里的感觉像天使来到了幼儿园:“俺哥你们认识?”

任志心情轻松得像一根藤条:“你哥现在是齐州的知名企业家,不认识还能没听说过!其实你哥原来是俺爸的手下,俺爸是车间主任,你哥是车间副主任。做梦也没想到,企业破产后,你哥反而成了振华陶瓷有限公司的老总,俺爸却成了下岗失业职工。你哥看到俺家生活困难,便亲自登门请俺爸去公司上班,负责后勤方面的工作。本来你哥也想让俺去上班,但俺对陶瓷琉璃一窍不通,别的力气活又干不了,便谢绝了他的好意。你哥在俺心目中一直有大仁大义的形象。”

刘立夏听了很感兴趣,眼睛专注盯着任志:“你爸是……”

“他叫任百胜。”

“俺听哥说过,但不认识。他也让俺去公司上班,但俺也毫不犹豫推辞掉了。”刘立夏的心理像一块石头砸进平静的湖里,一轮圆月砸成粼粼碎片,虚晃几下转眼不见了。

任志轻描淡写道:“俺大学毕业后一直没找到合适的工作,就在家待着。这不正好林总这里缺人手,就让俺来给他当个保镖,跟在他腚后头混口饭吃。”

他的话让刘立夏心潮澎湃,心再也平静不下来,不由感叹,生活就是一出没有编排过的戏剧。世界说大就大得无边无际,说小就小得两个人低头不见抬头见。要是扳起手指一论,不是亲戚就是朋友。

98

❀❀❀❀❀❀

红红的对联贴出了喜庆,鞭炮炸出了红火的好光景。

刘清明和宋洁的婚礼八月八日如期举行。婚礼盛况空前。

刘鹤之本来就是个思想家,在以往的每一件事中,都有新的思想萌芽破土而出，并且希望这个新芽长成参天大树。他捋着山羊胡子，到了他这个年纪眼睛本来就不显得大，一高兴更眯成一条缝。他喜出望外，写在脸上和发梢上的都是喜乐，他摇头晃脑咬文嚼字道：“入境而问禁，入国而问俗，入门而问讳。”

一家人对他的说教有点摸不着头脑，便问：“老爷子，您老念念有词，啥意思？”

他捋了捋下巴，笑而不答。刘鹤之出生后就是民国年间了，但他还是上了两年私塾，学了点四书五经，用他自己的话就是肚子里多少还有点墨水。那个年代，肚子里有墨水的人对古书大都情有独钟。早些年间，当刘立秋他们还都是孩子的时候，他常常语重心长道：“如果当年还时兴科举考试，俺考个秀才绰绰有余，若考个举人可能有些希望，要是那样的话，说不定也和赵执信一样到翰林院弄个翰林当当。”解放战争后期，五次解放齐州时，他已老大不小了，因他识些字，人民政府便有意让他当个小学老师，但最终却不了了之。

刘鹤之不变其节，不改其志，像一台永不停息的摄像机，漫长而沧桑的历史风云，都储存在他汩汩流淌的胶片上。他最大的特长是和齐州城里的所有男人一样，业余时间对烹饪情有独钟，他对儿子们谆谆教导道：“齐州男人不会炒菜，比婊子养汉还丢人现眼。”所以他又常常在人前人后嘟囔，“度食客饱则脾困矣，须用辛辣振动之；虑客酒多则胃疲矣，须用酸甘以提醒之。”

天刚蒙蒙亮，刘清明、宋洁的婚礼就在楼下热火朝天举行。宋洁不是齐州人，而是青岛人，她的家在青岛，没结婚前，刘清明的家还不能完全说是她的家。按齐州风俗，她的娘家人要来六男六女做送客，亲友团可多可少。在结婚前一天下午他们就到了齐州，刘立秋安排他们住在齐州最好的宾馆里，若不然到青岛迎娶新娘，虽然有济青高速公路，但也必定路途遥远，万一路上堵个车，或者发生点其他意外，就过了时辰，影响婚礼的举行，住在宾馆里方便快捷，也免受长途颠簸之苦，到点就能马上进行结婚仪式。齐州是个较大的城市，找十辆宝马，或者找清一色的十辆奔驰，对刘立秋来说也不是啥难事。他在当地是屈指可数的大老板，找十几辆高档车绝对不费吹灰之力。为啥要十辆车？齐州人讲究十全十美，六男六女，意为六六大顺。

刘鹤之的下巴生长着密密匝匝，但不是咋生机勃勃的胡子。他要求刘立秋把刘清明的婚礼办成地地道道的齐州味，必须每个步骤都严格按程序执行。比如送新媳妇的娘家人，齐州人俗称油客，一定要让油客席坐八仙桌，每桌男方再配上四个人，这样就成十个人，意为十全十美。但齐州老风俗有时也不这样，每桌只配三人或者两人，意为敞口席。九人的意为天长地久，八人的则是宏运高照。一般的油客都很能喝酒，特别结婚这天又是至高无上的座上宾，陪酒的人可以换了一拨又一拨，目的就是让油客吃好喝好，甚至把他们灌醉，回去才说闺女找的婆家人实在。敬酒的人也可以这一拨过去,下一拨再来。反正是敞口席,齐州风俗就这样,谁有意见也白搭。刘鹤之再有一个多月就八十了,想以新郎爷爷的身份掺和进去敬酒。但一家人的反对声就像地震和海啸,说您老都一把年纪了,去敬酒年轻人担当不起。万一有个三长两短,好事变成了坏事,不值得。刘鹤之后来一想,觉得一家人说得在理,就没再坚持。如果他不听,刘立秋早就准备了撒手锏,劝他年纪大了鼻涕一把,唾沫一把,让人忙公事,还是照顾你。就这样,刘鹤之留在家里遥控指挥,但他实在放心不下饭店里人仰马翻的热闹场面。

刚说完了这,刘鹤之又说那,他的目光意味深长,隐而不露,嘴角一直挂着一丝微笑,跟墙上挂的蒙娜丽莎一样。他在客厅里颤巍巍走几步,仿佛又想起啥国家大事似的,嚷嚷道:“在结婚喜宴上,一定上道八宝饭,味道要甜,要用红枣、花生、桂圆、莲子,只有吃了这道菜食,才能早生贵子,俺才早一天四世同堂。”

忙公事的人告诉他:“这个您老都说好几遍了,早就安排好了。”

刘鹤之认真听着,思考了好一会,还是放心不下,半信半疑道:“都安排好了?”

“当然。”

刘鹤之听后两眼放出异彩,好像一下年轻了十岁,一腚坐到沙发上,安静地端起他用了十几年的老泥壶,喝口水,水还没落到肚子里,不知他又想起了啥,满脸放心不下问:“四四席是海参四四席,还是鱼翅四四席?”

“是鱼翅四四席,都是按照最高标准上的。您老放心吧!”

刘鹤之听后脸上一下被笑容充斥了,眼睛几乎眯成一条缝,又一腚坐在沙发上摸起老泥壶喝了口水,一会又心神不定放心不下,站起来又问:“敬酒,千万别忘了给客人敬酒。让劝酒的人好好劝人家多喝几杯,别让人家说咱不实在。还有饭一定提前准备好,出门饺子回家面,别让人家要了半天饭却上不来!”

忙公事的人掏出手机,马上和酒店里的大总联系,然后将结果一五一十告诉刘鹤之。

刘鹤之叮嘱,百密一疏,功亏一篑。一定要将婚礼办成全齐州最漂亮最成功的婚礼,这样咱刘家脸上才有光,才能光宗耀祖,左邻右舍才对咱刮目相看。

这时刘立秋如喝醉了酒摇摇晃晃一步闯进来,刘鹤之眼睛盯着他一动不动,过了好一会口气严厉道:“你不在酒店伺候着,跑回家干啥?”

刘立秋喘着粗气,然后诚实地回答:“酒,俺都敬过了。再说油客席俺也不能敬好几遍啊!”

刘鹤之放心不下:“你躲在家里,万一有人找你,找不到咋办?”

刘立秋听后沉吟着,身体深处沸腾起来,犹豫了一下,幸亏没失态,表面上还是无动于衷,过了一会才说:“有事就找大总,现在俺说了也不算。俺回来准备一下,中午市里的区里的一些领导,还有一些朋友要参加婚宴,俺不准备一下行吗!”

刘鹤之嘴里嘟囔道:“领导还要来啊?那婚礼更不能出一点纰漏。”

99

人生有许多的意外,生活更不例外。

在齐州陶城刘家不算是名门望族。刘立秋连掐带算邀请了五十多桌亲朋好友,在酒店门口,大总特意安排两个身材高挑,穿着开衩很高旗袍的女服务员当迎宾,鲜花一样招揽着来宾。他和何巧玲,还有儿子儿媳则站在饭店大厅,面带灿烂的微笑,冲着来宾频频点头,就像迎接外国元首一样隆重热烈。

邀请的,没邀请到的,认识的,熟悉的,潮水般涌向饭店,热闹非凡。人逼到绝路就是生路。大总一看情况不妙,来不及和刘立秋商量,一个电话让公司中层以上全体人员火速赶来,认真伺候着,忙碌着,引导着。

当初,刘立秋预定了五十桌,如果多出三桌五桌也不在话下,饭店完全有能力应付过去,问题是一下多出二十多桌,就算有孙悟空七十二变的本领,也无法让客人一下全部落坐。大总急火攻心,敏捷得像羚羊一样踊跃起来,像熊孙子一样骂饭店老板,老板两手一摊:“俺就这接待能力,现在有天大的本事,再盖一个宴会厅,你也得给俺时间!”

大总瞪了饭店经理好几眼:“猪八戒他娘咋死的,笨死的。”饭店老板见此逃之夭夭。

骂了一通,饭店里还是安排不下,外面还有潮水般涌进来的人群,走廊里,楼梯口,从大厅到饭店门口,到处都是笑逐颜开的人。有的人性急一看时间不早了,还没落座,便不耐烦开始嘟囔,沉不住气的连饭也没吃干脆打道回府。

刘立秋的思绪一下变成脱轨的飞船,眼睛红得像兔子,沉默了一会,忽然紧张起来,一把一把抹着汗,清醒了一会,大手挥动一下道:“赶紧安排到其他饭店落座。说啥也要把这出戏唱好。”其实大总早就联系其他饭店,恼人的不是盛不下,就是盛得下,但没准备接待不了,如果现在去采购制作,饭就吃到后晌。

刘立秋长长地叹出一口气,像是感到寒冷一样,伸手抱紧自己。他对大总平心静气但也充满忧虑道:“多联系几个饭店,能落座几桌算几桌,能落座多少算多少。标准一定按正宗的齐州四四席,对客人千万别短了礼节。热脸贴在冷屁股上,不是俺刘立秋的做派。”

这个饭店十桌,那个饭店五桌,有几个饭店答应只能安排三桌,大总说:“能多落座一桌,俺喊你爷行嘛!”

刘立秋两口子一口气还没喘完,就到敬酒的时候。

齐州孩子结婚有逐桌敬酒的习惯,将一张红纸铺在传盘里,红纸上面放六个精致的小酒盅,酒盅里的酒一个比一个多,第六杯基本上就是满杯了,意为六六大顺步步高升。齐州敬酒风俗相当讲究,上平盘、凉菜时不能敬酒,必须上头道菜也叫第一大件后,酒场才算开始。第一个大件很重要,这道菜是衡量酒席档次高低的标准,如上的是鱼翅,即为鱼翅席,如上的是海参就是海参席。随后再上一行件,也就是第一道热菜,然后上第二个大件,跟着再上第二个热菜……正儿八经的齐州四四席,都把贵重的菜品放在最前面,价低及清淡一些的菜品则放在宴席的后面。

从上第一个大件开始,刘立秋和何巧玲就脚不沾地,笑逐颜开中热血一下沸腾起来,像千万只蚂蚁在他们血管里进行田径比赛,逐桌逐位开始敬酒,随后是新郎新娘,第三拨敬酒的是刘立夏。到第一桌敬酒时,才上了一个大件菜,敬了还不到十桌,菜已上得差不多,急得大总直搓手,说这样敬下去猴年马月也敬不完,得改革。若不然,谁还坐在那里等着主人来敬完酒才走?谁愿意喝就喝,不愿喝拉倒。于是公公婆婆儿子儿媳便合在一起一块敬,再到以后,由于客人分散在各个饭店,他们又兵分三路,分别去敬酒。

刘立秋的心像用线缠住了一样,好半天才回过神来,咽口唾沫,千叮咛万嘱咐,一定要在客人散席前敬上一杯酒,若不然人家会骂咱店大欺客。来得都是客,都是咱的衣食父母,都是俺的座上宾。总而言之,礼多不伤人。

婚礼上,新娘宋洁超凡脱俗优雅靓丽,此时她早就换下雪白的婚纱,换上枣红色紧身性感的无袖唐装,煞费苦心梳妆的新娘头,在忙乱的敬酒中早已零乱起来,她脸色容光不再,呈现出疲惫无奈的神情。她把嘴放到刘清明耳边,悄声道:“啥破风俗,累死人不赔偿!”

刘清明回答:“当初是你说这样刺激好玩,民族的风俗都是精华的结晶。”

宋洁马上摆出一副小鸟依人的模样,把头靠在刘清明的肩上,猫一样伸下懒腰扭动了一下身子,尖尖的舌尖开始舔嘴唇,像灵动的蛇信子。

刘清明的脑子里像作曲家一样充满各种奇思妙想,声音和色彩都在奔腾:“娘子放心,你就是累得爬不动了,从今往后有俺给你宽衣解带。”说着情深意长摸了宋洁露在外面雪白晃眼的大腿一把，又说："如果没有你，世界将不再是世界，大海也会变成小溪。"

宋洁一听，歪着头，一双黑眼睛扑朔迷离地瞅着他，抿嘴笑笑，笑得像朵花："滚。"

刘清明内心突然狂喜起来，充满渴望的愿望。他望着穿着新娘妆的宋洁，有了心醉神迷的感觉，他以前从没见过这么好看的新娘，鹅蛋脸，小巧的鼻子，柔和的下巴，光滑的肌肤，没有一点瑕疵，不由一下激动起来，嬉皮笑脸凑近宋洁道："看俺晚上咋收拾你。"

宋洁羞得脖子都红了，仿佛一张脸能煮沸孝河里一河的水，警告道："大白天少说梦话，出水才见两腿泥，到时说不定是软蛋呢！"

刘清明和宋洁满脸绯红，眼底溢出的都是幸福和喜悦，忙得都拉不开栓了，还在耍贫嘴，一直打闹着去各个饭店给客人敬酒。

这一圈下来，已是下午三点多，刘立秋、何巧玲口也干了，眼也涩了，腰也痛了，一张嘴往外喷火，加上没吃饭，肚子在惊天动地提抗议。

刘立秋开着玩笑，想制造点轻松气氛，眼神无力看了何巧玲一眼："你现在终于知道山神爷爷的家伙是啥吧？当初非要用老风俗。"

何巧玲早就做了菩萨心肠的糊涂人，但听了还是怒吼道："你们自己爷们关起门商量决定的，关俺屁事。如果俺还有个儿子，还用老风俗办婚礼。"

刘立秋两眼一眯，摊摊手无可奈何："人要在泥水里打个滚，才不怕脏。"他努力回忆着当时那些淡然如水，现在却是异常醒目的瞬间，心中充满重新开启的兴奋。

100

❀❀❀❀❀❀

宋洁的爸爸宋和平，妈妈马小芬专程也从青岛赶到齐州参加女儿的婚礼。早上楼下、中午在饭店大厅举行婚礼时，面对名目烦琐的繁文缛节，他们咋也高兴不起来。婚礼还没结束，马小芬的脸就拉长了，呆呆地坐在那里，淡淡的忧伤在心里不时涌动，脸上的阴云就要下起雨来，嘟哝道："这哪是结婚典礼，分明是折腾人！

结婚用得着这么复杂？这是哪里的破风俗？”

宋和平话语里有一种难得的体恤和理解，劝道：“百里不同风，十里不同俗，人家就这风俗，由他吧！”

马小芬可不是豆腐捏的，她在青岛是一家大公司的副总，是见过世面的人，嘟囔完这些，依旧高兴不起来，瞪了一眼又一眼，愤愤不平中竟然忍不住骂出口来：“啥传统风俗，纯粹是陈规陋习，下三烂的做派。屎壳郎爬到花朵上，还以为自己有多美哩！”

一波未平，一波又起。看到青岛来的自家人，一个个被灌得不成人形，有的还当场吐到桌子底下，马小芬看着看着，一股无名火又在眼里燃烧起来：“切，有几个臭钱，就觉得天下老子第一，说到底还是土儿叭叽的土财主。把人灌成这样对他们有啥好处，莫名其妙。当初要不是咱借给他几百万元，他能有今天？”

宋和平脸上一直荡着平静的笑意，眼光里充满没有含金量的同情，他说：“俺知道女儿出嫁了，你心里不高兴。但你总不能让女儿在身边守咱一辈子。闺女大了，早晚都得嫁人，就像当年你嫁给俺时，你妈一样挤尿掉泪。再说女儿结完婚又回到青岛在医院上班，你还怕她飞了不成！”

马小芬抬头使劲白了宋和平一眼，目光浑浊而呆滞，像喊冤叫屈的人一样吼道：“你妈才挤尿掉泪。”

宋和平不安地望着，勉强地笑笑。他不笑的时候，看起来很苍白，而且出人意料的清瘦，但他必定是男人。男人就要有男人的风度和气质，他控制了一下情绪，才说：“俺妈掉泪是娶儿媳高兴激动的喜泪，你妈就不同了，她是难过的泪，嫁出去的闺女泼出去的水，同样是泪但大不一样。”

马小芬本来有气没处撒，现在又和宋和平打着嘴仗，她迫切的心情就像中国需要矿石一样，急不我待又力不从心，便把一肚子委屈和怨恨朝自己男人头上发泄，将宋和平当成出气筒：“啥话从你嘴里吐出来就噎死个人。”

婚礼如火如荼地进行，他们的眼睛梳子般将参加婚礼的人，一个个通身梳了个遍。大总认为，人家毕竟是从大城市来的，所以就对他们多了一份尊重，加之又有刘立秋刘大老板这层关系，自然对他们十二分彬彬有礼，大事小情常常主动向他们通报一声，意思虽然不是让他们做主，起码也是在征求他们的意见，或者不让他们当睁眼瞎，毕竟是嫁闺女，唱主角的不是他宋和平和马小芬，而是亲家刘立秋和何巧玲。虽然在婚礼举办结束就是一家人，但亲家的事说到底还是亲家的事，而不是他们自己家的事，他们需要处理的关系在青岛，而不是在齐州，所以无论问他们啥事，征求啥意见，他们都冷在心里，热在面上：“行行行，俺们没意见。”

宋和平、马小芬看着婚礼陈旧烦琐，心里特别扭，但刘立秋心里的苦水也不少，往外倒都找不着地方。此时箭在弦上，无论咋复杂咋烦琐，也要把这出戏唱完唱圆满。但唱到后半部分，面对大量涌入的客人，还是出现了不少礼节方面的缺陷，这并没影响到大局，对此刘立秋心里又是满意的，心里也是平衡的，起码没负疚感和失落感。

用齐州老风俗给孙子办婚礼，最高兴的就是刘鹤之，而当初最反对，现在最卖力，又是本次婚礼最大赞助商的刘立秋耷拉下眼皮，很是沮丧。只要老爷子高兴就行，谁有意见也白搭。看着刘鹤之捋着下巴，高兴地合不拢嘴，就像薛仁贵征西胜利归来，等候皇帝亲自召见，心里美滋滋的。笑容是真诚的，也是自豪的，更是目空一切的。他满嘴的牙齿已掉得所剩无几，一张嘴就像在展示一个设施齐全的防空洞，他连声道："好好，好啊，还是用传统风俗办婚礼，隆重、热烈还有特色。"

刘立秋苦笑着，仿佛进入另一个时代。他突然想起一句话，站着说话不腰疼。他的公司有好几百名职工，有时他一句话，下面就忙上一天，有时一天都忙不完，还要用两天或者好几天的工夫，他们在背后是不是也骂站着说话不腰疼？这个他没听到，也不清楚有人说过没，有人就算说了他也没听到，关键是没人敢守着他说。就是说了又能把人家咋样，不能为一句话，就把人家往死里整。再说忙得不光是职工，还有他自己。

刘立秋抬头看了一眼弥漫着尘埃的灰色天空，他像一条缺氧的鱼，试图跳出水面，严重的窒息感，使他的思维有些混乱。他的累，是从心里往外累，婚事一结束，心情像从非洲长途跋涉刚刚回来，高度紧张的心一下掉在了地上，恨不得睡上三天三夜，以恶补天大的损失。

刘鹤之看到刘立秋无精打采的样子，心里有点不高兴，数落道："俺和你妈一把屎一把尿，把你们一个个拉扯成人，都给你们成了家立了业，也没累成你这个熊样。"

刘立秋像个思想家皱着眉头苦思苦想，继而沉吟着，随后装出恍然大悟的样子，就是不想说话，但有些话他不说还不行，便有气无力道："那是啥社会，现在是啥社会。俺结婚时，喜事新办，一斤瓜子二斤糖就办完了，就是想按齐州老风俗办婚礼，也没那个条件，更没那个财力。就算有那个财力，政府也不允许啊！"

刘鹤之一听，眼珠子就像手电筒的灯泡那样忽闪了几下，怒吼道："当时是没那个条件，也没那个家底，但你们兄弟都打光棍？你姐姐就老在家里嫁不出去？"

刘立秋的脸色一直很凝重："俺不是那个意思，俺是说，就算有那个财力和基础，政府提倡喜事新办，也不允许铺张浪费。"

刘鹤之一针见血道："你心里那几根花花肠子，别人不知道，俺还知不道，你现在有本事了，敢对老子指手画脚。"

刘立秋脸上充满了疲惫，但眼睛却很明亮，他一听，老爷子在上纲上线，马上就要上升到路线斗争，赶紧解释："您老想哪去了，齐州老风俗老礼节就是好，就应该发扬光大。您八十大寿时，咱也按齐州老风俗办。"

刘鹤之一甩手，目光还是那样的淡漠，懒洋洋说："天不言自高，地不言自厚。俺和你娘只等着抱重孙子那一天。"

101

❀❀❀❀❀❀

刘清明、宋洁的婚礼按齐州老风俗，大获成功。

后来聚在一起总结经验时，还真发现了不少问题，既然按齐州老风俗办婚礼，就不能办得不土不洋，一切都得按老规矩来。如果宾朋一下子涌了进来咋办？敬酒、劝酒如何大方又不失礼节，还能让宾朋高兴而来满意而归？刘立秋脸上突然掠过一丝不易觉察的笑意，绝不能再塞翁失马了。当然在齐州四四席的制作上，如何保持特色和原汁原味，四四席即四盘、四碗、四大件、四行件、四花和两道点心。有人说，美食不如美器，这就说明盛器在筵席整体效果上的重要性。齐州四四席中的盛器一般十分讲究，十寸以上的平盘盛菜叫大件，八寸平盘一般只能盛凉菜，八寸汤盘就是行件。菜端上来，懂行的人不用看菜，瞟一眼窑货，就知道是大件还是行件。

人不仅会欺骗自己，更会欺骗别人。刘立秋当时就发现，饭店里用的平盘，汤盘大小不已鱼目混珠，由此使他的招待水平大打折扣。但在那种场合那种情况下，谁也没更好的办法，只得睁一眼闭一眼应付公事，不求完美，但求无错。按正宗的齐州四四席，在上大件前的每一道程序，都配有相应的喝头，所谓喝头，实为饮品。如上四小碟或四干果时，饮品为茶水，之后上四点心，饮品随之换为杏仁茶，一边吃一边喝，这是酒前垫垫肚子，以免空腹喝酒伤身体。上四鲜果时饮品就要用红酒来代替，这是垫底酒，预示着酒席即将开始。这种垫底酒的喝法只是点到为止，几分钟工夫就结束。这时服务员另抹桌子另上菜，另打锣鼓另开张，迅速整理桌面卫生，重新布台，换上新餐具，然后上四平盘，斟上白酒，筵席才算正式开始。好多第一次吃四四席的人，不懂这些套路，曾闹出不少笑话。客人看到上了四个碟、四干果、四鲜果，又是茶水、杏仁露还有红酒轮番上，最后还上喂鸟似那么一小碗肉丝面，随后看到服务员手忙脚乱开始撤席，认为四四席就这接待水平和标准，就在心里开始骂娘，都说四四席是齐州人招待客人的最高规格，做梦也没想到，肚子还空空的没吃饱就这么拉倒了，真是害人不浅。于是将面条和点心风扫残云般全部吃到肚子里。另抹桌子另上菜后，望着一桌子山珍海味，却怎么也吃不下，客人心里别扭，又开始骂娘：没想到齐州四四席藏着这么深奥秘，真是害人不眨眼。那语气有点儿怪异，话里好像隐藏了一个天大的秘密。

刘清明的婚礼，刘立秋要的是脸面，要的是礼节。他把欣喜和激动全部埋在心底，不想让任何人掌控他。他不怕花钱，哪怕再多的钱，因为他不缺钱，但没想到酒席的规模，大大超出他的想象，所以他像一只被扯掉尾巴的蜻蜓，只得背水一战。本来酒席是参打头，鱼打尾，但人太多，程序一下全乱了套，鱼上去了，参还不见踪影，客人已经开始吃饭了，菜还在厨房里厨师的炒勺里。这让他头痛不已，连连责备自己，永远也成不了圣人，成不了圣人就没先见之明。结果弄得一家人不成人形，但事情正在发生或者已经发生，就算诸葛亮再世也于事无补。

以史为鉴，可知得失。老爷子的八十大寿，正一步步朝他走来，并且日益迫近。好歹也从刘清明结婚过程中吸取了丰富的经验，在寿辰中运用起来肯定得心应手。虽说老爷子说不过了，那肯定是气话，人都八十大了，说不过就不过？还不让人笑掉大牙。总而言之，好多事情刘鹤之做不了主，他刘立秋同样也做不了主，别看他是财大气粗的大老板和出了名的孝子，但财大气粗代替不了亲情人情，更代表不了缺一不可的礼节。刘立秋突然有一种欲望在心里升腾，其实他早就和姐姐弟弟商量好，老爷子的八十大寿，不仅要过，而且要办得隆重热烈，只是在规模上要比刘清明的婚礼小得多，差不离安排十桌八桌就行。规模为啥不能太大？因为儿子刚结婚一个多月，亲戚朋友刚花了钱，如果在两个月内，再让人家给老爷子祝寿花钱，不知道的人还以为他刘立秋趁机捞钱。说一千道一万，他刘立秋根本不差那几个小钱，更用不着趁火打劫。他图的是热闹，只要刘鹤之高兴目的就达到了。

君子之过如日月之蚀。刘立秋是搞企业的老板，从来就不打无准备无把握之仗，但在刘清明结婚这件大事上终于打了一回，虽说没造成狼狈不堪的后果，但也让他心有余悸。刘鹤之生日对他来说，同样是件顶天立地的大事，这次一定要未雨绸缪。他知道，人这一辈子可能要犯很多错误，但说啥也不能在同一件事上犯两次，若不然不是二百五也是半吊子。

刘立秋明白，能给你多少欢乐，就能带给你多少痛苦时哗哗作响的钞票也能要人的小命。在生产经营中，有时也搞得他焦头烂额，面对日趋激烈的市场竞争和越来越挑剔的客户，时时刻刻都得小心翼翼，用刘立秋的话说，现在搞企业实打实是如临深渊如履薄冰。而在日常生活中的礼节方面，更令他身心疲惫，他有时开玩笑，说山东省是礼仪文明好客之邦，而齐州又是礼仪文明好客之邦中精华之中的精华。谁也知不道从哪一辈子流传下来的这种礼尚往来的人之常情，还要祖祖辈辈流传下去多少年、多少代。一方水土养育一方人，这才是亘古不变的真理。

想到这，刘立秋长长地叹了口气。

102

在给儿子举办婚礼期间，文超已将演讲稿写好，等着刘立秋上班时交给他审定。

刘立秋从头到尾仔细看了一遍，没说话。闭上眼睛想了想，睁开眼又从头到尾重新读了一遍，将演讲稿放在办公室上，长长出了一口气，像个封建卫道士一样保守，这才一板一眼说："把俺写成了高大全，好像公司里的工作都是俺一个人干的。振华陶瓷有限公司之所以有今天的发展，与一家人的苦干实干密不可分。应该把大家伙的这种精神也加上。"

张爱国像一条巨大的青鱼，微微闪耀着粼光，他一挥手，表示坚决反对："拉倒吧，是大家伙做报告，还是你做报告？火车跑得快，全凭车头带。这次先进事迹巡回报告是你去，又不是全公司的职工都去。再说当初你不把俺们组织起来，苦干实干就等于零。俺看这个报告写得不孬，抓住了本质和要害，突出了重点，达到了市政府办公厅的要求，效果肯定事半功倍。"

刘立秋说话的声音有点急眼："所有的工作关键不是俺一个人干的。就算俺浑身是铁，也打不了几个钉，要不然会让人笑掉大牙，以为俺刘立秋揽功出风头逞能，有多么了不起，这和架在火上烤俺没啥两样。"

张爱国脸上的笑容像蒲公英一样漫天飞舞，他举起双手，像是投降的样子，又像是要反击的样子："画家笔下的马，中看不中用。咱先将演讲稿交上去，人家要是让修改，咱就按人家的意思修改。要不然咱点灯熬油费了半天劲，上头不同意，就白搭上了工夫。要知道秀才遇到兵，有理说不清。"

明者因时而变，智者随事而制。刘立秋觉得张爱国不像是在拍马屁，想想他说的也不是没一点道理，便不再固执，只好点头同意，嘟囔一声："哑巴吃饺子，咱要心中有数。"

时间是个魔术师。一天后，市政府办公厅打来电话，说原则上同意初稿的意见，但人物事迹还是不够感人、生动，因报告在即，来不及退回让他们自己修改，在市里找人修改算了。

刘立秋左顾右盼，一直在可怜兮兮地盼着。听后特别叮嘱，一定要小葱伴豆腐，一清二白。俺没干啥轰轰烈烈的事情，成绩是广大职工干出来的，千万别把俺写成高大全，那样的话俺良心上也会过意不去。

没等刘立秋说完，人家在电话里"啊啊"了两声就挂了。他一下愣在那里，举着电话像是在欣赏一件稀世珍宝一样，心里的感觉就是酒肉都准备好了，却在吃饭前让他出家当了和尚。

人要衣装，佛要金装。

演讲稿找谁修改，到底修改了些啥，他一无所知。直到报告会开始那天，才将打印好的演讲稿递到他手里，叮嘱他抓紧时间看两遍，上台后照本宣科带上感情色彩念完就行。

历史拐个弯，常常从不经意的事情开始。刘立秋接过演讲稿，拿眼一看，一下沉浸在无限感慨之中。这那里还有第一稿的影子，里面除了企业名字和他的名字还是真的，其他已面目全非，只看了两行，脸一下就羞红了，文章语言华丽，故事情节煽情，越往下看心里越觉得别扭。心中的感觉就是哑巴吃黄连，有苦不能言。里面的事迹好像说的是他，但又好像是发生在人家身上。知不道的人，不了解他的人，咋都好说，而对他知根知底的听了，以为他不知天高地厚，张口说疯话在胡说八道，或者是猪鼻子里插葱装大象。这一切就像一个蚂蚱，突然卡在喉咙里，吐不出咽不下。他意识到自己犹如一只离岸的鱼，扳着身子在空气中颠来覆去，喘息未定。

报告团有五名成员做事迹报告，刘立秋排在第二位。第一位用时不到十分钟就念完了。刘立秋像梦游似的站起身来，慢慢走上主席台，心里突然升起一股莫名的紧张，就像领导讲话时习惯性咳嗽两声，给自己壮壮胆，压压惊。

他手里举着演讲稿，稍微镇静一下，脸上突然冰雪消融绽满了桃花般的笑容，然后张嘴一本正经念道："尊敬的各位领导你们好，俺是齐州振华陶瓷有限公司董事长、总经理刘立秋，今天演讲的题目是《下岗不矢志，敢教日月换新天》，在下岗之前，俺是全国最大的陶瓷企业——齐州北方陶瓷厂的一名职工……"

重要的不是话语讲述的年代，而是讲述话语的年代。念到一半时，刘立秋将演讲稿放下，张口道："国无德不兴，人无德不立。这些年，振华陶瓷有限公司在上级党委政府及有关部门的大力支持下，有了突飞猛进的大发展，不仅安排了三百余名下岗失业职工实现再就业；还不断加大产品开发力度，不仅生产日用陶瓷、美术陶瓷，还生产琉璃制品。现在俺们又研发了唐三彩系列陶瓷产品，下一步还准备生产青花瓷系列。"

放下演讲稿的刘立秋快乐得像个歌者，他明亮的嗓音像清晨的阳光，能把人带到青春的回忆中去。他的心情一下高涨起来："所谓的青花瓷产品上的'表花'，是指应用钴料在瓷胎上绘画，然后上透明釉，在高温下一次烧成，呈现蓝色花纹的釉下彩瓷器。早在元代，咱们的先人们就在江西景德镇、吉安，当然还有咱们齐州的先祖们就开始烧制青花瓷器。青花瓷器所用的胎，釉和钴料有精粗之分，烧成技术也有高低之别，因此，各时期和各地区的青花瓷器，在质量上也有一定的区别。在装饰手法上，元代以前，刻画花、印花的应用远远超过笔绘技法，但自青花器的生产成为主流以后，中国瓷器上刻、划、印的装饰技法退居次要地位，而让首位于彩绘。"

"中国民族工业要向高端产品转型，就必须有一种锲而不舍的匠人精神。"刘立秋脸上突然洋溢着热情而感人的笑容。他脱离开演讲稿，更令人心驰神往的是从时光深处弥散开来的历史幻象，既惬意，又有韵味，就像春天所有的花一起开放时，空气中氤氲着一种壮阔的甜美气息。他慷慨激昂道，"青花瓷器的烧制成功，在中国制瓷史上有划时代的意义。青花瓷器的优点，一是青花的着色力强，发色鲜艳，窑内气氛对它影响较小，烧成范围较宽，呈色稳定；二是青花为釉下彩，纹饰永不褪色；三是青花的原料是含钴的天然矿物。还有几点就是青花瓷的白地蓝花，有明净、素雅之感和实用美观的特点。青花瓷器从元代到现在历经数千年，一直以旺盛的生命力迅速发展，并且经久不息。相信振华陶瓷有限公司在不久的将来，一定能生产出优质的青花瓷器，迎来齐州陶瓷琉璃空前的繁荣，将齐州陶瓷名扬天下。"

他的话像所有的一切，都在阳光下释放出炫目瑰丽的光芒："荷兰有一个小镇名叫代尔夫特，因生产陶器而著名。17 世纪时，整个代尔夫特几乎都在仿制中国青花瓷，大量销往欧洲各地，将中国陶瓷纹饰传遍了欧洲大陆。如一件仿崇祯年间咱们齐州绘制三酸图的大罐，画面内容是北宋苏东坡、黄山谷和佛印禅师品唐代名醋桃花酸的故事，象征着中国传统的儒、释、道三教合一。这些凝聚中国传统文化精髓的内容对于当时的西方人是很难理解的，然而他们却依旧模仿着画在陶器上，足以印证欧洲对中国瓷器艺术的尊崇。"

103

起点可能影响结果，但不会决定结果。

尽管刘立秋没有将演讲材料一字不落念完，脱离讲稿大讲青花瓷器。虽说大出李怀滨的意料，但最后也得到他的首肯和赞赏，心中荡漾着淡淡的愉悦之情。

齐州是江北地区著名的陶都，生产的陶瓷和景德镇陶瓷平分秋色，所以有江北江南两个陶都之分。李怀滨是分管工业的常务副市长，振兴齐州工业，发展中国传统文化和传统工艺，更是建设工业强市必不可少的积极因素。

李怀滨抬起头，若有所思。他很少像其他领导那样，张口就大讲中国要低调，要韬光养晦，要和平崛起，这几年随着改革开放和市场经济的不断深入，齐州市的传统工业和优势企业，都在这场威力无比的变革中，有的破产倒闭，有的改制转型，还有的停滞不前成了半死不活的僵尸企业。在前些日子召开的全市工业运行分析会上，市委市政府响亮提出，要振兴齐州工业上水平上档次，不仅仅是招商引资，还要引进世界五百强到齐州投资创业，更要在优势企业、传统行业上做足文章，采取政策和资金扶持的办法，让全市的传统工业再振雄风。

刘立秋像神农尝百草，啥东西都想尝试一下。他的即兴发言，让李怀滨眼前为之一亮。坐而言，不如起而行。延绵数千年的陶瓷琉璃产业，一直是齐州的传统优势工业，也是全国非物质文化遗产。多少年来，在全国、世界很多国家和地区，有很高的知名度，并占有很高的市场份额。振兴齐州陶瓷琉璃产业，不仅有传统优势，更有技术优势。刘立秋在发言中提到的青花瓷器，还有他们之前生产的骨质日用陶瓷，高档琉璃制品，一下释放了积在他心里多日的郁闷，从而为之一振。他闭上眼，嘴角掠过一丝笑意。

盛世则必先有忧虑，后才有久安。报告会后，李怀滨特意找到刘立秋，要他拟个详细发展计划，前景分析和产品投产后的市场分析报告。振兴齐州工业经济发展，不能仅仅停留在口头上，还要落实到实实在在的行动中。

最后，李怀滨也受到感染，不像平时那么沉稳淡定，情绪高涨，说话铿锵有力：“已欲立而立人，已欲达而达人。列宁早就说过，党的政策要在群众实践中考验。

齐州工业经济近几年为啥没有长足的、快速发展？一个有责任心的企业家，不能对自己事业以外的世界漠不关心。没有开拓意识，发展意识和长远意识，抱残守缺，故步自封，这对齐州经济发展有很大的危害作用。所以，在今后的经济发展中，步子要迈得大一些，更快一些，要与时俱进，形成干事创业的良好局面。”

刘立秋告诉李怀滨，中国瓷器上的山水风景纹饰17世纪传入欧洲时，受到欧洲人的广泛喜爱，在一定程度上推动了荷兰风景绘画的产生。欧洲人对中国山水园林最熟悉的符号是山水拱桥、渔夫泛舟、柳树花卉、桥畔庭院等，当时的欧洲园林以意大利传播到法国的欧式园林为主，基本是对称几何规范的直线布局，而中国园林的移步易景、曲线式园林布局则直接影响了英国的自然风致园林。威廉·坦普尔在《伊壁鸠鲁的庭院》一文中认为，英国出现的非对称式的自然园林，这种造园样式反映在中国生产的瓷器和壁纸之中。

刘立秋说，欧洲著名画家鲁本斯创作的、赞美法国玛丽皇后的24幅巨作油画收藏于法国卢浮宫，其中有一幅画作是玛丽皇后和亨利四世大婚，在婚宴上拿出精美的中国瓷器让来宾大饱眼福，婚后亨利四世迷恋于中国瓷器，并前往阿姆斯特丹参与中国瓷器拍卖会。在法国从国王到市民均热烈推崇中国瓷器，在法国路易十四统治时代，法国王室在凡尔赛建造中国宫，并大量购买中国漆器、丝绸、挂毯和壁纸，中国艺术品的精美装饰令法国人开始注重室内装饰，在家具和绘画等方面开始追求华丽的装饰风格，在整体色彩上推崇华美浓郁的紫红和浅紫色。

如果理想是条河流，刘立秋唯愿它在别人的笔尖流淌的时候，既闪烁着历史的积淀和文化的记忆，更充溢着丰富的年代气息，汇聚着更多面的现实观照。他只是不想把自己说成十全十美高大全式的人物，才故意脱开演讲稿而发挥自己的专业特长，对青花瓷器进行大肆渲染，没想到竟然得到李怀滨的认同和赞赏，这大大出乎自己的意料。当时，他有两个顾虑，一是照本宣科按照演讲稿从头到尾一字不差念完，这样倒是省事，但又怕人家在台下骂他吹牛皮。二是脱稿即兴发言，领导肯定会非常生气，说不定事后熊个狗血喷头，指头点着脑袋破口大骂。万万没想到，竟然得到李怀滨的支持。

生命萌动的气息四处弥漫。下午，刘立秋回到公司时，他心里还在琢磨，李怀滨心里到底埋的啥药。见了面，他不仅没发脾气熊人，还让他写个可行性报告。脸上平静地就像啥事也没发生一样。

刘立秋的心脏快乐得仿佛要爆炸开来。看来领导就是领导，不是一诺千金武林小说里的大侠，啥事都能沉着应对，都能临危不乱而稳坐钓鱼台。人贵集聪明与糊涂于一身，需要聪明时便聪明，该糊涂时一定要装糊涂。

看到刘立秋做完报告终于回到办公室，张爱国随后一步闯进来，根本不问上午报告会上做报告的情况,就像刘立秋今天哪里也没去,啥事也没发生,一直坐在办公室没挪动一样。

看上去张爱国满脸的困倦与忧伤,没等他开口,刘立秋张嘴道:“想曹操,曹操就到。你真成了俺肚子里的虫子。”

张爱国哼了一声,就像坚硬的岩石上长不出嫩芽一样:“俺就是你肚子里的虫子。知道你要找俺,这不马上就主动送上门。”

刘立秋半认真半开玩笑道:“看你脸色不对,是不是有病? 病来如山倒,病去如抽丝。有病快去医院找大夫,千万别硬撑硬抗。”他的话固化成一种情绪,一种精神象征。

张爱国脸拉得像根面条似的,嘴里嘟囔:“俺就是病了,并且病得不轻。真是摁下葫芦起来瓢,山中无老虎,猴子也敢称大王。你今天不在厂里,差点就发生大事!”他几乎要跳起来,手里好像捧着一颗定时炸弹。

刘立秋一看张爱国耷拉着一张长脸,可能真出了啥事,忙问:“咋了?”

“门关得再严,屋里也有老鼠。”张爱国一五一十道,“那个任百胜,是眼睛长在尾巴上,只看天不看地,果真不是一盏省油的灯,啥时候狗也改不了吃屎。今天知道你去做报告,便鼓动高有强等十几个人闹罢工,说是不给他们涨工资就辞职。好心没好报,烧香惹得鬼叫。你说说这个任百胜和高有强,简直就是猪脑子,特别是那个高有强更不是个好玩意,脑子简直就是被驴踢了。你这么重用他,他却香臭不分,连猪脑子不如。”

刘立秋听后表情像牌坊上的雕刻一样凝重,仿佛掉入一个迷宫里:“闹罢工?他们人呢,俺去找他们好好谈谈。”

张爱国感叹:“纸里包不住火。他们早就走了。俺以前多次和你说过,身边明明有个白眼狼咬人,你就是不信。疾风识劲草,烈火见真情。人家养只狗都是咬外人,而你养的这两只疯狗却专咬自己人。”

咸鱼放不坏,就是不新鲜。任百胜和高有强带头闹罢工,这让刘立秋做梦也没想到,看似他们都是聪明绝顶的明白人,咋做这种糊涂事! 任百胜对俺有成见,可以理解,但高有强又不是没大脑,不分青红皂白跟着瞎起哄干啥? 难道俺真的做错了啥? 他想,人类处心积虑的算计与人类的文明互为因果。

“形势允许你这样一路天真下来吗?”张爱国愤愤道,“冰厚三尺,非一日之寒。要不是腚沟里还有四两肉,能得他们早就飞上天。当初任百胜在北方陶瓷厂当成型车间主任时,就忒不是个东西,专门做高处填土,矮处挖坑的事。当时你答应他进公司,俺就不大同意,就怕他狗改不了吃屎。捣鼓来捣鼓去,祸根还是出在他身上。真是一粒老鼠屎,坏了一锅汤。这种行尸走肉的人,根本不能同情,更不能去搭理，脱了衣裳是禽兽，穿上衣裳是衣冠禽兽！俺早就说过，害人之心不可有，防人之心不可无！”

解释不清不是事情不好解释，而是事情之中藏着许许多多曲里转弯的秘密，让人一时根本无法说清楚。

刘立秋感叹：“皮裤套皮裤，其中必有缘故。俺知不道哪里做得不好，但可以坐下来平心静气给俺提出来，俺改就是。”

张爱国冷冰冰道：“前有车，后有辙。这么多年过去了，没想到他还是个麻烦制造者，狗啥时候都改不了吃屎。不干拉倒，他们就是大年后晌的兔子，有他过年，没他们咱也一样过年。”

104

❀❀❀❀❀❀

到啥山头唱啥歌，啥时候算啥账。

刘立夏就像惊涛海浪中的小船，一门心思想多挣几个钱，以便出人头地，只有这样才能改变目前家庭所面临的窘迫局面。

时间时而汹涌地往前流淌，时而又死水般无波无澜。因为哥哥刘立秋这层关系，他和任志一下成了忘年交。因初来乍到，任志对他也格外关照，好多不懂的地方，也耐心去请教别人。任志曾和他开玩笑，说没事以后别找俺，有事的时候更不用找俺。这让刘立夏心里十分感动，那感觉就是千里马遇到了伯乐，仅仅是个开头。

看到人家每天都领着一群人前来办理投资手续，让刘立夏一下坐立不安，就像睡眠里夹杂着怪异的梦境。心里羡慕地伸满张牙舞爪的爪子。

拿过去的事说现在。刘立夏屋顶上的王八，上不了天，也落不了地。想想人家也没长三头六臂，更没听说府里县上有啥当官的背景，但人家的业绩就像芝麻开花天天见高，唯独自己笨得像狗熊一样。这么多天过去了，还是两手空空一事无成。他坐下来，思前想后，脸憋得通红，手脚显得无所适从。

任志整天狗一样跟在林强的腚上，图的就是骨头上那一点点好处。看到刘立夏一事无成，心里也替他着急，半认真半开玩笑挖苦道：“学历史上那个古人在这儿守株待兔，就算把牢底坐穿，也白搭。要想挣大钱赶紧走出去，找有钱的亲戚，有钱的老板,甚至自己的兄弟姐妹。把他们领来一切都明白了。"

任志端起茶杯喝了口水,巴达了两下嘴,表情里带有恶作剧式的挑衅,又说:"天降大任于斯人,必先苦其历程,炼其思想,正其路线。把你的朋友们、亲戚们都喊来感受一下,让他们来投资理财,到时俺再找两个人在旁边给你加油鼓劲,人家不往外掏钱投资,打死俺都不信。到时老兄挣了钱,一定请俺喝一壶,来个一醉方休。"

捡个油瓶当宝贝,刘立夏连连点头,对任志的话表示赞许和默认,然后头也不回就往外跑。

人不能两次踏入同一条河流,但谁也没见过天下有不吃腥的猫。没想到第二天一大早,刘立夏一下领来七八个人,其中就有他嫂子何巧玲。

何巧玲撒摸了一圈,很感兴趣似的,脸上露出惊讶的神情:"他二叔啊,原来你在这里上班呀!不孬,真是不孬!"

刘立夏心情很好,赶紧回答:"俺是小和尚念经,有口无心。俺在这里给一个朋友打工,看到公司有这么多好的投资理财机会,怎能把亲戚朋友和一家人给忘了嘛!今天领你们来就是现场感受一下发财的机会,过了这个村就没了这个店,你们可千万别错过!"

这时,他看到任志向他们走来,后面还有好几个人,也朝这个方向走来。他们举手投足带有一种随时可以缩变为乞怜的狡黠和轻松的傲慢。

任志故意大声和刘立夏打招呼:"刘经理啊,李总说现在投资理财的人太多,咱的资金早就大大超过当初的预想,再过两天就停止投资。以前的那些投资人,每月就可以坐在家里等着数钱了。要是想投资的话就赶紧,过了这个村可就真没这个店啦!"

这时后面的那几个人也走到跟前,皮笑肉不笑搭讪着,好像机会从天而降:"任经理啊,俺们把钱放在你们这里,你们可一定按合同办事,按月将利息打到俺们的账号上,这样咱们的合作才愉快。"

任志赶紧介绍道:"这几位都是齐州有名的老板,他们也把不少资金投到俺们公司。"

那几个人就像横空杀出的剪径抢匪,将手里的合同和发票,在何巧玲他们面前晃了两下,神秘兮兮道:"把钱放在他们这里,俺们是一百个放心。投资公司就是比银行活泛,月息百分之五。要是放在银行,利息有他们的百分之十就不孬了。这不俺把存在银行里的钱都提出来,投到了这里。"他们煞有介事地介绍,好像绝处逢生的人,一下看到美好生活的蓝图。

何巧玲惊呼道:"利息这么高呀!真的假的?大兄弟你投了多少钱?"

那人脸上的表情在经历数种变化之后,渐渐凝固在一个接近温和的微笑里,一下伸出五个手指头。

何巧玲脱口问:“五千。”

那人连连摇头,笑而不答。

“五万?”

那人眼睛里装有微妙的表情,依旧摇头,并不说话。

何巧玲狠狠心又猜:“难道五十万?”

那人朝她矜持地微笑着,矜持地点头,随后头摇得像拨浪鼓:“长个包子样,就别怨狗跟着。你这是瞧不起俺。”说着,将手里的合同和发票往众人面前一亮,“你们睁大眼睛看清楚,这是五百万。”

那人的话很管用,更具有震撼力。包括何巧玲在内,一家人惊讶得张大了嘴巴。简直不敢相信自己的耳朵和眼睛,像滚下山的车子,再也刹不住了。

那人头颅高昂,神情平静却决绝,一家人一下被他的气势惊呆了。他接着指着另外两个人,说:“周瑜打黄盖,一个愿打一个愿挨。俺投了五百万,他也投了五百万,这个手里资金不是很活泛,投了三百万。爷爷都是从当孙子时走过来的,俺们这些年做买卖,多少也挣了几个钱,以前都将钱存到银行里让钱睡大觉,利息可怜的就像打发要饭的一样,恨不得倒贴给他们钱才心安理得。现在有了投资公司,把钱放在林总他们这里,钱能生钱啊,每月光利息就好几十万元,简直比抢银行来钱都快。没有当年姜子牙渭河边钓鱼,比干丞相把心剜的智慧和胆量,这种八百年都碰不到的好事,就像天上掉馅饼,肯定不可能砸到每个人的头顶上。”

说完,和他们摆摆手,朝电梯口走去。笑声像空气中的尘埃,快活地颤动一下,飘满了整个房间和过道。

刚才的一切,仿佛在梦境里。实实在在盖着鲜红大公章的合同,发票上实实在在就是投资五百万。就是不相信是真的,但也保险假不了,百分之五的利息,真是天大的馅饼。

任志突然像一条乖巧的小狗,抬起头摇着隐形的尾巴,将手里的资料,每人发了一份,大声道:“咱这方水土养人,不是养一帮无所事事的富人、闲人,而是养普通的知足乐天之人。咱们公司不仅有投资公司,还有万亩生态农业开发项目,对投资达到五十万以上的客户,每星期按时供应万亩生态开发项目中生产的面粉和各种新鲜无公害蔬菜,这可是一举多得的大好事。”

一家人惊讶了,站在那里一步也走不动,感觉到地在动来也摇,眼前一片模糊。起初浑然不觉半信半疑,看到人家一下投资五百万,并且有白纸黑字的合同,便完全打消了心中的顾虑,确确实实认为这是千载难逢投资理财的绝佳机会,便纷纷跑回家取钱,说一定要赶上这趟末班车。

何巧玲没说话,像触到她的神经末梢最为敏感之处。将刘立夏拉到一边,小声道:“看来还真是投资理财的好机会。不过你哥公司里最近投资很多,俺手里只有他前几天临时放在这里的四十多万元。要不俺将这四十多万放在你这里,他要是一个月用钱,你就一个月退还给俺。他要是一年才用这钱,就一年还俺。”

刘立夏听后嘴角掠过一丝笑容:“俺这就去和林总说,尽管你投资不够五十万,就和五十万一样的待遇。嫂子你放心,这事应该不成问题!”

105

❀❀❀❀❀❀

刘清明结婚后,刘鹤之的面部表情总是充满孩子般的好奇与期盼,时刻洋溢着一种快乐。

为了照顾宋洁,刘立秋特意在青岛设立一个办事处,专门销售振华陶瓷有限公司生产的陶琉产品,让刘清明负责办事处的大事小情。

刘鹤之天天盼盼着能早一天四世同堂,有时刘清明从青岛打回个电话,他唠唠叨叨说了半天,还是没完没了。气得何巧玲在一旁直翻白眼,但他根本不去理会。直到刘清明说:“爷爷,俺该去上班了。”或者说要去伺候你孙媳妇,他才恋恋不舍放下电话,而候在一旁等了半天的何巧玲一句话也没说上。

一天不论见刘立秋几次,第一句话几乎千篇一律,俺还能抱上重孙吗?俺啥时候才能抱上?直问得刘立秋一愣一愣无言以对。

刘立秋的神态言语,无法准确无误显示答案。他只能打马虎眼,安慰道:“快了,不光能抱上重孙,如果是龙凤胎,连重孙女也一块抱上了。这事急不得,要耐心等待。”

刘鹤之一直是认真诚心的,颤动着胡须说:“俺怕等不及了,万一有一天俺一口气上不来蹬了腿,死不瞑目!”

刘立秋知道老爷子盼盼着重孙的心切,鼻子一酸泪水差点掉下来,于是赶紧扭头走进了卧室。

面对刘鹤之无休无止的唠叨,何巧玲瞥了他一眼,掩住内心的蔑视,紧紧抿住了嘴,啥也没说,她早就对刘鹤之失去了耐心,但又怕刘立秋骂娘不高兴,便天天冷在心里,热在面上,只要刘立秋不在,无论刘鹤之说啥,她都当成放狗屁,心里就当没刘鹤之这号人。

有时何巧玲的脸色在已经暗下来的天光中,显得阴郁灰暗,在刘立秋面前嘀咕:“俺咋看都觉得你爹老糊涂了,意识不清像得了老年痴呆。”

何巧玲更年期提前,她的话像巫师的咒语,恶毒又阴损。刘立秋用惊异的目光看着她,然后“啪”地一拍桌子,吓了何巧玲一个趔趄,只见他脸色铁青,满脸怒气,厉声斥责道:“再胡说八道,立马滚蛋。”

何巧玲像一只母鸡,躲在一旁咕咕自语,把嘴一撇:“又不是扒了你家祖坟,脸拉得像驴脸,要吃人啊!”

这一下仿佛揭了刘立秋的伤疤,戳到他的痛处,脸拉得老长,警告道:“以后少在俺面前胡说八道,若不然……”若不然啥,刘立秋没往下说,何巧玲也懒得往下想。

过了几天,何巧玲又在刘立秋面前嘀咕:“俺咋看,你爹都和以前不一样,是不是到医院去看看医生,或者将他送到条件好一些的敬老院。俺总觉得这些日子你爹老糊涂了,说话颠三倒四,绝对不是件好事。”

刘立秋像海洋公园里竖起身子顶球的海豚,怒不可遏,大声斥责道:“闭住你的乌鸦嘴,有多远就滚多远。俺爹不仅身体好好的,而且还能再活二十年,三十年,要活过一百岁。”

何巧玲把嘴一撇:“你是有嘴说别人,没嘴说自己。活上一千年一万年更好。”

刘立秋坐在那里,像个疲倦而呆滞的乞丐,随后破口大骂。骂归骂,他也知道,爹老了,腰弯了,说话糊涂,身上散发着老人特有的浊气,有时要使好大的力气才能亲近起来。

尽管刘立秋不允许任何人对老爷子指手画脚,包括何巧玲,但他静下来仔细想一想,老爷子的确大不如从前。话说了一遍,没一分钟又重复一遍,他说得云山雾爪稀里糊涂,别人听起来更是不知所云,并且说的都是若干年那些陈谷子烂芝麻的陈年往事。还有他的腿脚走起路来摇摇晃晃,像被一阵风刮倒似的,让人看后提心吊胆。但无论咋样,在他的眼里,爹永远顶天立地。他想,一定让老爷子八十大寿过得隆重排场,必定到了这个年纪,过一个少一个,过一个赚一个。

刘立秋的神气像一盆燃烧得正旺的火,但面上表现出来的全是若无其事,把担忧全部埋在心里。他的目光如同断线的风筝飘忽不定。在齐州,民间习惯以百岁为上寿,八十岁为中寿,六十岁为下寿。从六十岁开始,本地风俗每逢五、逢十,或者逢九,就为寿星举行祝寿活动。庆祝寿辰,一般不能自己给自己庆祝,应由子女或亲戚朋友出面举行。子女或亲朋在决定给“寿星”庆祝寿辰之后,讲究的,预先发请帖给其他的亲朋好友。请帖要大方、庄重，措辞要精练达意。内容主要说明：为谁祝寿、寿期何日、地点何处即可。寿礼的范围很广，但最常见的有寿糕、寿桃，如季节不当令，也有用面粉做成桃子样的寿面、寿联、寿幛等。但并非全部，只准备其中一两样即可。

主办庆寿活动的人家，要预先设立“寿堂”。寿堂正中用纸或绸剪贴一个大红“寿”字；有的则挂一幅书法家书写的“百寿”，两旁挂寿联。按照旧俗，寿辰庆祝活动从寿辰的前夕就已开始。亲友寿礼都先行送到；当天后晌先由女儿女婿设宴为“寿星”庆寿，并款待宾客，在齐州民间这叫“暖寿”。第二天才是寿辰正日，宾客云集，向“寿星”道贺，并由宾客推举代表致祝寿词。寿宴席终，当宾客们辞谢时，主人也要适当回赠一些纪念物品。这种旧式的祝寿活动，时间长、仪式繁，破费钱财又耗费精力，而且封建礼教气氛浓重。现在通常只需在寿辰的当天亲友聚会，送上若干寿礼寿金表示致贺，主人家只需招待一餐宴席，主客感到尽兴就可以。

今年老爷子正好八十，离四世同堂一步之遥。何巧玲狗嘴里吐不出象牙，如她所说，世界的末日也不远了。他是搞企业的，最听不得丧气话，这不仅仅是不吉利，还有一系列深层次的问题，让他举棋不定，犹如狗咬刺猬。

这时，他突然想起何巧玲昨天后晌喜出望外告诉他，说儿子从青岛打来电话，说宋洁已怀孕两个多月了。一开始，刘立秋不相信，说：“才结婚几天，就怀孕两个多月了，简直胡说八道。”但转而一想，又觉得在情理之中，现在的年轻人还有几个耐得住寂寞。反正就像春天的地，早种几天是种，晚几天也是种，早种晚不种，早种就能早收成。想到这，刘立秋喜得一肚子冰糖化成了水。这小子，比他爹还耐不住寂寞，再想想，刘清明都二十七了，好多人到了这个年龄，不光结了婚，孩子都老大不小，要不是他高不成低不就，一拖再拖，孙子早就该满地跑。刘立秋感到心里泛起一丝温暖的甜蜜的涟漪，随即鼻子一酸，眼里涌起一股潮湿。

刘立秋想得脸红心跳，抑制不住地是喜上眉梢。他的心愿终于了了，老爷子刘鹤之的心愿也终于了了，一家人的愿望就要变成现实。

高兴归高兴，刘立秋在辉煌的时候，也显不出异样的兴奋，仿佛对成就有天然的免疫力，但他却不敢有丝毫的懈怠，当务之急就是尽快和姐姐弟弟，商量一下老爷子八十大寿的事。他不出头露面，别人肯定就等着，保证不会有人沉不住气催促他。他如果等着，别人会以为他不拿爹的生日当回事。不拿当回事，自然就没必要过。多少年了，不管他有多忙，就算到外地出发谈生意，或者坐飞机在天上飞，都要避开这一天，要么提前一天回来，要么过了这一天再走。有他这棵大树站着，刘立夏就可以背着手，在屋里走来走去想上半天，目光躲躲闪闪，说话含糊其词，也就完全吻合了他的性格，最后还是那句话，俺一个下岗职工混到这步田地，能有啥好主意，咋办还是你说了算，俺和姐都听你的。你想捣鼓就捣鼓，俺保证没意见。推来推去，皮球又踢了回来。

刘立秋在兄弟姐妹中排行中间，拍板拿主意非他莫属，因为他不光是兄弟，还是大老板，钱多说话底气就足。他脸上流露出对一切都感到不真实的惶惑。哎，事已至此，办到时候通知他们一声算了。

106

社会如此险恶，内心必须强大。

何巧玲知道刘立夏出来干点事不容易，让他到刘立秋的公司里去上班，死活不肯，关键是他可能不想给他哥添麻烦。现在这个社会出来想干成一件事，没有关系和后台，简直比登天还难。

在这个社会上，有些事一般都是没有逻辑的才能顺理成章。起初，她根本不想在投资公司投一分钱，因为振华陶瓷有限公司的投资规模和生产规模，正在不断扩大，根本用不着她去摆地摊了，更不指望她通过其他渠道来挣钱。但看到刘立夏这几年生活得相当艰难，在关键时候不伸手帮他一把，于情于理都难说过去。当刘立夏几次三番喊她来感受一下，特别是看到人家一下投资五百万元，她心里一下又痒痒起来。白纸黑字的合同假不了，和人家五百万比起来，咱投几十万元好比牛身的一根毛，根本不值一提。况且看到前来投资的人都挤破门槛，要是一个人财迷心窍的话，那一家人都不会瞎了眼，明知前面是淹死人的大水坑，还睁着眼乐呵呵往里跳。再说人家过几天就要截止了，过了这个村可就真没了这个店。这种像天上掉馅饼的好事，可不是都能碰到每个的头顶上。

到银行取钱时，何巧玲在营业大厅昏暗的光线里，内心涌动，好像心已跳到喉咙里，只要一张嘴，就能随时跳出来。她闭上眼睛镇静了好一会，仿佛听到一个灵魂的倾诉，心怦怦跳个不停。又镇静了一会，长长地出了一口气，这才缓慢地平静下来。

何巧玲还是那么丰满、白皙，身上依旧有一股淡淡的香水味，淡红色的羊绒衫罩在她身上，干净、清爽。在公司签合同时，她眼睛里流露着真实的焦虑。反复说把钱存在这里，一个月用钱的时候，你们要保证按时取出来给俺；要是一头半年用不着，你们一定按时将利息打到俺账号上。

林强满口应允，拍着胸膛信誓旦旦保证："大嫂你就一千个一万个放心吧，咱六指划拳有一是一，保证你啥时候用，俺啥时候随时给你。诚实信用是干俺们这一行的规矩。只要钱在这里待一天，就按一天的利息算账。"他一遍又一遍重复着之前说过的话，还不时添加一些新的谎言，使事情看起来越来越逼真。

何巧玲快乐的像只小麻雀叽叽喳喳后，一笔一划在合同上签上字，这才放心的回到家。

她在家扳着手指头，初一十五天天算计着日子，有时上来一阵，心跳又开始加速，后悔当初贪图小便宜冒这么大风险，万一，万一要是……呸呸，简直是乌鸦嘴，她又开始骂自己，硬是把好事往岔路上想，人家财大气粗那么一个大公司，投资理财的成千上万，还差咱这几个小钱？有的人一下投资好几百万元都不害怕，都能高枕无忧睡大觉，和人家比起来，那点钱都塞不满人家的牙缝。

就这样，何巧玲天天念叨，时时提心吊胆，有时夜里还被噩梦惊醒，吓出一身冷汗，浑身起了一层鸡皮疙瘩。这时，她骂自己是床底下放风筝，是井底里的蛤蟆，只见过巴掌大的天。

尽管已非常克制自己，但一个月的时间还是让何巧玲度日如年。她穿着一件时髦的牛仔裤，屁股绷得溜圆，迫不及待就往银行跑，到了门口才看见人家还没开门。这时，心里紧张地长满张牙舞爪的爪子。

等到银行开门时，她眼睛忽闪了好几下，动作有些迟疑。拿出存折就往柜台前挤，保安呵斥她到一米线外排队。轮到她时，服务员脸上堆满了微笑问："你取多少？"

何巧玲心神不定笑笑，眼睛里流露出来的是一种焦虑和期盼："俺……俺不取钱，就是来看看上面有没有钱。"

服务员接过存折往服务器里一划，随后手脚麻利地操作着电脑，张口道："昨天下午你有一笔转账，存入两万五千元。提取吗？"

何巧玲转悲为喜，一块石头终于落了地，感觉把自己弄得像个卖唱的妓女，风骚无比，还对人群抛媚眼，连忙回答："不提，不提。放在存折上不用提。"她发现自己瞬间有了一种难以言说的快感，任由体内那股气流缓缓地把自己充盈起来！

在接下来的一个月里，何巧玲变得心安理得，眼神润润的，带着敬仰，带着羡慕，还带着向往。她知道人家是讲信用的公司，就是自己小心眼，以小人之心度君子之腹，硬是将人家往岔路上想。当她又到银行时，第二个月利息早就躺在存折上睡大觉,一下又后悔自己当初投资太少,要是再多投入几十万元,挣钱岂不更容易。

一天后晌,刘立秋回家吃饭时,才吃了几口,像是突然想起啥大事一样,抬头看着何巧玲问:“厂子里最近要投资上青花瓷器项目,最近因投资较大,资金有些周转不过来。俺这才想起来,有笔款子放在你那里。明天你赶快去银行把它取出来,送到公司救救急吧!”

何巧玲眼里流露出一丝喜悦:“行啊,不过钱不在银行,俺把它存到他二叔上班的公司,把钱存在他那里,比存银行利息高出好几倍。”她说这话的时候,嘴角一翘,露出一个妩媚的笑。

刘立秋坐在那里起初一动不动,像冬眠的熊,听后大吃一惊:“啥?你把钱存哪了?你干吗存到立夏的公司,他都这个年纪了还整天不着调,你整天捣鼓了些啥知不道啊!完了完了,你这个人简直没大脑,存到那里不行,非得存到他那里,万一肉包子打狗有去无回咋办?现在连老鼠都知道,笼子里的肉再新鲜,也不能钻进去自投罗网!”

何巧玲鼻子轻轻哼了一声,像个认真的小学生,讥笑道:“狗眼看人低。俺就不明白,同样的话别人说出来养人,到了你嘴里吐出来的就是伤人的利箭。以前真没想到你一个堂堂正正的大男人,心还不如俺一个娘们大。存人家那里咋了,每月人家都按时将利息打到咱存折上。况且俺早就和人家说好,咱啥时候用钱,人家就啥时候取出来给咱,保证误不了你的大事。”

刘立秋的脸刹那间变得有些扭曲,整个面部变得有些怪异:“小心驶得万年船。无利不起早,猫咋会不沾荤腥?这事吧你还是小心点吃不了大亏。明天一上班,你赶紧去把钱取出来。你要记住,像咱这样搞企业的人,万儿八千的在咱眼里根本不算钱。”

他绷着脸,皱着眉头,嘴里没再多说一句责怪的话。

107

❀❀❀❀❀❀

刘立秋被评为齐州市下岗职工再创业先进典型后,根据市委市政府的统一安排，市委宣传部马上组织齐州日报、齐州晚报、齐州电视台、齐州电台及齐州新闻网等新鲜媒体、网络媒体，对刘立秋下岗再创业的先进事迹，进行连篇累牍的宣传报道，一时间报纸上有名、电视里有影、电台里有声，在全市上下形成轰动效应，不知不觉成了知名企业家。

他做梦也没想到，一夜之间成为齐州名人后，并在市里召开人代会、政协会"两会"前夕，补选他为齐州市人大代表。

凡是名人，古往今来都有名人轰动效应。

刘立秋的聪明在于他揣着明白装糊涂。他办的第一件事，就是利用自己是名人的影响，为小雪户口和上学问题奔走呼号。他心里非常清楚，小雪因为是超生，至今也上不了户口，没户口就是黑人，不用说上学，就是感冒发烧到医院里拿点药都非常困难。现在都十岁了，户口一直落不下，没有一个学校敢伸手要她，整天待在家里像失了群的羔羊。

以前，他也把这事看在眼里急在心上，但那时他人微言轻，干着急没办法。这次，他抹下脸皮，大有临终托孤的凄凉，先后两次跑到市公安局和市教育局，苦口婆心和人家拉家常做工作，无论如何也要网开一面，千错万错都是父母的错，不管咋说，孩子是无辜的，把孩子户口落下，先让孩子上学才是当前唯一的大事。

教育局局长是个戴着眼镜非常儒雅的文化人。刘立秋在市直部门做下岗职工再创业事迹报告会时，他在台下聚精会神当听众，对台上这个其貌不扬的人这种顽强拼搏的创业精神深深地感染了。当时突然冒出一个想法，在适当的时候请刘立秋也给教育系统的教职员工做一场报告会，通过报告会让教职员工们，好好珍惜来之不易的工作岗位。但由于事务性太多，一直没将此纳入议事日程。今天听了刘立秋的话，面有难色，但眼里却闪着星星点点的光。便答应刘立秋，尽量想想办法，实在不行就去民营学校，至于没户口没学籍的事，只好走一步说一步。反正，这件事的难度不是小，而是太大。

干教育的人文化水平就是高，哪怕再让人难过的话，从人家嘴里说出来，让人听了舒服得要命。

生活是一种艰难的尝试，更是一场日益更新的战争。功夫不负苦心人，在刘立秋的奔走下，小雪终于和其他孩子一样，可以高高兴兴背着书包开始上学。刘立秋望着窗外的云彩，露出久违的笑脸。这事让梁娟心里很是过意不去，买上一箱周村烧饼和点心，亲自上门答谢。

何巧玲知道梁娟没工作，家里的日子一直过得巴巴结结，加上之前又在广西摊上了那些事，便死活不肯收，推来让去看梁娟是实心实意，这才勉强收下。走时，她又硬塞给梁娟一桶花生油和十斤鸡蛋。感动得梁娟一个劲直抹眼泪，一时都知不道说啥好，嘴里连声道："托大哥和嫂子的福，小雪的事眼看把俺愁死了。要是指望刘立夏那个熊玩意，猴年马月也白搭。"

话说第二天何巧玲来到林强的投资公司时，给刘立夏打手机，但打了若干遍就是打不通，像人间蒸发了一样。她今天来想把钱全部提出来，但找了半天也没找到一个人影。再找任志，也没找到。又给刘立夏打电话，手机还是一直处于关机状态。如今已是半老徐娘的她，一激动，皮肉全起了皱。

梁娟告诉何巧玲，俺们也有事找他，但从夜来就一直不见人影，打手机全关着机，知不道去哪疯啦！

何巧玲的目光乞求而野性，就像动物园里被关在笼子里的母狼。来时，她特意将当时签署的合同拿在手里，她就这样一直紧紧攥在手里，好像不使劲攥着，就会被大风刮得无影无踪。

这里的人好像个个都人心惶惶，说话变得神秘兮兮，就像做了见不得人的勾当般。

起初何巧玲没看出啥破绽，后来从人家的言行举止中觉察出有些异样，心里一下涌起不祥之兆，预感到一定出了啥问题，并且是件大事。她突然悲哀起来：这是咋了？俺可是急着用钱，咋连个人影都找不到了呢？

当初的梦想，就像城市的房价，追也追不上。眼看就到了中午，还是不见林强的影子。这时已陆续聚焦了许多人，人多嘴就杂，说啥的都有。后来便相互安慰，说回家吃饭下午再来，反正时间有的是。

何巧玲走到门口时，突然觉得这里好陌生，简直就是害怕。走了几步又折身回来，问一个二十多岁的小青年："小伙子，你能告诉大婶一句实话，这里到底出了啥事？俺咋觉得有些不对头？"

那青年看看周围没人，用手挡住半边嘴，小声说："大姨啊，夜来老板将钱提出来说是投资，就再也没见到他的身影。后来去他办公室里一看，才知道他把所有的合同都烧毁了。俺们估计他可能携款潜逃。"

何巧玲脸色陡变，心里一阵发软，如同五雷轰顶，顿时头皮发麻，心往下一个劲直沉："天呢，携款潜逃？这……这咋可能？"

那个青年说："世上的好东西，靠看是守不住的，现在连银行都有人敢抢。你们签合同时，那些手里拿着投了五百万的都是些托，他们故意制造假象来蒙蔽你们。"

何巧玲目瞪口呆，感觉身体如同风中的芦苇摇摇晃晃："他可是按月都给俺们账号上打利息呀！"

那个青年苦笑一下："羊毛从来就出在羊身上。你想想看，利息和本金比起来九牛一毛。再说打到存折的钱,还不是你们自己的钱呀!”

何巧玲一下哑了,她努力压抑着眼眶里的眼泪,心像石头一样往下沉,拽都拽不住,一下瘫坐在地上,眼前天也旋地也转,一时晕头转向。

108

❀❀❀❀❀❀❀

任百胜鼓动高有强等十几名职工罢工,请求增加工资一事,让刘立秋头疼不已。

金钱除了能让人过上富裕的日子,同样也能使人变得俗不可耐。本来他想亲自登门找任百胜、高有强谈谈,看看他们都有些啥想法,必定话不说人不知,冤家宜解不宜结。但却遭到张爱国、文超等人的强烈反对。

张爱国理解不了他们捣鼓的这一出,更理解不了刘立秋的泰然,振振有词道:“这事你说啥也不能去,理亏的不是你,是他们这群香臭不公的混蛋。想当年企业破产,咱们都成下岗失业人员,就像没娘的孩子没人管没人问,更像没头的苍蝇分不清东西南北,日子过得吃了上顿,下顿知不道在哪。就是在这异常困难的时候,你大胆站出来举债承包并成立了振华陶瓷有限公司,将俺们一个个重新招回来,给了一个吃饭的饭碗。特别是那个高有强和任百胜,你不计前嫌还对他们委以重任。他们也不想想自己有何才何德,一顿吃几碗干饭,知不道感恩也就罢了,还兴风作浪带头捣鼓了这么一出,俺就不信他们阴沟里能翻了船。”

文超也附和道:“爱国师傅说得太对了,做人要懂得感恩才行,一个人连感恩都知不道,这样的人猪狗不如。”

刘立秋像个思想家感慨万千,他耐心听着他们二人的话,微微一笑,若有所思点点头,又无可奈何摇摇头。他知道人跑得再快也没鸵鸟快,鸵鸟跑得再快有啥用,把头插到石缝里或埋在沙子里,屁股却暴露在外面,顾了头没顾腚。

“狗改不了吃屎。”张爱国看了他们一眼,继续说,“这些都是给他们惯出来的毛病,这个时候你要登门找他们,就说明对他们的无理要求表示了默认。两条腿的猪和狗肯定没有,但两条腿的人,特别是下岗职工一抓一大把,并且一上班都能独当一面。要叫他们知道,死了张屠户咱不会吃带毛猪。”

生活千头万绪，真正面对日常生活的人，手头是需要一本大百科全书。刘立秋长叹一声，小声道："这事让俺想想再说吧。人不能像橘子皮那样，说剥下就剥下，和屁一样臭一阵拉倒。就像欧洲的公投，除了退欧独立等政治色彩强烈的以外，欧洲还有是否驱逐犯罪移民，还否延长带薪休假时间，甚至还有让不让牛羊长角等五花八门的公投。高有强就是那些参加公投的人。"他说话的时候声音很小，就像从房间的隔壁传过来一样，声音里充满了无奈和无助。他知道，以前在北方陶瓷厂成型车间时，任百胜大权独揽，将劳动模范称号戴在高有强的头上，从此高有强对任百胜感恩戴德，就像再造爹娘那样，对他毕恭毕敬。但高有强根本知不道任百胜的心思，就算高有强头上的花环再多，胸前的劳动奖章满得挂不下，也不会对自己构成一丝一毫的危险。这样的人就是给他十个胆，也当不上领导，当不好领导，而作为领导的任百胜，既在全车间树立了自己的威信，又能拿高有强这样的人当枪使。而高有强则觉得领导对自己不薄，便在工作和生活中，死心塌地去效忠、报答。

刘立秋的思想像天空飘着的那片云彩，不由哀叹起来，大树低下固然好乘凉，有时跟着大鱼上船，也有拖掉腮帮子的危险。也许张爱国说的有道理，这事先冷静一下，静观事态发展再权衡处理。

在风中，窗外的树左摇右摆，在风中唱着谁也听不懂的歌谣。为这事，刘立秋皱着眉头，舌苔苦涩，痰液里混杂着一股苦味，经久不散。

天上的乌云越积越厚，越压越低，像一块只擦不洗的臭抹布。下班回家的时候，看到何巧玲坐在沙发上，呆若木鸡像丢了魂。

看了一眼，刘立秋的目光犀利有神，心里似乎明白了八九分，知道投资存款的事，肯定出了大问题。感叹一声问："咋了，天塌了还是地陷了？是不是投资理财出了啥毛病？"

一句话揭了何巧玲的伤疤，戳到她的致命疼处，她突然张开大嘴"哇"地大哭起来，边哭边说："都是俺财迷心窍，把钱偷偷存在他们那里。再说他二叔是你亲兄弟，他咋忍心来骗俺！当初两个月，利息都按时打到账号上啊。"

说着，将存折举到刘立秋的面前，非要让他看看，随后又接着说："立秋啊，今天俺去他们的公司，人家说那个叫林强的总经理夜来就不见人影，很可能携款潜逃。这个天杀的混蛋，咋这么忍心连人家养命的钱也敢骗！这个混蛋肯定是狼转世，他这么有本事，咋不去抓玉皇大帝的胡子。"

刘立秋仿佛一下预料到事情的最终结果，突然感到人与人很陌生，同时也很荒谬。过了好一会才说："拾个芝麻丢个西瓜，贪图小便宜的人早晚要吃大亏。再说他二叔立夏的话你也敢听？他长这么大，就没捣鼓成一件像样的事。人家干啥像啥,都能挣得大钱,唯独他就像这个世界上只有他一个倒霉蛋,别的再也找不出第二个人。当初让他到公司上班,俺就知道他吃几碗干饭,办事从来就不着调。想让他在俺的眼皮底下,多少也对他进行一些约束。谁能想他一撞南墙不回头,从小就这么任性,非得自己出来闯荡,结果又捣鼓出这么件惊天动地的大事。这是犯法犯罪,是掉脑袋的大事!”

何巧玲内心懊悔地几乎要疯狂,越哭越伤心,连张口大骂的力气都没了,抱着头泪如泉涌。

“立夏这个混蛋,现在他在哪里?”

何巧玲长一声短一声哭了一会,内心的悔恨煎熬着、炙烤着,整个人就要崩溃了,哭泣道:“俺要是知道在哪就好了,去他家也没找到人。梁娟说好两天不着屋子顶,也知不道整天在外忙些啥?更知不道去哪了。只是前几天回家时留下几万块钱,就再也没回来。”

这件事像钉子一样钉在何巧玲的心里,此时说啥都成了多余的废话。

刘立秋知道魔鬼找上门,躲是没用的,就像从山上滚下来的石头,永远回不了原地。他一时知不道到底被人家骗去多少钱,同时又坑了多少无辜之人?咬牙切齿骂:“混蛋,简直是混蛋!逮住他们非千刀万剐不可,若不天理难容。”

109

❀❀❀❀❀❀

远处高楼大厦的琉璃幕墙,在阳光的照射下一眨一眨像鬼魅贪婪的眼。

就在人们明白林强的投资公司和农业生态开发公司是货真价实的骗子公司,纷纷打电话报警时,又传来一个令人震惊的消息,在齐州市邻县的荒僻野外,发现了一具面目全非的尸体,有人说个头和长相与任志差不多。随后又发现了奄奄一息的刘立夏,而林强却像只狡猾的狐狸,一时踪迹全无。

此举在齐州市引起强烈地震,强烈要求公安局尽快破案,缉拿畏罪潜逃的林强和杀人凶手,追回巨款,偿还受害人的经济损失。

刘立秋获知消息后,十分震惊,马上安排车到邻县去接刘立夏,但公安部门认为刘立夏是目前唯一的目击者和参与者,虽然身负重伤,且有重大作案嫌疑。就地安排到当地医院进行抢救,结果跑了大半天连个面也没见到。尽管刘立秋说了一火车的好话,一再强调他是刘立夏的哥哥,但那些铁面无私的警察,一个个像黑脸包公六亲不认,说在没调查清楚之前,就是天王老子来了也不能见面。要是相互串通,谁也负不起这个责任。

有一些东西被阻挡在惯性思维的院墙之外了。刘立秋垂头丧气,回来时第一眼就看见披头散发的梁娟,泪流满面正在家里等着他。见刘立秋终于回来,突然跪在他面前,连哭带叫:“大哥啊,刘立夏那个熊玩意现在咋样?有没有生命危险?”

刘立秋望了梁娟一眼,目光赶紧收回来,又转向窗外那棵白杨树上,看到枝繁叶茂的树木,目光有些迟疑、发呆。

屋漏偏遇连夜雨,船破又遇顶头风。梁娟知道此次刘立夏肯定凶多吉少。他的所作所为在她的眼里简直就是一堆狗屎。气得她牙根都痒痒,骂道:“这个该死的熊玩意,干正事从来不着调,不干正事从来不跑调。他想一出是一出,办啥事就没通过大脑的时候。俺就纳了闷,咋出息成这么个玩意。眼不见心不烦,他死在外面狼拖狗拉,俺要是心疼就不姓梁。”

刘立秋知道刘立夏这些年做了许多可做可不做的事情,听梁娟咬牙切齿骂完,才用镇定的口吻对她说:“弟妹啊,其实立夏也是被人欺骗、利用,也是一个受害者。你想想,以他的本事和能力,就是给他十个胆子,也成不了气候。现在他正在医院治疗。公安局的人说,他是目前这一案件中唯一的见证者和幸存者,等治疗差不多时,让他把事情的来龙去脉说清楚,这对破案可能有很大帮助。人家告诉俺,公安局不会冤枉一个好人,但也绝不会放过一个坏人。”

“这个熊玩意这些年都踢蹬了些啥?”梁娟越说心里越烦恼,愤愤地骂,“男人没本事又不老实,就是废物。这个熊玩意眼睛整天长在尾巴上,眼高手低,一出接着一出,要是他腚沟里没有四两肉,能得他非得飞上天。俺就不明白,狗为啥改不了吃屎!”

一天的日子过得真快,转眼又到了傍晚时分。

刘立秋呆呆地站着,无言以对。

此时,任志的尸体被确认后运到殡仪馆等待火化。任百胜就像一脚踩在棉花上,白发人送黑发人的哀痛,让他痛不欲生。他老婆从听到消息的那一刻,已哭晕了三次,每次都是掐她的人中才苏醒过来。她喊着儿子的名字,数落着小时候的好,然而她不明白,一个活蹦乱跳的大活人,咋会像天上飘过的薄云,一下从人间蒸发,匿了踪影。

人不能像橘子皮那样,说剥下就剥下,扔了一点都不心疼。

任百胜的心情一下变得像废墟，他英雄了一辈子，在谁面前都没轻易低下傲慢的头，就算他失业在家，后晌偷偷溜到菜市场捡白菜帮子吃，也没和谁说过一句软和话。那时儿子大学早已毕业，他工作了三十多年都下了岗，儿子的工作就更难找。一家三口人天天窝在家里，大眼瞪小眼。有时他那双警惕的眼睛就像突然发现到猎物，随时准备冲出去。当时一家人就指望任百胜和他老婆每月几百块钱的失业金维持生活。儿子都二十四五了，天天宅在家里冒充小孩子，有心劝他趁着年轻出去找个工作，免得整天窝在家里将来连个媳妇都不好找，没有儿媳妇未来的孙子就更难谈起。任志一听让他出去找工作，脖子一梗："这个社会找工作的人，知不道比工作岗位多多少，你让俺去哪找？再说你们有工作并且工作了好几十年，说没就没了。咱家又没亲戚当县长市长的，老天爷看了也没一点办法。有其父必有其子，咱就在家窝着等着喝西北风吧！"

温水煮青蛙。任百胜听见气得浑身打颤，他的心事像天上的星星密密麻麻。尽管他有天大的本事，但对儿子却无能为力，最后只得听之任之。后来任志到林强的公司纯是一个巧合。林强的弟弟是任志高中时的同学，虽说高中毕业后各奔东西就没大再联系，但三年的同窗生活却多了一份情谊。在一次同学聚会中，听说任志一直宅在家里没工作，便主动抛出橄榄枝，告诉任志，他哥的公司现在规模很大，正好缺少像任志这样的人，要是乐意去就给他通融一下。最后还说，只要好好干，将来肯定有出头之日。任志听后起初不以为然，怕是下力气的活干不了，特意去公司考察了一番，才打消心里的顾虑。再说都二十五六的人，总该出来找点事做，不能一辈子窝在家里大门不出二门不进。于是一高兴来到了公司，林强看在弟弟的面子上，安排任志在办公室，后又发现他人高马大，便将他留在身边，时时不离左右。任志上班后，林强每月给他的工资是五千块钱，这让任志十分兴奋，大有一步登天的感觉。从此他就像茅坑里的石头，变得又臭又硬。听说儿子一个月挣五千块钱工资，高兴地任百胜就像熟悉自己身上的器官一样对儿子刮目相看。欣慰的同时，心里更多的是眼馋，风凉话像小风一样飘出口来："老子刚参加工作时，每月工资才二十四块五，你小子一参加工作就五千块，俺娘哎，真是老子英雄儿好汉。"

养儿防老。像记忆中对这段时光的储存一样，儿子转眼像一阵风，消失得无影无踪。任百胜无论如何也难以接受。儿子长到这么大，可不是头发和韭菜，剪了还能再长出来。他就这么一个独生子啊！

人的一生有许多的意外，英雄了一世的任百胜，就像喝醉了酒，身体摇摇晃晃，眼前的天一下塌了下来。

110

❀❀❀❀❀❀

这么多年来，像是蝴蝶效应中的一翅扑扇，高有强对任百胜唯命是从，好像任百胜就是他的大脑神经，自己的所作所为又必须接受大脑神经控制一样。见了任百胜一直毕恭毕敬，就像老鼠见了猫，让他向东就不敢往西，让他打狗就不敢撵鸡。

高有强一直像饥饿的婴儿，拼命咬住奶瓶，认为任百胜见多识广，走过的桥比自己走的路都多，当了大半辈子车间主任自然不简单。觉得只要是从任百胜嘴里说出来的话，他就不认为是胡说八道，再错也正确。特别是任百胜三番五次告诉他，刘立秋趁企业破产之机，投机钻营，从银行贷上几百万，将好几千万的国有资产，神不知鬼不觉据为己有，这不仅仅是国有资产严重流失，也是变相的投机倒把。

好的喜剧往往包裹着悲伤的内核。高有强是下岗职工，他身边的人和认识熟悉的人，也都是下岗职工，他们张口闭口说国有企业经过几十年的建设，资产上千亿甚至数万亿，数任厂长或经理与工人们拼死拼活扩大生产规模或研发新产品，企业资产就像埃及的金字塔一样越垒越高，但在改革开放和市场经济大潮中，所有企业争先恐后进行破产或重组，末任厂长就像末代皇帝，从银行贷款或从朋友那里借上几百万元，一夜之间数亿国有资产转眼成了末代厂长或经理的私有财产，这种行为就是大逆不道伤天害理。

高有强脸上的笑就像寒流袭来的河水，一下凝固住了，也跟着任百胜骂：原来刘立秋也是披着人皮的狼，看上去人模狗样，其实一肚子坏下水。又骂自己生不逢时，更骂眼下这些交了狗屎运的厂长经理。

大象为啥怕老鼠？因为怕老鼠钻到它的鼻子里。任百胜说得有鼻子有眼，添油加醋这么一搅和，更觉得刘立秋是老虎戴面具，冒充大善人。肯定他背后有人给他撑腰，要不然这天大的好事，也不会单单砸到他的头顶上，这个世界上比他个高的人一抓一大把，可偏偏一个也没砸到。就像读书变得费力不讨好，也得不到好结果，成了苦差事。

尽管高有强对刘立秋一夜暴富有些看法，心里不仅不服，还相当憋屈，但并没想闹到罢工的地步，彻底走向刘立秋的对立面。可任百胜上班见了面就说，下了班走个碰头还是说，慢慢地更加气愤起来。在国有企业上班时，辛辛苦苦干了一年又一年，那是为社会主义国家建设，而现在却是给刘立秋一个人干的，挣得钱都填进他一个人的坑，这和解放前的资本家残酷压榨剥削工人，简直如出一辙。

高有强是个认死理的人，只要认准了，八头牛都拉不回头，他阴沉着脸，眼睛往死里盯着，似乎对谁都开始怀疑。经不住任百胜一次次的唠叨和怂恿，便上了任百胜的贼船，带头闹罢工，要求刘立秋增加工人们的工资和福利待遇。

原本以为振臂一呼，就能上下呼应，让高有强做梦也没想到，应者寥寥无几。这么一闹腾，就像芒刺深深刺痛了他的心，最后弄得他上不了天，又落不下地，就那么吊在半空里，将自己逼在一个不起眼的墙犄角里。本来他曾料想，只要职工们一呼百应，刘立秋就会像孙子，给他们磕头作揖，哀求他们先回公司复工，然后答应他们所有的条件。但事与愿违，没想到任百胜的儿子出了这么大的事，弄得他顾了头顾不了腚，原本预料好的事情，突然来了个一百八十度的大转弯。

门被怯怯地推开一条缝，一个精灵古怪的脑袋露了出来。

任百胜家里突然出了这么大的事，就像天轰然坍塌下来。高有强人模狗样去安慰并顺便想听听任百胜下一步的意见和想法。让他做梦也没想到，一辈子在任何人面前都没低下头的任百胜，在白发人送黑发人的哀痛中，精气神一下垮了。以往目光炯炯的神情被大风刮走了，完全变成另外一个人，无精打采就像被霜打的茄子，目光呆迟，常常老泪纵横。

高有强笨嘴拙舌，不善花言巧语，表情痛苦，低着头，长久不语。心里想了半天要说的话，但话到嘴边，完全变成另外一句话，并且前言不搭后语。他知道谁都比他强，谁都不是省油的灯，想找自己的茬，跟踩死个蚂蚁似的，况且自己身上也有一身薄屎！

高有强看到任百胜一脸痛苦，便也一脸痛苦状："表哥啊，节哀吧，人死不能复生，你可要想开些，也别太悲痛啦！"

任百胜心里除了悲痛就是悲痛，死的心肠都有，他连眼皮都没抬，有气无力眨了两下，知道灯关了，黑暗只是一时的，灯一打开光明又是一片。而人死了，就是阎王爷来也白搭。看到高有强也人模狗样冒充大善人，心里突然憋出一口气，愤愤道："皇上身边的太监，你出来装啥鸟样。那是俺一把屎一把尿，辛辛苦苦了二十五六的儿子，不是个小猫小狗，两腿一蹬死了拉倒。儿子死了，谁给俺养老送终？这事要是摊在你身上，你咋办？你还乐呵呵唱大戏？"

任百胜心里有种捏着人家软肋的嚣张，他的话充满了悲哀和盛气凌人，让高有强一时六神无主,看了任百胜一眼低下头;又抬起头看了任百胜一眼,又低下头,还是一句话不敢说,就像雕塑一样愣在那里。

就像耗子窝里跑出一只兔子临时充个数一样,过了好一会高有强才试探性问:"表哥啊,咱们闹罢工的事下一步可咋办?一个星期过去了刘立秋也没拿当回事,也不搭理咱。这样长期拖着也不是个办法,不挣工资咋养家糊口?你要拿个主意才是!"

任百胜双目怒视,像个刽子手恶狠狠瞪了他一眼,斥责道:"混蛋,你知不道俺家塌了天,还跑来幸灾乐祸看热闹,你是瞎了眼,还是良心被狗吃了。当初俺把你当人看,才评你当劳模,没想到这时候你跑出来咬俺。人家养条狗咬外人,而你却翻脸不认人,张口先咬自己人!你爱咋干就咋干。俺啥时候让你带头罢工了?就算说过,你们是猪脑子,还是狗脑子?脑子被驴踢了!你自己把屎拉到裤子上,这时候跑来想让俺帮你擦啊!"

遇上一条小河流,自己就翻了船。高有强一下瘫倒在地,知不道自己都捣鼓了些啥事?就像庄稼收割后的田野,空旷无边。他悔恨交加,欲哭无泪。

111

❀❀❀❀❀❀

经过医院的全力抢救,刘立夏终于脱离了生命危险。

出来混,迟早是要还的。他在病床上断断续续向警察交代了事情的来龙去脉。

都市的霓虹灯往往使人迷失回家的路,豪宅跑车,交际场上的纸迷金醉更是让人眼花缭乱。起初,刘立夏到林强的投资公司和农业生态有机开发公司上班时,给他的感觉就像入错了行,一时都找不到北,就像没头的苍蝇乱飞乱撞。看到别人每天都领着一群人前来投资发财,心里一下又不平衡起来,心里暗暗骂自己:刘立夏啊刘立夏,你又不缺胳膊少腿,人家也没长着三头六臂,为啥人家一天能挣几千甚至几万,而你却分文不得。前来投资的人群中,大部分是退休的机关干部和退休工人,他们一个个倾其所有,将大把大把的现金掏出来,都想借此狠狠捞一把,挣个盆满钵满,然后享受几辈子。

刘立夏初入这一行当，根本摸不着其中的奥秘和规律，他不住地劝自己，挣钱多少无所谓，千万别去挣昧良心的钱。要干就干自己喜欢的，干自己喜欢的事本身就很快乐。后来经任志和别人再三指教和点拨，心里多多少少明白了一些，当他喊来嫂子何巧玲他们时，看到那几个人一下投资五百万，馋得他嘴里往外直淌口水。

风像一种恐怖的音乐，在无休无止地奏着。当后来知道这是林强安排的托时，心里不由咯噔一下，顿时失去了平衡。大哥和嫂子一家对他恩重如山，眼看都把心掏出来给了他，而他却恩将仇报，合起伙来骗他们的钱，天理难容。偷鸡不成蚀把米。蚀把米倒是小事，一旦引火烧身可就亏大发了。于是，他在平时工作中又开始细心观察。心里的感觉，就是林强的投资公司像尿泡一样越吹越大，万一有一天这个尿泡破灭，肯定溅自己一身屎。

历史的拐弯，常常从不经意的事情开始。本来，刘立夏不想再待下去，不忍心再去挣这个昧良心的钱，羊毛最终还是出在羊身上。将来投资公司肯定是个无底洞，时间越长，窟窿就越大。但又怕他一旦离开投资公司，何巧玲他们投进去的钱咋办？一下又让他左右为难。

做人要厚道，不能把人坑得倾家荡产家破人亡。刘立夏做梦也没想到，林强看到融资的数量差不多了，并且大大超出当初设想时，便将资金陆续提出来，准备潜逃。

不怕贼偷，就怕贼惦记。刘立夏识破了林强的诡计，他像个好不容易爬上岸来的溺水者，又被无情推到深海里，便苦口婆心劝林强，说这些钱都是人家养老的血汗钱，要是出了差错，到时还不给人家，天理不容，会遭报应。此时任何人的话都不能信，最可信的就是自己的眼睛。

张飞遇上李逵，黑对了黑。林强知道刘立夏这个人，平时看上去少心无肝缺心眼，但在紧要关头却像程咬金那样半路上杀了出来。刘立夏不依不饶，死活不让林强走，说：“你走可以，先把俺弄死再走。”

平时少言寡语认死理的刘立夏，也不是个好剃的头。最后林强答应给他二十万元，然后大道通天，分道扬镳各走一边。让林强没想到的是，虽然刘立夏这辈子最最需要的就是金钱，但这次却和钱成了势不两立的仇家，一定要林强将他融进来的资金，全部退还给人家，若不然他走到天边，也要跟着走到天边。

吃煎饼卷指头，自吃自。最后林强喊来任志，想让他来说服刘立夏，像对荒凉的一种猛烈反抗，他脖子一梗，依然我行我素。林强咬牙切齿骂：“俺就不信老鼠钻进龙潭虎穴，再好的猫对它也没好办法！”于是安排任志收拾了刘立夏。

任志之前好吃懒做，但也不是无恶不作的刽子手，几次三番就是下不了狠心，心里一直念叨着刘立夏的大哥刘立秋，当初不计前嫌安排他爸进公司，虽然他自己没去，但这份恩情是不能忘记的，关键时候不能牵连无辜。

林强携款逃跑那天，恰巧被刘立夏发现，他像尘土一样别无选择，便紧追不舍，一直追到齐州界外才追上，林强脑袋都气炸了，命令任志无论如何将这个不知死活的家伙收拾掉，以解心头之恨。可任志还是下不了狠心，只用石头将刘立夏打昏在地。

山野里的树东一棵西一棵地散落着，不成片也不成林。一不做，二不休。林强顿生歹意，冷不防掏出刀子向毫无思想准备的任志捅去，一刀，两刀，三刀……直到任志像山一样倒下去。随后又捅了刘立夏两刀，他醒来时已躺在医院病床上。

刘立夏提供的情况，像推开了法门寺地宫的大门，这对公安局破案，起到重大作用，因时隔一天之多，林强早就像一条油滑的耗子钻进了密林，一时踪迹全无。

耗子爱猫，自寻烦恼。刘立夏躺在病床上，思前想后也想不明白，他这辈子到底捣鼓了些啥事。林强携款潜逃，他联系的那些前来投资的人，将血本无归，自己就是跳进黄河也洗不干净，就像天生的黑猪染不白一样。

罪在动机，而不在行动。由人洗清的罪孽，和自己忏悔的罪孽，都可以得以宽恕。他痛苦、懊恼、悔恨，他这个无能为力的七尺汉子，在病床上"呜呜"地抱头痛哭。即使在为失散、幻灭和挫折哭泣时，他也坚信痛苦远远胜过虚无。

112

❀❀❀❀❀❀

社交场合、办公场合，特别是会议场合最高贵的颜色是黑色，颜色越深越讲究。

齐州市的经济形势和全省、全国一样，受亚洲金融危机的影响，一度非常低迷，只有一半的企业，生产经营勉强能维持下去，而不受金融危机影响的企业，屈指可数，数上半天也没几家。齐州是全省的工业强市，传统产业星罗棋布门类齐全，但改制后的企业，就是政府甩出去的包袱，企业经济效益除影响到当地税收和财政收入外，政府对企业的约束力和影响力，已变得越来越小。

李怀滨似乎预料到事情的最终结局,但却无力改变这早已筑成的既定局面。这次亚洲金融危机前所未有,这几年百分之九十的企业经济效益一直往下滑,就连北京和省城的经济智囊们,也拿捏不准已跌到谷底,还是在今后的日子里继续往下跌。在召开的齐州市经济运行分析会上,李怀滨嘴角微微地抿着,大大的眼睛里溢满了忧虑,尽管他鸿篇大论讲了足有一个小时,但与会者们普遍关心的金融危机是不是已经结束,从现在开始企业又要开始往上爬的事,他却轻描淡写,甚至只字不提。这让与会人员心里更加没底,怀里的那只小兔依然狂跳不止。

李怀滨在会上还避重就轻,大谈振华陶瓷有限公司是如何从当年的北方陶瓷厂,由一个无人承包的破产企业,经过刘立秋的顽强拼搏,华丽转身为现在的振华陶瓷有限公司。振华陶瓷有限公司又是如何在这场来势凶猛的金融危机和激烈的市场竞争中,始终立于不败之地,一个至关重要的原因,就是振华陶瓷有限公司敢为天下先,勇于与市场接轨,始终将研发新产品作为更新换代占领市场的重要法宝。

李怀滨的眼神有着穿透人心的洞察力,脸色渐渐变得严肃起来。他继续分析道,现在好多企业家脑子里的市场经济意识依然十分淡化,眼前的危机不是勇于面对,而是怨天尤人,整天骂娘发牢骚,找借口开托,其结果是等不来,也骂不来,只能是越来越糟糕。要自始至终相信,只要精神不滑坡,办法总比困难多。

尽管李怀滨的讲话慷慨激昂,但在底下参会的市区县及经济部门和企业的厂长经理们,依然心事重重,在计划经济年代,孩子哭了可以抱给娘,现在就是哭休克了,孩子也没地方送。听到李怀滨把振华陶瓷有限公司挂在嘴上,好多人的心理好像被压上一块大石头。尽管心里不大服气,但人家刘立秋的企业不仅没受到金融危机的丝毫影响,反而还在市场竞争中抢得了先机,牢牢把握了主动权,经济效益就像芝麻开花节节高。

生命的诞生比生命的遗弃更重要。在运行分析会上,再次得到李怀滨点名道姓的表扬,但对刘立秋来说,心情依然沉重。他知道这几年可能走了狗屎运,但企业要想做大做强,做成百年老字号,脚下的路还很长很长,就像红军万里长征刚刚迈出第一步或第二步第三步。但李怀滨热情的眼睛和诗人般的语言,让刘立秋心情澎湃。

刘立秋满脑子都是陶瓷,包括骨质瓷、齐玉瓷、青花瓷、唐三彩,还有引以为豪地琉璃器皿等,不仅撑起了振华陶瓷有限公司的半壁江山,在市场上更是供不应求。

他来到公司时,高有强像蘑菇一样冒了出来,他睁着哀怨的双眼,迷茫一片,看到刘立秋张了张嘴,但最后啥也没说出来,把头低得像要夹在腚沟里,转身欲走。

不是同事不一定不熟悉，不在一块工作不一定没见过面。刘立秋知道此时高有强无事不登三宝殿，这些天因为他带头闹罢工，尽管没引起大的地震，但也在振华陶瓷有限公司闹得沸沸扬扬。有人在背后说咸，也有说淡，更多的人在背后沉默不语，还有的人对此行为大加指责。刘立秋是个聪明人，看到高有强欲言又止，明白他已意识到自己的莽撞和不计后果，及由此带来的严重不良后果。

这年头，能说领导的好话，不指名道姓骂娘，比钓个千年老鳖都难。他紧走两步伸手一把将高有强拉住，并让进办公室。人都有犯错误的时候，要不然正确的道路上一定人满为患。

高有强那双眼睛浮肿混沌，黯淡无光，上面布满了红色的血丝。他本来是个老实人，要不然当年劳动模范这样的桂冠也不会轻易戴到他的头顶上。正因为他老实，只知道低头干活又从不抬头看路，才不会对别人构成啥威胁，加上又和任百胜有亲戚这层关系，这种好事自然就会找上门来。当初，高有强下岗后也和刘立秋、张爱国他们一起到市政府上访堵大门，要求政府部门重新给他们安排工作。后来，北方陶瓷厂因无人乐意接手这个烂摊子，刘立秋咬咬牙开始挑头承包，并成立了振华陶瓷有限公司，成为首批重新上岗就业的下岗职工，并被刘立秋委以重任，担任成型车间主任。这是他这辈子当的最大的官，上小学时想当个小组长，因他太老实都没当成。

高有强知道自己是关公面前耍大刀不自量力，将头使劲往腚沟里夹，连抬头看刘立秋一眼的勇气都没有。本来他自以为无欲则刚，任百胜让他带头抗议一些自认为不合理的事情，他偏听偏信，不仅得罪了一大批人，还把自己逼向了绝境。万万没想到刘立秋不计前嫌，首先开口说话："有强啊，事情都已发生并已成为过去，俺也不会怪罪于你。再说人哪有不犯错误的，改了咱们还是好兄弟。你要是乐意回来上班，俺刘立秋还是举双手双脚欢迎你。"

末了，他又开玩笑说："不要这样一副划清界限的样子，俺不是阶级敌人，你更不是红卫兵。"

高有强喃喃了半天，还是没说出一句话来，脸却憋成了猪肝，抬起头时两眼已布满泪花。看了刘立秋，又把头使劲往下低，随后两手抱住脑袋，像揉面团一样揉来揉去。最后才哭诉道："刘总啊，俺不是人，就是个混蛋。俺是要饭的娶皇后，白日做梦。你待俺那么好，对俺也那么信任，而俺却听了人家的教唆，恩将仇报，背后往你身上捅刀子，带头闹罢工拆你的台，俺真的不是人！俺就是捂着狗皮也没脸再回来见人啊。"

"现在有些人是端起碗吃肉，放下筷子骂娘。"刘立秋没表现出对高有强万分地不耐烦，微微一笑道，"有强啊，俺知道你是个老实人、实在人，有时对一些事情看不透，又不想多动脑子。再说哪有不犯错误的人，浪子回头金不换嘛！回来吧，家里需要你上班挣钱养家糊口。至于你们提出来要求涨工资的事情，也不是完全没一点道理。只是这几年，公司一直在投入，生产规模也一直在扩大，忽略了辛辛苦苦上班的职工收入。通过这件事情，坏事也可能变成好事。”

高有强听后继续着一脸感激和忐忑神情，自责道：“地球离了俺又不是不转，俺给你带来这么大的麻烦，你不但不嫌弃没怪罪，还和以前一样对待俺，想想俺忒不是个东西，彻头彻尾就是个半吊子！”说着，他脸上刚刚闪现一下的神采，又突然消失了，表情又恢复到先前的蜡黄色。

“啥也别说了，请你相信，俺绝不会搞打击报复那一套，还是快点回来上班吧。还有任百胜，虽说之前他和俺一直疙瘩不断，但他家里现在出了这么大的事情，对他的打击忒大，养儿防老嘛，往后的日子可咋过！抽空咱们一块去看看他，有啥需要帮忙的，咱们一定尽心尽力。木质硬的树不好长，烈性马难驯服啊！”刘立秋一语双关道。

这大大出乎高有强的意料，当初他一头撞上南墙，知道肯定会撞得头破血流，倒在地上再也爬不起来，万没想到刘立秋对他竟是如此的大恩大德。

113

齐州，山奇洞幽，泉旺林茂，四时景色秀丽。古遗迹，古建筑依山就势，点缀其间，金碧相映。齐长城、亮兵台、刘培德起义屯兵处、唐赛儿占山为王遗迹犹存。最主要的还是古窑址、古陶器和悠扬的孝妇孝女传说，这些闪耀着历史传统文化的灿烂光辉，是齐州悠久历史文明的昌盛见证。

由于这些年房地产的肆意开发，现在的齐州市突然膨胀得就像绵延起伏的阿尔卑斯山。

齐州是江北陶瓷琉璃之都，生活在这里的人们，好多人祖祖辈辈都从事陶瓷琉璃业制作，从而形成了南有景德镇，北有齐州，又有“南青北白”之说。刘立秋的祖上八代，甚至八代之前的祖宗们，可能就开始从事陶瓷琉璃业，逢年过节，初一十五，都要敬天敬地敬炉神。炉神庙建于公元1611年(明万历三十九年)，旧时是齐州陶瓷琉璃业公众醮会之所，专门祀女娲。据说是女娲烧制五色石补天时，将陶瓷琉璃生产秘方带到人间。炉神庙坐落在孝河西岸桑园后面的高阜之上。

这是一座大门朝东，为联拱式建筑。门内北屋两间，南折为二门，正院四面建殿厅。西大殿三间，前出夏，上覆琉璃瓦，五脊六兽。殿内雕梁画栋，系凤和玺作法。南北厅各有三间，砖墙，布瓦覆顶。东宫厅也有三间，前檐下有如意形支撑，故名"如意厅"；后檐倒垂联拢，下临深巷。如意厅南首原有方亭，额曰"联瓢"。此庙因"文革"期间作为学校和教师宿舍，所有建筑除二门方亭被折以外，其他保存基本完好。

穷算命，富烧香。这天是初一，刘立秋仍然像往常一样忙里偷闲到炉神庙去烧香许愿，祭祀炼五色石补天的女娲。就和以往的惯例一样，时间不长就将这一切办理妥当。当他走出炉神庙，站在台阶上不由自主又转过身来，望着这座古老的庙宇，心潮起伏浮想联翩。随后，又转过身，望着脚下的孝河和城市的高楼大厦车水马龙，深深地思索起来。远处的阳光很刺眼，晃得他一时啥也看不清楚，只是听到从远处传来一波又一波的喧嚣声。

记得还是十几岁孩子时，放了学和同学到城郊的古窑址捉迷藏。在这个山岭荒坡上，有一处长达千米、宽约几百米，面积有四五万平方的古窑，在古窑的断崖上，暴露出无以计数的窑炉残迹，每个窑炉直径都在两米左右，窑址内散落着大量的白釉、黑釉及白底黑花瓷片和残破的窑具、胎质大都以白胎为主，亦有红胎和灰胎、器类多为碗、盆、盘、罐和瓶等生活用具。他们从崖壁上将它们扒拉出来，高高举过头顶，然后举过头顶重重地摔在崖下，随后是一阵阵地嬉笑。那时他知不道来世是一个美丽的希望，遥远而缥缈，却总是如影相随。

后来，他上山下乡到参加工作，并且一直从事祖宗流传下来的传统手艺——陶瓷琉璃，这时再回头看古窑址时，才知道这里早在元朝的时候，祖先们就在此烧制瓷器。想想年少时，将那些出土的瓷器摔得七零八落一塌糊涂时，才明白自己是多么的无知，当时那些不起眼的破烂货，要是保留到现在的话，肯定是价值连城的文物和无价之宝，更是齐州灿烂文化的象征。

岁月悠悠，悠悠岁月。人，总是伴着痛苦而降生，随着痛苦而成长，对痛苦早已习以为常，像习惯了手臂和双腿的关系一样。

他眼睛里突然闪现出光彩，仿佛穿透了时光。往事不堪回首，也无法回首。回首只能感叹、无奈、自责和无可奈何。

刘立秋回到办公室时，张爱国早就等得他上墙爬屋。一见面，就开始嚷嚷："立秋老板啊，今早晨咋又看见高有强那个熊玩意回来上了班？这个东西没脸没腚，真是不害臊。"

刘立秋脸上布满了微笑，好似发了大财的人，忽然想起曾经做穷人时常吃的粗粮，有种返璞归真的感觉，他语气镇定："是俺让他回来的，俗话说浪子回头金不换嘛！世界上最聪明的人也有犯糊涂的时候，最严谨的人也有疏忽大意时。"

张爱国眼角的皱纹像鸡爪子挠过，心里非常不服气："地球离开谁都转，离开他高有强就不转啦？对这种没有人肠子的人，你可千万别好了疮疤忘了疼！还是那句话，害人之心不可有，防人之心不可无呀！"

刘立秋咧嘴笑笑，摇摇头，没再说话。

张爱国愤愤道："夜来俺就听人说，高有强这个熊玩意来找你，俺就怕你一时心软，又答应让他再回来。他这个人看上去是个闷嘴葫芦，实际上是霉烂的冬瓜，一肚子坏水。当初他和任百胜那个老鬼拉拉扯扯，两人好的穿一条裤子都嫌肥。他们过了河就拆桥，拉完磨就想杀驴。前些日子头脑发热又带头闹罢工，他们过河拆桥简直不给自己留条后路。这种彻头彻尾的小人，还是提防着吃不了大亏。用人啊一定要用自己的人，一起扛过枪，一起同过窗，这才是货真价实的自己人。"

刘立秋感受到张爱国这微妙的语气，审慎而委屈地迟缓着。他从椅子上站起来，慢慢走到张爱国的面前，用手轻轻拍拍他的肩膀，语重心长道："人非圣贤，孰能无过。事情都已发生并且早就过去了，再去陈谷子烂芝麻刨根问底斤斤计较，还有啥意思！再说他早就意识到自己头脑发热不计后果的错误，给他一次改正错误的机会，总比一竿子将人家打死要好之万倍。还有那个任百胜，他这么多年处处和俺作对，处处和俺过不去，并且时时处处给俺出难题，有时逼得俺都走投无路，但俺从没计较过，就把他当成一个最大的竞争对手。要是没有这么个对手，说不定俺早就完了蛋。还要去摆地摊，还要去乡镇企业打工。人啊，得饶人处且饶人，前面的路才越走越平坦。"他还说，圣水无法洗清人的罪孽，悟心无法移植他人心田，只有用慈悲、善良、智慧清醒自己，地狱也会变成天堂，相互残杀的刀枪才会变成鲜花。

尽管张爱国油盐不进，还是被刘立秋博大的胸襟所折服，一时再也找不到合适的语言来说服他，两眼望着窗外那排枝繁叶茂的白杨树，嘴里嘟囔："这几个人办事忒不着调，就像霉烂的莲藕，全是坏心眼。"

"人们常常在镜子面前自我膨胀，有时出门也知不道夹着尾巴做人。"刘立秋望着张爱国平心静气道，"凭良心说，任百胜一辈子自尊心特别强，为人处事确实不咋样，英雄了一辈子对谁都没低头认输的时候，况且当年俺又是他的副手，他心理就更加不平衡。当时俺既然敢让他进公司上班，就不怕他跳出来捣蛋。人在做，天在看。其实他的所作所为，俺早就有所耳闻，心里也有数，但俺始终相信，现在振华陶瓷有限公司的绝大多数职工，都知道下岗失业的困惑和没工作的无奈，一定会倍加珍惜这份来之不易的工作。就算任百胜跳得再高,捣再大的蛋,又能有啥用?他有千万个理由,俺只有一个要求。”

他稍微停了几秒钟,用意味深长目光看着张爱国,慢声细语道:“俺这个人就是这个臭毛病,一辈子不变其节,也难改其志。还是那句话,事情都已发生并且早就过去了,俺不去计较就是想给他一个台阶下。现在任百胜家里摊上这么大的事,眉毛胡子一把抓,再提那些陈年旧事就更没意思。养儿防老,他辛辛苦苦将儿子拉扯到这么大,现在突然像阵风一样没了,失独的痛苦放在谁身上都够呛,不死也得扒层皮。抽空咱去看看他,找人帮他料理一下孩子的后事。现在是他人生中最困难最无助的时候。尽管他挑头闹事,但公司也没开除他,咱不去帮忙,还能指望谁。现在的人啊,一边用大油门轰鸣制造出尘嚣,一边又做着远离尘嚣的美梦!”

张爱国听后一下愣在那里,仿佛被利器钉住了,无奈道:“你是老板,当然你说了算。但还是要提醒你,别忘了小学课本里那篇农夫与蛇的故事,小心那个老鬼狗改不了吃屎,苏醒过来再狠狠咬你一口。”

114

九泉之下泪全无。

儿子任志一直是任百胜的骄傲,无时无刻都翘望银河上的小桥流水,数着擦过天际的流星。家里就这么一个独生儿子,从小就宠着惯着,有口好吃的,首先让儿子吃,吃完剩下多少,两口子才开始动筷子,剩不下也没一句怨言。因为儿子是他们这辈子的希望和寄托。

任志从小学开始,学习成绩一直在中下游左右徘徊。初中是这样的,高中也是如此。任百胜从没指望儿子能考上北大、清华这种国内一流的名校,就连省内的山东大学也不敢指望,将来只要有个大学上就不孬了。儿子考高中那年,任百胜心里看着鸟巢有水立方的感觉,想托关系让儿子到齐州一中念高中,可任志的中考成绩,根本达不到录取分数线标准。凡达不到录取分数线的,要想上一中就必须交一万五千块钱的赞助费。任百胜听后吓了一跳,他紧蹙眉头,一脸迷茫。

想了一后晌，也苦恼了一后晌。最后拍板决定，就是砸锅卖铁也要让儿子上好的高中，况且还没到砸锅卖铁的地步。家里这些年多少积蓄下万儿八千的，只要是为了儿子，他就像蜗牛慢慢爬向自己那宏伟的目标。

就在他准备到学校交钱办手续时，这事不知咋让厂长知道了，劝他让孩子宁当鸡头，千万别当凤尾。要不眉毛上荡秋千，玄乎！厂长又进一步开导他，小心驶得万年船。凡到齐州一中上学的都全市选拔出来的尖子，以你儿子的学习成绩拉倒吧，去了根本跟不上人家的节拍，跟不上他还学习啥？倒不如让他到一般的高中，他的优势就发挥出来了，在一帮差生中他就成了风头，老师就会对他格外关注，将来会有意想不到的效果。这就是辩证法！

那个时候，给任百胜天大的胆子，也不敢拿领导的话当狗屁。不由沉浸在无限感慨之中，心里突然有种感觉，像从一堆烂苹果中，挑选出不那么烂的放在一个腐朽的篮子里。静下心想想厂长的话，突然觉得他分析得非常有道理，姜还是老的辣，人家到底是领导，走过的桥比咱走的路都多。于是打消了让儿子去齐州一中读高中的念头。事实果如厂长所言，后来那些交上一万五千块钱到一中的，学习根本跟不上趟，后来老师也没时间和精力去搭理他们，三天打鱼两天晒网，学习成绩一落千丈。相反任志在另一个学校，虽说没出尽风头，但起码没沦落到无人搭理的地步，老师对他寄予的希望，就是能考上齐州职业学院就不孬。

任百胜终于松了口气，很快又忧心忡忡。想让儿子上名牌大学，无异于癞蛤蟆想吃天鹅肉，能上二本三本，心里也相当知足，但最终还是去了齐州职业学院。后来千辛万苦供到儿子大学毕业，偏偏又赶上亚洲金融危机，企业纷纷破产倒闭，就连他们这些工作了二三十年的老职工，也一样下岗丢了饭碗，更不用说这些刚刚走出大学校门的大学生。

儿子孤僻、倔傲，足有两年的时间游离在人群的边缘，时常装出一副满不在乎的淡然。直到后来进了林强的投资公司，任百胜心头的这块心病才算解除。谁知刚工作了半年，又眉毛上放鞭炮，祸在眼前。他江郎才尽，日暮途穷，真是要了他的老命。

人算不如天算，任百胜欲哭无泪，内心悲痛地望着窗外，失子的痛苦时时像病菌一样折磨着他、困扰着他、吞噬着他。就这么一个独生子，养儿可是为了防老啊！现在儿子风一样没了，他们后半辈子去指望谁？没了儿子，他们老了谁给他们两口子养老送终？不用说养老送终，将来就是生个病，床前连个端水送饭的人都没有，更不用说死后到坟前有个烧香烧纸的。

任百胜的悲伤像万丈深渊里的黑暗，可怜兮兮像老电影里灰色的画面。儿子的遗物他都悄悄藏起来，担心老伴看到触景生情。尽管如此，记忆却永远无法抹掉，坐在空荡荡的房子里，往事像电视连续剧一样，一幕幕浮现在脑海里。老伴更是想儿子想得死去活来，哭着喊着往外跑。

昔日炊烟袅袅的平静生活，忽然间被打断了。任百胜像没气的皮球，感觉就像做梦，知道自己刚强了一辈子，最后一无所有，输得像个屌蛋精光的赌徒。早知今日，何必当初。夹着尾巴做狗有啥不好！觉得越来越接近天堂，就像要抵达一个没有痛苦，只有欢乐；没有艰辛、只有逍遥的国度。

任百胜对命运的误解根深蒂固，做梦也没想到，这个时候刘立秋像个不速之客，突然登门。他听到敲门声时，刘立秋已在外面敲了好几遍，他还以为自己的耳朵发生了错觉，不相信这时候还会有谁主动登门，安慰他这受伤深重的心。其实他也不希望这时候有人来，看到他的狼狈相。当他打开门看到外面站着的人竟然是刘立秋时，简直不敢相信自己的眼睛。瞬间感到，刘立秋这时候来是看他的笑话，还是看他的洋相？心里竟然莫名涌起一股无名的怨气和愤恨。

那些早年的事情，时时像突兀伸出的探头，照耀着他的今世。当年人家刘立秋调到成型车间当副主任时，他没少给人家小鞋穿，但人家却成了打不死的吴琼花，并且越战越勇一下成了大气候，再看看自己由当初威风八面的车间主任，混到现在成了无权无势秃尾巴老母鸡。当初，他亲自找到厂长给刘立秋告状，说他鼓动工人上访闹事，硬是将他打入下岗职工的名单。往劳动局报下岗失业人员名单时，又亲自把刘立秋的名字删除，故意压下来不往上报。后来来到振华陶瓷有限公司，还是我行我素，时时找刘立秋的碴，处处拆刘立秋的台，并且鼓动高有强等人，以增加工资为名进行罢工。这一次次对人家的打击报复，好像都没达到预期的效果，都没把刘立秋打趴下，最多在地上打个滚爬起来又负重前行。任百胜虽然自信，却再也不能深刻地相信自己。他看到刘立秋并没三头六臂，更没孙悟空七十二般变化的本领，咋就成了打不死的吴琼花？

尽管仍然痴迷于他的坚持，但看到刘立秋今天突然登门，不像是幸灾乐祸来看热闹的样子，便暗骂自己以小人之心度君子之腹。这么多年明里暗里和人家斗，斗来斗去突然发现刘立秋不是那种得势见利，更不是人五人六的那种人。不管自己咋对待人家，人家自始至终没耿耿于怀从此怀恨在心。

雪地里埋死人。不知咋任百胜心里突然萌生出一种内疚和负罪感，想想自己这些年都捣鼓了些啥事！将心比心，人家不计前嫌，仍然宽宏大量主动派人赶上门，帮忙料理孩子的后事，还送来两千块钱和他带头闹罢工期间的工资。他突然良心发现，觉得这辈子最对不住的人就是刘立秋。

人之将死其言也善，鸟之将亡其鸣也哀。想着想着，任百胜扑通一下，跪在刘立秋面前痛哭流涕："立秋老弟啊，这么多年俺没少为难你，俺不是人，俺有眼无珠。俺这辈子对谁都没说过一句软和话，现在终于明白了，这辈子最对不住的人就是你，你打俺骂俺吧，这样俺心里会更好受些！”

尘土仿若往年的旧事，在一些散漫的时光里，已经四处飞扬。

刘立秋赶紧伸出双手拉起跪在地上的任百胜：“人非圣贤，孰能无过。过去的事就让它过去吧，咱们要抬起头往前看，日子是过以后的，不是过从前的。”

古今多少事，已尽付笑谈中。此时，一片云彩的阴影，压低了整个大地的背景，在黄昏里如此绚烂。

115

在刘鹤之八十大寿生日筵席的安排上，刘立秋充分吸取刘清明结婚时估计不足的错误，提前运筹帷幄，以达到场面隆重热闹，菜式正宗地道鲜美之目的。

阳光四处飞溅，像电焊工人操作焊枪时喷出的火花。

在如何办好寿宴的问题上，刘立秋确实下了不少功夫，并大刀阔斧进行一系列改革措施。按老的齐州祝寿风俗，八十岁虽算中寿，但活过八十岁的又有几个，所以到了八十这个年龄就算是高寿了。他在家预先设个寿堂，寿堂正中准备用红绸剪贴一个大红寿字，两旁再挂上寿联。但他又想，用红绸剪贴一个大红寿字，费时费力不说，效果也不一定理想。刘立秋是搞企业的，财大气粗。他明白在一些重要场合，如果没几件像样的东西，心里就莫名地觉得低人一等，加之他又爱好书画收藏，认识不少市里省里的书法家和画家，有时他相中一幅字或一幅画，往往不惜重金眼都不眨一下，说买就买，他知道盛世的古董，乱世的黄金这个道理。在这个盛世和谐的社会里，收藏一些字画，将来的升值空间毫无疑问是巨大的。所以他专程跑到济南，通过朋友找到省内一著名书法家，求人家一幅字，这幅字只有一个字：寿。书法家在他的书屋里考虑再三，尽管他看出刘立秋眼神里含着一种渴望，他狠狠心，还是无法拒绝。最终感叹刘立秋一番苦心，挥毫泼墨，一口气写了好几张寿字。写好后，让刘立秋挑最满意的一张。刘立秋瞪着眼，死死地盯着字画，目光慢慢落在其中一张上，只见这幅字苍劲有力，潇洒自如，浑然天成，神韵和意境超出他的想象。他心情非常恬适，非常非常恬适。回到齐州后，马上让人去装裱，待老爷子寿辰时，家里好挂这幅字。一家人围拢过来，看后纷纷称赞书法作品意境高远，出神入化。

刘立秋镇定果敢的语气，让人一下意识到他的伟大和不屈。

如按照齐州老风俗，寿辰庆祝活动从寿辰的前夕就要开始，这天后晌，先由女儿女婿设宴为寿星庆寿，并款待宾客，这叫暖寿。第二天才是寿辰的正日。刘立秋知道姐姐姐夫是企业退休职工，日子过得紧紧巴巴，每月就指望那一两千多元的退休工资，所以早在之前，他就决定寿宴改革，寿辰正日全部由他安排，姐和弟及亲朋们好友们，随便意思一下就行，反正量力而行，不搞一刀切。今年刘立秋特别强调，任何人都不收贺礼，谁如果往外硬掏钱，他就不高兴。来的都是客，但不能破费，凑个热闹，图个吉利，这才是他最高兴的。他说："俺是搞企业的，又不是政府官员，根本不缺钱，更犯不着借机去捞钱。"

在寿宴开始前，刘立秋让姐姐讲几句，她咂咂嘴，不说同意，也不说不同意。刘立秋两只眼睛死死盯着她，像在看天外来客。时间过去好几分钟，姐姐才说："俺还以为问你弟弟呢！俺就不说了，一个家庭妇女能有啥话说。"刘立秋转脸又问刘立夏，此时他皱着眉头也看着他，沉吟着，可能心里想着其他事，嘴里"啊啊"答应着。刘立秋以为他要说几句感谢祝福之类的话，便等着刘立夏站起来代表兄弟们说上三言两语，一家人的目光都齐刷刷射了过来，而他既没站起来，也没张口说话。刘立秋心里别扭的像窝藏了逃犯，实在沉不住气了，用特异的目光，瞪了他一眼："你赶紧说话呀！"

刘立夏眨眨眼："说啥？俺没说要说话呀！俺身体又不大好，俺没话说。再说事情都是你操办的，还是你自己说吧。"

强拉牛头喝不了水。刘立秋嘴上客气着，脸却阴得拧出一把水来。姐姐弟弟都死活不说，弄得他脑子里突然发生了短路，气鼓鼓地坐在那里，脸上有惊愕，有疑惑，也有失落，他张了张嘴，可是最终啥也没说，一声不吭地看着一桌子人。他眼睛忽闪了几下，动作有些迟疑，他们都不说话，搞得他一点情绪也没有，更不想说话了，其实他不是悚头说话，而是不想太显摆太张扬，没办法，只得让公司的副总代表家人，代表公司，代表所有参加寿宴的亲朋好友讲了几句话。

在正式上菜前，刘立秋的心就像要打开法门寺地宫门，又特意跑到厨房，和饭店经理、大厨师交代一番，一定要按一冷二热三汤的程序上菜，头道菜必须和菜式相符，其他的大件通天海参、八宝布袋鸡、豆腐箱、锅烧肘子、糖醋鲤鱼，还有行件炸排骨、熘肝尖、爆炒腰花、全家福、八宝饭等，寓意一定要和宴席的内容相适应。末了，他又特别叮嘱，今天是老爷子八十大寿，一定要上四喜丸子，这道菜才能代表福禄寿禧之意。厨师一拍胸膛，就像立下生死状，信誓旦旦保证："这些早准备好了，出了差错拿俺是问。”

刘立秋脸上虽露出几丝微笑，但还是不敢松懈，因为在此前不久刘清明的婚宴上，上菜程序毫无章法，几乎乱成一锅粥。这次说啥也不能重蹈覆辙，尽管他的心已经宽广辽阔如月光，包容下千山万水，但依旧提心吊胆。

寿宴上，从四鲜果开始，然后是四点心，点心切忌上麻花，麻花谐音有麻烦之嫌。而上四鲜果时，又忌讳上梨，梨和离同音……随后宴席上整鸡、整鸭、整鱼时，又有鸡不献头，鸭不献尾，鱼不献脊；倒茶斟酒时，有茶要浅，酒要满之俗。碰杯同喝酒时，必须喝干净，若不然滴出一滴，又有惩罚三杯之讲究。还有划拳时不能说五数，猜指攥拳顶无名指，赴宴迟到罚酒三杯。一想到这些，刘立秋的脑袋就膨胀得像足球，但祖辈留传下来的风俗习惯和面面俱到的礼节，不是谁说改就能改得了，既然谁也无法改变，就必须按部就班当个忠实的执行者和发扬光大者。

寿宴有条不紊进行中，刘立秋的手心一直在出汗，但身上却有些冷，他的紧张远远多于激动。他观察了一下，果然热闹非凡，比刘清明结婚时的婚宴强之百倍，再看看一家人笑逐颜开，有说有笑脸上开满了鲜花，而老爷子在轮番敬酒中，早就像飘浮在空中的风筝，有点把握不住自己。

刘立秋站在那里，慢慢挺直脊背，脸上的表情一点点变得慵懒而淡漠。

116

半年后。

傍晚。刘鹤之突然中风，急救车像被宰的猪，一路号叫着向医院急驰而去。

刘立秋得到消息时，正在市里找有关部门领导汇报有关企业发展的问题。本想后晌请人家出来吃顿饭笼络一下感情，并且定好了大酒店，没想到人还未到饭店，电话先到了，说老爷子得了急症住进医院。他额头上立马泌出一层黄豆大的冷汗，感觉心满得要从喉咙里跳出来，头要爆炸似的。

何巧玲早到青岛伺候宋洁去了，离预产期不到十天。孙子出生是压倒一切的大事，何巧玲抬起腚，和刘立秋嘟哝了一声，头也不回就往外走。刘立秋望着她背影喊：“你这个人，再等俺二分钟，实在不行俺开车送你到齐州火车站，你自己坐动车去!”

何巧玲目光沉静,眼角堆满了鱼尾纹,她突然觉得自己是那么弱小,比一粒微尘还要轻,轻微得有些身不由己,只得在空中飘浮。她头也不回,嘴里嘟囔着:“全世界你最忙,派车耽误了你挣钱,俺可担当不起。”

刘立秋追到大街上,连哄带拉才将何巧玲劝住。随后公司办公室的小马开车也到了。何巧玲耷拉着脸,一句话也不说,用极其复杂的目光,看了刘立秋一眼,眼睛里立马滚出两行泪水。一屁股坐上车,顺着高速路一溜烟往青岛方向绝尘而去。

何巧玲走了,家里没了女人一下冷清下来。刘立秋望着从窗外射进来音乐一样灿烂的阳光,突然觉得一阵心酸。他怕整天忙于公司的事情,照顾不好老爷子,本想请个年轻点的保姆,又怕外人说闲话,知道的是请来的保姆,不知道的还以为何巧玲前脚刚走,他后脚就将二奶请进了家,必定舌头底下压死人。没办法,只得和刘立春联系,暂时让她过来伺候几天老爷子,反正她退休在家闲着没事,照顾老爷子一天,刘立秋给她一百块钱,另外吃的用的全部算在他的头上。

突然接到老爷子中风住院,刘立秋张大了嘴,一时闭不拢,脖子像是被绳子勒住,变得像具尸体一样僵硬,好像连呼吸都停止了。

此时就算天塌了下来,也顾不上了,他开车就往回跑,到了半路上才忙不迭给人家打电话,说今后晌饭吃不成了,改日就是吃天上的龙肉,海里的鲸肉,国宝大熊猫肉都行。他的话里显得出人意料的软弱,别有一种无奈而落寞的伤感味道。弄得人家莫名其妙,起初人家有事死活没答应,他就软磨硬泡,人家看到他的脸都急得变了色,知道他是个实在人,再不答应那劲头说不定就一头往墙上撞,便应允下来。到了吃饭的时候,他连个屁都不放一声,掉头就走了,这分明就是耍着人玩啊!

刘立秋脸色发灰,眼睛毫无光泽,他眼前一片模糊,似乎看到了啥,但总也看不清,就像患上了严重的白内障。他没片刻的停留,直接去了医院,此时刘鹤之已在急救室,啥时能出来谁也知不道。

刘立春哭红了眼:“俺一直尽心尽力照顾爹,没想到还是……”

刘立秋脸拉着,眼睛里流露着真实的焦虑,只觉得后背发凉,说不出话,好半天才嘟哝道:“没怨你,俺知道你已经尽了心。”

转身发现只有刘立春和姐夫在医院守着,不见刘立夏和梁娟的面,问:“立夏他们呢?他们在哪?”

刘立春连忙告诉他:“俺都给他们打了三遍电话,立夏说他身体不好,活动不方便。梁娟说她感冒了,老是咳嗽。”

刘立秋心里充满了悲伤和愤懑，一听火就上来了，看啥都是针，针针扎得他难受，就连牙根都疼，如果他们在跟前，肯定冲上去踹他们几脚，张嘴骂："混蛋，简直是混蛋。"

骂完，赶紧找医院里的熟人。熟人屁颠屁颠跑到他面前，像做错事的孩子在父母或老师面前，忐忑不安汇报："刘总啊，老爷子年事已高，不仅仅是中风，心脏也有问题，许多老年病也都来了。"

刘立秋嘴角微微抿着，大大的眼睛里溢满了忧愁。他听后很不高兴，脑子一片空白，突然感到一阵比死还要难受的空虚，但他毕竟是见过大场面的人，面对鲜血不动容，面对惊涛不改色，好半天才一把抓住医生的胳膊，像摇着大风车："过程俺不管，俺要的是结果，因为这里是医院。"

之后刘鹤之一直在重症监护室，躺在病床上的他，不仅邋遢老态并且木讷迟钝，一直靠吸氧维持生命。刘立秋静下心，突然想起半年前何巧玲就开始在他面前嘀咕，说老爷子情况不妙，肯定是得了新病并且糊涂了。当时他认为，何巧玲纯属小题大做，心里便有点不悦，骂她是乌鸦嘴，扫帚星。现在看来这一切都被何巧玲不幸言中了。

转眼又过了一个星期。

这天，刘鹤之出人意料地头脑清醒起来，骨瘦如柴的手似乎在抓啥。刘立秋一把握住，心脏在这时突然抽搐起来，那是因为他内心深处的孤独感而产生巨大的恐惧："爹呀，您终于醒了，可把俺愁死啦！"

刘鹤之嘴唇在动，含混不清道："清明……他……"

刘立秋明白，老爷子像一段枯去的木头，想要抽出嫩芽来，简直就是奇迹，但他还是期盼这种奇迹出现，知道老爷子的身体此时就是一副空洞的骆驼架子。听到他问孙子，便趴在他耳边："您孙子、孙媳妇都很好，并且您孙媳妇马上要生了，您就要抱上重孙啦。"刘立秋大胆的猜想，让他感到一阵阵羞愧，但又无法抑制。

刘鹤之的嘴唇一直翕动着，像要随时说话的样子，眼角有点湿润，刘立秋心越跳越高，几乎要跳到胸口，一看，是泪。

这时，医生跑进来，脱口道："不好，回光返照。"

听后，刘立秋的头"嗡"地一下大了，感到一阵阵的寒气，从脚底蛇一样爬上来。

医生没理会，转身走出病房。

刘鹤之像海绵里的水越挤越干，眼珠像青蛙一样鼓着，仿佛要从他深坑中一下子蹦出来，大有临终托孤的凄凉，说话含混不清，有气无力，断断续续道："俺……俺……"

刘立秋像孤独的骆驼在漫漫沙漠里无助地蜷缩着身子，半天也没听明白爹在说啥，但一看他的表情恍然大悟。老爷子这是在安排自己的后事，他努力控制了一下情绪，在刘鹤之耳边说："您老放心，后事一切都按咱齐州老风俗办。"

刘鹤之的脸上露出一丝慈祥的笑，随即眼睛像两扇启动电源的大门，慢慢地关闭了。

刘立秋心头猛烈忐忑着，一阵从未有过的悲伤袭上心头，突然有种丧家犬的凄凉、孤独和无望。这时，他的手机像老驴一样叫起来，他心烦意乱掏出手机想摔成碎片，并且踏上一只脚，但一看是何巧玲打来的，便接起来，里面传来何巧玲兴奋的声音："老刘啊，儿媳妇生了，是个男孩，你当爷爷了。"

刘立秋一喜一悲接踵而来，他努力抑制着眼眶里溢出的眼泪，有气无力答应一声："是吗？可是，爹……爹走了。"说完，毫不犹豫挂了电话，转身对刘立春和赵成玉说："老爷子已过八十岁，是喜丧，要大摆宴席。丧事，按齐州老风俗办。"

刘鹤之丧事委员会瞬间成立，设灵床，报丧和入殓，都有条不紊进行着。刘鹤之年过八十是大寿，要停尸五天，然后火化下葬。

……

飘在天上的那几朵像棉絮一样的云彩，转眼间不知被风吹到哪去了。

吊唁刘老爷子仙逝的人络绎不绝，到灵前拜祭，由执席人指导进礼。在搭设的灵堂前，灵棚内两旁刘立秋和他的弟弟刘立夏，儿子刘清明、刘谷雨等头上戴着孝帽子，穿着白大褂跪候于此，随着执席人的声音对吊唁人进礼。待祭者跪拜时，刘立秋在前，刘立夏在后，其他孩子跟在后面同时叩首，并以哭泣声举哀。他哭得真切，哭得悲伤，痛入骨髓掏心掏肺般痛哭。吹奏人员在一旁吹打着哀乐陪祭。

面对络绎不绝来吊唁的人，执席人一遍遍唱道："揖，——上香。揖，——跪，——叩首，——叩首，——叩首，——四叩首。起，——揖，——揖，——谢。向吊唁者跪叩答谢。揖。"

祭者还礼，退出。